D1193650

# LES ÉGOUTS
## DE LOS ANGELES

Né d'un père inconnu et d'une mère qui se prostituait et a fini assassinée, le très solitaire inspecteur du LAPD, Harry (Hieronymus) Bosch, oui comme le peintre, est un monsieur têtu, méthodique, et fort obsessionnel. Aussi bien le souvenir des « rats de tunnel » avec lesquels il allait jadis « nettoyer » les galeries creusées par le Vietcong du côté de Cu Chi le hante-t-il tellement qu'il n'en dort plus depuis des années.

Ses cauchemars, et sa claustrophobie, ne s'arrangent pas lorsque, vingt ans plus tard, le corps d'un de ses anciens camarades « nettoyeurs » est retrouvé à Hollywood dans une canalisation d'écoulement des eaux de pluie : Billy Meadows, c'est clair, a été assassiné, et ce meurtre est lié au pillage d'une banque organisé... à partir des égouts de L.A.

L'affaire devient plus inquiétante lorsque, avec l'aide de la belle Eleanor Wish, Agent Spécial du FBI, Harry Bosch comprend que certains « retraits bancaires » ne sont pas terminés et qu'à tenter d'en percer le mystère, il lui faudra sans doute redescendre dans des souterrains où, la justice ressemblant beaucoup à la vengeance, la mort peur frapper à tout instant.

Michael Connelly

# LES ÉGOUTS
# DE LOS ANGELES

ROMAN

*Traduit de l'américain
par Jean Esch*

*Éditions du Seuil*

TEXTE INTÉGRAL

TITRE ORIGINAL
*The Black Echo*

ÉDITEUR ORIGINAL
Little, Brown and Company
ISBN original : 0-316-15361-3
© original : Michael Connelly, 1992

ISBN 2-02-023525-0
(ISBN 2-02-014762-9, 1ʳᵉ publication)

© Éditions du Seuil, avril 1993, pour la traduction française

# Remerciements

J'aimerais remercier les personnes suivantes pour l'aide et le soutien qu'elles m'ont apportés :

Philip Spitzer, mon agent littéraire, et Patricia Mulcahy, ma directrice de collection. Tous deux ont travaillé dur, leur enthousiasme n'ayant d'égal que l'espoir qu'ils plaçaient dans mon livre.

Je tiens aussi à remercier les nombreux officiers de police qui, au fil des ans, m'ont beaucoup éclairé sur leur travail et la vie qu'ils menaient.

C'est au livre de Tom Mangold et de John Penycate, *Les Tunnels de Cu Chi*, que je dois de connaître la véritable histoire des « rats de tunnel » du Vietnam.

Que soient enfin ici remerciés comme il convient mes parents et mes amis : leurs encouragements et leur soutien furent sans failles. Mais c'est surtout à mon épouse, Linda, que je dois d'avoir pu mener à bien ma tâche. Je n'y serais pas parvenu sans son inspiration et son total dévouement.

# Dimanche 20 mai

Le jeune garçon ne voyait rien dans l'obscurité, mais ce n'était pas nécessaire. L'expérience et une longue pratique lui indiquaient que c'était du bon boulot. Joli et régulier. Sans à-coups, tout le bras qui bouge, en agitant doucement le poignet. Secouer la bille. Pas de coulures. Superbe.

Il entendait l'air s'échapper en sifflant ; il sentait rouler la bille. Ces sensations l'encourageaient. L'odeur lui rappela la chaussette dans sa poche, et il songea à se faire un petit sniff. Non, après, peut-être, décida-t-il. Il ne voulait pas s'arrêter maintenant, pas avant d'avoir terminé le tag d'un seul jet ininterrompu.

Mais soudain, il s'arrêta… en entendant un bruit de moteur par-dessus le sifflement de sa bombe aérosol. Regardant autour de lui, il ne vit aucune lumière, à l'exception du reflet blanc argenté de la lune sur le réservoir et de la faible lueur de l'ampoule brillant au-dessus de l'entrée de la station de pompage, au milieu du barrage.

Mais impossible de se méprendre sur le bruit. Un véhicule approchait. On aurait dit un camion. L'adolescent crut entendre le crissement des pneus sur la route de gravier qui contournait le réservoir. L'engin se rapprochait. Que venait-on faire par ici à 3 heures du matin ? Le garçon se releva, lança la bombe aérosol par-dessus le grillage, en direction de l'eau, et l'entendit retomber dans les buissons avec un bruit sourd, trop court. Sortant la chaussette de sa poche, il décida de sniffer un petit coup vite fait, pour se donner du courage. Le nez plongé dans la chaussette, il aspira profondément les vapeurs de peinture Il vacilla, ses paupières tremblèrent, il balança la chaussette par-dessus la grille.

Puis il redressa sa moto et la poussa de l'autre côté de la route, vers les hautes herbes, les prêles et les pins au pied de la colline. Une bonne planque, songea-t-il. De là, il verrait qui arrivait. Le bruit du moteur s'était amplifié. Aucun doute, le véhicule se trouvait tout près d'ici ; pourtant, le garçon n'apercevait pas la lueur des phares. Bizarre. Mais il était trop tard pour fuir. Il coucha la moto dans les hautes herbes en immobilisant la roue avant avec sa main. Puis, recroquevillé sur le sol, il attendit.

Harry Bosch entendait l'hélicoptère tout là-haut, quelque part au-dessus de l'obscurité, décrivant des cercles dans la lumière. Pourquoi ne se posait-il pas ? Pourquoi ne venait-il pas à son secours ? Harry avançait dans un tunnel sombre et enfumé, et ses piles rendaient l'âme Le faisceau de la lampe-torche faiblissait à chaque mètre qu'il parcourait. Il avait besoin d'aide. Il fallait qu'il accélère. Il fallait qu'il atteigne le bout du tunnel avant que la lumière ne s'éteigne et qu'il ne se retrouve seul dans le noir. L'hélicoptère passa une fois de plus au-dessus de lui. Pourquoi ne se posait-il pas ? Où était l'aide dont il avait besoin ? Quand le vrombissement des pales s'éloigna de nouveau, la terreur l'envahit ; il accéléra, rampant sur ses genoux écorchés et ensanglantés, d'une main tenant la lampe-torche de plus en plus faible et, de l'autre, tâtant le sol pour conserver son équilibre. Jamais il ne regardait en arrière, il savait que l'ennemi était derrière lui, dans le brouillard noir. Invisible, mais présent. Gagnant du terrain.

Le téléphone sonna dans la cuisine. Immédiatement réveillé, Bosch compta les sonneries, se demandant s'il avait loupé la première ou même la deuxième, et s'il avait branché le répondeur.

Il ne l'avait pas fait. La machine ne se mit pas en marche, le téléphone ne s'arrêtant qu'après la huitième sonnerie requise. Distraitement, il se demanda d'où venait cette tradition. Pourquoi pas six coups ? Pourquoi pas dix ? Il se frotta les yeux et regarda autour de lui. Une fois de plus, il était affalé dans le fauteuil du salon, ce siège inclinable et moelleux constituant l'élément principal de son ameublement rudimentaire. Il appelait ça son « fauteuil de garde ». Le terme convenait mal, vu qu'il y dormait très souvent, même quand il n'était pas de service.

La lumière du matin qui passait entre les rideaux balafrait le plancher de pin blanchi. Il regarda les particules de poussière flotter paresseusement dans la lumière près de la porte vitrée coulissante. La lampe posée sur la table à côté de lui était allumée ; contre le mur, la télé diffusait en sourdine le show d'un prédicateur du dimanche. Sur la table, non loin du fauteuil, se trouvaient ses compagnons d'insomnie : jeu de cartes, magazines et romans policiers, ces derniers tout juste feuilletés puis abandonnés. Il y avait également un paquet de cigarettes froissé et trois bouteilles de bière vides ; marques différentes, mais qui avaient autrefois appartenu à des packs de six du même clan. Bosch était encore tout habillé, jusqu'à la cravate fripée et fixée à sa chemise blanche par une pince en argent en forme de 187.

Il porta la main à sa taille, puis dans son dos, en dessous du rein. Il attendit. Quand le bip électronique se déclencha, il coupa immédiatement la sonnerie exaspérante. Après avoir décroché l'appareil de sa ceinture, il prit connaissance du numéro. Rien d'étonnant. Il s'extirpa du fauteuil, s'étira et fit craquer les articulations de sa nuque et de son dos. Le téléphone était posé sur le comptoir de la cuisine. Avant de composer le numéro, Bosch inscrivit « Dimanche. 8 h 53 » dans un carnet qu'il avait sorti de sa poche de veste. Au bout de deux sonneries, une voix déclara :

– Police de Los Angeles, district de Hollywood. Officier Pelch à l'appareil. Que puis-je pour vous ?

– On aurait le temps de crever avant que vous ayez fini de débiter tout ça ! répondit-il. Passez-moi le sergent de garde.

Il dénicha un paquet de cigarettes dans un placard de la cuisine et alluma sa première de la journée. Il rinça un verre poussiéreux et le remplit d'eau du robinet, puis il sortit deux aspirines d'un flacon en plastique rangé, lui aussi, dans le placard. Il avalait le second cachet quand un sergent nommé Crowley lui dit enfin :

— Alors, vous êtes à l'église ou quoi ? J'ai appelé chez vous. Pas de réponse.

— Que se passe-t-il, Crowley ?

— Je sais bien qu'on vous a envoyé sur cette histoire de télé hier soir. Mais vous êtes encore de garde, votre collègue et vous. Tout le week-end. Conclusion, vous héritez du macchabée de Lake Hollywood. On l'a retrouvé dans une canalisation. Sur la route d'accès au barrage de Mulholland. Vous connaissez ?

— Oui, je vois. Quoi d'autre ?

— Une patrouille est sur place. Le médecin légiste et les types du labo sont prévenus. Mes hommes ne savent pas encore de quoi il retourne, à part que c'est un macchabée. Le corps se trouve à une dizaine de mètres à l'intérieur de la canalisation. Ils ne veulent pas trop s'approcher, pour pas risquer d'effacer d'éventuels indices, vous comprenez ? Je leur ai demandé de bipper votre collègue, mais il a pas rappelé. Ça répond pas chez lui non plus. J'ai pensé que vous étiez peut-être ensemble ou autre. Mais après je me suis dit, non, il est pas votre genre. Et vous êtes pas le sien non plus.

— Je le contacterai. Si vos hommes sont pas entrés dans le conduit, comment peuvent-ils savoir que c'est un cadavre et pas seulement un type qui cuve son vin ?

— Oh, ils se sont quand même approchés un peu, et avec un bâton ou je ne sais quoi ils ont secoué le mec. Raide comme une queue pendant la nuit de noces.

— Ils ont peur d'effacer des indices, mais ils hésitent pas à remuer le cadavre avec un bâton ? Ça, c'est la meilleure ! Ces types sont entrés dans la police quand on a relevé les critères d'admission en fac ou quoi ?

— Hé, Bosch, quand on reçoit un appel, on vérifie,

OK ? Vous préférez qu'on vous transfère directement tous les appels signalant un cadavre au bureau de la Criminelle pour le faire vous-mêmes ? Vous deviendriez dingues au bout d'une semaine, les gars...

Bosch écrasa sa cigarette dans l'évier en inox et regarda par la fenêtre de la cuisine. En bas de la colline, il aperçut un de ces petits trains pour touristes qui serpentait au milieu des gigantesques studios ocre d'Universal City. Le flanc d'un de ces bâtiments longs comme un pâté de maisons était peint en bleu ciel avec des volutes de nuages blancs ; pour filmer les extérieurs quand le décor naturel de Los Angeles devenait aussi brun que le blé.

— Comment avez-vous été prévenus ?

— Coup de fil anonyme à Police-secours. Un peu après 4 heures du mat'. D'après le dispatcher, l'appel venait d'une cabine sur le boulevard. Un type qui traînait dans les parages, il a découvert le corps. Il n'a pas voulu donner son nom. Il a juste dit qu'il y avait un macab dans la canalisation. Vous pourrez écouter l'enregistrement au centre des communications.

Bosch sentit monter sa colère. Il prit le flacon d'aspirine dans le placard et le glissa dans sa poche. Tout en réfléchissant à cet appel arrivé à 4 heures du matin, il ouvrit le réfrigérateur et se pencha à l'intérieur. Rien ne lui faisait envie. Il consulta sa montre.

— Crowley, si l'appel a eu lieu à 4 heures, pourquoi est-ce que vous me prévenez seulement maintenant, presque cinq heures après ?

— Ecoutez, Bosch, c'était un appel anonyme. Le dispatcher affirme que c'était un gosse, par-dessus le marché. J'allais quand même pas envoyer mes gars dans cette canalisation, en pleine nuit, sur ce simple appel. Ç'aurait pu être une farce. Ou bien une embuscade. Ç'aurait pu être n'importe quoi, bon Dieu ! J'ai attendu que le jour se lève et que ça se calme un peu par ici, et j'ai envoyé quelques-uns de mes hommes sur place à la fin de leur service. En parlant de ça, moi, je me tire. J'attendais leur appel et le vôtre. Rien d'autre ?

Bosch eut envie de lui demander s'il avait songé que de toute façon il ferait noir à l'intérieur de la canalisation, qu'il soit 4 heures ou 8 heures du matin, mais il n'insista pas. A quoi bon ?

– Rien d'autre ? répéta Crowley.

Bosch ne trouvait rien à répondre, mais Crowley se chargea de combler le silence :

– Sans doute un camé qui s'est foutu en l'air, Harry. C'est pas une affaire pour le 187. Ça arrive tout le temps. Bon sang, vous vous souvenez pas qu'on en a sorti un de cette même canalisation l'année dernière ?… Euh, non, c'était avant que vous débarquiez à Hollywood… Enfin bref, ce que je veux vous dire, c'est que ce type, il est entré dans le même conduit… Y a un tas de sans-abri qui vont coucher là-haut… Bon, c'est un toxico, il s'enfile une méga-dose et hop, on en parle plus. A part que, cette fois-là, on l'avait pas retrouvé aussi vite ; même qu'au bout de deux ou trois jours de soleil sur la canalisation le type était cuit à point. Grillé comme une dinde ! Mais ça sentait pas aussi bon.

Crowley rit de sa plaisanterie. Bosch s'abstint.

– Quand on l'a sorti, reprit le sergent, il avait encore la seringue dans le bras. Même chose cette fois-ci. Un boulot à la con, quoi ! Une affaire sans intérêt. Allez-y faire un tour, vous serez de retour chez vous à midi, pour une petite sieste ; peut-être même que vous aurez le temps d'écouter le match des Dodgers. Et le week-end prochain ? On retrouvera un autre type dans le conduit. Vous serez pas de service. Et c'est un week-end de trois jours. A cause du Memorial Day [1]. Alors, rendez-moi un service. Allez donc voir ce qu'ils ont trouvé.

Bosch réfléchit un moment ; il s'apprêtait à raccrocher, puis se ravisa :

– Hé, Crowley, pourquoi dites-vous qu'on n'a pas découvert l'autre cadavre aussi rapidement ? Qu'est-ce

1. Journée du souvenir, pour honorer les soldats morts pour la patrie.

qui vous fait croire que celui-ci n'est pas là depuis longtemps ?

– D'après les gars que j'ai envoyés, le macab ne sent rien, à part une légère odeur de pisse. Il est encore tout frais, sans doute.

– Prévenez vos hommes que je serai là-haut dans un quart d'heure. Et surtout, dites-leur de ne plus toucher à rien.

– Ils…

Bosch raccrocha, peu désireux d'écouter Crowley prendre une fois de plus la défense de ses hommes. Il alluma une autre cigarette en allant ouvrir sa porte pour récupérer le *Times* sur le perron. Il étala ses six kilos de journal du dimanche sur le comptoir de la cuisine et se demanda combien ça avait coûté d'arbres. Il feuilleta le supplément immobilier jusqu'au moment où il repéra un grand placard publicitaire pour les constructions Valley Pride. Il fit courir son doigt le long de la liste des maisons témoins, puis trouva une adresse et un descriptif accompagnés de la mention APPELEZ JERRY. Il composa le numéro.

– Maisons Valley Pride, j'écoute ?

– Jerry Edgar, je vous prie.

Plusieurs secondes s'écoulèrent et il y eut quelques déclics de transfert d'appel avant que Bosch n'entende enfin la voix de son collègue.

– Jerry à l'appareil, que puis-je pour vous ?

– Jed, on vient de recevoir un autre appel. Là-haut, au barrage de Mulholland. Et tu n'as pas ton bip sur toi.

– Merde ! fit Edgar.

Il y eut un silence. Bosch pouvait presque entendre son collègue se dire : « J'ai trois clients aujourd'hui. » Le silence s'éternisant, Bosch imaginait Edgar à l'autre bout du fil : costume à 900 dollars et tête d'homme d'affaires ruiné.

– De quoi s'agit-il ?

Bosch lui répéta le peu qu'il savait.

– Si tu veux que je m'en occupe en solo, pas de problème, ajouta-t-il. Si jamais Pounds fait des histoires, j'arrangerai le coup. Je lui dirai que tu es sur l'affaire de la télé et que moi je me charge du macab dans le conduit.

– Ouais, je sais que tu le ferais, mais c'est pas la peine ; j'arrive. Avant, faut juste que je trouve quelqu'un pour me remplacer.

Ils convinrent de se retrouver sur place et Bosch raccrocha. Il brancha son répondeur, sortit deux paquets de cigarettes d'un placard et les glissa dans la poche de son veston. Dans un autre placard, il prit le holster en nylon renfermant son Smith & Wesson 9 mm – aspect satiné, acier inoxydable, chargé de huit balles XTP. Il repensa à la publicité qu'il avait vue un jour dans une revue de la police. *Extreme Terminal Performance* : une balle qui, au moment de l'impact, multiplie son diamètre par 1,5 et pénètre au plus profond du corps en causant le maximum de dégâts. L'auteur n'avait pas menti. L'année précédente, Bosch avait tué un homme d'une XTP tirée à environ sept mètres. La balle était entrée sous le bras droit et ressortie sous le mamelon gauche, détruisant au passage le cœur et les poumons. XTP. Le maximum de dégâts. Il fixa son holster à sa ceinture, du côté droit, de façon à pouvoir dégainer de la main gauche.

Il se rendit ensuite dans la salle de bains et se brossa les dents sans dentifrice : il n'en avait plus et avait oublié de s'arrêter au magasin pour en acheter. Il passa un peigne mouillé dans ses cheveux et contempla longuement ses yeux rougis d'homme de quarante ans. Puis il examina les mèches grises qui supplantaient peu à peu le châtain de ses cheveux bouclés. Jusqu'à sa moustache qui grisonnait. En se rasant, il avait déjà remarqué quelques poils gris dans le lavabo. Après s'être passé la main sur le menton, il décida de ne pas se raser. Il sortit de chez lui sans même changer de cravate. Son client ne s'en formaliserait pas.

Bosch trouva un endroit sans fientes de pigeon et s'accouda au garde-fou qui courait tout autour du barrage de

Mulholland. Une cigarette coincée entre les lèvres, il observa, au milieu des collines, la ville en contrebas. Le ciel était couleur de poudre et le smog formait comme un linceul moulant au-dessus de Hollywood. Au loin, quelques rares tours du centre-ville parvenaient à traverser la couche de poison, mais le reste des bâtiments demeurait sous le voile opaque. On aurait dit une cité fantôme.

Le vent chaud était chargé d'une légère odeur chimique que Bosch finit par identifier. Du malathion. Ce matin-là, la radio avait annoncé que les hélicoptères à drosophiles avaient passé la nuit à pulvériser de l'insecticide sur toute la région de North Hollywood, jusqu'à Cahuenga Pass. Il repensa à son cauchemar et à l'hélicoptère qui refusait de se poser.

Dans son dos se trouvait l'étendue bleu-vert du réservoir de Hollywood, 220 millions de litres d'eau potable emprisonnés par le vénérable barrage construit dans un canyon entre deux collines. Une bande d'argile sèche de deux mètres de large, courant sur toute la longueur de la rive, rappelait que Los Angeles subissait sa quatrième année de sécheresse. En amont du réservoir, un grillage de trois mètres de haut ceignait toute la berge. En arrivant, Bosch avait observé cette clôture en se demandant si elle servait à protéger les gens qui se trouvaient d'un côté, ou bien l'eau de retenue de l'autre côté.

Bosch portait une combinaison bleue par-dessus son costume froissé. Les auréoles de transpiration sous ses aisselles et dans son dos avaient traversé les deux épaisseurs de tissu. Ses cheveux étaient collés par la sueur et sa moustache tombait. Il avait pénétré à l'intérieur de la canalisation. Il sentait le picotement doux et chaud du vent de Santa Ana sécher la sueur sur sa nuque ; il était en avance cette année.

Harry n'était pas un colosse. Il mesurait moins d'un mètre soixante-quinze et ne possédait pas une large carrure. Les journaux, quand ils parlaient de lui, le décrivaient comme un homme sec et nerveux. Sous la combinaison, ses muscles ressemblaient à des cordes de nylon : force cachée par une économie de taille. Les taches grises qui constellaient ses cheveux étaient plus rares sur le côté gauche. Ses yeux marron très foncé laissaient rarement deviner ses émotions ou ses intentions.

La canalisation apparente longeait la route d'accès du réservoir sur une cinquantaine de mètres. Totalement rouillée, elle était hors d'usage, excepté pour ceux qui en utilisaient l'intérieur comme abri ou l'extérieur comme support pour leurs bombages. Bosch n'avait pas eu la moindre idée de sa fonction jusqu'au jour où le gardien du site éclaira sa lanterne : en réalité, la canalisation servait de rempart contre la boue. Les fortes pluies, lui expliqua le gardien, détrempaient la terre et provoquaient des coulées de boue qui dévalaient les collines jusqu'au réservoir. La canalisation de un mètre de diamètre, vestige d'un projet municipal oublié ou bidon, avait été installée dans une zone de coulées prévisibles pour servir de première et unique défense. Elle était maintenue par une barre en fer de un centimètre d'épaisseur qui en faisait le tour et était scellée dans le béton en dessous.

Bosch avait enfilé sa combinaison avant de pénétrer dans la canalisation. Les lettres LAPD [1] étaient inscrites en blanc dans son dos. Après l'avoir sortie du coffre de sa voiture et s'être glissé dedans, il s'était aperçu qu'elle était sans doute plus propre que le costume qu'il essayait de protéger. Mais il l'avait quand même revêtue, car il l'avait toujours fait. Bosch était un policier méthodique, partisan de la tradition et superstitieux.

En avançant à quatre pattes, la lampe électrique à la main, dans ce cylindre étouffant qui empestait l'humidité, il avait senti sa gorge se nouer et les battements de son cœur s'accélérer. Un vide familier l'avait saisi au creux de l'estomac. La peur. Mais il avait allumé la torche et, les ténèbres ayant reculé, en même temps que ses appréhensions, il s'était mis au travail.

1. Los Angeles Police Department.

16

Maintenant, accoudé au garde-fou du barrage, il fumait en réfléchissant. Crowley, le sergent de garde, avait raison sur un point : l'homme dans la canalisation était mort, sans nul doute. Mais il s'était aussi trompé : ce ne serait pas une affaire facile. Harry ne rentrerait pas à temps chez lui pour faire une sieste ou écouter le match des Dodgers sur KABC : il y avait des choses qui clochaient. Il s'en était rendu compte avant même d'avoir parcouru trois mètres à l'intérieur du conduit.

Il n'y avait aucune trace dans la canalisation. Ou, plus exactement, il n'y avait aucune trace intéressante. Le fond du conduit était recouvert d'une pellicule de boue ocre et sèche jonchée d'emballages, de bouteilles de vin vides, de morceaux de coton, de seringues usagées et de journaux ayant servi de lits – les détritus des sans-abri et des drogués. Bosch les avait examinés dans le faisceau de sa lampe électrique tandis qu'il avançait à petits pas vers le cadavre et n'y avait découvert aucune trace nette du passage de la victime qui gisait maintenant dans la canalisation. Ça ne collait pas. Si le mort avait rampé jusque-là de son plein gré, cela se serait vu. Même chose si on l'avait traîné à l'intérieur. Mais il n'y avait rien, et cette absence de traces n'était pas la seule chose qui le troublait.

En arrivant à la hauteur de la victime, il constata que la chemise du mort – une chemise noire à col ouvert – était relevée sur sa tête et que ses bras étaient coincés à l'intérieur. Bosch avait vu suffisamment de cadavres pour savoir que tout était possible durant les derniers instants de la vie. Une fois, il avait enquêté sur une affaire de suicide où le type, après s'être tiré une balle dans la tête, avait changé de pantalon avant de mourir, sans doute pour ne pas qu'on le découvre baignant dans ses excréments. Malgré tout, Harry ne pouvait expliquer l'enchevêtrement de la chemise et des bras du cadavre dans la canalisation. Il lui semblait qu'on avait traîné le corps dans le conduit en tirant l'homme par le col.

Bosch n'avait pas touché au corps, ni soulevé la chemise qui masquait son visage. Il nota qu'il s'agissait d'un homme de race blanche. De prime abord, il ne décela aucune trace de la blessure fatale. Une fois ce premier examen achevé, il enjamba prudemment le corps – son visage se trouvait à quelques centimètres seulement –, puis il parcourut les quarante derniers mètres de la canalisation. Là encore, il ne releva aucune trace, ni aucun indice utile. Vingt minutes plus tard, il avait retrouvé la lumière du jour. Il chargea ensuite un type du labo nommé Donovan d'aller relever l'emplacement des détritus et de filmer le cadavre. Donovan ne cacha pas son étonnement d'être obligé de se salir les mains pour une affaire qu'il avait déjà classée dans la rubrique « overdose ». Il devait avoir des billets pour aller voir les Dodgers, songea Bosch.

Après avoir laissé la canalisation à Donovan, Bosch avait allumé une cigarette et marché jusqu'au bord du barrage pour contempler la ville polluée, en ressassant de sombres pensées.

Accoudé au garde-fou, il entendait le bruit de la circulation qui montait du Hollywood Freeway. C'était un bruit presque doux à cette distance. Comme un océan paisible. Entre les plis du canyon, il apercevait des piscines bleues et des toits de tuiles.

Une femme vêtue d'un débardeur blanc et d'un short vert citron passa près de lui en petite foulée. Une radio miniaturisée était fixée à sa taille, un cordon jaune transportant le son jusqu'aux écouteurs plaqués sur ses oreilles. Comme plongée dans son monde, elle ignora l'attroupement de policiers sur son chemin jusqu'au moment où elle atteignit la bande jaune tendue à l'extrémité du barrage et qui – en deux langues – lui ordonnait de s'arrêter. Elle sautilla sur place pendant quelques instants, ses longs cheveux blonds collés sur ses épaules par la sueur, et regarda les policiers, qui, pour la plupart, lui retournèrent son regard. Puis elle rebroussa chemin et repassa devant Bosch. Il la suivit des yeux et remarqua qu'en arrivant à hauteur de la station de pompage elle faisait un écart pour éviter quelque chose. Se dirigeant vers cet endroit, il découvrit des morceaux de verre sur le sol. Levant la tête, il vit que l'ampoule était brisée dans la douille, juste au-dessus de la porte. Il décida de demander au gardien si l'ampoule avait été vérifiée dernièrement.

Quand il eut regagné son poste d'observation, un mouvement flou en contrebas attira son attention. Il baissa les yeux et aperçut un coyote qui fouinait au milieu des aiguilles de pin et des ordures qui jonchaient le sol sous les arbres face au barrage. Le poil du petit animal était sale et totalement râpé par endroits. Il ne restait plus que quelques coyotes dans des zones protégées de la ville, tous étant obligés de piller les déchets des charognards humains.

— Ils vont sortir le corps, dit une voix dans son dos.

Bosch se retourna vers un des policiers en uniforme envoyés sur les lieux. Il hocha la tête et le suivit, passant sous la bande jaune pour retourner vers la canalisation.

Une cacophonie de grognements et de violents soupirs s'échappa de la bouche de la canalisation barbouillée de graffitis. Torse nu et le dos musclé sale et zébré d'éraflures, un homme en sortit à reculons en tirant un épais plastique noir sur lequel gisait le corps. La victime était toujours sur le dos, la tête et les bras en partie enveloppés dans la chemise noire. Bosch chercha Donovan du regard ; il le vit qui rangeait une caméra vidéo à l'arrière d'une camionnette bleue de la police. Harry le rejoignit.

— Je vais avoir besoin de toi pour retourner là-dedans. Y a un tas de détritus, journaux, canettes, sacs, j'ai repéré des seringues, du coton, des bouteilles, il faut tout mettre en sachets.

— Compte sur moi, répondit Donovan.

Il hésita un instant et ajouta :

— Je ne veux pas m'en mêler, Harry, mais euh… tu crois vraiment que c'est du sérieux ? Ça vaut la peine qu'on se casse les couilles ?

– On ne le saura qu'après l'autopsie.

Sur ce, il s'éloigna, puis s'arrêta.

– Ecoute, Donnie, je sais que c'est dimanche et… merci d'y retourner.

– Pas de problème. Pour moi, c'est une overdose à coup sûr.

L'homme au torse nu et le légiste du bureau du coroner étaient accroupis à côté du corps. Tous les deux portaient des gants en caoutchouc blancs. Le légiste était Larry Sakai, un type que Bosch connaissait depuis des années et qu'il n'aimait pas. Près de lui, par terre, était posée une boîte de matériel de pêche en plastique, ouverte. Il y puisa un scalpel avec lequel il pratiqua une entaille de deux centimètres environ sur le côté du cadavre, juste au-dessus de la hanche gauche. Aucune goutte de sang ne coula de la blessure. Il sortit ensuite de sa boîte un thermomètre qu'il fixa à l'extrémité d'une sonde courbée et il l'inséra dans l'incision. Puis, d'une main experte, bien que brutale, il le remua dans tous les sens pour l'enfoncer dans le foie.

L'homme au torse nu grimaça ; Bosch remarqua qu'il avait une larme bleue tatouée au coin de l'œil droit. Cela lui parut approprié : le mort n'aurait pas droit à d'autre marque de sympathie.

– Ça ne sera pas facile de déterminer l'heure du décès, déclara Sakai, sans lever les yeux. A cause de cette canalisation, avec la chaleur qui augmente, ça va fausser la baisse de température du foie. Osito a fait un relevé à l'intérieur, on avait trente degrés. Dix minutes plus tard, il faisait trente-deux. On n'a pas de température fixe, ni sur le corps ni dans la canalisation.

– Et alors ? demanda Bosch.

– Et alors, je ne peux pas te renseigner immédiatement. Faut que je l'emporte et que je fasse des calculs.

– Tu veux dire que tu vas le filer à quelqu'un d'autre qui saura quoi en faire ?

– Ne te bile pas, tu sauras tout quand tu viendras pour l'autopsie.

– A propos, qui est au découpage aujourd'hui ?

Sakai ne répondit pas. Il s'intéressait déjà aux jambes du cadavre. Prenant chaque chaussure, il fit jouer les chevilles. Ses mains remontèrent ensuite jusque derrière les cuisses, soulevant les deux jambes l'une après l'autre et les regardant se plier au niveau du genou. Puis il appuya fortement des deux mains sur l'abdomen, comme s'il cherchait à déceler un produit de contrebande. Pour finir, il glissa sa main sous la chemise et essaya de tourner la tête de la victime. Elle ne bougea pas. Bosch savait que la rigidité cadavérique commençait par la tête pour se répandre ensuite dans tout le corps, jusqu'aux extrémités.

– La nuque est complètement raide, annonça Sakai. Le ventre ne va pas tarder, mais les membres sont encore flexibles.

Il prit un crayon à papier coincé derrière son oreille et en posa le bout avec la gomme sur le côté du torse. On apercevait des marbrures violacées sur la moitié du corps la plus proche du sol, comme si le cadavre était à demi rempli de vin rouge. Lividité post-mortem. Quand le cœur cesse de battre, le sang se réfugie dans les parties basses. Lorsque Sakai appuya son crayon sur la peau sombre, celle-ci ne blanchit pas, signe que le sang était totalement coagulé. Cet homme était mort depuis plusieurs heures.

– La lividité post-mortem est uniforme, déclara Sakai. Tout me laisse penser que ce type est mort depuis six ou huit heures. Faudra que tu te contentes de ça pour l'instant, Bosch, jusqu'à ce qu'on calcule les températures.

Sakai avait dit tout cela sans lever les yeux. Aidé du dénommé Osito, il entreprit de retourner les poches du pantalon de treillis de la victime. Elles étaient vides, tout comme celles, plus grosses, cousues sur les cuisses. Ils firent rouler le corps sur le côté pour fouiller les poches de derrière. Bosch en profita pour se pencher et regarder de près le dos de la victime. La lividité et la saleté avaient bleui la peau. Mais aucune égratignure ni marque ne permettait de conclure qu'on avait traîné le corps.

— Rien dans les poches, Bosch, pas de papiers, dit Sakai, les yeux toujours baissés.

Délicatement, ils rabaissèrent la chemise noire sur le visage et le torse du mort. L'homme avait des cheveux rebelles où le gris avait supplanté le noir. Il était mal rasé et semblait avoir la cinquantaine ; Bosch en conclut qu'il avait environ quarante ans. Il y avait quelque chose dans sa poche de chemise. Sakai s'en empara, l'examina un instant avant de le déposer dans un sachet en plastique que tenait son collaborateur.

— Bingo ! déclara Sakai en tendant le sachet à Bosch. Voilà qui nous facilite la tâche.

Sakai souleva les paupières du mort. Les yeux étaient bleus, couverts d'un voile vitreux, et les pupilles réduites à la taille d'une mine de crayon. Ils fixaient Bosch d'un air absent, chaque pupille faisant comme un petit néant noir.

Sakai prit des notes sur une planchette : il avait tiré ses conclusions. Puis il sortit de sa boîte de matériel de pêche un tampon encreur et une fiche imprimée. Il encra les doigts de la main gauche du mort et les appuya l'un après l'autre sur la fiche. Bosch admira la rapidité et la dextérité avec lesquelles il travaillait. Mais, soudain, Sakai s'arrêta.

— Hé, regardez ça.

Sakai remua doucement l'index du cadavre. Il se tordait sans peine dans tous les sens. De toute évidence, l'articulation était brisée, pourtant il n'y avait aucune trace de tuméfaction ni d'hématome.

— A mon avis, ça s'est passé après la mort, dit Sakai.

Bosch se pencha. Il prit la main de la victime et la palpa entre ses mains sans gants. Il regarda Sakai, puis Osito.

— Ne commence pas, Bosch, aboya Sakai. Ne le regarde pas comme ça. Il connaît son métier. C'est moi qui l'ai formé.

Bosch évita de rappeler à Sakai que c'était également lui qui, quelques mois plus tôt, conduisait la camionnette d'où était tombé un cadavre attaché à une civière sur roulettes, en plein sur la voie express Ventura. A l'heure de pointe. La civière avait dévalé la sortie de Lankershim Boulevard pour venir percuter l'arrière d'une voiture arrêtée dans une station-service. A cause de la séparation en verre, Sakai n'avait constaté la disparition du corps qu'en arrivant à la morgue.

Bosch rendit la main du cadavre au légiste. Sakai se tourna vers Osito et lui posa une question en espagnol. Le petit visage basané d'Osito prit un air grave, et il secoua la tête.

– Il n'a même pas touché aux mains du type dans le conduit. Alors, je te conseille d'attendre l'autopsie avant de porter des accusations sans preuve.

Sakai acheva de relever les empreintes, puis il tendit la fiche à Bosch.

– Enveloppe-lui les mains, dit Bosch (ce qu'il n'avait pas besoin de spécifier). Et les pieds.

Il se releva et agita les cartes en bristol pour y faire sécher l'encre. De l'autre main, il souleva le sachet en plastique que lui avait donné Sakai. A l'intérieur, un élastique entourait une seringue hypodermique, une petite fiole à demi remplie de ce qui ressemblait à de l'eau sale, un morceau de coton et une pochette d'allumettes. C'était un kit de drogué et il paraissait relativement neuf. L'aiguille était propre, sans trace de rouille. Le coton n'avait dû servir de filtre qu'une ou deux fois. De minuscules cristaux brun blanchâtre étaient accrochés aux fibres. En faisant tourner le sachet, il distingua les deux côtés de la pochette d'allumettes, dont seulement deux avaient été utilisées.

Au même moment, Donovan ressortit en rampant de la canalisation. Il était coiffé d'un casque de mineur doté d'une lampe électrique. Dans une main, il tenait plusieurs sacs en plastique contenant un journal jauni, un emballage alimentaire, ou bien une canette de bière écrasée. De l'autre, il serrait un bloc-notes sur lequel il avait relevé l'emplacement de tous les objets se trouvant à l'intérieur de la canalisation. Des toiles d'araignée pendaient sur les côtés du casque. La sueur qui dégoulinait sur son visage tachait le masque en papier qui protégeait sa bouche et son nez. Bosch brandit le sachet contenant le kit de drogué. Donovan s'arrêta net.

— Tu as découvert un réchaud à l'intérieur ? lui demanda Bosch.

— Merde, c'est un camé ? Je le savais. Putain, pourquoi on se casse le cul ?

Bosch ne répondit pas, forçant son collègue à reprendre la parole.

— La réponse est oui, j'ai trouvé une canette de Coca.

Le technicien passa en revue les sacs en plastique qu'il tenait dans les mains et en tendit un à Bosch, qui y aperçut les deux moitiés d'une canette de Coca. Relativement récente, celle-ci avait été découpée à l'aide d'un couteau. Le fond avait été enfoncé et la surface concave utilisée comme casserole pour faire chauffer l'héroïne et l'eau. Un fourneau. La plupart des drogués n'utilisaient plus de cuillères. Se promener avec une cuillère pouvait suffire à se faire arrêter. Les canettes étaient faciles à trouver, utiliser et jeter.

— Il nous faut les empreintes du kit et du fourneau le plus tôt possible, dit Bosch.

Donovan acquiesça et transporta son chargement de sacs en plastique jusqu'à la camionnette de la police. Bosch reporta son attention sur les hommes du coroner.

— Pas de couteau sur lui ? demanda-t-il.

— Non, répondit Sakai. Pourquoi ?

— Il me faut un couteau. Sans couteau, ça ne colle pas.

— Hé, ce type était un camé. Les camés se volent entre eux. C'est sans doute ses potes qui l'ont emporté.

De ses mains gantées Sakai retroussa les manches de la chemise du mort, faisant apparaître un lacis de cicatrices sur ses deux bras. Anciennes traces d'aiguille, cratères laissés par des abcès et des infections. Au pli du coude gauche, une piqûre récente avait déclenché un large hématome jaune-violet sous la peau.

— En plein dans le mille ! lâcha Sakai. Si tu veux mon

avis, ce type s'est enfilé une méga-dose dans le bras et hop, terminé. Je te l'avais dit, Bosch, c'est une affaire de came. Tu vas pouvoir rentrer chez toi de bonne heure. Tu pourras assister au match.

Bosch s'accroupit de nouveau pour regarder le corps de plus près.

– Ouais, c'est ce que tout le monde me répète.

Sakai avait certainement raison, mais il n'était pas, lui, encore décidé à classer l'affaire. Trop de choses ne collaient pas : l'absence de traces dans la canalisation, la chemise relevée sur la tête, le doigt brisé... pas de couteau.

– Comment se fait-il que toutes les traces de piqûre sont anciennes sauf celle-ci ? demanda-t-il en s'adressant davantage à lui-même qu'à Sakai.

– Qui sait ? répondit malgré tout le légiste. Peut-être qu'il avait décroché et qu'il a brusquement décidé de replonger. Un camé reste un camé. Ils agissent sans raison.

En observant les marques sur les bras du mort, Bosch remarqua de l'encre bleue sur la peau, juste sous la manche retroussée sur le biceps gauche. Il n'en voyait pas suffisamment pour savoir de quoi il s'agissait.

– Relève-moi ce truc, dit-il en faisant un geste du doigt.

Sakai remonta la manche jusqu'à l'épaule, dévoilant un tatouage à l'encre bleue et rouge. Une caricature de rat dressé sur ses pattes arrière, avec un grand sourire édenté et féroce. Dans une patte, l'animal serrait un pistolet, dans l'autre, une bouteille d'alcool avec une étiquette XXX. L'inscription à l'encre au-dessus et au-dessous du dessin était en partie effacée par le temps et le relâchement de la peau. Sakai essaya de la déchiffrer.

– Y a marqué... *Pre... Premier d'infanterie*. Ce type était dans l'armée. En dessous, on ne... c'est une langue étrangère. Non... *Gratum... Anum... Ro...* je n'arrive pas à lire.

– *Rodentum*, dit Bosch.

Sakai le regarda.

— Du latin de cuisine, expliqua Bosch. « Ça vaut pas un pet de rat » : c'était un rat de tunnel. Au Vietnam.

Sakai regarda le cadavre, puis la canalisation.

— Eh bien, dit-il, il a fini dans un tunnel. En quelque sorte.

Bosch approcha sa main nue du visage du mort pour écarter les mèches de cheveux noirs et gris qui masquaient son front et son regard vide. En le voyant faire ça sans gants, les autres interrompirent leurs diverses activités pour observer ce comportement inhabituel, voire carrément inconscient. Bosch n'y prêta pas attention. Il contempla longuement le visage de la victime. En silence, sans rien entendre de ce qui pouvait se dire. Au moment où il comprit qu'il connaissait ce visage, tout comme il connaissait ce tatouage, la vision fugitive d'un homme jeune traversa son esprit. Maigre et bronzé, les cheveux en brosse. Vivant. Bosch se releva et s'éloigna rapidement du cadavre.

Ce mouvement précipité et soudain le projeta contre Jerry Edgar qui était enfin arrivé sur les lieux et se dirigeait vers le corps. Ils reculèrent l'un et l'autre, un instant sonnés. Bosch porta la main à son front. Edgar, qui était beaucoup plus grand, se frotta le menton.

— Bon Dieu, Harry ! s'écria Edgar. Ça va ?

— Ouais. Et toi ?

Edgar regarda sa main pour voir s'il saignait.

— Ouais. Désolé. Mais où tu cours comme ça ?

— J'en sais rien.

Edgar jeta un coup d'œil au cadavre par-dessus l'épaule de Harry, puis il suivit son collègue à l'écart de la meute.

— Désolé, Harry, dit Edgar. J'ai attendu une heure que quelqu'un veuille bien me remplacer auprès des clients. Alors, explique-moi. C'est quoi, cette fois ?

Edgar parlait en se frottant le menton.

— J'en suis pas encore certain. Je voudrais que tu ailles dans une des voitures de patrouille équipées d'un terminal… un qui fonctionne. Tu vois si tu peux me trouver un

26

dossier sur un certain Meadows, Billy, euh… essaye plutôt William. Né vers 1950. Il faut que le service des cartes
grises nous donne une adresse.

- C'est le macchabée ?

Bosch acquiesça.

– Y a pas son adresse sur ses papiers ?

– Il en avait pas. C'est moi qui l'ai identifié. Vérifie sur
l'ordinateur. Il devrait y avoir un dossier récent. Regarde
du côté des affaires de came, à la section de Van Nuys.

Edgar se dirigea d'un pas nonchalant vers l'alignement
de voitures pie, en quête d'un véhicule doté d'un terminal d'ordinateur mobile. A cause de sa grande taille, sa
démarche paraissait pesante, mais Bosch savait par expérience qu'il était difficile de suivre le pas d'Edgar. Ce
dernier portait un élégant costume marron à fines raies
blanches. Ses cheveux étaient coupés très court et sa peau
lisse et noire faisait penser à une aubergine. En le regardant s'éloigner, Bosch ne put s'empêcher de se demander s'il avait fait exprès d'arriver en retard de façon à ne
pas être obligé de froisser son joli costume en enfilant
une combinaison et en rampant à l'intérieur de la canalisation.

Bosch alla chercher son Polaroïd dans le coffre de sa
voiture. Puis il revint vers le cadavre, se plaça juste au-
dessus, à califourchon, et se pencha pour en photographier le visage. Trois prises suffiraient. Il déposa chaque
cliché qui sortait de l'appareil sur le dessus de la canalisation, le temps que la photo apparaisse. Il ne pouvait
détacher son regard de ce visage et des ravages qu'y
avaient causés les ans. Il le revoyait fendu par un grand
sourire d'ivresse le soir où tous les rats du 1er d'infanterie
étaient ressortis du salon de tatouage à Saigon. Cela leur
avait pris quatre heures, mais tous étaient devenus frères
de sang en se faisant inscrire la même marque sur
l'épaule. Bosch se souvint de la joie de Meadows devant
cette camaraderie et cette peur qu'ils partageaient.

Il s'écarta du corps, tandis que Sakai et Osito dépliaient
un long linceul noir en plastique épais, avec une ferme-

27

ture Éclair au centre. Une fois le sac à viande déplié et ouvert, les hommes du coroner soulevèrent Meadows et le placèrent à l'intérieur.

Sakai ayant fermé le sac d'un coup sec, Bosch remarqua que quelques mèches grises de Meadows s'étaient coincées dans la fermeture à glissière.

– On dirait Rip Van Vrinkle [1] ! lança Edgar en s'approchant.

Il tenait un petit carnet dans une main, un stylo Cross en or dans l'autre.

– William Joseph Meadows, 21/7/50. Ça colle, Harry ?

– Ouais, c'est lui.

– Tu avais raison, on a plusieurs dossiers. Mais pas uniquement des affaires de drogue. Entre autres, une attaque de banque, une tentative de vol et une arrestation pour possession d'héroïne. Plus un délit de vagabondage, juste ici, au barrage, il y a environ un an. Et deux ou trois condamnations pour usage de drogue. Le truc de Van Nuys dont tu parlais. C'était qui, ce type, pour toi ? Un indic ?

– Non. Tu as une adresse ?

– Il habitait dans la Vallée. A Sepulveda, là-haut, près de la brasserie. Pas facile de vendre une baraque dans ce coin. Si c'était pas un indic, d'où tu le connaissais ?

– Je le voyais plus depuis longtemps, enfin… Je l'ai connu dans une autre vie.

– Qu'est-ce que ça signifie ? Où tu l'as rencontré ?

– La dernière fois que je l'ai vu, c'était il y a vingt ans, environ. Il était… c'était à Saigon.

– Ouais, ça fait pas loin de vingt ans…

Edgar s'approcha des polaroïds et observa les trois clichés.

– Tu le connaissais bien ?

– Pas vraiment. Aussi bien qu'on pouvait connaître quelqu'un là-bas. Tu apprenais à confier ta vie aux autres et… et, quand tout est terminé, tu t'aperçois que tu connaissais à peine la plupart de ces gars. Une fois rentré,

---

1. Héros d'une nouvelle de William Irving.

je ne l'ai jamais revu. J'ai parlé avec lui au téléphone une fois l'année dernière, c'est tout.

– Comment tu l'as reconnu ?

– Je l'ai pas reconnu tout de suite. Et puis j'ai vu le tatouage sur son bras. Ça m'a rappelé son visage. Je suppose qu'on n'oublie jamais les gars comme lui. Moi en tout cas…

– Oui, sans doute…

Ils laissèrent le silence s'installer un instant. Bosch essayait de prendre une décision, mais il ne cessait de s'interroger sur ce hasard qui l'avait amené à découvrir le corps de Meadows. Edgar le tira de sa rêverie.

– Tu veux bien m'expliquer ce qui cloche dans cette histoire ? Donovan est sur le point de chier dans son froc. Avec tout ce que tu lui fais faire…

Bosch lui confia ses doutes : l'absence de traces visibles dans la canalisation, la chemise sur la tête, le doigt brisé et le fait qu'on n'ait pas trouvé de couteau.

– Un couteau ?

– Il lui fallait bien quelque chose pour découper sa canette et en faire un réchaud… à supposer que ce réchaud lui ait appartenu.

– Et s'il l'avait apporté avec lui ? Peut-être que quelqu'un est entré là-dedans et lui a piqué son couteau après sa mort… à condition qu'il y ait eu un couteau.

– Oui, peut-être. On n'a aucune trace pour nous renseigner.

– D'après son dossier, c'était un camé. Il était déjà comme ça quand tu l'as connu ?

– En gros, oui. Consommateur et revendeur.

– Bah, tu vois… Les drogués dans son genre, on sait jamais ce qu'ils vont faire… s'ils vont décrocher ou replonger. Ce sont des paumés, Harry.

– Il avait décroché… du moins, je le croyais. D'ailleurs, il n'a qu'une seule marque de piqûre récente au bras.

– Harry ! Tu viens de me dire que tu n'avais pas revu ce type depuis Saigon ! Comment peux-tu savoir s'il avait décroché ou pas ?

– Je ne l'ai pas revu, mais je lui ai parlé. Il m'a téléphoné l'année dernière. En juillet ou en août, je crois. Il venait de se faire encore une fois embarquer pour une histoire de came. Je ne sais pas comment, peut-être en lisant les journaux ou ailleurs – c'était à l'époque de l'affaire Dollmaker –, il a appris que j'étais devenu flic et il m'a appelé à la Brigade. On l'avait coffré à Van Nuys et il voulait que je l'aide. Qu'est-ce qu'il risquait ? Trente jours à l'ombre au maximum… mais il avait touché le fond. Enfin… d'après lui. Il ne pourrait pas tenir le coup cette fois, il ne pouvait pas décrocher seul comme ça…

Bosch n'acheva pas son histoire. Après un long silence, Edgar le poussa à continuer.

– Et alors… ? Qu'est-ce que tu as fait, Harry ?

– Je l'ai cru. J'ai demandé à parler au flic. Je me souviens qu'il s'appelait Nuckles. Ensuite, j'ai appelé les anciens combattants de Sepulveda et je l'ai fait inscrire à un programme de désintoxication. Nuckles a donné son accord. C'est un ancien du Vietnam, lui aussi. Il a demandé au procureur de réclamer une remise de peine au juge. Quoi qu'il en soit, le centre de soins de l'association des anciens combattants a accepté d'accueillir Meadows. Six mois plus tard, j'ai pris de ses nouvelles. Ils m'ont dit qu'il avait réussi à décrocher et qu'il allait bien. Enfin, c'est ce qu'ils m'ont dit. Il en était au second stade du traitement, il était suivi par un psy, il participait à des réunions… Je n'ai plus jamais reparlé avec Meadows après ce premier coup de téléphone. Il ne m'a jamais rappelé et je n'ai pas cherché à le voir.

Edgar consulta son carnet. Bosch remarqua que la page qu'il avait sous les yeux était blanche.

– Ecoute, Harry, dit Edgar, ça fait presque un an, tout ça. C'est long pour un camé, pas vrai ? Qui sait ce qui a pu se passer ? Il a eu le temps de replonger et de décrocher trois fois pendant cette période. C'est pas notre problème. Notre problème, c'est de savoir ce que tu décides aujourd'hui. Qu'est-ce que tu veux faire ?

– Tu crois aux coïncidences ?

– Je ne sais pas. Je…

– Les coïncidences n'existent pas.

– Harry, je ne comprends pas ce que tu me racontes, mais tu veux savoir ce que je pense ? Moi, y a rien de bizarre qui me saute aux yeux. Ce type rampe à l'intérieur de la canalisation, dans le noir, peut-être qu'il ne voit pas ce qu'il fait, il s'injecte trop de sa saloperie dans le bras et il clamse. C'est tout. Peut-être que quelqu'un l'accompagnait et qu'il a effacé les traces en sortant… et qu'il a emporté le couteau. Il y a une centaine de possibi…

– Ça saute pas toujours aux yeux, ces trucs-là, Harry. C'est ça le problème. On est dimanche. Tout le monde a envie de rentrer chez soi. De jouer au golf. De vendre des maisons. De regarder un match. Tout le monde s'en contrefout. On se contente de la routine. Tu comprends donc pas qu'ils misent justement là-dessus ?

– Qui ça « ils » ?

– Celui ou ceux qui ont fait ça.

Bosch se tut. Il ne convainquait personne et il n'était pas loin de s'inclure dans le lot. C'était une erreur de compter sur le sens du devoir de son collègue. Dès qu'il aurait ses vingt ans de carrière, Edgar quitterait la police, passerait une annonce grand format dans le bulletin de liaison du syndicat : *Policier de Los Angeles à la retraite accorde rabais sur commission à ses collègues officiers*, et se ferait 250 000 dollars par an à vendre des maisons à des flics, ou pour des flics, dans les vallées de San Fernando, de Santa Clarita, de l'Antilope, ou toute autre destinée aux bulldozers.

Soudain, Bosch demanda :

– Mais pourquoi est-il entré dans cette canalisation ? Tu viens pas de me dire qu'il habitait dans la Vallée, à Sepulveda ? Pourquoi descendre jusqu'ici ?

– Comment savoir, Harry ? Ce type était un camé. Peut-être que sa femme l'avait foutu à la porte. Peut-être qu'il a clamsé là-haut chez lui et que ses copains ont traîné son cadavre jusqu'ici pour ne pas avoir d'emmerdes.

– Ça n'en reste pas moins un crime.

– Ouais, c'est un crime, mais si tu trouves un procureur qui accepte d'ouvrir une enquête sur un truc pareil, fais-moi signe.

– Son matériel a l'air propre. Neuf. Les autres traces de piqûre sur son bras paraissent anciennes. Je ne crois pas qu'il ait recommencé à se défoncer. Pas de façon régulière. Y a quelque chose qui ne colle pas.

– Je ne sais pas moi… c'est à cause du sida et ainsi de suite, ils font gaffe à leur matériel… (Bosch regarda son collègue comme s'il le voyait pour la première fois.) Écoute, Harry, ce que je veux te dire, c'est que ce type était peut-être ton pote de guerre il y a vingt ans, mais que c'était devenu un junkie. Tu ne pourras jamais trouver une explication à chacun de ses actes. Côté kit et traces, je ne sais pas, mais y a un truc que je sais : cette affaire ne vaut pas la peine qu'on se casse le cul. C'est de la routine, 9 heures/17 heures, week-ends et vacances non compris.

Bosch renonça… momentanément.

– Je monte à Sepulveda, dit-il. Tu m'accompagnes ou tu retournes à ta maison témoin ?

– Je ferai mon boulot, Harry, lui répondit Edgar avec calme. C'est pas parce qu'on n'est pas d'accord que je vais pas faire ce pour quoi on me paye. Il n'en a jamais été ainsi et ça va pas commencer aujourd'hui. Mais, si t'aimes pas ma façon de travailler, on ira voir le boss demain matin et on demandera à changer d'équipe.

Bosch regretta immédiatement son attaque mesquine, mais il ne le dit pas.

– OK, monte voir s'il y a quelqu'un chez lui. Je te rejoins dès que j'en aurai terminé ici.

Edgar se dirigea vers la canalisation pour prendre un des clichés polaroïd de Meadows. Il le glissa dans sa poche de veste, puis il regagna sa voiture, sans dire un mot de plus à Bosch.

Après s'être débarrassé de sa combinaison et l'avoir pliée dans le coffre de sa voiture, Bosch regarda Sakai et

Osito faire glisser brutalement le cadavre sur une civière, puis à l'arrière d'une camionnette bleue. Il s'approcha en songeant au meilleur moyen de faire passer l'autopsie en priorité, le lendemain au plus tard, et non pas dans quatre ou cinq jours. Il apostropha le légiste au moment où celui-ci ouvrait la portière du côté conducteur.

– On se tire, Bosch.

Ce dernier posa la main sur la portière, empêchant Sakai de monter à bord de la camionnette.

– Qui fait les autopsies aujourd'hui ?

– Pour ce type ? Personne.

– Allez, Sakai. Qui est-ce ?

– Sally. Mais il ne s'occupera pas de ton macchabée, Bosch.

– Ecoute, j'ai déjà eu cette discussion avec mon collègue. Ne t'y mets pas toi aussi.

– Ecoute-moi bien, Bosch. Ça fait six nuits d'affilée que je bosse, j'en suis à ma septième victime. On a eu des accidentés, des noyés, un crime sexuel. Les gens meurent d'envie de nous connaître, Bosch. Il n'y a pas de repos pour les types épuisés, et ça veut dire pas de temps à perdre avec ce que tu crois être un meurtre. Ecoute ton collègue pour une fois. Ton macab suivra la procédure habituelle. Autrement dit, on s'en occupera mercredi, peut-être jeudi. Vendredi au plus tard, je te le promets. Et, pour connaître les résultats de toxicologie, faut attendre au moins dix jours. Tu le sais bien. Alors, pourquoi tu es tellement pressé ?

– Dis à Sally que j'ai besoin des examens préliminaires aujourd'hui même. Je passerai plus tard.

– Bon Dieu, Bosch, écoute un peu ce que je te dis ! On a des cadavres empilés jusque dans le couloir, et il faut tous les autopsier ! Salazar ne va pas perdre son temps avec ce qui ressemble fort, et, à part toi, tout le monde ici pense comme moi, à une histoire de camé. Que voudrais-tu que je lui raconte pour l'inciter à faire l'autopsie tout de suite ?

– Montre-lui le doigt. Dis-lui qu'il n'y avait aucune

trace dans la canalisation. Trouve quelque chose. Signale-lui que la victime avait trop l'habitude des seringues pour se faire une overdose.

Sakai renversa sa tête contre la carrosserie de la camionnette et éclata d'un rire sonore, comme si un enfant venait de lui faire une blague.

— Et tu sais ce qu'il me répondra ? Il me répondra que peu importe depuis combien de temps il se shootait. Ils finissent tous par clamser. Bosch, combien de junkies de soixante-cinq ans tu connais ? Aucun ne tient la distance. La seringue finit toujours par l'emporter. Comme ce type dans la canalisation…

Bosch se retourna pour s'assurer qu'aucun flic en uniforme ne les écoutait ou observait. Puis il reporta son attention sur Sakai.

— Dis-lui simplement que je passerai plus tard. S'il ne trouve rien à l'examen préliminaire, d'accord, tu pourras coller le cadavre au fond du couloir ou le larguer à la station-service de Lankershim. J'en aurai rien à foutre, Larry. Mais fais-lui la commission. C'est à lui de décider, pas à toi.

Bosch ôta sa main de la voiture et recula. Sakai monta dans la camionnette et claqua la portière. Il mit le moteur en marche et regarda Bosch un long moment à travers la vitre avant de la baisser.

— Bosch, t'es un sale emmerdeur. Demain matin. C'est le mieux que je puisse faire. Pas question aujourd'hui.

— Première autopsie demain ?

— Fous-nous la paix pour aujourd'hui, OK ?

— Première autopsie ?

— Ouais, ouais. Première autopsie.

— Bon, je vous fous la paix. A demain, alors.

— Moi, je serai pas là, mec. Je dormirai.

Sakai remonta sa vitre et la camionnette démarra. Bosch recula pour la laisser passer. Lorsqu'elle fut partie, il se retrouva face à la canalisation et, pour la première fois, il s'intéressa aux graffitis. Bien entendu, il avait remarqué que l'extérieur du tuyau était littéralement couvert de bombages, mais il les examina tous l'un après l'autre. Beaucoup étaient anciens, presque effacés, superposés. On aurait dit une liste de menaces depuis longtemps oubliées ou exécutées. Il y avait aussi des slogans : *Quittez LA*. Des noms : *Ozone*, *Bomber*, *Stryker*, et un tas d'autres. Un des tags les plus récents attira son attention. Juste trois lettres, à environ quatre mètres du bout de la canalisation : *SHA*. Les trois lettres avaient été peintes d'un mouvement fluide. Dentelé et cerclé, le haut du S faisait penser à une bouche. A une gueule grande ouverte. Les dents n'étaient pas représentées, mais Bosch les devina comme si le dessin n'était pas achevé. Du joli travail malgré tout, original et net. Il braqua son Polaroïd sur le graffiti et prit une photo.

Puis il se dirigea vers la camionnette de la police en glissant le cliché dans sa poche. Donovan était en train de ranger son matériel sur les étagères et de déposer les sacs contenant les indices dans des caisses de vin de la Napa Valley.

— As-tu trouvé des allumettes calcinées dans le conduit ?

— Ouais. Une, et récente, répondit Donovan. Entièrement brûlée. A trois mètres de l'entrée, environ. Je l'ai indiquée sur le dessin.

Bosch prit la planchette sur laquelle était fixé un schéma représentant la canalisation et l'emplacement du cadavre, ainsi que tous les objets prélevés à l'intérieur du conduit. Il constata que l'allumette se trouvait à environ cinq mètres du corps. Donovan la lui montra, toute seule dans son petit sachet en plastique.

— Je te dirai si elle faisait partie de la pochette d'allumettes du type, dit-il. Si c'est ce que tu veux savoir…

— Et les agents ? Qu'ont-ils découvert ?

Donovan désigna une caisse contenant d'autres sacs en plastique.

— Tout est là.

Il s'agissait de tous les déchets ramassés par les officiers de police qui avaient fouillé les environs dans un rayon de cinquante mètres autour de la canalisation.

Chaque sachet contenait la description de l'endroit où l'objet avait été découvert. Bosch sortit tous les sacs l'un après l'autre et les examina. La plupart renfermaient des ordures qui n'avaient certainement rien à voir avec le cadavre. Il y avait des journaux, des vieux vêtements, une chaussure à talon haut et une chaussette blanche avec des taches de peinture bleue séchée. Pour sniffer.

Bosch sortit un sac contenant le bouchon d'une bombe de peinture. Le sac suivant contenait la bombe aérosol. L'étiquette portait la mention *Bleu outremer*. En agitant le sac, Bosch constata que la bombe n'était pas vide. Il emporta le sac jusqu'à la canalisation, l'ouvrit et, en appuyant sur le gicleur à l'aide d'un crayon, il pulvérisa un trait de peinture bleue à côté des lettres *SHA*. Il appuya trop fort. La peinture dégoulina sur la surface arrondie du tuyau et goutta sur les graviers. Mais pas de doute : la couleur était identique.

Bosch réfléchit un instant. Pourquoi un taggeur jetterait-il une bombe de peinture à moitié pleine ? Il parcourut la note jointe au sachet. On avait retrouvé l'objet au bord du réservoir. Apparemment, quelqu'un avait essayé de le lancer dans l'eau, mais avait raté son coup. De nouveau, Bosch se demanda pourquoi. Accroupi devant la canalisation, il examina attentivement les trois lettres. Nom ou message, de toute évidence le travail n'était pas terminé. Quelque chose avait obligé le taggeur à s'arrêter et à jeter sa bombe de peinture et le reste par-dessus le grillage. La police ? Bosch sortit son carnet pour penser à appeler Crowley après minuit et lui demander si ses hommes avaient patrouillé aux abords du réservoir durant leur ronde de nuit.

Et si ce n'était pas un flic qui avait fait peur au taggeur ? Si celui-ci avait vu quelqu'un amener le corps jusqu'au conduit ? Bosch repensa à ce que Crowley lui avait dit sur le correspondant anonyme qui avait signalé la présence du cadavre : un gamin, par-dessus le marché ! S'agissait-il du taggeur ? Bosch rapporta la bombe de peinture à la camionnette du labo et la tendit à Donovan.

– Relève les empreintes là-dessus, après celles du kit et du fourneau. J'ai dans l'idée que ça pourrait appartenir à un témoin.

– Ça sera fait.


Bosch redescendit des collines et prit l'échangeur de Barham Boulevard pour rejoindre le Hollywood Freeway en direction du nord. Après avoir traversé Cahuenga Pass, il prit vers l'ouest sur le Ventura Freeway, puis de nouveau vers le nord, par le San Diego Freeway. Il lui fallut environ vingt minutes pour parcourir les quinze kilomètres. C'était dimanche et il y avait peu de circulation. Il sortit à Roscoe et roula quelques instants vers l'est jusqu'au quartier où habitait Meadows.

A l'instar de la plupart des banlieues de Los Angeles, Sepulveda possédait son lot de beaux et de mauvais quartiers. Bosch ne s'attendait pas à découvrir des pelouses bien entretenues et des Volvo alignées le long des trottoirs, et il ne fut pas déçu. Les immeubles n'avaient plus rien d'attirant depuis au moins dix ans. Les fenêtres du rez-de-chaussée étaient munies de barreaux, les portes des garages couvertes de graffitis. L'odeur âcre de la brasserie de Roscoe flottait dans l'air. On se serait cru dans un bar à 4 heures du matin.

Meadows avait habité une petite résidence en forme de U, construite dans les années cinquante. A cette époque-là, l'odeur du houblon n'empestait pas les environs, il n'y avait pas de gangs au coin des rues et l'espoir existait encore. Le bassin creusé dans la cour s'était depuis long-temps rempli de sable et de poussière. Le jardin se rédui-sait désormais à une parcelle d'herbe jaunie en forme de haricot et entourée de béton sale. Meadows avait occupé un logement d'angle au premier étage. En grimpant l'es-calier et en suivant le couloir qui longeait les apparte-ments, Bosch entendit le grondement permanent de l'au-toroute. La porte du 7B n'était pas fermée à clé. Elle donnait sur un petit salon-salle à manger-cuisine. Appuyé au comptoir, Edgar prenait des notes dans son carnet.

– Chouette endroit, hein ? lança-t-il.

– Oui, répondit Bosch en regardant autour de lui. Y a personne ?

– Non. J'ai frappé chez la voisine ; elle a vu personne depuis avant-hier. Le type qui habitait ici lui a dit qu'il s'appelait Fields, et non pas Meadows. Astucieux, hein [1] ? Elle dit qu'il vivait seul. Il était là depuis un an environ, mais il recevait rarement des gens. Elle en sait pas plus.

– Tu lui as montré la photo ?

– Ouais, elle l'a reconnu. Ça lui a fait un choc de voir la photo d'un mort.

Bosch pénétra dans le petit couloir qui menait à la salle de bains et à la chambre.

– Tu as crocheté la serrure ? demanda-t-il.

– Non, la porte n'était pas fermée à clé. Sans déconner, j'ai d'abord frappé plusieurs fois et je m'apprêtais à aller chercher ma trousse dans la bagnole quand, à tout hasard, j'ai tourné la poignée.

– Et la porte s'est ouverte…

– Exact.

– Tu as interrogé le gardien ?

– La gardienne. Elle est absente. Normalement, elle est censée être là, mais peut-être qu'elle est partie déjeuner ou acheter sa dose. Tous ceux que j'ai croisés ici ont des têtes de drogués.

Bosch revint dans le salon et promena son regard sur la pièce. Il n'y avait pas grand-chose : un canapé recouvert de vinyle vert contre le mur, un fauteuil rembourré en face, avec une petite télévision en couleur posée sur le tapis, juste à côté. Le mobilier de la salle à manger se composait d'une table en Formica entourée de trois chaises. La quatrième était appuyée contre le mur, à l'écart. Bosch s'approcha de la vieille table basse zébrée de brûlures de cigarette, devant le canapé. Dessus se trouvaient un cendrier plein à ras bord et un recueil de mots croisés. Des cartes à jouer formaient une réussite inache-

1. *Field* : champ. *Meadow* : prairie.

vée. A côté d'un programme de télé. Bosch ignorait si Meadows fumait mais on n'avait pas retrouvé de cigarettes sur son cadavre. Il faudrait penser à vérifier.

– Harry, cet appartement a été fouillé, lança Edgar. Je dis pas seulement ça à cause de la porte qui était ouverte ; y a d'autres trucs. On a fouiné partout. Malgré leurs efforts, ça se voit. Du travail bâclé. Va jeter un œil sur le lit et la commode, tu comprendras. Moi, je redescends voir si la gardienne est revenue.

Après le départ de son collègue, Bosch retraversa le salon en direction de la chambre. Au passage, il remarqua l'odeur d'urine. Dans la chambre, un lit à une place sans dossier était collé contre le mur. La peinture blanche y avait jauni à l'endroit où Meadows appuyait sa tête quand il était assis dans son lit. Face à ce dernier se trouvait une vieille commode à six tiroirs. Une table de chevet bon marché en rotin, surmontée d'une lampe, était installée à côté du lit. Il n'y avait rien d'autre dans la chambre, pas même un miroir.

Bosch commença par examiner le lit. Pas fait. Oreillers et draps empilés au milieu. Bosch remarqua qu'un coin du drap était coincé entre le matelas et le sommier à ressorts, au centre du côté gauche. Visiblement, ce n'était pas volontaire. Bosch tira le coin du drap de sous le matelas et le laissa pendre le long du lit. Puis il souleva le matelas comme pour regarder en dessous, et le reposa. Le coin du drap se retrouva de nouveau coincé entre le matelas et le sommier. Edgar avait raison.

Il ouvrit ensuite les six tiroirs de la commode. Les affaires qu'elle contenait – sous-vêtements, chaussettes blanches et noires et plusieurs T-shirts – étaient toutes bien pliées et ne semblaient pas avoir été dérangées. En repoussant le tiroir du bas à gauche, il constata que celui-ci glissait difficilement et refusait de se fermer entièrement. Il le sortit de la commode et fit de même avec un deuxième. Puis avec un troisième. Lorsqu'il les eut tous enlevés, il les examina un par un, pour voir si on avait fixé quelque chose en dessous. Puis il les remit en place, en changeant l'ordre jusqu'à ce que tous coulissent et se ferment sans mal. Quand il eut terminé, les tiroirs étaient dans un ordre différent. Le bon. Il se réjouit que quelqu'un ait pris la peine de tous les sortir pour regarder dessous et derrière, avant de les replacer dans le désordre.

Il passa ensuite dans la penderie. Un quart seulement de l'espace disponible était utilisé. Deux paires de chaussures étaient posées sur le sol : une de jogging Reebok noires, maculées de sable et de poussière grise, et une de godillots de chantier à lacets, celles-ci semblant avoir été nettoyées et graissées récemment. Il y avait des traces de cette même poussière grise dans les poils de la moquette. L'inspecteur Bosch se pencha pour en prélever une pincée. On aurait dit de la poussière de béton. Sortant un sachet de sa poche, il y déposa quelques granules. Puis il rangea le sachet et se releva. Cinq chemises étaient suspendues à des cintres : une Oxford blanche et quatre tuniques noires à manches longues, comme celle que portait Meadows. A côté de ces vêtements étaient suspendus deux blue-jeans délavés et deux bas de pyjama noirs – à moins qu'il ne s'agisse de pantalons de style kimono ? Les poches des quatre pantalons avaient été retournées. Le panier de linge sale posé par terre contenait un pantalon noir, des T-shirts, des chaussettes et un boxer-short.

Bosch ressortit de la penderie et quitta la chambre pour pénétrer dans la salle de bains. Il ouvrit l'armoire à pharmacie : un tube de dentifrice à moitié usé, un flacon d'aspirine et une boîte vide de seringues d'insuline. En refermant l'armoire, Bosch se regarda dans la glace et vit la lassitude dans son regard. Il se passa la main dans les cheveux.

De retour dans le salon, il se laissa tomber sur le canapé, face à la réussite inachevée. Edgar entra.

– Meadows a loué cet appart' en juillet dernier. La gardienne est revenue. Le loyer est payable au mois, mais il en avait réglé onze d'avance. 400 dollars par mois. Autrement dit, il a sorti presque 5 000 dollars en liquide.

Elle ne lui a pas demandé de garanties, elle a simplement pris le fric. Il habitait…

– Il avait réglé pour onze mois ? le coupa Bosch. Elle lui a fait un prix ? Onze mois d'avance et le douzième gratuit ?

– Je lui ai posé la question, et elle m'a répondu que non : c'est lui qui a voulu payer de cette façon. Il lui a dit qu'il s'en irait le 1er juin. Ça fait… dans dix jours. Il lui a expliqué qu'il venait ici pour son travail, de Phoenix, pense-t-elle. Toujours d'après elle, il était contremaître ou quelque chose comme ça, sur le chantier du métro centre-ville. Elle avait l'impression que son travail lui prendrait juste onze mois, après quoi il rentrerait à Phoenix.

Edgar consultait les notes qu'il avait prises lors de son entretien avec la gardienne.

– Voilà, c'est à peu près tout. Elle l'a reconnu tout de suite. Elle le connaissait, elle aussi, sous le nom de Fields. Bill Fields. Il avait, paraît-il, des horaires bizarres, comme s'il travaillait de nuit. La semaine dernière, elle l'a vu se faire déposer un matin par une Jeep beige ou marron. Elle n'a pas pu me donner le numéro d'immatriculation parce qu'elle ne faisait pas attention. Mais la Jeep était couverte de boue, c'est comme ça qu'elle a su qu'il rentrait du travail.

Il y eut un moment de silence ; ils réfléchissaient tous les deux.

Pour finir, ce fut Bosch qui lança :

– Edgar, j'ai un marché à te proposer.

– Un marché ?… Vas-y, je t'écoute.

– Tu rentres chez toi maintenant… ou tu retournes à ta maison témoin, comme tu veux. Moi, je prends l'affaire en main. Je vais chercher l'enregistrement du coup de téléphone, je retourne au bureau et je m'occupe de la paperasserie. Après, j'irai voir si Sakai a prévenu la famille. Si je me souviens bien, Meadows venait de Louisiane. De toute façon, je me suis arrangé pour que l'autopsie ait lieu demain matin à 8 heures. Je m'en occuperai aussi… En échange, demain, tu boucles l'affaire de la télé et tu apportes tout au procureur. Il ne devrait pas y avoir de problème.

— Autrement dit, tu t'occupes du côté merdeux et tu me laisses le plus facile. L'affaire du travelo, c'est du tout cuit.

— Ouais. Mais j'ai autre chose à te demander. En venant de la Vallée demain, arrête-toi au bureau des anciens combattants de Sepulveda et essaye de les convaincre de te montrer le dossier de Meadows. Il contient peut-être des noms qui pourront nous aider. Comme je te l'ai expliqué, il était suivi par un psy de l'hôpital et il assistait à des séances de groupe. Peut-être qu'un de ces types se défonçait avec lui et qu'il sait ce qui s'est passé ici. C'est un peu risqué, je l'avoue, mais, s'ils te font des difficultés, appelle-moi : je demanderai un mandat de perquisition.

— Le marché me semble correct. Mais ça m'inquiète pour toi, Harry. Toi et moi, on est collègues depuis trop longtemps. Je sais que tu as certainement envie de retourner dans le centre, aux Cambriolages et homicides, mais je ne vois pas l'intérêt de te casser le cul sur cette affaire. D'accord, cet appart' a été fouillé de fond en comble, mais là n'est pas la question. La question, c'est de savoir pourquoi. Et, sincèrement, je ne vois rien de bien excitant dans tout ça. Si tu veux mon avis, Meadows est mort ici et quelqu'un l'a déposé au réservoir, avant de revenir fouiller son appart' pour trouver de la came.

— Oui, c'est certainement ça, dit Bosch après quelques instants. Mais il y a quand même deux ou trois trucs qui me tracassent. J'ai envie de creuser encore un peu pour en avoir le cœur net.

— Je te le répète, j'y vois aucun inconvénient. Tu me laisses le boulot le plus facile.

— Je vais continuer à fouiner un peu ici. Rentre chez toi. On se verra demain quand je reviendrai de l'autopsie.

— OK, collègue.

— Hé, Jed !

— Ouais ?

— Ça n'a rien à voir avec le fait de retourner dans le centre.

Bosch resta assis sur le canapé. Il était seul, il réfléchissait, balayant la pièce du regard à la recherche de secrets. Enfin, ses yeux se posèrent sur la table basse et la réussite. Les quatre as étaient retournés. Il s'empara des cartes restantes et les fit défiler, les sortant du paquet par groupe de trois. Il tomba sur le deux et le trois de pique et le deux de cœur. La réussite n'était pas arrivée au point mort. Elle avait été interrompue. Et jamais terminée.

L'excitation s'empara de son esprit. En observant le cendrier en verre de couleur verte, il constata que tous les mégots étaient ceux de Camel sans filtre. La marque de Meadows ou celle de son meurtrier ? Il se leva et fit le tour de la pièce. La faible odeur d'urine le frappa de nouveau. Il retourna dans la chambre. Il ouvrit les tiroirs de la commode et en inspecta encore une fois le contenu. Aucun déclic ne se produisit dans sa tête. Il s'approcha de la fenêtre et observa l'arrière de l'immeuble d'en face, séparé par une ruelle. Un homme tirant un caddie de supermarché fouillait dans une poubelle à l'aide d'un bâton. Le caddie était à moitié rempli de canettes en aluminium. Bosch alla s'asseoir sur le lit et appuya sa tête contre le mur, là où aurait dû se trouver le dossier, là où la peinture blanche avait jauni. Le mur était froid dans son dos.

— Dis-moi quelque chose, murmura-t-il en s'adressant à un interlocuteur invisible.

Quelque chose avait interrompu la réussite et Meadows était mort ici même, dans cette maison : Bosch en était certain. Puis on l'avait transporté jusqu'à la canalisation. Mais pourquoi ? Pourquoi ne pas le laisser ici ? La tête appuyée contre le mur, Bosch regardait droit devant lui. C'est alors qu'il remarqua un clou dans le mur. Le clou était planté à environ un mètre au-dessus de la commode et on l'avait peint en blanc en même temps que le mur, il y a fort longtemps. Voilà pourquoi il ne l'avait pas vu plus tôt. Bosch se leva pour aller jeter un coup d'œil derrière la commode. Dans l'interstice de quelques centimètres entre le mur et le meuble, il aperçut le coin d'un cadre qui était tombé. S'aidant de son épaule, il écarta la lourde commode et ramassa l'objet. Il retourna s'asseoir sur le bord du lit pour l'étudier. Le verre étoilé – sans doute dans la chute du cadre – masquait en partie une photo en noir et blanc 15 × 20. Mauvaise qualité, jaunie sur les bords. Le document avait plus de vingt ans, Bosch le savait, car, entre deux fêlures, il avait reconnu son visage jeune et souriant qui regardait fixement l'objectif.

Il retourna le cadre et ôta avec précaution les pointes en fer-blanc qui maintenaient le fond en carton. Lorsqu'il fit glisser la photo jaunie, le sous-verre finit par céder et se brisa en mille morceaux sur le sol. Bosch écarta les pieds, mais ne se leva pas et observa la photo. Aucune indication, ni au recto ni au verso, ne précisait où et quand elle avait été prise. Mais ce ne pouvait être qu'à la fin de 1969, ou au début de 1970, certains des hommes figurant sur le cliché étant morts par la suite.

Ils étaient sept sur la photo. Tous des « rats de tunnel ». Tous torse nu et exhibant fièrement leurs traces de bronzage, leur tatouage et leurs plaques d'identification scotchées ensemble pour éviter qu'elles ne s'entrechoquent quand ils rampaient dans les galeries. Ils devaient se trouver dans le secteur de Cu Chi, mais Bosch n'avait conservé aucun souvenir de ce village. Les soldats posaient dans une tranchée, à l'entrée d'une galerie pas plus large que la canalisation dans laquelle on venait de découvrir le cadavre de Meadows. Bosch se regarda sur la photo et trouva son sourire idiot. Il ressentit même une sorte de gêne, en songeant à ce qui allait se passer par la suite. Puis il observa Meadows : petit sourire et regard absent. Les autres disaient souvent que Meadows était capable de fixer l'horizon dans une pièce de deux mètres carrés.

En contemplant les éclats de verre tombés entre ses pieds, Bosch aperçut un petit bout de papier rose de la taille d'une carte à jouer. Il s'en saisit. C'était un reçu d'un prêteur sur gages du centre-ville. Au nom de William Fields. Avec la description de l'objet gagé : un bracelet ancien en or, avec incrustation de jade. Le reçu avait été délivré il y a six semaines. Fields avait obtenu 800 dollars en échange de son bracelet. Bosch glissa le bout de papier dans une enveloppe qu'il avait sortie de sa poche et se leva.

Il mit une heure à rejoindre le centre-ville à cause de toutes les voitures qui se dirigeaient vers le Dodger Stadium. Pendant le trajet, il ne cessa de penser à l'appartement. Celui-ci avait été fouillé, mais Edgar avait raison : c'était du travail bâclé. Les poches de pantalon retournées en étaient la preuve flagrante. Malgré tout, les tiroirs de la commode auraient dû être remis dans le bon ordre et la photo avec le reçu du prêteur sur gages n'aurait pas dû leur échapper. Pourquoi tant de précipitation ? Très certainement parce que le cadavre de Meadows se trouvait dans l'appartement. Il fallait s'en débarrasser.

Il sortit à Broadway et prit vers le sud, passant devant Times Square, jusqu'à la boutique du prêteur sur gages située dans l'immeuble Bradbury. Le week-end, le centre de Los Angeles était aussi calme que Forest Lawn et Bosch n'espérait pas trouver le Happy Hocker[1] ouvert. Simple curiosité de sa part ; il voulait juste jeter un coup d'œil avant de rejoindre le centre des communications. Mais, en passant devant la boutique, il aperçut un homme sur le pas de la porte ; muni d'une bombe aérosol, celui-ci était en train de peindre le mot OUVERT en noir sur un panneau de contreplaqué qui remplaçait la vitrine. Bosch remarqua des éclats de verre sur le trottoir sale, sous la planche de contreplaqué. Il se rangea le long du trottoir. L'homme à la bombe de peinture était rentré dans sa boutique lorsqu'il arriva à la porte. Il franchit le faisceau d'un œil électronique qui fit retentir une sonnette quelque part au-dessus de tous les instruments de musique suspendus au plafond.

– C'est pas ouvert. Jamais le dimanche, lança une voix depuis le fond du magasin.

1. Soit : « Au garagiste heureux ».

L'homme se tenait derrière une caisse enregistreuse chromée posée sur un comptoir en verre.

– C'est pas ce que dit le panneau que vous venez de peindre.

– Ça, c'est pour demain. Les gens, y voient des planches sur votre vitrine et y pensent que vous avez fermé boutique. Mais moi, non. Je reste ouvert, mais pas le week-end. J'ai mis cette planche pour quelques jours seulement. Et j'ai marqué OUVERT dessus pour avertir les gens, vous comprenez ?

Bosch lui montra rapidement son insigne de police.

– C'est vous le propriétaire ? Ça ne sera pas long.

– Oh, la police ! Fallait le dire ! Toute la journée, que je vous ai attendu !

Perplexe, Bosch regarda autour de lui, puis il comprit.

– Ah, vous voulez parler de la vitrine ? Je ne suis pas ici pour ça.

– Comment ? Les agents m'ont dit d'attendre un inspecteur. J'ai attendu. Je suis ici depuis 5 heures du matin.

Bosch promena son regard sur la boutique. L'habituel fouillis d'instruments de musique, de matériel électronique, de bijoux et de bricoles.

– Ecoutez, monsieur…

– Obinna. Oscar Obinna, prêteur sur gages à Los Angeles et Culver City.

– Monsieur Obinna, les inspecteurs n'enquêtent pas sur les affaires de vandalisme le week-end. A vrai dire, je doute même qu'ils s'en occupent pendant la semaine.

– Qui parle de vandalisme ? C'est une effraction ! Un vol qualifié !

– Vous voulez dire un cambriolage ? Qu'est-ce qu'on vous a volé ?

Obinna lui désigna les deux vitrines qui flanquaient la caisse. Les plaques de verre avaient été brisées en mille morceaux. En s'approchant, Bosch découvrit des petits bijoux, boucles d'oreilles et bagues bon marché, mêlées aux débris de verre. Il vit aussi des présentoirs à bijoux en velours dont les plateaux et les chevilles en bois étaient vides. Il regarda autour de lui, sans remarquer d'autres dégâts dans la boutique.

— Monsieur Obinna, je peux appeler l'inspecteur de garde pour savoir si quelqu'un va venir aujourd'hui, et, si oui, à quel moment. Mais ce n'est pas la raison de ma visite.

Bosch sortit de sa poche l'enveloppe en plastique transparent contenant le reçu et le brandit devant les yeux d'Odinna.

— Pourrais-je voir ce bracelet, s'il vous plaît ?

Au moment où il prononçait ces mots, il se sentit envahi d'une sombre prémonition. Le prêteur sur gages, un petit homme rond au teint olivâtre, avec quelques boucles de cheveux noirs sur un crâne chauve, jeta à Bosch un regard incrédule, en joignant ses épais sourcils sombres.

— Vous n'allez pas prendre ma déposition pour le vol ?

— Non, monsieur. J'enquête sur un meurtre. Pouvez-vous, s'il vous plaît, me montrer le bracelet qui correspond à ce reçu ? Ensuite, j'appellerai le central pour savoir si quelqu'un doit venir aujourd'hui pour votre effraction. Merci de votre coopération.

— Aaah ! Vous autres de la police ! C'est que je coopère, moi. Toutes les semaines j'envoie mes listes, je prends même des photos pour vos collègues. Et quand je demande un inspecteur pour un cambriolage, on m'envoie quelqu'un qui s'occupe des meurtres ! J'attends depuis 5 heures du matin !

— Passez-moi votre téléphone. Je vais appeler.

Obinna décrocha l'appareil fixé au mur derrière une des vitrines brisées et le lui tendit. Bosch lui indiqua le numéro à composer. Pendant qu'il s'entretenait avec l'inspecteur de garde de Parker Center, le patron de la boutique chercha le talon du reçu dans son registre. L'inspecteur de garde – une femme que connaissait Bosch et qui n'avait jamais participé à aucune enquête sur le terrain durant toute sa carrière à la brigade des vols et homicides – lui demanda de ses nouvelles avant de lui expliquer qu'elle avait transmis l'affaire du cambriolage de la boutique de prêt au commissariat du secteur, en sachant parfaitement qu'il n'y aurait pas d'inspecteur aujourd'hui. Bosch fit le tour du comptoir et composa malgré tout le numéro du bureau des inspecteurs du commissariat en question. Evidemment, personne ne répondit. Tandis que le téléphone continuait à sonner dans le vide, Bosch entama une conversation à sens unique :

— Oui, c'est Harry Bosch à l'appareil, police de Hollywood. Je voulais juste me renseigner au sujet du cambriolage au Happy Hocker dans Broadway… C'est cela. Vous savez quand ?… Hmm, hmm… très bien. Obinna, o-b-i-n-n-a.

Il se tourna vers Obinna qui lui confirma l'orthographe de son nom d'un hochement de tête.

— Oui, il attend… D'accord… je lui dirai. Merci.

Il raccrocha. Obinna le regarda en haussant ses sourcils broussailleux.

— Ils ont eu une journée chargée, monsieur Obinna. Les inspecteurs sont tous absents pour l'instant, mais ils vont venir. Ça ne devrait plus être très long. J'ai donné votre nom à l'officier de garde en lui disant de les envoyer ici dès que possible. Puis-je voir ce bracelet maintenant ?

— Non.

Bosch piocha une cigarette dans le paquet qu'il avait sorti de sa poche de veste. Il savait ce qui allait suivre, avant même que le propriétaire ne lui désigne une des deux vitrines brisées.

— Votre bracelet a disparu. Je viens de vérifier dans mon registre. Je me souviens maintenant : je l'avais placé dans la vitrine parce que c'était une belle pièce, avec de la valeur. Et elle a disparu. Nous sommes tous les deux victimes du même voleur.

Obinna lui avait dit cela en souriant, visiblement ravi de partager son malheur. Bosch contempla les éclats de verre scintillants au fond de la vitrine.

— Oui, en effet.

— Vous arrivez un jour trop tard, inspecteur. Quel dommage.

— Vous dites qu'on a volé uniquement le contenu de ces deux vitrines ?

— Oui. Du vite fait.

— A quelle heure ?

— La police m'a prévenu à 4 h 30 du matin. Juste après l'alarme. Je suis venu aussitôt. Quand ils ont brisé la vitrine, la sonnerie s'est déclenchée. Les policiers n'ont trouvé personne. Ils ont attendu que j'arrive. Et moi, j'attends des inspecteurs qui ne viennent pas. Je ne peux pas remettre de l'ordre dans mes vitrines avant qu'ils ne soient venus enquêter.

Bosch réfléchissait à la chronologie des événements. Le corps qu'on dépose peu de temps avant l'appel anonyme à la police, à 4 heures du matin. La boutique de prêts sur gages cambriolée à peu près au même moment. Le vol d'un bracelet gagé par la victime. Les coïncidences n'existent pas, songea-t-il.

— Vous avez parlé de photos. De listes et de photos pour les fichiers de la police.

— Exact. J'envoie à la police de Los Angeles la liste des objets que j'achète. C'est la loi. Je coopère de mon mieux.

Obinna hocha la tête et jeta un regard sombre en direction de la vitrine brisée.

— Et les photos ? insista Bosch.

— Oui, les photos… Vos collègues me demandent de photographier mes plus belles acquisitions. Ça les aide à identifier la marchandise volée. Ce n'est pas obligatoire, mais moi, j'accepte : je coopère de mon mieux. J'ai acheté un Polaroïd. Je garde les photos s'ils veulent les voir. Mais jamais ils viennent. Connerie.

— Vous avez la photo de ce bracelet ?

Obinna haussa de nouveau les sourcils, comme s'il envisageait cette possibilité pour la première fois.

— Je crois, dit-il en disparaissant derrière un rideau noir tendu derrière le comptoir.

Il revint quelques secondes plus tard avec une boîte à chaussures remplie de photos instantanées auxquelles étaient agrafées des bandes de papier jaune. Il fouilla bruyamment parmi les clichés, en sortant un de temps en temps, haussant les sourcils, puis remettant la photo en place. Finalement, il trouva ce qu'il cherchait.

– Ah. La voici. (Bosch prit la photo et l'examina.) Or ancien avec jade incrusté, très joli, reprit Obinna. Je me souviens : grande classe. Fait dans les années trente, au Mexique… Ça m'a coûté 800 dollars. C'est pas souvent que je paye aussi cher pour un bijou. Je me souviens un jour, un homme très grand, il entre ici avec la bague du Super Bowl. 1983. Très jolie. Je lui ai filé 1 000 dollars. Il est pas revenu la chercher.

Il leva la main gauche pour montrer la bague en or géante qui semblait encore plus énorme autour de son petit doigt.

– L'homme qui vous a apporté ce bracelet… vous vous en souvenez aussi ?

Obinna afficha un air perplexe. En regardant ses sourcils, se dit Bosch, on avait l'impression de voir deux chenilles se foncer dessus. Il sortit un des polaroïds de Meadows de sa poche et le tendit au prêteur sur gages. Obinna l'examina attentivement.

– Cet homme est mort, déclara-t-il au bout d'un moment. (Les chenilles semblaient trembler de peur.) Cet homme a l'air mort.

– Je n'ai pas besoin de votre aide pour le savoir. Je veux savoir si c'est lui qui vous a apporté ce bracelet.

Obinna lui rendit le cliché.

– Je crois.

– Il vous a déjà apporté d'autres objets, avant ou après ce bracelet ?

– Non, je crois que je me souviendrais de lui. Je pense pas.

– Je garde ça, dit Bosch en agitant la photo du bracelet. Si vous avez besoin de la récupérer, appelez-moi.

Il déposa sa carte de visite sur la caisse. C'était une carte au rabais, avec son nom et son numéro de téléphone inscrits à la main. En gagnant la sortie, il passa sous une rangée de banjos et consulta sa montre. Il se tourna vers

Obinna qui continuait à fouiller dans sa boîte de pola-roïds.

— Monsieur Obinna, l'officier de garde m'a demandé de vous prévenir. Si les inspecteurs ne sont pas là dans une demi-heure, rentrez chez vous : ils passeront demain matin.

Obinna le regarda sans mot dire. Les chenilles s'élancèrent et entrèrent en collision. Bosch leva la tête et capta son reflet dans le coude en cuivre astiqué d'un saxophone. Un ténor. Il pivota sur ses talons et ressortit, direction le centre des communications de la police, pour récupérer l'enregistrement.

Le sergent de garde – le centre des communications était situé sous la mairie – autorisa Bosch à copier l'appel enregistré sur le magnétophone à bandes qui tourne et enregistre en permanence les cris de la ville. La voix de l'opératrice appartenait à une femme noire. Son correspondant était un individu de race blanche. Avec une voix de gamin.

« Police-secours, j'écoute.

— Euh…

— Que puis-je pour vous ? Quelle est la raison de votre appel ?

— Euh… j'appelle pour dire qu'y a un mort dans un tuyau.

— Vous appelez pour signaler un décès ?

— Ouais, c'est ça.

— Qu'entendez-vous par "tuyau", monsieur ?

— Il est dans un gros tuyau, là-haut, près du barrage.

— Quel barrage ?

— Vous savez bien, là où y a le réservoir d'eau et tout ça, le grand panneau Hollywood.

— Vous voulez parler du barrage de Mulholland ? Au-dessus de Hollywood ?

— Ouais, c'est ça. Mulholland. Je me souvenais plus du nom.

— Où est le corps ?

– Y a un gros tuyau tout rouillé. Vous savez, là où les gens y viennent dormir. Le mort est là-dedans. A l'intérieur.

– Connaissez-vous cet homme ?

– Hé, non, je l'ai jamais vu, moi !

– Est-ce qu'il dort ?

Le garçon émit un ricanement nerveux.

– Je vous dis qu'il est mort.

– Comment le savez-vous ?

– Je le sais. Je vous le dis… Si vous voulez pas…

– Comment vous appelez-vous, monsieur ?

– Hein ? Pourquoi vous voulez mon nom ? J'ai rien fait moi, j'ai simplement vu le cadavre.

– Qu'est-ce qui me prouve que ce n'est pas une farce ?

– Allez-y voir, vous verrez bien. J'ai rien d'autre à vous dire, moi. Qu'est-ce que mon nom vient faire là-dedans ?

– C'est pour nos rapports, monsieur. Puis-je connaître votre nom ?

– Euh… non.

– Voulez-vous rester sur place en attendant l'arrivée d'un officier ?

– Non. J'y suis plus déjà, je suis…

– Je sais, monsieur. L'ordinateur m'indique que vous vous trouvez dans une cabine de Gower Street, près de Hollywood Boulevard. Voulez-vous attendre l'arrivée d'un agent ?

– Comment… ? Laissez tomber, faut que je me tire. Allez vérifier. Le corps est là-haut. Un type mort.

– Monsieur, nous aimerions parler… »

La communication s'arrêtait là. Bosch mit la cassette dans sa poche et ressortit du centre des communications en empruntant le chemin par où il était venu.

Cela faisait dix mois que Harry Bosch n'avait pas remis les pieds au deuxième étage de Parker Center. Il avait travaillé à la brigade des vols et homicides pendant presque dix ans, mais n'y était pas revenu après avoir été suspendu et transféré à la Criminelle de Hollywood. Le jour même où il avait appris la nouvelle, deux crétins des

Affaires internes, la police des polices, les dénommés Lewis et Clarke, étaient venus débarrasser son bureau. Ils avaient vidé ses affaires sur la table des homicides au commissariat de Hollywood et laissé un message sur son répondeur téléphonique pour lui indiquer où les récupérer. Aujourd'hui, dix mois plus tard, il était de retour à l'étage sanctifié de la brigade d'élite des inspecteurs du département et, heureusement, c'était un dimanche. Il ne risquait pas de croiser des visages connus. Aucune raison de détourner le regard.

La salle 321 était déserte, à l'exception de l'inspecteur de garde ce week-end, un type que Bosch ne connaissait pas. Harry désigna le fond de la salle.

— Bosch, brigade criminelle de Hollywood. J'ai besoin de l'ordinateur.

L'homme de garde, un jeune flic avec une coupe de cheveux qu'il avait conservée après avoir quitté le corps des marines, feuilletait un catalogue d'armes ouvert sur son bureau. Il se retourna vers les ordinateurs alignés le long du mur du fond comme pour s'assurer qu'ils étaient toujours là, puis il reporta son attention sur Bosch.

— Vous êtes censé utiliser ceux de votre brigade, dit-il.

Bosch passa devant lui.

— Je n'ai pas le temps de retourner à Hollywood. J'ai une autopsie dans vingt minutes, lui répondit-il en mentant.

— J'ai entendu parler de vous, Bosch. Ouais. L'émission de télé et le reste. Vous bossiez à cet étage. Dans le temps…

La dernière phrase resta suspendue dans l'air comme du smog. Bosch s'efforça de l'ignorer. En se dirigeant vers les ordinateurs, il ne put toutefois empêcher son regard de se poser sur son ancien bureau. Celui-ci était en désordre, les fiches du Rolodex bien blanches et pas écornées. Neuves. Harry se retourna vers le flic de garde, qui ne l'avait pas quitté des yeux.

— C'est votre bureau quand vous ne tirez pas au flanc le dimanche ?

Le jeune type sourit et opina.

— Vous le méritez, fiston. Vous êtes parfait pour ce poste. La coupe de cheveux, le sourire idiot. Vous irez loin.

— Hé, c'est pas parce que vous vous êtes fait virer d'ici pour avoir joué les Rambo... Ah, allez vous faire voir, Bosch, vous n'existez plus.

Bosch prit une chaise à roulettes devant un bureau et l'installa face à l'ordinateur IBM/PC posé sur une table contre le mur du fond. Il brancha l'appareil et, en quelques secondes, les lettres jaunes apparurent sur l'écran : HITMAN[1] (pour *Homicide Information Tracking Management Automated Network*).

Bosch ne put s'empêcher de sourire en constatant que le département avait comme un besoin permanent d'inventer des acronymes. Il avait l'impression que chaque unité, chaque force d'intervention, chaque dossier d'ordinateur avait été affublé d'un acronyme afin de faire plus distingué. Pour le public, les acronymes étaient synonymes d'action, d'effectifs importants se consacrant à des problèmes vitaux. On avait ainsi HITMAN, COBRA, CRASH, BADCATS, DARE. Et une centaine d'autres. Quelque part dans cet immeuble, il devait y avoir un type qui passait ses journées à pondre des acronymes accrocheurs. Dans ce département, si votre unité n'avait pas d'acronyme, vous ne valiez rien du tout.

Une fois Bosch entré dans le système HITMAN, une série de questions s'afficha sur l'écran. Bosch remplit les blancs. Puis il entra trois mots clés pour la recherche : *barrage de Mulholland*, *overdose* et *overdose mise en scène*. Il appuya ensuite sur la touche *Enter*. Environ trente secondes plus tard, l'ordinateur l'informa que cette recherche, parmi les huit mille affaires d'homicide — soit environ dix années — répertoriées sur le disque dur de la machine, ne donnait que six réponses. Bosch les fit défiler l'une après l'autre. Les trois premières affaires

---

1. Littéralement : « tueur ». Système de recherche automatisé d'informations sur les homicides.

concernaient des meurtres jamais élucidés de jeunes femmes retrouvées mortes sur le site du barrage au début des années quatre-vingt. Toutes les trois avaient été étranglées. Bosch parcourut rapidement les détails et passa à l'affaire suivante. Il s'agissait d'un cadavre qu'on avait découvert flottant dans le réservoir cinq ans auparavant. La cause du décès, qui n'était pas la noyade, demeurait inconnue. Les deux derniers cas concernaient des overdoses, la première ayant eu lieu au cours d'un pique-nique dans le parc au-dessus du réservoir. Rien de bien intéressant. Bosch passa à la dernière sélection de l'ordinateur : un cadavre trouvé dans la canalisation quatorze mois plus tôt. La cause du décès avait été attribuée à un arrêt cardiaque provoqué par une overdose d'opium et d'héroïne. Le défunt était connu pour fréquenter les environs du barrage et dormir dans la canalisation, précisait l'ordinateur. Affaire sans suite.

C'était le décès auquel Crowley, le sergent de garde de Hollywood, avait fait allusion en le réveillant ce matin-là. Bosch appuya sur une touche afin d'imprimer les informations concernant cette dernière affaire, dont il ne pensait pourtant pas qu'elle ait un rapport avec la sienne. Il quitta le programme, éteignit l'ordinateur et resta assis un moment à réfléchir. Sans se lever de sa chaise, il glissa jusqu'à un autre terminal. Il l'alluma et pianota son code d'accès. Il sortit la photo polaroïd de sa poche, observa encore une fois le bracelet et entra la description de ce dernier dans la machine afin d'interroger le fichier des objets volés. Cette opération était tout un art en soi, Bosch devant décrire son bracelet de la même façon que des collègues obligés de stocker dans l'ordinateur les descriptifs de tout un lot de bijoux dérobés lors d'un vol ou d'un cambriolage. Il joua la simplicité : *Bracelet en or ancien incrusté d'un dauphin en jade*. Il appuya sur la touche *Enter* et, trente secondes plus tard, l'écran afficha : *Pas de réponse*. Il essaya de nouveau, en inscrivant seulement : *Bracelet en or et jade*. Cette fois, il obtint quatre cent trente-six réponses. Beaucoup trop. Il devait affiner la recherche. Il pianota : *Bracelet en or avec poisson de jade*, et enfonça la touche *Enter*. Six réponses. C'était déjà mieux.

D'après l'ordinateur, un bracelet en or incrusté d'un poisson de jade figurait dans quatre rapports criminels et deux appels à recherches du département enregistrés dans la machine depuis la mise en route du programme en 1983. Bosch savait qu'en raison de la multiplication effrayante des dossiers dans tous les secteurs de la police les six réponses concernaient probablement la même affaire de bracelet perdu ou volé. Ayant fait apparaître les rapports abrégés à l'écran, il constata que ses suppositions étaient fondées. Toutes les entrées concernaient un cambriolage qui avait eu lieu en septembre, au coin de la VIe et de Hill Street, dans le centre-ville. La victime se nommait Harriet Beecham, avait soixante et onze ans et habitait Silver Lake. Bosch essaya de situer mentalement l'endroit en question, sans parvenir à se représenter de quel immeuble ou commerce il s'agissait. L'ordinateur ne possédant aucun renseignement sur la nature du cambriolage, il lui faudrait fouiller dans les archives et faire une photocopie. En revanche, il y avait une description sommaire du bracelet d'or et de jade et de plusieurs autres bijoux dérobés à cette Mme Beecham. Le bracelet qu'elle déclarait s'être fait voler pouvait être celui que Meadows avait gagé, mais ce n'était pas certain, la description manquant de précision. L'ordinateur fournissait d'autres numéros de rapports. Bosch les nota dans son carnet et songea que la déclaration de vol de Harriet Beecham avait entraîné une masse de paperasserie inhabituelle.

Il réclama ensuite des informations sur les deux appels à recherches. L'un et l'autre émanaient du FBI, le premier ayant été rédigé quinze jours après le cambriolage dont avait été victime Mme Beecham. Il avait été rediffusé trois mois plus tard, les bijoux n'ayant pas été retrouvés. Bosch nota la référence de l'appel et éteignit l'ordinateur. Il traversa le bureau et gagna la section des vols et cambriolages de sociétés. Sur une étagère métallique fixée au mur du fond étaient entreposés des dizaines de classeurs noirs renfermant tous les avis de recherches et les comptes rendus des dernières années. Bosch prit celui marqué SEP-TEMBRE et se mit à le feuilleter. Très rapidement, il s'aperçut que les bulletins n'étaient pas classés par ordre chronologique et que tous ne dataient pas du mois de sep-tembre. A vrai dire, il n'y avait aucun classement. Conclu-sion, il serait peut-être obligé de consulter les classeurs des dix mois écoulés depuis le vol de Mme Beecham pour trouver ce qu'il cherchait. Il descendit un paquet de clas-seurs de l'étagère et s'installa au bureau des cambrio-lages. Au bout de quelques instants, il sentit une présence en face de lui, de l'autre côté de la table.

— Que voulez-vous ? demanda-t-il sans lever les yeux.

— Ce que je veux ? répéta l'inspecteur. Je veux savoir ce que vous foutez ici, Bosch. Vous n'avez plus rien à y faire. Vous pouvez pas débarquer à votre guise comme si vous étiez le chef. Remettez ces merdes sur l'étagère et, si vous voulez les consulter, revenez demain et deman-dez la permission, bordel ! Et épargnez-moi vos histoires d'autopsie à la con. Ça fait déjà une demi-heure que vous êtes ici.

Bosch leva les yeux sur son interlocuteur. Vingt-huit ans, peut-être vingt-neuf, l'homme était encore plus jeune que lui lorsqu'il était entré à la brigade des vols et homicides. Soit les critères d'admission avaient baissé, soit la brigade n'était plus ce qu'elle était. Les deux en fait. Sans rien dire, Bosch replongea son nez dans le clas-seur.

— Hé, je te parle, connard ! rugit l'inspecteur.

Bosch glissa son pied sous le bureau et donna un coup dans la chaise placée devant lui. La chaise recula violem-ment, son dossier frappant l'inspecteur au bas-ventre. L'inspecteur se plia en deux, laissa échapper un hoquet et se retint à la chaise. Bosch savait que sa réputation jouait en sa faveur. Harry Bosch le solitaire, le battant, le tueur. Vas-y, fiston, semblait-il dire, réagis.

Mais le jeune inspecteur se contenta de le foudroyer du

regard, maîtrisant sa rage et son humiliation. C'était un flic capable de dégainer, mais pas de presser sur la détente. L'ayant compris, Bosch sentit que le jeune n'insisterait pas.

Ce dernier secoua la tête, fit un geste de la main comme pour dire « Ça suffit » et regagna son bureau.

— Vas-y, fais un rapport, fiston ! lui lança Bosch.

— Va te faire foutre, lui répondit l'autre sans grande conviction et sans se retourner.

Bosch sut alors qu'il n'avait aucune raison de s'inquiéter. Sans témoin ou enregistrement pour corroborer les faits, la brigade des affaires internes refuserait de fourrer son nez dans un différend entre officiers. La parole d'un flic à opposer à celle d'un autre relevait du tabou dans ce département. Intérieurement, tous savaient que la parole d'un flic ne valait rien en elle-même. C'était pour cela que les inspecteurs des Affaires internes travaillaient toujours par deux.

Une heure et sept cigarettes plus tard, Bosch trouva enfin ce qu'il cherchait : la photocopie d'une autre photo polaroïd du bracelet d'or et de jade. Elle faisait partie d'une liasse de cinquante feuillets de descriptions et de photos des objets dérobés lors d'un cambriolage à la West-Land National Bank, au coin de la VI$^e$ et de Hill Street. Bosch était maintenant capable de visualiser l'adresse ; il se souvenait du bâtiment en verre fumé. Il n'y était jamais entré. Un braquage de banque avec vol de bijoux, songea-t-il. Ça ne voulait rien dire. Il consulta la liste. Presque tous les objets étaient des bijoux, et il y en avait beaucoup trop pour un hold-up. A elle seule, Harriet Beecham déclarait s'être fait voler huit bagues anciennes, quatre bracelets et quatre paires de boucles d'oreilles. De plus, tous figuraient sous l'appellation « cambriolage » et non « attaque à main armée ». Il feuilleta la section AFFAIRES À SURVEILLER à la recherche d'un compte rendu du cambriolage, mais en vain. Juste un nom : *Agent spécial E. D. Wish.*

D'après le rapport, il y avait trois entrées différentes

pour la date du délit. Un cambriolage de trois jours durant la première semaine de septembre ? Le week-end de Labor Day [1] ... Les banques ferment pendant trois jours. Il devait s'agir d'un pillage de coffres-forts. Avec un tunnel ? Bosch se renversa sur sa chaise pour réfléchir. Pourquoi ne s'en souvenait-il pas ? Ce genre de casse avait forcément passionné les journalistes pendant plusieurs jours. Et les inspecteurs du département pendant plus longtemps encore. Soudain, il se souvint qu'il était parti au Mexique ce jour-là, et qu'il y était resté pendant trois semaines. Le casse de la banque avait eu lieu pendant son mois de suspension consécutif à l'affaire Dollmaker. Il décrocha le téléphone posé sur le bureau et composa un numéro.

— *Times*, Bremmer à l'appareil.

— C'est Bosch. Ils te font toujours bosser le dimanche, hein ?

— 2 heures/22 heures, tous les dimanches, pas de liberté conditionnelle. Alors, quoi de neuf ? J'ai pas eu de tes nouvelles depuis, euh, tes histoires dans l'affaire Dollmaker. Tu te plais là-haut, à Hollywood ?

— Ça ira. Pour quelque temps, du moins.

Bosch parlait à voix basse pour que l'inspecteur de garde ne puisse pas l'entendre.

— Hé, j'ai entendu dire que t'avais hérité du macchabée du barrage ce matin, reprit Bremmer.

Ce dernier couvrait les affaires de police pour le *Times*. Son travail ayant commencé bien avant que la plupart des flics actuellement au 187, Bosch y compris, n'entrent dans la police. Rares étaient les informations relatives au département qu'il ignorait, ou qu'il ne pouvait apprendre d'un simple coup de fil. Un an auparavant, il avait appelé Bosch pour recueillir ses commentaires après sa suspension de vingt-deux jours sans solde. Bremmer avait appris la nouvelle avant Bosch. D'une manière générale, la police détestait le *Times*, lequel ne lui ménageait

1. Equivalent américain de la fête du Travail.

jamais ses critiques. Mais entre les deux camps se trouvait Bremmer, à qui n'importe quel flic pouvait faire confiance, et nombreux étaient ceux qui, comme Bosch, ne s'en privaient pas.

— Oui, on m'a mis sur l'affaire, lui répondit Bosch. Pour l'instant, c'est pas grand-chose. Mais j'ai besoin d'un petit service. Si ça se présente comme je le pense, tu auras certainement envie d'être tenu au courant.

Bosch savait qu'il n'avait rien pour l'appâter, mais il voulait avertir le journaliste qu'il pourrait y avoir une suite, plus tard.

— Qu'est-ce que tu veux ?

— Comme tu le sais, j'étais absent à l'époque du Labor Day l'année dernière, pour cause de vacances prolongées offertes par les Affaires internes. Bref, j'ai loupé l'affaire. Mais il y a eu…

— Le coup du tunnel ? Tu ne veux quand même pas des renseignements sur le casse de la banque ? Ici, dans le centre ? Avec tous les bijoux ? Les titres au porteur, les actions, et peut-être même de la drogue ?

Bosch entendit la voix du journaliste monter d'un cran sous l'effet de l'excitation. Il avait vu juste : il s'agissait d'un tunnel, et l'affaire avait fait grand bruit. Et si Bremmer était passionné à ce point, c'était que le coup avait de l'importance. Bosch s'étonnait d'autant de ne pas en avoir entendu parler à son retour en octobre.

— Oui, c'est bien ça, dit-il. J'étais absent à l'époque, j'ai tout loupé. On a arrêté quelqu'un ?

— Non, l'enquête se poursuit. La dernière fois que je me suis renseigné, le FBI était de la partie.

— J'aimerais jeter un œil sur les coupures de presse… ce soir. Ça te va ?

— Je te ferai des photocopies. Quand veux-tu passer ?

— Dans très peu de temps.

— Je suppose que ça a un rapport avec le macchabée de ce matin ?

— On dirait. C'est possible. Je ne peux rien te dire pour l'instant. Je sais que les fédéraux s'occupent de l'affaire.

J'irai leur rendre visite demain. Voilà pourquoi je veux voir les coupures de journaux ce soir.

– Je t'attends.

Après avoir raccroché, Bosch examina la photo du bracelet fournie par le FBI. Aucun doute, il s'agissait bien du bijou gagé par Meadows et qui figurait sur le cliché d'Obinna. Sur le document du FBI, le bracelet ornait un poignet de femme tavelé. Trois petits poissons incrustés nageant sur une vague d'or. Bosch en conclut qu'il s'agissait du poignet de Harriet Beecham, la femme de soixante et onze ans, et que cette photo avait été prise pour les besoins de l'assurance. Il jeta un coup d'œil en direction de l'inspecteur de garde qui continuait à feuilleter son catalogue d'armes. Il toussa bruyamment, comme il avait vu Nicholson le faire dans un film, et en même temps il arracha la feuille du rapport dans le classeur. Le jeunot se tourna vers lui, puis se replongea dans ses pistolets et ses munitions.

Au moment où il pliait la feuille dans sa poche, son bipper se déclencha. Bosch décrocha le téléphone pour appeler le commissariat de Hollywood, s'attendant à ce qu'on lui confie un nouveau cadavre. Le sergent Art Crocket, que tout le monde appelait Davey, prit la communication.

– Alors, Harry, encore sur le terrain ? dit-il.

– Je suis à Parker Center. Il fallait que je vérifie deux ou trois choses.

– Parfait, tu es pas loin de la morgue. Un type du labo, un certain Sakai, a appelé, il veut te voir.

– Me voir ?

– Il m'a demandé de te dire qu'il y avait du nouveau et qu'ils faisaient l'autopsie aujourd'hui. Tout de suite, même.

Il lui fallut cinq minutes pour arriver au Centre hospitalier universitaire, et un quart d'heure pour trouver une place de stationnement. Les locaux des services du coroner étaient situés derrière un des bâtiments du centre médical qui avaient été condamnés après le tremblement de terre de 1987. C'était une construction d'un étage en préfabriqué jaune sans beaucoup de vie ni de style architectural. En franchissant les portes vitrées par où entraient les vivants, Bosch croisa un inspecteur du bureau du shérif, avec lequel il avait passé quelque temps quand il travaillait à la brigade d'intervention de nuit, au début des années quatre-vingt.

— Salut, Bernie ! lui lança Bosch en souriant.

— Va te faire foutre ! Nous aussi on a des cadavres importants.

Bosch s'arrêta un instant pour regarder l'inspecteur s'éloigner sur le parking. Puis il reprit son chemin, tourna à droite dans un couloir peint en vert, franchissant deux doubles portes. L'odeur empirait à chaque fois. D'un côté l'odeur de la mort, de l'autre celle du désinfectant industriel. La mort avait le dessus. Bosch pénétra dans la salle en carrelage jaune. Larry Sakai était en train d'enfiler une tunique en papier par-dessus sa tenue d'hôpital. Il portait déjà un masque et des bottines en papier. Bosch prit le même équipement dans les cartons posés sur le comptoir en inox et s'habilla à son tour.

— Bernie Slaughter a un problème ? demanda-t-il. Qu'est-ce qui l'a mis dans une telle colère ?

— C'est toi, son problème, Bosch, lui répondit Sakai sans le regarder. Il a reçu un appel hier matin. Un gosse de seize ans qui avait abattu son meilleur pote. A Lancaster. Ça ressemble à un accident, mais Bernie attend qu'on analyse la trajectoire de la balle et les traces de poudre. Il est pressé de clore le dossier. Je lui avais promis qu'on s'en occuperait en fin de journée, alors il s'est pointé. Seulement, on pourra pas s'y attaquer aujourd'hui. Tout ça parce que Sally s'est mis dans la tête de commencer par ton cadavre. Me demande pas pourquoi. Il a simplement jeté un coup d'œil au macab quand je l'ai ramené, et il a décidé de l'autopsier immédiatement. Je lui ai dit qu'il faudrait en laisser tomber un autre ; il a répondu que ce serait celui de Bernie. Malheureusement, j'ai pas réussi à joindre Bernie à temps pour lui éviter de venir. Voilà pourquoi il est furieux. Tu sais bien qu'il habite à Diamond Bar. Tout ce trajet pour rien…

Ayant fini d'enfiler son masque, sa blouse et ses bottines, Bosch suivit Sakai dans le couloir carrelé jusqu'à la salle des autopsies.

– Il devrait être furieux après Sally, pas après moi, dit-il.

Sakai ne répondit pas. Ils s'approchèrent de la première table, sur laquelle était allongé Meadows : sur le dos, totalement nu, la nuque appuyée contre une planchette en bois. Il y avait six tables en inox identiques dans la salle, toutes creusées de rigoles sur les côtés, avec des trous d'écoulement dans les coins. Un corps était allongé sur chacune d'elles. Le docteur Jesus Salazar était penché au-dessus de la poitrine de Meadows, tournant le dos à Bosch et Sakai.

– Salut, Harry. Je t'attendais, déclara-t-il sans se retourner. Larry, je vais avoir besoin de clichés.

Le médecin légiste se redressa et se retourna. Dans sa main gantée il tenait ce qui ressemblait à un morceau carré de chair et de tissu musculaire rose. Il le déposa dans un plateau en acier semblable à ceux dans lesquels on fait les brownies et tendit le tout à Sakai.

– Je les veux dans le sens de la hauteur, une de la marque de piqûre, et deux autres de chaque côté, pour comparer.

Sakai prit le plateau et quitta la pièce pour se rendre au labo. Bosch constata que le morceau de viande provenait de la poitrine de Meadows, quelques centimètres au-dessus du mamelon gauche.

– Alors, qu'as-tu trouvé ?

– J'en suis pas encore sûr. On va bien voir. La vraie question est plutôt : qu'as-tu trouvé, toi ? Mon assistant m'a expliqué que tu exigeais une autopsie aujourd'hui. Pour quelle raison ?

– Je lui ai dit qu'il me la fallait aujourd'hui de façon à ce qu'elle soit faite demain. D'ailleurs, je croyais qu'on s'était mis d'accord là-dessus.

– Oui, c'est ce qu'il m'a dit, mais tu as éveillé ma curiosité. J'adore les mystères, Harry. Qu'est-ce qui te fait croire qu'il y a un os, comme on dit chez les inspecteurs ?

On ne le dit plus, songea Bosch. Dès qu'une expression se retrouve dans les films ou dans la bouche d'un Salazar, c'est déjà du passé.

— Certains trucs m'ont paru bizarre sur le moment, expliqua-t-il. J'en ai eu confirmation. A mon avis, il s'agit d'un meurtre. Aucun mystère là-dedans.

— Quels trucs ?

Bosch sortit son carnet et le feuilleta. Il énuméra les faits qui avaient attiré son attention : le doigt brisé, l'absence de traces visibles dans la canalisation, la chemise retroussée sur la tête.

— Il avait du matériel de camé dans sa poche et on a retrouvé un fourneau dans la canalisation, mais il y a quelque chose qui cloche. Ça ressemble trop à une mise en scène. J'ai l'impression que la dose qui l'a tué est ici même dans son bras. Les autres traces sont anciennes, il ne se piquait plus au bras depuis des années.

— Tu as raison sur ce point. Excepté la trace récente dans le bras, les autres qui sont relativement récentes se trouvent toutes dans la région du bas-ventre. L'intérieur des cuisses. L'endroit choisi par ceux qui se donnent beaucoup de mal pour cacher leur toxicomanie. Mais ça ne prouve rien ; c'était peut-être la première fois qu'il recommençait à se shooter dans le bras. A part ça, Harry ?

— Il fumait, j'en suis presque certain. Or, on n'a pas retrouvé de cigarettes sur lui.

— Quelqu'un les a peut-être piquées sur le corps ? Avant qu'on le découvre. Un charognard…

— Possible. Mais pourquoi piquer les clopes et pas le matériel ? Il y a aussi son appartement. Quelqu'un l'a fouillé de fond en comble.

— Peut-être quelqu'un qui le connaissait. Quelqu'un qui cherchait la came.

— Possible encore une fois, dit Bosch en continuant de feuilleter son carnet. Le morceau de coton retrouvé sur le corps était constellé de particules beige blanchâtre. J'ai vu suffisamment d'héro coupée pour savoir que le coton devient marron foncé, voire noir. A mon avis, c'est de la came de première, provenant sans doute de l'étranger, qu'on lui a injectée dans le bras. Ça ne colle pas avec son train de vie. C'est de la came de riches.

Salazar réfléchit quelques instants.

— Ce ne sont que des suppositions, Harry.

— Encore une dernière chose… je commence juste à enquêter dessus… il a été mêlé à une histoire de casse.

Bosch lui résuma ce qu'il savait sur le bracelet, le vol dans les coffres de la banque et le cambriolage à la boutique de prêts sur gages. De par son métier, Salazar se préoccupait de l'aspect médico-légal des affaires, mais Bosch lui avait toujours fait confiance par le passé et, plus d'une fois, Sally l'avait aidé à éclaircir certains détails. Les deux hommes s'étaient connus en 1974, quand Bosch était simple agent de patrouille et Sally jeune assistant du coroner. Bosch était alors chargé de monter la garde et d'éloigner les curieux du 54 East Street, dans South Central, suite à une fusillade avec le Front de libération symbionais, laquelle fusillade avait entraîné la destruction d'une maison dans un incendie et laissé cinq corps parmi les décombres fumants. Sally, de son côté, devait s'assurer qu'il n'y avait pas un sixième cadavre quelque part – celui de Patty Hearst. Les deux hommes avaient passé trois jours sur place et, quand Sally avait fini par abandonner ses recherches, Bosch avait parié, avec succès, que ladite Patty Hearst était toujours en vie. Quelque part.

Quand il eut achevé l'histoire du bracelet, Sally, qui craignait que la mort de Billy Meadows ne fût pas un mystère, sembla rassuré. Il était comme stimulé. Il se tourna vers un chariot sur lequel étaient disposés ses instruments chirurgicaux et le poussa jusqu'à la table d'autopsie. Ayant branché un magnétophone qui se déclenchait au son de la voix, il s'empara d'un scalpel et d'un vulgaire sécateur de jardin.

— Bon, au travail, dit-il.

Bosch recula de quelques pas pour éviter d'être éclaboussé et s'appuya contre un comptoir sur lequel était posé un plateau rempli de couteaux, de scalpels et de scies. Il remarqua le petit carton scotché sur le côté : *A aiguiser*.

Salazar contempla le cadavre de Billy Meadows et commença son compte rendu :

— Individu mâle de type caucasien, bien développé, mesurant un mètre soixante-quinze et pesant quatre-vingt-deux kilos, correspondant à l'âge déclaré de quarante ans. Le corps est froid, mais la rigidité cadavérique n'est pas totale.

Bosch assista au début de l'autopsie, puis il avisa le sac en plastique contenant les vêtements de Meadows, sur le comptoir à côté du plateau d'instruments. Il s'en empara et l'ouvrit. Une odeur d'urine l'assaillit aussitôt et, l'espace d'un instant, il repensa au salon de l'appartement de Meadows. Il enfila une paire de gants en caoutchouc, tandis que Salazar poursuivait sa description du corps :

— L'index gauche présente une fracture palpable, sans trace de lacération, d'ecchymose ou d'hémorragie.

Jetant un coup d'œil par-dessus son épaule, Bosch vit Salazar qui remuait le doigt brisé avec le bout arrondi de son scalpel tout en parlant dans le magnétophone. Il conclut sa description externe du corps en mentionnant les traces de piqûre.

— On remarque des marques hémorragiques de piqûre, de type hypodermique, sur la partie supérieure de l'intérieur des cuisses et au pli du bras gauche. La piqûre au bras laisse échapper du liquide sanguin et semble la plus récente. Ni croûte ni escarres. On relève une autre marque de piqûre dans le coin supérieur gauche de la poitrine ; s'en échappe une faible quantité de liquide sanguin. La trace semble légèrement plus large que celle de type hypodermique. (Salazar plaqua sa main sur le micro du magnétophone et se tourna vers Bosch.) J'ai demandé à Sakai de prendre des diapos de cette marque. Ça me paraît très intéressant.

Bosch acquiesça et se retourna vers le comptoir pour

déballer les vêtements de Meadows contenus dans le sac. Dans son dos, il entendit Salazar se servir du sécateur pour ouvrir la poitrine du cadavre.

L'inspecteur retourna toutes les poches. Il fit de même avec les chaussettes et vérifia la doublure du pantalon. Rien. A l'aide d'un scalpel qui se trouvait parmi les instruments à aiguiser sur le plateau, il décousit la ceinture en cuir de Meadows pour l'ouvrir. Toujours rien.

Pendant ce temps, Salazar poursuivait :

– La rate pèse cent quatre-vingt-dix grammes. La capsule est intacte et légèrement ridée ; le parenchyme de couleur violet clair est trabéculaire…

Bosch avait entendu tout cela des centaines de fois. La plupart des mots que le médecin légiste prononçait dans son magnétophone n'avaient aucun sens pour lui. Ce qu'il attendait, c'était la conclusion. Qu'est-ce qui avait tué l'individu allongé sur la table froide en inox ? Comment ? Et qui ?

– … la paroi de la vésicule biliaire est fine, disait Salazar. Elle contient quelques centimètres cubes de bile verdâtre. Absence de calculs…

Bosch fourra les vêtements de Meadows dans le sac en plastique et le scella. Puis il ouvrit celui qui contenait les chaussures de chantier en cuir que portait la victime et les fit rouler sur le sol. Une poussière ocre en tomba, nouvelle preuve qu'on avait traîné le corps jusque dans la canalisation. Les talons avaient raclé la boue séchée au fond du tuyau, faisant entrer la poussière à l'intérieur des chaussures.

Salazar continuait son compte rendu :

– … la muqueuse de la vessie est intacte. Elle ne contient que cinquante grammes d'urine claire. Les organes génitaux externes et le vagin ne présentent aucune particularité. (Bosch se retourna. Salazar avait la main sur le micro du magnétophone.) Humour de médecin légiste. Je voulais juste savoir si tu m'écoutais, Harry. Tu seras peut-être obligé de témoigner un jour dans cette affaire. Pour me soutenir.

– Ça m'étonnerait. Ils n'aiment pas faire mourir d'ennui les jurés.

Salazar mit en marche la petite scie circulaire qui servait à ouvrir la boîte crânienne. On aurait cru une fraise de dentiste. Bosch reporta son attention sur les chaussures. Bien graissées et entretenues. Semelles en caoutchouc peu usées. Un petit caillou blanc s'était coincé dans une des profondes rainures de la semelle de la chaussure droite. Bosch le fit sauter à l'aide du scalpel. C'était un éclat de ciment. Il repensa à la poussière blanche tombée sur le tapis de la penderie de Meadows et se demanda si cette poussière, ou cet éclat coincé sous la chaussure, correspondait au béton qui protégeait la salle des coffres de la WestLand Bank. Mais, si les chaussures étaient aussi bien entretenues, se pouvait-il que ce morceau de ciment soit resté coincé sous la semelle pendant neuf mois ? Depuis le casse ? C'était peu probable. Peut-être provenait-il de son lieu de travail, le chantier du métro. A condition qu'il y ait réellement travaillé. Bosch glissa le morceau de ciment dans un petit sachet en plastique qu'il mit dans sa poche avec les autres qu'il ramassait depuis le matin.

– … l'examen de la tête et du contenu de la boîte crânienne ne révèle aucun traumatisme, ni symptôme de pathologie sous-jacente, ni anomalie congénitale… Harry, je vais passer au doigt.

Bosch remit les chaussures dans le sac en plastique et revint vers la table d'autopsie, tandis que Salazar plaçait une radiographie de la main gauche de Meadows sur un écran lumineux fixé au mur.

– Tu vois ces éclats, ici ? dit-il en désignant trois petits points blancs bien nets sur le négatif, à proximité de la fracture. S'il s'agissait d'une fracture ancienne, ils auraient fini par se coincer dans l'articulation. On ne remarque aucune cicatrice sur la radio, mais je vais quand même vérifier.

Il retourna au corps et, à l'aide d'un scalpel, il pratiqua une incision en forme de T au-dessus de l'articulation du doigt. Puis il retroussa la peau et plongea la pointe du scalpel dans la chair rose.

– Non… non… il n'y a rien. Ça s'est produit après la mort, Harry. Tu crois que ça pourrait être un de mes gars ?

– Je ne sais pas. Je ne pense pas. Sakai m'a dit que son sous-fifre et lui avaient fait attention. Et je sais que ce n'est pas moi. Comment se fait-il qu'il n'y ait aucune trace sur la peau ?

– Voilà une question intéressante. Je ne sais pas. Bizarrement, le doigt a été brisé, mais il n'y a aucune marque extérieure. Je ne vois pas d'explication. Mais ça n'a pas dû être trop difficile à faire. Il suffit de prendre le doigt et de tirer un coup sec. A condition d'avoir assez de courage. Comme ceci…

Salazar fit le tour de la table. Il souleva la main droite de Meadows et tira le doigt en arrière. N'ayant pas assez de prise, il ne parvint pas à briser l'articulation.

– C'est plus dur que je ne pensais. Peut-être qu'on a frappé avec un objet contondant. Un objet qui ne marque pas la peau.

Lorsque Sakai revint avec les diapositives un quart d'heure plus tard, l'autopsie avait pris fin et Salazar était en train de recoudre la poitrine de Meadows avec un épais fil poissé. Décrochant ensuite un tuyau fixé au plafond, il nettoya au jet tous les restes et mouilla les cheveux. De son côté, Sakai ficela avec une corde les jambes et les bras du corps, afin qu'ils ne bougent pas au cours des divers stades de la rigidité cadavérique. Bosch remarqua que la corde coupait le tatouage sur le bras de Meadows, au niveau du cou du rat.

Avec le pouce et l'index, Salazar baissa les paupières du mort.

– Mets-le au frais, dit-il à Sakai. (Il se tourna vers Bosch.) Jetons un œil sur ces diapos. Ça m'a paru bizarre parce que le trou était plus large que les marques de seringue habituelles et l'endroit, sur la poitrine, est curieux lui aussi… De toute évidence, la piqûre est *antemortem*, peut-être *perimortem* : l'hémorragie a été très faible. Mais il n'y a pas de croûte sur la blessure. Conclusion, ça s'est fait très peu de temps avant, ou pendant la mort. C'est peut-être même la cause du décès, Harry.

Salazar emporta les diapositives jusqu'à un microscope posé sur une paillasse au fond de la pièce. Il choisit un des clichés qu'il posa sur la plaque lumineuse. Puis il se pencha pour l'examiner et, au bout d'une trentaine de secondes, il déclara :

— Intéressant.

Il examina rapidement les autres clichés. Après quoi, il remit le premier sur la plaque lumineuse.

— Bon, au départ, j'ai découpé deux centimètres carrés dans la poitrine, à l'endroit de la piqûre. J'ai taillé sur environ trois centimètres de profondeur. Ce cliché est une coupe verticale de l'échantillon qui montre la trajectoire de la perforation. Tu me suis ? (Bosch acquiesça.) Bien. C'est un peu comme si on tranchait une pomme pour mettre au jour le trajet d'un ver. Le cliché montre le chemin de la perforation et le moindre impact ou dégât. Regarde…

Bosch colla son œil à l'oculaire. Une perforation rectiligne d'environ quatre centimètres de profondeur s'enfonçait à travers la peau, jusque dans le muscle, pour se terminer en pointe, comme une aiguille. La couleur rose du muscle devenait marron foncé autour du point le plus profond de la pénétration.

— Qu'est-ce que ça signifie ? demanda-t-il.

— Ça veut dire que la piqûre a traversé la peau, le fascia — c'est la couche de graisse fibreuse —, pour s'enfoncer directement dans le muscle pectoral. Tu as remarqué la couleur plus foncée du muscle autour de la pénétration ?

— Oui.

— C'est parce que le muscle est brûlé, Harry.

Bosch détacha son œil du microscope pour regarder Salazar. Il crut discerner une ébauche de sourire sous le masque du médecin légiste.

— Brûlé ?

– Un pistolet paralysant, dit Salazar. Cherche un modèle qui enfonce la fléchette en profondeur dans le tissu de la peau d'environ trois ou quatre centimètres. Encore que, dans le cas qui nous occupe, il est probable que le dard a été enfoncé à la main dans la poitrine.

Bosch réfléchit un instant. Un pistolet paralysant serait pratiquement impossible à retrouver. Sakai revint dans la salle d'autopsie et s'appuya contre le comptoir près de la porte. Sur le chariot à instruments, Salazar prit trois flacons de sang et deux autres qui contenaient un liquide jaunâtre. Dans un récipient en inox se trouvait aussi un morceau de matière marron que Bosch, après tant d'heures passées dans cette salle, identifia comme un bout de foie.

– Larry ? Voici les prélèvements pour une évaluation de la toxicité, lança Salazar.

Sakai les prit et disparut de nouveau.

– Tu parles de torture, de décharges électriques…, dit Bosch.

– Ça m'en a tout l'air. Pas de quoi le tuer, le traumatisme est trop faible. Mais suffisant certainement pour lui soutirer des informations. Une décharge électrique peut être très persuasive. Les exemples ne manquent pas. Avec l'électrode plantée dans la poitrine, la victime devait sentir le courant directement dans le cœur. Il était certainement paralysé. Il leur a dit ce qu'ils voulaient savoir et, ensuite, impuissant, les a regardés lui injecter une dose mortelle d'héroïne dans le bras.

– Peut-on le prouver ?

Salazar baissa les yeux vers le sol carrelé et glissa un doigt sous son masque pour se gratter la lèvre. Bosch mourait d'envie de fumer une cigarette. Cela faisait presque deux heures qu'il se tenait dans cette salle.

– Le prouver ? Non, pas médicalement. On aura les résultats des tests de toxicité dans une semaine. Supposons, simple hypothèse, qu'ils indiquent une overdose d'héroïne. Comment prouver qu'elle lui a été injectée par quelqu'un d'autre ? Médicalement, c'est impossible. En revanche, on peut montrer qu'au moment de la mort, ou peu de temps avant, le corps a subi un traumatisme dû à un choc électrique. Autrement dit, on l'a torturé. Et, après le décès, il y a cette fracture inexpliquée à l'index de la main gauche.

Il se gratta de nouveau, par-dessus son masque, avant de conclure :

– Je pourrais témoigner qu'il s'agit d'un homicide. L'ensemble des preuves médicales indique que la mort a été provoquée par une tierce personne. Mais, pour le moment, nous en ignorons la cause. Une fois qu'on aura les résultats des tests de toxicité, on pourra recommencer à réfléchir.

Bosch résuma dans son carnet tout ce que venait de dire Salazar. Il devrait l'inclure dans son rapport.

– Evidemment, reprit le légiste, de là à convaincre un jury, c'est une autre histoire. A mon avis, Harry, tu as intérêt à retrouver ce bracelet et à découvrir pourquoi il valait la peine qu'on torture et assassine cet homme.

Bosch referma son carnet et commença d'ôter sa blouse en papier.

Le soleil couchant embrasait le ciel de roses et d'oranges, aux nuances aussi éclatantes que celles des maillots de bain des surfeurs. Magnifique tromperie, songea Bosch en roulant vers le nord sur le Hollywood Freeway pour rentrer chez lui. Les couchers de soleil avaient ce pouvoir, à LA. Ils vous faisaient oublier que leurs couleurs étincelantes étaient dues au smog, que derrière chaque jolie carte postale pouvait se cacher une histoire peu ragoûtante.

Le soleil flottait comme une boule de cuivre dans le rétroviseur extérieur. Il avait branché la radio sur une station de jazz où Coltrane jouait *Soul Eyes*. Sur le siège à côté de lui était posée la chemise contenant les coupures de presse que lui avait fournies Bremmer. Le dossier était lesté par un pack de six bières. Bosch sortit à Barham et s'engagea dans Woodrow Wilson pour monter dans les collines au-dessus de Studio City. Il habitait une petite maison en bois construite en porte à faux : une seule chambre, et à peine plus grande qu'un garage de Beverly Hills. Bâtie au bord de la colline, elle était soutenue au centre par trois piliers en acier. Pendant les tremblements de terre, l'endroit était effrayant, qui défiait Mère Nature d'ébranler les poutres et de projeter la maison dans la pente comme une luge. Mais la récompense, c'était la vue. De la porte de derrière, Bosch voyait jusqu'à Burbank et Glendale. Il apercevait les montagnes teintées de mauve au-delà de Pasadena et d'Altadena. Parfois, il distinguait les colonnes de fumée et le flamboiement orange des feux de broussailles dans les collines. La nuit, le ronronnement de l'autoroute s'atténuait et les projecteurs d'Universal City balayaient le ciel. En contemplant la Vallée, Bosch ne manquait jamais d'éprouver un sentiment de puissance qu'il était incapable de s'expliquer. Mais il savait que c'était une des raisons – la principale même – pour lesquelles il avait acheté cette maison et refusait de la quitter.

Il en avait fait l'acquisition huit ans plus tôt, avec un versement initial de 50 000 dollars, avant que la flambée des prix de l'immobilier ne prenne l'ampleur d'une épidémie. Cela lui laissait des mensualités de 1 400 dollars qu'il pouvait aisément payer, ses seules dépenses étant consacrées à la nourriture, à l'alcool et au jazz.

L'apport initial provenait d'un studio de télé qui lui avait acheté le droit d'utiliser son nom dans une minisérie basée sur une série de meurtres de propriétaires de salons de beauté de Los Angeles. Les personnages de Bosch et de son collègue étaient incarnés à l'écran par deux acteurs de télévision de moyenne qualité. Son collègue, lui, avait pris ses 50 000 dollars et, s'étant mis à la retraite, était parti vivre à Ensenada. Bosch avait investi son argent dans une maison qui n'était pas certaine de survivre au prochain tremblement de terre, mais qui lui donnait le sentiment d'être le prince de la ville.

En dépit de la décision que Bosch avait prise de ne

jamais déménager, Jerry Edgar, son collègue actuel et agent immobilier à temps partiel, lui affirmait que sa maison valait déjà trois fois le prix qu'il l'avait payée. Chaque fois que leur conversation dérivait vers l'immobilier, c'est-à-dire souvent, Edgar lui conseillait de vendre : de fait, Edgar avait envie de mettre la main sur la maison, tandis que Bosch voulait juste rester où il était.

La nuit était tombée lorsqu'il arriva chez lui. Il but sa première bière debout sur la terrasse de derrière, en admirant le manteau de lumières en contrebas. Il en avala une seconde assis dans son fauteuil de garde, la chemise fermée sur ses genoux. Il n'avait rien mangé de la journée et la bière fit rapidement effet. Il se sentait à la fois amorphe et tout excité, son corps réclamant de la nourriture. Il gagna la cuisine et se fit un sandwich à la dinde, qu'il rapporta à son fauteuil, avec une troisième bière.

Lorsqu'il eut fini de manger, il balaya de la main les miettes de sandwich qui recouvraient son dossier et l'ouvrit. Le *Times* avait consacré quatre papiers au casse de la banque WestLand. Il les lut dans l'ordre chronologique. Le premier n'était qu'une brève publiée en page 3 des nouvelles locales. Apparemment, l'information datait du mardi, jour où le cambriolage avait été découvert. A ce moment-là, la police et le FBI n'avaient guère envie de discuter avec les journalistes et de mettre le public au courant de ce qui s'était passé.

### LES AUTORITÉS ENQUÊTENT
### SUR LE CAMBRIOLAGE DE LA BANQUE

*Selon les autorités, un certaine quantité de valeurs, non révélée, aurait été dérobée dans les locaux de la West-Land National Bank du centre-ville au cours du week-end prolongé.*

*Le cambriolage, sur lequel enquêtent le FBI et la police de Los Angeles, a été découvert mardi matin lorsque les responsables de l'établissement bancaire situé au coin de Hill Street et de la VIᵉ Avenue ont constaté que la salle*

*des coffres avait été pillée, nous a déclaré l'agent spé-*
*cial John Rourke.*

*Selon ce dernier, aucune estimation du montant du vol*
*n'a encore été faite. Mais des sources proches des milieux*
*de l'enquête affirment que les coffres des particuliers*
*renfermaient pour plus de 1 million de dollars de bijoux*
*et autres objets de valeur.*

*L'agent spécial Rourke n'a pas voulu nous dire de*
*quelle manière les voleurs s'étaient introduits dans la*
*chambre forte. Il nous a toutefois précisé que le système*
*d'alarme n'était pas en état de fonctionnement. Il a refusé*
*d'en dire plus.*

*Le porte-parole de la banque WestLand s'est refusé lui*
*aussi à tout commentaire. Les autorités affirment qu'il*
*n'y a pour l'instant ni arrestation ni suspect.*

Bosch porta le nom de John Rourke dans son carnet et
passa à l'article suivant, qui était beaucoup plus long. Il
avait été publié le lendemain et faisait la une des nouvelles locales. Surmonté d'un gros titre, il était accompagné de la photo d'un homme et d'une femme qui, debout
dans la salle des coffres, observaient un trou de la taille
d'une bouche d'égout pratiqué dans le plancher. Derrière
eux s'entassaient des coffres éventrés. La plupart des
petites portes scellées dans le mur du fond étaient ouvertes.
La signature de Bremmer figurait en tête de l'article.

AU MOINS 2 MILLIONS DE DOLLARS DÉROBÉS
AU COURS D'UN CASSE PAR LES SOUTERRAINS.
LES BANDITS ONT EU TROIS JOURS POUR PÉNÉTRER
DANS LA SALLE DES COFFRES.

Le papier développait celui de la veille, expliquant que
les cambrioleurs avaient pénétré dans la banque en creusant un tunnel d'environ cent cinquante mètres de long à
partir d'une canalisation principale qui courait sous Hill
Street. Un engin explosif leur avait ensuite permis de percer le plancher de la salle des coffres. D'après le FBI, les

cambrioleurs avaient sans doute passé la plus grande partie du week-end prolongé à l'intérieur de la banque à forcer les coffres des particuliers. Quant au tunnel conduisant de l'égout à la chambre forte, on pensait qu'il avait été creusé au cours des sept ou huit semaines qui avaient précédé le casse.

Bosch songea à demander au FBI de quelle manière les auteurs du casse avaient creusé le tunnel. S'ils avaient utilisé du matériel lourd, la plupart des systèmes de surveillance des banques, prévus pour détecter les sons et les vibrations, se seraient déclenchés. En outre, il s'étonnait que les explosifs n'aient pas fait retentir l'alarme.

Il lut ensuite le troisième article, publié le lendemain. Celui-ci ne portait pas la signature de Bremmer, mais faisait néanmoins la une des nouvelles locales. Il s'agissait d'un reportage sur les dizaines de personnes qui faisaient la queue à la banque pour savoir si leur coffre comptait parmi ceux qui avaient été dévalisés. Des agents du FBI les accompagnaient dans la chambre forte et relevaient leur déposition. Bosch parcourut rapidement l'article. C'était toujours la même chose : des gens furieux ou bouleversés, ou les deux, car ils avaient perdu des objets de valeur qu'ils croyaient davantage en sécurité dans le coffre d'une banque que chez eux. Le nom de Harriet Beecham apparaissait à la fin du papier. Interrogée à sa sortie de la banque, la vieille dame déclarait au journaliste qu'elle venait de perdre une collection d'objets de valeur accumulés pendant toute une vie, au cours de ses voyages à l'étranger avec son époux défunt, Harry. En disant cela, la vieille Mme Beecham essuyait ses larmes avec un mouchoir en dentelle.

« J'ai perdu les bagues qu'il m'avait achetées en France, un bracelet en or et en jade provenant du Mexique. Ceux qui ont fait ça m'ont dérobé mes souvenirs. »

Très mélodramatique. Bosch se demanda si la dernière citation avait été inventée par le journaliste.

Le quatrième article figurant dans le dossier était paru une semaine plus tard. Signé Bremmer, c'était un simple entrefilet enfoui à la fin des pages locales, là où la rédaction reléguait toutes les nouvelles de la Vallée. D'après Bremmer, le FBI était désormais le seul organisme à s'occuper de l'enquête. La police de LA lui avait apporté son soutien au début, mais, en l'absence de pistes sérieuses, l'affaire s'était retrouvée entre les mains des agents fédéraux. L'agent spécial Rourke était de nouveau cité. Le FBI, déclarait-il, menait cette enquête à temps plein, mais aucun indice n'avait encore été découvert, ni aucun suspect identifié. Aucun des objets de valeur dérobés dans les coffres n'avait été retrouvé.

Bosch referma le dossier. Cette affaire était trop importante pour que le FBI s'en débarrasse comme d'un vulgaire braquage. Il se demanda si Rourke avait dit la vérité au sujet de l'absence de suspect. Il se demanda également si le nom de Meadows était jamais apparu. Vingt ans plus tôt, Meadows s'était battu, et avait parfois même vécu, dans des galeries creusées sous les villages du Sud-Vietnam. Comme tous les rats de tunnel, il s'y connaissait en explosifs. Mais ça, c'était bon pour faire effondrer une galerie. Par implosion. Avait-il aussi appris à percer le sol en béton et acier d'une chambre forte ? Cela dit, Meadows n'avait pas forcément besoin d'être un spécialiste dans ce domaine. Le casse de la banque WestLand n'était pas l'œuvre d'une seule personne.

Bosch se leva pour aller chercher une autre bière dans le réfrigérateur. Avant de regagner son fauteuil, il fit un détour par sa chambre pour y prendre un vieil album de photos rangé dans le dernier tiroir de sa commode. De retour à son fauteuil, il but la moitié de la bouteille de bière avant d'ouvrir l'album. Des tas de photos y étaient coincées entre les pages. Il avait souvent eu l'intention de les coller, mais ne l'avait jamais fait. A vrai dire, il ouvrait rarement cet album. Les pages en avaient jauni, jusqu'à devenir marron sur les bords. Elles étaient friables, à l'image des souvenirs qu'évoquaient les clichés. Il prit les photos l'une après l'autre, les regarda et comprit soudain que s'il ne les avait jamais collées dans l'album, c'était parce qu'il aimait les tenir entre ses doigts, les sentir.

Toutes avaient été prises au Vietnam. Comme celle retrouvée dans l'appartement de Meadows, la plupart étaient en noir et blanc. Développer des négatifs noir et blanc à Saigon revenait moins cher à l'époque. Bosch figurait sur certaines photos, mais la majorité avait été prise avec l'antique Leica que son père adoptif lui avait offert avant son départ. Un geste d'apaisement de la part du vieil homme qui ne voulait pas que Harry parte au Vietnam. Ils s'étaient disputés jusqu'au moment où son père lui avait offert l'appareil photo, qu'il avait accepté. Mais Bosch n'étant pas du genre à raconter des anecdotes à son retour, les photos étaient restées coincées entre les pages de l'album, jamais collées, rarement regardées.

S'il y avait un thème récurrent dans ces photos, c'était bien celui des sourires et des tunnels. Sur presque tous les clichés, des soldats prenaient des poses provocantes à l'entrée d'une galerie qu'ils venaient sans doute de conquérir. Pour un observateur extérieur, ces photos devaient avoir quelque chose d'étrange, peut-être de fascinant. Mais, pour Bosch, elles étaient aussi effrayantes que celles qui, dans les journaux, montrent des gens coincés dans la carcasse de leur voiture et attendant que les pompiers viennent les libérer. Les visages étaient ceux de jeunes gens qui, après avoir plongé en enfer, étaient remontés à la surface pour sourire à l'objectif. Chaque tunnel était un saut dans les ténèbres. A l'intérieur, il n'y avait que la mort. Et pourtant, tous y allaient.

En tournant une page craquelée de l'album, il découvrit Meadows qui le regardait fixement. Cette photo devait avoir été prise quelques minutes après celle retrouvée dans l'appartement. Même groupe de soldats, même tranchée, même tunnel. Région de Cu Chi. Bosch n'y figurait pas, car il était sorti du cadre pour prendre la photo. Son Leica avait bien capturé le regard vide et le sourire figé de Meadows. La peau était pâle et cireuse, mais tendue : le vrai Meadows. Il remit la photo à sa place

78

et passa à la suivante. C'était une photo de lui, seul. Il se souvenait parfaitement d'avoir placé l'appareil sur une table en bois dans une paillote et mis le déclencheur à retardement, avant de retourner se placer dans le cadre. L'objectif l'avait photographié torse nu, le soleil couchant éclairant à travers la vitre son tatouage sur son épaule bronzée. Derrière lui, on apercevait vaguement l'entrée d'un tunnel mise au jour dans le sol recouvert de paille du logis. Le tunnel formait une masse obscure et menaçante et ressemblait à l'horrible bouche qui figure sur le tableau d'Edvard Munch intitulé *Le Cri*.

En examinant la photo, il reconnut le tunnel qui se trouvait dans le village qu'ils avaient baptisé Timbuk Two. Son dernier tunnel. Bosch ne souriait pas et avait les yeux enfoncés dans leurs orbites sombres. Et il ne souriait pas davantage en la regardant aujourd'hui. Il tenait la photo à deux mains, frottant machinalement ses pouces sur les bords. Il contempla ce cliché jusqu'à ce que la fatigue et l'alcool l'entraînent dans des pensées somnolentes. Comme dans un rêve. Il se souvenait du dernier tunnel, il se souvenait de Billy Meadows.

Trois d'entre eux avaient pénétré dans le tunnel. Deux en étaient ressortis.

Ils avaient découvert le tunnel au cours d'une inspection de routine dans un petit hameau du secteur E. Le village n'ayant pas de nom sur la carte, les soldats l'avaient baptisé Timbuk Two. Des tunnels surgissaient dans tous les coins, il n'y avait pas assez de rats pour tous les sonder. Quand ils avaient mis au jour l'entrée de cette galerie souterraine, sous un panier de riz dans la paillote, le sergent-chef avait refusé d'attendre l'arrivée des renforts. Malgré son envie de presser le pas, il savait qu'il lui fallait nettoyer le tunnel. Le sergent-chef avait alors pris une décision, comme cela arrive souvent en temps de guerre. Il avait envoyé trois hommes à l'intérieur. Trois bleus, morts de peur, débarqués depuis six semaines à peine. Le sergent-chef leur avait dit de ne pas aller trop loin, de simplement déposer les explosifs et de ressortir. En se dépêchant et en se couvrant mutuellement. Les trois jeunes soldats étaient descendus dans le trou comme on le leur ordonnait. Mais, une demi-heure plus tard, ils n'avaient été que deux à ressortir.

Les deux rescapés expliquèrent alors que les trois soldats s'étaient séparés, le tunnel partant dans plusieurs directions. Ils étaient encore en train de raconter leur affaire au sergent-chef lorsque, un violent grondement s'étant fait entendre, de la gueule du tunnel avait jailli un gigantesque vomissement de bruit, de fumée et de poussière : les charges de C-4 venaient d'exploser. Le lieutenant de la compagnie déclara qu'ils ne quitteraient pas la zone sans le soldat porté disparu. Toute la compagnie attendit une journée entière que la fumée et la poussière se dispersent, puis deux rats de tunnel furent envoyés à sa recherche – Harry Bosch et Billy Meadows. Peu importait si le soldat disparu était mort, précisa le lieutenant. Il fallait le sortir de là. Pas question de laisser un des gars pourrir dans ce trou. « Allez le chercher et ramenez-le, qu'on puisse au moins l'enterrer dignement. »

A quoi Meadows avait répondu : « De toute façon, nous n'aurions jamais laissé un de nos camarades là-dedans. »

Bosch et Meadows étaient descendus dans le tunnel et avaient découvert que l'entrée principale conduisait à un embranchement où étaient entreposés des sacs de riz et d'où partaient trois galeries. Deux d'entre elles s'étaient effondrées à cause des explosions, la troisième étant restée accessible. C'était celle qu'avait empruntée le soldat porté disparu, ce fut celle dans laquelle ils s'enfoncèrent.

Les deux hommes rampèrent dans l'obscurité, Meadows en tête. Utilisant rarement leurs lampes, ils finirent par déboucher dans un cul-de-sac. Meadows sonda le sol en terre du tunnel jusqu'à ce qu'il découvre la trappe dérobée. Il l'entrouvrit et tous deux descendirent dans un second niveau du labyrinthe. Sans dire un mot, Meadows désigna une direction et s'éloigna en rampant. Bosch savait qu'il devait partir dans l'autre sens. Ils étaient seuls désormais, à moins que les Vietcongs ne les attendent en chemin. Bosch progressait dans une galerie sinueuse aussi chaude qu'un bain de vapeur. Le tunnel empestait l'humidité et une vague odeur de latrines. Bosch sentit le soldat disparu avant même de le voir. Mort. Son corps avait commencé à se putréfier, mais il était toujours assis au milieu du tunnel, les jambes tendues et écartées, le bout de ses bottes pointé vers le haut. Son corps était attaché à un pieu planté dans le sol. Un morceau de fil de fer qui lui sciait le cou était enroulé autour du piquet pour l'empêcher de glisser. Redoutant un piège, Bosch ne le toucha pas. Il braqua le faisceau de sa lampe sur la plaie au cou et suivit la traînée de sang séché. Le soldat mort portait un T-shirt vert avec son nom inscrit au pochoir sur le devant. Al Crofton. Des mouches s'étaient engluées dans la croûte de sang sur sa poitrine et, l'espace d'un instant, Bosch se demanda comment elles avaient fait pour venir jusque-là. La lumière balaya le bas-ventre du soldat, lui aussi noir de sang séché. Son pantalon était déchiré. Crofton donnait l'impression d'avoir été déchiqueté par un animal sauvage. La sueur piquait les yeux de Bosch et sa respiration se fit haletante : impossible de la maîtriser. Il s'en aperçut immédiatement, mais comprit aussitôt qu'il ne pouvait rien y faire. La main gauche de Crofton reposait sur le sol, à côté de sa cuisse, paume ouverte. Bosch pointa sa lampe et découvrit les testicules ensanglantés. Il réprima un haut-le-cœur, mais ne parvint pas à contrôler sa respiration.

Les mains plaquées sur la bouche, il essaya de ralentir son souffle haletant. En vain. Il étouffait. Il paniquait. Il avait vingt ans et il était terrorisé. Les parois du tunnel se refermaient autour de lui. Il roula loin du corps et lâcha sa lampe dont le faisceau resta braqué sur Crofton. Recroquevillé en position fœtale, il donnait des coups de pied dans les murs d'argile. Dans ses yeux, la sueur céda la place aux larmes. Silencieuses tout d'abord. Mais, bientôt, son corps tout entier fut secoué de sanglots, le bruit semblant se répercuter jusqu'au plus profond des ténèbres. Jusqu'à l'ennemi qui l'attendait. Jusqu'en enfer.

# Lundi 21 mai

Bosch se réveilla dans son fauteuil de garde vers les 4 heures du matin. Il avait laissé la porte vitrée de la véranda ouverte, et le vent de Santa Ana gonflait les rideaux – on aurait dit des fantômes – à l'intérieur de la pièce. Le vent chaud et son rêve l'avaient mouillé de sueur ; puis le vent avait séché sa peau moite, comme un coquillage salé. Il gagna la véranda et s'accouda à la balustrade en bois pour observer les lumières de la Vallée. Les projecteurs des studios Universal s'étaient éteints depuis longtemps, aucun bruit de circulation ne montait de la voie express au fond du canyon. Au loin, à Glendale peut-être, il entendit le vrombissement d'un hélicoptère. Il repéra la petite lumière rouge qui se déplaçait à basse altitude. L'engin ne volait pas en rond et il n'y avait pas de projecteur. Ce n'était pas la police. Il lui sembla alors sentir l'odeur diffuse du malathion, âcre et amère, portée par le vent rouge.

Il rentra et referma la porte vitrée coulissante. Un instant, il envisagea d'aller se recoucher, mais il comprit qu'il ne pourrait plus se rendormir. Cela lui arrivait souvent. Le sommeil venait de bonne heure, mais ne durait pas. Ou bien il ne venait que lorsque le soleil naissant découpait délicatement le contour des collines dans la brume matinale.

Il était allé consulter des spécialistes des troubles du sommeil à l'hôpital des anciens combattant de Sepulveda, mais les psy ne pouvaient rien pour lui. Ils lui avaient expliqué qu'il était dans un cycle. Il connaîtrait de longues périodes de transes profondes peuplées de rêves abominables. Ces périodes seraient suivies par des mois d'insomnie, l'esprit cherchant à se défendre face aux terreurs qui l'attendaient dans son sommeil. Vous avez refoulé l'angoisse provoquée par votre rôle à la guerre, avait ajouté le médecin. Vous devez d'abord calmer ces sentiments pendant la veille, avant d'espérer retrouver un sommeil régulier et paisible. Le médecin ne comprenait pas qu'on ne pouvait pas revenir en arrière. Pas moyen de réparer tout le mal qui avait été fait. On ne soigne pas une âme blessée avec du sparadrap.

Après avoir pris une douche, Bosch se rasa et, observant sa figure dans la glace, songea que le temps avait été bien injuste avec Billy Meadows. Les cheveux de Bosch commençaient à grisonner, mais ils étaient encore fournis et bouclés. Excepté les cernes sous les yeux, son visage était resté lisse et séduisant. Il essuya les restes de mousse à raser et enfila son costume d'été beige par-dessus une chemise en Oxford bleu ciel. Sur un cintre dans la penderie, il trouva une cravate bordeaux ornée de petits casques de gladiateur qui n'était pas trop froissée ni tachée. Il la fixa à l'aide de la pince du 187, accrocha son arme à sa ceinture et sortit dans l'obscurité qui précède l'aube. Il gagna le centre-ville, et avala une omelette, des toasts et du café au Pantry, dans Figueroa. Ouvert vingt-quatre heures sur vingt-quatre depuis la Dépression. Une pancarte proclamait que cet endroit n'avait jamais été vide une seule minute depuis le jour de l'ouverture. Assis au comptoir, Bosch regarda autour de lui et s'aperçut qu'à cet instant il portait le record sur ses épaules. Il était seul.

Grâce au café et aux cigarettes, il était paré pour la journée. Sur la voie express qui le ramenait à Hollywood, il croisa une mer gelée de voitures qui déjà se battaient pour descendre en ville.

Le commissariat de Hollywood était situé dans Wilcox, à une rue du boulevard, d'où lui venait l'essentiel de son travail. L'inspecteur Bosch se gara juste devant, le long du trottoir : il ne resterait pas longtemps et ne voulait pas se retrouver coincé dans le parking de derrière au moment du changement de service. En traversant le hall minuscule, il vit une femme avec un œil poché. Elle pleurait en remplissant une déclaration avec l'officier chargé de l'accueil. Mais, au fond du couloir, sur la gauche, le bureau des inspecteurs était calme. Le planton de garde avait dû recevoir un appel, ou bien il se trouvait dans la Suite nuptiale, sorte de cagibi installé au premier étage et comprenant deux lits de camp : premier arrivé, premier servi. L'agitation et le bourdonnement habituels du bureau semblaient figés. L'endroit était désert, mais les longues tables affectées aux rapports sur les cambriolages, vols de voitures, délits de mineurs, vols et homicides croulaient sous les papiers. Les inspecteurs allaient et venaient, la paperasserie, elle, ne changeait jamais.

Bosch se dirigea vers le fond de la salle pour se faire du café. Il jeta un coup d'œil par la porte de derrière, au bout du couloir où se trouvaient les bancs et la cellule de détention. A mi-chemin de la cage, un jeune Blanc avec des dreadlocks blonds était assis sur un banc, attaché par des menottes. Un mineur, dix-sept ans au plus, songea Bosch. La loi californienne interdisait d'enfermer les mineurs avec des adultes. Comme si on disait qu'il était dangereux pour des coyotes de se retrouver avec des dobermans.

– Hé ! Qu'est-ce tu regardes, connard ? lui lança le gamin dans le couloir.

Bosch ne répondit pas. Il vida un paquet de café dans le filtre en papier. Un agent en uniforme sortit la tête du bureau du commandant, un peu plus loin dans le couloir.

– Je te le répéterai pas ! hurla-t-il au gamin. Encore un mot et je te resserre les menottes d'un cran. Au bout d'une demi-heure, tu sentiras plus tes mains. Et comment tu feras après, pour te torcher le cul, hein ?

– Je me servirai de ta gueule.

Le flic en tenue sortit dans le couloir et se dirigea vers le gamin. Ses grosses chaussures noires semblaient menaçantes, il marchait à longues enjambées. Bosch glissa le porte-filtre dans la cafetière et appuya sur le bouton. Puis il s'éloigna de la porte et s'approcha de la table des homicides, préférant ne pas voir quel sort attendait l'adolescent. Il prit sa chaise et la traîna jusqu'à une des machines à écrire communes. Les formulaires dont il avait besoin étaient glissés dans des casiers fixés au mur au-dessus de la machine. Il introduisit un rapport vierge dans le rouleau, sortit son carnet de sa poche et l'ouvrit à la première page.

Deux heures se passèrent à taper, fumer et boire du mauvais café. Un nuage bleuâtre flottait sous les lumières du plafond. Bosch finit de remplir la myriade de formulaires qui accompagnent toute enquête sur un meurtre. Il se leva pour aller faire des photocopies dans le couloir. Le gamin aux dreadlocks avait disparu. Après en avoir crocheté la serrure à l'aide de sa carte de police, Bosch prit un nouveau classeur bleu dans le placard aux fournitures du bureau, accrocha ses feuilles dactylographiées aux trois anneaux et cacha les doubles dans une vieille chemise bleue qu'il conservait dans un tiroir et qui portait le nom d'une ancienne affaire jamais résolue. Cela étant fait, il relut sa prose. Il aimait bien l'impression d'ordre que le travail administratif conférait à une affaire. Au cours de nombreuses enquêtes précédentes, il avait pris l'habitude de relire ses comptes rendus le lendemain matin. Cela l'aidait à élaborer de nouvelles théories. L'odeur de plastique neuf du classeur lui rappelait d'autres enquêtes et lui donnait de l'énergie : il était de nouveau en chasse. Toutefois, les rapports qu'il avait tapés et classés n'étaient pas complets. Dans le « récapitulatif chronologique de l'inspecteur chargé de l'enquête », il avait volontairement omis plusieurs moments de son dimanche après-midi et de sa soirée. Il avait ainsi négligé d'évoquer le lien qu'il avait établi entre Meadows et le casse de la banque WestLand. Il n'y avait pas davantage relaté ses visites au prêteur sur gages et à Bremmer dans les locaux du *Times*. Son rapport ne contenait aucun résumé écrit de ces entretiens. On n'était que lundi, deuxième jour de l'enquête, et il préférait attendre d'être passé au FBI pour consigner ces informations dans le rapport officiel. Il voulait d'abord savoir exactement ce qui se passait. C'était une précaution qu'il prenait à chaque enquête. Il quitta le bureau avant que les autres inspecteurs ne commencent leur journée.

Il était 9 heures lorsqu'il arriva dans le quartier de Westwood. Il gagna le sixième étage du Federal Building, dans Wilshire Boulevard. La salle d'attente du FBI était austère : canapés recouverts de plastique et table basse éraflée, avec des anciens numéros du *FBI Bulletin* étalés sur le faux placage en bois. Bosch n'avait nulle envie de s'asseoir, ni de lire. Debout devant les rideaux blancs diaphanes qui masquaient les fenêtres à la française, il observa le paysage. Au nord, la vue s'étendait du Pacifique jusqu'à Hollywood, vers l'est, au-delà des montagnes de Santa Monica. Les rideaux formaient comme une couche de brouillard par-dessus le smog. Le nez presque collé contre le tissu léger et transparent, il contempla le cimetière de la Veterans Administration, de l'autre côté de Wilshire. Les pierres tombales blanches y jaillissaient de l'herbe bien tondue comme des rangées successives de dents de bébé. Devant l'entrée se déroulaient des obsèques, avec soldats au garde-à-vous. L'assistance était peu nombreuse. Plus loin vers le nord, au sommet d'une hauteur vierge de toute tombe, des ouvriers arrachaient le gazon et se servaient d'une pelleteuse pour creuser une longue tranchée dans la terre. Tout en scrutant le paysage, Bosch suivit un moment leur progression sans réussir à deviner ce qu'ils faisaient. La tranchée était bien trop longue et large pour une tombe.

Vers 10 h 30, l'enterrement du soldat prit fin, mais les employés du cimetière continuèrent à creuser au sommet de la colline. Bosch attendait toujours derrière son rideau. Finalement, une voix se fit entendre dans son dos :

– Ah, toutes ces tombes ! Impeccables, ces rangées ! J'essaye de ne jamais regarder de ce côté-là.

Il se retourna. Grande et gracieuse, elle avait des cheveux châtains qui ondulaient sur ses épaules et étaient traversés de reflets blonds. Bien bronzée et peu maquillée. Elle avait l'air décidé et un rien las pour cette heure de la journée, l'air qu'acquièrent les femmes flics et les putes. Elle était vêtue d'un tailleur marron et d'un chemisier blanc fermé par un lacet de cow-boy couleur chocolat. Bosch remarqua les courbes asymétriques de ses hanches sous sa veste. Elle portait une arme de petit calibre au côté gauche, un Rugar, ce qui était inhabituel. Il savait que les femmes inspecteurs transportent leur arme dans leur sac à main.

– C'est le cimetière des anciens combattants, dit-elle.

– Oui, je sais.

Il sourit, mais pas à cause de sa remarque : il s'attendait à ce que l'agent spécial E. D. Wish fût un homme. Tout simplement parce que la plupart des agents fédéraux chargés des cambriolages de banques étaient des hommes. Les femmes faisaient certes partie de la nouvelle image du FBI, mais on les trouvait rarement dans ce genre de brigades, réservées à une fraternité composée en majorité de dinosaures et de bannis, tous individus qui ne pouvaient ou ne voulaient pas rentrer dans le jeu d'un bureau fédéral qui mettait l'accent sur les affaires de délinquance en col blanc, d'espionnage et de drogue. L'époque de Melvin Purvis, G-man[1], était révolue. Les braquages de banques n'avaient plus rien de sensationnel, la plupart des voleurs n'étaient pas des cambrioleurs professionnels, mais des drogués qui cherchaient un peu de fric pour s'approvisionner une semaine. Evidemment, une attaque de banque demeurait un délit fédéral. C'était même la seule raison pour laquelle le FBI prenait la peine de s'en occuper.

– Oui, bien sûr que vous le savez, dit-elle. Que puis-je pour vous, inspecteur Bosch ? Je suis l'agent Wish.

Ils échangèrent une poignée de main, mais Wish ne se

1. *Government man*, agent du FBI.

dirigea pas vers la porte qu'elle venait de franchir. Celle-ci s'était refermée derrière elle avec un déclic. Bosch hésita un instant, avant de dire :

– Eh bien… j'ai attendu toute la matinée pour vous voir. Ça concerne la brigade des cambriolages de banques… Une de vos affaires.

– Oui, c'est ce que vous avez expliqué à la réception. Désolée de vous avoir fait poireauter, mais nous n'avions pas rendez-vous et je devais m'occuper d'un dossier urgent. Vous auriez dû téléphoner.

Bosch opina pour dire qu'il comprenait, mais l'agent Wish ne se dirigea toujours pas vers la porte pour l'inviter à entrer. C'est mal parti, se dit-il.

– Vous n'auriez pas un peu de café ? lui demanda-t-il.

– Euh… si, je crois. Pouvons-nous faire vite ? Je suis en plein travail.

Comme tout le monde, songea Bosch. Elle ouvrit la porte à l'aide d'une carte magnétique et la lui tint ouverte. Elle le précéda dans un couloir où, à côté de chaque porte, étaient collées des plaques en plastique. Le FBI ne partageait pas le goût de la police de Los Angeles pour les acronymes. Ici, il n'y avait que des chiffres : GROUPE 1, GROUPE 2, et ainsi de suite. En chemin, Bosch tenta de situer son accent. Légèrement nasillard, mais pas celui de New York. Philadelphie, conclut-il, peut-être le New Jersey. Mais certainement pas la Californie du Sud, peu importe le bronzage qui allait avec.

– Noir ? demanda-t-elle.

– Non, avec de la crème et du sucre, s'il vous plaît.

L'agent Wish pénétra dans une salle meublée comme une cuisine, avec un comptoir et des placards, une cafetière électrique, un four à micro-ondes et un réfrigérateur. L'endroit lui rappela les cabinets d'avocats où il s'était rendu pour déposer. Elégants, propres, coûteux. Elle lui tendit un café noir dans un gobelet en polystyrène et lui fit signe d'y ajouter lui-même la crème et le sucre. Elle n'en boirait pas. Si elle essayait de le mettre mal à l'aise, c'était réussi. Bosch eut l'impression d'être un intrus, celui qui n'apporte pas de bonnes nouvelles, l'élément importun dans une grosse affaire. Il la suivit de nouveau dans le couloir, où elle poussa la porte suivante, marquée GROUPE 3. C'était la section des cambriolages de banques et des kidnappings. De la taille d'une épicerie, ou à peu près, c'était le premier bureau d'agent fédéral dans lequel il entrait, et la comparaison avec le sien le déprima : le matériel y était plus récent que tout ce qu'il avait jamais vu dans les locaux de la police de LA. Il y avait de la moquette sur le sol et une machine à écrire et un ordinateur sur presque tous les bureaux. Disposés par rangées de cinq, ceux-ci étaient au nombre de quinze et tous vides, sauf un. Un homme en costume gris était assis au premier de la rangée centrale, un téléphone à la main. Il ne leva pas la tête lorsque Bosch et Wish entrèrent. N'eût été le fond sonore d'une fréquence de police dispensée par un scanner posé sur un classeur au fond de la pièce, on aurait pu se croire dans une agence immobilière.

Wish s'installa derrière le premier bureau de la première rangée et lui fit signe de prendre le siège voisin. Bosch se retrouva assis entre elle et Costume-Gris. Il posa son café sur le bureau de la jeune femme et en vint à se demander si Costume-Gris – qui ne cessait pourtant de lâcher des « Oui, oui… » et des « Hmm, hmm… » – était véritablement en conversation au téléphone. D'un tiroir de son bureau, Wish sortit une bouteille d'eau minérale dont elle remplit un gobelet en carton.

– On vient d'avoir un appel urgent pour une caisse d'épargne de Santa Monica et presque tout le monde est réquisitionné, lui expliqua-t-elle en balayant la pièce vide du regard. Je me suis occupée de la coordination, c'est pour ça que je vous ai fait attendre. Désolée.

– Je comprends. Vous avez eu le type ?

– Qu'est-ce qui vous fait croire qu'il s'agissait d'un homme ?

Bosch haussa les épaules.

– Question de pourcentage.

– A vrai dire, ils étaient deux. Un homme et une femme.

On les a eus. Ils conduisaient une voiture volée hier à Reseda. C'est la femme qui est entrée dans la caisse d'épargne pour commettre le hold-up. L'homme conduisait. Ils ont emprunté la 10, puis la 405 jusqu'à l'aéroport, où ils ont abandonné la voiture devant le porteur d'United. Ils ont pris l'escalator jusqu'au niveau des arrivées et sont montés dans une navette qui les a emmenés à la station de Van Nuys, d'où un taxi les a conduits à Venice. Dans une autre banque. On les a fait suivre par un hélicoptère de la police de LA du début à la fin. Pas une seule fois ils n'ont regardé au-dessus de leur tête. Quand la femme est entrée dans la banque, on a cru qu'on allait avoir un deuxième hold-up et on lui a sauté dessus pendant qu'elle faisait la queue au guichet. On a appréhendé l'homme dans le parking. En réalité, elle attendait pour déposer l'argent volé dans la première banque. Une manière de transfert de fonds, la difficulté en plus. On voit vraiment de sacrés trucs dans ce métier, inspecteur Bosch. Que puis-je pour vous ?

— Vous pouvez commencer par m'appeler Harry.

— Et que fais-je pour vous ?

— On coopère, entre départements. Un peu comme ce matin entre vous et notre hélico.

Bosch but une gorgée de café et reprit en ces termes :

— Votre nom figure sur le rapport que j'ai consulté hier. Une affaire vieille d'un an. Je m'y intéresse. Je travaille à la Criminelle du commissariat de Holly…

— Oui, je sais, le coupa-t-elle. La réceptionniste m'a apporté la carte que vous lui avez donnée. Au fait, vous souhaitez la récupérer ?

Le coup était bas. Bosch aperçut sa carte de visite sur le buvard d'un vert immaculé. Elle avait séjourné plusieurs mois dans son portefeuille et les bords en étaient écornés. C'était une des cartes que le département fournissait à ses inspecteurs : frappée de l'insigne de la police, avec le numéro du commissariat de Hollywood, mais pas de nom. On pouvait faire l'acquisition d'un tampon encreur, se commander un timbre et passer chaque début de semaine à se tamponner sa dizaine de cartes. On pouvait aussi y écrire son nom soi-même au stylo, et éviter de distribuer trop de cartes. Bosch avait choisi la deuxième solution. Il y avait longtemps qu'il n'avait plus honte des procédures propres à son département.

– Non, vous pouvez la garder. Au fait, vous en auriez une ?

D'un geste rapide et agacé, l'agent Wish ouvrit le tiroir du milieu de son bureau, prit une carte de visite dans une petite boîte et la déposa devant elle, juste à côté du coude de Bosch. Il y jeta un œil en buvant une autre gorgée de café. Le E signifiait Eleanor.

– Bon, vous savez donc qui je suis et d'où je viens, reprit-il. Et moi, j'en sais aussi un peu sur vous. Par exemple, que vous avez enquêté, ou continuez d'enquêter, sur un casse commis l'année dernière et où les voleurs seraient passés par le sous-sol. La WestLand National Bank.

Aussitôt, il vit l'agent Wish se réveiller et il lui sembla entendre Costume-Gris retenir son souffle. Il avait mis dans le mille.

– Votre nom figure sur les rapports. J'enquête sur un homicide que je crois lié à votre affaire et j'aimerais savoir… en fait, j'aimerais savoir ce que vous avez… Peut-on parler de suspects, de suspects possibles… Il se pourrait qu'on recherche les mêmes personnes. Je pense que mon type pourrait avoir été un de vos voleurs.

L'agent Wish ne dit rien pendant un moment et se mit à jouer avec un crayon à papier posé sur son buvard. Puis, avec le côté gomme, elle poussa la carte de visite de Bosch sur le carré vert. Costume-Gris, quant à lui, continuait à faire comme s'il était au téléphone. Bosch ayant jeté un coup d'œil dans sa direction, leurs regards se croisèrent un bref instant. Bosch hocha la tête, Costume-Gris détourna les yeux. Bosch songea que l'homme qu'il avait devant lui devait être celui dont les commentaires figuraient dans les articles du *Times* : l'agent spécial John Rourke.

– Voyons, inspecteur Bosch, vous n'êtes pas sérieux, lui répondit enfin Wish. Enfin quoi… vous entrez ici en brandissant le drapeau de la coopération et vous espérez que je vais vous ouvrir nos dossiers ? Comme ça ?

Elle tapota trois fois sur le bureau avec son crayon et secoua la tête comme si elle sermonnait un enfant.

– Et si vous me donniez un nom ? reprit-elle. Ou alors… la raison de ce « rapprochement » ? Généralement, ce genre de requête passe par divers canaux. Nous avons des organes de liaison qui examinent les demandes de transmission de dossiers et d'informations émanant d'autres secteurs de la police. Vous le savez. Je pense qu'il serait préférable…

Bosch sortit de sa poche le dossier du FBI contenant la photo du bracelet de la compagnie d'assurances. Il déplia le document et le posa sur le buvard. Dans son autre poche, il prit le polaroïd récupéré chez le prêteur sur gages et le laissa tomber sur le bureau.

– WestLand National Bank, dit-il en lui montrant la photo du FBI. Le bracelet a été gagé il y a six semaines dans une boutique du centre-ville. Par mon type. Lequel est maintenant tout ce qu'il y a de plus mort.

L'agent Wish ne quittait pas le polaroïd des yeux, et Bosch vit qu'elle avait reconnu le bracelet. Cette affaire devait l'avoir beaucoup marquée.

– La victime s'appelle William Meadows, continua-t-il. On l'a découvert dans une canalisation hier matin, au barrage de Mulholland.

Costume-Gris mit fin à son monologue téléphonique.

– Bien, je vous remercie pour le renseignement, dit-il. Il faut que j'y aille. Nous sommes sur un hold-up. Hmm… Merci… Oui, vous aussi. Au revoir.

Bosch ne le regarda pas. Il observait Wish. Il sentait qu'elle avait envie de se tourner vers son collègue. Ses yeux glissèrent dans cette direction, mais revinrent rapidement se poser sur la photo. Il y avait quelque chose qui clochait, Bosch décida de s'engouffrer dans ce silence.

– Si on laissait tomber le baratin, agent Wish ? Autant

que je sache, vous n'avez pas récupéré un seul titre boursier, pas une seule pièce, pas un seul bijou, pas un seul bracelet en or et en jade. Vous n'avez rien. Alors, laissez tomber les histoires de bureaux de liaison. Enfin, merde ! De quoi s'agit-il ? Mon type a foutu le bracelet au clou et il est mort. Pourquoi ? Nos deux enquêtes se croisent, vous ne croyez pas ? Et c'est sans doute la même affaire. (Pas de réponse.) Soit mon type a reçu le bracelet des mains d'un des cambrioleurs, soit il le leur a volé. Ou alors, il faisait partie de la bande. Et peut-être que le bracelet n'était pas censé réapparaître si tôt. Aucun autre objet volé n'a refait surface. Toujours est-il que Meadows enfreint la règle et met le truc au clou. Ses potes le butent et vont récupérer le bracelet au magasin. C'est une hypothèse. Bref, nous recherchons bien les mêmes personnes. Et j'ai besoin de savoir dans quelle direction aller.

La jeune femme demeura muette, mais Bosch sentait venir la décision. Cette fois, il attendit qu'elle dise quelque chose.

— Parlez-moi de lui, lui demanda-t-elle enfin.

Il lui raconta. Le coup de téléphone anonyme. Le cadavre. L'appartement qu'on avait fouillé. Le reçu du prêteur sur gages caché derrière la photo… la visite qu'il avait rendue à la boutique et qui lui avait appris que le bracelet venait d'être volé. Tout, sauf le fait qu'il connaissait Meadows.

— On a volé autre chose dans la boutique, ou uniquement ce bracelet ? lui demanda-t-elle lorsqu'il eut terminé son exposé.

— Non, ils ont emporté d'autres trucs, évidemment. Mais seulement pour cacher ce qui les intéressait : le bracelet. A mon avis, celui ou ceux qui ont tué Meadows cherchaient à le récupérer. Ils ont torturé Meadows pour le faire parler. Ils ont eu le renseignement qu'ils voulaient, ils l'ont tué et sont allés chercher le bracelet. Ça vous gêne si je fume ?

— Oui. Qu'est-ce qu'un bracelet peut avoir de si important ? Ce n'est qu'une bricole parmi tout ce qui a été dérobé et, qui plus est, une bricole qui n'avait jamais refait surface.

Bosch s'était posé la question... et n'avait toujours pas de réponse.

— Je ne sais pas, lui avoua-t-il.

— Si on l'a torturé, comme vous l'affirmez, pourquoi le reçu était-il toujours là où vous l'avez découvert ? Et pourquoi ont-ils été obligés de cambrioler la boutique de prêts sur gages ? Il leur aurait dit où était le bracelet, mais aurait gardé le reçu ?

Bosch s'était également posé cette question.

— Je ne comprends pas. Peut-être savait-il qu'ils le tueraient de toute façon. Alors il leur a seulement donné la moitié de ce qu'ils voulaient. Il a gardé quelque chose. C'était un indice. Il a caché le reçu pour servir d'indice.

Bosch réfléchit à ce scénario. Il avait commencé à l'élaborer en relisant ses notes et les rapports qu'il avait dactylographiés. Il décida que le moment était venu d'abattre une nouvelle carte.

— J'ai connu Meadows il y a vingt ans.

— Vous connaissiez la victime, inspecteur Bosch ? lui lança-t-elle d'un ton accusateur. Pourquoi ne me l'avez-vous pas dit immédiatement en entrant ? Depuis quand la police de Los Angeles permet-elle à ses hommes d'enquêter sur les décès de leurs amis ?

— Je n'ai pas dit que c'était un ami. J'ai seulement dit que je le connaissais. Cela remonte à vingt ans. Et je n'ai pas demandé à m'occuper de cette affaire. J'étais de garde à ce moment-là. On m'a appelé. C'est une...

Il se refusa à prononcer le mot « coïncidence ».

— Tout cela est très intéressant, lui renvoya l'agent Wish. Et parfaitement irrégulier. Nous... je doute que nous puissions vous aider. Je pense...

— Ecoutez, je l'ai connu à l'armée. 1er d'infanterie au Vietnam. OK ? On y était ensemble. Meadows était ce qu'on appelait un « rat de tunnel ». Vous savez ce que ça signifie ?... J'en étais un, moi aussi.

Wish ne répondit pas. Elle regarda de nouveau le bracelet. Bosch avait totalement oublié la présence de Costume-Gris.

— Les Viets avaient creusé des galeries sous leurs villages, lui expliqua Bosch. Certaines avaient plus d'un siècle. Elles allaient de maison en maison, d'un village à l'autre, d'une jungle à une autre. Il y en avait même qui passaient sous nos propres camps, partout. Et notre boulot à nous, c'était d'y descendre. Une autre guerre se déroulait sous terre… (Il s'aperçut qu'à l'exception d'un psy et d'un groupe de discussion de la Veterans Association de Sepulveda il n'avait jamais parlé à quiconque des tunnels et de ce qu'il y avait fait.) Et Meadows était très doué pour ça. A croire qu'il aimait plonger dans les ténèbres avec juste une lampe-torche et un 45. Parfois, cela durait quelques heures, parfois il nous fallait plusieurs jours. Meadows est le seul type que j'aie connu qui n'avait pas la trouille de descendre. C'est la vie à l'air libre qui lui faisait peur.

Wish ne disait toujours rien. Bosch se tourna vers Costume-Gris qui écrivait quelque chose sur un bloc de papier jaune. Sur la fréquence de la police, quelqu'un annonça qu'il amenait deux prisonniers à la maison d'arrêt centrale.

— Ce qui fait que, vingt ans plus tard, vous vous retrouvez avec un casse souterrain et moi avec le cadavre d'un rat de tunnel sur les bras. On l'a découvert dans une canalisation. Il était en possession d'un objet provenant de votre casse.

Il chercha ses cigarettes dans ses poches, puis il se rappela qu'elle était contre et ajouta :

— Nous devons travailler main dans la main. Immédiatement.

A son visage il comprit qu'il ne l'avait pas convaincue. Il vida son gobelet de café, prêt à se lever. Il cessa de regarder Wish et entendit Costume-Gris décrocher le téléphone et composer un numéro. Il observa le résidu de sucre au fond de son gobelet. Il détestait le café sucré.

— Inspecteur Bosch, dit enfin l'agent Wish, je regrette de vous avoir fait attendre si longtemps dans le couloir ce matin. Et je suis désolée pour ce soldat que vous connaissiez, même si c'était il y a vingt ans. J'ai de la sympathie pour lui, pour vous, et pour tout ce que vous avez pu endurer… Et je regrette aussi de ne pas pouvoir vous aider pour le moment. Il faudra que je suive le règlement et que j'en réfère à mon supérieur. Je vous contacterai. Le plus tôt possible. C'est tout ce que je peux faire dans l'immédiat.

Bosch jeta son gobelet dans une corbeille à papier posée à côté du bureau et se pencha pour récupérer le polaroïd et la photo du FBI.

– Peut-on conserver le cliché ? lui demanda-t-elle. Il faut que je le montre à mon supérieur.

Bosch prit le polaroïd. Il se leva, s'approcha du bureau de Costume-Gris et lui mit la photo sous le nez.

– Voilà. Il l'a vue, lança-t-il par-dessus son épaule en quittant la pièce.

Assis à son bureau, le chef adjoint Irving faisait grincer ses dents et jouer les muscles de sa mâchoire transformés en véritables boules de caoutchouc dur. Il était inquiet. Et il avait l'habitude de grincer des dents quand il était inquiet ou d'humeur solitaire et contemplative. Résultat, les muscles de sa mâchoire étaient devenus le trait le plus prononcé de son visage. Quand on le regardait de face, la mâchoire d'Irving était réellement plus large que ses oreilles en forme d'ailes plaquées contre son crâne rasé. Ces oreilles et cette mâchoire lui conféraient un visage intimidant, pour ne pas dire inquiétant. On aurait dit que ses puissantes molaires étaient capables de broyer des billes de verre. Irving faisait d'ailleurs tout son possible pour répandre l'image d'un terrifiant chien de garde qui pouvait vous enfoncer ses crocs dans l'épaule ou dans la jambe et vous arracher un morceau de viande de la taille d'une balle de tennis. Cette image lui avait permis de surmonter son seul handicap de policier à Los Angeles – un nom ridicule – et ne pouvait que l'aider dans son ascension longuement préparée vers le bureau du capitaine, au cinquième étage. Voilà pourquoi il cédait à sa manie, même si cela lui coûtait 2 000 dollars de molaires neuves tous les dix-huit mois.

Irving resserra son nœud de cravate, se passa la main sur le crâne, qu'il avait chauve et luisant, et tendit le bras vers l'interphone. Bien qu'il lui eût suffi d'appuyer sur le bouton et d'aboyer son ordre, il attendit que son nouvel adjudant lui réponde. Encore une de ses manies.

– Oui, chef ?

Il adorait entendre ça. Il sourit et se pencha en avant jusqu'à ce que sa grande et large mâchoire soit à quelques centimètres de l'interphone. Irving était un homme qui ne faisait pas confiance à la technologie. Il fallait qu'il colle sa bouche à l'appareil et qu'il hurle.

– Mary, apportez-moi le dossier de Harry Bosch. Il devrait encore se trouver parmi les dossiers en cours.

Il lui épela le nom et le prénom.

– Tout de suite, chef.

Irving se renversa dans son fauteuil en souriant entre ses dents serrées, mais crut sentir un léger décalage. Il passa avec habileté sa langue sur sa dernière molaire inférieure gauche, cherchant une imperfection sur la surface lisse. Une très légère fissure ? Rien. Il prit un petit miroir dans le tiroir de son bureau, ouvrit la bouche et s'examina les dents du fond. Il reposa le miroir, détacha un petit *Post-it* bleu pâle et y nota de penser à prendre rendez-vous pour un check-up. En refermant le tiroir, il songea au jour où il avait avalé un gâteau chinois alors qu'il dînait en compagnie du conseiller municipal du Westside : sa dernière molaire inférieure droite s'était brisée sur le biscuit rassis. Le chien de garde qu'il était avait alors décidé d'avaler les débris plutôt que d'avouer sa faiblesse devant un conseiller municipal dont il comptait bien obtenir le vote de satisfecit. Au cours du repas, il avait attiré l'attention de son interlocuteur sur le fait que son neveu, un motard de la police de LA, était un homosexuel refoulé et affirmé qu'il faisait tout son possible pour protéger le neveu du conseiller et empêcher la vérité d'éclater. Au département, on détestait autant les homosexuels que dans une congrégation du Nebraska et si jamais les policiers de base venaient à l'apprendre, lui avait-il encore expliqué, le neveu pourrait dire adieu à tout espoir d'avancement. Il y avait même à redouter des actes de brutalité de la part de ses collègues. Irving n'avait pas eu besoin de préciser les conséquences d'un tel scandale. Même dans le Westside libéral, cela ne faciliterait pas les ambitions d'un conseiller municipal qui visait la mairie.

Il souriait encore à l'évocation de ce souvenir quand l'officier Mary Grosso frappa à la porte et entra en tenant sous le bras un dossier épais de deux centimètres. Elle le déposa sur la plaque de verre du bureau d'Irving. Il n'y avait rien d'autre sur la surface miroitante, pas même un téléphone.

– Vous aviez raison, capitaine. Il était encore parmi les dossiers en cours.

Le chef adjoint responsable de la division des affaires internes se pencha en avant.

– Oui, je ne l'ai pas renvoyé aux archives, car j'avais le sentiment que nous n'en avions pas encore terminé avec l'inspecteur Bosch. Voyons voir… ce devait être Lewis et Clarke, si j'ai bonne mémoire.

Il ouvrit le dossier et parcourut les notes figurant au verso de la chemise.

– Oui, c'est bien ça. Mary, voulez-vous faire venir Lewis et Clarke, je vous prie…

– Je viens de les voir dans le bureau, capitaine. Ils s'apprêtaient à assister à une CJ. Je ne sais pas pour quelle affaire.

– Eh bien, ils n'ont qu'à annuler la commission judiciaire. Et soyez gentille, Mary, n'utilisez pas d'abréviations devant moi. Je suis un policier prudent et qui prend son temps. Je n'aime pas les raccourcis. Et je n'aime pas les abréviations non plus. Vous l'apprendrez. Bien, allez dire à Lewis et Clarke de repousser la séance et de venir ici immédiatement.

Il crispa les muscles de sa mâchoire et les garda ainsi,

aussi durs que des balles de tennis, bandés au maximum. Grosso s'empressa de quitter le bureau. Irving se détendit et feuilleta le dossier, pour refaire connaissance avec Harry Bosch. Il remarqua son dossier militaire et sa progression rapide au sein du département. De simple agent à inspecteur, pour se retrouver ensuite parmi l'élite de la division des cambriolages et homicides en seulement huit ans. Puis la chute : transfert administratif l'année précédente à la brigade criminelle de Hollywood. Il aurait fallu le virer, soupira-t-il en examinant les états de service de Bosch.

Le chef adjoint parcourut ensuite les résultats d'un examen psychologique subi par le même Bosch l'année d'avant, afin de déterminer s'il était apte à reprendre ses fonctions après avoir tué un homme désarmé. Le psychologue du département y déclarait : « A travers son expérience de la guerre et de la police, cela incluant bien évidemment le coup de feu susmentionné aboutissant à un accident mortel, le sujet a atteint un fort degré d'insensibilité à la violence. Pour lui, la violence et ses différents aspects ne sont qu'une composante acceptée de sa vie de tous les jours, de toute sa vie. Par conséquent, il est peu probable que l'événement précité puisse agir comme une force de dissuasion psychologique dans des circonstances où il devrait avoir recours à la manière forte pour se protéger et protéger les autres. Je pense qu'il sera en mesure de réagir immédiatement. Il sera capable de presser sur la détente. En fait, son comportement ne révèle aucune séquelle consécutive à cet incident, à moins de juger inopportun le sentiment de satisfaction que lui inspire son geste, à savoir la mort du suspect. »

Irving referma le dossier et tapota dessus avec son ongle manucuré. Il ramassa un long cheveu châtain – appartenant sans doute à l'officier Mary Grosso – sur la plaque de verre et le laissa tomber dans une corbeille placée à côté de son bureau. Harry Bosch lui posait un problème. Bon flic, bon inspecteur. A vrai dire, Irving ne pouvait s'empêcher d'admirer son travail à la Criminelle, et particulièrement ses affinités avec les meurtriers en série. Mais à long terme, le chef adjoint en était convaincu, les francs-tireurs de son espèce ne pouvaient pas s'intégrer au système. Et, franc-tireur, Harry Bosch en était un, et le resterait toute sa vie. Il n'appartenait pas à la famille du LAPD. Et voilà qu'Irving apprenait plus grave encore : non seulement il avait quitté la famille, mais il semblait même se livrer à des activités qui risquaient de lui faire du mal et de le plonger dans l'embarras. Irving se dit qu'il devait agir vite et bien. Il pivota dans son fauteuil et contempla à travers la vitre l'hôtel de ville qui se dressait de l'autre côté de Los Angeles Street. Puis son regard revint se poser, comme toujours, sur la fontaine de marbre qui se dressait en face de Parker Center. Le monument était dédié aux policiers tués dans l'exercice de leur devoir et c'était ça, la famille. C'était ça, l'honneur. Il serra les dents avec force, victorieusement. Au même moment, la porte s'ouvrit.

Les inspecteurs Pierce Lewis et Don Clarke entrèrent dans le bureau d'un pas vif et se mirent au garde-à-vous. Sans dire un mot. On aurait pu les croire frères. Ils avaient les mêmes cheveux châtains coupés en brosse, la même carrure en V des culturistes et le même costume gris en soie sans originalité. Celui de Lewis possédait de fines rayures anthracite, celles de Clarke tirant sur le bordeaux. Les deux hommes étaient larges d'épaules et courts sur pattes. L'un et l'autre penchaient toujours légèrement vers l'avant, comme s'ils avançaient dans l'eau, fendant les vagues la tête la première.

— Messieurs, leur dit Irving, nous avons un problème, un problème prioritaire, avec un officier auquel nous avons déjà eu affaire dans cette maison. Un officier dont vous vous êtes occupés avec un certain succès.

Lewis et Clarke échangèrent un rapide regard, Clarke s'autorisant un petit sourire fugitif. Il n'avait aucune idée de qui il s'agissait, mais aimait s'attaquer aux récidivistes : ils étaient tellement prêts à tout !

— Harry Bosch, reprit Irving en laissant ce nom pénétrer l'esprit des deux hommes. Vous allez faire un petit tour au commissariat de Hollywood. Je veux lui coller immédiatement un 1. 81 aux fesses. Le plaignant est le Bureau fédéral d'investigation.

– Le FBI ? dit Lewis. Que leur a-t-il fait ?

Irving le réprimanda pour avoir utilisé le sigle en parlant du bureau, leur demanda de s'asseoir dans les deux sièges qui faisaient face à son bureau et, pendant dix minutes, leur rapporta la conversation téléphonique qu'il avait eue quelques minutes auparavant avec le FBI.

– Ils affirment qu'il ne peut s'agir d'une coïncidence, conclut-il. Je suis d'accord. Il est peut-être mêlé à tout cela, et le Bureau veut qu'il soit déchargé de l'affaire Meadows. Une chose est sûre : il est intervenu pour empêcher que le suspect, son ancien copain de l'armée, soit envoyé en prison l'année dernière, ce qui a dû lui permettre de participer au casse de la banque. Bosch le savait-il ? Est-il mouillé plus profond dans cette histoire ? Je l'ignore. Mais nous découvrirons ce qu'il mijote…

Irving ralentit le débit, le temps d'un fort mouvement de mâchoire. Lewis et Clarke se gardèrent bien d'intervenir. Irving déclara, pour finir :

– Cette occasion va permettre au département d'accomplir ce qu'il n'a pu réussir avant : éliminer Bosch. Vous me ferez directement votre rapport. Oh… je veux aussi que le supérieur de Bosch, un certain lieutenant Pounds, reçoive le double de vos rapports quotidiens. Discrètement. Mais vous ne m'adresserez pas uniquement des rapports écrits. J'exige que vous m'appeliez deux fois par jour, matin et soir.

– On s'y met tout de suite, lui lança Lewis en se levant.

– Je compte sur vous, messieurs, mais soyez prudents. L'inspecteur Bosch n'est plus la vedette qu'il était jadis. Mais, malgré tout, ne le laissez pas vous filer entre les doigts.

La honte qu'éprouvait Bosch après avoir été renvoyé sans cérémonie par l'agent Wish se transforma en colère et en frustration lorsqu'il se retrouva dans l'ascenseur. On aurait dit une présence physique qui lui montait de la poitrine dans la gorge tandis que la cage d'acier descendait. Il était seul et, quand le bipper fixé à sa ceinture se mit à sonner, il le laissa couiner pendant les quinze secondes requises plutôt que de l'éteindre. Il ravala sa colère et son humiliation pour en faire de la détermination. En sortant de l'ascenseur, il jeta un œil au numéro de téléphone inscrit sur le cadran de l'appareil : indicatif 818, l'appel venait donc de la Vallée, mais il ne reconnut pas le numéro. Il se dirigea vers un groupe de cabines téléphoniques installées sur le parvis, face au Federal Building, et le composa. Une voix électronique lui réclama quatre-vingt-dix cents. Coup de chance, il avait de la monnaie. Il glissa les pièces dans la fente et Jerry Edgar décrocha à la première sonnerie.

– Harry, commença-t-il sans même un bonjour. Je suis toujours là-haut, dans les locaux de la Veterans Association, et c'est pas du gâteau, mec. Ils n'ont aucun dossier sur Meadows. Ils m'ont d'abord dit que je devais passer par Washington, ou bien revenir avec un mandat. Je leur ai dit que je savais qu'il y avait un dossier, compte tenu de ce que tu m'avais raconté. Je leur ai dit : « Ecoutez, supposons que j'aille chercher un mandat… est-ce que vous êtes sûrs de retrouver ce dossier ? » Ils ont cherché un moment et sont revenus en me disant qu'en effet ils avaient eu un dossier… mais qu'il n'est plus là. Devine un peu qui est venu le chercher avec un ordre du palais de justice l'année dernière ?

– Le FBI.

– Hé, tu sais quelque chose que j'ignore ?

– Je ne suis pas resté le cul vissé sur ma chaise. Ils t'ont dit quand le FBI avait pris le dossier et pourquoi ?

– On ne leur a pas dit pourquoi. Les agents du FBI ont débarqué avec le mandat et ils l'ont emporté. C'était en septembre, l'année dernière, et ils l'ont pas rapporté depuis. Sans fournir de raison. Personne ne demande des comptes au FBI.

Bosch réfléchissait. Ainsi donc, ils savaient déjà tout. Wish était au courant pour Meadows, les tunnels, et tout ce qu'il venait de lui raconter. Ce n'était qu'une comédie.

– Harry ? Tu es là ?

– Ouais. Ecoute. Est-ce qu'ils t'ont montré un double du mandat ? Est-ce qu'ils connaissent le nom de l'agent ?

– Non. Ils n'ont pas réussi à retrouver le mandat et personne ne se souvient du nom de l'agent, à part qu'il s'agissait d'une femme.

– Je te donne le numéro où tu peux me joindre. Retourne aux archives et demande-leur un autre dossier, juste pour savoir s'il est là. Le mien.

Il lui donna le numéro de la cabine, sa date de naissance, son numéro de sécurité sociale et son nom complet, en épelant son véritable prénom.

– Bon sang ! C'est ça, ton prénom ? s'écria Edgar. Harry c'est que le diminutif ? Où est-ce que ta mère a pêché un nom pareil ?

– Elle adorait les peintres du XVe siècle. Ça a un rapport avec mon nom de famille. Va voir s'ils ont mon dossier et rappelle-moi. J'attends.

– J'arrive même pas à le prononcer.

– Pense à « anonyme ».

– OK, je vais essayer. Au fait, où tu es ?

– Dans une cabine. Devant le FBI.

Bosch raccrocha avant que son collègue ne puisse lui poser d'autres questions. Il alluma une cigarette, s'appuya contre la cabine téléphonique et observa un petit groupe d'individus qui défilaient en rond sur la vaste pelouse verte plantée devant le bâtiment. Ils brandissaient des pancartes et des banderoles artisanales pour protester contre l'ouverture de nouvelles concessions pétrolières dans la baie de Santa Monica. Sur les panneaux on pouvait lire : DITES NON AU PÉTROLE, LA BAIE N'EST-ELLE PAS ASSEZ POLLUÉE ?, UNITED STATES OF EXXON, et ainsi de suite.

Deux ou trois équipes de télévision installées sur la pelouse filmaient la manifestation. Là était la clé, songea-t-il. La publicité. Du moment que les médias en parlaient au journal de 18 heures, la manifestation serait un succès. Un franc succès. Bosch constata que le porte-parole du groupe était interviewé par une journaliste de Channel 4 qu'il connaissait. Il reconnut également le porte-parole, sans se rappeler où il l'avait vu. Ayant observé pendant un moment l'homme qui s'exprimait avec aisance devant la caméra, Bosch réussit à le situer. C'était un acteur de télévision qui jouait le rôle d'un ivrogne dans un *soap opera* très populaire que Bosch avait vu une ou deux fois. Le type avait toujours une tête d'ivrogne, mais la série n'existait plus.

Bosch fumait sa seconde cigarette, appuyé contre la cabine, et commençait à souffrir de la chaleur lorsque, levant les yeux vers les portes vitrées du Federal Building, il vit sortir l'agent Eleanor Wish. Occupée à fouiller dans son sac à main, elle ne l'avait pas remarqué. Rapidement, et sans réfléchir, il se réfugia derrière la rangée de téléphones et, s'en servant comme d'un écran, en fit le tour au moment où l'agent passait à sa hauteur : c'étaient ses lunettes de soleil qu'elle cherchait dans son sac. Elle les avait déjà sur le nez quand elle passa devant les manifestants, auxquels elle n'accorda pas un regard. Elle remonta Veteran Avenue en direction de Wilshire Boulevard. Bosch savait que le parking des agents fédéraux se trouvait sous l'immeuble. Wish s'éloignait dans la direction opposée. Elle se rendait dans un endroit proche. Le téléphone sonna.

— Harry, ils ont aussi ton dossier. Oui, le FBI. Qu'est-ce que ça signifie ?

La voix d'Edgar trahissait son inquiétude et sa confusion. Il n'aimait pas les vagues. Ni les mystères. Il aimait la routine du 9 heures/17 heures.

— Je l'ignore. Ils n'ont rien voulu me dire, lui répondit Bosch. Retourne au bureau. On parlera de tout ça là-bas. Si tu arrives avant moi, j'aimerais que tu appelles le chantier du métro. Le bureau du personnel. Demande-leur s'ils avaient un Meadows parmi leurs employés.

Essaye aussi sous le nom de Fields. Ensuite, fais ton rapport sur l'assassinat de la télé. Comme on a dit. Remplis ta part du marché. Je te retrouve là-bas.

— Harry, tu m'as dit que tu connaissais ce type… ce Meadows. On devrait peut-être expliquer à Pounds que ça pose un problème et refiler l'affaire à quelqu'un d'autre.

— Nous en parlerons plus tard, Jed. Surtout, ne fais rien et ne dis rien à personne avant mon retour.

Bosch raccrocha et prit vers Wilshire. Wish avait déjà tourné vers l'est, en direction de Westwood Village. Il réduisit l'écart qui les séparait, passa sur le trottoir d'en face et lui emboîta le pas en prenant soin de ne pas trop se rapprocher d'elle, afin que son reflet n'apparaisse pas dans les vitrines des magasins qu'elle regardait distraitement en passant. Arrivée à hauteur de Wilshire Boulevard, elle tourna vers le nord et traversa vers le trottoir de Bosch. Celui-ci s'engouffra dans le hall d'une banque. Au bout de quelques secondes, il ressortit. Wish avait disparu. Il regarda à droite et à gauche et courut jusqu'au coin de la rue. Il l'aperçut un peu plus loin dans Westwood, qui pénétrait dans le Village.

Elle ralentit devant plusieurs vitrines et s'arrêta devant une boutique de matériel de sport où se trouvaient des mannequins de femmes vêtus de shorts et de T-shirts vert citron. Le *nec plus ultra* de l'année précédente était déjà en solde. Wish s'attarda un instant, puis reprit son chemin et, sans autre halte, gagna le quartier des théâtres. Là, elle entra à la brasserie Stratton.

Sur le trottoir opposé, Bosch passa devant le restaurant sans s'arrêter et continua jusqu'au croisement suivant. Devant le Bruin, sous la marquise du vieux théâtre, il regarda par-dessus son épaule. Wish n'était pas ressortie de la brasserie. Il se demanda s'il y avait une autre issue par-derrière. Il consulta sa montre. Un peu tôt pour déjeuner, mais peut-être voulait-elle éviter la cohue. Ou alors elle aimait manger seule. Il traversa la rue et s'arrêta sous l'auvent du Fox Theatre. A travers la vitre, il regarda à l'intérieur du restaurant, mais il n'y vit pas la jeune femme. Il traversa le parking situé à côté de la brasserie et s'engagea dans la ruelle de derrière. Il y avait effectivement une seconde porte. L'avait-elle utilisée pour lui fausser compagnie ? Il n'avait filé personne depuis longtemps, mais ne pensait pas avoir été repéré. Il remonta la ruelle et entra par la porte de derrière.

Eleanor Wish était assise seule dans un des renfoncements qui bordaient le mur de droite. Comme tout flic prudent, elle faisait face à la porte d'entrée ; aussi ne l'aperçut-elle que lorsqu'il se glissa sur la banquette en bois devant elle et prit le menu qu'elle avait reposé sur la table.

– C'est la première fois que je viens. On y mange bien ? demanda-t-il.

– Que… qu'est-ce que vous faites ici ?

La surprise se lisait sur son visage.

– Je me suis dit que vous auriez peut-être envie de compagnie.

– Vous m'avez suivie ?… C'est ça, vous m'avez suivie !

– Moi, au moins, je joue franc-jeu. Vous savez, vous avez commis une erreur tout à l'heure : vous êtes restée trop calme. Je viens vous trouver avec la seule piste sérieuse dans cette affaire depuis neuf mois et, vous, vous me parlez d'agents de liaison et autres conneries ? Il y avait quelque chose qui clochait, mais j'ignorais quoi. Maintenant je le sais.

– De quoi parlez-vous ? Oh, et puis ça ne m'intéresse pas.

Elle voulut se lever de la banquette, mais, d'un geste vif et ferme, Bosch lui saisit le poignet. Elle avait la peau chaude et moite d'avoir marché jusqu'ici. Elle s'immobilisa et tourna la tête ; ses yeux marron lui jetèrent un regard furieux et brûlant. A lui graver son nom sur une pierre tombale !

– Lâchez-moi, dit-elle d'un ton calme, mais suffisamment tendu pour suggérer qu'elle risquait de perdre son sang-froid.

Il obéit.

– Ne partez pas. S'il vous plaît.

Elle hésita un instant. Il en profita.

– Ne vous inquiétez pas. Je comprends pourquoi vous avez agi de cette manière, dit-il. Le coup de la froideur et le reste. D'ailleurs, j'avoue que c'était bien joué. Je ne peux pas vous en vouloir.

– Ecoutez-moi, Bosch. J'ignore de quoi vous parlez. Je crois que…

– Je sais que vous étiez déjà au courant pour Meadows, les tunnels et tout et tout. Vous avez sorti ses dossiers militaires, et le mien avec, et sans doute aussi tous ceux des autres rats de tunnel qui en ont réchappé. Il y a forcément un indice dans le casse de la WestLand Bank qui vous a permis de faire le rapprochement.

Elle l'observa un long moment et s'apprêtait à dire quelque chose quand une serveuse s'approcha avec un calepin et un crayon.

– Pour l'instant, juste un café. Noir. Et une Evian. Merci, dit Bosch, sans laisser à Wish et à la serveuse le temps d'ouvrir la bouche.

La serveuse s'éloigna en notant la commande sur son calepin.

– Je croyais que vous étiez du genre crème et sucre, dit Wish.

– Seulement quand on essaye de deviner ce que je suis.

Son regard sembla s'adoucir, juste un peu.

– Inspecteur Bosch, j'ignore comment vous savez ce que vous croyez savoir, mais je refuse de parler de l'affaire de la banque WestLand. Je vous l'ai déjà dit au bureau ; c'est impossible. Je suis désolée. Sincèrement désolée.

– J'imagine que je devrais m'en offusquer, mais bon : c'était une étape logique dans l'enquête. J'aurais fait la même chose. Vous prenez tout ceux qui correspondent au profil – les rats de tunnel – et vous les passez au crible.

– Vous ne faites pas partie des suspects, Bosch, c'est clair ? Alors, laissez tomber.

– Je le sais bien, que je ne suis pas suspect, dit-il en

riant d'un air forcé. Je passais mon mois de suspension au Mexique, et je peux le prouver. Mais vous le savez déjà. Alors, en ce qui me concerne, d'accord : je laisse tomber. Mais j'ai besoin de tout ce que vous savez sur Meadows. Vous avez réquisitionné ses dossiers en septembre dernier. Vous avez dû mener une enquête approfondie : surveillance, relations, passé. Peut-être même que… Je parie que vous l'avez convoqué pour l'interroger. J'ai besoin de tout savoir… Aujourd'hui. Pas dans trois ou quatre semaines, quand un agent de liaison aura donné son autorisation.

La serveuse revint avec le café et l'eau minérale. Wish prit son verre, mais ne but pas.

– Inspecteur Bosch, vous n'êtes plus chargé de cette affaire. Je suis désolée. Ce n'est pas à moi de vous l'annoncer, mais vous êtes sur la touche. Retournez à votre bureau, on vous mettra au courant. Nous avons passé un coup de fil après votre départ.

Il tenait sa tasse de café à deux mains, les coudes posés sur la table. Il reposa soigneusement la tasse sur la soucoupe, au cas où ses mains se seraient mises à trembler.

– Vous avez fait quoi ?

– Je suis désolée, dit-elle. Quand vous êtes parti, Rourke… le type à qui vous avez collé la photo sous le nez… a appelé le numéro qui figure sur votre carte et s'est entretenu avec un certain lieutenant Pounds. Il lui a parlé de votre visite et lui a laissé entendre qu'il s'agissait d'un cas d'incompatibilité, vu que vous enquêtez sur la mort d'un ami. Il a ajouté d'autres choses et…

– Quelles choses ?

– Ecoutez, Bosch, je sais tout. Je reconnais que nous avons consulté les dossiers vous concernant et que nous nous sommes renseignés. Mais, bon sang, il nous a suffi de relire les journaux de l'époque. L'affaire Dollmaker. Alors, je sais ce que vous ont fait subir les types des Affaires internes, et ceci ne va pas arranger les choses, mais c'est Rourke qui a pris la décision. Il…

– Que lui a-t-il dit ?

– La vérité. Que votre nom et celui de Meadows étaient apparus au cours de l'enquête, que vous vous connaissiez. Il a demandé à ce que vous soyez dessaisi de l'affaire. Tout ceci n'a donc plus aucune importance…

Bosch regarda ailleurs.

– Répondez-moi : suis-je suspect ?

– Non. Du moins, vous ne l'étiez pas avant ce matin. Maintenant, je ne sais pas. J'essaye d'être franche. Enfin… mettez-vous un peu à notre place. Un individu auquel on s'est intéressé l'année dernière débarque en disant qu'il enquête sur le meurtre d'un autre individu auquel on s'est aussi intéressé de très près et nous dit : « Je veux consulter vos dossiers » !

Elle n'était pas obligée de lui rapporter tout cela. Il le savait et savait également qu'elle prenait sans doute des risques en lui adressant seulement la parole. Malgré la merde dans laquelle il venait de mettre les pieds, à moins qu'on ne l'y ait poussé, Harry Bosch commençait à apprécier la froide et redoutable Eleanor Wish.

– Si vous ne voulez pas me parler de Meadows, dites-moi au moins quelque chose à mon sujet. Vous dites que vous avez enquêté sur moi, avant de laisser tomber. Pourquoi m'avez-vous disculpé ? Vous êtes allée au Mexique ?

– Entre autres.

Elle le regarda un moment, puis ajouta :

– On vous a rapidement écarté de la liste des suspects. Au début, nous étions très excités. Imaginez un peu : on passe en revue les dossiers de tous ceux qui ont l'expérience des souterrains au Vietnam et là, sur le dessus de la pile, on tombe sur le célèbre Harry Bosch, inspecteur superstar, dont les enquêtes ont donné naissance à plusieurs livres, à un téléfilm et ensuite à un feuilleton. Et cet homme dont parlaient justement tous les journaux, cet homme dont la gloire a été brisée par un mois de suspension et son départ forcé de la brigade d'élite des cambriolages et homicides pour…

Elle hésita.

– Le caniveau, termina-t-il à sa place.

Les yeux fixés sur son verre d'eau, elle poursuivit :

— Immédiatement, Rourke a pensé que c'était peut-être de cette façon que vous aviez occupé votre temps libre, en creusant un tunnel jusqu'à la banque. Le héros devenu truand, c'était votre façon à vous de vous venger de la société en faisant une folie. Mais, quand nous nous sommes renseignés discrètement, nous avons appris que vous étiez parti au Mexique pour un mois. Nous avons envoyé quelqu'un à Ensenada pour vérifier. Vous étiez hors du coup. En même temps, nous avions consulté vos dossiers médicaux à la Veterans Administration de Sepulveda. A propos… c'est là-bas que vous vous êtes renseigné ce matin, n'est-ce pas ? (Il acquiesça.) Enfin, bref, votre dossier médical comportait deux rapports psychiatriques… Je suis désolée. Ça paraît tellement indiscret…

— Je veux savoir.

— La thérapie pour le SPT. Je veux dire… vous êtes totalement fonctionnel. Mais vous souffrez parfois de ce qu'on appelle le « stress post-traumatique » sous forme d'insomnie, de claustrophobie et autres. Un médecin a même noté que vous ne pourriez plus jamais pénétrer dans un tunnel de ce genre. Quoi qu'il en soit, nous avons soumis votre profil psychologique à notre labo de sciences comportementales de Quantico. Ils vous ont rayé de la liste des suspects, affirmant qu'il était peu probable que vous passiez de l'autre côté de la barrière pour une simple histoire d'argent.

Elle avait débité tout cela d'une seule traite.

— Les dossiers de la Veterans Administration sont anciens, lui renvoya-t-il. Comme toute cette histoire, d'ailleurs. Je ne vais pas m'amuser à essayer de vous prouver pourquoi je pourrais être suspect. Mais ces trucs de la VA datent d'il y a longtemps. Je n'ai pas consulté un psy, de la VA ou autre, depuis cinq ans. Quant à cette connerie de soi-disant phobie, je suis entré dans un tunnel pas plus tard qu'hier, pour voir le corps de Meadows. Alors, quelle conclusion en tireraient vos psy de Quantico, à votre avis ?

111

Bosch se sentit rougir de honte. Il était allé trop loin. Mais plus il tentait de contrôler et de cacher son embarras, plus son visage s'empourprait. La serveuse aux larges hanches choisit cet instant pour venir remplir sa tasse de café.

— Avez-vous choisi ? demanda-t-elle.

— Non, lui répondit Wish sans quitter Bosch des yeux. Pas encore.

— Ecoutez, y a un tas de gens qui viennent déjeuner ici, on va avoir besoin de la table pour ceux qui veulent manger. Moi, je gagne ma vie avec ceux qu'ont faim, pas avec ceux qui sont de trop mauvaise humeur pour manger.

Sur ce, elle repartit et Bosch songea que les serveuses étaient sans doute de meilleures observatrices de la nature humaine que la plupart des flics.

— Je suis désolée pour tout ça, reprit Wish. Vous auriez dû me laisser partir tout à l'heure.

La honte avait disparu, mais la colère était toujours là. Il ne portait plus son regard ailleurs, mais la regardait bien en face.

— Vous croyez me connaître à travers quelques rapports dans un dossier ? Vous ne me connaissez pas. Dites-moi ce que vous savez sur moi.

— Je ne vous connais pas. Mais je sais des choses sur vous, lui répondit-elle avant de marquer une pause, le temps de rassembler ses pensées. Vous êtes un homme d'institutions, inspecteur Bosch. Depuis toujours. Foyer de jeunes, familles adoptives, l'armée, puis la police. Vous n'avez jamais quitté le système. Une institution bancale après l'autre.

Elle but une gorgée d'eau, hésitant visiblement à poursuivre. Elle le fit pourtant.

— Hieronymus Bosch… la seule chose que vous a donnée votre mère, c'est le nom d'un peintre mort il y a cinq cents ans. Mais j'imagine que tout ce que vous avez vu dans votre vie ferait ressembler les étranges visions qu'il peignait à un décor de Disneyland. Votre mère était seule.

Elle a dû vous abandonner. Vous avez grandi dans des familles adoptives, des foyers de jeunes. Vous avez survécu, vous avez survécu au Vietnam, et vous avez survécu à la police. Jusqu'à maintenant, du moins. Mais vous êtes un franc-tireur qui fait un travail d'équipe. Vous avez réussi à entrer à la brigade des cambriolages et homicides et à vous occuper des grosses affaires, mais vous êtes toujours resté un franc-tireur. Vous agissiez à votre guise, et ils ont fini par vous le faire payer.

Elle vida lentement son verre, comme si elle voulait inciter Bosch à l'empêcher de continuer. Il garda le silence.

— Il a suffi d'une seule erreur, reprit-elle. Vous avez tué un homme l'année dernière. Certes, c'était un meurtrier, mais ça n'a pas d'importance. D'après les rapports, vous avez cru qu'il voulait prendre une arme cachée sous son oreiller. En fait, il cherchait sa perruque. C'est presque comique, mais les Affaires internes ont mis la main sur un témoin qui a déclaré vous avoir dit auparavant que le suspect mettait sa moumoute sous son oreiller la nuit. Etant donné que le témoin était une pute, on pouvait mettre en doute sa crédibilité. Ça n'a donc pas suffi à vous faire sauter, mais ça vous a coûté votre place. Maintenant, vous travaillez à Hollywood, endroit que la plupart de vos collègues ont surnommé le caniveau.

Sa voix s'éteignit. Elle avait terminé. Bosch ne dit rien ; il y eut un long silence. La serveuse passa devant eux, en prenant soin de ne pas leur adresser la parole.

— En rentrant au bureau, dit-il enfin, demandez à Rourke de passer un autre coup de fil. Il m'a déchargé de cette affaire, il peut me la redonner.

— Non, je ne peux pas. Il ne voudra jamais.

— Si, il le fera, et dites-lui qu'il a jusqu'à demain matin.

— Sinon ? Que pouvez-vous faire ? Soyons francs. Compte tenu de vos antécédents, vous serez certainement suspendu dès demain. Aussitôt après avoir parlé avec Rourke, votre lieutenant a dû appeler les Affaires internes, à moins que Rourke ne s'en soit chargé personnellement.

— Peu importe. Demain matin, je veux avoir du nouveau. Sinon, je préviens Rourke qu'il pourra lire dans le *Times* comment quelqu'un que l'on soupçonnait d'avoir pris part à un important cambriolage de banque, un homme que surveillait le FBI, rien de moins, a été assassiné sous le nez des agents fédéraux, emportant dans sa tombe des réponses concernant le célèbre casse souterrain de la WestLand Bank. Tous les faits ne seront peut-être pas exacts ou dans le bon ordre, mais on ne sera pas loin de la vérité. Et surtout, ce sera passionnant et ça fera des vagues jusqu'à Washington. Très gênant, tout ça. En plus, ceux qui ont buté Meadows seront avertis. Vous ne les aurez jamais. Et, jusqu'à la fin de sa carrière, Rourke passera pour le type qui les a laissés filer.

Elle le regarda en secouant la tête comme si elle était au-dessus de tout cet imbroglio.

— Ce n'est pas moi qui décide. Il va falloir que je lui en parle. Mais, si la décision me revenait, je vous mettrais au défi. Et je peux vous dire que c'est exactement ce que je vais lui conseiller de faire.

— Ce n'est pas du bluff. Vous vous êtes renseignée sur moi, vous savez que j'irai trouver les médias et qu'on m'écoutera avec intérêt. Ne soyez pas bête. Dites-lui que ce n'est pas du bluff. Je n'ai rien à perdre. Et lui non plus, s'il me redonne l'affaire.

Sur ce, il commença à se lever. Avant de partir, il jeta quelques dollars sur la table.

— Vous avez mon dossier. Vous savez où me joindre.

— Oui, dit-elle… Hé, Bosch !

Il s'arrêta et se retourna.

— La pute, elle disait la vérité ? Pour l'oreiller…

— Elles ne diraient pas toutes la vérité ?

Bosch se gara dans le parking à l'arrière du commissariat, dans Wilcox, et continua à fumer jusqu'à ce qu'il atteigne la porte de derrière. Là, il écrasa son mégot par terre et entra, laissant derrière lui l'odeur de vomi qui s'échappait des fenêtres grillagées de la cellule. Jerry Edgar l'attendait dans le hall du fond en faisant les cent pas.

– Harry, Pounds nous attend dans son bureau.

– Ah oui ? Pour quelle raison ?

– J'en sais rien, mais il n'arrête pas de sortir de sa cage de verre toutes les dix minutes pour voir si t'es là. Ton bipper et ta radio de bord ont été coupés. Et j'ai vu deux types des Affaires internes pénétrer dans son bureau tout à l'heure.

Bosch se contenta de hocher la tête, sans rien dire pour rassurer son collègue.

– Hé, que se passe-t-il ? reprit Edgar. Si on est dans la merde, mets-moi au courant avant qu'on entre. Toi, t'as l'habitude de ce genre de conneries, pas moi.

– Je n'en suis pas certain ; je crois qu'ils vont nous retirer l'enquête. A moi, en tout cas.

Il prenait tout cela avec détachement.

– Harry, ils font pas appel aux AI pour ça. Non, il se passe quelque chose, mec, et, quoi que t'aies fait, j'espère que tu m'as pas foutu dans le pétrin moi aussi. (Edgar regretta aussitôt ses paroles.) Désolé, Harry, je ne voulais pas dire ça.

– Relax. Allons voir ce qu'il nous veut.

Bosch se dirigea vers le bureau des inspecteurs. Edgar choisit de passer par la salle de garde et d'entrer par-devant pour ne pas donner l'impression qu'ils s'étaient concertés. En arrivant à son bureau, la première chose que remarqua Bosch fut la disparition du classeur bleu sur l'affaire Meadows. Mais celui qui l'avait emporté avait oublié la cassette contenant l'enregistrement de l'appel à Police-secours. Bosch la glissa dans sa poche de veste juste au moment où la voix de Pounds jaillissait du bureau vitré à l'entrée de la salle des détectives. Il hurla un seul mot : « Bosch ! » Les autres inspecteurs présents tournèrent la tête. Bosch se leva et se dirigea d'un pas lent vers la « cage de verre », comme on surnommait le bureau du lieutenant Harvey Pounds. Derrière les vitres, il vit les dos de deux types en costume assis en face de Pounds. Il reconnut les deux inspecteurs des Affaires internes qui s'étaient occupés de l'affaire Dollmaker. Lewis et Clarke.

Edgar pénétra dans le bureau par la porte principale au moment où Bosch passait par-devant ; ils entrèrent ensemble dans la cage de verre. Pounds était assis derrière son bureau, l'air morose. Les deux types des Affaires internes ne bougèrent pas.

— Pour commencer, personne ne fume. C'est bien compris, Bosch ? lui lança le lieutenant. Ce matin, cette pièce puait autant qu'un cendrier. Je ne vous demande même pas si c'est vous.

Les autorités de la police municipale interdisaient de fumer dans toutes les parties communes. Il était permis de le faire dans un bureau particulier quand c'était le vôtre, ou quand son occupant y autorisait ses visiteurs. Pounds était un fumeur repenti et militant. La plupart des trente-deux inspecteurs placés sous ses ordres fumaient comme des pompiers. Quand le lieutenant était absent, certains d'entre eux s'introduisaient dans son bureau pour s'en griller une vite fait plutôt que de sortir sur le parking d'où ils n'entendaient pas le téléphone et où flottaient les odeurs d'urine et de vomi qui s'échappaient de la cellule des poivrots. Pounds avait pris l'habitude de fermer sa porte à clé, même pour gagner le bureau du capitaine au bout du couloir, mais, avec un coupe-papier, tout le monde pouvait l'ouvrir en trois secondes. A son retour, le lieutenant retrouvait immanquablement son bureau envahi par la fumée. Dans cette pièce de trois mètres sur trois, il avait fait installer deux ventilateurs et posé un désodorisant sur son bureau. La fréquence des nuisances ayant augmenté depuis l'arrivée de Bosch, Pounds était convaincu que celui-ci était le principal pollueur. Il avait d'ailleurs raison, mais n'avait jamais pu le prendre sur le fait.

— Vous nous avez convoqués pour ça ? lui demanda Bosch. Pour nous interdire de fumer dans le bureau ?

— Asseyez-vous ! grogna Pounds.

Bosch leva les mains en l'air pour lui montrer qu'il ne tenait aucune cigarette entre ses doigts. Puis il se tourna vers les deux hommes des Affaires internes.

– Eh bien, Jed, on dirait qu'on est partis pour une nouvelle expédition Lewis et Clarke. Je n'ai pas vu les grands explorateurs à l'œuvre depuis qu'ils m'ont envoyé en vacances au Mexique sans frais payés. Ils avaient fait du beau boulot, ce coup-là. Gros titres dans les journaux et tout et tout, le grand jeu. Les deux vedettes des Affaires internes…

La colère empourpra immédiatement le visage des deux flics des AI.

– Cette fois, Bosch, vous feriez mieux de vous rendre service en fermant votre grande gueule, répondit Clarke. Vous êtes dans de sales draps. Pigé ?

– Ouais, pigé. Merci du tuyau. J'en ai un pour vous, moi aussi. Retournez enfiler le costume sport que vous portiez avant de devenir le larbin d'Irving. Vous savez bien, le costard jaune ? Assorti à la couleur de vos dents ? Le polyester vous va mieux que la soie. Même qu'y a un type enfermé dans la cage qui m'a dit que votre fond de culotte était tout lustré ! A force de rester le cul derrière votre bureau.

– Bon, bon, intervint Pounds. Bosch, Edgar, asseyez-vous et fermez-la un peu. Cette…

– Je n'ai pas dit un mot, lieutenant, protesta Edgar. Je…

– La ferme, tout le monde ! Ecrasez une minute ! aboya Pounds. Bon Dieu ! Edgar, ces messieurs appartiennent aux Affaires internes, au cas où vous ne le sauriez pas déjà. Inspecteurs Lewis et Clarke. Quel est…

– J'exige un avocat, déclara Bosch.

– Oui, moi aussi, renchérit Edgar.

– Oh, faites pas chier ! explosa le lieutenant. Il s'agit juste d'éclaircir certaines choses. Venez pas nous emmerder avec la Ligue de protection de la police ou je ne sais quoi. Si vous voulez un avocat, vous en prendrez un plus tard. Pour l'instant, vous vous asseyez ici, tous les deux, et vous répondez aux questions. Si vous refusez, Edgar, je vous arrache votre costard à quatre mille balles et je vous recolle en uniforme. Quant à vous, Bosch, bon

Dieu, cette fois vous allez vous retrouver au tapis pour de bon…

Le silence s'installa dans le petit bureau, bien que la tension menaçât de pulvériser les vitres. Pounds regarda par la vitre et découvrit une douzaine d'inspecteurs qui faisaient semblant de travailler tout en essayant de capter des bribes de conversation à travers les cloisons de verre. Certains tentaient même de lire sur ses lèvres ! Chose qu'il faisait rarement, il se leva pour aller baisser les stores vénitiens. L'affaire était sérieuse. Edgar trahit son angoisse en soupirant bruyamment. Pounds se rassit. De son ongle long, il tapota le classeur en plastique bleu posé sur son bureau.

— Bon, venons-en au fait. Vous deux, vous n'êtes plus sur l'affaire Meadows. Première chose. Ne posez pas de questions, c'est comme ça. Ensuite, vous allez tout nous raconter, depuis le début.

Lewis ouvrit sa mallette et en sortit un magnétophone à cassette. Il le mit en route et le posa sur le bureau immaculé du lieutenant Pounds.

Bosch faisait équipe avec Edgar depuis seulement huit mois. Il ne le connaissait pas suffisamment pour savoir comment il allait réagir à ce genre de pression, ni jusqu'où il pouvait tenir face à ces salopards. Mais il le connaissait suffisamment pour savoir qu'il l'aimait bien et ne voulait pas le coller dans le pétrin. Son seul péché dans toute cette affaire, c'était de vouloir ses dimanches après-midi pour vendre des maisons.

— Pas de ça, dit Bosch en montrant le magnétophone.

— Eteignez ce truc ! ordonna Pounds à Lewis en lui montrant le magnétophone alors qu'il lui aurait suffi de tendre le bras.

L'agent des Affaires internes se leva pour récupérer son engin. Il l'arrêta, fit revenir la bande en arrière et le reposa sur le bureau.

Pounds attendit que Lewis se soit rassis.

— Bon sang, Bosch ! Le FBI m'appelle aujourd'hui pour me dire que vous êtes un suspect possible dans une affaire de cambriolage de banque ? Et ils ajoutent que Meadows était suspect dans la même affaire et que, de ce fait, on doit vous considérer comme un suspect dans le meurtre de Meadows ? Vous croyez qu'on va laisser passer ça sans vous poser de questions ?

Edgar soupirait de plus en plus bruyamment. C'était la première fois qu'il entendait tout ça.

— Laissez le magnéto éteint et nous en parlerons, dit Bosch.

Pounds réfléchit.

— D'accord, pas de magnéto pour le moment. On vous écoute.

— Pour commencer, Edgar n'est au courant de rien. On a passé un arrangement hier. Je m'occupais de Meadows et il rentrait chez lui. En échange, il bouclait l'affaire Spivey, le type de la télé qu'on a poignardé avant-hier soir. Pour l'histoire du FBI et le coup du casse, il ne sait rien du tout. Laissez-le partir.

Pounds semblait éviter de regarder Lewis, Clarke ou Edgar. Il prendrait sa décision seul. Cela fit naître une faible étincelle de respect chez Bosch, comme la flamme d'une bougie au milieu d'un ouragan d'incompétence. Pounds sortit une vieille règle en bois de son tiroir et la fit rouler entre ses mains. Finalement, il leva les yeux vers Edgar.

— C'est vrai ce que dit Bosch ? (Edgar opina.) Vous savez que ça n'arrange pas ses affaires : on va croire qu'il essayait de se garder le dossier, pour vous cacher ses liens avec la victime.

— Il m'a dit qu'il connaissait Meadows. Il a joué franc-jeu dès le début. C'était dimanche. Personne n'allait venir nous remplacer sous prétexte qu'il avait connu la victime vingt ans plus tôt. D'ailleurs, d'une manière ou d'une autre, tous les policiers connaissent la plupart des gens qu'on retrouve morts à Hollywood. Le coup de la banque, il a dû le découvrir après mon départ. J'ignorais tout.

— OK, dit Pounds. Vous avez commencé un rapport ?

(Edgar secoua la tête.) Bon. Finissez de vous occuper de… comment avez-vous dit ? Spivey ? Ouais, Spivey. Je vais vous adjoindre un nouvel équipier. Je ne sais pas encore qui, je vous tiendrai au courant. C'est bon. Vous pouvez disposer.

Edgar laissa encore échapper un bruyant soupir et se leva.

Après le départ d'Edgar, Harvey Pounds laissa retomber la tension quelques instants. Bosch avait terriblement envie d'une cigarette, même simplement de la tenir entre ses lèvres sans l'allumer. Mais pas question d'afficher une telle faiblesse.

— OK, Bosch, reprit Pounds. Vous avez quelque chose à dire sur cette affaire ?

— Oui. Tout ça, c'est des conneries.

Clarke eut un petit sourire suffisant. Bosch n'y prêta pas attention. En revanche, le lieutenant jeta à l'inspecteur des AI un regard noir qui augmenta encore son capital de respect auprès de Bosch.

— Le FBI m'a affirmé aujourd'hui même que je n'étais pas suspect, ajouta Bosch. Ils ont enquêté sur moi il y a neuf mois, comme ils ont enquêté sur tous ceux qui avaient opéré dans les tunnels au Vietnam. Ils ont réussi à établir un lien avec le casse. C'est aussi simple que ça. Comme c'était du travail de pro, ils ont passé tout le monde au crible. Ils se sont renseignés sur mon compte, et ils ont laissé tomber. Au moment du cambriolage, j'étais au Mexique, grâce à ces deux crétins. Le FBI a simplement…

— Soi-disant, lança Clarke.

— Arrête ton cinéma, Clarke ! Vous cherchez juste un moyen de prendre vos vacances là-bas, aux frais du contribuable, sous prétexte d'aller vérifier. Vous n'avez qu'à demander confirmation au FBI, ça fera des économies.

Bosch se retourna ensuite vers Pounds et déplaça sa chaise de façon à tourner le dos aux deux inspecteurs des AI. Il parla à voix basse pour bien leur montrer qu'il s'adressait au lieutenant, et non à eux.

— Le bureau fédéral veut me retirer l'affaire parce que, un, je les ai mis dans le pétrin en débarquant ce matin pour les interroger au sujet du casse de la banque. Pour eux, j'appartenais au passé. Bref, ils ont paniqué et vous ont appelé. Et deux, ils veulent que je lâche l'enquête parce qu'ils ont tout fait foirer en laissant filer Meadows l'année dernière. Ils ont raté l'occasion et ne veulent pas qu'un autre département s'en aperçoive… ou découvre ce qu'ils n'ont pas réussi à trouver en neuf mois de boulot.

— Non, Bosch ! Les conneries, les voilà ! dit Pounds. Ce matin, j'ai reçu une demande officielle de l'agent spécial responsable de la division des cambriolages de banques, un certain…

— Rourke.

— Vous le connaissez donc. Il m'a demandé de…

— De me retirer l'affaire Meadows immédiatement. Il vous a dit que je connaissais Meadows, qui se trouvait être le suspect numéro un dans le casse de la banque. On le retrouve mort et c'est moi qui suis chargé de l'enquête. Une coïncidence ? Rourke ne le croit pas. Moi-même, je n'en suis pas certain.

— C'est ce qu'il a dit, en effet. Et c'est là où nous en sommes. Alors, parlez-nous de Meadows. Comment l'avez-vous connu, à quelle époque… et n'oubliez rien.

Pendant une heure, Bosch lui parla de Meadows, des tunnels, du coup de téléphone que l'ancien rat de tunnel lui avait passé presque vingt ans après le Vietnam. Il lui raconta aussi comment il l'avait fait entrer en cure de désintoxication à Sepulveda, sans jamais le revoir. Juste quelques appels à la clinique de temps en temps. Pas une seule fois il ne s'adressa aux deux inspecteurs des AI, faisant comme s'ils n'étaient même pas dans la pièce.

— Je n'ai jamais caché que je le connaissais, conclut-il. Je l'ai dit à Edgar. Je l'ai annoncé d'emblée aux agents du FBI. Vous croyez que j'en aurais parlé si j'avais buté Meadows ? Même Lewis et Clarke ne sont pas assez stupides pour croire ça…

— Bon Dieu, Bosch ! Pourquoi vous ne m'en avez rien

dit ? pesta Pounds. Pourquoi est-ce que ça ne figure pas dans votre rapport ? Pourquoi faut-il que je l'apprenne par le FBI ? Et que les Affaires internes, elles aussi, l'apprennent par le FBI ?

Ainsi donc, Pounds n'avait pas prévenu les AI. C'était Rourke qui s'en était chargé. Bosch se demanda si Eleanor Wish le savait et si elle lui avait menti, ou si Rourke avait prévenu ces salopards de son propre chef. Il connaissait à peine cette femme, de fait il ne la connaissait même pas du tout, mais il se surprit à souhaiter qu'elle ne lui ait pas menti.

— J'ai commencé à rédiger mes rapports ce matin, reprit-il. J'avais l'intention de les compléter après ma visite au FBI. Apparemment, on ne m'en a pas laissé le temps.

— Eh bien, je vous évite du travail, lui répondit le lieutenant. L'affaire a été confiée au FBI.

— Hein ? Mais ce n'est pas de son ressort ! Il s'agit d'une affaire de meurtre !

— Rourke a des raisons de penser que ce meurtre est directement lié au casse de la banque. Ils veulent l'inclure dans leur enquête. Nous allons leur détacher notre propre inspecteur par une liaison inter-départements. Et s'il faut inculper quelqu'un d'homicide, ce sera notre homme qui portera l'affaire devant le procureur.

— Mais, bon sang, Pounds ! Il se passe des trucs en douce ! Vous ne le voyez donc pas ?

Pounds rangea la règle dans le tiroir et le referma.

— En effet, il se passe des choses. Mais je ne vois pas ça comme vous. N'en parlons plus, Bosch. C'est un ordre. On vous retire l'affaire. Ces deux messieurs veulent vous parler ; plus le droit de quitter votre bureau jusqu'à ce que les Affaires internes en aient terminé avec cette enquête.

Il se tut un instant, avant de reprendre d'un ton solennel — comme un homme qui regrette ce qu'il a à dire.

— Vous savez, quand on vous a envoyé ici l'année dernière, j'aurais pu vous mettre n'importe où. Aux Cambriolages, tenez ! Une vraie saloperie : cinquante rapports par semaine, on meurt sous la paperasserie. Mais je ne l'ai pas fait. J'ai deviné vos qualités et je vous ai nommé aux Homicides, en pensant que c'était votre souhait. L'année dernière, ils m'avaient dit que vous étiez un bon flic, mais que vous ne saviez pas marcher droit. Je constate qu'ils avaient raison. Dans quelle mesure ça va me retomber dessus, je l'ignore. Mais, maintenant, je me fiche de savoir ce qui vous convient le mieux. Vous pouvez tout raconter à ces types ou la fermer, je m'en contrefous. Vous et moi, c'est terminé. Si par miracle vous vous tirez de ce pétrin, je vous conseille de demander votre mutation, car vous ne ferez plus jamais partie de ma brigade des homicides.

Pounds prit le classeur bleu sur son bureau et se leva. Avant de sortir de la pièce, il ajouta :

— Il faut que je trouve quelqu'un pour porter ça au FBI. Messieurs, vous pouvez disposer de mon bureau le temps que vous voulez.

Sur ce, il ferma la porte et s'éloigna. En y réfléchissant, Bosch se dit qu'il ne pouvait pas lui en vouloir à Pounds pour tout ce qu'il avait dit, ou fait. Il sortit une cigarette et l'alluma.

— Hé ! Interdiction de fumer ! Vous avez entendu le lieutenant ! s'exclama Lewis.

— Je t'emmerde.

— Bosch, vous êtes cuit, mon vieux, dit Clarke. Cette fois, on va vous niquer pour de bon. Vous n'êtes plus un héros comme autrefois. Tout le monde se contrefout de ce qui peut vous arriver.

Il se leva pour remettre en marche le magnétophone et récita la date, les noms des trois hommes présents et le numéro de dossier attribué à cette enquête des Affaires internes. Bosch constata qu'environ sept cents numéros la séparaient de celle qui l'avait expédié à Hollywood neuf mois auparavant. En neuf mois, sept cents autres flics étaient passés sous le rouleau compresseur à conneries. Un jour, il ne resterait plus personne pour accomplir les deux missions inscrites sur les portières des voitures de police : servir et protéger.

– Inspecteur Bosch, commença Lewis d'un ton calme et modulé, nous aimerions vous poser quelques questions concernant l'enquête sur la mort de William Meadows. Voulez-vous bien nous parler de vos relations avec la victime ?

– Je refuse de répondre à toutes vos questions sans la présence d'un avocat, répondit Bosch. J'invoque ici mon droit à être représenté, ainsi qu'il est défini par le Code des droits du policier de Californie.

– Inspecteur Bosch, le département ne reconnaît pas cet aspect du droit du policier. Vous avez l'ordre de répondre à ces questions. En cas de refus, vous risquez la suspension, voire le renvoi. Vous…

– Pouvez-vous m'enlever ces menottes, s'il vous plaît ?

– Quoi ? s'exclama Lewis qui avait perdu son ton calme et sûr de lui.

Clarke se leva et s'approcha du magnétophone pour parler dans le micro :

– L'inspecteur Bosch n'a pas de menottes ; il y a ici deux témoins qui peuvent le confirmer.

– Ce sont les deux qui me les ont passées, dit Bosch. Et ils m'ont frappé. C'est une violation de mes droits civiques. J'exige la présence d'un délégué syndical et de mon avocat avant de continuer.

Clarke rembobina la bande et éteignit le magnétophone. Son visage était presque violet de colère lorsqu'il rangea l'appareil dans la mallette de son collègue. Il leur fallut à tous les deux un petit moment pour reprendre leur calme.

Clarke fut le premier à parler :

– On va se faire un plaisir de vous baiser, Bosch. L'ordre de suspension sera sur le bureau du capitaine avant la fin de la journée. Vous serez assigné à résidence dans les locaux des Affaires internes afin qu'on puisse vous avoir à l'œil. On commencera par une suspension pour conduite déplacée et on remontera à partir de là, peut-être jusqu'au meurtre. Dans tous les cas, vous pouvez dire adieu au département. Vous êtes fini, mon vieux.

Bosch se leva, les deux inspecteurs des AI l'imitant aussi. Il tira une dernière bouffée de sa cigarette, laissa tomber celle-ci par terre, aux pieds de Clarke, et l'écrasa sous sa chaussure en l'enfonçant bien dans le linoléum ciré. Il savait qu'ils nettoieraient tout plutôt que de montrer à Pounds qu'ils n'avaient pas réussi à maîtriser l'interrogatoire, ni la personne interrogée. Il passa entre les deux hommes, souffla sa fumée et quitta le bureau sans dire un mot. Une fois sorti, il entendit la voix tremblante de Clarke qui lui lançait :

– Restez à l'écart de cette affaire, Bosch !

Evitant les regards qui le suivaient, Bosch traversa le bureau des inspecteurs et se laissa tomber sur son siège à la table des homicides. Il leva les yeux vers Edgar, assis à sa place.

– Bien joué, dit-il. Tu devrais t'en tirer.

– Et toi ?

– On m'a retiré l'affaire, et ces deux salopards vont me coller un rapport. Il me reste plus que cet après-midi avant d'être suspendu.

– Merde !

Le chef adjoint des AI était tenu de contresigner tous les ordres de suspension, les sanctions plus graves devant recevoir l'approbation d'une commission de la police. Lewis et Clarke réclameraient d'abord une suspension temporaire pour comportement inconvenant de la part d'un officier de police. Ensuite, ils prépareraient une accusation plus sévère pour la commission. Si le chef adjoint signait la suspension de Bosch, celui-ci en serait averti selon les règlements du syndicat, à savoir en personne ou au cours d'une conversation téléphonique enregistrée. Une fois avisé, Bosch pouvait être assigné à résidence dans les locaux des AI à Parker Center ou à son domicile jusqu'à la fin de l'enquête. Comme ils le lui avaient promis, Lewis et Clarke exigeraient une assignation au département des AI. De cette façon, ils pourraient l'exhiber comme un trophée de chasse.

— Tu as besoin de moi pour l'affaire Spivey ? demanda-t-il à Edgar.

— Non, ça va. Je commence mon rapport dès que je trouve une machine.

— Tu t'es renseigné comme je te l'avais demandé sur le boulot de Meadows à la compagnie du métro ?

— Harry, tu…, commença Edgar, qui se ravisa. Ouais, j'ai vérifié. Ils disent qu'ils n'ont jamais embauché un dénommé Meadows. Il y a bien un Fields dans l'équipe, mais c'est un Noir, et il était à son poste aujourd'hui. Et Meadows ne travaillait certainement pas sous un autre nom, vu qu'ils n'ont pas d'équipe de nuit. Figure-toi qu'ils sont en avance sur le planning ! Incroyable, non ?

Edgar tourna brusquement la tête.

— Hé, je suis prem's pour la Selectric !

— Que dalle ! répliqua un autre inspecteur nommé Minkly. J'ai rencard avec elle !

Edgar regarda autour de lui, à la recherche d'une autre prétendante. En fin de journée, les machines à écrire valaient de l'or. Il y en avait une douzaine pour trente-deux inspecteurs, et cela allait de la manuelle à l'électrique bourrée de tics nerveux, genre marges changeantes et barres d'espacement chatouilleuses.

— Bon, d'accord, dit Edgar. Mais après toi, c'est moi, Mink. (Il se retourna vers Bosch et baissa la voix.) Hé, avec qui il va me coller, à ton avis ?

— Pounds ? Aucune idée.

Autant deviner qui votre femme allait épouser après que vous l'aviez baisée pour la dernière fois. Bosch n'avait aucune envie de spéculer sur le nom du futur partenaire d'Edgar.

— Ecoute, reprit-il, j'ai des trucs à faire…

— Je comprends, Harry. Tu as besoin d'un coup de main, tu veux que je fasse quelque chose ?

Bosch secoua la tête et décrocha le téléphone. Il appela son avocat et lui laissa un message : il en fallait généralement trois pour qu'il se décide à rappeler, et Bosch se dit qu'il allait devoir le relancer. Puis il chercha un numéro sur son Rolodex et appela le Service des archives des forces armées à Saint Louis. On lui passa une certaine Jessie Saint John. Bosch lui fit une demande prioritaire pour recevoir une photocopie de tous les dossiers militaires de Billy Meadows. Dans trois jours, lui répondit Saint John. Il raccrocha en songeant qu'il ne verrait jamais la couleur de ces rapports. Ils parviendraient bien jusqu'ici, mais il ne serait plus là, assis à cette table, lorsque cela se ferait. Il appela ensuite au labo, Donovan lui apprenant alors qu'il n'y avait aucune empreinte sur le kit du parfait junkie retrouvé dans la poche de chemise de Meadows, et rien que des traces plus que floues sur la bombe de peinture. Les cristaux marron clair retrouvés sur le coton ? De l'héroïne pure à 55 %, mélange asiatique. Bosch savait que celle qui circulait en ville et que les toxicos s'injectaient était pure à 15 % environ. On avait donc offert à Meadows un méga-trip. Pour Harry, les résultats des tests de toxicologie n'étaient plus qu'une formalité : Meadows avait été assassiné.

Les autres éléments relevés sur place n'avaient guère d'intérêt. Donovan mentionna toutefois que l'allumette fraîchement craquée découverte dans la canalisation ne provenait pas de la pochette retrouvée dans le kit de Meadows. Bosch donna l'adresse de l'appartement de Meadows à son collègue et lui demanda d'y envoyer une équipe pour y effectuer des prélèvements. Il lui demanda ensuite de comparer les allumettes qui se trouvaient dans un cendrier sur la table basse avec celles de la pochette du kit. En raccrochant, il se posa la question de savoir si Donovan enverrait quelqu'un avant d'apprendre par la rumeur que Bosch avait été écarté de l'enquête ou suspendu.

Son dernier appel fut pour le bureau du coroner. Sakai lui annonça qu'il avait prévenu la famille. La mère de Meadows était toujours en vie ; on l'avait jointe à New Iberia en Louisiane. Elle n'avait pas les moyens de faire rapatrier le corps de son fils ni de l'enterrer. Elle ne l'avait pas revu depuis dix-huit ans. Billy Meadows ne retournerait pas chez lui. Le comté de LA devrait se charger de son enterrement.

– Et le VA ? demanda Bosch. C'était un ancien du Vietnam.

– Exact. Je vais me renseigner.

Sakai raccrocha.

Bosch se leva pour aller chercher un petit magnétophone portable dans un des tiroirs de son armoire. La rangée de classeurs métalliques couvrait toute la longueur du mur. Il glissa le magnétophone dans sa poche – avec l'enregistrement de Police-secours – et sortit par la porte du fond. Il passa devant les bancs et la cellule de détention, pour se rendre au bureau du CRASH. Minuscule, la pièce était encore plus encombrée que la salle des inspecteurs. C'étaient les bureaux et les classeurs de cinq hommes et d'une femme qui s'y entassaient dans une pièce pas plus grande qu'une chambre d'amis dans un appartement de Venice. Contre un des murs étaient alignées des armoires de rangement à quatre tiroirs. Sur le mur opposé se trouvaient l'ordinateur et le télex. Au milieu, les six bureaux étaient collés deux par deux. Sur le mur du fond était accroché l'habituel plan de la ville, avec ses traits noirs pour délimiter les dix-huit secteurs de la police. Au-dessus du plan on avait affiché le Top 10 : des photos $18 \times 24$, en couleurs, représentant les dix types les plus dangereux du moment. Bosch remarqua que l'une d'elles provenait de la morgue : le gamin était mort, mais il figurait toujours au hit-parade. Au-dessus des clichés, en lettres plastifiées noires, on pouvait lire : COMMUNITY RESOURCES AGAINST STREET HOODLUMS [1].

Thelia King était seule dans le bureau, assise devant l'ordinateur. C'est ce qu'espérait Bosch. Surnommée « le King », ce qu'elle détestait, ou encore « Elvis », là elle s'en fichait, Thelia King était l'as de l'ordinateur du CRASH. Voulait-on retrouver la généalogie d'un gang ou chercher simplement un gamin qui traînait quelque part

1. Centre de données concernant les voyous des rues.

dans Hollywood qu'on s'adressait à elle. Bosch s'étonna de la trouver seule. Il était à peine 14 heures passées, trop tôt pour que les troupes antigangs soient déjà dans la rue.

– Où sont les autres ?

– Salut, Bosch, lui dit-elle en détachant son regard de l'écran. Aux enterrements. On a deux gangs différents, disons plutôt deux tribus en guerre, qui enterrent chacune un de leurs membres dans le même cimetière. Ils ont envoyé tout le monde sur place pour veiller à ce que ça ne dégénère pas.

– Dans ce cas, pourquoi tu n'es pas avec eux ?

– Je reviens du tribunal. Avant de me dire ce qui t'amène, Harry, si tu me racontais ce qui s'est passé dans le bureau de Pounds tout à l'heure ?

Il sourit : les nouvelles circulaient plus vite dans un commissariat que dans la rue. Il lui fit un résumé de l'entretien dans la cage de verre et de la bagarre qui l'attendait avec les Affaires internes.

– Bosch, tu prends les choses trop à cœur, dit-elle. Pourquoi tu te trouves pas un job à l'extérieur ? Histoire de pas perdre la boule, de suivre le courant. Comme ton collègue. Dommage que ce con soit marié. Il se fait trois fois plus de fric en vendant des baraques à mi-temps que nous en bossant à temps plein. Il me faudrait un petit job comme ça.

Bosch acquiesça. Sauf qu'à force de suivre le courant on finit à l'égout, songea-t-il sans le dire. Parfois, il avait le sentiment de prendre les choses comme il fallait et que c'étaient les autres qui ne les prenaient pas suffisamment à cœur. C'était ça le problème. Tout le monde avait un petit boulot en plus.

– Alors, qu'est-ce que tu veux ? lui demanda-t-elle. Mieux vaut que je m'en occupe maintenant, avant qu'ils pondent leur rapport. Après, tu seras considéré comme un lépreux.

– Reste devant ton écran.

Il approcha une chaise et lui expliqua ce qu'il attendait d'elle.

L'ordinateur du CRASH possédait un logiciel baptisé GRIT ou, acronyme à l'intérieur d'un acronyme, « Gang-Related Information Tracking [1] ». Les dossiers de ce programme renfermaient les informations essentielles sur les cinquante-cinq mille membres de gangs et délinquants juvéniles identifiés à Los Angeles. La machine était également reliée au fichier des gangs du bureau du shérif, lequel fichier contenait lui aussi les noms de quelque trente mille *gangbangers*. Une des composantes du logiciel GRIT était le dossier des surnoms qui classait les délinquants par noms de rues et permettait ainsi de retrouver leurs véritable identité, date de naissance, adresse et ainsi de suite. Tous les surnoms relevés par la police lors d'arrestations ou de simples contrôles sur le terrain étaient entrés dans le programme. On racontait que le GRIT comportait plus de quatre-vingt-dix mille noms. Il suffisait de savoir sur quelles touches appuyer, et Elvis le savait.

Bosch lui donna les trois lettres qu'il possédait.

– J'ignore s'il s'agit du nom complet ou d'une partie simplement, dit-il. Je pense que c'est le début du nom.

Elle pianota sur le clavier pour accéder à la banque de données, entra les trois lettres S, H et A et appuya sur la touche *Enter*. L'affaire prit environ quinze secondes. Un froncement de sourcils plissa le visage d'ébène de Thelia King.

– Trois cent quarante-trois noms, annonça-t-elle. Tu risques de rester coincé ici un certain temps.

Il lui demanda d'éliminer les Noirs et les Latinos. La voix de l'enregistrement lui semblait appartenir à un Blanc. Elvis appuya sur d'autres touches, les lettres dorées de l'écran recomposant aussitôt la liste.

– C'est mieux. Plus que dix-neuf entrées, dit-elle.

Aucun surnom ne correspondait à ces trois lettres. Il y avait cinq Shadow, quatre Shah, deux Sharkey, deux Sharkie, un Shark, un Shabby, un Shallow, un Shank, un

1. Recherches et informations sur les gangs, *grit* signifiant « cran » ou « courage ».

130

Shabot et un Shame. Bosch repensa au tag qu'il avait vu sur la canalisation près du barrage. Le S en dents de scie ressemblait à une bouche ouverte. La gueule d'un requin ?

— Sors-moi les renseignements sur Shark.

King appuya sur quelques touches, le tiers supérieur de l'écran se remplissant de nouvelles lettres jaunes. Shark habitait la Vallée. Rapports peu fréquents avec la police ; condamné à une mise à l'épreuve et à nettoyer ses graffitis après avoir été pris en train de tagger les Abribus de Ventura Boulevard à Tarzana. Age : quinze ans. Il était peu probable qu'il se soit trouvé au barrage à 3 heures du matin un dimanche, songea Bosch. King lui sortit les renseignements concernant le premier des Sharkie. Celui-ci se trouvait actuellement dans un camp de vacances pour jeunes délinquants à Malibu. Le second était mort, tué durant la guerre des gangs qui avait opposé le KGB (Kids Gone Bad) et les Vineland Boyz en 1989. Son nom n'avait pas encore été éliminé des fichiers de l'ordinateur.

King ayant demandé le dossier du premier Sharkey, l'écran se remplit de renseignements et un mot clignota en bas de l'écran : *Suite*.

— Voilà un sérieux fauteur de troubles, dit-elle.

L'ordinateur leur fournit toute une série d'informations sur un nommé Edward Niese, individu de race blanche, âgé de dix-sept ans, pilotant une moto jaune, numéro d'identification JVN 138. Aucune appartenance connue à un gang ; signait ses tags du pseudonyme de Sharkey. Habitué à fuguer de chez sa mère qui habitait à Chatsworth. Suivait l'énumération de ses démêlés avec la police. A en juger par le lieu des arrestations ou des contrôles, Bosch en conclut que Sharkey avait un faible pour Hollywood et West Hollywood quand il s'enfuyait de chez lui. Il parcourut le second écran jusqu'en bas et tomba sur une arrestation pour vagabondage trois mois plus tôt, au réservoir de Hollywood.

— C'est lui, dit-il. Laisse tomber le dernier. Tu peux me l'imprimer ?

King commanda l'impression et lui désigna la rangée

de classeurs le long du mur. Bosch ouvrit le tiroir des N et en sortit le dossier d'Edward Niese. A l'intérieur se trouvait une photo en couleurs. Sharkey était blond. Il paraissait petit et affichait l'air blessé et provocant qui était aussi courant que l'acné sur le visage des adolescents d'aujourd'hui. Bosch fut surtout frappé par l'aspect familier de ce visage, mais ne put déterminer où il l'avait déjà vu. Il retourna la photo. Elle datait de deux ans. King lui tendit les renseignements imprimés par l'ordinateur. Bosch s'assit à un des bureaux inoccupés pour les étudier avec le dossier.

Les délits les plus graves commis par celui qui se faisait appeler Sharkey, ceux pour lesquels il s'était fait prendre, en tout cas, tombaient dans les catégories de vol à l'étalage, vandalisme, vagabondage et possession de marijuana et d'amphétamines. Il avait été incarcéré une fois – pendant vingt jours – à la prison pour mineurs de Sylmar à la suite d'une rafle de drogués, puis remis en liberté conditionnelle. Lors de ses autres arrestations, on l'avait aussitôt ramené chez sa mère. C'était un fugueur chronique et un marginal.

Le dossier ne contenait guère plus de renseignements que l'ordinateur – juste quelques détails sur les arrestations. Bosch feuilleta les divers documents jusqu'à ce qu'il tombe sur le rapport de délit de vagabondage. Le recours en justice avait été abandonné quand Sharkey avait accepté de retourner chez sa mère et d'y rester. Apparemment, ça n'avait pas duré longtemps. D'après un autre rapport, la mère avait déclaré à l'officier d'application des peines la disparition de son fils quinze jours plus tard. Et on ne l'avait toujours pas retrouvé.

Bosch lut le compte rendu de l'officier ayant procédé à l'arrestation pour vagabondage :

« J'ai interrogé Donald Smiley, responsable de l'entretien au barrage de Mulholland : il déclare avoir pénétré à 7 heures du matin, ce jour, dans la canalisation située le long de la route d'accès, pour ramasser les ordures.

Smiley a découvert le suspect endormi sur un matelas de journaux. Le garçon était sale et tenait des propos incohérents à son réveil, sous l'effet de la drogue vraisemblablement. Smiley a prévenu la police et je me suis rendu sur place. Le sujet appréhendé a déclaré qu'il dormait ici régulièrement, sa mère ne voulant plus de lui à la maison. J'en ai conclu qu'il s'agissait d'un fugueur répertorié et je l'ai arrêté pour vagabondage. »

Sharkey était un être d'habitudes, songea Bosch. Il s'était fait appréhender au barrage deux mois auparavant, mais était retourné y dormir ce dimanche matin. Bosch parcourut le reste du dossier, à la recherche d'autres habitudes qui pourraient peut-être l'aider à le localiser. Il apprit ainsi que Sharkey avait été interrogé, mais pas arrêté, dans Santa Monica Boulevard, près de West Hollywood, au mois de janvier. Sharkey laçait une paire de chaussures Reebok neuves et l'agent, croyant qu'il venait peut-être de les voler, lui avait demandé de lui montrer le ticket du magasin. Cela aurait pu s'arrêter là, mais, lorsque le garçon avait sorti le ticket d'une des sacoches de sa moto, l'agent y avait remarqué un sac en plastique et demandé à le voir. Le sac contenait dix photos de Sharkey, totalement nu et dans diverses poses, se caressant sur certaines, le sexe en érection sur d'autres. L'agent avait déchiré les photos et noté dans son rapport qu'il signalerait au bureau du shérif de West Hollywood que Sharkey vendait des photos à des homosexuels sur Santa Monica Boulevard.

C'était tout. Bosch referma le dossier, mais conserva la photo de Sharkey. Après avoir remercié Thelia King, il quitta le bureau. Il longeait le couloir du fond et passait devant les bancs de détention lorsqu'il se rappela où il avait vu ce visage. Les cheveux étaient plus longs et tressés à la rasta, l'air provocant avait supplanté l'air blessé, mais Sharkey était bien l'adolescent attaché au banc ce matin-là. Bosch en aurait mis sa main au feu. Cela avait échappé à Thelia, car l'arrestation n'était pas encore entrée dans l'ordinateur. Bosch pénétra dans le bureau de l'officier de garde et expliqua au lieutenant ce qu'il cherchait ; celui-ci lui désigna une boîte portant la mention *Service du matin*. Bosch feuilleta les rapports qui s'y entassaient et trouva celui concernant Edward Niese.

Sharkey avait été appréhendé à 4 heures du matin alors qu'il traînait près d'un kiosque à journaux de Vine Street. L'agent de patrouille le soupçonnait de tapiner. Après l'avoir arrêté, il avait interrogé l'ordinateur et découvert que c'était un fugueur. En consultant le registre des arrestations du jour, Bosch apprit que le gamin était resté en détention jusqu'à 9 heures, heure à laquelle son officier d'application des peines était venu le chercher. Bosch appela ce dernier au centre de détention pour mineurs de Sylmar. On lui annonça que Sharkey était déjà passé devant le juge pour mineurs et avait été remis à la garde de sa mère.

– C'est justement ça le problème, lui expliqua l'officier. Dès ce soir, il sera de nouveau dans les rues, vous pouvez me croire. Je l'ai dit au juge, mais il n'allait pas coffrer ce gosse uniquement parce qu'il traînait dehors et que sa mère fait la pute par téléphone.

– Quoi ?

– Ça devrait figurer dans le dossier. Eh oui ! Pendant que Sharkey traîne on ne sait où, sa chère mère est tranquillement installée chez elle et raconte à des types au téléphone comment elle va leur pisser dans la bouche ou leur mettre des élastiques autour de la queue. Elle passe des pubs dans les bouquins de cul. 40 dollars le quart d'heure. Elle accepte la Master Card et la Visa, et les fait patienter le temps de vérifier sur une autre ligne si le numéro de la carte est bon et si le compte est approvisionné. A ma connaissance, elle fait ça depuis environ cinq ans. Edward a grandi en écoutant ces saloperies. Pas étonnant qu'il soit devenu un camé et un fugueur, non ?

– Quand l'avez-vous ramené chez lui ?

– Vers midi. Si vous voulez le trouver, je vous conseille de faire vite. Vous connaissez l'adresse ?

– Oui.

– Hé, Bosch ! Une dernière chose : ne vous attendez pas à tomber sur une pute en arrivant là-bas. Sa mère ne ressemble pas au rôle qu'elle tient au téléphone, si vous voyez ce que je veux dire. Sa voix fait peut-être bander, mais son physique ferait peur à un aveugle.

Bosch le remercia pour le tuyau et raccrocha. Il prit la 101 jusque dans la Vallée, puis la 405 vers le nord et la 118 vers l'ouest. Il sortit à Chatsworth et s'enfonça entre les falaises dans le haut de la Vallée. Un ensemble de résidences se dressait à l'endroit où se trouvait jadis un ranch de cinéma. Une des planques de Charlie Manson et de sa bande. On racontait que les morceaux du corps d'un des membres de la bande, jamais retrouvé, étaient enterrés quelque part dans le coin. Le crépuscule commençait à tomber lorsqu'il atteignit sa destination. Les gens quittaient leur travail et rentraient chez eux. Il y avait beaucoup de circulation sur les routes étroites. Beaucoup de portes qui se fermaient. Beaucoup d'appels pour la mère de Sharkey. Bosch arrivait trop tard.

– J'ai pas le temps de parler à la police, lui lança Veronica Niese en lui ouvrant la porte et en regardant son insigne. Dès qu'on le ramène à la maison, il fout le camp. Je sais jamais où il va. C'est à vous de me le dire, c'est votre boulot. Bon, j'ai trois appels en attente, et un longue distance. Faut que j'y aille.

Proche de la cinquantaine, grosse et toute ridée. Visiblement, elle portait une perruque et ses pupilles étaient dilatées. Elle dégageait l'odeur de chaussettes sales caractéristique des drogués aux amphés. Ses correspondants avaient raison de s'en tenir à leurs fantasmes et d'imaginer son corps et son visage à partir de sa voix.

– Madame Niese, je ne cherche pas votre fils pour quelque chose qu'il aurait fait. Il faut que je lui parle d'un truc qu'il a vu. Il est peut-être en danger.

– Arrêtez vos conneries, j'ai déjà entendu ça.

Elle referma la porte et il resta planté là. Au bout d'un moment, il l'entendit parler au téléphone et crut discerner un accent français, sans en être sûr. Il ne réussit à capter que quelques phrases, mais elles suffirent à le faire rougir. Il songea à Sharkey : comment lui reprocher ses fugues ? Il fit demi-tour et regagna sa voiture. Fini pour aujourd'hui. Le temps manquait. Lewis et Clarke avaient certainement pondu leur rapport. Dès le lendemain matin, il serait assigné à résidence dans les locaux des AI. Il repassa par le commissariat pour pointer. Tout le monde était parti, il n'y avait aucun message sur son bureau – même pas de son avocat. En rentrant chez lui, il s'arrêta au Lucky pour acheter quatre bouteilles de bière, deux mexicaines, une blonde anglaise baptisée Old Nick et une Henry's.

Il pensait trouver un message de Lewis et Clarke sur son répondeur. Il ne s'était pas trompé, mais le message n'était pas celui auquel il s'attendait.

– Je sais que vous êtes là, alors écoutez bien, dit la voix de Clarke. Ils peuvent changer d'avis, mais pas nous. On se retrouvera, Bosch.

Pas d'autre message. Il réécouta trois fois celui de Clarke. Quelque chose n'avait pas marché comme ils l'espéraient. On leur avait sans doute retiré l'affaire. Se pouvait-il que sa menace minable d'alerter les médias ait fonctionné ? Alors même qu'il se posait la question, il en douta. Alors quoi ? Que s'était-il passé ? Installé dans son fauteuil, il commença à boire ses bières, les mexicaines d'abord, en feuilletant l'album de photos de guerre qu'il avait oublié de ranger. En le parcourant, le dimanche soir précédent, il avait ouvert la porte à de sombres souvenirs qui maintenant l'enivraient, le temps ayant effacé ce qui les rendait menaçants. Peu après la tombée de la nuit, le téléphone sonna. Harry décrocha avant le répondeur.

– Bon, lui dit le lieutenant Pounds, le FBI estime maintenant qu'ils ont peut-être été trop durs avec vous. Ils sont revenus sur leur décision et veulent que vous soyez réintégré. Vous devrez les aider dans leur enquête, en vous conformant à leurs exigences. La décision vient de Parker Center.

La voix de Pounds trahissait son étonnement devant ce revirement.

– Et les AI?

– Aucune procédure contre vous. Je vous l'ai dit : le FBI reprend ses billes, alors les AI aussi. Pour l'instant.

– Je suis réintégré.

– Exact. Mais j'y suis pour rien. Autant que vous le sachiez : ils m'ont court-circuité parce que je leur ai dit de tous aller se faire voir. Y a quelque chose qui pue dans cette histoire, mais ça devra attendre. Pour le moment, vous êtes détaché auprès du FBI. Jusqu'à nouvel ordre, vous travaillez pour eux.

– Et Edgar?

– Ne vous en faites pas pour Edgar. Ça ne vous concerne plus.

– Pounds, à vous entendre vous m'avez fait une fleur en me nommant à la Criminelle quand ils m'ont viré de Parker Center. C'est moi qui vous ai fait une fleur, mon vieux. Alors, si vous espérez des excuses, vous pouvez toujours courir.

– Je n'attends rien de vous, Bosch. Vous vous êtes foutu dans le pétrin. Le seul problème, c'est que vous m'avez peut-être entraîné dans la merde avec vous. Si ça ne tenait qu'à moi, je vous mettrais à l'écart de cette affaire. Je vous ferais pointer les listes des prêteurs sur gages.

– Mais ce n'est pas vous qui décidez.

Bosch raccrocha sans laisser à Pounds le temps de répondre. Puis il resta là, à réfléchir. Il avait encore la main posée sur le téléphone quand celui-ci sonna de nouveau.

– Ouais?

– Oh, la journée a été dure, on dirait…

C'était Eleanor Wish.

– J'ai cru que c'était quelqu'un d'autre.

– Je suppose que vous êtes au courant.

– Je le suis.

– Vous travaillerez avec moi.

– Pourquoi avez-vous rappelé vos chiens?

– C'est simple. Nous voulons que la presse reste en dehors de cette affaire.

– Il y a autre chose.

Elle ne répondit pas, mais resta en ligne. Finalement, il lui demanda :

– Qu'est-ce que je fais demain ?

– Venez à mon bureau. Ce sera un commencement.

Bosch raccrocha. Il songea à Eleanor Wish et se dit qu'il ne savait pas ce qui se passait. Il n'aimait pas ça, mais il ne pouvait plus reculer. Il alla chercher la bouteille d'Old Nick dans le frigo.

Lewis tournait le dos au flot des voitures, se servant de sa large carrure pour empêcher le bruit d'envahir la cabine téléphonique.

– Il commence à travailler avec le FBI... euh, je voulais dire le Bureau. Demain matin, dit Lewis. Que doit-on faire ?

Irving ne répondit pas immédiatement. Lewis l'imaginait à l'autre bout du fil, la mâchoire crispée. La tête de Popeye, songea-t-il avec un petit sourire narquois. Clarke s'approcha et lui glissa :

– Qu'est-ce qu'y a de marrant ? Qu'est-ce qu'il a dit ?

Lewis le repoussa de la main, avec une grimace qui signifiait : « Fais pas chier. »

– Qui était-ce ? demanda Irving.

– Clarke. Il a hâte de connaître notre mission.

– Le lieutenant Pounds a-t-il contacté notre homme ?

– Oui, lui répondit-il en se demandant si Irving enregistrait cet appel. Le lieutenant a dit que le... euh, le sujet avait reçu l'ordre de travailler avec le F... le Bureau. Ils vont réunir les enquêtes sur le meurtre et sur le casse. Il travaille avec l'agent spécial Eleanor Wish.

– C'est quoi, ce bordel ? demanda Irving, bien que sa question n'appelât aucune réponse de la part de Lewis.

Il y eut un long silence sur la ligne, car Lewis savait qu'il valait mieux ne pas interrompre Irving dans ses pensées. Voyant Clarke s'approcher de nouveau de la cabine, Lewis le chassa d'un geste en secouant la tête, comme s'il avait affaire à un enfant désobéissant. La cabine téléphonique sans porte était située en bas de Woodrow

Wilson Drive, à proximité de Barham Boulevard qui enjambait le Hollywood Freeway. Lewis entendit le grondement d'un semi-remorque sur la voie express et sentit un souffle d'air chaud s'engouffrer dans la cabine. Les yeux levés sur les lumières de la colline, il tenta de localiser celles de la maison sur pilotis de Bosch. Impossible. La colline ressemblait à un gigantesque sapin de Noël constellé de trop d'étoiles.

— Je parie qu'il a trouvé un moyen de faire pression sur eux, déclara enfin Irving. Il a forcé le passage. Je vais vous dire ce que vous allez faire : vous allez le surveiller. Sans qu'il s'en aperçoive. Il prépare quelque chose. A vous de découvrir quoi. Et profitez-en pour étoffer votre 1. 81. Le Bureau fédéral d'investigation a peut-être retiré sa plainte, mais nous, nous ne renoncerons pas.

— Et pour Pounds… on continue à lui adresser des rapports ?

— Il s'agit du lieutenant Pounds, inspecteur Lewis. Oui, adressez-lui la copie de votre registre de surveillance quotidienne. Ça suffira.

Sur ce, Irving raccrocha sans rien ajouter.

— Très bien, chef, dit Lewis qui ne voulait pas que Clarke sache qu'on lui avait raccroché au nez. On continue à s'en occuper. Merci. Bonsoir.

Puis il raccrocha à son tour, secrètement vexé que son supérieur n'ait pas jugé nécessaire de lui dire bonsoir. Clarke s'empressa de le rejoindre.

— Alors ?

— Alors, on reprend la surveillance demain matin.

— C'est tout ? On le surveille ?

— Pour l'instant.

— Merde. J'ai envie de fouiller la baraque de cet enfoiré. Je te parie qu'il planque le butin du casse là-haut.

— S'il est mêlé à cette affaire, ça m'étonnerait qu'il soit assez stupide pour ça. En attendant, on se tient peinards. On verra bien s'il a trempé dans ce coup-là.

— Oh, tu peux en être certain.

— On verra.

Sharkey était assis sur le muret en béton qui entourait un parking de Santa Monica Boulevard. Il observait attentivement la devanture éclairée du 7-Eleven d'en face, examinant les gens qui entraient et sortaient. La plupart étaient des touristes ou des couples. Toujours pas de célibataire – de célibataire qui corresponde à ce qu'il cherchait, en tout cas. Le dénommé Arson[1] s'avança d'un pas sautillant.

— On perd notre temps, mec.

Arson avait des cheveux rouges dressés en pointes sur le sommet du crâne. Il portait un jean et un T-shirt noirs et fumait une Salem. Il n'était pas défoncé, mais il avait faim. Sharkey le regarda, puis il observa le troisième garçon, celui qu'on surnommait Mojo et qui était assis par terre à côté des motos. Mojo était plus petit, mais plus large. Cheveux noirs tirés en arrière et noués sur la nuque. Des marques d'acné donnaient à son visage un aspect menaçant.

— Attendons encore quelques minutes, dit Sharkey.

— Merde, j'ai faim, moi ! s'écria Arson.

— Hé ! Qu'est-ce que tu crois que j'essaye de faire ? On a tous faim, mec.

— On devrait peut-être aller voir comment s'en sort Bettijane, suggéra Mojo. Si ça se trouve, elle a ramassé de quoi nous payer à bouffer.

Sharkey le regarda.

— Vous n'aurez qu'à y aller, tous les deux. Moi, j'attends le jackpot. Je veux manger.

En disant cela, il suivit du regard une Jaguar XJ6 bordeaux qui pénétrait dans le parking de l'épicerie.

— Et le type dans la canalisation ? demanda Arson. Tu crois qu'ils l'ont découvert ? On pourrait monter lui faire les poches, histoire de voir s'il a du fric. Putain, Shark ! Je comprends pas comment t'as pas eu le courage de le faire l'autre soir.

1. Incendie criminel.

– C'est ça ! Monte tout seul là-haut pour le fouiller, répondit Sharkey. On verra bien qui se dégonfle…

Il ne leur avait pas dit qu'il avait signalé le corps à la police. Ils auraient eu encore plus de mal à lui pardonner sa peur de pénétrer dans la canalisation. Un homme descendit de la Jaguar. La trentaine bien sonnée, coupe en brosse, pantalon blanc ample et chemise blanche, pull noué sur les épaules. Personne ne l'attendait dans la voiture.

– Hé, visez la Jag, dit-il.

Les deux autres tournèrent la tête vers le magasin.

– C'est bon, j'y vais.

– On te suit, dit Arson.

Sharkey descendit du muret et traversa le boulevard au petit trot. Derrière la vitrine de la boutique, il observa le propriétaire de la Jag. Une crème glacée à la main, celui-ci regardait le présentoir de magazines. Il ne cessait de jeter des coups d'œil furtifs aux autres clients. Sharkey fut encouragé en voyant l'homme se diriger vers la caisse pour payer sa glace. Il s'accroupit contre la devanture du magasin, à un mètre de la calandre de la Jag.

Quand l'homme ressortit, Sharkey attendit que leurs regards se croisent et que l'homme lui sourie.

– Hé, monsieur ! dit-il en se levant. Vous pourriez pas me rendre un service ?

L'homme regarda autour de lui avant de répondre.

– Bien sûr. De quoi s'agit-il ?

– Euh… vous pourriez pas entrer me chercher une bière ? Je vous filerai l'argent, vous inquiétez pas. J'ai juste envie d'une bière. Pour me détendre… vous voyez ?

L'homme hésita.

– Euh, je ne sais pas… c'est illégal, non ? Tu n'as pas vingt et un ans, je pourrais avoir des ennuis.

– Ouais, je comprends, dit Sharkey avec un sourire. Mais vous auriez pas de la bière chez vous ? Comme ça, vous seriez pas obligé d'en acheter. Offrir une bière à quelqu'un, c'est pas un crime.

– Euh…

– Je resterai pas longtemps. On pourrait se détendre un peu tous les deux…

L'homme balaya de nouveau le parking du regard. Personne ne les observait. Sharkey comprit qu'il l'avait ferré.

– OK, dit l'homme Je pourrai te ramener ici après si tu veux.

– D'accord. Impec.

Ils roulèrent vers l'est dans Santa Monica Boulevard, jusqu'à Flores, puis vers le sud jusqu'à un ensemble de pavillons. Sharkey ne se retourna pas une seule fois et n'essaya même pas de jeter un œil dans le rétroviseur : les autres seraient là. Il le savait. L'extérieur de la propriété était protégé par un portail que l'homme ouvrit à l'aide d'une clé et qu'il referma derrière eux. Puis ils pénétrèrent dans la villa.

– Je m'appelle Jack, dit l'homme. Qu'est-ce que je te sers ?

– Moi, c'est Phil. Vous avez quelque chose à manger ? J'ai faim.

Du regard Sharkey chercha l'interphone et le bouton qui commandait l'ouverture du portail. L'appartement était dans les tons pastel, avec une épaisse moquette blanc cassé.

– Chouette baraque.

– Merci. Je vais voir ce que j'ai dans le frigo. Si tu veux laver tes affaires pendant que tu es ici, c'est possible. Je ne fais pas ça souvent, tu sais. Mais quand je peux aider quelqu'un, je le fais.

Sharkey le suivit dans la cuisine. La console de sécurité était située sur le mur, à côté de l'interphone. Quand Jack ouvrit le réfrigérateur et se pencha pour regarder à l'intérieur, Sharkey appuya sur le bouton qui commandait l'ouverture du portail. Jack ne s'aperçut de rien.

– J'ai du thon. Je peux te faire une salade. Depuis quand tu es dans la rue ? Je ne t'appellerai pas Phil. Si tu ne veux pas me dire ton vrai nom, pas de problème.

– Hmm, une salade de thon, c'est parfait. Pas très longtemps.

– Tu es sain ?

142

— Evidemment que je suis clean.

— On prendra des précautions.

Il était temps. Sharkey recula dans l'entrée. Jack sortit la tête du réfrigérateur, en tenant à la main un saladier en plastique, la bouche entrouverte. Sharkey crut discerner une étincelle de compréhension dans son regard, comme s'il savait ce qui allait se passer. Sharkey tourna le verrou et ouvrit la porte. Arson et Mojo entrèrent.

— Hé ! Qu'est-ce que ça veut dire ? lança Jack d'une voix qui manquait d'assurance.

Il se précipita dans l'entrée. Arson, qui était le plus costaud des trois, lui écrasa son poing sur l'arête du nez. Il se produisit un bruit sec, comme un crayon qui se brise, et le saladier en plastique rempli de thon se renversa sur le sol. Puis il y eut beaucoup de sang sur la moquette blanc cassé.

# Mardi 22 mai

Eleanor Wish rappela le mardi matin, alors que Bosch s'énervait avec son nœud de cravate devant le miroir de la salle de bains. Elle souhaitait le retrouver dans une cafétéria de Westwood avant de le conduire au bureau. Il avait déjà bu deux cafés, mais il accepta. Ayant raccroché, il ferma le col de sa chemise blanche et noua avec soin sa cravate. Il n'aurait su dire depuis combien de temps il n'avait pas été si attentif à son apparence.

Elle s'était assise sur une banquette, près de la vitrine. Les mains serrées autour d'un verre d'eau posé sur la table, elle affichait un air satisfait. Une assiette poussée de côté contenait l'emballage en papier d'un muffin. Elle lui adressa un petit sourire de politesse lorsqu'il se glissa sur la banquette opposée en faisant signe à la serveuse.

— Juste un café, dit-il.

— Vous avez déjà déjeuné ? lui demanda-t-elle après le départ de la serveuse.

— Euh, non. Mais je n'ai pas faim.

— Vous ne mangez pas beaucoup. Ça se voit.

Elle avait dit cela comme une mère, pas comme un inspecteur de police.

— Alors, qui va tout me raconter ? Vous ou Rourke ?

— Moi.

La serveuse lui apporta son café. Dans le renfoncement voisin, Bosch entendit quatre hommes d'affaires discuter le montant de l'addition. Il avala une petite gorgée de café brûlant.

— J'aimerais que la demande de collaboration du FBI

145

soit transcrite noir sur blanc et signée par l'agent spécial responsable du bureau de Los Angeles.

Elle hésita un instant, reposa son verre et le regarda bien en face pour la première fois. Ses yeux étaient si foncés qu'ils ne trahissaient aucun sentiment. Aux coins, il aperçut des prémices de pattes d'oie sur sa peau bronzée. Son menton était fendu par une petite cicatrice blanche en arc de cercle, très ancienne et presque invisible. Il se demanda si, comme la plupart des femmes, cette cicatrice et ces petites rides la gênaient. Son visage semblait empreint d'une certaine tristesse, comme si le mystère qui l'habitait avait réussi à remonter à la surface. Peut-être était-ce simplement la fatigue, songea-t-il. Quoi qu'il en soit, c'était une femme très attirante. La trentaine, sans doute.

– Ça doit pouvoir s'arranger, dit-elle. D'autres exigences à formuler avant qu'on se mette au travail ? (Il sourit et secoua la tête.) Vous savez, Bosch, j'ai reçu vos rapports hier et je les ai lus cette nuit. Compte tenu de ce que vous aviez, et en une seule journée encore, vous avez fait du très bon boulot. Avec la plupart des autres inspecteurs, le corps serait encore en train d'attendre à la morgue, classé dans les morts accidentelles par overdose. (Il ne dit rien.) Par quoi voulez-vous commencer aujourd'hui ? lui demanda-t-elle.

– J'ai plusieurs pistes qui ne figurent pas dans les rapports. Mais si vous me parliez d'abord du cambriolage de la banque ? J'ai besoin de tout connaître. Je sais seulement ce que vous avez raconté à la presse et dans les rapports. Vous me mettez au parfum et moi, j'embraye en vous parlant de Meadows.

La serveuse vint leur resservir du café et de l'eau. Eleanor Wish raconta le casse de la banque. Des questions vinrent à l'esprit de Bosch pendant qu'elle parlait, mais il s'efforça seulement de les mémoriser pour les lui poser plus tard. Il sentait que toute la préparation et l'exécution du cambriolage la fascinaient. Quels que soient les types qui avaient creusé le tunnel, ils avaient droit à son admiration. Bosch se surprit à être presque jaloux.

– Sous les rues de LA, lui expliqua-t-elle, il y a plus de six cents kilomètres de conduits d'évacuation des eaux de pluie, tous assez larges et hauts pour laisser passer une voiture. Après ça, vous avez des canalisations secondaires. Environ deux cents kilomètres de galeries dans lesquelles on peut marcher, ou ramper… Bref, tout le monde peut descendre dans les égouts et, à condition de connaître le chemin, atteindre n'importe quel immeuble de la ville. Et connaître son chemin n'a rien de sorcier : les plans de tout le réseau souterrain font partie des archives publiques de la ville. Enfin, bref, ces types ont utilisé le système d'évacuation pour accéder à l'immeuble de la WestLand National.

Ça, il l'avait déjà compris, mais s'abstint de le lui faire remarquer. D'après le FBI, lui expliqua-t-elle, les cambrioleurs étaient au moins trois sous terre, plus un quatrième dehors, qui servait de guetteur et leur fournissait toute l'aide nécessaire. Il communiquait certainement avec eux par radio, sauf peut-être vers la fin, où les ondes radios risquaient de déclencher les détonateurs des explosifs.

Les types du sous-sol avaient parcouru des kilomètres d'égouts à bord d'engins motorisés tout terrain de la marque Honda. Les véhicules pouvaient accéder au réseau d'évacuation des eaux par une entrée située dans la cuvette de la Los Angeles River, au nord-est de la ville. C'est par là qu'ils étaient entrés, sans doute sous le couvert de l'obscurité. Après quoi, grâce aux plans, ils avaient traversé le réseau de canalisations jusqu'à un point situé sous Wilshire Boulevard, à savoir dans le centre, à environ dix mètres sous la banque et cent cinquante mètres à l'ouest. Soit un trajet d'un peu plus de trois kilomètres.

Une perceuse professionnelle munie d'une mèche de quarante-cinq centimètres, sans doute avec une pointe en diamant, avait été branchée sur le moteur électrique d'un des engins tout terrain afin d'ouvrir un trou dans la paroi de béton du tunnel, laquelle paroi avait douze centimètres d'épaisseur. A partir de là, les cambrioleurs avaient commencé à creuser.

– L'effraction dans la salle des coffres a eu lieu pendant le week-end du Labor Day, continua-t-elle. D'après nos calculs, ils avaient commencé à percer le tunnel trois ou quatre semaines auparavant. Ils ne travaillaient que la nuit. Ils descendaient, ils creusaient un peu, et ils ressortaient à l'aube. La Compagnie des eaux inspecte quotidiennement le réseau pour repérer les fissures éventuelles et autres problèmes. Evidemment, ils travaillent le jour, et nos cambrioleurs ne voulaient certainement pas prendre de risques.

– Mais ce trou dans le tunnel… les gars de la Compagnie ne l'auraient donc pas vu ? lui demanda Bosch qui s'en voulut aussitôt de l'avoir interrompue avant qu'elle ait terminé.

– Non, répondit-elle. Ils avaient vraiment pensé à tout. Ils avaient découpé un cercle de quarante-cinq centimètres de diamètre dans une planche de contreplaqué, qu'ils avaient ensuite recouverte de béton. On l'a retrouvée sur les lieux. Chaque matin en repartant, ils la remettaient devant le trou et, chaque fois, ils en calfataient les bords avec un peu de béton. On aurait dit une canalisation obstruée. Ça arrive souvent. J'y suis descendue et, des conduits condamnés, il y en a dans tous les coins. De plus, quarante-cinq centimètres étant un diamètre standard, il n'y a pas de quoi éveiller les soupçons. Nos types pouvaient revenir tranquillement le lendemain, redescendre et continuer à creuser en direction de la banque.

Elle lui raconta ensuite que le tunnel avait été surtout creusé à l'aide d'outils à main : pelles, pioches et foreuses branchées sur le moteur des engins tout terrain. Les cambrioleurs s'étaient certainement servis de lampes-torches, mais aussi de bougies. On en avait retrouvé certaines en train de brûler dans le tunnel, après la découverte du vol. Elles étaient coincées dans de petites fentes creusées dans les parois.

– Ça vous évoque quelque chose ? lui demanda-t-elle. (Bosch hocha la tête.) On estime qu'ils progressaient de trois à sept mètres par nuit, reprit-elle. On a retrouvé deux brouettes dans le tunnel. Sciées en deux et démontées afin de pouvoir passer à travers l'orifice de quarante-cinq centimètres, puis remontées pour servir au creusement du tunnel. Un ou deux membres de la bande étaient sans doute chargés de faire l'aller et retour pour déverser la terre et les débris dans la canalisation d'évacuation principale. De l'eau y coulant régulièrement au fond du conduit, tout finissait dans la rivière. On pense que, certaines nuits, le complice resté au dehors ouvrait les vannes des bouches d'incendie de Hollywood Hill pour augmenter le débit.

— Ainsi, ils avaient de l'eau, même en période de sécheresse…

— Exact.

Enfin arrivés sous la banque, les cambrioleurs s'étaient branchés directement sur le système électrique et les lignes téléphoniques de la banque. Le centre de Los Angeles étant une ville morte le week-end, l'agence n'ouvrait pas le samedi. Le vendredi soir, après la fermeture, les cambrioleurs déconnectaient les alarmes. L'un d'eux était forcément dans la place. Pas Meadows. Lui s'occupait probablement des explosifs.

— Le plus drôle, c'est qu'ils n'avaient même pas besoin d'avoir un complice à l'intérieur, dit-elle encore. L'alarme de la salle des coffres n'avait cessé de se déclencher durant toute la semaine. A force de creuser et de percer, ils avaient dû dérégler tout le système. Quatre nuits de suite, les flics se sont déplacés, accompagnés du directeur. Jusqu'à des trois fois par nuit. Mais, comme ils ne remarquaient rien d'anormal, ils ont commencé à penser qu'il s'agissait de l'alarme : les capteurs de bruits et de vibrations étaient détraqués. Le directeur a appelé la société qui avait installé le système, mais ils ne pouvaient envoyer personne avant la fin du week-end prolongé. Alors, le directeur…

— … a débranché l'alarme, dit Bosch à sa place.

— Gagné. Il n'avait pas envie d'être appelé toutes les nuits pendant le week-end. De plus, il avait prévu d'aller dans son appart' de Palm Springs et de jouer au golf. Bref, il a débranché le système d'alarme. Inutile de préciser qu'il ne travaille plus à la WestLand National Bank.

Sous la salle des coffres, les cambrioleurs avaient utilisé une foreuse professionnelle à refroidissement par eau : montée à l'envers afin de pouvoir creuser un trou de cinq centimètres de diamètre à travers les deux mètres de béton et d'acier. Les agents du FBI estimaient qu'il leur avait fallu cinq heures de boulot, à condition que la foreuse n'ait pas chauffé. L'eau qui servait à la refroidir provenait du robinet d'une canalisation souterraine. Autrement dit, ils s'étaient servis de l'eau de la banque.

– Une fois le trou percé, ils l'ont bourré de C-4, poursuivit-elle. Ils ont fait passer le cordon de leur tunnel dans la canalisation d'évacuation. Et ils ont tout fait sauter.

D'après les comptes rendus d'interventions d'urgence de la police de LA, les systèmes d'alarme d'une banque située en face de la WestLand National et d'une bijouterie voisine s'étaient tous les deux déclenchés à 9 h 14 le dimanche matin.

– On pense qu'il s'agit de l'heure de la détonation. Les policiers qui se sont rendus sur place n'ont rien découvert… Ils ont mis ça sur le compte d'une secousse sismique et sont repartis. Evidemment, personne n'a songé à inspecter la WestLand National puisque l'alarme ne s'y était pas déclenchée. Et pour cause : on l'avait débranchée.

Une fois entrés dans la salle des coffres, les cambrioleurs n'en étaient plus ressortis, lui expliqua-t-elle encore. Ils avaient travaillé sans s'arrêter pendant les trois jours du week-end, pour percer les coffres individuels et les vider.

– On a retrouvé des boîtes de conserve vides, des sachets de chips, des emballages de nourriture déshydratée, enfin, vous voyez… de quoi survivre. Tout laisse penser qu'ils sont restés là et qu'ils y ont peut-être même dormi par roulement. Le tunnel comportait un renflement qui formait comme une petite pièce… comme un dortoir.

On a relevé des empreintes de sac de couchage sur le sol en terre. Dans le sable, on a aussi retrouvé des traces de fusils-mitrailleurs M 16 ; ils avaient apporté des armes automatiques. Visiblement, ils n'étaient pas décidés à se rendre au cas où les choses auraient mal tourné.

Elle le laissa réfléchir à cela un instant avant de continuer :

— Nous estimons qu'ils sont restés dans la salle des coffres pendant soixante heures, peut-être un peu plus. Ils ont percé quatre cent soixante-quatre coffres. Sur sept cent cinquante. En supposant qu'ils étaient trois, ça fait environ cent cinquante coffres chacun. Si on retire une quinzaine d'heures pour se reposer et manger, sur les trois jours qu'ils ont passé là-dedans, ça signifie que chacun a percé trois ou quatre coffres par heure… Ils ont dû s'imposer de s'arrêter à un moment donné, ajouta-t-elle. Vers les 3 heures du matin, mardi. En cessant de percer à ce moment-là, ils ont eu largement le temps de ranger leur matériel et de ressortir. Ils ont récupéré leurs outils, le butin, et ils ont fichu le camp. C'est en rentrant tout bronzé de son week-end à Palm Springs que le directeur avait découvert le cambriolage, le mardi matin… Voilà, en gros, ce qui s'est passé, conclut-elle. C'est ce que j'ai vu de mieux depuis que je suis dans le métier. Très peu d'erreurs. Nous savons pas mal de choses sur leur façon de procéder, mais nous ne savons presque rien sur ceux qui ont fait le coup. Meadows était notre piste la plus sérieuse… et il est mort. Cette photo que vous m'avez montrée hier… et le bracelet. Vous aviez raison. A notre connaissance, c'est le premier objet volé dans un des coffres à refaire surface.

— Mais il a disparu.

Bosch attendit qu'elle ajoute quelque chose, mais elle en avait terminé.

— Comment ont-ils choisi les coffres à percer ? lui demanda-t-il.

— Au hasard, apparemment. Je possède un enregistrement vidéo au bureau, je vous le montrerai. Visiblement, ils se sont dit : « Toi, tu prends ce mur-là, moi, je prends celui-là, toi, tu prends l'autre. » Certains coffres n'ont pas été ouverts, alors qu'ils avaient forcé ceux d'à côté. Pour quelle raison ? Je l'ignore. Ça ne semble pas prémédité. Cela étant, on a quand même des déclarations de vol pour 90 % des coffres vidés. Surtout des valeurs impossibles à repérer. Ils ont bien choisi.

– Comment en avez-vous conclu qu'ils étaient trois ?

– Nous estimons qu'il fallait au moins trois personnes pour percer autant de coffres. De plus, ça correspond au nombre d'engins tout terrain.

Elle sourit, et il mordit à l'hameçon.

– OK. Comment savez-vous… pour les engins tout terrain ?

– Il y avait des traces dans la boue de la canalisation, et nous avons identifié les engins à partir des empreintes de pneu. Nous avons également découvert de la peinture bleue dans un tournant du mur. L'un d'eux a dérapé dans la boue et percuté la paroi. Grâce à cet échantillon, le labo de Quantico a retrouvé la marque et le modèle. On a interrogé tous les revendeurs Honda de Californie du Sud jusqu'à ce qu'on tombe sur un concessionnaire de Tustin qui avait vendu trois engins tout terrain bleus un mois avant le Labor Day. L'acheteur avait payé cash et chargé les véhicules à bord d'un semi-remorque. Il avait donné un faux nom et une fausse adresse.

– Lequel ?

– Vous voulez le nom ? Frederic B. Isley, comme FBI. Il reparaîtra plus tard. On a montré au revendeur plusieurs photos, parmi lesquelles celle de Meadows, la vôtre et celles d'autres individus, mais il n'a pu identifier le dénommé Isley.

Elle s'essuya la bouche avec une serviette en papier qu'elle laissa retomber sur la table. Bosch ne remarqua aucune trace de rouge à lèvres.

– Bon, dit-elle, j'ai bu assez d'eau pour une semaine. Suivez-moi jusqu'au bureau, on passera en revue ce qu'on sait et ce que vous savez sur Meadows. Rourke et moi pensons que c'est la meilleure façon de procéder. Nous avons épuisé toutes les pistes du casse et nous nous sommes retrouvés dans des impasses. Peut-être que le meurtre de Meadows nous fournira l'indice qui nous manque.

Wish régla l'addition, Bosch ajouta le pourboire.

Ils prirent chacun leur voiture pour se rendre au Federal Building. En chemin, Bosch ne pensa pas à l'affaire, mais à Eleanor. Il avait envie de l'interroger sur cette petite cicatrice au menton, et non pas du tout sur la façon dont elle avait fait le rapprochement entre les cambrioleurs de la WestLand Bank et les rats de tunnel du Vietnam. Il aurait bien aimé savoir ce qui lui donnait un air si mélancolique. Ils traversèrent un quartier de résidences pour étudiants près d'UCLA, avant de franchir Wilshire Boulevard. Ils se rejoignirent devant l'ascenseur du parking souterrain du Federal Building.

— Je pense qu'il serait préférable que vous ayez affaire uniquement à moi, lui dit-elle lorsqu'ils pénétrèrent dans la cabine. Rourke a... Vous et Rourke avez plutôt mal commencé et...

— On n'a même pas commencé du tout ! dit-il.

— Donnez-lui sa chance et vous verrez que c'est un chic type. Il a cru agir dans l'intérêt de l'enquête.

Les portes de l'ascenseur s'ouvrirent au sixième étage. Rourke apparut devant eux.

— Ah ! Vous voilà, tous les deux ! dit-il. (Il tendit la main à Bosch, qui la lui serra sans grande conviction.) Je descendais juste boire un café et manger un croissant. Vous m'accompagnez ?

— Euh... nous venons de la cafétéria, John, répondit Wish. On se retrouve au bureau ?

Bosch et Wish étaient sortis de l'ascenseur, Rourke y entra. L'agent spécial se contenta de hocher la tête et les portes se refermèrent. Bosch et Wish s'engagèrent dans le couloir.

— D'une certaine façon, il vous ressemble beaucoup. Il a fait la guerre, lui aussi, dit-elle. Donnez-lui sa chance.

Si vous restez en froid, ça ne va pas arranger les choses.

Il ne releva pas. Ils longèrent le couloir jusqu'au bureau du groupe 3. Wish lui indiqua un bureau derrière le sien. Il était vacant, lui expliqua-t-elle, depuis que l'agent qui l'occupait avait été muté au groupe 2, la brigade antipornographie. Bosch posa sa mallette sur le bureau et s'assit. Il observa les lieux. La pièce était beaucoup plus encombrée que la veille : une demi-douzaine d'agents étaient assis derrière des bureaux, trois autres se tenant au fond de la pièce devant un classeur sur lequel était posée une boîte de beignets. Non loin de là, sur une étagère, il repéra un téléviseur et un magnétoscope qui ne s'y trouvaient pas la veille.

– Vous m'avez parlé d'un enregistrement vidéo, dit-il à Wish.

– Oh, oui. Je vais vous le passer. Vous pourrez le visionner pendant que je réponds à quelques messages téléphoniques.

Elle prit une cassette vidéo dans le tiroir de son bureau et ils se dirigèrent vers le fond de la pièce. Les trois types s'éloignèrent discrètement avec leurs beignets, inquiets de la présence d'un intrus. Wish glissa la cassette dans l'appareil et laissa Bosch la regarder seul.

Visiblement filmé caméra au poing, l'enregistrement suivait en tressautant le chemin emprunté par les cambrioleurs. Il débutait dans ce que Bosch supposa être la canalisation d'évacuation, sorte de tunnel rectangulaire qui s'enfonçait en tournant dans des ténèbres que ne parvenait pas à percer l'objectif de la caméra. Wish avait raison : on aurait pu y pénétrer en camion. Un petit cours d'eau coulait paisiblement au mitan du revêtement en béton. Le sol et la partie inférieure des parois étaient couverts d'humus et d'algues ; Bosch en sentit presque l'odeur de moisissure. L'objectif se braqua sur le sol gris-vert ; on apercevait des traces de pneu dans la vase. La scène suivante représentait l'entrée du tunnel creusé par les cambrioleurs, un trou bien net découpé dans la paroi de l'égout. Deux mains entrèrent dans le champ, tenant le disque en contreplaqué qui, comme le lui avait expliqué Wish, servait à masquer l'ouverture dans la journée. Les mains pénétrèrent plus avant dans le cadre, suivies d'une tête brune : Rourke. Il portait une combinaison noire avec des lettres blanches dans le dos : FBI. Il appliqua la planche de contreplaqué contre le trou. Elle s'y ajustait parfaitement.

La scène changea brusquement, le caméraman avançant maintenant à l'intérieur du tunnel. Ce spectacle sinistre rappela à Bosch les tunnels creusés à la main dans lesquels il avait rampé au Vietnam. Celui-ci tournait vers la droite. Enfoncées tous les six mètres environ dans des entailles creusées dans le mur, des bougies projetaient des ombres tremblantes et irréelles. Après une courbe d'une vingtaine de mètres, le tunnel tournait brusquement vers la gauche. Il se poursuivait ensuite en ligne droite sur presque trente mètres, toujours éclairé par la lueur vacillante des bougies. La caméra arriva enfin devant un cul-de-sac, où s'entassaient des gravats de béton, des barres d'acier tordues et des morceaux de blindage. La caméra fit un panoramique sur un trou béant dans le plafond du tunnel. De la lumière provenait de la salle des coffres au-dessus. Rourke reparut devant l'objectif, toujours vêtu de sa combinaison. Il se passa un doigt sur la gorge et il y eut une nouvelle coupure. Cette fois, la caméra se trouvait à l'intérieur de la salle des coffres : vue au grand angle de l'ensemble de la pièce, comme sur la photo du journal, avec des centaines de coffres éventrés qui s'empilaient sur le sol. Deux techniciens du labo pulvérisaient de la poudre sur les portes pour y relever des empreintes. Eleanor Wish et un autre agent prenaient des notes dans leur calepin, face au mur d'acier. L'objectif vint se fixer sur le sol et le trou du tunnel. Puis l'écran devint noir. Bosch rembobina la bande et la déposa sur le bureau de Wish.

— Intéressant, dit-il. J'ai remarqué deux ou trois trucs que j'avais déjà vus... là-bas, dans les tunnels. Mais rien qui aurait pu m'inciter à enquêter plus particulièrement chez les rats de tunnel. Qu'est-ce qui vous a conduits jusqu'à Meadows… et les gens de mon espèce ?

— Pour commencer, il y a le C-4, dit-elle. La brigade des alcools, tabacs et armes à feu a envoyé une équipe sur place pour examiner les débris de béton et d'acier après l'explosion. Ils ont relevé des traces de l'explosif utilisé. Après quelques tests, les gars de la brigade ont établi qu'il s'agissait de C-4. Je suis sûre que vous connaissez, il était très employé au Vietnam. Les rats de tunnel s'en servaient beaucoup, principalement pour faire imploser les galeries souterraines. Seulement voilà, on peut aujourd'hui se procurer du meilleur matériel, avec une zone d'impact plus réduite, une plus grande facilité d'utilisation. Et même, meilleur marché. Alors, on s'est dit, ou plutôt les spécialistes de la brigade ATA se sont dit que l'utilisateur avait choisi le C-4 parce qu'il en avait l'habitude… parce qu'il s'en était déjà servi. Et, immédiatement, on a pensé à un ancien du Vietnam… Autre lien avec le Vietnam : les pièges. Nous pensons qu'avant de pénétrer dans la chambre forte pour commencer à percer les coffres ils ont piégé le tunnel de façon à protéger leurs arrières. On a envoyé un chien de la brigade ATA dans le tunnel en guise de précaution… au cas où il y aurait encore eu des explosifs cachés quelque part. Le chien a flairé deux endroits dans le tunnel. Au milieu et au niveau de l'entrée, près du trou pratiqué dans la paroi de la canalisation. Mais il n'y avait plus rien. Les cambrioleurs avaient tout remporté en partant. Toutefois, nous avons découvert aux deux endroits des trous de cheville dans le sol du tunnel et des petits bouts de fil de fer sectionnés à l'aide d'une pince.

— Des déclencheurs, dit Bosch.

— Exact. Visiblement, ils avaient piégé le tunnel pour se protéger des intrus. Si quelqu'un avait voulu les prendre par-derrière, le tunnel aurait sauté, et ils auraient été enterrés sous Hill Street. Au moins ont-ils emporté les explosifs avant de repartir. Ça nous a évité de tout faire sauter.

– Une explosion pareille aurait certainement tué les cambrioleurs en même temps que les intrus, dit Bosch.

– Oui, en effet. Ils ne voulaient prendre aucun risque. Ils étaient armés jusqu'aux dents, barricadés et prêts à mourir. La réussite ou le suicide… Quoi qu'il en soit, nous n'avions pas encore limité la liste des suspects aux rats de tunnel. Et puis quelqu'un a remarqué quelque chose en examinant les traces de pneu dans le conduit principal : elles disparaissaient à certains endroits et n'étaient pas continues. Conclusion : il nous a fallu deux jours pour remonter du tunnel jusqu'à l'entrée, près de la rivière. Ce n'est pas un trajet direct. Un vrai labyrinthe. Il fallait connaître le chemin. On s'est dit que les types ne conduisaient pas leurs engins tout terrain avec une lampe électrique et une carte tous les soirs.

– Hansel et Gretel ? Ils avaient semé des miettes en route ?

– En quelque sorte. Les murs des égouts sont couverts de traces de peinture, repères laissés par les gars de la Compagnie des eaux pour savoir où ils se trouvent, où mène telle canalisation, dates d'inspection et cætera et cætera. Avec tous ces graffitis, on croirait voir la façade d'une épicerie dans un barrio de East LA. Nous avons donc pensé que les cambrioleurs avaient, eux aussi, balisé leur chemin. Nous avons suivi la piste en cherchant des marques récurrentes. Il n'y en avait qu'une. Une sorte de signe de la paix, mais sans le cercle. Juste trois traits rapides, comme des balafres.

Bosch connaissait la marque pour l'avoir lui-même utilisée dans des tunnels vingt ans plus tôt : trois entailles gravées dans la paroi à l'aide d'un couteau. C'était le symbole avec lequel ils balisaient leur chemin de façon à pouvoir ressortir.

– Un des policiers présents ce jour-là, c'était avant que le LAPD nous refile toute l'affaire, un des gars de la brigade des vols a dit qu'il avait déjà vu ce signe-là au Vietnam. Ce n'était pas un rat de tunnel, mais il nous a parlé d'eux. Voilà comment nous avons fait le rapprochement.

Nous avons alors interrogé le ministère de la Défense et la Veterans Administration pour obtenir des noms. Ils nous ont donné celui de Meadows… le vôtre… et d'autres.

— Combien d'autres ?

Elle poussa une grosse pile d'enveloppes jaunes sur son bureau.

— Tenez, tout est là. Jetez-y un œil si vous voulez.

Rourke les rejoignit.

— L'agent Wish m'a parlé de la lettre que vous lui avez réclamée, dit-il. Pas de problème. J'ai pondu quelque chose, on essaiera de la faire signer par l'agent spécial Whitcomb aujourd'hui même. (Bosch ne dit rien.) On a peut-être exagéré hier, mais j'espère avoir tout arrangé avec votre lieutenant et les gars des Affaires internes… (Il lui adressa un sourire à faire pâlir de jalousie un politicien.) Au fait, ajouta-t-il, je voulais vous dire que j'admire vos états de service. Dans l'armée. J'ai rempilé deux fois, mais je ne suis jamais descendu dans une de ces épouvantables galeries. Mais j'étais quand même sur place, jusqu'à la fin. Quelle honte !

— Quoi, « quelle honte » ? Que ça n'ait pas continué ?

Rourke le dévisagea longuement. Bosch vit la rougeur se répandre sur son visage depuis l'endroit où ses sourcils bruns se rejoignaient. Rourke était un homme très pâle avec un teint jaunâtre. Il était légèrement plus âgé que Bosch. Ils avaient la même taille, mais Rourke semblait plus costaud. A l'uniforme traditionnel des agents du FBI, blazer bleu marine et chemise bleu ciel, il avait ajouté une cravate rouge.

— Ecoutez-moi, inspecteur ; vous n'êtes pas obligé de m'aimer, parfait. Mais, je vous en prie, travaillons ensemble. Nous cherchons la même chose.

Bosch décida de céder, pour l'instant.

— Qu'attendez-vous de moi ? Dites-le-moi précisément. Vous me menez en bateau, ou bien vous avez réellement besoin de moi ?

— Bosch, vous avez la réputation d'être un flic de première. Prouvez-le. Poursuivez votre enquête. Comme vous l'avez si bien dit hier, si vous trouvez qui a assassiné Meadows, nous découvrirons les auteurs du casse de la banque. Alors, oui : nous avons besoin de toutes vos compétences. Agissez comme vous le feriez en temps normal si l'agent spécial Wish n'était pas votre collègue.

Sur ce, Rourke s'éloigna et ressortit de la pièce. Sans doute possédait-il un bureau particulier quelque part au bout du couloir, songea Bosch. Il se tourna vers la table de Wish et prit la pile de dossiers.

— OK, dit-il. Alors, en route.

Wish emprunta une voiture de fonction et conduisit pendant que Bosch consultait la pile de dossiers militaires posée sur ses genoux. Le sien se trouvait sur le dessus. Il en parcourut rapidement quelques-uns. Seul le nom de Meadows lui était familier.

— Où va-t-on ? lui demanda Wish en sortant du parking pour remonter Veteran Avenue en direction de Wilshire.

— A Hollywood. Dites-moi, Rourke est toujours aussi coincé ?

Elle prit la direction de l'est, et lui sourit d'un air qui lui fit se demander s'il n'y avait pas quelque chose entre elle et Rourke.

— Seulement quand il le veut, lui répondit-elle. Mais c'est un très bon administrateur. Il sait gérer sa brigade. Il a toujours eu l'âme d'un chef. Je crois qu'il était à la tête de toute une unité ou je ne sais quoi, quand il était dans l'armée. Là-bas, à Saigon.

Non, il ne pouvait y avoir quoi que ce soit entre eux. On ne prend pas la défense de son amant en disant que c'est un bon administrateur. Rien de ce côté-là, donc.

— S'il aime administrer, il s'est trompé de métier, dit-il. Allez jusqu'à Hollywood Boulevard, au sud du Chinese Theater.

Il leur faudrait un quart d'heure pour arriver à destination. Il ouvrit le dossier du dessus – le sien – et commença à le feuilleter. Au milieu d'une série de rapports psychiatriques, il découvrit une photo en noir et blanc – presque un cliché anthropométrique – d'un jeune type en uniforme, le visage pas encore marqué par l'âge et l'expérience.

– Vous étiez pas mal avec les cheveux en brosse, dit-elle en interrompant ses pensées. Quand j'ai vu cette photo, j'ai pensé à mon frère.

Bosch la regarda sans rien dire. Il remit la photo dans la chemise et continua à feuilleter les documents contenus dans le dossier. Il y saisit des bribes d'informations concernant un étranger qui portait son nom.

Wish prit de nouveau la parole :

– Nous avons réussi à retrouver neuf individus vivant en Californie du Sud et ayant opéré dans les tunnels au Vietnam. Nous avons enquêté sur chacun d'eux. Meadows était le seul que nous ayons hissé au niveau des suspects. C'était un drogué, il avait un casier. Et, surtout, il avait continué à travailler dans les tunnels après la guerre.

Elle roula en silence pendant plusieurs minutes, tandis que Bosch parcourait ses dossiers. Puis elle ajouta :

– Nous l'avons surveillé pendant un mois. Juste après le casse.

– Que faisait-il ?

– Peut-être qu'il revendait de la drogue ; on n'a jamais réussi à en avoir la preuve. Tous les trois jours environ, il descendait à Venice pour acheter des sachets d'héroïne. Mais, apparemment, c'était pour sa consommation personnelle. S'il en revendait, on n'a jamais vu de clients chez lui. Il n'a reçu aucune visite pendant tout le mois où nous l'avons surveillé. Si on avait pu prouver qu'il dealait, on l'aurait coffré et on aurait eu de quoi faire pression sur lui.

Elle se tut un instant, puis, plus pour se convaincre qu'autre chose, elle ajouta :

– Mais il ne dealait pas.

– Je vous crois.

– Vous voulez bien me dire ce qu'on va faire à Hollywood ?

– On cherche un témoin. Un témoin éventuel. De quoi

vivait Meadows pendant le mois où vous l'avez surveillé ?
Enfin… côté argent. Où trouvait-il le fric pour se ravitailler
à Venice ?

— Apparemment, il touchait les allocations et une pension d'invalidité de la VA. C'est tout.

— Pourquoi avez-vous laissé tomber au bout d'un mois ?

— Ça ne donnait rien, et nous n'étions même pas certains qu'il était mêlé à cette histoire. On…

— Qui a donné l'ordre ?

— Rourke. Il ne pouvait…

— L'administrateur…

— Laissez-moi finir. Il ne pouvait justifier les frais
d'une surveillance permanente sans aucun résultat. On
suivait une intuition, rien de plus. Vous voyez tout ça avec
le recul, mais il s'était presque écoulé deux mois depuis
le cambriolage. Et rien ne prouvait que Meadows y avait
été mêlé. Au bout d'un moment, à vrai dire, on agissait
par simple routine. On pensait que ceux qui avaient fait le
coup avaient déjà filé à Monaco ou en Argentine. Ils ne
se seraient pas payé des doses d'héroïne sur la plage de
Venice et n'auraient pas habité un appart' minable dans la
Vallée. A ce moment-là, Meadows n'était plus un suspect
sérieux. Rourke a annulé la surveillance. Je partageais
son avis. Aujourd'hui, je reconnais qu'on a merdé. Vous
êtes content ?

Bosch ne répondit pas. Il savait que Rourke avait fait
son devoir en annulant la surveillance. Il changea de sujet.

— Pourquoi avoir cambriolé cette banque, vous êtes-
vous déjà posé la question ? Pourquoi la WestLand National ? Pourquoi pas une agence de la Wells Fargo ou une
banque de Beverly Hills ? Il y a sans doute davantage de
fric là-bas. Vous m'avez dit que ces galeries souterraines
permettaient d'aller n'importe où.

— En effet. Je n'ai pas de réponse à la question. Peut-
être ont-ils choisi une banque du centre parce qu'il leur
fallait trois jours complets pour percer les coffres. En
plus, ils savaient que ces banques sont fermées le samedi.
Peut-être que Meadows et ses amis sont les seuls à

connaître la réponse… Qu'est-ce qu'on vient chercher dans ce quartier ? Votre rapport ne faisait aucune allusion à un éventuel témoin. Témoin de quoi ?

Ils étaient arrivés à destination. La rue était bordée d'hôtels borgnes qui avaient sans doute déjà l'air sinistre le jour où on avait fini de les construire. Bosch désigna l'un d'eux, le Blue Chateau, et demanda à Wish de s'arrêter. Le bâtiment était aussi sordide que ses voisins. Bloc de béton dans le style des années cinquante, façade peinte en bleu ciel, avec des moulures en bleu foncé, qui s'écaillait. C'était une bâtisse à un étage, avec des serviettes et du linge suspendus à presque toutes les fenêtres. Un endroit où la laideur de l'intérieur rivalisait certainement avec celle de l'extérieur. Des fugitifs devaient s'y entasser à huit ou dix par chambre, le plus fort s'octroyant le lit, les autres couchant par terre ou dans la baignoire. Il y avait beaucoup d'hôtels de ce genre aux abords du Boulevard. Il y en avait toujours eu et il y en aurait toujours.

Assis avec l'agent Wish dans la voiture fédérale, devant le motel, Bosch lui parla du graffiti inachevé qu'il avait repéré sur la canalisation près du réservoir et de l'appel anonyme à Police-secours. D'après lui, la voix allait avec le graffiti. C'était celle d'Edward Niese, surnommé Sharkey.

– Ces gosses, tous des fugueurs, forment des bandes de rues, lui expliqua-t-il en descendant de voiture. Mais on ne peut pas parler de gangs. Ce n'est pas une histoire de territoire. C'est juste pour se protéger et se faire du fric. D'après les dossiers du CRASH, la bande de Sharkey traîne au Chateau depuis deux mois.

En refermant la portière, Bosch vit une voiture se ranger le long du trottoir, à quelques maisons de là. Il jeta un rapide coup d'œil, sans réussir à identifier le véhicule. Il crut distinguer deux silhouettes à l'intérieur, mais la voiture était trop éloignée pour pouvoir affirmer qu'il s'agissait de Lewis et Clarke. Il remonta une allée pavée jusqu'au hall d'entrée. Un néon jaune brisé y signalait le bureau de la réception.

Un vieil homme était assis derrière une vitre munie d'un plateau coulissant à la base. Il lisait le journal hippique de Santa Anita. Il ne consentit à lever les yeux que lorsque Bosch et Wish se plantèrent devant lui.

– Oui ? Que puis-je pour vous ?

C'était un vieillard usé dont les yeux ne s'intéressaient plus qu'aux cotes des chevaux de trois ans. Il sentait les flics à cent pas avant qu'ils ne sortent leur plaque. Et il savait leur donner ce qu'ils demandaient sans faire d'histoires.

– Un gamin nommé Sharkey, dit Bosch. Quelle chambre ?

– La 7, mais il est parti. Je crois. Généralement, sa moto est garée dans le hall… quand il est là. Je vois pas de moto. Donc, il est pas là. Certainement.

– Certainement. Y a quelqu'un d'autre dans la 7 ?

– Bien sûr. Y a toujours quelqu'un.

– Rez-de-chaussée ?

– Ouais.

– Une porte de derrière ou une fenêtre ?

– Les deux. Une porte coulissante à l'arrière. Très chère à remplacer.

Le vieil homme tendit le bras vers le tableau, prit une clé fixée à un crochet portant le numéro 7 et la fit glisser sous la vitre.

L'inspecteur Pierce Lewis trouva un ticket de distributeur automatique de billets dans son portefeuille et s'en servit pour se curer les dents. Il avait un mauvais goût dans la bouche comme si un bout de saucisse y était coincé depuis le matin. Il fit aller et venir le carton entre ses dents jusqu'à ce qu'elles lui paraissent propres. Puis il émit un petit bruit de mécontentement avec sa bouche.

– Qu'est-ce qu'il y a ? lui demanda l'inspecteur Don Clarke.

Il connaissait tous les tics de son collègue. Le curage des dents et le claquement de lèvres signifiaient que quelque chose le tracassait.

— Je crois qu'il nous a repérés, lui répondit Lewis après avoir jeté le ticket par la vitre. Tu as vu ce petit coup d'œil qu'il nous a lancé en descendant de voiture ? C'était très rapide, mais je suis sûr qu'il nous a repérés.

— Tu te fais des idées. S'il nous avait vus, il aurait foncé vers nous en faisant un scandale ou je ne sais quoi. Ils réagissent tous de la même manière. Ils font un scandale, ils portent plainte. Il nous aurait déjà collé la Ligue de défense de la police sur le dos. Crois-moi, les flics sont toujours les derniers à repérer une filature.

— Ouais… peut-être.

Lewis n'insista pas. Mais son inquiétude demeurait. Il ne voulait pas faire échouer cette mission. Une fois déjà, il avait tenu Bosch par les couilles, mais ce salopard avait réussi à s'en tirer parce que Irving s'était dégonflé. Mais ça ne se reproduirait pas, se jura-t-il. Ce coup-ci, il le ferait plonger pour de bon.

— Tu prends des notes ? lui demanda son collègue. Qu'est-ce qu'ils foutent dans ce taudis, à ton avis ?

— Ils cherchent quelque chose.

— Tu te fous de moi. Tu crois vraiment ?

— Bordel ! T'es complètement bouché aujourd'hui…

Lewis lâcha le Château des yeux pour se tourner vers Clarke qui avait les mains croisées sur les genoux et son siège incliné à soixante degrés. Avec les lunettes noires réfléchissantes qui masquaient ses yeux, il était impossible de dire s'il était réveillé ou pas.

Lewis haussa la voix :

— Alors, tu prends des notes ou quoi ?

— Pourquoi t'en prends pas, toi ?

— Parce que je conduis. C'est toujours comme ça. Si tu veux pas conduire, tu prends des notes et des photos. Alors, grouille-toi d'écrire qu'on puisse montrer quelque chose à Irving. Sinon, il va nous coller un 181 et adieu Bosch.

— On dit un 1. 81. Pas d'abréviations, même entre nous.

— Va te faire foutre.

Clarke ricana et sortit un carnet de sa poche intérieure de

veste et un stylo Cross en or de sa poche de chemise. Satisfait, Lewis reporta son attention sur le motel, juste à temps pour voir un adolescent avec des tresses blondes décrire deux tours complets avec sa moto jaune sur la route. Le gamin se gara à côté de la voiture d'où étaient descendus Bosch et l'agent du FBI. La main en visière, il se pencha pour regarder à l'intérieur, à travers la vitre du conducteur.

– Hé ! Qu'est-ce qu'il fout, celui-là ? dit Lewis.

Clarke leva le nez de dessus son carnet.

– C'est un gamin qui cherche à piquer un auto-radio. Qu'est-ce qu'on fait s'il pète la vitre ? On fout la surveillance en l'air pour protéger le matos d'un connard ?

– On ne bouge pas. Et il ne va rien faire du tout. Il a repéré la radio de bord ; il sait que c'est une bagnole de flic. Regarde, il se barre.

L'adolescent fit rugir son moteur et effectua deux autres tours dans la rue, les yeux fixés sur l'entrée du motel. Puis il traversa lentement le parking sur le côté, ressortit dans la rue et s'arrêta derrière un vieux bus Volkswagen qui, garé le long du trottoir, le mettait à l'abri des regards. Il donnait l'impression de surveiller l'entrée du Chateau à travers les vitres du vieux bus déglingué. Il n'avait pas remarqué les deux agents des AI dans la voiture stationnée un peu plus loin derrière lui.

– Allez, gamin, barre-toi ! grommela Clarke. Je veux pas être obligé d'appeler une patrouille à cause de toi. Saloperie de délinquant.

– Prends-le en photo avec le Nikon, dit Lewis. On sait jamais. Il peut se passer quelque chose, et on en aura besoin. Et pendant que tu y es, note le numéro de téléphone sur l'enseigne du motel. Faudra appeler plus tard pour savoir ce que Bosch et la fille du FBI y foutaient.

Lewis n'avait qu'à tendre le bras pour saisir l'appareil photo sur le siège et prendre lui-même les clichés, mais cela aurait pu créer un précédent qui aurait risqué de briser l'équilibre fragile des règles de surveillance. Le conducteur conduit, le passager prend des notes et s'occupe de tout le travail annexe.

Obéissant, Clarke s'empara de l'appareil muni d'un téléobjectif et photographia l'adolescent sur sa moto.

– Prends-en une de la plaque d'immatriculation, dit Lewis.

– Je connais mon boulot, lui renvoya Clarke en reposant l'appareil.

– Tu as relevé le numéro du motel ? Faudra qu'on téléphone.

– Ouais. Regarde, je le note. Satisfait ? Pas de quoi en faire un plat. Bosch est en train de se taper une gonzesse, voilà tout. Un beau petit cul du FBI. Si ça se trouve, en téléphonant, on va apprendre qu'ils ont loué une chambre.

Lewis vérifia que Clarke notait bien le numéro de téléphone dans son carnet.

– Pas sûr, dit-il. Ils se connaissent à peine, et je doute qu'il soit idiot à ce point. Non, à mon avis, ils cherchent quelqu'un. Un témoin peut-être.

– Il ne mentionne aucun témoin dans son rapport.

– Il n'a pas tout dit. Du Bosch tout craché. C'est sa façon de travailler.

Clarke garda le silence. Lewis reporta son attention sur le Chateau. Il s'aperçut que le gamin était reparti. La moto avait disparu.

Bosch attendit une minute, le temps que Wish fasse le tour du Chateau pour pouvoir surveiller la porte coulissante au fond de la chambre 7. Il colla l'oreille contre l'huis et il lui sembla entendre un bruissement et quelques murmures. Il y avait quelqu'un dans la pièce. Le moment venu, il frappa avec violence à la porte. Il perçut des bruits à l'intérieur, des pas précipités sur la moquette, mais personne ne répondit. Il frappa de nouveau et attendit. Une voix de fille demanda :

– Qui est-ce ?

– Police. Nous voulons parler à Sharkey.

– Il est pas là.

– Dans ce cas, c'est à vous que nous voulons parler.

– Je sais pas où il est.

166

– Ouvrez la porte, je vous prie.

Il y eut d'autres bruits à l'intérieur de la chambre, comme si quelqu'un se cognait contre un meuble. Mais personne ne vint ouvrir. Puis Bosch entendit une sorte de roulement : la porte vitrée coulissait sur son rail. Il glissa la clé dans la serrure et ouvrit juste à temps pour apercevoir un homme qui sortait par-derrière en sautant de la véranda. Ce n'était pas Sharkey. Il entendit la voix de Wish qui ordonnait à l'individu de stopper.

Bosch balaya rapidement la pièce du regard. Une entrée avec une penderie sur la gauche, une salle de bains sur la droite, vides l'une et l'autre, à l'exception de quelques affaires sur le sol de la penderie. Deux grands lits collés contre le mur, face à face, une commode avec un miroir juste au-dessus, une moquette marron-jaune élimée autour des lits et sur le trajet de la salle de bains. La fille – blonde, petite, dans les dix-sept ans – était assise à l'extrémité d'un des deux lits, enveloppée dans un drap. Bosch devina la pointe d'un sein à travers le drap qui avait dû être blanc jadis. La chambre sentait le parfum bon marché et la transpiration.

– Bosch, tout va bien à l'intérieur ? lui lança Wish du dehors.

Il ne la voyait pas à cause du drap qui pendait tel un rideau devant la porte vitrée.

– Tout est OK. Et vous ?

– Ça va. Alors, la pêche a été bonne ?

Bosch avança jusqu'à la porte coulissante pour regarder dehors. Wish avait obligé l'homme à lever les bras et à plaquer les mains sur le mur du motel. Il avait une trentaine d'années et le teint jaunâtre du type qui vient de passer un mois dans une cellule du comté. Son pantalon était ouvert et sa chemise écossaise boutonnée de travers. Il regardait fixement le sol avec les yeux exorbités de celui qui n'a aucune explication à fournir, mais aurait bien besoin qu'on lui en propose une. Bosch s'étonna qu'il ait songé à boutonner sa chemise avant de fermer son pantalon.

– Il n'est pas armé, dit Wish. Mais il a l'air un peu défoncé.

– Apparemment, il y a détournement de mineur… si vous avez du temps à perdre. Sinon, laissez-le partir.

Il se tourna vers la fille assise sur le lit.

– Allez, quel âge tu as et combien il t'a donné ? Je ne suis pas venu pour t'embarquer.

Elle réfléchit un instant. Bosch ne la quittait pas des yeux.

– J'ai presque dix-sept ans, répondit-elle d'une voix lasse. Il ne m'a rien donné. Il a dit qu'il me paierait après, mais il l'avait pas encore fait.

– Qui est le chef de ta bande ? Sharkey ? Il t'a jamais dit de réclamer le fric avant ?

– Sharkey est pas toujours là. Comment vous connaissez son nom ?

– Je l'ai entendu ici et là. Où est-il aujourd'hui ?

– Je vous l'ai déjà dit, j'en sais rien.

Le type à la chemise écossaise entra dans la chambre par la porte de devant, suivi de Wish. Il avait les mains menottées dans le dos.

– Je vais le coffrer. J'en ai envie. C'est écœurant. Elle a l'air…

– Elle m'a dit qu'elle avait dix-huit ans, se défendit Chemise-Ecossaise.

Bosch s'approcha de lui et ouvrit sa chemise d'un doigt. Il avait un aigle bleu aux ailes déployées tatoué sur la poitrine. L'oiseau tenait entre ses serres un poignard et une svastika nazie. En dessous était écrit *Une Seule Nation*. Autrement dit, la Nation aryenne, le gang des prisons de la suprématie blanche. Bosch laissa retomber la chemise.

– Depuis quand t'es sorti ? demanda-t-il.

– Hé, vous déconnez ! C'est elle qui m'a racolé dans la rue. Putain, laissez-moi au moins fermer cette saloperie de froc. Arrêtez vos conneries.

– File-moi mon fric, salopard ! hurla la fille.

Elle sauta du lit, le drap tomba. Totalement nue, elle se jeta sur les poches de pantalon du type.

– Hé, mais ! Retenez-la, retenez-la ! beugla-t-il en se tortillant pour lui échapper. Vous voyez bien que c'est elle qu'y faut embarquer, pas moi !

Bosch intervint, les sépara et repoussa la fille vers le lit. Puis il passa derrière le type et s'adressa à Wish :

– Donnez-moi la clé.

Comme elle ne bougeait pas, il plongea la main dans sa poche et sortit sa propre clé de menottes. Modèle unique. Il ouvrit les menottes et entraîna Chemise-Ecossaise jusqu'à la porte de la chambre. Il l'ouvrit et le poussa dehors. Le type s'arrêta dans le couloir pour fermer son pantalon, ce qui permit à Bosch de lui balancer un coup de pied dans le cul.

– Allez, fous-moi le camp, bigleux ! lança-t-il au type qui s'éloignait en trébuchant. C'est ton jour de chance.

La fille s'était de nouveau enveloppée dans le drap sale quand Bosch revint dans la chambre. Celui-ci regarda Wish et discerna de la colère dans ses yeux : il comprit que ce n'était pas uniquement à cause de l'homme à la chemise écossaise. Il se tourna vers la fille.

– Prends tes affaires et va t'habiller dans la salle de bains. (Elle ne bougea pas.) Fais ce que je te dis !

Lorsqu'elle eut ramassé ses vêtements par terre à côté du lit et disparu dans la salle de bains, en laissant tomber son drap, Bosch se tourna vers Wish.

– On a trop de choses à faire, dit-il. Vous auriez passé le restant de la journée à recueillir la déposition de ce type pour le coffrer. Et moi, compte tenu du délit, j'aurais été obligé de le coffrer. Ça pouvait lui valoir de la prison. Mais un seul coup d'œil à la fille et le procureur l'aurait remis en liberté, à supposer même qu'on ait intenté une procédure. Ça n'en valait pas la peine. C'est chose courante, par ici, agent Wish.

– Bosch, j'avais décidé que ça en valait la peine. Ne recommencez jamais ça.

Ils restèrent là, à s'affronter du regard, jusqu'à ce que la fille ressorte de la salle de bains. Elle portait un jean délavé fendu aux genoux et un débardeur noir. Pas de chaussures.

Bosch remarqua qu'elle avait les ongles des orteils peints en rouge. Elle s'assit sur le lit sans dire un mot.

– Il faut qu'on trouve Sharkey, dit Bosch.

– A quel sujet ? Vous avez une cigarette ?

Bosch sortit son paquet de sa poche et le secoua pour en faire jaillir une cigarette. Il lui donna une allumette et elle l'alluma elle-même.

– A quel sujet ? répéta-t-elle.

– Au sujet de samedi soir, lui répondit Wish d'un ton sec. Nous ne voulons pas l'arrêter. Nous ne voulons pas lui causer d'ennuis. Nous voulons juste lui poser quelques questions.

– Et moi ? demanda la fille.

– Quoi, toi ?

– Vous allez me faire des ennuis ?

– Tu veux dire… est-ce qu'on va te remettre entre les mains de la brigade des mineurs ?

Bosch se tourna vers Wish pour voir sa réaction. Elle demeurait de marbre.

– Non, reprit-il, nous ne préviendrons pas la brigade des mineurs… si tu nous aides. Quel est ton nom ? Ton vrai nom ?

– Bettijane Felker.

– Bien, Bettijane. Et tu ne sais vraiment pas où est Sharkey ? On veut juste lui parler.

– Tout ce que je sais, c'est qu'il bosse.

– Comment ça ? Où ?

– A Boytown. Il doit se faire du fric avec Arson et Mojo.

– Ce sont des membres de la bande ?

– Ouais.

– Ils t'ont dit où ils allaient, à Boytown ?

– Non. Ils vont toujours dans les coins à pédés… vous savez bien…

La fille ne pouvait ou ne voulait pas en dire plus. D'ailleurs, ça n'avait pas d'importance. Bosch avait les adresses sur les rapports de police et il était certain de trouver Sharkey dans Santa Monica Boulevard.

— Merci, dit-il à la fille avant de se diriger vers la porte.

Il était déjà au milieu du couloir lorsque Wish sortit à son tour de la chambre et le rejoignit d'un pas vif et furieux. Avant qu'elle ait pu dire quoi que ce soit, il s'arrêta à la cabine téléphonique dans l'entrée, près de la réception. Il sortit le petit répertoire dont il ne se séparait jamais et composa le numéro de la brigade des mineurs. On le mit en attente pendant deux minutes avant qu'une opératrice le connecte à un enregistreur automatique sur lequel il indiqua la date, l'heure et l'endroit où se trouvait Bettijane Felker, soupçonnée de fugue. Il raccrocha en se demandant combien de jours s'écouleraient avant qu'ils aient le message, et combien de jours encore avant qu'ils arrivent jusqu'à Bettijane.

Ils roulaient déjà sur Santa Monica Boulevard, dans le quartier de West Hollywood, mais Eleanor Wish n'avait toujours pas décoléré. Bosch avait bien tenté de se justifier, mais avait compris qu'il perdait son temps. Alors, il restait sagement assis là à l'écouter.

— C'est une question de confiance, voilà tout, disait-elle. Je me fiche de savoir si nous allons travailler longtemps ensemble ou pas. Si vous continuez votre numéro de franc-tireur, nous n'établirons jamais cette confiance dont nous avons besoin pour réussir.

Il jeta un regard dans le rétroviseur extérieur qu'il avait réglé de façon à pouvoir observer la voiture qui avait démarré en même temps qu'eux et les suivait depuis le Blue Chateau. Il était désormais persuadé qu'il s'agissait de Lewis et Clarke. Il avait repéré le cou de taureau et la coupe en brosse de Lewis derrière le volant quand la voiture s'était arrêtée à un feu rouge, non loin d'eux. Toutefois, il ne dit pas à Wish qu'on les suivait. Si elle s'en était aperçue, du moins n'avait-elle fait aucune remarque. Elle était trop préoccupée par d'autres problèmes. Assis sur son siège, Bosch observait la voiture qui les filait, tout en écoutant les récriminations de Wish concernant sa façon de procéder.

– On a découvert le corps de Meadows dimanche, dit-il enfin. Nous sommes déjà mardi. Or il est reconnu que, dans une enquête criminelle, les chances et les possibilités d'élucider l'affaire diminuent avec chaque jour qui passe. Alors, je regrette, mais il me semblait inutile de perdre une journée entière à coffrer un sale con qui s'est sans doute laissé entraîner dans une chambre de motel par une petite pute de seize ans qui racole les bonshommes de trente. De la même façon, j'ai pensé que ça ne valait pas la peine d'attendre que la brigade des mineurs vienne chercher la fille : je suis d'ailleurs prêt à parier ma paye qu'ils la connaissent déjà et qu'ils savent parfaitement où la trouver s'ils le souhaitent. Autrement dit, je voulais poursuivre l'enquête, laisser chacun s'occuper de son boulot et faire le mien. Et ça veut dire faire ce qu'on est en train de faire. Ralentissez devant le Ragtime. C'est un des endroits qui figurent sur les rapports de police.

– Je tiens autant que vous à résoudre cette affaire, Bosch. Alors arrêtez de le prendre sur ce ton : c'en est à croire que vous êtes investi d'une noble mission et que je ne sers à rien ! Nous sommes tous les deux sur le coup. Ne l'oubliez pas.

Elle ralentit à la hauteur de la terrasse du café, où, assis sur des chaises blanches en fer forgé devant des tables en verre, des couples d'hommes buvaient du thé glacé dans des verres biseautés décorés de tranches d'orange. Quelques-uns jetèrent un regard à Bosch et détournèrent la tête : pas intéressés. Bosch, lui, observa les clients attablés, mais Sharkey n'était pas là. Dans la ruelle adjacente, il aperçut deux adolescents qui traînaient, mais ceux-ci étaient trop âgés pour correspondre au signalement.

Pendant vingt minutes, ils firent le tour des bars et des restaurants homos, principalement dans Santa Monica Boulevard, sans trouver Sharkey. La voiture des AI ne les lâchait pas. Wish n'y fit aucune allusion. Mais Bosch savait que les policiers sont toujours les derniers à remarquer une filature, car ils ne peuvent imaginer qu'on les suive. Ils sont les chasseurs, pas la proie.

Il ignorait ce que voulaient Lewis et Clarke. Espéraient-ils le voir enfreindre une loi ou un règlement de la police en compagnie d'un agent du FBI ? Il en vint à se demander si les deux inspecteurs des AI ne faisaient pas du zèle durant leur temps libre. Peut-être cherchaient-ils à ce qu'il les remarque. Une espèce de manœuvre d'intimidation ? Il demanda à Wish de s'arrêter devant chez Barnie et courut jusqu'au téléphone, près de la porte vitrée du vieux bar. Il composa le numéro confidentiel des Affaires internes qu'il connaissait par cœur, pour l'avoir fait deux fois par jour l'année précédente, à l'époque où il était assigné à résidence et où ils enquêtaient sur lui. Une femme décrocha.

– Les inspecteurs Lewis ou Clarke sont-ils là ?

– Non, monsieur. Puis-je prendre un message ?

– Non merci. Euh, c'est le lieutenant Pounds… Brigade de Hollywood. Savez-vous où je peux les joindre ? J'aimerais vérifier un détail.

– Je crois qu'ils sont en code sept jusqu'à la relève de l'après-midi.

Il raccrocha. Lewis et Clarke ne devaient prendre leur service qu'à 16 heures. Conclusion, ils faisaient des heures sup'. Ou alors, Bosch leur ayant frappé trop fort dans les couilles, ils avaient décidé de se venger en prenant sur leurs heures de loisirs. Il remonta en voiture et dit à Wish qu'il avait téléphoné à son bureau pour savoir s'il y avait des messages. Au moment où elle se faufilait parmi le flot de voitures, il aperçut la moto jaune : elle était attachée à un parcmètre à quelques maisons de chez Barnie, devant une crêperie.

– Là ! dit-il en tendant le doigt. Passez devant, je vais relever le numéro. Si c'est la sienne, on attend.

C'était bien la moto de Sharkey. Bosch s'en aperçut en comparant le numéro de la plaque avec les notes provenant du dossier du CRASH. Mais aucune trace de Sharkey. Wish fit le tour du pâté de maisons et revint se garer devant chez Barnie, au même endroit que précédemment.

– Et maintenant, on attend, dit-elle. Vous pensez toujours que ce gamin pourrait être un témoin ?

– Exact. C'est ce que je pense. Mais nous ne sommes pas obligés de perdre notre temps tous les deux. Vous pouvez me laisser ici si vous voulez. J'irai chez Barnie, je commanderai un pichet de bière et un chili, et je surveillerai la moto à travers la vitre.

– Non, non, pas de problème, je reste.

Bosch s'installa confortablement pour attendre. Il sortit ses cigarettes, mais elle l'arrêta avant qu'il ait pu en prendre une.

– La fumée des autres tue aussi, Bosch, lui dit-elle. Le rapport du ministère de la Santé publié le mois dernier affirme que c'est cancérigène. Trois mille personnes sont victimes d'un cancer des poumons chaque année; on appelle ça la tabagie passive. Vous nous tuez tous les deux. S'il vous plaît…

Il remit les cigarettes dans sa poche de manteau, ils observèrent en silence la moto attachée par une chaîne au parcmètre. Bosch jetait de temps à autre un coup d'œil dans le rétroviseur : la voiture des AI avait disparu. Il surveillait aussi Wish, à la dérobée, quand il pensait qu'elle ne le regardait pas. Santa Monica Boulevard s'emplissait peu à peu de voitures à mesure qu'approchait l'heure de pointe. Wish gardait sa vitre fermée pour ne pas respirer l'oxyde de carbone. La voiture était une véritable étuve.

– Pourquoi vous n'arrêtez pas de me dévisager ? lui demanda-t-elle au bout d'une heure.

– Je vous dévisageais ? Je ne m'en suis pas aperçu.

– Si. Vous me dévisagiez. Et vous continuez. Vous n'avez jamais fait équipe avec une femme ?

– Non. Mais ce n'est pas pour ça que je vous dévisageais. Si même je le faisais…

– Pour quelle raison alors ? Si vous le faisiez…

– Pour essayer de vous cerner et savoir pourquoi vous êtes ici… pourquoi vous faites ça. J'ai toujours cru, enfin j'ai entendu dire que le service des cambriolages de banques du FBI était réservé aux dinosaures et aux ratés, genre agents trop vieux ou trop stupides pour se servir d'un ordinateur ou repérer les avoirs d'un salopard en col blanc à travers une jungle de paperasses. Pourtant, vous faites partie de cette brigade. Vous n'êtes pas un dinosaure, et quelque chose me dit que vous n'êtes pas non plus une ratée. Au contraire… j'ai même l'impression que vous êtes un flic de premier ordre, Eleanor.

Elle ne répondit pas immédiatement, mais Bosch crut remarquer un petit sourire amusé sur ses lèvres. Puis celui-ci s'évanouit, comme s'il n'avait jamais existé.

— Je prends ça comme un compliment déguisé ? fit-elle. Si c'est le cas, je vous remercie. J'ai de bonnes raisons d'avoir choisi cette brigade. Et croyez-moi, choisir, je le pouvais. En ce qui concerne les autres membres de la brigade, je ne suis pas d'accord avec votre description. Cette opinion, qui, soit dit en passant, semble partagée par nombre de vos…

— Sharkey !

Un adolescent avec des tresses blondes venait de sortir d'une ruelle perpendiculaire, entre la crêperie et un mini centre commercial. Il était accompagné d'un homme plus âgé portant un T-shirt sur lequel on pouvait lire : *Les années quatre-vingt-dix seront gay !* Bosch et Wish les observèrent sans descendre de voiture. Après avoir échangé quelques mots avec le type, Sharkey sortit quelque chose de sa poche et le lui tendit. L'homme parut battre un jeu de cartes, en prit deux, rendit les autres au garçon et lui donna un billet – un seul.

— Qu'est-ce qu'il fait ? demanda Wish.

— Il achète des photos de gamins.

— Quoi ?

— C'est un pédophile.

Le type s'éloigna sur le trottoir tandis que Sharkey rejoignait sa moto.

— Allons-y, dit Bosch en ouvrant sa portière.


Ça suffit pour aujourd'hui, songea Sharkey. Il était temps de se tirer. Il alluma une cigarette et se pencha par-dessus la selle de sa moto pour ouvrir le cadenas de la chaîne. Ses tresses lui tombant devant les yeux, il sentit l'odeur du gel à la noix de coco qu'il s'était étalé dans les cheveux la veille au soir, chez le type à la Jaguar – après qu'Arson lui avait brisé le nez en faisant gicler le sang partout. Sharkey se releva. Il s'apprêtait à s'attacher la chaîne autour de la taille lorsqu'il les vit approcher. Des flics. Ils étaient trop près. Trop tard pour s'enfuir. Faisant mine de ne pas les avoir vus, il dressa mentalement la liste de ce que contenaient ses poches. Heureusement, il n'avait plus de cartes de crédit : toutes vendues. L'argent pouvait provenir de n'importe où, ce qui était d'ailleurs le cas. Rien à craindre. Le seul truc qu'ils pouvaient avoir contre lui, c'était le témoignage du pédé en cas de confrontation. Sharkey s'étonnait que le type ait porté plainte. C'était la première fois.

Sharkey sourit aux deux flics. L'homme tenait un magnétophone à la main. Un magnétophone ? Pour quoi faire ? Sans rien dire, le flic appuya sur le bouton *Play*. Sharkey reconnut sa propre voix au bout de quelques secondes. Il comprit d'où venaient les ennuis : rien à voir avec le type à la Jag, c'était pour la canalisation.

– Et alors ? dit-il.

– Et alors, on veut en savoir plus.

– Hé, mec ! J'ai rien à voir là-dedans, moi ! Vous allez pas me coller… Hé, mais vous êtes le flic du commissariat ! Je vous ai vu l'autre soir. Mais vous me ferez jamais dire que c'est moi qu'ai fait ce truc-là.

– Un ton plus bas, Sharkey. On sait que c'est pas toi. On veut juste savoir ce que tu as vu, rien de plus. Rattache ta moto. On te ramènera.

L'homme lui donna son nom et celui de la femme : Bosch et Wish. Il lui dit aussi qu'elle appartenait au FBI, ce qui embrouillait encore plus les choses. Après un moment d'hésitation, le garçon se pencha pour rattacher sa moto.

– On t'emmène juste au poste de Wilcox pour te poser quelques questions et, peut-être, te demander de faire un dessin.

– Un dessin de quoi ?

Bosch ne répondit pas. Il lui fit simplement signe de les suivre et lui montra une Ford Caprice grise garée un peu plus loin. C'était la bagnole que Sharkey avait aperçue devant le Chateau. En marchant, Bosch garda la main posée sur l'épaule de Sharkey. Ce dernier n'était pas aussi grand que Bosch, mais ils avaient la même silhouette sèche et nerveuse. Une paire de lunettes de soleil pendait à son cou, retenue par un cordon orange. Le garçon les chaussa en approchant de la Caprice.

— OK, Sharkey, lui dit Bosch. Tu connais la procédure. On doit te fouiller avant que tu montes à bord. Comme ça, on n'est pas obligés de te mettre les menottes pour le trajet.

— Hé, mais… vous avez dit que j'étais pas suspect ! Je suis pas obligé…

— Je te le répète, c'est la procédure. Tu récupéreras toutes tes affaires. Sauf les photos. Ça c'est impossible.

Sharkey regarda Bosch, puis l'agent, et glissa les mains dans les poches de son jean élimé.

— On est au courant pour les photos, lui dit Bosch.

Le garçon déposa 46 dollars et 55 cents sur le capot de la voiture, ainsi qu'un paquet de cigarettes, une pochette d'allumettes, un petit canif porte-clés et un jeu de polaroïds. Des photos de lui et d'autres types de la bande — totalement nus et à divers stades d'excitation sexuelle. Pendant que Bosch les passait en revue, Wish jeta un coup d'œil par-dessus son épaule et s'empressa de détourner le regard. Elle ouvrit le paquet de cigarettes et découvrit un joint au milieu des Kool.

— Ça aussi, on est obligés de te le confisquer, dit Bosch.

Ils se rendirent au poste de police de Wilcox : c'était l'heure de pointe et il leur aurait fallu plus d'une heure pour arriver au Federal Building de Westwood. 18 heures venaient de sonner lorsqu'ils entrèrent dans le bureau des inspecteurs. L'endroit était désert, tout le monde étant rentré chez soi. Bosch le conduisit dans une des salles d'interrogatoire, une pièce de deux mètres sur deux. Le mobilier se limitait à une table zébrée de brûlures de cigarettes et à trois chaises. Un écriteau rédigé à la main disait : *Interdiction de pleurnicher.* Il fit asseoir Sharkey sur le « toboggan », une chaise en bois dont le siège était abondamment ciré et les pieds de devant sciés d'un demi-centimètre. L'inclinaison était à peine perceptible, mais suffisante pour que les suspects assis sur la chaise ne puissent jamais s'y sentir à leur aise. S'affalaient-ils contre le dossier, comme la plupart des fortes têtes, qu'aussitôt ils glissaient lentement vers le bas. Résultat, ils étaient obligés de se pencher vers l'avant, face à celui qui les interrogeait. Bosch ordonna au garçon de ne pas bouger, puis il ressortit afin de mettre au point une stratégie avec Wish. Il avait fermé la porte, Wish la rouvrit dans l'instant.

— Il est interdit de laisser un mineur seul dans une pièce fermée, dit-elle.

Bosch referma la porte.

— Il ne se plaint pas et il faut qu'on parle. Comment vous sentez le coup ? Je vous le laisse, ou vous voulez que je m'en occupe ?

— Je ne sais pas…

La question était réglée. Un premier entretien avec un témoin, un témoin récalcitrant par-dessus le marché, exigeait un délicat mélange de bluff, de cajoleries et de sévérité. Si elle hésitait, il préférait s'en charger.

— C'est vous le spécialiste des interrogatoires, paraît-il, lui lança-t-elle d'un ton où il crut déceler une certaine ironie. D'après votre dossier, du moins. J'ignore s'il faut de la cervelle ou du muscle, mais j'aimerais vous voir à l'œuvre.

Il acquiesça, ignorant la pique. Il sortit les cigarettes et les allumettes du garçon de sa poche.

— Tenez, apportez-lui ça. Il faut que j'aille voir si j'ai des messages et prendre une cassette vierge. (Il vit la grimace qu'elle faisait en regardant le paquet de cigarettes.) Règle première de tout interrogatoire : mettre le sujet à son aise. Donnez-lui ses cigarettes. Si l'odeur vous gêne, bouchez-vous le nez.

Il s'éloigna, mais elle le rappela.

– Bosch, que faisait-il avec ces photos ?

C'était donc ça qui la tracassait.

– Ecoutez. Il y a cinq ans, un gamin comme lui serait parti avec ce type pour faire ce que vous savez. Aujourd'hui, il lui vend une photo à la place. Il y a tellement de tueurs en puissance qui traînent partout, avec des maladies et autres, que ces gamins deviennent prudents. Il est moins risqué de vendre des polaroïds que son corps.

Elle ouvrit la porte de la salle d'interrogatoire et entra. Bosch, lui, traversa la salle des inspecteurs jusqu'à son bureau pour voir s'il y avait des messages sur son pique-notes chromé. Son avocat avait enfin appelé. Ainsi que Bremmer, du *Times*, en donnant le pseudonyme dont ils étaient convenus. Bosch ne voulait pas qu'un curieux découvre qu'il était en contact avec un journaliste.

Laissant les messages sur le pique-notes, il sortit sa carte d'identité plastifiée pour crocheter la serrure du placard aux fournitures. Il déballa une cassette vierge de quatre-vingt-dix minutes et la glissa dans le magnétophone rangé sur l'étagère inférieure du placard. Il brancha l'appareil pour s'assurer que la cassette de réserve tournait. Puis il enfonça la touche d'enregistrement afin de vérifier que les deux bandes se mettaient en marche. Après quoi, il retourna dans le hall pour demander au coursier obèse assis à l'accueil de commander une pizza à livrer au commissariat. Il donna 10 dollars au gamin en le priant de l'apporter en salle des interrogatoires, avec trois Cocas.

– Qu'est-ce que vous voulez dessus ? lui demanda le gamin.

– Qu'est-ce que tu aimes, toi ?

– Les saucisses et les pepperoni. Je déteste les anchois.

– Prends-la aux anchois.

Bosch retraversa le bureau des inspecteurs. Wish et Sharkey étant silencieux lorsqu'il entra dans la pièce minuscule, il eut le sentiment qu'ils ne s'étaient pas dit grand-chose. Wish n'avait aucune affinité avec ce garçon. Elle était assise à sa droite. Bosch prit la chaise de gauche.

En guise de seule fenêtre, il y avait une petite glace sans tain encastrée dans la porte. On pouvait voir du dehors, mais pas de l'intérieur. Bosch décida de jouer franc-jeu dès le début. Pour être encore un enfant, Sharkey était sans doute plus futé que la plupart des adultes qui s'étaient assis sur le « toboggan » avant lui. S'il sentait un coup fourré, il répondrait aux questions par des monosyllabes.

— Sharkey, on va enregistrer cette conversation, ça pourra peut-être nous aider à récapituler par la suite. Comme je te l'ai déjà dit, tu n'es pas suspect, alors tu peux parler sans crainte, à moins, bien sûr, que tu ne décides d'avouer que c'est toi le coupable.

— Hé, vous voyez ce que je disais ! Je savais que vous finiriez par m'accuser et tout enregistrer. C'est pas la première fois qu'on m'enferme dans un endroit comme ça !

— C'est pour ça qu'on ne cherche pas à jouer au plus malin. Alors, enregistrons-le une fois pour les archives. Je suis l'inspecteur Harry Bosch du LAPD, voici Eleanor Wish du FBI, et toi, tu es Edward Niese, surnommé Sharkey. J'aimerais commencer par…

— C'est quoi, ce bordel ? C'est le président qu'on a balancé dans le tuyau ou quoi ? Qu'est-ce que le FBI vient foutre là-dedans ?

— Sharkey ! s'exclama Bosch. Coolos, mec. C'est juste un échange. Comme lorsque tu allais à l'école et que des garçons de ton âge venaient de France ou d'ailleurs. Imagine qu'elle vient de France. Elle vient apprendre comment font les pros.

Il adressa un sourire et un clin d'œil à Wish. Sharkey se tourna vers elle, en esquissant un sourire lui aussi.

— Première question à régler avant de passer aux choses sérieuses : est-ce que c'est toi qui as buté le type du barrage ?

— Bordel, non ! Je vois bien…

— Une minute, une minute ! s'écria Wish. (Elle se tourna vers Bosch.) Je peux vous parler un instant ?

Bosch se leva et quitta la pièce. Elle le rejoignit dans le couloir et, cette fois, ferma la porte.

180

— Qu'est-ce qui vous prend ? demanda-t-il.

— Et vous ? Vous allez lui lire ses droits, ou vous voulez vicier cet interrogatoire dès le début ?

— Qu'est-ce que vous racontez ? C'est pas lui qui a fait le coup. Il n'est pas suspect. Je lui pose juste des questions pour essayer d'enclencher un interrogatoire.

— Rien ne nous dit qu'il n'est pas le meurtrier. On devrait lui lire ses droits.

— Si on lui lit ses droits, il va croire qu'on le prend pour un suspect et pas pour un témoin et après… autant s'adresser à un mur. Il ne se souviendra de rien.

Wish retourna dans la salle sans dire un mot. Bosch la suivit et reprit là où il en était resté, sans mentionner les droits de qui que ce soit.

— Tu as buté le type dans la canalisation, Sharkey ?

— Jamais de la vie, mec. Je l'ai vu, c'est tout. Il était déjà mort.

En disant cela, le garçon se tourna vers Wish qui s'était rassise à sa droite. Puis il se redressa sur sa chaise.

— OK, Sharkey, dit Bosch. Au fait, quel âge as-tu ? D'où viens-tu ? Parle-nous un peu de toi.

— J'ai presque dix-huit ans, mec, bientôt libre. Ma mère habite à Chatsworth, mais j'essaye de pas vivre avec… Hé, merde, vous avez déjà tout ça dans un de vos carnets à la con.

— Tu es pédé, Sharkey ?

— Et puis quoi encore ? lui répondit le garçon en lui jetant un regard noir. Je leur vends des photos et ça s'arrête là. Je suis pas une tante, moi.

— Tu te contentes pas de leur vendre des photos : tu en arnaques certains quand l'occasion se présente, tu les tabasses et tu leur piques leur fric. Qui irait porter plainte, hein ? Pas vrai ?

Sharkey se tourna vers Wish, la main tendue, paume ouverte.

— J'ai jamais fait ça ! Je croyais qu'on parlait du macchabée.

— Exact, Sharkey, lui dit Bosch. Je veux juste savoir à

qui on a affaire. Commence par le début. Raconte-nous tout. J'ai commandé une pizza et il reste des cigarettes. On a tout le temps.

– Je vais pas passer ma vie ici. J'ai rien vu, moi, à part le corps. J'espère qu'y a pas d'anchois.

Il dit cela en regardant Wish et en se redressant sur sa chaise. C'était devenu systématique : il regardait Bosch quand il disait la vérité, et Wish quand il voulait cacher quelque chose, ou mentait ouvertement. Les menteurs s'adressent toujours aux femmes, songea Bosch.

Il poursuivit :

– Si tu veux, Sharkey, on peut te conduire à Sylmar pour y passer la nuit. On recommencera demain matin, peut-être que ta mémoire aura…

– Je m'inquiète pour ma bécane qu'est restée là-bas ; on risque de me la faucher.

– Laisse tomber ta bécane, lui répondit Bosch en se penchant sur lui à le toucher. Pas question de te rendre service, Sharkey : tu ne nous as encore rien dit. Tu racontes ton histoire, ensuite, on s'occupera de ta moto.

– OK, OK, je vais tout vous raconter…

Le garçon prit ses cigarettes sur la table. Bosch se renversa sur sa chaise et prit une des siennes. Se pencher puis reculer face au type qu'on interroge était une technique qu'il avait apprise au cours des milliers d'heures passées dans ces pièces exiguës. Se pencher en avant, leur envahir les quelques centimètres carrés qui leur appartiennent, leur violer leur espace. Et reculer quand on a obtenu ce qu'on voulait. Tout dans le subliminal : la majeure partie de ce qui se passe dans une salle d'interrogatoire n'a rien à voir avec ce qui s'y dit. Tout y est interprétation, nuances. Et parfois aussi ce qu'on ne dit pas. Bosch lui alluma sa cigarette. Wish se recula sur sa chaise tandis qu'ils exhalaient des nuages de fumée bleue.

– Une cigarette, agent Wish ? proposa Bosch.

Elle secoua la tête.

Bosch regarda Sharkey, une étincelle de connivence passant aussitôt entre eux, genre « Y a que nous deux, mon gars ». Le garçon sourit. Bosch lui fit signe de commencer son histoire, Sharkey s'exécuta. Et pour une histoire, c'en était une.

— Ça m'arrive de monter là-haut pour pioncer, dit-il. Quand je trouve personne pour me filer de quoi me payer un motel ni rien. Des fois, y a vraiment trop de monde au motel de la bande. J'ai envie de m'évader. Alors je monte là-haut, et je dors dans le tuyau. Il reste chaud presque toute la nuit. C'est pas mal. Enfin, bref, je suis monté là-haut ce soir-là…

— Quelle heure était-il ? demanda Wish.

Bosch lui adressa un regard qui voulait dire : « Du calme. Attendez qu'il ait fini pour poser des questions. » Le gamin était bien parti.

— Il était tard, répondit Sharkey. Trois ou quatre plombes du mat'. J'ai pas de montre. Bon, alors, je suis monté là-haut. Je suis entré dans le tuyau et j'ai découvert le type. Couché dedans. Je me suis tiré : j'allais pas dormir à côté d'un mec refroidi. En redescendant, je vous ai appelés. (Il regarda Wish puis Bosch.) Voilà, vous savez tout. Je peux aller récupérer ma bécane ?

Personne ne répondit. Sharkey alluma une deuxième cigarette et se redressa sur sa chaise.

— C'est une belle histoire, Edward, mais on veut tout savoir, dit Bosch. Et, surtout, on veut la vérité.

— Comment ça ?

— J'ai l'impression d'entendre une histoire inventée par un débile profond. Comment tu as fait pour voir le corps à l'intérieur de la canalisation ?

— J'avais une lampe électrique, expliqua-t-il à l'adresse de Wish.

— Non, c'est faux. Tu avais des allumettes, on en a retrouvé une, dit Bosch en se penchant en avant jusqu'à ce que son visage soit à quelques centimètres de celui du garçon. A ton avis, Sharkey, comment crois-tu qu'on sait que c'est toi qui as prévenu la police ? Tu crois que l'opératrice a reconnu ta voix ? « Oh, c'est ce vieux

Sharkey, quel gentil garçon, il appelle pour nous signaler un cadavre. » Réfléchis, Sharkey. Tu as signé ton nom, du moins le début, sur la canalisation. On a relevé tes empreintes sur une bombe de peinture encore à moitié pleine. Et on sait que tu n'es pas rentré entièrement dans le tuyau. Tu as eu la trouille et tu as foutu le camp. Tu as laissé des traces. (Sharkey regardait devant lui, les yeux fixés sur la glace de la porte.) Tu savais que le corps était à l'intérieur avant d'y entrer. Tu as vu quelqu'un le traîner dans le tuyau, Sharkey. Bon, et maintenant, tu me regardes et tu me racontes ce qui s'est passé réellement.

— Ecoutez, j'ai vu aucun visage. Y faisait trop nuit.

Eleanor poussa un soupir. Bosch faillit lui dire que, si elle avait l'impression de perdre son temps, elle pouvait toujours s'en aller.

— Je m'étais planqué, reprit Sharkey. Parce qu'au début j'ai cru qu'ils en avaient après moi ou je sais quoi. J'ai rien à voir dans tout ça, moi. Pourquoi vous me faites des histoires ?

— On a un cadavre sur les bras, Edward. On veut savoir pourquoi. On se fout des visages. Dis-nous ce que tu as vu, et, ensuite, on te foutra la paix.

— Ça sera terminé ?

— Parole.

Bosch se recula et alluma sa deuxième cigarette.

— Bon, d'accord, j'étais là-haut, et, comme j'avais pas envie de dormir, j'ai commencé à peindre et j'ai entendu une voiture. Ce qui est bizarre, c'est que je l'ai entendue avant de la voir. Le type roulait sans lumière. Alors, j'ai décampé vite fait et je me suis planqué dans les buissons sur la colline, juste à côté, vous voyez, près de la canalisation, juste là où je planque ma bécane, vous voyez, là où je dors, quoi. (Le garçon commençait à s'agiter, il parlait avec les mains et hochait la tête en regardant surtout Bosch.) Putain, j'ai cru que ces types venaient pour moi, genre quelqu'un avait prévenu les flics en me voyant là-haut en train de tagger ou je sais pas quoi. Alors, je me suis planqué. La bagnole s'est arrêtée, un type est descendu et il a dit que ça sentait la peinture. Heureusement, ils m'ont pas vu. Ils se sont arrêtés devant le tuyau à cause du corps. C'était pas vraiment une bagnole, c'était une Jeep.

— Vous avez relevé le numéro de la plaque ? lui demanda Wish.

— Laissez-le parler, lui lança Bosch sans la regarder.

— Non, j'ai pas vu leur putain de plaque. Je vous l'ai dit, ils avaient pas de lumière et y faisait trop noir. En tout cas, ils étaient trois, en comptant le cadavre. Un premier type est descendu, c'était le chauffeur, et il a sorti le cadavre de derrière, sous une couverture ou un truc comme ça. Il a ouvert la petite porte qu'y a derrière les Jeep et il a tiré le type par terre. C'était l'horreur, mec. J'ai tout de suite pigé que c'était un vrai, un vrai maccha-bée j'veux dire : rien qu'au bruit qu'il a fait en tombant par terre ! Comme un mort. Comme un vrai corps. Pas comme à la télé. Non, un vrai bruit de cadavre. Après, il l'a traîné dans le tuyau. L'autre type l'a pas aidé ; il est resté dans la Jeep. Le premier type se l'est coltiné tout seul.

Sharkey tira une longue bouffée de sa cigarette avant de l'écraser dans le cendrier en aluminium déjà rempli de cendres et de mégots. Il recracha la fumée par le nez en regardant Bosch, lequel se contenta de hocher la tête pour lui demander de continuer. Le garçon se redressa sur sa chaise.

— Moi, je suis resté planqué là, et le type est ressorti au bout d'une minute. Pas plus. En ressortant, il a regardé partout autour de lui, mais il m'a pas vu. Il s'est approché d'un buisson près de là où j'étais pour arracher une branche. Et il est retourné dans le tuyau. Je l'entendais qui balayait par terre ou je sais pas quoi avec la branche. Après, il est ressorti et ils sont partis… Ah, oui, il a com-mencé à reculer, mais les feux de recul se sont allumés, vous voyez. Il s'est grouillé de revenir au point mort. Je l'ai entendu dire un truc comme quoi ils pouvaient pas faire marche arrière à cause de la lumière. Ils risquaient

185

de se faire repérer. Alors ils sont repartis en marche avant, sans lumière. Ils ont continué sur la route, ils ont traversé le barrage et ils ont fait le tour du lac. En passant devant la petite baraque, ils ont pété l'ampoule. Je l'ai vue s'éteindre. Je suis resté planqué jusqu'à ce que j'entende plus le bruit du moteur. Et j'ai foutu le camp.

Sharkey interrompit son récit et Wish en profita pour demander :

– Ça vous ennuie si on ouvre un peu la porte pour faire sortir la fumée ?

Bosch se pencha et ouvrit la porte en grand, sans se lever ni chercher à cacher son agacement.

– Continue, Sharkey.

– Après leur départ, je me suis approché du tuyau et j'ai appelé le type. Du genre « Hé, là-dedans !… Tout va bien ? »… des conneries comme ça. Personne m'a répondu. Alors, j'ai couché ma bécane sur le côté pour que le phare éclaire l'intérieur et je suis entré en rampant. J'ai aussi allumé une allumette, comme vous l'avez dit. Et j'ai découvert le type dans le tuyau ; il avait l'air mort. J'avais pas envie de vérifier, ça foutait trop les jetons. Je suis ressorti. Je suis redescendu de là-haut et j'ai prévenu les flics. J'ai rien fait d'autre, et je vous ai tout dit.

Bosch soupçonnait le garçon d'avoir voulu dépouiller le cadavre, mais de s'être dégonflé en chemin. Peu importe. Il pouvait garder ce secret. Puis il songea à la branche utilisée par l'inconnu pour effacer ses traces dans le tuyau. Pourquoi les agents n'avaient-ils pas repéré la branche brisée en fouillant les environs ? Il ne s'attarda pas sur cette question, car il connaissait la réponse : négligence. Fainéantise. Ce n'était pas la première fois qu'on passait à côté d'indices, ni la dernière.

Il se leva.

– On va voir où en est la pizza. On revient tout de suite.

Une fois sorti de la salle d'interrogatoire, Bosch s'efforça de contenir sa colère.

– C'est de ma faute. On aurait dû se mettre d'accord

sur une tactique avant d'écouter son histoire. J'aime bien entendre ce qu'ils ont à dire d'abord, avant de poser des questions. C'est de ma faute.

— Ne vous tracassez pas, lui répondit sèchement Wish. De toute façon, son témoignage ne vaut pas grand-chose.

— Peut-être, dit-il en réfléchissant un instant. J'ai envie de retourner l'interroger encore un peu… peut-être d'aller chercher un Identikit. Et, si sa mémoire demeure aussi défaillante, on pourrait l'hypnotiser.

Bosch n'avait aucun moyen de deviner quelle serait la réaction de Wish à cette dernière suggestion. Il avait dit cela d'un ton dégagé, espérant presque que sa proposition passerait inaperçue. Les tribunaux de Californie avaient déclaré que le seul fait d'hypnotiser un témoin invalidait sa déposition devant un tribunal. S'ils hypnotisaient Sharkey, celui-ci ne pourrait plus être entendu en qualité de témoin au cours d'un éventuel procès relatif à l'assassinat de Meadows.

Wish fit la grimace.

— Je sais, dit Bosch. On ne pourrait plus le citer à comparaître. Mais, avec le peu qu'il nous a dit, on risque de ne jamais aller au tribunal. Vous avez dit vous-même que son témoignage ne valait pas grand-chose.

— Je ne sais pas s'il faut renoncer à l'utiliser pour autant. Surtout à ce stade de l'enquête.

Bosch s'approcha de la porte de la salle d'interrogatoire pour observer le garçon à travers la glace sans tain. Il avait allumé une autre cigarette, qu'il posa dans le cendrier avant de se lever. Il tourna la tête vers la vitre, mais Bosch savait qu'il ne pouvait rien voir. Rapidement et sans bruit, Sharkey échangea sa chaise contre celle de Wish. Bosch sourit.

— C'est un gosse intelligent. Il risque de nous cacher pas mal de choses si on ne le met pas sous hypnose. Je crois que ça en vaut la peine.

— J'ignorais que vous faisiez partie des hypnotiseurs du LAPD. Ça a dû m'échapper dans votre dossier.

— Je suis sûr qu'il n'y a pas que ça…

Il marqua une pause et ajouta :

— Je suis certainement un des derniers. Après l'avis défavorable de la Cour suprême, le département a cessé d'en former. Il n'y avait qu'une seule classe, j'étais un des plus jeunes. La plupart des autres sont à la retraite.

— Quoi qu'il en soit, dit-elle, je pense que c'est prématuré. Continuons à l'interroger et attendons deux ou trois jours avant de le perdre comme témoin.

— Entendu. Mais, dans deux ou trois jours, qui sait où il sera. Un gars comme lui…

— Oh, vous ne manquez pas de ressources. Vous l'avez bien retrouvé une fois. Vous pouvez recommencer.

— Vous voulez tenter votre chance avec lui ?

— Non, vous vous débrouillez très bien. Du moment que je peux intervenir quand j'en ai envie.

Elle sourit, il sourit, et ils retournèrent dans la salle d'interrogatoire qui empestait le tabac et la sueur. Bosch laissa la porte ouverte pour faire de l'air. Wish n'eut pas besoin de le demander.

— Y a rien à bouffer ? demanda Sharkey.

— Ça vient, lui répondit Bosch.

Ils lui firent répéter son histoire deux autres fois, relevant au passage quelques points de détail. Ils fonctionnaient comme un tandem : deux collègues qui échangent des regards entendus, des hochements de tête furtifs, jusqu'à des sourires. A plusieurs reprises, Bosch vit Wish glisser sur sa chaise et crut apercevoir un sourire sur le visage enfantin de Sharkey. Quand on apporta enfin la pizza, celui-ci râla à cause des anchois, mais n'en engloutit pas moins les trois quarts, avec deux Coca. Bosch et Wish passèrent leur tour.

D'après Sharkey, la Jeep qui avait servi à transporter le corps était beige ou d'un blanc sale. Il y avait un insigne peint sur la portière, mais il était incapable de le décrire. Peut-être voulaient-ils faire croire qu'il s'agissait d'un véhicule de la Compagnie des eaux, songea Bosch. Peut-être en était-ce vraiment un. Plus que jamais, il avait envie d'hypnotiser le garçon, mais il décida de ne plus aborder le sujet. Il attendrait que Wish change d'avis, qu'elle comprenne qu'il fallait s'y résoudre.

L'homme qui était resté dans la Jeep pendant que son complice traînait le corps dans la canalisation n'avait pas dit un seul mot durant tout ce temps, précisa Sharkey. Il était moins grand que le conducteur. Mais Sharkey n'avait aperçu qu'une silhouette frêle se découpant dans la faible lumière que projetait la lune au-dessus de l'épaisse rangée de pins qui entourait le réservoir.

– Que faisait-il ? demanda Wish.

– Il surveillait, je suppose. C'est même pas lui qui conduisait. Ce devait être le chef ou quelque chose.

Sharkey avait mieux vu le conducteur, mais pas suffisamment pour le décrire ou composer un portrait-robot à partir des gabarits faciaux de l'Identikit que Bosch était allé chercher. Le conducteur était un Blanc aux cheveux bruns. Sharkey ne pouvait ou ne voulait pas être plus précis dans sa description. L'homme était vêtu d'un pantalon et d'une chemise noirs, peut-être d'une combinaison. D'après le garçon, il portait également une sorte de ceinture à outils ou un tablier de charpentier. Les poches vides bâillaient sur les côtés et claquaient à la taille comme un tablier. Intrigué par ce détail, Bosch posa plusieurs questions à Sharkey, sous différents angles, sans obtenir une meilleure description.

Une heure plus tard, ils avaient terminé. Ils abandonnèrent le garçon dans la pièce enfumée pour retourner discuter dans le couloir. Wish prit la parole.

– Il ne nous reste plus qu'à retrouver une Jeep avec une couverture à l'arrière, faire une analyse au microscope et comparer les poils. Il ne doit pas y avoir plus de deux ou trois millions de Jeep blanches ou beiges en Californie. Vous voulez que je passe un avis de recherche ou vous préférez vous en occuper ?

– Ecoutez, il y a deux heures, nous n'avions rien. Maintenant, nous avons un tas de choses. Si vous êtes d'accord, laissez-moi hypnotiser le gamin. Qui sait ? On obtiendra peut-être un numéro d'immatriculation ou une description plus précise du conducteur… Peut-être qu'il se rappellera avoir entendu un nom ou qu'il pourra nous décrire l'insigne sur la portière…

Il leva les mains en l'air, paumes ouvertes. Elle avait déjà refusé cette proposition, elle la refusa de nouveau.

— Pas maintenant, Bosch. Laissez-moi d'abord en parler à Rourke. Demain, peut-être. Je ne veux pas me précipiter et risquer que ça nous retombe dessus. OK ?

Il acquiesça et laissa retomber ses mains.

— Bon, et maintenant ? demanda-t-elle.

— Le gosse a mangé. Si on le ramenait et que nous allions dîner tous les deux quelque part ? Je connais un endroit…

— Impossible.

— … dans Overland Street ?

— J'ai déjà des projets pour ce soir. Je regrette. Une autre fois peut-être.

— Bon, pas de problème.

Il s'approcha de la porte de la salle d'interrogatoire et regarda à travers le carreau : n'importe quoi pour éviter de lui montrer son visage. Il s'en voulait d'avoir essayé de brûler les étapes.

— Si vous voulez partir, allez-y, dit-il. Je vais lui trouver un foyer ou quelque chose pour la nuit. Nous ne sommes pas obligés de perdre notre temps tous les deux.

— Vous êtes sûr ?

— Ouais, ouais, je m'occupe de lui. Je vais demander à une patrouille de nous conduire. On prendra la moto au passage, Ils me déposeront à ma voiture.

— C'est gentil, enfin… d'aller chercher sa moto et de vous occuper de lui.

— Nous avons conclu un marché avec lui, vous l'avez pas oublié ?

— Non. Mais vous le protégez. Je vous ai regardé faire. Vous vous reconnaissez un peu en lui ?

Bosch se détourna du carreau pour la regarder.

— Non, pas spécialement. C'est un témoin comme les autres et il faut l'interroger. Vous trouvez que c'est un

petit salaud ? Attendez qu'il ait dix-neuf ou vingt ans…
s'il y arrive. Ce sera un monstre. Une véritable bête de
proie. Ce n'est pas la dernière fois qu'il se retrouve assis
dans cette pièce. Il passera toute sa vie à y entrer et à en
sortir, jusqu'à ce qu'il tue quelqu'un, ou se fasse tuer.
C'est la théorie de Darwin : seuls les plus forts survivent,
et il est taillé pour survivre. Alors, non, je ne le protège
pas. Je le mets dans un foyer, parce que je veux être sûr
de le retrouver en cas de besoin. Voilà tout.

— Joli discours, mais je ne suis pas convaincue. Je vous
connais un peu, Bosch. Vous le protégez, c'est sûr. Le fait
de lui commander à manger, la façon de lui demander…

— Ecoutez, je me fous de savoir combien de fois vous
avez lu mon dossier. Vous croyez me connaître ? Je vous
le dis, vous vous gourez.

Il s'était approché en parlant, son visage n'était plus
qu'à une trentaine de centimètres du sien. Eleanor Wish
baissa les yeux sur son carnet, comme si ses notes avaient
un quelconque rapport avec ce qu'il disait.

— Ecoutez, répéta-t-il, on peut travailler ensemble sur
cette enquête. Peut-être même qu'on découvrira qui a tué
Meadows si on a encore quelques coups de chance
comme aujourd'hui avec ce gamin. Mais nous ne serons
jamais de vrais équipiers, et jamais nous ne nous connaî-
trons vraiment. Alors, autant éviter de faire semblant. Ne
me parlez pas de votre petit frère avec sa coupe en brosse
et ne me dites pas qu'il ressemble à ce que j'étais : vous
ne savez pas comment j'étais. Ce ne sont pas des paperasses et quelques photos qui vous renseigneront sur moi.

Elle referma son carnet et le glissa dans son sac. Puis
elle leva enfin les yeux. Au même moment, on frappa à la
porte de la salle d'interrogatoire. Sharkey se mirait dans
la glace. Mais ils l'ignorèrent l'un et l'autre et Wish
transperça Bosch du regard.

— Vous réagissez toujours de cette manière quand une
femme refuse votre invitation à dîner ? lui demanda-t-elle
d'un ton calme.

— Ça n'a rien à voir et vous le savez bien.

– Oui, évidemment, dit-elle en s'éloignant.

Puis elle s'arrêta et ajouta :

– Disons 9 heures demain matin au bureau ?

Il ne répondit pas, et elle repartit vers la sortie du bureau des inspecteurs. Sharkey frappa de nouveau à la porte ; Bosch tourna la tête et le vit qui pressait ses boutons d'acné devant la glace. Wish se retourna une dernière fois avant de sortir.

– Je ne parlais pas de mon petit frère. D'ailleurs, c'était mon grand frère. Et c'était il y a longtemps. Je parlais de la tête qu'il avait quand j'étais petite et qu'il est parti loin, au Vietnam.

Bosch ne la regarda pas. Il en était incapable. Il savait ce qui allait venir.

– Si je me souviens de son visage à cette époque, reprit-elle, c'est parce que je ne l'ai plus jamais revu. Ce sont des choses qui vous restent. Il fait partie de ceux qui ne sont pas revenus.

Et elle s'en alla.

Harry mangea la dernière part de pizza. Elle était froide, il détestait les anchois, cela lui parut une punition méritée. Même chose pour le Coca, qui était chaud. Installé à la table des homicides, il passa des coups de téléphone jusqu'à ce qu'il trouve un lit, ou plutôt une place libre dans un des refuges où on ne pose pas de questions à proximité du Boulevard. « Home Street Home ». Ils n'essayaient pas de renvoyer les fugueurs à l'endroit d'où ils venaient. Ils savaient que très souvent leur foyer était un cauchemar pire que la rue. Ils offraient aux gamins un lieu sûr où passer la nuit et ils tentaient ensuite de les envoyer n'importe où sauf à Hollywood.

Bosch emprunta une voiture banalisée pour raccompagner Sharkey jusqu'à sa moto. Evidemment, celle-ci ne rentrait pas dans le coffre. Il conclut un marché avec le garçon : Sharkey irait au refuge en moto et Bosch le suivrait en voiture. Une fois que le garçon se serait inscrit, Bosch lui rendrait son argent, son portefeuille et ses cigarettes. Mais pas les polaroïds, ni le joint. Eux avaient fini à la poubelle. Sharkey n'était pas content, mais il obéit. Bosch lui demanda de rester au refuge pendant quelques jours, sachant parfaitement que le gamin ficherait le camp le lendemain à la première heure.

— Je t'ai retrouvé une fois. S'il le faut, je recommencerai, lui dit-il tandis que Sharkey attachait sa moto devant le foyer.

— Je sais, je sais.

Vaine menace : Bosch avait retrouvé Sharkey alors que celui-ci ignorait qu'on le recherchait. S'il décidait de se cacher, ce serait une autre paire de manches. Bosch lui tendit une de ses cartes de visite bon marché en lui demandant de l'appeler s'il songeait à un détail qui pouvait être utile.

— Utile à qui ? A vous ou à moi ?

Bosch ne répondit pas. Il remonta en voiture et retourna au poste de police de Wilcox, en regardant dans le rétroviseur de temps en temps pour voir s'il était suivi. Ce n'était apparemment pas le cas. Après avoir rapporté la voiture, il retourna à son bureau pour récupérer les dossiers du FBI. Il se rendit ensuite dans la salle de garde, où le lieutenant de nuit demanda à une de ses patrouilles de déposer Bosch devant le Federal Building. L'officier de patrouille était un jeune flic avec les cheveux en brosse. Un Asiatique. Bosch avait entendu dire qu'il s'appelait Gung Ho[1]. Le trajet d'une vingtaine de minutes jusqu'au Federal Building s'effectua en silence.

Harry arriva chez lui vers 9 heures. La lumière rouge de son répondeur téléphonique clignotait, mais il n'y avait pas de message, juste le bruit d'un appareil qu'on raccroche. Il alluma la radio pour écouter la retransmission du match des Dodgers, mais l'éteignit presque aussitôt, fatigué d'entendre des gens parler. A la place, il écouta des compacts de Sonny Rollins, Frank Morgan et Brandford Marsalis, préférant le son du saxophone. Il

1. Equivalent de « Toujours prêt », en chinois. Argot militaire.

étala les dossiers sur la table du salon et décapsula une bouteille de bière. Alcool et jazz, songea-t-il en avalant une gorgée. Dormir tout habillé. Tu es une caricature de flic, Bosch. On te lit à livre ouvert. Tout pareil aux dizaines d'autres imbéciles qui doivent lui faire du gringue toute la journée. Concentre-toi sur le travail qui t'attend. Et n'espère rien de plus. Il ouvrit le dossier de Meadows et en lut attentivement chaque page, alors que dans la voiture, avec Wish à côté de lui, il n'avait fait que le survoler.

Meadows était une véritable énigme. Drogué aux amphés et à l'héroïne, mais aussi soldat qui avait rempilé pour ne pas quitter le Vietnam. Même après qu'ils l'avaient sorti des tunnels, il était resté. En 1970, après deux années passées dans les souterrains, on l'avait muté dans une unité de police militaire attachée à l'ambassade américaine à Saigon. Il n'avait plus jamais affronté l'ennemi, mais il était resté jusqu'au bout. Après le traité de paix et le retrait des forces US en 1973, libéré de ses obligations, il était encore resté, cette fois en tant que conseiller civil auprès de l'ambassade. Tout le monde voulait rentrer, sauf lui. Finalement, il n'était reparti que le 30 avril 1975, le jour de la chute de Saigon. Après avoir pris un hélicoptère, il avait embarqué à bord d'un avion et aidé les réfugiés à gagner les Etats-Unis. Ce fut sa dernière mission au service du gouvernement : assurer la sécurité des transports massifs de réfugiés vers les Philippines, puis l'Amérique.

D'après les archives, Meadows s'était installé en Californie du Sud à son retour. Mais ses compétences se limitaient à la police militaire, au dynamitage de tunnels et à la vente de drogues. Son dossier comportait une demande de candidature pour le LAPD. Rejetée : il avait échoué au test de toxicomanie. Venait ensuite un rapport du National Criminal Intelligence Computer qui détaillait son casier judiciaire. Sa première arrestation, pour possession d'héroïne, avait eu lieu en 1978. Liberté surveillée. L'année suivante, il avait été de nouveau appréhendé, cette fois pour possession de drogue avec intention d'en vendre. Il avait plaidé la simple possession et avait été condamné à dix-huit mois au Wayside Honor Rancho. Il en fit dix. Les deux années suivantes avaient été marquées par de fréquentes arrestations pour toxicomanie, des traces de piqûre récentes constituant un délit passible de soixante jours de cellule dans une prison du comté. Apparemment, Meadows n'avait cessé de franchir la porte de la prison dans les deux sens jusqu'en 1981, date à laquelle il avait été mis à l'ombre pour une durée plus longue, suite à une tentative de cambriolage, ce qui est un crime fédéral. La fiche du NCIC ne précisait pas s'il s'agissait d'un cambriolage de banque, mais l'intervention des agents fédéraux le laissait penser. Meadows avait été condamné à quatre ans de prison à Lompoc, et en avait purgé deux.

Il était sorti depuis quelques mois à peine lorsqu'il s'était fait arrêter de nouveau pour cambriolage de banque. Ils avaient dû le prendre en flagrant délit. Il avait plaidé coupable et écopé de cinq années de plus à Lompoc. Il aurait pu en sortir au bout de trois ans, mais, deux ans après son arrestation, il avait été pris dans une tentative d'évasion. Condamné à cinq années supplémentaires, il avait été transféré à Terminal Island.

Meadows avait été libéré sur parole en 1988. Toutes ces années passées en tôle ! songea Bosch. Il ne l'avait jamais su, n'avait jamais entendu parler de lui. Et d'ailleurs, qu'aurait-il pu y faire ? Il y réfléchit un instant. Cela avait sans doute changé Meadows davantage que la guerre. On l'avait placé dans un centre de réadaptation pour les anciens du Vietnam, un endroit baptisé Charlie Company et situé dans une ferme au nord de Ventura, à une soixantaine de kilomètres de Los Angeles. Il y était resté presque un an.

Après cette date, plus personne ne semblait avoir eu de contact avec lui. Les accusations de toxicomanie qui l'avaient poussé à appeler Bosch à la rescousse un an plus tôt n'avaient jamais eu de suite. Elles ne figuraient même pas au dossier. Il n'avait pas eu d'autres démêlés avec la police depuis sa libération.

Un autre document figurait dans l'épais dossier. Celui-ci était rédigé à la main, et Bosch crut reconnaître l'écriture bien nette de Wish. Il s'agissait d'un récapitulatif de ses emplois et domiciles établi à partir de recherches effectuées aux archives de la sécurité sociale et du DMV[1]. Les entrées se lisaient de haut en bas sur le côté gauche de la feuille, mais il y avait des trous. Des périodes manquaient. En rentrant du Vietnam, Meadows avait tout d'abord travaillé pour la Compagnie des eaux de Californie du Sud, en qualité d'inspecteur des canalisations. Il avait perdu son emploi au bout de quatre mois pour retards excessifs et absentéisme. A partir de ce moment-là, il avait dû essayer de se lancer dans la revente d'héroïne, car il n'avait retrouvé un métier légal qu'à sa sortie de Wayside en 1979. Il avait alors été engagé par la Compagnie des égouts pour inspecter le sous-sol, à la division des conduits d'évacuation des eaux de pluie. Six mois plus tard, il se faisait renvoyer pour les mêmes raisons. Il avait ensuite exercé des petits boulots occasionnels. En quittant Charlie Company, il avait travaillé quelques mois dans une mine d'or de la vallée de Santa Clarita. Puis, plus rien.

Le dossier recensait au moins une dizaine d'adresses, la plupart correspondant à des appartements de Hollywood. L'une était une maison à San Pedro, avant son arrestation en 1979. S'il dealait déjà à l'époque, il se procurait certainement sa marchandise dans le port de Long Beach, songea Bosch. C'était pratique d'habiter à San Pedro.

Il constata aussi que Meadows vivait dans son appartement de Sepulveda depuis son départ de Charlie Company. Le dossier ne contenait aucune autre information sur le centre de réadaptation, ni sur ce que Meadows y avait fait. Bosch trouva le nom de son officier d'application des peines sur les doubles de ses rapports biannuels. Daryl Slater, attaché au commissariat de Van Nuys. Il le nota dans son carnet. Il nota également l'adresse de Charlie Company. Puis il étala devant lui les comptes rendus

1. Equivalent du service des cartes grises.

d'arrestation, le récapitulatif de ses emplois, et les rapports de l'officier. Sur une feuille vierge, il établit une chronologie des événements, en commençant par l'incarcération de Meadows à la prison fédérale en 1981.

Lorsqu'il eut terminé, une bonne partie des blancs était comblée. Meadows avait passé en tout six ans et demi derrière les barreaux de la prison fédérale. Il avait été remis en liberté conditionnelle au début de l'année 1988, date à laquelle il avait bénéficié du programme de Charlie Company. Il y avait passé dix mois avant d'emménager dans l'appartement de Sepulveda. Les rapports de mise en liberté conditionnelle indiquaient qu'il avait trouvé un emploi de foreur à la mine d'or de la vallée de Santa Clarita. Il avait achevé sa période de mise à l'épreuve en février 1989 et quitté son emploi le lendemain même du jour où son officier d'application des peines lui avait signé sa décharge. D'après l'administration de la sécurité sociale, Meadows n'avait exercé officiellement aucun métier depuis cette date. Les services des impôts indiquaient, eux, qu'il n'avait rempli aucune déclaration de revenus depuis 1988.

Bosch alla se chercher une bière dans la cuisine et se prépara un sandwich jambon-fromage. Il mangea et but debout devant l'évier, en essayant d'ordonner tous les éléments de l'affaire dans son esprit. A son avis, Meadows préparait quelque chose depuis sa sortie de Terminal Island, ou du moins depuis Charlie Company. Il avait un plan. Il avait exercé un travail légal jusqu'à la fin de sa mise à l'épreuve, puis il avait démissionné pour mettre son plan à exécution. Bosch en était convaincu. De même, il y avait de fortes chances pour qu'il ait rencontré, en prison ou au centre de réadaptation, les hommes qui avaient cambriolé la banque avec lui. Avant de le tuer.

On sonna à la porte. Bosch consulta sa montre : 23 heures. Il regarda à travers le judas et aperçut Eleanor Wish sur le seuil. Il recula, jeta un rapide coup d'œil dans le miroir de l'entrée et découvrit un homme aux yeux cernés. Il plaqua ses cheveux sur son crâne et ouvrit.

– Bonsoir, dit-elle. On fait la paix ?

– On fait la paix. Comment avez-vous su… peu importe. Entrez.

Elle portait le même tailleur que l'après-midi ; elle n'était pas encore repassée chez elle. Il vit qu'elle regardait les dossiers étalés sur la table.

– Je fais des heures sup', dit-il. Je voulais vérifier deux ou trois choses dans le dossier de Meadows.

– Parfait. Euh… je passais dans le coin et j'avais envie de… je suis venue vous dire que… La semaine a été dure. Pour vous et pour moi. Peut-être que demain on pourrait repartir sur de nouvelles bases.

– D'accord. Euh… Je regrette ce que je vous ai dit tout à l'heure… et je suis désolé pour votre frère. Vous essayiez de me dire quelque chose de gentil et moi, je… Vous avez une minute ? Vous voulez une bière ?

Il alla chercher deux bouteilles dans le frigo. Il lui tendit la sienne et sortit par la porte vitrée, la précédant sur la terrasse. Il faisait frais, mais une brise chaude montait parfois le long du canyon obscur. Eleanor Wish contempla les lumières de la Vallée. Les projecteurs d'Universal City balayaient le ciel de manière répétitive.

– C'est très beau, dit-elle. Je n'ai jamais visité une de ces maisons. On appelle ça une maison en porte à faux, c'est bien ça ?

– Exact.

– Ce doit être effrayant pendant les tremblements de terre.

– Ça l'est déjà quand passe le camion des éboueurs.

– Comment se fait-il que vous habitiez ici ?

– Certaines personnes, celles qui travaillent là en bas, où vous voyez les projecteurs, m'ont offert un joli paquet d'argent pour utiliser mon nom et mes soi-disant conseils techniques dans une série télévisée. Je ne savais pas quoi en faire. Quand j'étais jeune et que j'habitais dans la Vallée, je me demandais souvent quel effet ça pouvait faire de vivre dans une de ces maisons. Alors, je l'ai achetée.

Elle appartenait à un scénariste. C'est là qu'il travaillait. C'est petit, il n'y a qu'une chambre. Mais je n'aurai jamais besoin de plus grand, je crois.

Accoudée à la balustrade, elle plongea son regard au fond de l'arroyo. Dans l'obscurité, on n'y distinguait que le contour flou du bosquet de chênes en contrebas. Bosch se pencha lui aussi et commença à arracher distraitement des lambeaux du papier doré qui entourait le goulot de sa bouteille de bière. Les morceaux d'or scintillaient dans la pénombre avant de disparaître en tourbillonnant.

– J'ai besoin d'en savoir plus, dit-il. Il faut que je monte à Ventura.

– Si on en reparlait demain ? Je ne suis pas venue pour éplucher encore une fois les dossiers. Ça fait presque un an que je les ai devant les yeux.

Il acquiesça et resta muet pour la laisser aborder le motif de sa visite. Au bout d'un moment, elle lui dit :

– Vous devez être furieux après tout ce qu'on vous a fait, enfin… l'enquête, les renseignements qu'on a pris sur vous. Et ce qui s'est passé hier. Je suis désolée.

Elle but une petite gorgée au goulot et Bosch s'aperçut qu'il ne lui avait même pas proposé un verre. Il laissa ses paroles flotter un long moment dans l'obscurité.

– Non, répondit-il enfin, je ne suis pas furieux. A vrai dire, je ne sais pas vraiment ce que je ressens.

Elle tourna la tête vers lui.

– Quand Rourke vous a causé des ennuis avec votre lieutenant, on pensait que vous laisseriez tomber. Certes, vous connaissiez Meadows, mais c'était il y a longtemps. Voilà ce que je ne comprends pas. Pour vous, ce n'est pas une affaire comme les autres. Mais pourquoi ? Il doit y avoir autre chose. Ça date du Vietnam ? Pourquoi est-ce si important pour vous ?

– J'ai mes raisons. Des raisons qui n'ont rien à voir avec l'affaire.

– Je vous crois. Mais, peu importe, là n'est pas le problème. J'essaye de savoir ce qui se passe. J'ai besoin de savoir.

– La bière vous plaît ?

– Très bien. Dites-moi la vérité, inspecteur Bosch.

Il regarda un morceau de papier doré disparaître dans l'obscurité.

– Je ne sais pas, dit-il. En fait, je sais sans savoir. Je suppose que ça remonte à l'époque des tunnels. L'expérience commune. Ce n'est pas comme s'il m'avait sauvé la vie, ou l'inverse. Non, ce n'est pas si simple. Mais j'ai le sentiment d'avoir une dette envers lui. Peu importe les conneries qu'il a pu faire par la suite. Peut-être que si je ne m'étais pas contenté de quelques coups de téléphone l'année dernière… Je ne sais pas.

– Ne dites pas de bêtises. Quand il vous a appelé l'année dernière, il préparait déjà son casse. Il s'est servi de vous. Et j'ai l'impression que ça continue, bien qu'il soit mort.

Il n'avait plus de papier doré à arracher. Il se retourna et s'adossa à la balustrade. D'une main, il sortit une cigarette de sa poche et la coinça entre ses lèvres, sans l'allumer.

– Meadows, dit-il en secouant la tête à l'évocation de ce souvenir, Meadows était différent… A l'époque, on n'était qu'une bande de gamins qui avions peur du noir. Et ces saloperies de tunnels étaient vraiment sombres. Mais Meadows, lui, n'avait pas peur. Il se portait toujours volontaire. Toujours. Il fonçait dans le noir. « Sauter dans l'écho noir », c'est comme ça qu'il baptisait nos missions dans les tunnels. C'était comme de descendre en enfer. Sous terre, on sentait l'odeur de sa peur. On avait l'impression d'être déjà mort.

Ils s'étaient tournés peu à peu l'un vers l'autre et se faisaient maintenant face. En la dévisageant, Bosch crut déceler une certaine compassion dans son regard. Il n'était pas sûr d'en vouloir. Cela faisait longtemps qu'il avait dépassé ce stade. Mais il ne savait pas ce qu'il voulait.

– Alors, nous, les gosses terrorisés, on s'était fait une promesse. Chaque fois que l'un d'entre nous descendait dans un tunnel, on prêtait serment : quoi qu'il arrive là, sous terre, on n'abandonnerait jamais personne. Même

si vous creviez dans le tunnel, on ne vous abandonnerait pas. Parce qu'ils vous faisaient des trucs, vous savez.
Comme les psy de chez nous. Personne ne voulait être
abandonné, mort ou vivant. J'ai lu un jour dans un bouquin que le fait d'être enterré sous une plaque de marbre
sur une colline, ou au pied d'un puits de pétrole, n'a
aucune importance : quand on est mort, on est mort...
Sauf que celui qui a écrit ça n'était pas allé au Vietnam.
Quand on est encore en vie, mais qu'on frôle constam-
ment la mort, on pense à ce genre de choses. Et ça devient
important... Alors on s'était fait cette promesse.

Bosch savait qu'il n'avait rien expliqué. Il lui dit qu'il
allait chercher une autre bière. Elle n'en voulait pas.
Quand il revint, elle lui sourit, sans rien dire.

– Que je vous raconte un truc sur Meadows, reprit-il.
Voilà comment ça se passait, là-bas : ils détachaient deux
ou trois gars, des rats de tunnel, auprès d'une compagnie.
Quand ils dénichaient une galerie, on descendait, on
l'inspectait et, généralement, on la dynamitait. (Il but une
longue gorgée de bière fraîche.) Un jour, ce devait être
en 1970, Meadows et moi, on marchait à l'arrière d'une
patrouille. On était dans une place forte viêt-cong et l'endroit était truffé de tunnels. On se trouvait à environ cinq
kilomètres d'un village nommé Nhuan Luc quand on a
perdu un éclaireur. Il s'était fait... Je suis désolé, vous
n'avez peut-être pas envie d'entendre parler de ça. A
cause de votre frère et tout...

– Je vous en prie, racontez-moi.

– Cet éclaireur s'était fait descendre par un soldat
planqué dans un « trou d'araignée ». C'est le nom qu'on
donnait aux entrées camouflées des réseaux de galeries.
Un de nos hommes a flingué le Viet, puis, Meadows et
moi, on a dû descendre dans le tunnel pour vérifier qu'il
était vide. Rapidement, on a été obligés de se séparer.
C'était un réseau très étendu : j'ai emprunté une galerie,
il a pris l'autre. On était convenu d'avancer pendant un
quart d'heure, de régler les détonateurs sur vingt minutes,
avant de rebrousser chemin, en déposant d'autres charges

en chemin… Je me souviens d'avoir découvert un hôpital souterrain. Quatre matelas d'herbe abandonnés et un placard de vivres, posés là, en plein milieu de cette galerie. Bon Dieu, je me suis dit, qu'est-ce que je vais trouver au prochain tournant ? Un drive-in ? Ces types s'étaient enterrés dans… Enfin, bref, je suis tombé sur un petit autel avec de l'encens qui brûlait. Qui brûlait encore. Je savais que les Viets n'étaient pas loin, et ça me foutait la trouille. J'ai planqué une charge d'explosif derrière l'autel et je me suis tiré à toute vitesse. J'ai posé deux autres charges en chemin, en les réglant de façon à ce que tout explose en même temps. Et je suis retourné au point de largage, le trou d'araignée. Pas de Meadows. J'ai attendu quelques minutes, mais le moment fatidique approchait. Personne n'a envie de se trouver là-dessous quand ça pète. Certains de ces tunnels avaient plus de cent ans. Je ne pouvais plus rien faire, alors, je suis remonté à la surface. Il n'était pas là-haut non plus.

Bosch s'interrompit pour boire une gorgée de bière en repensant à toute cette histoire. Wish le regardait avec un vif intérêt, n'osant pas le presser.

– Quelques minutes plus tard, les charges ont explosé et le tunnel, du moins la partie que j'avais explorée, s'est effondré. Ceux qui se trouvaient à l'intérieur étaient morts et enterrés. On a attendu quelques heures que la fumée et la poussière se dissipent. Ensuite, on a installé un ventilo géant pour souffler de l'air dans le puits d'accès ; on voyait la fumée sortir par les aérations et les trous d'araignée… dans tous les coins. Quand on a commencé à y voir plus clair, je suis redescendu avec un autre type pour essayer de retrouver Meadows. On pensait qu'il était mort, mais on voulait tenir notre promesse : on allait le sortir de là et le renvoyer chez lui. On l'a cherché en vain. On a passé toute la journée là-dessous, mais on n'a trouvé que des corps de Viets. La plupart avaient été tués par balle, certains avaient été égorgés. Tous avaient les oreilles tranchées. Quand nous sommes ressortis, le lieutenant a dit qu'on ne pouvait plus attendre. Nous avions des ordres. Alors, on est repartis, j'avais manqué à ma parole. (Bosch contemplait l'obscurité d'un air vague ; il ne voyait que son histoire.) Deux jours plus tard, une autre compagnie est arrivée au village de Nhuan Luc, et quelqu'un a découvert une entrée de tunnel dans une paillote. Ils ont demandé à leurs rats de l'inspecter. Les types étaient là-dedans depuis à peine cinq minutes quand ils ont découvert Meadows. Il était assis dans un des passages, dans la position du Bouddha. Il n'avait plus de munitions. Il parlait tout seul. Ses propos étaient incohérents, mais il n'était pas blessé. Quand ils ont voulu le ramener à la surface, il a refusé. Finalement, ils ont été obligés de le ligoter et de faire appel à la PM pour le tirer dehors. A la lumière du jour, ils se sont aperçus qu'il portait un collier composé d'oreilles humaines. Au milieu de ses plaques d'identification.

Il vida sa bière et quitta la terrasse. Wish le suivit dans la cuisine où il prit une autre bière. Elle posa sa bouteille encore à moitié pleine sur le comptoir.

– Voilà l'histoire. Voilà qui était Meadows. On l'a envoyé en perm à Saigon, mais il est revenu. Il ne pouvait pas rester loin des tunnels. A partir de ce jour-là, il n'a plus jamais été le même. Il m'a expliqué qu'il s'était perdu dans les galeries. Il avançait dans la mauvaise direction, tuant tout ce qu'il trouvait sur son passage. On dit qu'il avait trente-trois oreilles accrochées à son collier. Et un type m'a demandé un jour pourquoi Meadows avait laissé une oreille à un des Viets. Ça faisait un nombre impair, vous comprenez. Je lui ai répondu que Meadows ne leur coupait qu'une seule oreille… (Elle secoua la tête. Il hocha la sienne.) J'aurais dû le retrouver le jour où je suis redescendu pour le chercher. Je l'avais laissé tomber.

Pendant un instant, ils contemplèrent le sol de la cuisine. Bosch vida le restant de sa bière dans l'évier.

– Une seule question sur le dossier de Meadows et on parle d'autre chose, reprit-il. Il s'est fait pincer lors d'une tentative d'évasion à Lompoc. Ils l'ont envoyé à Terminal Island. Vous savez quelque chose là-dessus ?

– Oui. Il avait creusé un tunnel. Meadows bénéficiait d'un régime de faveur et travaillait à la lingerie. Les séchoirs à gaz possédaient des conduites d'aération souterraines qui donnaient sur l'extérieur du bâtiment. Il a creusé sous l'une d'elles. Pas plus d'une heure par jour. On estime qu'il y travaillait depuis au moins six mois quand il a été finalement découvert : les jets d'eau dont ils se servent l'été pour arroser le terrain de sport avaient détrempé le sol et provoqué un affaissement.

Il acquiesça. Il s'était douté qu'il s'agissait d'une histoire de tunnel.

– Il avait deux complices, ajouta Wish. Un trafiquant de drogue et un pilleur de banques. Ils sont toujours sous les verrous. Rien à tirer de ce côté-là. (Bosch acquiesça de nouveau.) Bon, il est temps que j'y aille. Nous avons du pain sur la planche demain.

– Ouais. J'ai un tas de questions à…

– J'essaierai d'y répondre, si je peux.

Elle le frôla en se faufilant entre le réfrigérateur et le comptoir pour retourner dans l'entrée. Il sentit l'odeur de ses cheveux. Un parfum de pomme. Il remarqua qu'elle regardait la reproduction accrochée au mur face au miroir. Un triptyque du XVe siècle intitulé *Le Jardin des délices*. Le peintre était un Hollandais.

– Hieronymus Bosch, dit-elle en examinant le paysage de cauchemar. En apprenant que c'était votre vrai nom, je me suis demandé si…

– Aucun lien de parenté. Ma mère aimait bien ce peintre. Peut-être à cause du nom. Elle m'a envoyé cette reproduction un jour. Avec un mot expliquant que ce tableau lui rappelait Los Angeles. Une ville de fous. Mes parents adoptifs ne l'aimaient pas, mais je l'ai gardé pendant des années. Il est resté accroché là-bas jusqu'à ce que j'achète cette maison.

– Mais vous aimez qu'on vous appelle Harry.

– Oui, j'aime bien.

– Bonsoir, Harry. Et merci pour la bière.

– Bonsoir, Eleanor… Merci pour la compagnie.

# Mercredi 23 mai

A 10 heures du matin, ils roulaient sur le Ventura Free-way qui traverse le fond de la vallée de San Fernando et mène à l'extérieur de la ville. C'était Bosch qui condui-sait. Ils circulaient dans le sens inverse du trafic, en direc-tion du nord-est, vers Ventura County, laissant derrière eux la couverture de smog qui emplissait la Vallée comme de la crème grise dans un bol.

Ils se rendaient à Charlie Company. Le FBI s'était contenté d'une enquête superficielle sur le séjour que Meadows avait effectué dans ce centre de réinsertion l'année précédente. Wish n'avait pas jugé utile de s'y intéresser davantage, Meadows en étant reparti presque un an avant le casse de la banque. Elle lui expliqua que le bureau avait réclamé une copie du dossier de Meadows, mais n'avait pas pris la peine de vérifier les noms des autres détenus qui avaient participé au programme en même temps que lui. Pour Bosch, c'était une erreur. Le dossier indiquait que le casse de la banque faisait partie d'un plan longuement mûri, expliqua-t-il à Wish. L'idée du cambriolage avait peut-être pris naissance à Charlie Company.

Avant de partir ce matin-là, Bosch avait téléphoné à l'officier d'application des peines de Meadows, Daryl Slater, lequel lui avait fait un topo sur Charlie Company. Il s'agissait en réalité d'une ferme que possédait et gérait un colonel qui, maintenant à la retraite, avait retrouvé la foi. Il passait des contrats avec les prisons d'Etat ou fédé-rales et s'occupait des cas de libération anticipée, avec pour seule exigence qu'il s'agisse d'anciens combattants du Vietnam. Une condition pas trop difficile à remplir, lui avait précisé Slater. Comme toutes les autres prisons du pays, celles de Californie accueillaient une importante population d'anciens du Vietnam. Gordon Scales, l'ex-colonel, se fichait de savoir quels crimes ils avaient commis, avait ajouté Slater. Il voulait juste les remettre dans le droit chemin. Le centre employait trois personnes, en comptant Scales, et n'hébergeait jamais plus de vingt-quatre détenus en même temps. Ils y restaient en moyenne neuf mois. Ils travaillaient dans les champs de légumes de 6 heures à 15 heures, ne s'arrêtant qu'à midi pour déjeuner. Après la journée de travail se déroulait une séance d'une heure baptisée « A âmes ouvertes », puis c'était le dîner et la télé. Encore une heure de religion avant l'extinction des feux. Comme le lui avait expliqué Slater, le colonel Scales se servait de ses relations au sein de la communauté pour trouver des emplois à ses vétérans quand il les jugeait prêts à retrouver le monde extérieur. En six ans d'activité, Charlie Company n'avait que 11 % de récidivistes. Les résultats étaient si bons que Scales avait eu droit aux félicitations du président dans un discours que celui-ci avait prononcé au cours de sa dernière tournée électorale à travers la Californie.

« Cet homme est un héros, lui avait dit Slater. Et pas à cause de la guerre. Non, pour tout ce qu'il a fait après. Quand on a un endroit comme celui-ci, où passent trente ou quarante détenus par an, et seulement un type sur dix qui replonge, on peut parler d'une grande réussite. Scales a l'oreille des commissions fédérales, du comité de libération conditionnelle et de la moitié des directeurs de prison de cet État.

– Vous voulez dire qu'il choisit qui va aller à Charlie Company ?

– Même s'il ne les choisit pas, il donne son approbation, c'est sûr, lui avait répondu Slater. Mais tout le monde parle de lui. Son nom est connu dans toutes les cellules où l'on trouve un vétéran du Vietnam. Des types viennent le voir. Ils lui envoient des lettres, des bibles, ils lui téléphonent, ils demandent à leurs avocats de le contacter. Tout ça pour être pris en charge par lui.

– C'est comme ça que Meadows s'est retrouvé là-bas ?

– A ma connaissance, oui. Il avait déjà été sélectionné quand on me l'a confié. Vous devriez contacter Terminal Island et leur demander de consulter leurs archives. Ou interroger directement Scales. »

En chemin, Bosch rapporta à Wish le contenu de cette conversation. Le trajet fut long, avec de grandes périodes de silence. Bosch repensait à la nuit précédente. A la visite d'Eleanor. Pourquoi était-elle venue chez lui ? Lorsqu'ils pénétrèrent enfin dans le comté de Ventura, il reporta son attention sur l'enquête et il posa à Wish certaines des questions qui lui étaient venues la veille au soir en consultant les dossiers.

– Pourquoi n'ont-ils pas forcé le coffre principal ? La WestLand possède deux chambres fortes. La première pour les coffres de particuliers, et la deuxième pour le liquide et l'argent des caissiers. D'après le rapport de police, les deux chambres fortes étaient identiques. Celle des coffres était plus grande, mais le sol était renforcé de la même manière. Apparemment, Meadows et ses complices pouvaient tout aussi aisément creuser jusqu'à la salle principale, emporter tout ce qui s'y trouvait et repartir par le même chemin. Inutile de prendre le risque de passer tout le week-end à l'intérieur de la banque. Inutile également de forcer tous les coffres individuels.

– Peut-être ignoraient-ils que les deux salles étaient semblables. Peut-être croyaient-ils que le coffre principal serait plus difficile à forcer…

– On dit pourtant qu'ils connaissaient la structure de la salle des coffres avant de se mettre au travail. Pourquoi étaient-ils moins renseignés sur l'autre chambre forte ?

– Ils n'ont pas pu repérer les lieux ; le public n'y a pas accès. En revanche, on pense que l'un d'eux a loué un coffre dans la seconde chambre forte afin d'effectuer des relevés. Sous un faux nom, évidemment. Vous voyez, ils ont pu inspecter une salle, mais pas l'autre. C'est sans doute l'explication.

Bosch acquiesça.

– Combien y avait-il dans le coffre principal ?

– Je ne pourrais pas vous le dire de mémoire. Ça doit figurer dans les rapports que je vous ai donnés. Sinon, c'est dans les autres dossiers au bureau.

– Davantage, non ? Il y avait davantage d'argent liquide dans la chambre forte principale que, disons, les 2 ou 3 millions en valeurs dérobés dans les coffres de particuliers.

– Oui, certainement.

– Vous voyez où je veux en venir ? S'ils avaient forcé le coffre principal… le fric leur tendait les bras, bien empilé, dans des sacs. Ils n'avaient qu'à se servir. C'était beaucoup plus simple. Plus d'argent et moins de problèmes.

– On voit ça avec le recul, Harry. Comment savoir ce qu'ils savaient exactement en entrant dans la salle ? Peut-être croyaient-ils trouver davantage dans les petits coffres. Ils ont joué et ils ont perdu.

– Ou peut-être qu'ils ont gagné… (Elle le regarda.) Les coffres contenaient peut-être quelque chose que nous ignorons. Quelque chose dont personne n'a déclaré la disparition. Quelque chose qui faisait de ces coffres une cible plus intéressante. Plus intéressante que la chambre forte principale.

– Si vous pensez à de la drogue, la réponse est non. On y a pensé aussi. On a demandé aux Stups de faire venir un de leurs chiens et il a reniflé tous les coffres qui avaient été forcés. Rien. Aucune trace de drogue. Il a ensuite reniflé autour des coffres épargnés par les voleurs, et là il a trouvé quelque chose dans l'un d'entre eux… (Elle laissa fuser un petit rire.) On a forcé la porte du coffre qui excitait le chien et on y a découvert cinq grammes de coke dans un sachet. Le pauvre type qui planquait sa coke à la banque s'est fait pincer uniquement parce que des cambrioleurs se sont introduits dans la chambre forte !

Wish y alla d'un autre petit rire, qui lui parut quelque peu forcé. L'histoire n'était pas si amusante.

— Quoi qu'il en soit, reprit-elle, l'assistant du procureur a rejeté la plainte en critiquant les méthodes d'investigation. En forçant la porte du coffre sans mandat nous avions, paraît-il, violé les droits du type.

Bosch quitta la voie express pour pénétrer dans la ville de Ventura et prendre la direction du nord.

— Je continue à pencher pour l'hypothèse de la drogue, malgré le chien, dit-il après un quart d'heure de silence. Ils ne sont pas infaillibles, ces chiens. Si la came était bien emballée, et si les cambrioleurs l'avaient emportée, il ne restait peut-être plus aucune trace. Admettons que deux ou trois de ces coffres aient renfermé de la drogue : le jeu commençait à en valoir la chandelle.

— Je parie que vous allez m'interroger sur la liste des détenteurs de coffres... exact ?

— Exact.

— On a beaucoup travaillé là-dessus. On a interrogé tout le monde, allant même jusqu'à vérifier les preuves d'achat des objets déclarés volés. On n'a pas découvert l'auteur du cambriolage, mais on a certainement fait économiser plusieurs millions aux compagnies d'assurances en leur évitant de rembourser des objets soi-disant volés, mais qui en fait n'avaient jamais existé.

Bosch pénétra dans le parking d'une station-service afin de sortir une carte routière de sous son siège et d'y repérer la route qui conduisait à Charlie Company. Wish continua à défendre l'enquête du FBI.

— La brigade des stups a examiné tous les noms de la liste des possesseurs de coffre, sans rien trouver. On les a soumis au NCIC. On a eu quelques réponses, mais rien de très intéressant ; des vieux trucs essentiellement. (Elle rit encore faux.) Le propriétaire d'un grand coffre avait été condamné dans les années soixante-dix pour pornographie enfantine. Il avait fait deux ans à Soledad. Quand on l'a contacté après le cambriolage, il a soutenu qu'on ne lui avait rien volé et qu'il avait récemment vidé son

209

coffre. Mais on dit que les pédophiles dans son genre sont incapables de se séparer de leurs saloperies, photos, films, même de simples lettres où on parle de gamins. Or, dans les registres de la banque, il n'y a aucune trace de sa visite aux coffres dans les deux mois précédant le casse. On en a conclu qu'il se servait du coffre pour entreposer sa collection. Enfin, bon, cela n'avait aucun rapport avec le casse. Comme tout le reste d'ailleurs.

Après avoir repéré le chemin sur la carte, Bosch quitta la station-service : la Charlie Company se trouvait dans le *grove country*[1]. Il réfléchit à cette histoire de pédophile. Une chose le tracassait ; il avait beau tout retourner dans tous les sens, ça continuait à lui échapper. Il laissa filer pour s'attaquer à une autre question.

– Pourquoi n'a-t-on jamais rien retrouvé ? Tous ces bijoux, ces bons du trésor, ces actions… rien n'est jamais réapparu, à l'exception d'un bracelet. Pas même un objet de moindre valeur.

– Ils les planquent en attendant que les choses se calment. C'est pour ça que Meadows a été liquidé. Il a désobéi en gageant le bracelet trop tôt, avant que les autres donnent leur accord. Ils se sont aperçus qu'il l'avait vendu. Comme il refusait de dire à qui, ils l'ont torturé jusqu'à ce qu'il parle. Puis ils l'ont tué.

– Et comme par hasard, c'est moi qui ai hérité de l'affaire…

– Le hasard, ça existe.

– Il y a quelque chose qui cloche dans toute cette histoire. Au départ, Meadows se fait torturer à coups de décharges électriques, on est d'accord ? Il leur crache ce qu'ils veulent, ils lui injectent une méga-dose dans le bras et ils vont récupérer le bracelet chez le prêteur sur gages, OK ?

– OK.

– Vous voyez bien que ça ne colle pas : c'est moi qui ai le reçu du bracelet. Il était caché. Donc, il ne le leur a pas

1. La « région des plantations ».

210

donné, et ils ont dû cambrioler la boutique pour récupérer le bracelet, en piquant tout un tas de saloperies pour donner le change. Mais, s'il ne leur a pas donné le reçu, comment savaient-ils où était le bracelet ?

– Il le leur a dit, je suppose.

– Ça m'étonnerait. Je ne vois pas Meadows donner un truc et pas l'autre. Il n'avait rien à gagner en gardant le reçu. S'ils lui avaient arraché le nom de la boutique, ils auraient forcément récupéré le reçu.

– Donc, vous pensez qu'il est mort avant de leur dire quoi que ce soit. Et que, eux, ils savaient déjà où se trouvait le bracelet ?

– Voilà ! Ils l'ont torturé pour avoir le reçu, mais Meadows n'a rien dit. Il n'a pas craqué. Alors, ils l'ont tué. Puis ils ont balancé son corps et fouillé son appart'. Mais ils n'ont pas trouvé le reçu et ils ont été obligés de cambrioler la boutique du prêteur sur gages comme de vulgaires truands de deuxième zone. La question est la suivante : si Meadows ne leur a pas dit où il avait vendu le bracelet et s'ils n'ont pas découvert le reçu, comment ont-ils su où se trouvait l'objet ?

– Harry, tout ça, c'est des spéculations.

– Je fais mon métier de flic.

– Il peut y avoir plusieurs explications. Peut-être qu'ils espionnaient Meadows parce qu'ils ne lui faisaient pas confiance, et ils l'ont vu entrer dans la boutique… Ça peut être un tas de choses.

– Ouais, mais peut-être qu'ils avaient quelqu'un, disons un flic, qui a repéré le bracelet sur les listes mensuelles et les a prévenus. Ces listes d'objets gagés sont distribuées à tous les postes de police du comté.

– L'hypothèse est bien audacieuse.

Ils étaient arrivés. Bosch s'arrêta à l'entrée, sous une enseigne en bois sur laquelle étaient peints un aigle vert et les mots CHARLIE COMPANY. Le portail étant ouvert, ils s'engagèrent dans un chemin couvert de gravier et bordé par des fossés d'irrigation. La route partageait le domaine en deux : à droite des tomates, et à gauche des sortes de poivrons. Droit devant se dressaient une vaste grange en aluminium et une grande maison dans le style ranch. Derrière, Bosch distingua un bosquet d'avocatiers. Ils pénétrèrent dans un parking circulaire devant le ranch. Bosch coupa le moteur.

Un homme portant un tablier aussi éclatant que son crâne rasé apparut derrière la moustiquaire de la porte d'entrée.

— M. Scales est là ? demanda Bosch.

— Le colonel Scales, vous voulez dire ? Non, il est pas là. Mais c'est bientôt l'heure de la bouffe. Il va pas tarder à rentrer des champs.

L'homme ne les invitant pas à venir se mettre à l'abri de la chaleur, Bosch et Wish retournèrent s'asseoir dans la voiture. Quelques minutes plus tard, une camionnette blanche couverte de poussière pénétra dans la propriété. Un aigle entouré d'un grand C était peint sur la portière du conducteur. Trois hommes descendirent de la cabine, six autres sautèrent du plateau. Tous se précipitèrent vers le ranch. Ils avaient entre quarante et cinquante ans. Ils portaient des pantalons de treillis vert et des T-shirts blancs trempés de sueur. Pas de foulard, pas de lunettes de soleil, et leurs manches n'étaient pas relevées. Pas de cheveux longs non plus. Les Blancs avaient la peau tannée comme du bois teint. Vêtu du même uniforme, mais avec au moins dix ans d'usure de plus que tous les autres, le chauffeur s'arrêta en chemin et laissa entrer ses compagnons. En le voyant approcher, Bosch lui donna la soixantaine, mais l'homme était resté presque aussi robuste qu'à vingt ans. Ses cheveux, du moins ce qu'on en voyait sur son crâne luisant, étaient blancs et sa peau ressemblait à une coquille de noix. Il portait d'épais gants de cuir.

— Vous désirez ? demanda-t-il.

— Colonel Scales ?

— Exact. Vous êtes de la police ?

Bosch acquiesça et fit les présentations. Scales ne parut nullement impressionné, même en entendant le mot FBI.

– Vous vous souvenez, il y a sept ou huit mois, le FBI vous a demandé des renseignements sur un certain William Meadows qui avait séjourné ici quelque temps, dit Wish.

– Bien sûr. Je me souviens de tous vos appels et de toutes les visites que vous me rendez pour m'interroger sur un de mes gars. Je n'aime pas ça, alors je m'en souviens. Vous voulez des renseignements sur Billy ? Il a des ennuis ?

– Plus maintenant.

– Qu'est-ce que ça veut dire ? Vous parlez comme s'il était mort.

– Vous n'étiez pas au courant ?

– Bien sûr que non. Racontez-moi ce qui lui est arrivé.

Bosch crut déceler une surprise authentique, puis un soupçon de tristesse sur le visage de Scales. Cette nouvelle lui faisait mal.

– On a retrouvé son corps il y a trois jours à LA. Un meurtre. Nous pensons que c'est lié au cambriolage auquel il a participé l'année dernière et dont le FBI vous a peut-être parlé la dernière fois ?

– Le coup du tunnel sous la banque ? Je sais ce que m'en a dit le FBI. Rien de plus.

– Bon, bon, dit Wish. Nous aimerions avoir des renseignements sur ceux qui se trouvaient ici en même temps que lui. Nous avons déjà enquêté là-dessus, mais nous avons décidé d'y revenir, pour trouver une nouvelle piste. Etes-vous disposé à coopérer ?

– Je coopère toujours avec la police. Cela dit, je n'aime pas trop ça : une fois sur deux, il s'agit d'une méprise. La plupart de mes gars, quand ils repartent d'ici, ne replongent pas. On a de très bons résultats. Si Meadows a fait ce que vous dites, il fait partie des exceptions.

– Nous le savons bien, dit-elle. Tout cela restera strictement confidentiel.

– Très bien. Venez dans mon bureau, je répondrai à vos questions.

En entrant, Bosch découvrit, dans ce qui avait sans doute été autrefois le salon du ranch, deux grandes tables. Une vingtaine d'hommes y étaient assis devant des assiettes contenant quelque chose qui ressemblait à des steaks de poulet frit accompagnés de monceaux de légumes. Aucun d'eux ne regarda Eleanor Wish lorsqu'ils entrèrent. Tous récitaient le bénédicité en silence, la tête baissée, les yeux fermées, les mains jointes. Bosch remarqua des tatouages sur presque tous les bras. Une fois la prière terminée, toutes les fourchettes plongèrent en chœur dans les assiettes. Certains prirent alors le temps de regarder Eleanor d'un œil approbateur. L'homme au tablier, celui qui les avait accueillis à leur arrivée, se tenait maintenant sur le seuil de la cuisine.

– Colonel, vous mangez avec les hommes aujourd'hui ? demanda-t-il.

Scales hocha la tête.

– J'arrive tout de suite.

Ils empruntèrent le couloir et franchirent la première porte pour pénétrer dans un bureau, conçu au départ pour servir de chambre. La pièce était encombrée par une table de travail surmontée d'un plateau de la taille d'une porte. Scales leur indiqua deux chaises placées devant son « bureau » ; Bosch et Wish s'y assirent, tandis qu'il s'installait dans son fauteuil rembourré, de l'autre côté.

– Bon, je sais parfaitement ce que la loi m'oblige à vous révéler… et aussi tout ce que je ne suis pas forcé de vous dire. Mais je suis disposé à faire plus, si cela peut vous aider et si nous sommes bien d'accord. Pour Meadows… d'une certaine façon, j'ai toujours su qu'il finirait comme vous le dites. J'ai supplié le Seigneur de lui montrer le chemin, mais je savais. Je veux bien vous aider. Dans un monde civilisé, personne n'a le droit de prendre la vie d'autrui. Absolument personne.

– Merci de votre aide, colonel, dit Bosch. Pour commencer, sachez que nous connaissons le travail que vous effectuez ici. Nous savons que vous avez le respect et le soutien des autorités locales et fédérales. Mais notre enquête sur la mort de Meadows nous amène à penser qu'il a participé à une opération avec d'autres individus possédant les mêmes talents que lui et...

— Vous voulez parler d'anciens du Vietnam ? l'interrompit Scales.

Il bourrait une pipe avec du tabac contenu dans une boîte en métal posée sur son bureau.

— Ça se peut. Nous ne les avons pas encore identifiés, nous ne pouvons donc pas être formels. Mais, si tel est le cas, il est possible que les auteurs de cette opération se soient connus ici. J'insiste sur le mot « possible ». Nous venons donc vous demander deux choses. La possibilité de consulter tous les dossiers que vous possédez encore sur Meadows et la liste de tous les hommes qui se trouvaient ici en même temps que lui pendant ces dix mois.

Scales continuait à bourrer sa pipe comme s'il n'écoutait pas ce qu'on lui disait. Puis il déclara :

— Pour ses dossiers, aucun problème, il est mort. Pour le reste, en revanche, je pense que je devrais appeler mon avocat, juste pour m'assurer que j'ai le droit de le faire. On a un bon programme ici. Hélas, la vente des légumes et les subventions locales et fédérales ne suffisent pas à tout payer. Alors, je prends ma boîte à savon et je fais la quête. Nous dépendons de la dîme de la communauté, des organisations civiques, vous voyez le genre. Une mauvaise publicité assécherait ces sources de revenus plus rapidement que le vent de Santa Ana. C'est le risque que je cours si je vous aide. Le second serait de perdre la confiance des hommes qui viennent ici pour prendre un nouveau départ. Vous comprenez, la plupart de ceux qui se trouvaient ici en même temps que Meadows ont recommencé une nouvelle vie. Ce ne sont plus des criminels et si je donne leur nom à tous les flics qui se présentent... c'est mauvais pour la réputation de mon programme, vous ne croyez pas ?

— Colonel Scales, nous n'avons pas le temps de faire appel aux avocats, lui répondit Bosch. Il s'agit d'une affaire de meurtre. Il nous faut ces renseignements, absolument. Vous savez que nous pouvons les obtenir en nous

215

adressant aux divers pénitenciers de l'Etat ou du gouvernement fédéral, mais ça risque d'être encore plus long qu'avec votre avocat. On peut également les obtenir par assignation. Mais nous préférons la coopération mutuelle. Nous sommes disposés à agir beaucoup plus discrètement si vous nous apportez votre concours.

Scales ne réagit pas : une fois de plus, il semblait ne pas écouter. Une volute de fumée bleue s'échappa, tel un ectoplasme, du fourneau de sa pipe.

– Je vois, dit-il enfin. Il ne me reste plus qu'à aller chercher les dossiers, c'est bien ça ?

Il se leva et s'approcha d'une rangée de classeurs beiges alignés le long du mur derrière son bureau. Il ouvrit un tiroir portant la mention M-N-O et, au bout de quelques secondes, il en sortit une fine chemise bulle. Il la laissa tomber sur le bureau, près de Bosch.

– Voici son dossier. Voyons voir ce que nous pouvons trouver d'autre.

Il ouvrit le premier tiroir, qui ne portait aucune étiquette, et passa en revue les différents dossiers sans les sortir. Puis il en choisit un et revint s'asseoir avec.

– Je vous autorise à consulter ceci, et je peux même vous en faire faire des photocopies si vous le souhaitez, déclara-t-il. C'est le registre de tous les individus qui sont passés ici. Je peux vous faire la liste de ceux que Meadows a pu rencontrer. Je suppose que vous voudrez également les dates de naissance et ainsi de suite ?

– Ça nous serait utile, merci, dit Wish.

Il ne leur fallut qu'un quart d'heure pour examiner le dossier de Meadows. Un an avant sa sortie de Terminal Island, l'ancien rat de tunnel avait entamé une correspondance avec Scales. Il bénéficiait du soutien d'un aumônier de la prison et d'un conseiller d'orientation qui le connaissait car on l'avait chargé de l'entretien du bureau d'orientation et de placement de la prison. Dans une de ses lettres, Meadows parlait des tunnels qu'il avait explorés au Vietnam et de la fascination qu'il avait pour les ténèbres.

*La plupart des autres gars avaient peur d'y descendre,* écrivait-il. *Moi, j'étais toujours volontaire. Je ne savais pas pourquoi à l'époque, mais aujourd'hui, je suppose que je testais mes limites. Mais la satisfaction que j'en éprouvais était fausse. Mon être était aussi creux que le terrain sur lequel nous combattions. Aujourd'hui, je tire ma plénitude de Jésus-Christ, en sachant qu'Il est ici, avec moi. Si on m'en donne la possibilité, et avec Son aide, je saurai faire le bon choix cette fois et laisser à tout jamais ces barreaux derrière moi. Je veux quitter le vide des tunnels pour la terre sainte.*

– Un peu pompeux, mais ça paraît sincère, dit Wish.

Scales leva les yeux de dessus la feuille jaune sur laquelle il inscrivait des noms, des dates de naissance et des matricules de prison.

– Il était sincère, dit-il d'un ton qui indiquait qu'on ne pouvait en douter. Quand Billy Meadows est parti d'ici, je pensais, je croyais qu'il était prêt à retrouver le monde extérieur et qu'il avait rompu tous les liens avec la drogue et le crime. De toute évidence, il n'a pas su résister à la tentation. Toutefois, je doute que vous trouviez ici ce que vous cherchez. Je vous donne ces noms, mais ils ne vous seront d'aucune aide.

– Nous verrons, dit Bosch.

Scales se remit à écrire. Bosch l'observa. Cet homme était trop habité par sa foi et sa loyauté pour imaginer qu'on ait pu se servir de lui. Scales était un brave homme, mais trop prompt sans doute à retrouver ses croyances et ses espoirs chez quelqu'un d'autre, quelqu'un comme Meadows, par exemple.

– Colonel, quelle satisfaction tirez-vous de tout ça ? lui demanda Bosch.

Cette fois, Scales posa son stylo, coinça sa pipe entre ses mâchoires puissantes et croisa les mains sur son bureau.

– Il ne s'agit pas de moi. Seule compte la satisfaction du Seigneur.

Il reprit son stylo, mais, une autre pensée lui venant, il ajouta :

– Vous savez, ces hommes étaient détruits sur bien des plans en revenant de la guerre. Je sais, c'est une vieille histoire et tout le monde la connaît, tout le monde a vu les films. Mais, eux, ils l'ont vécue pour de vrai. Des milliers d'entre eux ont directement échoué en prison à leur retour. Un jour, en lisant un article à ce sujet, je me suis demandé ce qui se serait passé s'il n'y avait pas eu de guerre, si ces gars n'étaient jamais partis. S'ils étaient restés à Omaha, à Los Angeles, Jacksonville, New Iberia ou ailleurs. Auraient-ils fini en prison ? Seraient-ils devenus des vagabonds déséquilibrés ? Des drogués ?… Pour la plupart, j'en doute. C'est la guerre qui leur a fait ça, c'est elle qui les a envoyés sur le mauvais chemin. Alors, tout ce que j'essaye de faire, avec l'aide de la terre et de quelques livres de prières, c'est de leur redonner ce que l'expérience du Vietnam leur a ôté. Et j'y parviens. Je vous donne cette liste, je vous laisse consulter ce dossier, mais ne détruisez pas tout notre travail. Mon travail vous laisse sceptiques et je vous comprends. C'est une attitude saine pour des gens dans votre position. Mais faites attention de ne pas tout gâcher. Inspecteur Bosch, vous semblez avoir l'âge… étiez-vous là-bas ? (Bosch acquiesça.) Alors vous comprenez.

Il acheva sa liste, puis sans lever la tête, il lui demanda :

– Voulez-vous déjeuner avec nous ? Nous avons les légumes les plus frais de tout le comté.

Ils déclinèrent son invitation et se levèrent pour prendre congé, après que Scales leur eut donné une liste de vingt-quatre noms. Arrivé à la porte du bureau, Bosch hésita, puis se retourna.

– Colonel, ça vous ennuie de me dire quels autres véhicules vous possédez à la ferme ? J'ai vu la camionnette.

– Ça ne m'ennuie pas : nous n'avons rien à cacher. Nous avons deux autres pick-up comme celui-ci, deux John Deere et un $4 \times 4$.

– Quel genre ?

– Une Jeep.

– De quelle couleur ?

– Blanche. Pourquoi ?

– Je voulais juste éclaircir un détail. Mais je suppose que la Jeep porte l'insigne de Charlie Company sur le côté, comme le pick-up.

– C'est exact. Tous nos véhicules portent notre insigne. Quand nous descendons à Ventura, nous sommes fiers de ce que nous avons accompli. Nous voulons que les gens sachent d'où viennent les légumes.

Bosch attendit d'être dans la voiture pour parcourir la liste de noms. Il n'en connaissait aucun, mais constata que Scales avait inscrit les lettres PH devant huit des vingt-quatre noms.

– Qu'est-ce que ça signifie ? demanda Wish en se penchant pour consulter la liste à son tour.

– *Purple Heart*[1], lui répondit Bosch. Encore une façon de nous dire « Faites attention », j'imagine.

– Et pour la Jeep ? Il a dit qu'elle était blanche. Avec un insigne sur le côté.

– Vous avez vu l'état de leur pick-up ! Une Jeep blanche poussiéreuse peut paraître beige. S'il s'agit de la bonne Jeep…

– Il n'a pas seulement l'air correct. Je parle de Scales. Il a l'air honnête.

– Peut-être. Peut-être que ceux à qui il prête sa Jeep le sont moins. Je n'ai pas voulu insister sur ce point avant d'en savoir plus.

Il démarra et ils reprirent la route de gravier jusqu'au portail. Bosch baissa sa vitre. Le ciel avait la couleur d'un blue-jean délavé, dans l'air invisible et pur flottait l'odeur des poivrons verts. Propreté, calme, se dit Bosch. Ça ne durerait pas. On allait se replonger dans la crasse.

En redescendant vers la ville, il quitta le Ventura Freeway pour prendre la direction du sud et gagner le Pacifique en passant par le Canyon. Le Malibu. La route serait plus

1. Décoration militaire décernée pour blessure en temps de guerre.

longue, mais l'air pur était comme une drogue. Il en voulait encore, le plus longtemps possible.

— J'aimerais consulter la liste des victimes, dit-il lorsque la surface bleue et voilée de l'océan apparut devant eux, à la sortie du canyon sinueux. Le pédophile dont vous m'avez parlé tout à l'heure… quelque chose me tracasse dans cette histoire. Pourquoi emporter la collection de pornographie enfantine de ce type ?

— Allons, Harry ! Vous n'allez quand même pas insinuer que c'est la raison de ce casse et que ces types avaient creusé un tunnel pendant des semaines et fait sauter le plancher de la chambre forte pour voler des photos porno d'enfants ?

— Bien sûr que non. C'est justement là la question. Pourquoi ont-ils pris ces trucs ?

— Peut-être qu'ils en avaient envie. Peut-être que l'un d'eux est pédophile et que ça lui a plu. Comment savoir ?

— A moins qu'il s'agisse tout simplement d'une couverture. Ils ont pris tout ce que contenaient les coffres qu'ils ont percés afin de dissimuler le fait qu'ils ne s'intéressaient qu'à un seul d'entre eux. Histoire de brouiller les pistes, vous comprenez. En réalité, ils visaient une chose bien précise à l'intérieur d'un coffre bien précis. Même principe que pour le cambriolage chez le prêteur sur gages : emporter un tas de bijoux pour cacher qu'ils voulaient uniquement le bracelet… Mais là, il s'agissait d'une chose dont personne ne signalerait la disparition. Un truc dont le propriétaire ne pouvait déclarer le vol sous peine de se fourrer dans le pétrin. Comme le pédophile. Que pouvait-il faire, quand on lui piqué sa collection ? Voilà le genre de choses que cherchaient nos cambrioleurs, mais avec plus de valeur. Un truc qui rende la salle des coffres plus intéressante que la chambre forte principale. Un truc qui les a contraints à éliminer Meadows quand il a mis toute l'opération en danger en revendant le bracelet.

Wish ne disait rien. Bosch la regarda, mais derrière ses lunettes de soleil son expression demeurait impénétrable.

– J'ai l'impression que vous me parlez encore de drogue, dit-elle au bout d'un moment. Je vous le répète, le chien n'a rien trouvé. La brigade des stups n'a relevé aucun nom sur la liste des propriétaires de coffres.

– C'est peut-être une histoire de drogue, mais pas forcément. Voilà pourquoi on devrait s'intéresser de nouveau aux possesseurs de coffres. Je tiens à consulter moi-même la liste, pour voir si un nom fait *tilt* dans ma mémoire. Et je commencerai par ceux qui n'ont pas porté plainte.

– Entendu, je vous la donnerai. De toute façon, nous n'avons plus d'autre piste.

– Il nous reste les noms fournis par Scales, lui rappela Bosch. Je pensais montrer leurs photos à Sharkey.

– Oui, on peut essayer. Mais c'est juste histoire de ne pas rester les bras croisés.

– Pas sûr. J'ai le sentiment que ce gamin nous cache quelque chose. Peut-être a-t-il aperçu un visage cette nuit-là.

– J'ai laissé un mot à Rourke au sujet de l'hypnose. Il nous donnera certainement sa réponse aujourd'hui ou demain.

Ils suivirent le Pacific Coast Highway qui contournait la baie. Le smog s'était déplacé vers l'intérieur des terres et le ciel était suffisamment dégagé pour qu'on puisse apercevoir Catalina Island au-delà des moutons d'écume. Ils s'arrêtèrent au Alice's Restaurant pour déjeuner et, vu l'heure tardive, trouvèrent une table libre devant la fenêtre. Wish commanda un thé glacé et Bosch une bière.

– Je venais souvent sur cette jetée quand j'étais môme, lui confia-t-il. On nous emmenait en car. A l'époque, il y avait un marchand d'appâts tout au bout. Je pêchais des goujons.

– Vous étiez au DYS[1] ?

– Oui. Euh, enfin non. Dans le temps, ça s'appelait le DPS. Department of Public Services. Il y a quelques années, ils ont enfin compris qu'il fallait tout un départe-

1. Department of Youth Services, sorte d'orphelinat.

ment pour s'occuper des gamins, alors ils ont créé le DYS.

Elle observa la jetée à travers la fenêtre du restaurant. Les souvenirs de Bosch la firent sourire, et il lui demanda où étaient restés les siens.

– Oh, un peu partout. Mon père était dans l'armée. Je n'ai jamais vécu plus de deux ou trois ans au même endroit. Alors, je ne me souviens pas vraiment de lieux. Plutôt de personnes.

– Vous étiez très proche de votre frère ?

– Oui. Mon père était souvent absent. Mon frère, lui, était toujours là. Jusqu'à ce qu'il s'engage et parte pour de bon.

On leur apporta leurs salades ; ils mangèrent un peu en bavardant et puis, entre le moment où la serveuse vint rechercher les assiettes et leur apporter le plat principal, elle lui parla de son frère.

– Il m'écrivait de là-bas toutes les semaines, et dans chacune de ses lettres il me racontait qu'il avait peur, qu'il voulait rentrer à la maison. Evidemment, il ne pouvait pas expliquer ça à mon père, ni à ma mère. Mais Michael n'était pas fait pour la guerre. Il n'aurait jamais dû partir. Il l'a fait à cause de notre père. Il ne pouvait pas le décevoir. Il n'avait pas le courage de lui dire non, mais il a eu celui de partir. Ça ne tient pas debout. Avez-vous jamais entendu un truc aussi stupide ?

Bosch ne répondit pas ; il connaissait bien ce genre d'histoires, à commencer par la sienne. Wish s'était arrêtée de parler. Soit elle ne savait pas ce qui était arrivé à son frère, soit elle n'avait pas envie d'entrer dans les détails.

Au bout d'un moment, elle lui demanda :

– Pourquoi êtes-vous parti, vous ?

Il s'attendait à la question mais, depuis tout ce temps, il n'avait jamais réussi à y répondre en toute franchise, même pour lui-même.

– Je ne sais pas. Je n'avais pas le choix, j'imagine : la vie dans les institutions, comme vous l'avez dit l'autre jour. Je n'étais pas en fac et je n'ai jamais envisagé de m'exiler au Canada. Ç'aurait été encore plus dur d'aller vivre là-bas que d'être incorporé pour partir au Vietnam. Et, en 68, j'ai gagné à la loterie. J'ai tiré un numéro si mauvais que j'étais quasiment certain de partir. Alors, j'ai cru être plus malin qu'eux en m'engageant : je voulais décider de mon sort.

– Et alors ?

Bosch émit un petit rire qui sonna aussi faux que ceux de sa collègue.

– Je me suis engagé, j'ai fait mes classes et toutes ces conneries, et, quand est venu le moment de choisir, j'ai pris l'infanterie. Je me demande encore pour quelle raison. C'est qu'ils savent vous berner, à cet âge-là. Qu'est-ce qu'on peut se croire invincible ! Une fois sur place, je me suis porté volontaire pour une unité souterraine. Un peu comme dans la lettre que Meadows a envoyée à Scales. Vous voulez savoir ce que vous avez dans le ventre, vous faites des trucs que vous ne vous expliquerez jamais. Vous me comprenez ?

– Oui, je crois. Et Meadows ? Il avait la possibilité de partir et pourtant il est resté jusqu'à la fin. Pourquoi rester alors qu'on peut s'en aller ?

– Ils étaient nombreux dans son cas, lui répondit-il. Ce n'était ni fréquent ni inhabituel. Certains n'avaient pas envie de repartir, tout simplement. Meadows faisait partie du lot. Mais c'était peut-être aussi pour les affaires.

– Vous voulez parler de la drogue ?

– Je sais qu'il prenait de l'héroïne. Et nous savons qu'une fois rentré il a continué à en prendre et à en vendre. Alors, peut-être qu'il avait commencé à faire du trafic là-bas et qu'il ne voulait pas renoncer à un si bon filon. Un tas de choses le laissent penser. Quand ils l'ont retiré des tunnels, ils l'ont muté à Saigon. C'était l'endroit idéal, surtout avec un laissez-passer de l'ambassade en tant que membre de la police militaire. Saigon était la ville du péché. Putes, haschich, héroïne, tout en vente libre. Un tas de gars ont plongé dedans. L'héroïne a dû lui rapporter pas mal de fric, surtout s'il avait un plan, une combine pour expédier une partie de la marchandise ici.

Du bout de sa fourchette, elle repoussa sur le bord de son assiette des bouts de poisson dont elle ne voulait pas.

– C'est injuste, dit-elle. Il ne voulait pas rentrer, mais d'autres voulaient repartir et ils n'ont jamais pu.

– Oui. Il n'y avait rien de juste là-bas.

Bosch tourna la tête vers l'Océan. Quatre surfers en combinaisons aux couleurs vives chevauchaient les vagues.

– Et après la guerre, vous êtes entré dans la police.

– J'ai d'abord traîné un peu, puis j'ai foncé. Apparemment, la plupart des anciens du Vietnam que je connaissais, comme l'a fait remarquer Scales tout à l'heure, ont fini dans la police, ou en prison.

– C'est étrange. Vous êtes plutôt du genre solitaire, Harry. Je vous vois mieux en détective privé. Vous n'êtes pas homme à recevoir des ordres de gens que vous méprisez.

– Les privés n'existent plus. Aujourd'hui, tout le monde reçoit des ordres... Mais tout ce qui me concerne est dans mon dossier. Vous savez tout.

– On ne peut pas résumer la vie d'un homme sur du papier. N'est-ce pas ce que vous m'avez dit ?

Il sourit pendant que la serveuse débarrassait.

– Et vous ? lui demanda-t-il. Comment avez-vous atterri ici ?

– C'est très simple. Diplôme de droit pénal, comptabilité en matière secondaire, sortie de Penn State. Bon salaire, nombreux avantages, femmes très recherchées et appréciées. Rien d'original.

– Pourquoi la brigade des cambriolages de banques ? Je croyais que la voie royale, c'était l'antiterrorisme, la délinquance en col blanc, ou même la drogue. Mais pas ça.

– Je me suis occupée des cols blancs pendant cinq ans. J'ai aussi travaillé à Washington, l'endroit idéal. Malheureusement, l'empereur était nu. Le boulot était d'un ennui mortel. (Elle sourit, secoua la tête.) J'ai découvert que je voulais être flic, et je le suis devenue. J'ai demandé mon transfert à la première bonne brigade de rue où s'offrait une ouverture. LA est la capitale des cambriolages de banques. Quand un poste s'est présenté ici, je me suis débrouillée pour le décrocher. Vous pouvez me traiter de dinosaure, si vous voulez.

— Vous êtes trop belle pour ça.

En dépit de son bronzage, Bosch vit qu'elle rougissait. Il était gêné lui aussi : cela lui avait échappé.

— Excusez-moi, dit-il.

— Non, non, c'est gentil. Merci.

— Vous êtes mariée, Eleanor ? lui demanda-t-il en rougissant aussitôt, honteux de son manque de tact.

Elle sourit en voyant son embarras.

— Je l'ai été. Il y a longtemps.

Bosch hocha la tête.

— Vous n'avez pas de… entre Rourke et vous ? Tous les deux, vous semblez…

— Hein ? Vous plaisantez ou quoi ?

— Désolé.

Leur éclat de rire fut suivi de sourires et d'un long silence qui n'avait rien de pesant.

Après déjeuner, ils se promenèrent sur la jetée, jusqu'à l'endroit où Bosch venait jadis s'asseoir avec sa canne à pêche. Personne n'y pêchait plus. Plusieurs maisons au bout de la jetée étaient abandonnées. Une nappe irisée flottait à la surface de l'eau, près d'un pilotis. Bosch constata que les surfeurs étaient partis. Peut-être que tous les enfants étaient à l'école, songea-t-il. Ou qu'ils ne venaient plus pêcher ici. Peut-être qu'aucun poisson ne s'aventurait plus dans les eaux polluées de la baie.

— Ça fait une éternité que je ne suis pas venu ici, lui confia-t-il en s'accoudant à la balustrade en bois zébrée de milliers de coups de couteaux à appâts. Les choses changent.

Ils revinrent au Federal Building en milieu d'après-midi. Wish entra les noms et les matricules de prisonniers que leur avait fournis Scales dans les ordinateurs du NCIC et du département de la Justice et réclama, par télécopie, des photos anthropométriques à différentes prisons de Californie. De son côté, Bosch prit la liste des noms, appela les archives de l'armée à Saint Louis et demanda à parler à Jessie Saint John, l'employée à qui il avait déjà eu affaire le lundi précédent. Le dossier de William Meadows était déjà parti, lui apprit-elle. Bosch se garda de lui préciser qu'il avait déjà consulté le double du FBI. En revanche, il lui demanda d'interroger son ordinateur au sujet de ces nouveaux noms et de lui fournir les états de service condensés de chaque homme. Elle allait être obligée de faire des heures supplémentaires, mais semblait disposée à l'aider de son mieux.

À 17 heures, heure de Los Angeles, Bosch et Wish possédaient déjà vingt-quatre photos de police, accompagnées de brefs fichiers d'enquête judiciaire et militaire sur chaque individu. Hélas, aucune preuve ne vint les frapper de plein fouet. Sur les vingt-quatre, quinze s'étaient trouvés au Vietnam à un moment ou un autre, à l'époque où Meadows y était lui aussi. Onze d'entre eux appartenaient à l'armée. Aucun n'était un ancien rat de tunnel, même si quatre étaient au 1er d'infanterie avec Meadows lors de sa première période de service. Deux autres avaient fait partie de la police militaire à Saigon.

Ils concentrèrent leur attention sur les dossiers NCIC des six soldats du 1er d'infanterie et de la police militaire. Seuls les gars de la PM avaient des cambriolages de banques à leur actif. Bosch passa en revue les photos de l'identité judiciaire et sortit celles des deux hommes. Il contempla leur visage, espérant presque trouver une confirmation de ce qu'il pensait dans le regard brutal et indifférent qu'ils adressaient à l'objectif.

– Ces deux-là me plaisent bien, dit-il.

Ils se nommaient Art Franklin et Gene Delgado. Tous les deux avaient une adresse à Los Angeles. Au Vietnam, ils avaient fait leur temps à Saigon, dans deux unités différentes de la police militaire – mais pas dans celle de l'ambassade à laquelle était rattaché Meadows. Cela dit, ils s'étaient tous trouvés dans la même ville. Les deux hommes avaient été rendus à la vie civile en 1973. Mais, à l'instar de Meadows, ils étaient restés au Vietnam en qualité de conseillers militaires civils. Jusqu'à la fin, en avril 1975. Il n'y avait aucun doute dans l'esprit de Bosch : les trois hommes – Meadows, Franklin et Delgado – se connaissaient déjà avant de se retrouver à Charlie Company.

Rentré aux Etats-Unis après 1975, Franklin avait été mêlé à une série de cambriolages à San Francisco et condamné à cinq ans de prison. Il avait plongé pour un cambriolage de banque à Oakland, en 1984, et s'était retrouvé à Terminal Island en même temps que Meadows. Mis en liberté conditionnelle, il avait été envoyé à Charlie Company, deux mois avant que Meadows ne quitte le centre de réinsertion. Delgado, quant à lui, se cantonnait aux limites de l'Etat ; trois arrestations pour cambriolages à LA qui lui avaient valu de légères peines de prison, puis une tentative de braquage de banque à Santa Ana en 1985. Jugé par le tribunal de l'Etat grâce à un arrangement passé avec les procureurs fédéraux, il avait été expédié à Soledad, en était sorti en 1988 et avait débarqué à Charlie Company trois mois avant Meadows. Il en était reparti le lendemain de l'arrivée de Franklin.

– Le lendemain, souligna Wish. Ça veut dire que ces trois hommes n'ont passé qu'une seule journée ensemble chez le colonel Scales.

Bosch regarda les clichés et le signalement qui les accompagnait. Franklin était le plus costaud des deux. Un mètre quatre-vingts, quatre-vingt-dix kilos, cheveux bruns. Delgado était maigre, un mètre soixante-dix, soixante-dix kilos. Cheveux bruns lui aussi. Bosch contempla les photos des deux hommes, le grand et le petit, en repensant à la description des passagers de la Jeep qui avaient déposé le cadavre de Meadows dans le conduit.

– Allons voir Sharkey, dit-il.

Il appela Home Street Home et eut la réponse qu'il attendait : Sharkey avait fichu le camp. Il essaya alors au

Blue Chateau, où une voix fatiguée lui apprit que la bande de Sharkey avait déménagé à midi. La mère du garçon lui raccrocha au nez en comprenant qu'il ne s'agissait pas d'un client. Il était presque 19 heures. Bosch déclara à Wish qu'il leur fallait retourner dans la rue pour le retrouver. Elle décida de prendre le volant. Pendant deux heures, ils sillonnèrent West Hollywood, principalement aux abords de Santa Monica Boulevard. Aucune trace de Sharkey, ni de sa moto. Ils arrêtèrent quelques voitures de patrouille du shérif pour leur donner le signalement du garçon, mais personne ne put les renseigner. Ils se garèrent le long du trottoir devant le Oki Dog ; Bosch pensait que Sharkey était peut-être retourné chez sa mère et que celle-ci avait raccroché pour le protéger.

— Ça vous dit d'aller faire un tour à Chatsworth ? proposa-t-il à Wish.

— Malgré mon désir de connaître la sorcière qui est, paraît-il, la mère de Sharkey, j'aurais plutôt envie de mettre la clé sous la porte pour aujourd'hui. On trouvera Sharkey demain. Si nous allions dîner pour nous rattraper d'hier soir ?

Bosch voulait certes retrouver Sharkey, mais avait aussi très envie de dîner avec Eleanor. D'ailleurs, elle avait raison, il y a toujours un lendemain.

— C'est une bonne idée. Où voulez-vous aller ?

— Chez moi.

Eleanor Wish sous-louait un appartement à loyer fixe situé à deux pâtés de maisons de la plage de Santa Monica. Ils se garèrent devant l'entrée. En pénétrant dans l'immeuble, elle lui expliqua que, s'il voulait voir la mer, il devrait sortir sur le balcon de sa chambre et se pencher vraiment beaucoup en avant et regarder à droite au bout d'Ocean Park Boulevard. Il apercevrait alors une bande de Pacifique entre les deux grands ensembles qui en bordaient le rivage. Dans cette position, lui précisa-t-elle, il aurait également vue sur la chambre du voisin. Celui-ci était un ancien acteur de télévision devenu dealer à la petite semaine et chez qui défilaient en permanence un tas de femmes. Ce qui gâchait un peu la vue, ajouta-t-elle, et elle l'invita à s'asseoir dans le salon pendant qu'elle préparait le dîner.

— Si vous aimez le jazz, je viens d'acheter un compact que je n'ai pas encore eu le temps d'écouter.

Il s'approcha de la chaîne hi-fi installée sur des étagères à côté des rayonnages de livres et prit le compact : *Falling in Love with Jazz* de Sonny Rollins. Il ne put s'empêcher de sourire car il l'avait, lui aussi. Connexion mentale. Il ouvrit le boîtier, glissa le disque dans le lecteur et entreprit d'inspecter le salon. Tapis pastel sur le sol, tissus aux couleurs vives sur les meubles. Des livres d'architecture et des magazines de décoration s'étalaient sur une table basse en verre, devant un canapé bleu ciel. L'appartement était d'une propreté impeccable. Un tableau au point de croix encadré et fixé au mur près de la porte d'entrée proclamait : *Bienvenue dans cette maison*. Trois petites lettres et la date étaient brodées dans un coin : *EDS 1970*. Il se demanda ce que signifiait la dernière lettre.

Il établit une autre connexion psychique avec Eleanor Wish en se retournant et en découvrant au-dessus du canapé, dans un cadre de bois noir, une reproduction de la toile d'Edward Hopper intitulée *Les Oiseaux de nuit*. Il n'avait pas cette reproduction chez lui, mais il connaissait bien le tableau et il lui arrivait même d'y penser au cours d'une planque ou lorsqu'il était plongé dans une affaire. Il avait découvert l'œuvre originale un jour à Chicago et était resté planté devant elle pendant presque une heure. Un homme discret et enveloppé d'ombres y est assis seul au comptoir d'une cafétéria au coin d'une rue. Il regarde un autre homme qui, assis en face de lui, est accompagné d'une femme. Curieusement, Bosch s'identifiait au premier. C'est moi, le solitaire, songeait-il. C'est moi, l'oiseau de nuit. Le tableau, avec ses aplats foncés et ses ombres, détonnait beaucoup dans cet appartement. Sa noirceur jurait avec les tons pastel des murs. Pourquoi Eleanor l'avait-elle choisi ? Qu'y voyait-elle ?

Il examina le reste de la pièce. Il n'y avait pas de télévision. Uniquement la chaîne hi-fi, les magazines sur la table basse et la bibliothèque vitrée le long du mur, face au canapé. Il s'approcha pour parcourir les titres des ouvrages derrière les vitres. Les deux étagères du haut contenaient essentiellement des « livres du mois » pour intellectuels. Le regard, en s'abaissant, découvrait des ouvrages policiers genre Crumley, Willeford et autres. Il en avait lu certains. Il ouvrit la vitrine vitrée et sortit un roman intitulé *La Porte verrouillée*. Il en avait entendu parler, sans jamais être tombé dessus. Il l'ouvrit pour savoir de quand il datait et cela lui permit de résoudre l'énigme de la dernière lettre du canevas. Sur la page de garde, inscrit à l'encre, on pouvait lire : *Eleanor D. Scarlett, 1979*. Elle avait dû conserver le nom de son mari après son divorce. Il remit le livre en place et referma la vitrine.

Les volumes entreposés sur les deux étagères du bas allaient des policiers à des ouvrages historiques sur le Vietnam, en passant par les manuels du FBI. Il y avait même un précis d'instruction d'enquête criminelle du LAPD. Bosch avait lu la plupart de ces ouvrages. Il figurait même dans l'un d'eux, un livre écrit par Bremmer, le journaliste du *Times*, et consacré à celui qu'on avait surnommé « l'Egorgeur des instituts de beauté ». Ledit « égorgeur », un certain Harvard Kendal, avait assassiné sept femmes en un an dans la vallée de San Fernando. Toutes les victimes étaient des patronnes ou des employées d'instituts de beauté. Il repérait les boutiques, suivait ses victimes jusque chez elles et leur tranchait la gorge à l'aide d'une lime à ongles aiguisée. Bosch et son partenaire de l'époque avaient réussi à identifier Kendal à l'aide d'un numéro de plaque d'immatriculation que sa septième victime avait inscrit sur un carnet de son institut le soir où elle avait été assassinée. Ils n'avaient jamais su pourquoi elle avait fait ça, mais les inspecteurs supposaient qu'elle avait vu Kendal surveiller le magasin depuis sa camionnette. Elle avait noté le numéro de la voiture par précaution, mais avait quand même pris le risque de rentrer seule chez elle. En remontant la filière jusqu'à Kendal, Bosch et son collègue avaient découvert qu'il avait passé cinq ans à Folsom pour avoir incendié plusieurs instituts de beauté près d'Oakland dans les années soixante. Ils avaient appris par la suite que sa mère avait été manucure dans un institut de beauté quand il était enfant. Elle avait dû exercer ses talents sur les ongles du jeune Kendal et les psy estimaient qu'il ne s'en était jamais remis. Bremmer avait tiré un best-seller de cette histoire. Et, quand Universal en avait fait le « film de la semaine », le studio avait payé Bosch et son collègue pour pouvoir utiliser leurs noms et recourir à leurs conseils techniques. Cette somme avait été doublée quand le film avait donné naissance à une série policière. Son partenaire avait quitté la police pour aller vivre à Ensenada. Bosch, lui, était resté, et avait investi son magot dans la maison sur pilotis qui dominait le studio qui lui avait offert l'argent. Sans qu'il puisse se l'expliquer, cela lui procurait toujours une impression de symbiose parfaite.

– J'avais lu ce livre avant que votre nom n'apparaisse dans cette affaire, lui dit Wish. Ça ne faisait pas partie de l'enquête.

Eleanor était ressortie de la cuisine avec deux verres de vin rouge. Harry sourit.

– Je ne vous accuse pas, dit-il. D'ailleurs, ce livre ne parle pas de moi, mais de Kendal. De toute façon, c'était un coup de chance. Mais ils en ont quand même tiré un bouquin et une série télé. Je ne sais pas ce que vous faites cuire, mais ça sent bon.

– Vous aimez les pâtes ?

– J'adore les spaghettis.

– Ça tombe bien. J'ai préparé un grand bocal de sauce dimanche. J'adore passer la journée à la cuisine, sans penser à rien. J'ai découvert que c'était excellent contre le stress. Et ça dure longtemps. Je n'ai qu'à la faire réchauffer et y ajouter des pâtes.

Bosch but une gorgée de vin et continua d'examiner la pièce. Il ne s'était pas encore assis, mais se sentait parfaitement à son aise avec sa nouvelle collègue. Un sourire passa sur son visage. Il désigna la reproduction.

– J'adore ce tableau. Mais pourquoi quelque chose d'aussi sombre ?

Elle regarda le Hopper et plissa le front comme si elle l'observait réellement pour la première fois.

– Je ne sais pas, dit-elle. J'ai toujours aimé ce tableau. Il a quelque chose qui m'attire. La femme est avec un homme, donc ce n'est pas moi. Si j'étais quelqu'un là-dedans, ce serait plutôt l'homme assis devant son café. Seul, et regardant les deux autres qui sont ensemble.

– Je l'ai vu un jour à Chicago, dit Bosch. L'original. J'étais là-bas pour une histoire d'extradition et j'avais une heure à tuer avant de récupérer le type. Alors, je suis allé faire un tour à l'Art Institute. J'ai passé toute l'heure à le regarder. Comme vous le disiez… il y a quelque chose… J'ai oublié de quelle affaire il s'agissait et qui je devais ramener. Mais je me souviens très bien de ce tableau.

Le repas terminé, ils restèrent assis à table à bavarder, pendant presque une heure. Elle lui reparla de son frère et de la difficulté qu'elle avait eue à surmonter son sentiment de colère et de solitude. Dix-huit ans plus tard, elle en souffrait toujours. Bosch lui avoua qu'il ne parvenait pas à oublier, lui non plus. Il lui arrivait encore de revoir les tunnels dans ses cauchemars, mais, la plupart du temps, il devait surtout lutter contre l'insomnie. Il lui expliqua combien il était perturbé à son retour, combien la frontière était mince, le choix, entre ce qu'il avait fait ensuite et ce qu'était devenu Meadows. Cela aurait pu être différent, dit-il, et elle acquiesça, visiblement convaincue elle aussi.

Plus tard, elle l'interrogea sur l'affaire Dollmaker et son renvoi de la division des cambriolages et homicides. Ce n'était pas de la simple curiosité. Il avait conscience de l'importance de ce qu'il allait dire. Elle le jugerait là-dessus.

– Je suppose que vous connaissez les faits de départ, commença-t-il. Un type étranglait des femmes, principalement des prostituées, puis il leur peinturlurait le visage avec du maquillage. Rouge à lèvres, fard à joues, épais traits de crayon noir. Toujours de la même manière. Les corps étaient badigeonnés eux aussi. Mais nous n'avons jamais dit qu'il voulait les faire ressembler à des poupées. Un crétin – je crois qu'il s'agissait d'un certain Sakai, du bureau du coroner – a révélé aux journalistes que le maquillage était le dénominateur commun. C'est à partir de ce moment-là que la presse a commencé à parler du « Dollmaker[1] ». Je crois que ce sont les types de Channel 4 qui ont trouvé le nom. Tout est parti de là. Pour moi, ça ressemblait davantage à du travail de croque-mort. Mais il est vrai que l'enquête piétinait… Nous manquions d'indices. Les corps des victimes étaient abandonnés n'importe où, dans tout le Westside. Grâce aux fibres retrouvées sur certains cadavres, nous savions que le type portait une perruque ou une sorte de postiche, fausse barbe ou autre. Nous avions réussi à déterminer l'endroit et l'heure où les femmes qu'il levait racolaient sur le trottoir. Nous avons inspecté tous les hôtels de passe, sans résultat. Nous en avons conclu qu'il les ramassait en voiture et les emmenait ailleurs, peut-être chez lui, ou dans un lieu sûr où il pouvait les tuer. On a surveillé le Boulevard et d'autres endroits chauds où bossent les professionnelles ; on a dû embarquer plus de trois cents putes avant de décrocher le jackpot. Un matin, très tôt, une pute du nom de Dixie McQueen a appelé la brigade pour nous dire qu'elle venait d'échapper au Dollmaker. Elle voulait savoir s'il y avait une récompense si elle le dénonçait. On recevait des appels de ce genre toutes les semaines. Avec onze femmes assassinées, un tas de gens sortaient de tous les coins avec des indices qui n'en étaient pas vraiment. C'était devenu Panic-City.

— Je m'en souviens, dit Wish.

— Mais Dixie n'était pas comme les autres. J'étais de service à la brigade ce jour-là et c'est moi qui ai reçu son appel. Je suis allé l'interroger. Elle m'a expliqué que le

1. Soit : « le Fabricant de poupées ».

mec qu'elle avait levé dans Hollywood Boulevard, près de Spa Row, vous voyez, à côté de l'église de scientologie, l'avait emmenée dans son appartement de Silver Lake, au-dessus d'un garage. Pendant que le type se déshabillait, elle était allée à la salle de bains, avait fait couler l'eau et ouvert le placard sous le lavabo, sans doute pour voir s'il y avait quelque chose à piquer. C'est alors qu'elle avait découvert des flacons, des poudriers, enfin… des trucs de bonne femme. Et, soudain, elle avait fait le rapprochement. Prise de panique, elle avait fichu le camp. Quand elle était sortie de la salle de bains, le type était déjà couché. Elle avait décampé sans demander son reste… En fait, nous n'avions pas tout révélé au sujet du maquillage, ou, plutôt, le crétin du bureau du coroner n'avait pas tout craché à la presse. Nous savions, en effet, que le meurtrier gardait les produits de maquillage de ses victimes. On retrouvait celles-ci avec leur sac à main, mais jamais le rouge à lèvres, le fard à paupières et le reste. Ce qui fait que, lorsque Dixie m'a parlé du contenu du placard de la salle de bains, j'ai dressé l'oreille. J'ai compris qu'elle ne mentait pas… Et c'est là que j'ai merdé. Il était déjà 3 heures du matin. Tous les types de la brigade étaient rentrés chez eux et j'étais seul, à me dire que le type avait peut-être compris qu'il était découvert et qu'il risquait de foutre le camp. Alors, j'y suis allé, seul. Plus exactement, Dixie m'a accompagné pour me montrer l'endroit, mais elle a refusé de quitter la voiture. Sur place, j'ai vu une lumière au-dessus du garage qui se trouvait derrière la maison : une ruine dans Hyperion Street. J'ai réclamé des renforts, mais, en observant l'appartement, j'ai vu l'ombre du type aller et venir devant la fenêtre. Quelque chose me disait qu'il s'apprêtait à foutre le camp en emportant tous les objets du placard de la salle de bains. Et nous ne possédions pas d'autres preuves. Il nous les fallait, ces produits. D'un autre côté, je pensais : « Et s'il y a quelqu'un d'autre là-haut ? » Une autre fille qui aurait remplacé Dixie… Bref, je suis monté. Seul. La suite, vous la connaissez.

– Oui. Vous êtes entré sans mandat et vous l'avez tué alors qu'il glissait la main sous son oreiller. Par la suite, vous avez déclaré qu'il s'agissait, selon vous, d'une situation d'urgence. Il avait eu le temps de sortir chercher une autre prostituée. Cela vous autorisait à enfoncer la porte sans mandat. Vous avez dit avoir tiré en croyant que le suspect voulait se saisir d'une arme. Vous n'avez tiré qu'une fois, dans la poitrine, à six ou sept mètres, si je me souviens bien du rapport. Mais Dollmaker était seul et sous son oreiller il y avait seulement sa perruque.

– Oui, seulement sa perruque, répéta-t-il en secouant la tête d'un air abattu. Les enquêteurs m'ont innocenté. Grâce aux cheveux de la perruque, on a pu lui coller deux des meurtres sur le dos, et les produits de maquillage retrouvés dans la salle de bains appartenaient effectivement à huit des victimes. Il n'y avait aucun doute. C'était bien lui. J'étais blanchi, mais la police des polices s'en est mêlée. D'où l'expédition Lewis et Clarke. Ils ont embarqué Dixie et l'ont obligée à signer une déposition où elle affirmait m'avoir prévenu qu'il glissait sa perruque sous son oreiller. J'ignore quel moyen de pression ils ont utilisé contre elle, mais je peux l'imaginer. Les Affaires internes ont toujours eu une dent contre moi. Ils n'aiment pas ceux qui n'ont pas l'esprit de famille. Quoi qu'il en soit, un beau jour, j'ai appris qu'ils portaient plainte contre moi. Ils voulaient me faire virer et citer Dixie à comparaître devant les chambres de mise en accusation… pour obtenir ma condamnation. On aurait dit deux gros requins blancs qui ont reniflé du sang dans la flotte.

Arrivé à ce stade de l'histoire, Bosch s'arrêta, mais Wish prit le relais.

– Malgré tout, les inspecteurs des AI ont commis une erreur de jugement. Ils n'ont pas pensé que l'opinion publique serait de votre côté. Dans les journaux, vous étiez celui qui avait résolu les affaires de l'« Egorgeur des instituts de beauté » et du Dollmaker. Le héros d'une série télé. Vos ennemis ne pouvaient pas vous abattre sans encourir les protestations du public et mettre la police dans l'embarras.

– Exact, dit Bosch. Quelqu'un est intervenu en haut lieu pour interrompre la procédure de mise en accusation. Ils ont dû se contenter d'une suspension et de ma mutation à la brigade criminelle de Hollywood.

Bosch faisait tourner distraitement son verre de vin vide entre ses doigts.

– Vous parlez d'un arrangement ! reprit-il au bout d'un moment. Sans compter que ces deux requins continuent à me renifler et sont prêts à me dévorer.

Après cela, ils demeurèrent silencieux un moment. Bosch attendait qu'elle pose la question qu'elle lui avait déjà posée une fois : la pute avait-elle menti ? Mais elle s'en abstint et le regarda en souriant. Il sentit qu'il venait de réussir l'examen. Elle se mit à débarrasser la table. Bosch l'aida à faire la vaisselle et, lorsqu'ils eurent terminé, ils restèrent côte à côte, s'essuyant les mains au même torchon, avant d'échanger un baiser timide. Et puis, comme s'ils répondaient au même signal secret, ils s'étreignirent et s'embrassèrent avec la fougue des êtres solitaires.

– J'ai envie de rester, lui chuchota-t-il en s'écartant un bref instant.

– Moi aussi, j'ai envie que tu restes.


Les pupilles dilatées et brillantes d'Arson reflétaient la lumière du néon. Il tira à fond sur sa Kool et en garda précieusement la fumée dans ses poumons. La cigarette avait été trempée dans du PCP. Un sourire se répandit sur son visage, tandis que les jets de fumée jaillissaient de ses narines.

– Hé, dit-il, t'es le seul requin à servir d'appât que je connaisse. Elle est bonne, non ?

Il s'esclaffa et tira une nouvelle bouffée avant de passer la cigarette à Sharkey qui la repoussa d'un geste : il avait assez fumé. Mojo s'en empara.

– Je commence à en avoir marre de toutes ces conneries, dit Sharkey. C'est votre tour.

– Déconne pas, mec, t'es le seul qui peut faire ça. Mojo et moi, on n'est pas aussi doués que toi pour jouer la comédie, mec. En plus, à chacun son boulot. T'es pas assez balèze pour cogner sur ces tapettes.

– Putain ! Pourquoi on retourne pas au 7-Eleven ? demanda Sharkey. J'aime pas pas savoir à qui j'ai affaire. Je préfère le 7-Eleven. C'est nous qui choisissons le pigeon et pas l'inverse…

Mojo intervint :

– Pas question. On sait pas si le dernier type nous a pas signalés aux flics. Vaut mieux pas remettre les pieds là-bas pendant un moment. Si ça se trouve, ils surveillent la boutique depuis le parking, comme nous.

Sharkey savait qu'ils avaient raison. Mais tapiner dans Santa Monica Boulevard lui donnait l'impression de vouloir saisir des mecs pour de vrai. Bientôt, songeait-il, ces deux enfoirés n'auront plus envie d'intervenir. Ils voudront que j'aille jusqu'au bout, et que je ramène le fric de cette façon. Ce jour-là, il les laisserait tomber, il le savait.

– OK, dit-il en descendant du trottoir. Mais déconnez pas.

Il traversa la rue. Arson lui lança :

– Une BMW, au minimum !

Comme s'il était besoin de lui faire la leçon, songea Sharkey. Il partit en direction de La Brea et s'appuya à la devanture d'une boutique de posters fermée. Il se trouvait encore à un demi-pâté de maisons du Hot Rod, une librairie pour adultes qui proposait des peep-shows entièrement masculins pour vingt-cinq cents. Mais il en était suffisamment près pour attirer le regard de quelqu'un qui sortirait. A condition que celui-ci en ait envie. Il se retourna et aperçut dans l'obscurité le rougeoiement du joint, là où Arson et Mojo attendaient, assis sur leurs motos.

Sharkey se tenait là depuis à peine dix minutes lorsqu'une voiture, une Grand Am récente, se rangea le long du trottoir. La vitre électrique s'abaissa. Sharkey, qui n'avait pas oublié la recommandation « Une BMW, au minimum », s'apprêtait à couper court lorsqu'il remarqua le scintillement de l'or. Son taux d'adrénaline monta d'un cran. Le poignet du conducteur posé négligemment sur le volant s'ornait d'une Rolex Presidential. Si c'était une vraie, Arson savait où ils pourraient en tirer 3 000 dollars. 1 000 dollars chacun, sans compter ce que le pigeon avait chez lui ou dans son portefeuille. Sharkey l'observa. Le type avait l'air d'un homme d'affaires parfaitement normal. Cheveux bruns, costume sombre. Quarante-cinq ans environ, pas trop gros. Sharkey pourrait peut-être même s'en occuper tout seul. L'homme lui sourit :

— Salut. Ça marche, les affaires ?

— Pas trop mal. Vous cherchez quelque chose ?

— Je ne sais pas. Je me promène. T'as envie d'aller faire un tour ?

— Où ça ?

— Je connais un endroit. Tranquille.

— Vous avez 100 dollars sur vous ?

— Non, mais j'ai 50 dollars pour une partie de base-ball en nocturne.

— Vous lancez ou vous rattrapez ?

— Je lance. Et j'ai apporté mon gant…

Sharkey hésita un instant ; il jeta un rapide coup d'œil vers la ruelle où il avait aperçu la lueur de la cigarette. Celle-ci s'était éteinte. Les deux autres étaient sans doute prêts à démarrer. Il regarda sa montre.

— C'est bon, dit-il en montant dans la voiture.

La Grand Am prit la direction de l'ouest, passant devant la ruelle. Sharkey se retint de tourner la tête, mais il lui sembla entendre le grondement de leurs motos. Ils les suivaient.

— Où on va ? s'enquit-il.

— Malheureusement, je ne peux pas t'emmener chez moi. Mais je connais un endroit où personne ne viendra nous déranger.

— Cool.

Ils s'arrêtèrent au feu rouge, au croisement de Flores. Sharkey repensa au type de l'autre soir : ils n'étaient pas loin de chez lui. Arson cognait de plus en plus fort, on dirait. Il fallait que ça cesse, sinon ils allaient finir par tuer quelqu'un. Il espéra que le type à la Rolex ne ferait pas de difficultés. Impossible de prévoir ce dont étaient capables les deux autres cinglés, surtout défoncés au PCP.

Soudain, la voiture bondit au milieu du carrefour. Le feu était encore rouge.

– Hé ! Qu'est-ce qui se passe ? s'exclama-t-il.

– Rien. J'en ai marre d'attendre, voilà tout.

Il se dit qu'il pouvait regarder en arrière sans éveiller les soupçons. Il tourna la tête et ne vit que des voitures arrêtées au feu rouge. Pas la moindre moto. Les salauds, pensa-t-il. Il sentit des gouttes de sueur couler sur son front et se mit à trembler de peur. La voiture tourna à droite, juste après le bar de Barnie, et monta vers Sunset Boulevard. Ils roulèrent ensuite vers l'est, jusqu'à Highland, l'homme à la Rolex prenant de nouveau vers le nord.

– On a pas déjà fait un tour ensemble ? Ton visage me dit quelque chose. Peut-être qu'on s'est simplement croisés quelque part.

– Non, j'ai jamais… Ça m'étonnerait, lui répondit Sharkey.

– Regarde-moi.

– Hein ? dit Sharkey, surpris par la demande et le ton sec de l'homme. Pourquoi faire ?

– Regarde-moi. Tu me reconnais ? Tu m'as déjà vu ?

– Hé ! C'est une pub pour une carte de crédit ou quoi ? Je vous ai dit que non.

Soudain, l'homme s'engouffra dans l'entrée du parking est du Hollywood Bowl. L'endroit était désert. Sans dire un mot, il roula à toute vitesse jusqu'à l'extrémité nord qui était plongée dans l'obscurité. Si c'est ça que t'appelles un petit endroit tranquille, songea Sharkey, c'est que t'as pas une vraie Rolex au poignet.

– Qu'est-ce que vous foutez ? s'écria-t-il.

Il cherchait déjà un moyen de se défiler. Défoncés comme ils l'étaient, Arson et Mojo avaient certainement perdu sa trace. Il se retrouvait seul avec ce type, et avait envie de foutre le camp.

— Le stade est fermé, dit l'homme à la Rolex. Mais j'ai la clé des vestiaires… tu piges ? On prend le souterrain sous Cahuenga et, tout près de la sortie, il y a un petit passage pour piétons qui fait le tour. Y aura personne dans les parages. Je le sais, c'est ici que je travaille.

Un instant, Sharkey songea à s'occuper du type tout seul, puis se ravisa. C'était impossible, à moins de le prendre par surprise. On verrait bien. L'homme coupa le moteur et ouvrit sa portière. Sharkey l'imita, descendit du véhicule et balaya du regard l'immense parking désert et obscur. Il cherchait en vain les phares des deux motos. Je me chargerai du type de l'autre côté, décida-t-il. Je l'agresse et je me tire. Ou je me tire tout de suite.

Ils se dirigèrent vers le panneau PASSAGE PIÉTONS. Il y avait un petit bâtiment annexe en béton avec une porte ouverte et des escaliers. Alors qu'ils en descendaient les marches blanchies à la chaux, l'homme à la Rolex posa sa main sur l'épaule de Sharkey et lui pinça la nuque dans un geste paternel. Sharkey sentit le métal froid du bracelet de la montre contre sa peau.

— Tu es sûr qu'on ne se connaît pas, Sharkey ? Peut-être qu'on s'est déjà vus ?

— Non, je vous l'ai déjà dit ; c'est la première fois que je vais avec vous.

Ils étaient déjà au milieu du souterrain quand Sharkey s'aperçut qu'il ne lui avait jamais dit son nom.

# Jeudi 24 mai

Ça faisait longtemps que ça ne lui était plus arrivé. Dans la chambre d'Eleanor, Harry Bosch se montra maladroit, comme un homme intimidé et qui manque de pratique. Et, à l'instar de la plupart de ses premières expériences, celle-ci fut décevante. Eleanor le dirigea à coups de caresses et de paroles chuchotées. Après, il eut envie de s'excuser, mais s'abstint. Ils s'assoupirent dans les bras l'un de l'autre. Il sentait le parfum de ses cheveux sur son visage : la même odeur de pomme que la veille au soir, dans sa cuisine. Ensorcelé, il avait envie de la respirer à chaque instant. Au bout d'un moment, il la réveilla avec des baisers et ils refirent l'amour. Cette fois, il n'eut pas besoin de conseils, et elle n'eut pas besoin de ses caresses. Leur étreinte achevée, Eleanor lui murmura :

– Tu crois vraiment qu'on peut vivre seul dans ce monde sans se sentir abandonné ? (Il ne répondit pas.) Tu es un solitaire ou tu es seul, Harry Bosch ?

Il y réfléchit, tandis qu'elle promenait ses doigts sur le tatouage de son épaule.

– Je ne sais pas, répondit-il enfin dans un murmure. On s'habitue tellement aux choses ! Et j'ai toujours vécu seul. Peut-être que ça fait de moi un solitaire. Jusqu'à aujourd'hui.

Ils se sourirent dans l'obscurité et s'embrassèrent. Bientôt, sa respiration régulière lui apprit qu'elle dormait. Beaucoup plus tard, il se leva, enfila son pantalon et sortit sur le balcon pour fumer une cigarette. Les voitures étaient rares dans Ocean Park Boulevard, et on entendait le ressac de l'océan tout proche. Les lumières de l'appartement voisin étaient éteintes. Comme partout ailleurs, sauf dans les rues. Les jacarandas plantés sur les trottoirs avaient perdu leurs fleurs qui recouvraient, telle une neige violette, le sol et les voitures en stationnement. Appuyé contre la rambarde, Bosch souffla sa fumée dans le vent frais de la nuit.

Alors qu'il fumait sa deuxième cigarette, il entendit la porte vitrée coulisser dans son dos et sentit Eleanor l'enlacer par-derrière.

– Qu'est-ce qu'il y a, Harry ?

– Rien. Je réfléchissais. Tu devrais faire attention. Alerte cancérigène.

– A quoi penses-tu ? C'est comme ça que tu passes la plupart de tes nuits ?

Il se retourna dans ses bras et l'embrassa sur le front. Elle portait une robe courte en soie rose. Il frotta son pouce dans sa nuque.

– Non, mes nuits ressemblent rarement à ça. Je n'arrivais pas à dormir. Je pensais à un tas de choses.

– A nous ?

Elle l'embrassa sur le menton.

– Sans doute.

– Et ?

Il fit glisser sa main vers son visage et suivit le contour de sa mâchoire.

– Je me demandais d'où venait cette petite cicatrice, là…

– Oh… j'étais encore gamine. Mon frère et moi faisions du vélo, j'étais assise sur le guidon. On dévalait une rue en pente qui s'appelait Highland Avenue, c'était à l'époque où nous vivions en Pennsylvanie, et il a perdu le contrôle. Le vélo s'est mis à zigzaguer, j'étais morte de peur, car je savais qu'on allait se faire mal. Et, juste au moment où on allait tomber pour de bon, il a hurlé : « Tu ne risques rien, Ellie ! » Comme ça. Et, parce qu'il avait crié ça, il a eu raison. Je me suis ouvert le menton, mais je n'ai même pas pleuré. J'ai toujours pensé que, dans des moments pareils, il essaierait de me crier quelque chose plutôt que de s'inquiéter pour lui. Mais c'était mon frère.

Bosch laissa retomber sa main.

– Je me disais aussi que c'était chouette, ce qui se passait entre nous.

– Oui, je le pense aussi, Harry. C'est chouette pour un couple d'oiseaux de nuit. Reviens te coucher.

Ils rentrèrent. Bosch fit un détour par la salle de bains et se servit de son doigt en guise de brosse à dents, avant de retourner se glisser sous les couvertures avec elle. Les chiffres bleus d'un réveil digital indiquaient 2 : 26, Bosch ferma les yeux.

Lorsqu'il les rouvrit, le réveil affichait 3 : 46 et une sorte de gazouillis insupportable se faisait entendre quelque part dans la pièce. Bosch s'aperçut qu'il n'était pas dans sa chambre. La mémoire lui revint : il se trouvait dans celle d'Eleanor Wish. Reprenant ses esprits, il découvrit la silhouette sombre de la jeune femme accroupie près du lit. Elle était en train de fouiller dans le tas de vêtements.

– Bon sang, où est-il ? grommela-t-elle. Pas moyen de mettre la main dessus.

Bosch se saisit de son pantalon et fit courir ses mains le long de sa ceinture, sentit son bipper et l'éteignit d'un geste précis. Ce n'était pas la première fois qu'il faisait ça dans le noir.

– Bon Dieu, dit-elle, tu parles d'un réveil !

Bosch posa les pieds par terre, rassembla le drap autour de sa taille et s'assit. Il bâilla et l'avertit qu'il allait devoir allumer la lumière. Elle lui dit d'y aller, et, quand il alluma, la lumière le frappa comme une explosion aveuglante entre les yeux. Une fois l'éblouissement passé, il l'aperçut debout devant lui, nue, observant le numéro digital inscrit sur le bip qu'il tenait dans sa main. Bosch regarda le numéro à son tour, sans le reconnaître. Il se frotta le visage et s'ébouriffa les cheveux. Un téléphone était posé sur la table de chevet ; il le prit sur ses genoux, composa le numéro et chercha à tâtons une cigarette dans ses poches. Il la mit dans sa bouche sans l'allumer.

Constatant sa nudité, Eleanor alla chercher sa robe sur le fauteuil. Après l'avoir enfilée, elle disparut dans la salle de bains et ferma la porte. Bosch entendit l'eau couler. A l'autre bout du fil, quelqu'un décrocha avant la fin de la première sonnerie. Jerry Edgar ne prit pas la peine de dire allô.

— Harry, où es-tu ?

— Je ne suis pas chez moi. Que se passe-t-il ?

— Ce gamin que tu cherchais… celui qui avait appelé Police-secours ? Tu l'as retrouvé, non ?

— Oui, mais on l'a reperdu.

— Qui ça « on »… toi et la nana du FBI ?

Eleanor ressortit de la salle de bains et s'assit au bord du lit à ses côtés.

— Jerry, pourquoi tu me téléphones ?

Bosch sentit son cœur se serrer.

— Comment s'appelle le gamin ?

Bosch était dans le brouillard. Voilà des mois qu'il n'avait pas plongé dans un sommeil aussi profond pour être réveillé en sursaut. Il ne se souvenait pas du vrai nom de Sharkey et ne voulait pas demander à Eleanor, Edgar risquant de l'entendre et de savoir qu'ils étaient ensemble. Il se tourna vers Eleanor et, lorsqu'elle ouvrit la bouche pour lui dire quelque chose, il posa son doigt sur ses lèvres en secouant la tête.

— C'est pas Edward Niese, par hasard ? lui demanda Edgar dans le silence. Le nom du gamin ?

— Oui, c'est ça. C'est bien lui.

-- Tu lui as filé une de tes cartes ?

— Oui.

— Plus la peine de le chercher, Harry.

— Je t'écoute.

— Viens voir par toi-même. Je suis au Hollywood Bowl. Sharkey est dans le souterrain pour piétons sous Cahuenga. Gare-toi du côté est. Tu verras les voitures.

Le parking est du Hollywood Bowl aurait dû être désert, il était 4 h 30 du matin. Mais, en remontant Highland vers l'entrée de Cahuenga Pass, Bosch et Wish découvrirent, à l'extrémité nord du parking, l'embouteillage de voitures et de camionnettes de la police qui disent toujours la mort violente, à tout le moins inattendue. Des rubans jaunes fluorescents délimitaient un rectangle autour de l'entrée de l'escalier qui descendait vers le passage pour piétons. Bosch montra son insigne et donna son nom à un policier en uniforme muni de la liste des officiers de service. Une fois passés sous le ruban, Bosch et Wish furent accueillis par un vrombissement de moteur qui s'échappait de la bouche du tunnel. Bosch reconnut le bruit d'un générateur d'électricité pour projecteurs. Arrivé devant l'escalier, il se tourna vers Eleanor avant de descendre :

– Tu veux m'attendre ici ? On n'est pas obligés d'y aller tous les deux...

– Bon Dieu, je suis flic moi aussi ! J'ai déjà vu des cadavres. Tu as décidé de me protéger maintenant ? Et si on faisait le contraire : je descends et tu m'attends ici.

Surpris par son brusque changement d'humeur, Bosch ne répondit pas. Il la dévisagea un instant, perplexe. Il la précéda dans l'escalier et s'arrêta après quelques marches en voyant la large silhouette d'Edgar sortir du souterrain et gravir l'escalier. Edgar aperçut Bosch, celui-ci voyant son regard se poser sur Eleanor Wish derrière lui.

– Salut, Harry ? C'est ton nouvel équipier ? Vous avez l'air de vous entendre déjà sacrément bien...

Bosch le foudroya des yeux. Wish, qui se tenait légèrement en retrait, n'avait sans doute pas entendu la remarque.

– Désolé, Harry, dit Edgar, juste assez fort pour que sa voix couvre le vrombissement provenant du tunnel. La nuit a été dure. Tu devrais voir le nouvel équipier que m'a refilé cet enfoiré de Pounds.

– Je croyais que tu devais...

– Que dalle, oui ! Et tiens-toi bien : il m'a collé avec Porter, le type des bagnoles. Un poivrot fini.

– Je sais. Comment as-tu réussi à le tirer du lit ?

– Il était pas couché. Il a fallu que je le déniche au Perroquet, là-haut, à North Hollywood. Un de ces clubs privés. Il m'avait donné le numéro quand on nous a présentés, en me disant qu'il y passait la plupart de ses nuits. Il paraît qu'il s'occupe de la sécurité. J'ai appelé le bureau des missions supplémentaires à Parker Center pour vérifier, et ils n'ont absolument rien. Il y va juste pour picoler. Il était pratiquement dans le cirage quand j'ai appelé. Le barman m'a dit qu'il n'avait même pas entendu sonner son bipper. Harry, je te parie qu'il monterait au moins à 2,8 si on le faisait souffler dans le ballon.

Bosch acquiesça en fronçant les sourcils pendant les trois secondes requises, manière de montrer son intérêt, et se dépêcha d'oublier les soucis de Jerry Edgar. Il sentit Eleanor descendre derrière lui et la présenta à son ancien équipier. Ils échangèrent une poignée de main et un sourire.

– Alors, demanda Bosch, de quoi s'agit-il ?

– On a trouvé ça sur le corps.

Edgar lui tendit un sachet en plastique transparent contenant un petit paquet de photos polaroïds. Des nus de Sharkey. Il n'avait pas perdu de temps pour reconstituer son stock. Edgar retourna le sachet, faisant apparaître la carte de visite de Bosch.

– Apparemment, le gamin tapinait à Boytown, reprit Edgar, mais, étant donné que tu l'as déjà embarqué, je ne t'apprends rien. En voyant ta carte, j'ai pensé que c'était peut-être le gamin du coup de téléphone. Si tu veux descendre jeter un œil, fais comme chez toi. On a déjà relevé les empreintes, tu peux toucher tout ce que tu veux. On s'entend pas penser là-dedans. Quelqu'un a pété toutes les ampoules dans le souterrain. On sait pas encore si c'est un coup de l'assassin ou si c'était comme ça avant… Enfin bref, il a fallu qu'on branche le générateur. En plus, les câbles n'étaient pas assez longs. Conclusion, il pétarade là-dedans comme une bagnole de course.

Edgar pivota sur ses talons pour retourner dans le souterrain, mais Bosch le retint par l'épaule.

– Hé, Jed ! Comment as-tu été prévenu ?

– Coup de téléphone anonyme. Mais pas à Police-secours. Directement au poste de Hollywood. Donc, pas d'enregistrement ni rien. Le correspondant était un homme, c'est tout ce qu'a pu nous dire l'agent qui a reçu l'appel.

Edgar s'enfonça dans le souterrain, Bosch et Wish lui emboîtant le pas. C'était un long couloir qui s'incurvait vers la droite. Sol en béton gris, murs de stuc blanc recouverts d'une épaisse couche de graffitis. Rien ne valait une bonne dose de réalité urbaine quand on sortait d'un concert symphonique au Hollywood Bowl. Le tunnel était plongé dans l'obscurité, à l'exception de la violente tache de lumière qui inondait le lieu du drame, à mi-chemin environ. Bosch aperçut un corps couché sur le dos, les bras en croix. Sharkey. Des hommes s'affairaient dans la lumière. Bosch avançait en laissant courir les doigts de sa main droite sur le mur en stuc. Pour garder son équilibre. L'odeur de moisi du souterrain se mêlait aux effluves d'essence et de gaz d'échappement du générateur. Bosch sentit des gouttes se sueur se former sur son front et sous sa chemise. Son souffle était précipité. Ils passèrent devant le générateur. A une dizaine de mètres de là, Sharkey gisait sur le sol, sous l'éclairage brutal des projecteurs.

La tête du garçon était appuyée contre le mur, selon un angle impossible. Sharkey paraissait plus petit et plus jeune que dans le souvenir de Bosch. Ses yeux entrouverts étaient aussi ceux d'un aveugle. Il portait un T-shirt noir à la gloire du groupe Guns n' Roses, raide de sang. Les poches de son jean délavé avaient été retournées. Une bombe de peinture était posée à côté de lui dans un sachet en plastique. Sur le mur, au-dessus de sa tête, on avait peint l'inscription : CRÈVE SHARKEY. C'était l'œuvre d'un taggeur inexpérimenté ; la peinture noire avait dégouliné sur le mur en fines traînées, jusque dans les cheveux du gamin.

– Tu veux la voir ? beugla Edgar par-dessus le vacarme du générateur.

247

Bosch comprit qu'il parlait de la blessure. Sharkey ayant le menton sur sa poitrine, la blessure à la gorge n'était pas visible. On ne voyait que le sang. Bosch déclina l'offre d'un mouvement de tête.

Il remarqua les éclaboussures de sang sur le mur et sur le sol, à environ un mètre du corps. Porter, le poivrot, était occupé à comparer les formes des gouttes avec celles qu'il avait sur des cartes fixées à un classeur. De son côté, un type du labo, un certain Roberge, les photographiait. Par terre, le sang formait des flaques rondes. Les taches sur le mur étaient ovales. Pas besoin de consulter les cartes pour comprendre que le gamin avait été tué ici même, dans ce tunnel.

— Apparemment, dit Porter à voix haute sans s'adresser à personne en particulier, le type est arrivé par-derrière, il lui a tranché la gorge et l'a balancé contre le mur.

— C'est pas tout à fait exact, Porter, lui renvoya Edgar. Comment veux-tu prendre quelqu'un par surprise dans un endroit pareil ? Non, il était avec quelqu'un et on lui a fait la peau. C'est pas un coup en douce, Porter.

Porter rangea les cartes dans sa poche.

— D'accord, collègue.

Il n'ajouta rien d'autre. Gros et gras, il avait l'air brisé qu'ont tous les flics quand ils restent trop longtemps dans le métier. Il mettait peut-être encore du 44, mais un ventre énorme débordait de sa ceinture comme un auvent. Il portait un veston sport élimé aux coudes. Son visage était pâle comme une tortilla et s'ornait d'un gros nez d'alcoolique, tout violacé et boursouflé.

Bosch alluma une cigarette et mit l'allumette calcinée dans sa poche. Il s'accroupit près du corps à la manière d'un receveur de base-ball et souleva le sachet contenant la bombe de peinture. Celle-ci était presque pleine, et cela confirmait ce qu'il redoutait : c'était lui qui l'avait tué. En le recherchant, Bosch l'avait en effet mêlé, en partie du moins, à l'affaire. Et quelqu'un n'avait pas apprécié. Accroupi, les coudes sur les genoux, la cigarette coincée entre les lèvres, Bosch contempla longuement le corps, pour être certain de ne jamais l'oublier.

Meadows, lui aussi, était pour quelque chose dans cet enchaînement d'événements qui avaient conduit à la mort du gamin. Mais pas Sharkey. Sharkey était un paumé, un enfant des rues, dont la mort avait certainement sauvé la vie à quelqu'un d'autre. Mais il ne méritait pas ça. Dans cette affaire, il était innocent. Tout pouvait arriver désormais : les règles avaient changé, pour les deux camps. Bosch lui ayant désigné le cou de Sharkey, l'homme du coroner écarta le corps du mur. Prenant appui sur sa main pour garder l'équilibre, Bosch examina longuement le cou ensanglanté. Il ne voulait oublier aucun détail. La tête de Sharkey bascula en arrière, découvrant la plaie béante. Bosch ne cilla pas.

En détachant enfin son regard du corps, Bosch s'aperçut qu'Eleanor n'était plus dans le souterrain. Il se releva et fit signe à Edgar de le suivre à l'extérieur pour discuter. Il ne voulait pas être obligé de hurler à cause du générateur. En ressortant du tunnel, il aperçut Eleanor assise seule sur la première marche. Ils passèrent devant elle, et Harry lui posa la main sur l'épaule. Il la sentit se raidir sous ses doigts.

Lorsqu'ils furent suffisamment loin du bruit, Harry demanda :

— Alors, qu'ont découvert les types du labo ?

— Que dalle. S'il s'agit d'une histoire de gang, c'est le règlement de comptes le plus clean que j'aie jamais vu. Pas la moindre empreinte, rien. Même pas sur la bombe de peinture. Aucune arme. Aucun témoin.

— Sharkey avait une bande qui logeait dans un motel près du Boulevard, enfin… jusqu'à aujourd'hui, mais le gang, c'était pas son truc, dit Bosch. C'est dans les dossiers. C'était un petit arnaqueur. Tu vois ce que je veux dire : vente de polaroïds, racolage d'homos, ce genre de trucs.

— Il est dans les fichiers des gangs, mais il ne faisait partie d'aucun ?

– Exact.

Edgar acquiesça.

– Il a quand même pu se faire buter par un type qui l'a pris pour un *gangbanger*.

Wish les rejoignit, sans souffler mot.

– Tu sais très bien que ce n'est pas une histoire de gang, Jed, dit Bosch.

– Ah bon ?

– Parfaitement. On n'aurait pas retrouvé une bombe de peinture presque pleine. Jamais un *gangbanger* n'abandonnerait un truc pareil. Et celui qui a peint l'inscription sur le mur n'avait pas la main. La peinture a coulé. Le type n'y connaissait rien en graffiti.

– Viens par ici une seconde, dit Edgar.

Bosch se tourna vers Eleanor comme pour solliciter sa permission. Edgar et lui s'éloignèrent de quelques pas, jusqu'au cordon de police.

– Que t'a raconté ce gamin et comment se fait-il qu'il se promenait en liberté s'il était mêlé à cette affaire ? demanda Edgar.

Bosch lui résuma les grandes lignes de l'enquête, en précisant qu'ils ignoraient l'importance éventuelle de Sharkey dans le coup. Mais, apparemment, quelqu'un avait son idée sur la question, ou bien ne voulait prendre aucun risque. En parlant, Bosch leva les yeux vers les collines et y vit les premières lueurs de l'aube découper la silhouette des palmiers au sommet. Edgar se recula de quelques mètres et pencha à son tour la tête dans cette direction. Mais il ne regardait pas le ciel. Il avait les yeux fermés. Finalement, il revint à Bosch.

– Harry, tu sais que ce week-end, c'est le Memorial Day ? Pour moi, c'est le pont le plus important de l'année. Le début de la saison d'été. L'année dernière, j'y ai vendu quatre maisons et je me suis fait presque autant qu'en un an dans la police.

Bosch demeura perplexe devant ce changement de sujet brutal.

– De quoi tu parles ?

– Je te parle de… Il n'est pas question que je me casse le cul sur ce coup. Je refuse de foutre mon week-end en l'air comme la dernière fois. Alors, si ça t'intéresse, j'irai voir Pounds et je lui dirai que le FBI et toi, vous voulez l'affaire, vu qu'elle est liée à celle sur laquelle vous travaillez déjà. Sinon, je m'en occupe sans faire le moindre zèle.

– Tu peux dire ce que tu veux à Pounds, Jed. C'est ton problème.

Bosch revint vers Eleanor.

– Encore une chose, lui lança Edgar. Qui savait que tu avais retrouvé le gamin ?

Bosch s'arrêta et regarda Eleanor. Puis, sans se retourner, il lui répondit :

– On l'a arrêté dans la rue et on l'a interrogé au commissariat de Wilcox. Les rapports ont été envoyés au bureau. Qu'est-ce que tu veux me faire dire, Jed ?

– Rien. Mais peut-être que le FBI et toi, vous devriez surveiller un peu mieux vos témoins. Si vous l'aviez fait, je n'aurais pas perdu mon temps et le gamin n'y aurait pas laissé sa peau.

Bosch et Wish regagnèrent la voiture en silence. Une fois à l'intérieur, Bosch lui demanda :

– Qui était au courant ?

– Que veux-tu dire ?

– Je te pose la même question qu'Edgar : qui était au courant pour Sharkey ?

Elle réfléchit un moment.

– Côté FBI, Rourke reçoit chaque jour les résumés des rapports et je lui ai transmis une note au sujet de ta proposition d'hypnose. Les résumés vont ensuite aux archives et y sont photocopiés pour l'agent spécial en chef. L'enregistrement de l'interrogatoire que tu m'as donné est enfermé dans mon bureau. Personne ne l'a écouté. Il n'a pas été transcrit. N'importe qui a pu lire les résumés, j'imagine. Mais ça vaut même pas la peine d'y penser, Harry. Personne… C'est impossible.

– Ils savaient qu'on avait retrouvé le gamin et qu'il

pouvait nous aider. La conclusion ? Ils ont quelqu'un dans la place.

— C'est de la pure spéculation, Harry. Il y a un tas d'autres explications. Comme tu l'as dit à ton collègue, on l'a arrêté dans la rue. N'importe qui a pu nous voir. Ses copains, cette fille… n'importe qui a pu voir qu'on cherchait Sharkey.

Bosch songea à Lewis et à Clarke. Ils les avaient sans doute vus emmener Sharkey. Quel rôle jouaient-ils ? Tout cela n'avait aucun sens.

— Sharkey n'était pas né de la dernière pluie, dit-il. Tu crois vraiment qu'il a suivi un type dans ce souterrain ? A mon avis, il n'avait pas le choix. Et pour ça, il fallait peut-être quelqu'un avec un insigne.

— Ou de l'argent. Tu sais bien qu'il allait avec n'importe qui du moment qu'il y avait du fric à ramasser.

Elle n'avait toujours pas démarré et ils restèrent là à réfléchir. Finalement, Bosch lui dit :

— Sharkey, c'est un message.

— Quoi ?

— Un message qui nous est destiné. Ecoute, ils laissent ma carte sur lui, ils signalent le corps sur une ligne qui n'est pas enregistrée et ils le tuent dans un tunnel. Ils veulent qu'on sache que c'est eux et qu'ils ont un complice à l'intérieur. Ils se foutent de nous.

Elle mit le contact.

— Où on va ?

— Au FBI.

— Harry, vas-y doucement avec cette histoire de flic véreux. Si tu essaies de vendre ton hypothèse et si tu as tort, tu fourniras à tes ennemis la pelle pour t'enterrer.

Mes ennemis, se dit Bosch. Qui sont-ils, cette fois ?

— J'ai causé la mort de ce gamin. Le moins que je puisse faire, c'est de découvrir qui l'a tué.


Bosch contempla le cimetière des anciens combattants à travers les rideaux de coton de la salle d'attente pendant qu'Eleanor ouvrait la porte des bureaux de la section.

La brume n'avait pas encore quitté le champ de pierres blanches. Vu d'en haut, on aurait dit un millier de fantômes sortant ensemble de leurs tombes. Il aperçut l'entaille sombre dans la crête de la colline, au nord du cimetière, mais ne comprit pas de quoi il s'agissait. Cela ressemblait presque à une fosse commune, à une longue balafre dans la terre, à une immense plaie. Le sol mis à nu était couvert de bâches en plastique noir.

— Tu veux du café ? demanda Wish dans son dos.

— Quelle question !

Il se détourna de la fenêtre et suivit Eleanor dans le couloir. Le bureau était désert. Ils entrèrent dans la petite cuisine, Bosch regarda son amie verser un paquet de café dans un filtre et brancher la cafetière. Ils gardèrent le silence tandis que le café coulait goutte à goutte dans le récipient en verre posé sur la plaque chauffante. Bosch alluma une cigarette en essayant de penser seulement au café qui allait venir. Wish agita la main pour chasser la fumée, mais ne lui demanda pas d'éteindre sa cigarette.

Lorsque le café fut prêt, Bosch le but, noir. Le breuvage brûlant lui fit l'effet d'une décharge. Il s'en versa un autre et emporta les deux tasses dans le bureau. Il alluma une cigarette au mégot de la précédente et s'installa à son bureau provisoire.

— La dernière, promit-il en voyant le regard désapprobateur d'Eleanor.

Celle-ci sortit une bouteille d'eau minérale de son tiroir et en remplit un gobelet.

— Tu en as toujours en réserve ? lui demanda-t-il.

Elle ignora la question.

— Harry, nous ne sommes pas responsables de la mort de Sharkey. Si nous devions nous sentir coupables… autant offrir une protection à toutes les personnes que nous interrogeons. Et sa mère, il faudrait aller la chercher pour la mettre à l'abri ? Et la fille du motel qui le connaissait ? Tu vois bien ! Ça devient fou. Sharkey, c'était Sharkey. Tu vis dans la rue, tu y meurs.

Bosch ne répondit pas immédiatement. Puis il demanda :

— Passe-moi la liste des noms.

Wish prit les dossiers de la WestLand Bank. Elle les feuilleta, en sortit un listing d'ordinateur de plusieurs pages plié en accordéon et le lança sur le bureau.

— C'est l'original, dit-elle. Tous ceux qui possédaient un coffre. Certains noms sont accompagnés de notes manuscrites, mais elles n'ont sans doute aucun intérêt. On cherchait surtout à savoir s'ils voulaient escroquer les assurances.

Bosch déplia le listing. Il découvrit une longue liste, suivie de cinq autres plus courtes et marquées de A à E. Il lui demanda de quoi il s'agissait. Eleanor fit le tour du bureau pour regarder par-dessus son épaule. Il sentit l'odeur de pomme dans ses cheveux.

— Comme je te l'ai dit, la grande liste est celle de tous les possesseurs de coffre. Tout le monde y figure. Ensuite, on a établi cinq classifications : de A à E. La première recense les coffres loués moins de trois mois avant le cambriolage. La B concerne les possesseurs de coffre qui n'ont pas fait de déclaration de vol. La C correspond aux impasses, c'est-à-dire aux personnes qui sont mortes ou qu'on n'a pas réussi à retrouver, soit parce qu'elles ont déménagé, soit parce qu'elles ont donné de faux renseignements au moment de la location du coffre. Viennent ensuite la quatrième et la cinquième, qui sont des recoupements des trois premières. La liste D recense tous les gens qui ont loué un coffre moins de trois mois avant le cambriolage et qui n'ont déclaré aucun objet volé. Sur la liste E, on trouve tous les propriétaires inconnus qui figurent aussi sur la liste des trois mois. Tu comprends ?

Il comprenait. Le FBI était parti de l'hypothèse que les cambrioleurs avaient repéré les lieux avant de s'introduire dans la salle des coffres, le meilleur moyen d'y arriver étant alors d'aller à la banque et d'y louer un coffre. Ainsi, ils pouvaient y avoir accès sans aucun problème, le possesseur de coffre pouvant descendre dans la chambre forte et l'inspecter autant qu'il le désirait pendant les heures d'ouverture. Conclusion, la liste recensant tous ceux qui avaient loué un coffre moins de trois mois avant le cambriolage avait de fortes chances de contenir également le nom de l'« éclaireur ».

On pouvait aussi penser que ce dernier ne souhaitait pas attirer l'attention après le cambriolage : d'où l'absence de déclaration de vol. Il figurait donc également sur la liste D. Cela dit, s'il n'avait fait aucune déclaration ou s'il avait donné de faux renseignements sur sa fiche de location, son nom devait apparaître sur la liste E.

Il n'y avait que sept noms sur la liste D, et cinq sur la E. Un des noms de la liste E était déjà entouré : Frederic B. Isley, habitant Park La Brea. C'était l'homme qui avait acheté trois véhicules tout terrain Honda à Tustin. Les autres noms étaient accompagnés de croix.

– Tu te souviens ? lui lança Eleanor. Je te l'avais dit, que son nom réapparaîtrait… (Harry acquiesça.) Isley, reprit-elle. On pense que c'est lui, l'« éclaireur ». Il a loué un coffre neuf semaines avant le casse. D'après le registre de la banque, il est descendu quatre fois dans la salle au cours des sept semaines suivantes. Mais, après le cambriolage, il n'est jamais revenu. Il n'a déposé aucune plainte. Et, quand nous avons voulu le contacter, nous avons découvert qu'il avait donné une fausse adresse.

– Tu as son signalement ?

– Rien de très intéressant. Petit, brun et peut-être séduisant, c'est à peu près tout ce qu'ont pu nous dire les employés de la banque. On avait des soupçons sur lui avant même d'apprendre l'achat des véchicules tout terrain. Quand un client veut ouvrir son coffre, l'employé le fait descendre, déverrouille la petite porte et l'accompagne dans une des pièces prévues à cet effet. Quand le client a terminé, ils rapportent tous les deux le coffre et le client note ses initales sur sa carte. Un peu comme dans une bibliothèque. En consultant la carte de ce type, on a tout de suite remarqué les initales : FBI. Tu n'aimes pas les coïncidences, Harry, et nous non plus. On a compris qu'il y avait quelqu'un qui se foutait de nous. Ça s'est confirmé par la suite avec l'histoire des Honda.

Harry but une gorgée de café.

– Mais ça ne nous a pas servi à grand-chose, ajouta-t-elle. On n'a jamais pu lui mettre la main dessus. Parmi les débris de la chambre forte, après le cambriolage, on a réussi à retrouver son coffre. Aucune empreinte. On a montré des trombines de police aux employés, parmi lesquelles celle de Meadows, et ils n'ont reconnu personne.

– On pourrait retourner les voir avec les photos de Franklin et de Delgado. Au cas où ce serait l'un des deux.

– Oui. Bonne idée. Je reviens tout de suite.

Elle se leva et sortit du bureau, Bosch continuant à étudier sa liste en buvant du café. Aucun nom, aucune adresse ne vint titiller sa mémoire, à l'exception d'une poignée de noms célèbres, politiciens et autres, qui possédaient un coffre dans cette banque. Bosch épluchait la liste pour la deuxième fois quand Eleanor reparut. Elle tenait un papier qu'elle posa sur son bureau.

– Je suis entrée chez Rourke. Il a déjà envoyé aux archives la plupart des documents que je lui ai transmis. Mais le mémo sur l'hypnose était encore dans sa corbeille ; il n'a pas dû le lire. Je l'ai repris. Ça ne sert plus à rien désormais, et il vaut peut-être mieux qu'il ne le voie pas.

Harry jeta un coup d'œil au mémo, plia la feuille et la glissa dans sa poche.

– Sincèrement, dit-elle, je ne pense pas qu'aucun des rapports soit resté suffisamment longtemps en circulation, enfin... ça me paraît impossible. Quant à Rourke... c'est un technocrate, pas un assassin. Comme les psy l'ont dit à ton sujet, il ne passerait pas de l'autre côté de la barrière pour de l'argent.

Bosch la regarda et se surprit à chercher des mots pour lui plaire, pour la ramener dans son camp. Rien ne lui vint. Il ne comprenait pas cette froideur soudaine.

– Laisse tomber, dit-il.

Puis, tout en consultant de nouveau les listes, il ajouta :

– Jusqu'où avez-vous enquêté sur les personnes qui n'ont pas porté plainte ?

Elle se pencha sur le listing. Bosch y avait entouré la liste B, où figuraient dix-neuf noms.

– On a commencé par vérifier leurs casiers judiciaires. On les a d'abord interrogés par téléphone, et ensuite à leur domicile. Quand un agent sentait quelque chose de bizarre ou quand l'histoire du type lui semblait louche, un autre agent débarquait à l'improviste afin de poursuivre l'interrogatoire. Pour se faire une autre opinion. Je n'ai pas participé à cette enquête. Nous avions une seconde équipe qui était chargée de la plupart des interrogatoires sur le terrain. S'il y a un nom qui t'intéresse plus particulièrement là-dedans, je peux te trouver la transcription de l'interrogatoire.

– Et les Vietnamiens ? J'ai relevé trente-quatre propriétaires de coffres avec des noms vietnamiens, quatre font partie de ceux qui n'ont pas porté plainte et un cinquième figure sur la liste des inconnus.

– Comment ça, les Vietnamiens ? En cherchant bien, tu trouveras certainement la même chose pour les Chinois, les Coréens, les Blancs, les Noirs et les Latinos. Ce ne sont pas des cambrioleurs racistes.

– Peut-être, mais Meadows vous a permis d'établir un lien avec le Vietnam. Et maintenant, on a Franklin et Delgado, qui sont peut-être dans le coup eux aussi. Tous les trois ont appartenu à la PM au Vietnam. Et il y a encore ce Charlie Company qui a peut-être, ou peut-être pas, un rapport avec tout ça. Est-ce que vous avez poussé vos investigations concernant les Vietnamiens de la liste quand Meadows est devenu suspect et que vous avez commencé à éplucher les dossiers militaires des rats de tunnel ?

– Non… enfin, si. Pour ce qui est des ressortissants étrangers, on a interrogé les services de l'immigration pour savoir depuis quand ils vivaient ici et s'ils étaient en règle. Mais c'est tout.

Elle marqua une pause et ajouta :

– Je comprends où tu veux en venir. C'est une négligence de notre part. Mais, vois-tu, Meadows n'est devenu suspect que plusieurs semaines après le cambriolage. A ce moment-là, on avait déjà interrogé la plupart des gens, et, quand on a commencé à s'occuper de lui, on n'est pas revenus en arrière pour voir si un des noms de la liste avait un rapport quelconque avec lui. Tu crois qu'un des Vietnamiens pourrait être mêlé à l'affaire ?

— J'en sais rien. Je cherche simplement des connexions. Des coïncidences qui n'en sont pas.

Il sortit un carnet de sa poche et entreprit de dresser une liste des noms, dates de naissance et adresses des Vietnamiens possesseurs de coffre. En commençant par les quatre qui n'avaient pas fait de déclaration de vol et celui qui demeurait introuvable. Il venait juste d'achever son travail et de refermer son carnet quand Rourke entra dans le bureau, les cheveux encore mouillés de sa douche du matin. Il tenait à la main une tasse à café sur laquelle était marqué *Boss*. Apercevant Bosch et Wish, il jeta un œil à sa montre.

— Vous êtes sacrément matinaux !

— Notre témoin est mort, lui renvoya Wish d'un air impassible.

— Merde. Où ça ? On a arrêté quelqu'un ?

Wish secoua la tête et se tourna vers Bosch pour le dissuader d'intervenir. Rourke le regarda lui aussi.

— C'est lié à Meadows ? demanda-t-il. Y a-t-il des indices en ce sens ?

— Nous le pensons, répondit Bosch.

— Bon Dieu !

— Comme vous dites…

— Faut-il retirer l'affaire au LAPD et la rattacher à l'enquête sur le meurtre de Meadows ?

Il avait posé sa question en regardant Wish : Bosch ne faisait pas partie de l'équipe des décideurs. Comme elle ne répondait pas, il ajouta :

— Est-ce qu'on aurait dû lui offrir une protection ?

Cette fois, Bosch ne put se retenir.

— Contre qui ?

Une mèche de cheveux humides tomba sur le front de Rourke. Son visage devint écarlate.

– Qu'est-ce que ça signifie ?

– Comment saviez-vous que le LAPD était sur l'affaire ?

– Quoi ?

– Vous venez de demander s'il fallait retirer l'affaire au LAPD. Comment saviez-vous qu'ils étaient sur le coup ? Nous ne vous avions rien dit.

– Simple déduction. Bosch, je n'aime pas vos sous-entendus, et je vous aime encore moins. Laissez-vous entendre que moi ou quelqu'un d'autre… Si vous affirmez qu'il y a eu fuite, je réclame une enquête interne aujourd'hui même. Mais je peux déjà vous dire une chose : s'il y en a eu une, elle ne provient pas d'ici.

– D'où voulez-vous qu'elle vienne, bon Dieu ? Que sont devenus les rapports qu'on vous a transmis ? Qui les a vus ?

Rourke secoua la tête.

– Ne soyez pas ridicule, Harry. Je comprends ce que vous ressentez, mais calmons-nous et réfléchissons un instant. Le témoin a été arrêté dans la rue et interrogé dans un commissariat de Hollywood, puis vous l'avez conduit dans un refuge pour adolescents… Pour finir, votre propre département vous fait suivre, inspecteur. Je regrette, mais apparemment, vos collègues eux-mêmes n'ont pas confiance en vous.

Le visage de Bosch s'assombrit. D'une certaine façon, il se sentait trahi. Seule Wish avait pu parler de la filature à Rourke. Et, en plus, elle avait repéré Lewis et Clarke. Pourquoi ne lui en avait-elle rien dit au lieu d'en parler à Rourke ? Bosch la regarda, mais elle avait les yeux baissés. Il reporta son attention sur Rourke qui hochait la tête comme si celle-ci était montée sur ressort.

– Eh oui, dit-il, elle a repéré la filature dès le premier jour.

Rourke promena son regard sur la pièce déserte, regrettant visiblement de ne pas avoir un public plus large. Il se balançait d'un pied sur l'autre, comme un boxeur dans le coin du ring, impatient que débute le round suivant pour décocher le direct final à son adversaire affaibli. Wish restait assise à son bureau sans rien dire. Bosch eut l'impression que leurs étreintes dans le lit remontaient à un million d'années.

— Vous feriez peut-être mieux de vous occuper de vous et de vos collègues avant de lancer des accusations sans fondements, reprit Rourke.

Bosch ne lui répondit pas. Il se leva et se dirigea vers la porte.

— Harry, où vas-tu ? lui lança Wish.

Il se retourna et la regarda un bref instant, avant de sortir.

Lewis et Clarke prirent en filature la Caprice de Bosch dès sa sortie du parking du Federal Building. C'était Clarke qui conduisait. Lewis nota consciencieusement l'heure dans le carnet de surveillance.

— Il a le feu au cul, rapproche toi un peu, dit-il.

Après avoir pris vers l'ouest dans Wilshire, Bosch se dirigea vers la 405. Clarke accéléra pour ne pas se laisser distancer dans les embouteillages matinaux.

— Moi aussi je serais énervé si je venais de perdre mon seul témoin, dit Clarke. Surtout si je l'avais fait tuer.

— Comment tu le sais ?

— T'as bien vu. Il a largué le gamin dans un refuge et il est parti faire la bringue. Je sais pas ce que le môme a vu ou ce qu'il leur a dit, mais c'était suffisamment important pour qu'on l'élimine. Bosch aurait dû faire gaffe. Ouais, il aurait dû le coffrer.

Ils prirent la 405 en direction du sud. Bosch roulait maintenant sur la file de droite, dix voitures devant. La voie express était encombrée par une masse puante et polluante d'acier en mouvement.

— Je parie qu'il se dirige vers la 10, reprit Clarke. Il va à Santa Monica. Peut-être qu'il retourne chez la fille, il a oublié sa brosse à dents. Ou alors elle va le rejoindre pour un câlin. Tu sais ce que je pense ? Je pense qu'on devrait le laisser filer et retourner voir Irving. A mon avis, y a quelque chose à tirer de cette histoire de témoin. Manquement au devoir, par exemple. C'est suffisant pour obtenir une enquête administrative. Il sera au moins viré de la Criminelle, et s'il ne peut plus travailler à la Criminelle il rendra ses billes et s'en ira. Une entaille de plus sur notre crosse.

Lewis réfléchit à la proposition de son collègue. Ce n'était pas une mauvaise idée. Ça pouvait marcher. Toutefois, il ne voulait pas abandonner la surveillance sans l'accord d'Irving.

— Continue à le suivre, dit-il. Dès qu'il s'arrêtera, j'irai passer un coup de fil au patron pour lui demander ce qu'on fait. Quand il m'a téléphoné ce matin au sujet du gamin, il avait l'air plutôt excité. Comme si ça se présentait bien. Alors, je veux pas laisser tomber sans son accord.

— Comme tu veux. Au fait, comment Irving a-t-il appris si vite que le gamin s'était fait buter ?

— Je sais pas. Tiens, regarde. Il prend la 10.

Ils suivirent la Caprice grise sur le Santa Monica Freeway. Ils s'éloignaient de la ville, roulant à contre-courant de la circulation qui devenait moins dense. Bosch avait ralenti. Il ne prit ni la sortie de Clover Field ni celle de Lincoln qui conduisaient chez Eleanor Wish, mais continua de rouler sur la voie express jusqu'à ce qu'elle tourne sous le tunnel et, débouchant sous les falaises du bord de mer, se transforme en Pacific Coast Highway. Il longea la côte vers le nord, le soleil qui brillait au-dessus de sa tête et les montagnes de Malibu qu'il avait devant lui n'étant que de simples chuchotements opaques dans la brume.

— Et maintenant ? demanda Clarke.

— Je sais pas. Ralentis un peu.

Il n'y avait guère de circulation et ils avaient du mal à garder au moins une voiture entre eux et Bosch. Lewis était persuadé que la plupart des flics ne prennent jamais la peine de vérifier s'ils sont suivis, mais il faisait une exception pour Bosch : on lui avait assassiné son témoin ;

instinctivement, il devait penser que quelqu'un l'avait suivi, et le suivait peut-être encore.

– Ouais, ralentis. On a toute la journée, et lui aussi.

Bosch parcourut les sept kilomètres suivants à la même allure, puis s'engagea dans le parking situé à côté du Alice's Restaurant et de la jetée de Malibu. Lewis et Clarke passèrent devant sans s'arrêter. Moins d'un kilomètre plus loin, Lewis effectua un demi-tour interdit et revint sur ses pas. Quand ils pénétrèrent sur le parking, la voiture de Bosch était toujours là, mais le bonhomme avait disparu.

– Encore ce restaurant ? s'écria Clarke. Il l'adore cet endroit, on dirait.

– C'est même pas encore ouvert !

Ils regardèrent dans toutes les directions. Quatre autres voitures étaient garées au fond du parking ; à en juger par les galeries fixées sur le toit, elles appartenaient au groupe de surfeurs qui chevauchaient les vagues au sud de la jetée. Finalement, Lewis repéra Bosch et le montra du doigt. Vers le milieu de la jetée, il marchait tête baissée, les cheveux ébouriffés. Lewis voulut prendre l'appareil photo, mais s'aperçut qu'il était resté dans le coffre. Il sortit une paire de jumelles de la boîte à gants et la braqua sur la silhouette de Bosch. Il le suivit ainsi jusqu'à ce qu'il atteigne l'extrémité des planches et s'accoude à la balustrade.

– Qu'est-ce qu'il fout ? lui demanda Clarke. Laisse-moi voir.

– Toi, tu conduis. Moi, je regarde. Il ne fait rien du tout. Il est juste accoudé.

– Il fait bien quelque chose.

– Il réfléchit… Voilà, il allume une cigarette. Satisfait ? Il fait quelque chose… Hé, attends une minute.

– Quoi ?

– Merde. On aurait dû préparer l'appareil.

– Pourquoi « on » ? C'est ton boulot, aujourd'hui. Moi je conduis. Qu'est-ce qu'il fout ?

– Il a balancé un truc. Dans la flotte.

A travers les jumelles, Lewis vit Bosch s'appuyer de tout son poids contre la balustrade. Il regardait la mer. A première vue, il était seul sur la jetée.

– Qu'est-ce qu'il a balancé ? Tu vois pas ?

– Comment veux-tu que je sache ce qu'il a balancé ? Je vois pas la surface de l'eau d'ici ! Tu veux peut-être que j'aille demander à un des surfeurs d'aller jeter un œil sur sa planche ? Je le sais pas, moi, ce qu'il a jeté !

– Hé, calme-toi. Je te posais juste la question. Tu te souviens pas de la couleur du truc qu'il a balancé ?

– Ça avait l'air blanc, comme une balle. Mais ça flottait.

– Je croyais que tu pouvais pas voir la surface.

– Non, ça flottait en l'air. Je pense que c'était un mouchoir jetable ou un papier quelconque.

– Qu'est-ce qu'il fait maintenant ?

– Il est toujours appuyé contre la rambarde. Il regarde l'eau.

– C'est l'heure de la crise de conscience. Peut-être qu'il va se foutre à l'eau et qu'on sera enfin débarrassés de toute cette histoire.

Clarke rit de sa mauvaise plaisanterie. Pas Lewis.

– Ouais, je suis sûr que c'est ce qui va se passer.

– File-moi les jumelles et va téléphoner. Demande à Irving ce qu'il faut faire.

Lewis lui tendit les jumelles, descendit de voiture et ouvrit le coffre pour sortir le Nikon. Après y avoir fixé un téléobjectif, il le passa à Clarke par la portière du conducteur.

– Prends-le en photo, comme ça on aura quelque chose à montrer à Irving.

Lewis trottina vers le restaurant pour trouver un téléphone. Moins de trois minutes plus tard, il était de retour. Bosch était toujours accoudé à la balustrade au bout de la jetée.

– Le chef dit qu'on ne doit abandonner la filature sous aucun prétexte, lança-t-il. Il dit aussi que nos rapports étaient à chier. Il veut plus de détails, plus de photos. Au fait, tu l'as pris ?

263

Clarke était trop occupé à regarder dans le viseur pour lui répondre. Lewis s'empara des jumelles. Bosch demeurait immobile. Lewis n'y comprenait rien. Que faisait-il ? Il réfléchissait ? Mais pourquoi venir jusqu'ici pour réfléchir ?

— Irving, je l'emmerde ! dit tout à coup Clarke en lâchant l'appareil photo sur ses genoux pour se tourner vers son collègue. Oui, j'ai pris quelques photos. De quoi satisfaire Irving. Mais il ne fait absolument rien. Il reste accoudé là.

— Non, plus maintenant, dit Lewis qui continuait à regarder avec les jumelles. Démarre. Le spectacle va commencer.

Bosch remonta la jetée après avoir lancé dans l'eau la feuille froissée concernant sa proposition d'hypnose. Telle une fleur sur une mer polluée, celle-ci flotta un bref instant à la surface avant de disparaître. Sa détermination à retrouver le meurtrier de Meadows était encore plus forte ; désormais, il réclamait aussi justice pour Sharkey. En avançant sur les vieilles planches de la jetée, il vit la Plymouth qui le suivait quitter le parking du restaurant. C'est eux, songea-t-il. Mais ça n'avait aucune importance. Peu importe ce qu'ils avaient vu, ou croyaient avoir vu. Les règles avaient changé, et Bosch avait des projets pour Lewis et Clarke.

Il reprit la 10 en direction du centre-ville. Sans même se donner la peine de regarder dans son rétroviseur, car il savait que la voiture noire serait là. Et c'était très bien ainsi.

Arrivé dans Los Angeles Street, il se gara sur un emplacement interdit en face de l'US Administration Building. Parvenu au deuxième étage, il traversa la salle d'attente bondée du service d'immigration et de naturalisation. L'odeur rappelait celle d'une prison, mélange de sueur, de peur et de désespoir. Une femme à l'air las était assise derrière une vitre coulissante, occupée à faire les mots croisés du *Times*. La vitre était fermée. Sur le comptoir était posé un distributeur de tickets semblable à ceux qu'on trouve dans les grandes boucheries. Au bout d'un moment, l'employée leva les yeux sur lui. Il avait sorti son insigne.

– Vous connaissez pas un mot de six lettres pour désigner une personne toujours triste et solitaire ? lui demandat-elle après avoir fait coulisser la vitre et vérifié qu'elle ne s'était pas abîmé l'ongle.

– Bosch.

– Quoi ?

– Inspecteur Harry Bosch. Ouvrez-moi la porte. Je viens voir Hector V.

– Faut d'abord que je me renseigne, dit-elle en faisant la moue.

Elle murmura quelques mots dans le téléphone, puis tendit le bras vers l'insigne de Bosch pour poser son doigt sous son nom. Elle raccrocha.

– Il vous attend, fit-elle en commandant l'ouverture de la porte à côté de sa cage de verre. Il dit que vous connaissez le chemin.

Bosch serra la main d'Hector Villabona. Son bureau était encore plus encombré et plus exigu que celui de Bosch.

– J'ai besoin d'un service. Je voudrais interroger l'ordinateur.

– Allons-y.

Voilà ce que Bosch appréciait chez lui : Hector V. ne posait jamais de questions avant de prendre une décision. C'était un homme d'action. Il ne jouait pas au plus malin, comme tout le monde dans ce métier. Il fit rouler sa chaise jusqu'à un terminal IBM posé sur un bureau contre le mur et entra son code d'accès dans la machine.

– Tu veux lui soumettre des noms, c'est ça ? Combien ?

Bosch n'avait pas l'intention de jouer au plus malin lui non plus. Il lui montra la liste de trente-quatre noms. Hector laissa échapper un petit sifflement.

– OK, on va les rentrer dans la machine, mais ce sont des Vietnamiens. S'ils ne sont pas passés par ce bureau, leur dossier ne figurera pas dans nos archives. J'aurai seulement ce qu'il y a dans l'ordinateur : date d'arrivée, documents, nationalité, et ainsi de suite. Tu connais la procédure, Bosch.

Bosch la connaissait. Mais il savait également que la plupart des réfugiés vietnamiens s'installaient en Californie du Sud après avoir quitté leur pays. Hector entreprit de taper la liste des noms, avec deux doigts. Vingt minutes plus tard, Bosch consultait un listing d'ordinateur.

– Qu'est-ce qu'on cherche, Harry ? lui demanda Hector en examinant la liste avec lui.

– Je ne sais pas. Tu remarques quelque chose d'inhabituel ?

Quelques minutes s'écoulèrent. Bosch était persuadé qu'Hector allait répondre par la négative. Fausse piste. Mais il se trompait.

– Celui-ci. Je parie qu'il avait des relations.

L'individu en question se nommait Ngo Van Binh. Ce nom ne disait absolument rien à Bosch, hormis le fait qu'il provenait de la liste B. Autrement dit, Binh n'avait pas fait de déclaration de vol après le cambriolage des coffres.

– Des relations ?

– Disons qu'il avait du piston, reprit Hector. Des relations politiques, si tu préfères. Regarde, il y a le préfixe GL devant son numéro d'immatriculation. Ces dossiers sont généralement étudiés par notre bureau des cas spéciaux, à Washington. Habituellement, le SCB ne s'intéresse pas aux vulgaires immigrants. C'est un truc très politique. Il s'occupe des gens comme le shah ou les époux Marcos, ou des transfuges soviétiques, quand ce sont des savants ou des danseuses. Tu vois le genre, quoi. Des trucs auxquels j'ai jamais accès. (Il hocha la tête et posa son doigt sur le listing.) Il y a aussi des dates, mais elles sont trop rapprochées. Ça s'est fait trop vite, voilà pourquoi je te dis qu'il y a eu du piston. Je ne connais pas ce type, mais je peux te dire qu'il avait des amis en haut lieu. Regarde un peu la date d'enregistrement : 4 mai

1975. Seulement quatre jours après son départ du Vietnam. Tu comptes un jour pour arriver à Manille et un autre pour débarquer ici et ça ne lui en laisse que deux pour obtenir l'autorisation d'émigrer et se faire poinçonner son billet pour la terre promise. C'est impossible en si peu de temps, à moins d'être pistonné. Ça veut donc dire que ce gars, ce Binh, avait l'autorisation avant. Et, donc, des relations. Remarque, ça n'a rien d'inhabituel : y a des tas de types dans son cas. On a vu débarquer un sacré paquet de réfugiés quand ça a commencé à chier là-bas. La plupart appartenaient à l'élite. Pour beaucoup, il leur suffisait de payer pour en faire partie.

Bosch regarda la date à laquelle Binh avait fui le Vietnam : le 30 avril 1975. Le même jour que Meadows, celui où Saigon était tombée aux mains de l'armée du Nord.

— Et ça, reprit Villabona en lui montrant une autre date. C'est plutôt rapide, pour recevoir ses papiers. Le 14 mai ! Dix jours seulement après son arrivée, ce type obtient un visa. Trop rapide pour un vulgaire pékin, si je puis dire.

— Alors, qu'en penses-tu ?

— Difficile à dire. C'était peut-être un de nos agents. Mais peut-être aussi avait-il assez de fric pour embarquer à bord d'un hélico. Y a encore des tas de rumeurs qui datent de cette période. On s'enrichissait vite. Une place à bord d'un transport de troupes en échange de 10 000 dollars. Et plus encore pour un visa facile. Mais jamais de preuve.

— Tu peux me sortir son dossier ?

— Ouais… si je bossais à Washington. (Bosch le regarda sans comprendre.) Tous les GL sont là-bas, Harry, expliqua Hector. Je verrai ce que je peux faire. Je vais passer quelques coups de fil. Tu repasseras ?

Bosch lui donna son numéro de téléphone, sans lui dire que c'était celui du FBI. Ils échangèrent une nouvelle poignée de main et Bosch s'en alla. Dans le hall du rez-de-chaussée, il chercha à repérer Lewis et Clarke à travers les portes en verre fumé. Lorsqu'il vit la Plymouth tourner le coin de la rue (les deux agents venaient de faire pour la énième fois le tour du pâté de maisons), il franchit le seuil du bâtiment et descendit les marches jusqu'à sa voiture. La voiture des AI ralentit et se rangea le long du trottoir : juste le temps de le laisser monter dans sa Caprice et démarrer.

Bosch fit ce qu'ils attendaient de lui. C'était exactement ce qu'il voulait, lui aussi.

La voie Woodrow Wilson grimpe autour des Hollywood Hills dans le sens contraire des aiguilles d'une montre ; à aucun endroit la chaussée fissurée et rapiécée n'est assez large pour laisser passer deux voitures sans qu'elles soient obligées de ralentir. Les maisons situées sur la gauche semblent ramper à flanc de colline. Ce sont les anciennes demeures, cossues, solides et sûres. Tuiles d'Espagne et stuc. Sur la droite, les édifices de construction plus récente balancent courageusement leur ossature en bois au-dessus des buissons bruns des arroyos et des pâquerettes du canyon. Bâties en équilibre sur des pilotis et pas mal d'espoir, elles s'accrochent de manière précaire à l'extrémité de la colline, tout comme leurs propriétaires s'agrippent à leur place dans les studios de cinéma juste en dessous. La maison de Bosch était la quatrième en partant du haut, sur le côté droit.

A la sortie du dernier virage, elle lui apparut. Il en observa le bois sombre et la forme de boîte à chaussures, essayant d'y repérer un détail inhabituel, comme si l'extérieur pouvait lui indiquer un changement à l'intérieur. Jetant un coup d'œil dans son rétroviseur, il repéra l'avant de la Plymouth noire qui s'engageait dans le virage. Il pénétra dans le garage qui jouxtait sa maison et descendit de voiture. Il entra chez lui sans se retourner.

Il était allé sur la jetée pour repenser à ce qu'avait dit Rourke. Et, en y réfléchissant, il s'était souvenu de l'appel mystérieux sur son répondeur. Il entra dans la cuisine pour réécouter ses messages. Il y avait d'abord le coup de fil mystérieux de mardi, puis le message que lui avait passé Jerry Edgar, quand celui-ci cherchait à le contacter pour lui demander de se rendre au Hollywood Bowl. Bosch rembobina la bande et repassa l'appel, s'injuriant intérieurement pour ne pas avoir compris la première fois. Le correspondant avait écouté son message, puis il avait raccroché après le bip sonore. La bande avait enregistré le déclic de l'appareil. S'ils ne souhaitaient pas lui laisser de message, la plupart des gens auraient raccroché en l'entendant dire qu'il était absent. Ou bien, s'ils avaient pensé qu'il était chez lui, ils lui auraient demandé de répondre après le bip. Or, ce mystérieux correspondant avait écouté le message dans sa totalité et n'avait raccroché qu'après le signal sonore. Pour quelle raison ? Bosch n'avait pas compris immédiatement, mais maintenant cela lui semblait évident : il s'agissait d'un test d'émetteur.

Il ouvrit le placard près de la porte pour y prendre une paire de jumelles. Puis il s'approcha de la fenêtre du salon et en écarta très légèrement le rideau pour repérer la Plymouth noire. Elle était arrêtée un peu plus haut sur la colline. Lewis et Clarke étaient passés devant chez lui, avant de faire demi-tour et de se garer sur le bas-côté, face à la pente ; ils voulaient être prêts à reprendre la filature si jamais il décidait de ressortir. Grâce à ses jumelles, il aperçut Lewis derrière le volant, les yeux fixés sur sa maison. Clarke avait renversé la tête sur son siège et fermé les yeux. Apparemment, ni l'un ni l'autre n'avait d'écouteur aux oreilles. Mais il devait en avoir le cœur net. Sans décoller les yeux des jumelles, il entrouvrit discrètement la porte d'entrée et la referma. Aucune réaction de la part des agents des AI, Clarke gardant les yeux fermés et Lewis continuant à se curer les dents avec une carte de visite.

S'ils avaient placé un micro chez lui, se dit-il, celui-ci aurait été relié à un récepteur à distance. C'était moins risqué. Sans doute un mini-magnétophone à bande se déclenchant au son de la voix et caché quelque part à l'extérieur de la maison. Ils attendraient qu'il reparte, puis l'un d'eux descendrait de voiture pour courir récupérer la bande et la remplacer par une vierge. Ensuite, ils pourraient reprendre la filature avant qu'il n'ait atteint le bas de la colline. S'éloignant de la fenêtre, Bosch inspecta rapidement le salon, puis la cuisine. Il examina le dessous des tables et des appareils électroménagers, sans découvrir le moindre micro : le contraire l'aurait étonné. L'endroit le plus propice, il le savait, était le téléphone, et il le gardait pour la fin. La source d'alimentation étant déjà là, cela permettait d'enregistrer les bruits de l'intérieur de la maison en plus de toutes les conversations téléphoniques.

Il décrocha le téléphone et, à l'aide d'un petit canif attaché à son porte-clés, fit sauter le couvercle du microphone. A première vue, rien d'anormal. Il ôta le couvercle de l'écouteur. Voilà, c'était là. Avec la pointe du canif, il souleva délicatement le micro. Fixé au dos par un petit aimant, se trouvait un émetteur plat et rond de la taille d'une pièce de vingt-cinq cents. Deux fils étaient reliés à cet appareil baptisé T-9, l'un d'eux étant enroulé autour d'un des fils du récepteur du téléphone fournissant l'alimentation du micro espion. Le second fil disparaissait dans le combiné. Bosch tira dessus avec prudence et la source d'alimentation de secours apparut sous la forme d'un petit chargeur contenant une seule pile de 1,5 volt. Le mouchard fonctionnait avec le courant du téléphone, mais, si jamais le téléphone était débranché, la pile lui fournissait l'énergie nécessaire pendant encore environ huit heures. Bosch déconnecta le dispositif et le déposa sur la table. Le micro fonctionnait maintenant sur la pile. Bosch le regarda, en se demandant ce qu'il allait faire. C'était un modèle standard utilisé par la police : champ d'action de cinq à sept mètres, conçu pour capter tout ce qui se disait dans une pièce. La zone d'émission était réduite, une vingtaine de mètres au maximum, et variait en fonction de la masse de métal que contenait le bâtiment.

Bosch retourna à la fenêtre du salon pour regarder dans la rue. Lewis et Clarke ne montraient toujours aucun

270

signe d'agitation ; ils ignoraient que le micro avait été découvert. Lewis avait fini de se curer les dents.

Il brancha la chaîne hi-fi et mit un disque de Wayne Shorter. Après quoi, il sortit par la porte de la cuisine qui donnait directement dans le garage. De là, les agents des AI ne pouvaient pas le voir. Presque immédiatement, il découvrit le magnétophone, dans le boîtier de raccordement du compteur électrique fixé au mur du fond : les bobines de deux pouces tournaient au son du saxophone de Wayne Shorter. Le magnétophone Nagra, comme le T-9, était branché sur le courant de la maison, mais possédait son propre système d'alimentation. Après l'avoir débranché, Bosch rapporta l'appareil à l'intérieur et le déposa sur la table, à côté de son complément.

Shorter achevait *502 Blues*. Installé dans son fauteuil de garde, Bosch alluma une cigarette et contempla les deux appareils en essayant de concevoir un plan. Il rembobina la bande et appuya sur le bouton *Play*. La première chose qu'il entendit fut sa voix disant qu'il était absent, puis le message de Jerry Edgar concernant le Hollywood Bowl. Suivi du bruit de la porte qui s'ouvre et se referme deux fois, et enfin le saxo de Wayne Shorter. Conclusion, ils avaient changé les bandes au moins une fois depuis l'appel test. Soudain, Bosch songea que la visite d'Eleanor Wish avait elle aussi été enregistrée, et il se demanda si le micro avait pu capter leur conversation sur la terrasse. Cette intrusion dans sa vie privée déclencha sa colère : ces deux types dans leur Plymouth noire lui avaient volé ce fragile instant.

Il se rasa, prit une douche et se changea, optant pour un costume d'été beige avec une chemise Oxford rose et une cravate bleue. Retournant dans le salon, il glissa le magnétophone et le micro dans les poches de sa veste. Avec les jumelles, il jeta un dernier coup d'œil entre les rideaux : toujours pas la moindre réaction dans la voiture des AI. Après être sorti discrètement par la porte de la cuisine, il descendit prudemment le remblai jusqu'au pied du premier pilotis en acier. A pas précautionneux, il traversa l'espace en pente sous sa maison. En chemin, il remarqua que les buissons étaient constellés de morceaux de papier doré, ceux-là mêmes qu'il avait arrachés à sa bouteille de bière et lancés de la terrasse lorsqu'il était en compagnie d'Eleanor.

Arrivé à l'extrémité de sa propriété, il continua à flanc de colline et passa sous les trois maisons voisines. Après la troisième, il escalada la pente et risqua un œil dans la rue. Il se trouvait maintenant derrière la Plymouth. Il ôta la barbane accrochée aux revers de son pantalon et s'avança sur la route d'un pas nonchalant.

Bosch atteignit la portière du passager sans être vu. La vitre était baissée et, juste avant d'ouvrir la portière d'un coup sec, il lui sembla entendre un ronflement à l'intérieur de la voiture.

Clarke avait la bouche ouverte et les yeux encore fermés lorsque Bosch se pencha par la vitre pour saisir les deux hommes par leur cravate en soie. Le pied droit appuyé sur le bas de la carrosserie pour avoir plus de force, il tira brutalement les deux inspecteurs vers lui. Ils étaient deux, mais l'avantage était de son côté. Clarke était désorienté, et Lewis ne comprenait pas davantage ce qui lui arrivait. Ils tentèrent de résister, mais leurs nœuds de cravate se resserraient et leur coupaient la respiration. Résultat, ils descendirent de voiture presque de leur plein gré, trébuchant comme des chiens au bout d'une laisse, pour finalement atterrir à proximité d'un palmier planté à un mètre de la chaussée. Le visage empourpré, ils crachotaient et portaient les mains à leur cou pour tirer sur leurs nœuds de cravate et essayer de reprendre leur souffle. D'un geste vif, Bosch s'empara des menottes qui pendaient à leurs ceintures. Tandis que les deux agents des AI avalaient goulûment de grandes bouffées d'air, il réussit à attacher le poignet gauche de Lewis au poignet droit de Clarke. Faisant le tour de l'arbre, il emprisonna la main droite de Lewis dans la seconde paire de menottes. Comprenant enfin ce qu'il essayait de faire, Clarke tenta de se relever et de se dégager. Bosch le saisit de nouveau par la cravate et tira d'un coup sec vers le bas. La tête de Clarke heurta le tronc de l'arbre. Profitant de ce qu'il était momentanément assommé, Bosch referma la dernière menotte autour de son poignet. Les deux flics des AI étaient vautrés par terre, attachés l'un à l'autre par les poignets et séparés par le tronc du palmier. Après leur avoir confisqué leurs armes, Bosch se recula pour souffler un peu. Il balança les revolvers sur le siège avant de la Plymouth.

— Vous êtes un homme mort ! parvint à croasser Clarke malgré sa gorge en feu.

Les deux inspecteurs réussirent tant bien que mal à se remettre debout, le palmier se dressant toujours entre eux. On aurait dit deux adultes surpris en train de jouer à chat.

— Voies de fait sur un collègue officier de police, conduite inqualifiable : on peut vous faire plonger pour une demi-douzaine d'autres motifs désormais ! s'écria Lewis qui, pris d'une violente quinte de toux, postillonna sur la veste de Clarke. Si vous nous détachez, peut-être qu'on pourra passer l'éponge…

— Pas question de passer l'éponge, déclara Clarke. Cette fois, ce salaud va plonger pour de bon !

Bosch sortit le micro espion de sa poche et le posa au creux de sa paume.

— Qui est-ce qui va plonger ? demanda-t-il.

Lewis reconnut le mouchard.

— Nous ne sommes pas au courant.

— Evidemment, dit Bosch en sortant le petit magnétophone de son autre poche. Et ça ? Un Nagra qui fonctionne au son : c'est bien l'appareil que vous utilisez pour vos surveillances, non ? Légales ou pas. J'ai trouvé ce micro à l'intérieur de mon téléphone. Et, au même moment, je m'aperçois que deux abrutis me suivent à travers toute la ville ? Et ça ne serait pas vous qui auriez planqué ce truc chez moi pour pouvoir écouter ce qui s'y passe ?

Ni Lewis ni Clarke ne lui répondirent, Bosch ne s'attendant d'ailleurs pas à mieux de leur part. Il remarqua une petite goutte de sang au coin de la narine de Clarke. Une voiture qui descendait Woodrow Wilson Drive ralentit à leur hauteur, et Bosch brandit son insigne. Le véhicule continua sans s'arrêter. Les deux agents des AI n'appelant pas à l'aide, Bosch commença à se détendre. Il avait les cartes en main. Le département avait été tellement critiqué pour avoir posé des écoutes illégales chez des collègues officiers de police, des leaders des mouvements civiques, voire des stars de cinéma, que ces deux crétins n'avaient aucune envie de faire des vagues. Sauver leur propre peau les préoccupait davantage que le sort de Bosch.

— Vous avez un mandat vous autorisant à placer des micros chez moi?

— Ecoutez-moi, Bosch, dit Lewis. Je vous l'ai dit, nous…

— Ça m'étonnerait. Il faut avoir des preuves pour obtenir un mandat. Du moins, c'est ce que j'ai toujours entendu dire. Mais c'est vrai que, généralement, les Affaires internes ne s'arrêtent pas à ce genre de détails. Vous savez de quoi vous avez l'air avec votre accusation de voies de fait, Clarke? Pendant que vous m'enverrez devant la commission de discipline et que vous me ferez virer pour vous avoir tirés de votre bagnole et sali le fond de culotte dans l'herbe, moi, je vous traînerai tous les deux, avec votre patron Irving, le département des AI, le chef de la police et toute cette putain de ville, devant une cour fédérale pour violation du 4e Amendement. Perquisition et saisie illégales. Et n'oublions pas le maire. Que dites-vous de ça?

Clarke cracha dans l'herbe aux pieds de Bosch. La goutte de sang qui lui pendait au nez tomba sur sa chemise blanche.

— Vous ne pourrez pas prouver que ça vient de nous, car c'est faux.

— Qu'est-ce que vous voulez, Bosch? dit Lewis.

La rage empourprait davantage son visage que la cravate qui, tout à l'heure, lui avait serré le cou comme un nœud coulant. Bosch se mit à tourner lentement autour d'eux, les obligeant sans cesse à se dévisser la tête ou à se pencher derrière le tronc pour le voir.

– Ce que je veux ? Malgré tout le mépris que vous m'inspirez, je n'ai pas très envie de vous traîner devant un tribunal. C'était déjà assez pénible de vous traîner jusqu'ici. Je veux que…

– Vous devriez vous faire examiner ! Ça ne tourne pas rond dans votre tête, Bosch ! s'écria Clarke.

– La ferme, Clarke, dit Lewis.

– La ferme toi-même !

– Je me suis déjà fait examiner, répondit Bosch. Et je préfère encore ma tête à la vôtre. Vous, ce qu'il vous faudrait, c'est un proctologue.

Il avait dit cela en tournant derrière Clarke. Il se recula de quelques pas et continua à décrire des cercles autour d'eux.

– Je suis moi aussi disposé à passer l'éponge pour ce coup-là. Je vous demande juste de répondre à deux ou trois questions et nous sommes quittes. Après tout, nous faisons tous partie de la famille, pas vrai ?

– Quelles questions, Bosch ? lui demanda Lewis. De quoi est-ce que vous parlez ?

– Depuis quand me suivez-vous ?

– Mardi matin. On vous a pris en filature à la sortie du FBI.

– Lui dis rien, lança Clarke.

– Il le sait déjà.

Clarke regarda son collègue et secoua la tête comme s'il n'en revenait pas.

– Quand avez-vous placé le mouchard chez moi ?

– C'est pas nous, dit Lewis.

– Mon cul. Mais peu importe. Vous m'avez vu interroger le gamin à Boytown.

C'était une affirmation, pas une question. Bosch voulait leur laisser croire qu'il savait déjà quasiment tout.

– Ouais, dit Lewis. C'était notre premier jour sur l'affaire. D'accord, vous nous avez repérés. Et alors ?

275

Bosch vit Lewis approcher la main de sa poche de veste. Il bondit et en sortit un trousseau de clés comportant celle des menottes. Il jeta le trousseau dans la voiture et, debout derrière Lewis, demanda :

— A qui en avez-vous parlé ?

— Du gamin ? A personne. On n'en a parlé à personne, Bosch.

— Vous tenez un registre de surveillance, non ? Vous prenez des photos ? Je parie qu'il y a un appareil photo sur le siège arrière de cette voiture. A moins que vous l'ayez oublié dans le coffre.

— Evidemment.

Bosch alluma une cigarette et se recula.

— A qui vous refilez tout ça ?

Lewis ne répondit pas immédiatement. Bosch le vit regarder Clarke.

— On a transmis le premier compte rendu et les photos hier. Dans le casier du chef adjoint. Comme toujours. Je sais même pas s'il a eu le temps d'y jeter un œil. C'est les seules paperasses qu'on a remplies jusqu'à maintenant. Allez, enlevez-nous ces menottes, Bosch. C'est gênant, tous les gens qui passent nous regardent. On pourra continuer à bavarder.

Bosch s'avança, leur souffla sa fumée dans la figure et déclara qu'ils garderaient leurs menottes jusqu'à la fin de la conversation. Puis il se pencha vers le visage de Clarke.

— Qui d'autre a eu ce rapport ?

— Le rapport de surveillance ? Personne, Bosch, lui répondit Lewis. Ce serait une violation de la procédure.

Bosch éclata de rire, en secouant la tête. Il savait qu'ils n'avoueraient jamais aucune irrégularité ou violation des règlements du département. Il commença à s'éloigner pour rentrer chez lui.

— Hé, une minute, une minute, Bosch ! s'écria Lewis. OK, on a transmis le rapport à votre lieutenant. Ça vous va ? Revenez... (Bosch s'exécuta.) Il voulait être tenu informé. On n'avait pas le choix. Irving a donné son feu vert. Nous, on a fait ce qu'on nous demandait.

– Que disait votre rapport au sujet du gamin ?

– Rien. Que c'était un gamin, voilà tout… Euh, « Le sujet a abordé l'adolescent dans la rue. L'adolescent a été conduit au commissariat de Hollywood pour un interrogatoire dans les règles », enfin… quelque chose comme ça.

– Y avait son identité dans le rapport ?

– Non. On ne connaissait même pas son nom. Sincèrement, Bosch. On vous a juste suivis, c'est tout. Maintenant, détachez-nous.

– Et le refuge ? Vous m'avez vu l'y conduire. Est-ce que ça figurait dans votre rapport ?

– Ouais, on l'a noté.

Bosch s'approcha de nouveau.

– Et maintenant la question à cent points. Si le FBI a retiré sa plainte, pourquoi les AI continuent-elles à me filer le train ? Le FBI a appelé Pounds pour mettre les choses au clair. Mais vous, vous continuez à agir comme si de rien n'était. Pourquoi ? (Lewis voulut répondre, mais Bosch le coupa.) Je veux que Clarke me réponde. Vous réfléchissez trop vite, Lewis. (Clarke resta muet.) Clarke, le gamin avec lequel vous m'avez vu a été tué. Quelqu'un l'a assassiné parce qu'il m'avait parlé. Et les seuls à savoir qu'il m'avait parlé, c'est vous et votre collègue ici présent. Il se passe quelque chose que j'ignore, et, si je n'obtiens pas de réponses à mes questions, je vais cracher le morceau : j'alerte la presse. C'est vous qui allez vous retrouver avec les AI au cul.

Clarke prononça ses premiers mots depuis cinq minutes :

– Allez vous faire foutre.

Lewis en profita pour intervenir.

– Que je vous dise la vérité, Bosch : le FBI se méfie de vous. Voilà. Ils disent qu'ils vous ont mis sur l'affaire, mais ils n'ont pas confiance en vous. Ils disent que vous leur avez imposé votre présence et veulent vous surveiller pour être certains que vous ne mijotez pas un sale coup. Voilà tout. On nous a demandé de laisser tomber l'enquête, mais de continuer à vous coller au train. C'est ce qu'on a fait. Vous savez tout. Maintenant, libérez-nous. J'ai du mal à respirer et je commence à avoir mal aux poignets avec ces saloperies de menottes. Vous avez serré sacrément fort.

Bosch se tourna vers Clarke.

– Où sont vos clés ?

– Dans la poche de devant, lui répondit-il en refusant de le regarder en face.

Bosch vint se placer dans son dos et glissa ses mains autour de sa taille. Il sortit un porte-clés de sa poche de veste et lui murmura à l'oreille :

– Si jamais vous refoutez les pieds chez moi, Clarke, je vous tue.

Sur ce, il lui fit glisser son pantalon et son caleçon au bas des chevilles et s'éloigna. Au passage, il lança les clés dans la voiture.

– Enfoiré ! hurla Clarke. C'est moi qui vous tuerai le premier, Bosch !

Tant qu'il aurait le micro et le Nagra, Bosch était quasiment assuré que Lewis et Clarke éviteraient de lui chercher des poux dans la tête. Ils avaient plus à perdre que lui. Un procès et un scandale public briseraient net leur carrière ; jamais ils n'arriveraient au cinquième étage. Bosch remonta en voiture et se rendit au Federal Building.

Trop de gens étaient, ou pouvaient être au courant de ses liens avec Sharkey, songea-t-il en essayant d'analyser les faits. Dans ces conditions, pas moyen d'espérer démasquer l'informateur. Lewis et Clarke avaient vu le gamin ; ils avaient transmis l'information à Irving, à Pounds, à Dieu sait qui encore. Rourke et l'employé des archives du FBI étaient au courant, eux aussi. Et il ne comptait pas tous les gens qui avaient pu l'apercevoir en compagnie de Sharkey, ou entendre dire qu'il le cherchait. Conclusion, il lui faudrait attendre que la situation évolue.

Au siège du FBI, la réceptionniste rousse assise derrière sa vitre le fit patienter le temps de prévenir le groupe 3. A

278

travers les voilages, il observa une fois encore le cimetière et y aperçut plusieurs personnes qui travaillaient dans la tranchée au sommet de la colline. A l'intérieur de la plaie béante, ils disposaient des blocs de pierre noire qui projetaient de violents reflets blancs dans le soleil. Bosch crut enfin avoir compris ce qu'ils faisaient. La serrure électrique de la porte bourdonnant dans son dos, il entra. Il était midi et demi et toute la brigade s'était éclipsée, à l'exception de Wish. Assise à son bureau, elle mangeait un sandwich à l'œuf et à la salade, du genre de ceux qu'on trouve dans des emballages en plastique de forme triangulaire dans toutes les cafétérias des bâtiments administratifs qu'il avait visités. A côté d'elle étaient posés l'habituelle bouteille d'eau minérale et un gobelet en carton. Ils échangèrent un petit bonjour. Bosch sentait que leurs rapports avaient changé, mais il ignorait dans quelle mesure.

– Tu es ici depuis ce matin ? lui demanda-t-il.

Elle lui répondit que non. Elle lui expliqua qu'elle avait apporté les photos de Franklin et Delgado aux employés de la WestLand National et que l'une des femmes avait identifié formellement Franklin comme étant Frederic B. Isley, l'« éclaireur ».

– C'est suffisant pour obtenir un mandat. Hélas, Franklin est introuvable, ajouta-t-elle. Rourke a envoyé plusieurs équipes aux adresses fournies par le DMV. Ils viennent de nous contacter et ou bien Franklin et Delgado ont déménagé, ou bien ils n'ont jamais habité à ces endroits. Apparemment, ils sont dans la nature.

– Et maintenant ?

– Je ne sais pas. Rourke parle de mettre l'affaire en attente jusqu'à ce qu'on les retrouve. Tu vas certainement devoir retourner à la brigade. Dès qu'on en aura arrêté un, on t'appellera pour l'interroger sur le meurtre de Meadows.

– Et celui de Sharkey. Ne l'oublie pas.

– Oui, celui-là aussi.

Bosch acquiesça. C'était terminé. Le FBI allait refermer le dossier.

— Au fait, il y a un message pour toi, reprit-elle. Quelqu'un t'a appelé, un certain Hector. Il n'a rien dit d'autre.

Bosch s'installa au bureau voisin et composa le numéro de la ligne directe d'Hector Villabona. Celui-ci décrocha après la deuxième sonnerie.

— Bosch.

— Hé ! Qu'est-ce que tu fous au Bureau ? J'appelle le numéro que tu m'as filé, et on me dit que je suis au FBI.

— C'est une longue histoire. Je te raconterai plus tard. Alors, tu as trouvé quelque chose ?

— Pas vraiment, Harry, et ça m'étonnerait que j'y arrive. Pas moyen d'obtenir le dossier. Ce Binh, ou autre, avait bien des relations. Comme on le supposait. Son dossier est toujours classé confidentiel. J'ai appelé un gars que je connais là-bas pour lui demander de me l'envoyer, il m'a rappelé pour me dire que c'était impossible.

— Pourquoi est-il toujours confidentiel ?

— Comment savoir, Harry ? C'est justement pour ça qu'il est confidentiel. Pour que personne ne vienne foutre son nez dedans.

— Bon, je te remercie. De toute façon, ça ne me paraît plus aussi important.

— Si tu connais quelqu'un au niveau des Affaires étrangères, quelqu'un qui a du poids, il aura peut-être plus de chance que moi. Je ne suis qu'un modeste fonctionnaire. Mais ce type que je connais a quand même laissé filer un renseignement.

— Lequel ?

— Je lui ai donné le nom de Binh, tu vois, et, quand il m'a rappelé, il m'a dit : « Désolé, le dossier du capitaine Binh est classé confidentiel. » Voilà. Donc, ce type était un militaire. C'est sans doute pour ça qu'ils l'ont tiré de là-bas, et si rapidement. S'il était dans l'armée, ils lui ont sauvé la peau, c'est sûr.

— Exact.

Bosch remercia Hector et raccrocha.

Se tournant vers Eleanor, il lui demanda si elle avait des contacts au Département d'Etat. Elle secoua la tête.

– Renseignement militaire, la CIA, un truc dans ce genre ? insista-t-il. Quelqu'un qui ait accès aux fichiers des ordinateurs…

Elle réfléchit un instant.

– Il y a bien un gars en relation avec les Affaires étrangères. On s'est connus à Washington. Que se passe-t-il, Harry ?

– Peux-tu l'appeler pour lui demander un service ?

– Il ne parle jamais boulot au téléphone. Il va falloir descendre le voir.

Bosch se leva. Tandis qu'ils attendaient l'ascenseur dans le couloir, il lui parla de Binh et lui apprit que, capitaine dans l'armée, celui-ci avait quitté le Vietnam le même jour que Meadows. La porte de l'ascenseur s'ouvrit. Ils montèrent, Eleanor appuyant sur le bouton du sixième étage. Ils étaient seuls dans la cabine.

– Dès le début tu savais qu'on me suivait, dit-il. Les Affaires internes.

– Je les ai repérés.

– Non. Tu le savais avant même de les repérer, pas vrai ?

– Ça change quelque chose ?

– Pour moi, oui. Pourquoi ne m'as-tu rien dit ?

Elle ne répondit pas immédiatement. L'ascenseur s'immobilisa.

– Je ne sais pas. Je suis désolée. Je n'ai rien dit au départ et, quand j'ai voulu le faire, je ne pouvais plus. J'avais peur de tout gâcher. Mais on dirait que j'ai tout gâché quand même…

– Pourquoi tu ne m'as rien dit au départ ? Parce que tu avais toujours des doutes à mon sujet ?

Elle fixait la paroi métallique de l'ascenseur.

– Au début, c'est vrai, on avait encore des soupçons. Je ne veux pas te mentir là-dessus.

– Et après ?

La porte s'ouvrit au sixième étage. Eleanor sortit la première.

– Tu es toujours là, non ?

Bosch la suivit, puis la saisit par le bras. Ils restèrent plantés là, tandis que deux hommes vêtus d'un costume gris presque identique se ruaient à l'intérieur de l'ascenseur.

– Oui, je suis toujours là, mais tu ne m'as pas parlé d'eux.

– Harry, si on reparlait de ça plus tard ?

– Le problème, c'est qu'ils nous ont vus avec Sharkey.

– Oui, je m'en doutais.

– Alors, pourquoi tu n'as rien dit quand j'ai fait allusion à un informateur et quand je t'ai demandé à qui tu avais parlé du gamin ?

– Je ne sais pas.

Bosch regarda ses pieds. Il avait l'impression d'être le seul à ne pas comprendre ce qui se passait.

– Je leur ai parlé, dit-il. Ils prétendent qu'ils nous ont juste observés avec le gamin ; ils n'ont pas cherché à savoir ce qu'on lui voulait. Ils disent qu'ils ne connaissaient même pas son identité. Le surnom « Sharkey » ne figurait pas dans leur rapport.

– Et tu les crois ?

– Je ne leur ai jamais fait confiance. Mais je les vois mal mêlés à tout ça. Ça ne colle pas. Ils m'en veulent à mort et sont prêts à tout pour me coincer. Mais pas au point de liquider un témoin. Ce serait de la folie.

– Peut-être que sans le savoir ils transmettent des renseignements à quelqu'un qui est impliqué dans cette affaire.

Bosch repensa à Irving et à Pounds.

– Possible. La vérité, c'est qu'il y a quelqu'un dans le coup. Quelque part. Nous le savons. Il se trouve peut-être de mon côté. Peut-être du tien. Nous devons faire extrêmement attention à qui nous nous adressons, et à ce que nous disons.

Au bout d'un moment, il la regarda droit dans les yeux.

– Est-ce que tu me crois ?

Elle y mit le temps, mais finit par hocher la tête.

– Je ne vois pas d'autre façon d'expliquer ce qui se passe.

Eleanor s'adressa à une réceptionniste, tandis que Bosch restait légèrement en retrait. Au bout de quelques minutes, une jeune femme apparut derrière une porte et les pilota dans les couloirs jusqu'à une petite salle. Il n'y avait personne. Ils prirent place dans les deux fauteuils disposés devant le bureau et attendirent.

— Qui vient-on voir ? chuchota Bosch.

— Je te présenterai et c'est lui qui décidera ce qu'il veut que tu saches sur lui.

Bosch allait lui demander ce que ça signifiait lorsque, la porte s'étant ouverte, un homme entra d'un pas décidé. Il avait la cinquantaine, des cheveux argentés soigneusement coiffés et une puissante carrure sous son blazer bleu marine. Ses yeux gris étaient aussi ternes que du charbon de bois calciné. Il s'assit derrière son bureau sans un regard pour Bosch. Il gardait les yeux fixés sur Eleanor.

— Ça fait plaisir de te revoir, Ellie. Comment vas-tu ?

Elle lui répondit qu'elle allait bien, échangea quelques politesses et lui présenta Bosch. L'homme se leva et se pencha pour lui serrer la main.

— Bob Ernst, directeur adjoint, commerce et développement, ravi de vous connaître. C'est donc une visite officielle. Tu n'es pas juste passée voir un vieux copain ?

— Je suis désolée, Bob, mais nous travaillons sur une affaire, et j'ai besoin d'aide.

— Je ferai tout ce que je peux, Ellie.

Ernst agaçait déjà Bosch, et il le connaissait depuis moins d'une minute.

— Bob, il nous faut des renseignements sur une personne dont le nom est apparu au cours de notre enquête, expliqua Wish. Je crois que tu es à même de nous procurer ces informations en nous évitant un tas de désagréments et, surtout, une grande perte de temps.

— C'est tout notre problème, ajouta Bosch. Il s'agit d'une enquête criminelle. Nous n'avons pas le temps de passer par les canaux habituels, ni d'attendre la réponse de Washington.

– C'est un ressortissant étranger ?

– Un Vietnamien.

– Il est arrivé quand ?

– Le 4 mai 1975.

– Ah, juste après la chute de Saigon. Je vois. Dites-moi, quel genre de meurtre susceptible d'intéresser à la fois le LAPD et le FBI pourrait remonter à des événements aussi anciens, et dans un pays étranger qui plus est ?

– Bob, lui répondit Eleanor, je pense que…

– Non, ne dis rien. Tu as raison. Mieux vaut compartimenter les informations.

Ernst entreprit de redresser son sous-main et de ranger les bricoles qui se trouvaient sur son bureau où… tout était parfaitement à sa place.

– Pour quand vous faut-il ces renseignements ?

– Tout de suite, dit Eleanor.

– Nous attendrons, ajouta Bosch.

– Vous êtes conscients, évidemment, que le résultat n'est pas garanti, surtout en si peu de temps ?

– Evidemment, dit Eleanor.

– Donnez-moi le nom.

Ernst lui glissa un papier sur son sous-main. Eleanor y inscrivit le nom de Binh et le lui rendit. Ernst regarda le nom et se leva sans même toucher à la feuille.

– Je vais voir ce que je peux faire, dit-il avant de ressortir du bureau.

Bosch se tourna vers Eleanor.

– « Ellie » ?

– Je t'en prie. Je ne veux pas qu'on m'appelle comme ça. Voilà pourquoi je ne réponds pas à ses coups de téléphone.

– Ça risque de changer. Tu lui es redevable, désormais.

– S'il trouve quelque chose. Et toi aussi.

– Oui, je suppose que je devrais le laisser m'appeler Ellie. (Cela ne la fit pas sourire.) Au fait, comment as-tu connu ce type ? (Elle ne répondit pas.) Je parie qu'il nous écoute, ajouta Bosch.

Il regarda autour de lui. Il savait pourtant que, s'il y avait un micro, celui-ci serait certainement dissimulé. Apercevant un cendrier noir sur le bureau, il sortit ses cigarettes.

— S'il te plaît…

— Juste la moitié d'une.

— Je l'ai connu quand nous étions tous les deux à Washington. Je ne me souviens plus à quelle occasion. Il était assistant je-ne-sais-quoi aux Affaires étrangères. On a bu quelques verres. C'est tout. Quelque temps après, ils l'ont transféré ici. Un jour, il m'a vue dans l'ascenseur et, apprenant que je travaillais ici, il a commencé à m'appeler.

— CIA ? C'est ça ? Ou alors un truc dans ce goût-là.

— En gros, oui. Je crois. Mais peu importe, du moment qu'il obtient ce qu'on cherche.

— En gros, oui. Des connards dans son genre, j'en ai connu à la guerre. Peu importe ce qu'il nous apprend aujourd'hui ; il ne nous dira jamais tout. Pour eux, le renseignement est une monnaie d'échange. Ils ne disent jamais tout, ils compartimentent tout. Ils te font tuer plutôt que de cracher le morceau.

— Et si on se taisait, hein ?

— OK… Ellie.

Bosch tua le temps en fumant et en regardant les murs nus. Ce type n'avait même pas pris la peine de créer l'illusion d'un vrai bureau. Pas de drapeau dans un coin. Pas de photo du président. Ernst revint au bout de vingt minutes. Bosch en était à sa deuxième demi-cigarette. Le directeur adjoint pour le commerce et le développement regagna son bureau à grandes enjambées, les mains vides.

— Inspecteur, dit-il, voulez-vous vous abstenir de fumer ? Je trouve ça fort désagréable dans une pièce close comme ici.

Bosch écrasa son mégot dans le petit bol noir posé sur le coin du bureau.

— Désolé, j'ai vu le cendrier et j'ai cru…

— Ce n'est pas un cendrier, inspecteur, lui répliqua

Ernst d'un ton glacial. C'est un bol à riz qui a plus de trois cents ans. Je l'ai rapporté du Vietnam.

– Vous travailliez déjà pour le commerce et le développement à l'époque ?

– Excuse-moi, Bob. Tu as trouvé quelque chose ? lui demanda Eleanor. Sur notre homme ?

Ernst mit un long moment à détacher son regard de Bosch.

– Pas grand-chose, mais ce que j'ai trouvé peut vous être utile. Cet homme, ce Binh, est un ancien officier de la police de Saigon. Un capitaine… Bosch, vous avez pris part à ce conflit ?

– Vous voulez parler de la guerre du Vietnam ? Oui.

– Evidemment. Alors, dites-moi : ce renseignement vous aide-t-il ?

– Pas beaucoup. J'ai passé presque tout mon temps à l'intérieur du pays. Je n'ai pas vu grand-chose de Saigon, excepté les bars à Yankees et les salons de tatouage. Bon, ce type était capitaine dans la police : ça devrait me dire quelque chose ?

– J'en doute. Alors, laissez-moi vous expliquer. En tant que capitaine, Binh dirigeait la brigade des mœurs.

Bosch réfléchit un instant.

– D'accord. Et donc il était sans doute aussi corrompu que tout ce qui touchait à cette guerre.

– Opérant à l'intérieur du pays, je suppose que vous ne saviez rien ou presque du système… de la façon dont les choses fonctionnaient à Saigon ? lui demanda Ernst.

– Racontez-nous. Apparemment, c'était votre domaine. Le mien, c'était d'essayer de rester en vie.

Ernst ignora la pique. Il décida également d'ignorer Bosch, s'adressant directement à Eleanor.

– En fait, ça fonctionnait d'une manière très simple. Tout ceux qui trafiquaient dans le commerce des stupéfiants, les filles, le jeu, tout ce qu'on trouvait au marché noir, devaient payer une taxe locale, une dîme en quelque sorte. Cela permettait de tenir la police à l'écart, et les autorisait à poursuivre tranquillement leurs affaires…

dans une certaine limite. Les seuls problèmes venaient de la police militaire américaine. Bien entendu, on pouvait les acheter eux aussi, je suppose. Du moins, la rumeur le disait. Quoi qu'il en soit, ce sytème s'est poursuivi pendant des années, depuis les tout débuts jusqu'après le retrait des Américains. Soit le 30 avril 1975, jour où Saigon est tombée.

Eleanor acquiesça et attendit qu'il poursuive.

– L'intervention militaire américaine a duré plus d'une décennie et, avant, il y avait les Français. Je vous parle ici de longues, de très longues années d'ingérence étrangère.

– Des millions, dit Bosch.

– Pardon ?

– Vous nous parlez de millions de dollars de pots-de-vin.

– Exactement. Des dizaines de millions si on les additionne au fil des ans.

– Et quel rôle le capitaine Binh jouait-il dans tout ça ? demanda Eleanor.

– Nous savions à l'époque qu'au sein de la police de Saigon la corruption était orchestrée ou contrôlée par une triade dite des Trois Démons. Soit vous leur donniez de l'argent, soit vous ne faisiez pas d'affaires. C'était aussi simple que ça… Et comme par hasard, si l'on peut dire, il y avait dans la police de Saigon trois capitaines dont les activités correspondaient parfaitement aux domaines où sévissait la triade. L'un d'eux s'occupait des mœurs, le deuxième des stupéfiants et le troisième des patrouilles. D'après nos renseignements, ces trois capitaines formaient bel et bien la triade.

– Vous n'arrêtez pas de dire « nos renseignements ». S'agit-il des renseignements du commerce et du développement ? D'où les tenez-vous ?

Ernst fit une fois encore mine de remettre en place les objets posés sur le dessus de son bureau, puis il jeta un regard glacial à Bosch.

– Inspecteur, vous êtes venu me demander des renseignements. Si vous espérez en connaître la provenance, vous perdez votre temps. Vous avez frappé à la mauvaise porte. Rien ne vous oblige à croire ce que je vous dis. Pour moi, ça ne change rien.

Les deux hommes s'affrontèrent du regard, sans rien dire.

– Que sont-ils devenus ? demanda Eleanor. Enfin… les membres de la triade.

Ernst détacha son regard de Bosch.

– Evidemment, quand les Etats-Unis ont retiré leurs forces en 1973, les revenus de la triade se sont asséchés. Mais, en chefs d'entreprise responsables, ils avaient senti le vent tourner et prévu leur reconversion. D'après les renseignements de l'époque, ils ont effectué un important revirement. Au début des années soixante-dix, ils ont cessé de protéger la revente des stupéfiants à Saigon et se sont lancés eux-mêmes dans ce commerce. Grâce à leurs relations politiques et militaires et, bien évidemment, à l'appui de la police, ils ont pris le contrôle absolu de toute l'héroïne qui arrivait des hauts plateaux pour être expédiée aux Etats-Unis.

– Mais ça n'a pas duré, dit Bosch.

– Non, bien sûr. Quand Saigon est tombée, en avril 1975, ils ont dû se retirer. Ils avaient gagné une fortune, de 15 à 18 millions de dollars US chacun. Tout cet argent n'aurait aucune valeur dans la nouvelle Ho Chi Minh-Ville, et d'ailleurs ils ne seraient plus en vie pour en profiter. Les membres de la triade devaient quitter le pays s'ils voulaient échapper aux pelotons d'exécution de l'armée du Nord. Et ils devaient quitter le pays avec leur argent…

– Comment ont-ils fait ? demanda Bosch.

– C'était de l'argent sale. De l'argent qu'aucun capitaine de la police vietnamienne ne pouvait posséder. J'imagine qu'ils auraient pu l'envoyer à Zurich, mais n'oubliez pas que nous parlons ici de culture vietnamienne. Née du chaos et de la méfiance. De la guerre. Ces gens ne faisaient même pas confiance aux banques de leur pays. De plus, ce n'était plus de l'argent.

Eleanor fronça les sourcils.

– Quoi ?

– Ils avaient tout converti au fur et à mesure. Savez-vous ce que représentent 18 millions de dollars en billets de banque ? Sans doute de quoi remplir une pièce entière. Alors, ils ont trouvé un moyen de réduire la taille de leur fortune. C'est du moins ce qu'on pense.

– Des pierres précieuses, dit Bosch.

– Oui, des diamants. On estime que 18 millions de dollars de beaux diamants tiennent aisément dans deux boîtes à chaussures.

– Et dans un coffre de banque, ajouta Bosch.

– Possible, mais je vous en prie, je ne veux pas savoir ce que je n'ai pas besoin de savoir.

– Binh était un des capitaines, dit Bosch. Qui étaient les deux autres ?

– On m'a dit que l'un d'eux se nommait Van Nguyen. On suppose qu'il est mort. Il n'a jamais quitté le Vietnam. Tué par les deux autres, ou par l'armée du Nord. Quoi qu'il en soit, il n'est jamais sorti du pays. Cela nous a été confirmé par notre agent à Ho Chi Minh-Ville après la chute. Les deux autres ont émigré chez nous. Tous les deux possédaient des laissez-passer, obtenus grâce à leurs relations et à leur argent, j'imagine. Sur ce sujet, je ne peux pas vous aider... Il y avait donc Binh, que vous avez retrouvé, semble-t-il, et l'autre se nommait Nguyen Tran. Il est arrivé ici en compagnie de Binh. Où ils se sont installés et ce qu'ils ont fait, je ne peux pas vous le dire. Tout cela remonte à quinze ans. Une fois chez nous, ils ne nous intéressaient plus.

– Pourquoi les avez-vous laissés émigrer ?

– Qui vous dit que nous les avons laissés émigrer ? Vous devez comprendre, inspecteur Bosch, qu'une grande partie de ces renseignements ont été récoltés après coup.

Sur ce, Ernst se leva. C'étaient les seuls renseignements qu'il était disposé à « décompartimenter » pour cette fois.

Bosch n'avait pas envie de remonter dans son bureau. Les renseignements d'Ernst lui étaient comme autant d'amphétamines dans le sang. Il avait envie de marcher. Il avait envie de parler, d'exploser. En montant dans l'ascenseur, il appuya sur le bouton du rez-de-chaussée et annonça à Eleanor qu'ils sortaient faire un tour. Le bureau était comme un bocal à poissons et Bosch avait besoin d'espace.

Dans ses enquêtes, Bosch avait toujours le sentiment que les informations s'accumulaient lentement, comme un filet de sable qui s'écoule par le bec étroit d'un sablier. Au bout d'un moment, il y avait davantage de renseignements au fond du sablier et le sable qui se trouvait dans la partie supérieure semblait couler plus rapidement, pour enfin se précipiter par l'ouverture. C'était là qu'ils en étaient avec le meurtre de Meadows et le cambriolage de la banque. Les pièces s'assemblaient.

Ils sortirent par la porte principale, devant les pelouses vertes où huit bannières étoilées et un drapeau de l'Etat de Californie claquaient paresseusement au sommet des mâts disposés en demi-cercle. Il n'y avait pas de manifestants aujourd'hui. L'air était chaud et étrangement moite pour la saison.

– On est obligés de se promener ? demanda Eleanor. Je préférerais rester là-haut, près du téléphone. On pourrait prendre un café…

– J'ai envie de fumer.

Ils se dirigèrent vers Wilshire Boulevard.

– Bon, dit Bosch, nous sommes donc en 1975. Saigon est sur le point de s'effondrer et l'officier de police Binh paie des gens pour le faire sortir du pays avec sa part de diamants. Qui ? Je l'ignore. Mais nous savons qu'il est traité avec des pincettes pendant tout le voyage. Alors que la plupart des gens s'enfuient en bateau, lui, il prend l'avion. Quatre jours pour passer de Saigon aux Etats-Unis. Il est accompagné d'un conseiller civil américain, pour aplanir les difficultés. Il s'agit de Meadows. Il…

– Il est peut-être accompagné, rectifia-t-elle. Tu oublies le mot « peut-être »…

– Nous ne sommes pas devant un tribunal. Je t'expose ma façon de voir, OK ? Ensuite, si tu n'es pas d'accord, tu feras tes remarques. (Elle leva les bras en signe d'excuse.) Donc, Meadows et Binh sont ensemble. 1975. Meadows s'occupe de la sécurité des réfugiés, ou quelque chose comme ça. Il fout le camp de là-bas lui aussi. Peut-être a-t-il connu Binh à l'époque où il faisait du trafic d'héroïne, mais peut-être pas. C'est fort probable. En fait, il travaillait certainement pour Binh. Maintenant, savait-il ce que Binh emportait avec lui aux Etats-Unis ? On peut penser qu'il en avait au moins une vague idée.

Il s'interrompit pour mettre de l'ordre dans ses pensées. Eleanor enchaîna à contrecœur :

– Binh emporte avec lui sa méfiance et son mépris culturels, toutes choses qui lui interdisent de confier sa fortune à des banquiers. D'autant plus que cet argent sent mauvais. C'est de l'argent non déclaré et illégal. Impossible de le déposer sur un compte, car il lui faudrait fournir des explications. Alors, il choisit une autre solution pour mettre sa fortune à l'abri : un coffre dans une banque… Où va-t-on ?

Bosch ne répondit pas, trop absorbé par ses pensées. Ils étaient arrivés à Wilshire. Quand le feu passa au rouge, ils traversèrent le carrefour en suivant le flot humain. Une fois de l'autre côté de la rue, ils tournèrent vers l'ouest, longeant les haies qui bordaient le cimetière des anciens combattants. Bosch reprit son récit :

– Bon. Et donc Binh dépose sa part dans le coffre d'une banque. Il se lance dans le grand rêve américain de l'émigrant. Mais c'est un émigrant riche. Pendant ce temps, Meadows est revenu au pays, mais ne parvient pas à retrouver une existence normale. Il n'arrive pas à se procurer de la drogue et commence à monter des coups pour satisfaire ses besoins. Mais ce n'est pas aussi facile qu'à Saigon. Il se fait pincer, il passe quelque temps en tôle. Il en sort, il y retourne, il en ressort, juqu'à

291

ce qu'il plonge sérieusement pour plusieurs cambriolages de banques.

La haie s'interrompait pour laisser place à une allée de briques. Bosch suivit cette dernière jusqu'au cimetière, où ils restèrent à contempler les rangées de pierres tombales blanches qui, polies par les intempéries, se détachaient dans l'herbe verte. La haute haie étouffait les bruits de la rue. Tout était soudain très calme.

– On se croirait dans un parc, dit Bosch.

– C'est un cimetière, murmura-t-elle. Allons-nous-en.

– Tu n'es pas obligée de parler à voix basse. Faisons un petit tour. C'est tranquille.

Eleanor hésita, mais finit par le suivre dans l'allée de briques, jusqu'à un grand chêne à l'ombre duquel se trouvaient quelques tombes d'anciens combattants de la Première Guerre mondiale. Elle le rejoignit et poursuivit le dialogue.

– Donc, Meadows est incarcéré à Terminal Island. D'une manière ou d'une autre, il apprend l'existence de Charlie Company. Il parvient à convaincre l'ancien soldat reconverti en bon pasteur qui dirige la communauté et, grâce à son soutien, il est libéré par anticipation. Lors de son séjour à Charlie Company, il se lie à deux anciens camarades de guerre, Delgado et Franklin, du moins, on le suppose. Mais les trois hommes ne passent qu'une seule journée ensemble au centre. Un seul jour. Et tu penses vraiment qu'ils auraient monté toute cette opération durant cette journée ?

– Je ne sais pas. C'est possible, mais j'en doute. Le plan a peut-être été conçu plus tard, après leurs retrouvailles à la ferme. L'important, c'est qu'ils se soient trouvés ensemble, à tout le moins à proximité les uns des autres, à Saigon, en 1975. Ensuite, on les retrouve tous les trois à Charlie Company. Après, Meadows quitte la ferme et exerce plusieurs métiers de couverture en attendant la fin de sa liberté conditionnelle. Puis il démissionne et on n'entend plus parler de lui.

– Jusqu'à ?

– Jusqu'au cambriolage de la WestLand. Ils s'introduisent dans la banque et en forcent tous les coffres jusqu'à ce qu'ils trouvent celui de Binh. Ou peut-être qu'ils savaient déjà lequel c'était. Ils ont dû le filer pour parfaire leur plan et repérer où il cachait ce qu'il lui restait de diamants. Il suffit de consulter de nouveau les registres de la salle des coffres pour savoir si ce Frederic B. Isley est venu à la banque en même temps que Binh. Je suis prêt à parier que oui. C'est comme ça qu'il a repéré son coffre… Au cours du cambriolage, ils ont aussi percé tous les autres coffres, pour donner le change. L'astuce, c'est qu'ils savaient que Binh ne pouvait pas déclarer qu'on lui avait volé une fortune qui n'avait pas d'existence légale. Et ils ont été assez malins pour emporter le contenu des autres coffres, histoire de cacher leur véritable objectif : les diamants.

– Le cambriolage parfait, dit Eleanor, jusqu'à ce que Meadows mette au clou le bracelet avec les dauphins de jade. C'est ça qui lui a coûté la vie. Ce qui nous ramène à la question de l'autre jour : pourquoi ? Sans oublier cet autre détail qui, lui aussi, ne s'explique pas : si Meadows a participé au cambriolage de la banque, pourquoi vivait-il dans ce taudis ? Il était riche et aurait vécu comme un fauché ?

Bosch marcha un moment sans rien dire. C'était justement la question à laquelle il avait trouvé une réponse au beau milieu de leur entrevue avec Ernst. Il repensa aux onze mois de loyer que Meadows avait payés d'avance. S'il avait été toujours en vie, il aurait déménagé la semaine suivante. Alors qu'ils traversaient le jardin de pierre blanche, tout lui parut concorder. Il ne restait plus de sable dans le haut du sablier. Enfin il parla :

– Parce que le cambriolage parfait n'était pas entièrement terminé. En gageant le bracelet, il compromettait leurs chances. A partir de là, il était obligé de fuir, et les autres de récupérer le bracelet.

Elle s'arrêta pour le regarder. Ils se trouvaient dans l'allée qui longeait la section du cimetière réservée aux victimes de la Seconde Guerre mondiale. Bosch constata que les racines d'un vieux chêne avaient soulevé certaines des pierres tombales usées par les intempéries. On aurait dit des dents avant l'intervention d'un orthodontiste.

— Explique-moi, je ne comprends pas, dit Eleanor.

— Ils ont forcé plusieurs coffres pour dissimuler le fait qu'ils s'intéressaient à celui de Binh, OK ?

Elle acquiesça. Ils n'avançaient plus.

— Bon. Mais qu'est-ce qu'il fallait faire pour garder le secret ? Se débarrasser des objets trouvés dans les autres coffres afin qu'ils ne réapparaissent jamais. Et je ne parle pas de les fourguer à un receleur. Je veux dire s'en débarrasser pour de bon, les détruire, les balancer à l'eau, les enterrer là où personne ne les retrouverait jamais. Car si un seul bijou, une seule pièce ancienne, ou un seul titre boursier refaisait jamais surface, la police essaierait de remonter la piste.

— Tu penses que Meadows a été tué parce qu'il a gagé le bracelet ?

— Pas uniquement pour ça. Il y a autre chose là-dessous. Si Meadows possédait effectivement une part des diamants de Binh, pourquoi serait-il allé revendre un bracelet valant à peine quelques milliers de dollars ? Et pourquoi vivait-il de cette façon ? Tout ça n'a aucun sens.

— Là, je ne te suis plus, Harry.

— Je m'y perds moi-même. Mais voyons les choses sous cet angle. Supposons que Meadows et les autres aient retrouvé la trace de Binh et de l'autre capitaine de police, ce Nguyen Tran, et qu'ils aient su où ils avaient planqué le reste des diamants. Nous disons donc qu'il y a deux banques et que les diamants sont enfermés dans deux coffres. Supposons enfin qu'ils aient décidé de cambrioler les deux... Ils ont commencé par la banque de Binh, ils vont s'attaquer au coffre de Tran... (Eleanor acquiesça pour montrer qu'elle suivait son raisonnement. Bosch sentait monter l'excitation.) Bon. Il faut pas mal de temps pour préparer ce genre de coup... mettre l'opération sur pied, prévoir le moment où les banques seront fermées trois jours de suite vu que c'est le temps dont ils ont besoin pour ouvrir suffisamment de coffres afin de donner le change. Plus le temps nécessaire pour creuser le tunnel.

Il avait oublié d'allumer une cigarette. S'en apercevant, il s'en coinça une entre les lèvres, mais recommença à parler avant de l'allumer.

– Tu me suis ?

Elle hocha la tête. Il alluma sa cigarette.

– Bien, reprit-il. Quelle est la meilleure chose à faire entre les deux casses ? Se planquer et ne laisser filer aucun indice. Se débarrasser de toute la marchandise volée pour donner le change, oui : tout ce qui se trouvait dans les autres coffres. On ne garde absolument rien. Et on ne touche surtout pas aux diamants de Binh. On ne peut pas commencer à les écouler, car cela risquerait d'attirer l'attention et de compromettre le second casse. En fait, Binh a certainement mené sa petite enquête pour retrouver ses diamants. Au fil des ans, il en a certainement revendu quelques-uns au coup par coup, et il connaît donc bien le monde des receleurs de pierres précieuses. Ce qui fait que le trio doit, lui aussi, se méfier de lui.

– Sauf que Meadows a enfreint les règles, enchaîna Eleanor. Il a conservé un objet : le bracelet. Ses complices s'en sont aperçus et l'ont éliminé. Ensuite, ils se sont introduits chez le prêteur sur gages pour récupérer le bracelet. (Elle secoua la tête, admirative.) Si Meadows n'avait pas commis cette erreur, c'était le cambriolage parfait.

Bosch acquiesça. Ils restèrent là à se regarder et à contempler le cimetière. Bosch lâcha sa cigarette et l'écrasa sous sa semelle. Au même moment, ils levèrent les yeux vers la colline et découvrirent les murs noirs du Vietnam Veterans Memorial.

– Qu'est-ce que ça fout là, ce truc ? demanda-t-elle.

– Je ne sais pas. C'est une réplique à échelle réduite. En faux marbre. Je suppose qu'ils la transportent à travers tout le pays… pour ceux qui voudraient voir le monument, mais ne peuvent pas se rendre à Washington.

Eleanor retint son souffle et se tourna brusquement vers lui.

— Harry, lundi c'est le Memorial Day.

— Je sais. Les banques ferment pendant deux jours, certaines même trois. Il faut retrouver Tran.

Eleanor fit demi-tour pour regagner son bureau. Bosch jeta un dernier regard au mémorial. Le long mur en faux marbre noir avec tous ces noms gravés dessus était planté dans le flanc de la colline. Un type en uniforme gris balayait l'allée qui le longeait. Des fleurs violettes tombées d'un jacaranda y formaient un tas.

Harry et Eleanor n'échangèrent pas une seule parole avant d'avoir quitté le cimetière et traversé Wilshire Boulevard pour rejoindre le Federal Building. Puis elle lui posa une question qui ne cessait de le préoccuper, mais à laquelle il n'avait pas de réponse satisfaisante.

— Mais pourquoi maintenant ? Pourquoi avoir attendu si longtemps ? Quinze ans après…

— Je ne sais pas. Peut-être était-ce le bon moment, tout simplement. Gens, choses, forces invisibles, il y a des fois où tout se trouve rassemblé. C'est ce que je crois. Qui sait ? Meadows avait peut-être oublié l'existence de Binh. Il le croise un jour dans la rue et l'idée lui vient. Le plan parfait. Peut-être que l'idée est venue de quelqu'un d'autre, ou qu'elle est née le jour où tous les trois se sont retrouvés à Charlie Company. On ne connaît jamais vraiment le pourquoi des choses. Il suffit de savoir le comment et le qui.

— Tu sais, Harry, s'ils sont quelque part dans les parages, je devrais plutôt dire : quelque part sous nos pieds, en train de creuser un tunnel, il nous reste moins de deux jours pour les retrouver. Il faudrait envoyer des équipes dans les sous-sols.

L'idée d'inspecter tous les souterrains de la ville pour tenter de découvrir une éventuelle entrée de tunnel lui parut pour le moins aléatoire. Eleanor lui avait elle-même expliqué qu'il y avait presque deux mille kilomètres de galeries rien que sous Los Angeles. Même s'ils disposaient d'un mois, ils n'étaient pas certains de trouver. Non, la solution s'appelait Tran. Il fallait retrouver le capitaine de la police, et ensuite trouver sa banque. Pour retrouver les voleurs. Et les meurtriers de Billy Meadows. Et de Sharkey.

– Crois-tu que Binh accepte de nous parler de Tran ? demanda-t-il.

– Il n'a pas déclaré la fortune qu'on lui a volée, ça m'étonnerait qu'il soit disposé à nous aider.

– Exact. Je pense qu'il vaut mieux essayer de retrouver Tran par nos propres moyens. Nous nous adresserons à Binh en dernier ressort.

– Je vais interroger l'ordinateur.

L'ordinateur du FBI et tous les fichiers qu'il contenait ne purent leur fournir l'adresse de Nguyen Tran. Bosch et Wish ne découvrirent aucune trace de son nom dans les dossiers du DMV, des services des impôts et de la Sécurité sociale. Rien non plus dans la liste des pseudonymes enregistrés dans le comté de Los Angeles, dans les archives de l'état civil, ou dans les listes d'électeurs et de propriétaires fonciers. Bosch appela Hector Villabona qui lui confirma que Tran était bien arrivé aux Etats-Unis le même jour que Binh, mais qu'il n'avait pas d'autres renseignements sur lui. Après s'être fatigué les yeux pendant trois heures à lire les lettres dorées sur l'écran, Eleanor éteignit l'ordinateur.

– Rien, déclara-t-elle. Il utilise un autre nom. Mais il n'a pas fait de changement légal, du moins pas dans ce comté. Personne ne connaît cet individu.

Ils demeurèrent assis là, abattus et muets. Bosch but la dernière gorgée de café dans son gobelet en polystyrène. Il était 17 heures passées et le bureau était vide. Rourke était rentré chez lui, après avoir été informé des ultimes développements et avoir décidé de n'envoyer aucune équipe dans les galeries souterraines.

— Savez-vous combien il y a de kilomètres de tunnels en tous genres sous cette ville ? leur avait-il demandé. On dirait un échangeur d'autoroutes. Si vos hommes se trouvent là-dessous, comme vous le pensez, ils peuvent être absolument n'importe où. Autant chercher une aiguille dans une botte de foin, et dans le noir par-dessus le marché. Ils auront l'avantage et l'un de nous pourrait être blessé.

Bosch et Wish savaient qu'il avait raison. Sans insister, ils s'étaient mis au travail pour tenter de retrouver la trace de Tran. En vain.

— Il ne reste plus qu'à aller trouver Binh, déclara Bosch après avoir terminé son café.

— Tu crois qu'il va accepter de coopérer ? Il se doutera que si nous recherchons Tran, c'est que nous sommes au courant de leur passé commun et de leurs histoires de diamants.

— J'ignore quelle sera sa réaction. J'irai le voir demain. Tu as faim ?

— *Nous* irons le voir demain, le corrigea Eleanor. Oui, j'ai faim. Allons-nous-en.

Ils dînèrent dans un grill de Santa Monica. Eleanor avait choisi l'endroit et, le restaurant étant situé non loin de chez elle, Bosch se sentait de bonne humeur et détendu. Un trio jouait dans un coin sur une estrade en bois, mais les murs de brique atténuaient le son et renvoyaient des échos discordants. Leur repas terminé, Harry et Eleanor s'enfoncèrent dans un silence confortable, en remuant lentement leurs cafés. Il y avait entre eux une chaleur que Bosch ressentait sans pouvoir se l'expliquer. Il ne connaissait pas la femme qui était assise en face de lui. Il lui suffisait de regarder ses yeux marron et durs pour s'en convaincre. Il avait envie d'en franchir la barrière. Ils avaient fait l'amour, mais il avait envie d'être amoureux. Il avait envie d'elle.

Comme si elle devinait toujours ses pensées, elle lui demanda :

— Tu rentres avec moi ce soir ?

Lewis et Clarke étaient au premier étage du parking situé sur le trottoir opposé, à un demi-pâté de maisons du Broadway Bar and Grill. Accroupi derrière la rambarde, Lewis avait l'œil rivé au viseur de l'appareil photo. Muni d'un téléobjectif et reposant sur un pied, l'appareil était pointé sur la porte du restaurant, à une centaine de mètres de là. Lewis espérait que les lumières de l'entrée seraient suffisantes. L'appareil contenait un film haute sensibilité, mais le voyant rouge qui clignotait dans le viseur lui disait de ne pas appuyer sur le déclencheur, la lumière étant trop faible. Il décida d'essayer quand même. Il voulait un cliché.

— Ça marchera pas, dit Clarke, debout derrière lui. Y a pas assez de lumière.

— Laisse-moi faire mon boulot. Si j'y arrive pas, tant pis. Qui ça gêne ?

— Irving.

— Je l'emmerde. Il veut davantage de documents, il va en avoir. Moi, j'essaye seulement de le satisfaire.

— On devrait peut-être descendre et s'approcher du restau pour…

Alerté par un bruit de pas, Clarke se tut et se retourna. Lewis, quant à lui, garda l'œil fixé au viseur. Les pas étaient ceux d'un homme vêtu d'un uniforme bleu de surveillant.

— Je peux savoir ce que vous fabriquez ici, les gars ?

Clarke lui colla son insigne sous le nez.

— On bosse.

Le gardien, un jeune Noir, s'approcha pour examiner l'insigne en le prenant dans sa main. Clarke le lui arracha d'un geste brusque.

— Touche pas à ça, l'ami. Personne a le droit de toucher mon insigne.

— Y a marqué LAPD. Vous avez prévenu la police de Santa Monica ? Ils savent que vous êtes là ?

— On s'en contrefout. Laisse-nous faire notre boulot.

Clarke pivota sur ses talons. Constatant que le gardien ne bougeait pas, il se retourna vers lui.

— Tu veux quelque chose, mec ?

— Je suis le gardien de ce parking, inspecteur Clarke. J'ai le droit d'aller où je veux.

— T'as surtout le droit de foutre le camp. Et moi, j'ai celui…

Clarke entendit le déclic de l'appareil photo et le bruit du moteur. Il se tourna vers Lewis qui s'était relevé, le visage rayonnant.

— Je l'ai ! Ils se tirent, allons-y !

Lewis replia le pied télescopique et se glissa rapidement sur le siège passager de la Caprice grise qu'ils avaient eue en échange de leur Plymouth noire.

— A la prochaine, mon gars ! lança Clarke au gardien en s'installant au volant.

La voiture recula brutalement, obligeant le gardien du parking à faire un bond de côté. Hilare, Clarke jeta un coup d'œil dans son rétroviseur et fonça vers la sortie. Le gardien parlait dans son talkie-walkie.

— Raconte ce que tu veux, mon pote…

Clarke arrêta son véhicule devant le guichet de sortie et tendit son ticket et 2 dollars à l'employé assis dans sa cage de verre. Celui-ci les prit, sans lever le tuyau métallique rayé de noir et blanc qui faisait office de barrière.

— Benson dit que je dois pas vous laisser filer, déclara l'homme derrière son guichet.

— Hein ? Qui c'est, ce connard de Benson ? dit Clarke.

— C'est le gardien. Il m'a demandé d'attendre une minute.

A cet instant, les deux agents des AI virent Bosch et Wish passer en voiture devant le parking et remonter la 4e Rue. Ils allaient les perdre. Clarke montra son insigne au type du guichet.

— On est en service. Ouvrez cette saloperie de barrière. Tout de suite !

— Il va arriver. Moi, j'obéis aux ordres. Je veux pas paumer mon boulot.

— Laissez-nous passer ou vous allez le paumer pour de bon, abruti !

Clarke écrasa l'accélérateur et fit vrombir le moteur pour lui montrer qu'il était bien décidé à forcer le passage s'il le fallait.

– A votre avis, pourquoi on a installé un tuyau à la place d'une simple planche en bois ? Vous allez faire exploser votre pare-brise, monsieur. Enfin, libre à vous, mais le voilà.

Dans le rétroviseur, Clarke vit le gardien descendre la rampe. La fureur constella aussitôt son visage de taches rouges. Il sentit la main de Lewis se poser sur son bras.

– Du calme, collègue. Ils se tenaient par la main en sortant du restaurant. On ne les perdra pas ; ils vont aller chez elle. Je te parie une semaine de salaire qu'on va les retrouver là-bas.

Clarke dégagea son bras et poussa un profond soupir qui sembla décongestionner son visage cramoisi.

– Je m'en fous. Je supporte pas qu'on m'emmerde.

Bosch trouva une place libre juste en face de l'immeuble d'Eleanor. Il s'y gara, mais resta assis dans la voiture. Il la regarda, avec encore en lui la chaleur du moment qui venait de s'écouler et le sentiment de ne pas trop savoir où tout cela allait les mener. Eleanor paraissait en avoir conscience, peut-être même l'éprouvait-elle également. Elle posa sa main sur la sienne et se pencha pour l'embrasser.

– Allez, viens, chuchota-t-elle.

Il sortit et fit le tour de la voiture, mais Eleanor était déjà descendue. Il ferma la portière. Ils attendirent que la voiture qui arrivait dans la rue soit passée pour traverser. Le véhicule avait ses phares allumés et Bosch détourna la tête pour regarder Eleanor. Ce fut elle qui, la première, comprit que la voiture leur fonçait dessus.

– Harry ?
– Oui ?
– Harry !

Il se retourna vers la voiture en mouvement et aperçut les deux feux de deux phares rectangulaires placés côte à côte. En un bref instant, il comprit lui aussi qu'au lieu de passer devant eux le véhicule allait les percuter de plein fouet. C'était une question de secondes, et pourtant le temps sembla s'arrêter. Avec l'impression de se mouvoir au ralenti, Bosch se tourna vers la droite, vers Eleanor. Mais elle n'avait pas besoin d'aide. Dans un même mouvement, ils sautèrent sur le capot de la voiture de Bosch. Harry roulant sur elle, ils glissèrent tous les deux vers le trottoir au moment même où, dans un grincement aigu de tôle froissée, sa voiture faisait un bond en avant sous le choc. Bosch vit passer une pluie d'étincelles bleues dans son champ de vision, puis retomba, avec Eleanor, sur la fine bande de terre qui bordait le trottoir. Le danger était écarté. Ils avaient eu une sacrée frousse, mais ils ne craignaient plus rien dans l'immédiat.

Il se releva, tenant son revolver à deux mains. La voiture avait continué sa route ; elle était déjà à cinquante mètres et s'éloignait en prenant de la vitesse. Bosch tira une balle qu'il crut voir ricocher sur la vitre arrière par manque de puissance à cette distance. A ses côtés, Eleanor fit feu à deux reprises, sans plus endommager la voiture des fuyards.

Sans dire un mot, tous deux s'engouffrèrent dans la voiture de Bosch par la portière du passager. Bosch retint son souffle en tournant la clé de contact, mais le moteur vrombit et la voiture démarra dans un crissement. Tout en accélérant, Bosch donna de grands coups de volant ; la suspension en avait pris un coup. Il ignorait l'étendue des dégâts. Il voulut regarder dans le rétroviseur latéral et s'aperçut qu'il n'y en avait plus. Quand il voulut mettre les phares, seul le droit s'alluma.

La voiture des fugitifs avait au moins cinq rues d'avance sur eux et se trouvait déjà tout en haut d'Ocean Park Boulevard, juste avant que celui-ci ne plonge dans le noir. Les feux arrière du véhicule disparurent derrière la colline. Ils se dirigeaient vers Bundy Drive, songea Bosch. De là, ils pourraient rejoindre rapidement la 10. Après, il serait impossible de les rattraper. Bosch décrocha la radio pour réclamer des renforts. Hélas, il ne put donner aucun signalement de la voiture, juste la direction qu'elle avait prise.

– Ils foncent vers l'autoroute, Harry. Tout va bien ? lui demanda Eleanor.

– Oui. Et toi ? Tu as repéré la marque ?

– Ça va. J'ai eu peur, c'est tout. C'est une voiture américaine, je crois. Avec des phares carrés. De couleur sombre, mais c'est tout. S'il atteint l'autoroute, on ne pourra plus le rattraper.

Ils roulaient vers l'est dans Ocean Park, parallèlement à la 10 située à quelque huit rues au nord. Arrivé au sommet de la colline, Bosch éteignit le seul phare en état de marche. Loin devant, il vit la voiture des fugitifs franchir le carrefour illuminé de Lincoln Street. En effet, elle se dirigeait vers Bundy. Au carrefour, Bosch tourna à gauche, écrasa l'accélérateur et ralluma ses lumières. Tandis que la voiture prenait de la vitesse, il se produisit une sorte de bruit sourd. Le pneu avant gauche et le parallélisme étaient endommagés.

– Où vas-tu ? s'écria Eleanor.

– Je veux arriver le premier à l'autoroute.

A peine eut-il prononcé ces mots que les panneaux d'entrée de l'autoroute apparurent ; la voiture décrivit un grand arc de cercle sur la droite pour accéder à la rampe. Le pneu tint le coup. Ils redescendirent à toute allure pour se joindre à la circulation.

– Comment on va le retrouver ? cria Eleanor.

Le bruit produit par le pneu s'était accentué, c'était presque un grondement permanent.

– Je n'en sais rien. Repère les phares carrés.

Moins d'une minute plus tard, ils atteignaient l'entrée de Bundy, mais Bosch ignorait s'ils avaient dépassé l'autre véhicule ou si, au contraire, celui-ci était déjà loin devant. Une voiture gravissait la rampe d'accès pour se faufiler sur la file de droite. Une voiture blanche de marque étrangère.

– Non, je ne crois pas, dit Eleanor.

Bosch accéléra de nouveau. Les battements de son cœur rivalisaient avec les bruits du pneu. Bosch sentit l'excitation de la chasse le gagner, mais aussi la joie d'être toujours en vie alors qu'ils auraient pu se faire réduire en bouillie devant chez Eleanor. Les phalanges blanches à force de serrer le volant, il encourageait sa voiture comme s'il tenait les rênes d'un cheval au galop. Lancés à cent quarante kilomètres/heure, ils zigzaguèrent au milieu du trafic fluide, examinant l'avant de tous les véhicules qu'ils doublaient, à la recherche de quatre phares rectangulaires ou d'une aile avant droite enfoncée.

Bientôt, ils arrivèrent en vue d'une Ford bordeaux qui roulait à plus de cent sur la file de droite. Bosch déboîta et se porta à sa hauteur. Eleanor avait dégainé son arme et la tenait sous la vitre, pour qu'on ne la remarque pas. Le conducteur de la Ford, un homme de race blanche, ne tourna même pas la tête, comme s'il ne les avait pas vus. Lorsqu'ils le dépassèrent, Eleanor s'exclama :

– Il a des phares rectangulaires, côte à côte.

– C'est lui ? demanda Bosch, excité.

– Je ne peux pas dire… Je ne sais pas. Je n'arrive pas à voir l'aile droite. Ça se peut. Le type ne réagit pas.

Ils avaient presque dépassé la Ford. Bosch s'empara du gyrophare amovible sur le plancher, entre les sièges, et passa le bras par la vitre pour le fixer sur le toit. Il brancha la lumière bleue tournoyante et força la Ford à se rabattre sur le bas-côté. Eleanor fit signe au conducteur de s'arrêter. Celui-ci s'exécuta. Bosch freina brutalement et laissa la Ford se garer sur le côté avant de venir s'arrêter juste derrière. Les deux voitures s'étant enfin immobilisées le long d'un mur antibruits, Bosch se trouva confronté à un sérieux problème. Il alluma ses codes, mais seul celui de droite répondit. En outre, la Ford était trop près du mur pour qu'ils puissent voir si l'aile avant droite était endommagée. Pendant ce temps, le conducteur restait assis dans sa voiture, le visage dans l'ombre.

– Merde ! s'écria Bosch. Tu restes là jusqu'à ce que je te fasse signe. D'accord ?

— Compris.

Il dut donner un grand coup d'épaule dans sa portière pour l'ouvrir. Il descendit de voiture, son arme à la main, une lampe-torche dans l'autre. Tenant la lampe éloignée de son corps, il en braqua le faisceau sur le conducteur de la Ford. Assourdi par le rugissement des voitures, il voulut crier, mais un klaxon de camion couvrit sa voix et le souffle du semi-remorque le projeta vers l'avant. Il recommença, hurlant au conducteur de sortir les mains par la vitre pour qu'il puisse les voir. Aucune réaction. Bosch répéta son ordre. Au bout d'un long moment, alors que Bosch s'était accroupi derrière le pare-choc arrière de la Ford, le conducteur s'exécuta enfin. Bosch promena le faisceau de sa lampe sur la vitre arrière et n'aperçut aucun autre occupant. Il se précipita, la lampe braquée sur le conducteur, et lui commanda de descendre lentement.

— Qu'est-ce que ça signifie ? protesta l'homme.

Il était petit, avait le teint pâle, des cheveux roux et une moustache clairsemée. Il ouvrit sa portière et descendit en levant les mains. Il portait une chemise blanche et un pantalon beige retenu par des bretelles. Il regarda défiler les voitures, comme s'il cherchait désespérément un témoin à ce cauchemar de banlieusard.

— Je peux voir votre insigne ? bredouilla-t-il.

Bosch se jeta sur lui, le força à se retourner et le colla contre la voiture, la tête et les épaules plaquées sur le toit. Une main appuyée sur la nuque de l'homme pour l'empêcher de bouger, il lui braqua son arme sur la tempe et cria à Eleanor qu'elle pouvait venir.

— Vérifie l'avant de la voiture.

L'homme laissa échapper un petit gémissement, comme un animal terrorisé ; Bosch le sentit trembler. Sa nuque était moite. Bosch ne le quitta pas des yeux un seul instant pour voir où était Eleanor. Soudain, il entendit sa voix dans son dos :

— Tu peux le lâcher, ce n'est pas lui. L'aile est intacte. On s'est trompés de voiture.

# Vendredi 25 mai

Ils furent interrogés par la police de Santa Monica, la patrouille de la route de l'Etat de Californie, le LAPD et le FBI. On avait même demandé à une unité du DUI de faire subir un alcootest à Bosch. Négatif. Il était maintenant 2 heures du matin et, assis dans une salle d'interrogatoire du commissariat de Los Angeles Ouest, épuisé, Bosch s'attendait presque à voir débarquer les gardes-côtes ou les inspecteurs des services fiscaux. On l'avait séparé d'Eleanor, qu'il n'avait pas revue depuis leur arrivée, trois heures plus tôt. Il aurait voulu se trouver à ses côtés pour la protéger de ses interrogateurs. Le lieutenant Harvey Pounds fit son entrée dans la pièce et lui annonça qu'ils en avaient terminé pour cette nuit. Bosch sentit que Pounds était en colère, et pas seulement parce qu'on l'avait tiré de son lit.

— Qui m'a foutu un flic qu'est pas capable de reconnaître la voiture qui a essayé de l'écraser ?

Bosch était habitué au ton détourné de ces questions ; ça n'avait pas cessé de toute la nuit.

— Comme je l'ai déjà expliqué à tous ces types avant vous, j'avais un peu la tête ailleurs. J'essayais de sauver ma peau…

— Et ce pauvre gars que vous avez forcé à s'arrêter, hein ! l'interrompit Pounds. Bon Dieu, Bosch, vous l'avez rudoyé sur le bord de l'autoroute ! Tous les connards avec un téléphone dans leur bagnole nous ont appelés pour signaler un enlèvement ! Quand ce n'était pas un meurtre ou je ne sais quoi ! Vous ne pouviez pas jeter un coup d'œil à l'aile avant droite avant d'intervenir ?

– Impossible. Tout cela est précisé dans notre rapport, lieutenant. J'ai l'impression de répéter la même chose pour la centième fois.

Pounds fit comme s'il n'avait pas entendu.

– Et par-dessus le marché, c'est un avocat.

Bosch commençait à perdre patience.

– Et alors ? Nous nous sommes excusés. C'était une erreur. Sa voiture ressemblait à l'autre. Mais, rassurez-vous, s'il attaque quelqu'un en justice, ce sera le FBI, et ils ont les poches bien remplies.

– Non, il va attaquer tout le monde. Il menace déjà, bordel ! Et ce n'est pas le moment d'essayer de faire de l'humour, Bosch !

– Ce n'est pas non plus le moment de vous inquiéter de ce qu'on a bien ou mal fait. Tous les officiels qui sont venus m'interroger n'avaient apparemment rien à foutre qu'on ait essayé de nous tuer. Ils voulaient juste savoir à quelle distance je me trouvais quand j'ai tiré, si ça mettait des passants en danger et pourquoi j'ai forcé cette voiture à s'arrêter sans motif apparent. Bon Dieu, lieutenant ! Il y a quelqu'un qui a décidé de nous buter, mon équipière et moi ! Excusez-moi si je ne me lamente pas sur le sort de ce pauvre avocat à qui on a tordu les bretelles…

Pounds s'attendait à la remarque.

– D'après ce que nous en savons, dit-il, il pourrait aussi bien s'agir d'un chauffard. Et qu'entendez-vous par « équipière » ? Vous êtes seulement détaché pour cette enquête, on vous prête au jour le jour. Et, après ce qui s'est passé ce soir, je crois bien que le prêt va être annulé. Vous avez déjà passé cinq jours pleins sur cette affaire et, d'après ce que m'a laissé entendre Rourke, vous n'avez pas avancé.

– Ce n'était pas un chauffard, Pounds. Nous étions visés. Et je me contrefous de ce que dit Rourke, j'irai jusqu'au bout. Si vous cessiez de contrecarrer mes efforts, si vous aviez confiance dans vos hommes… pour une fois ! Si vous me débarrassiez de ces connards des Affaires internes, vous auriez peut-être droit à une partie des honneurs le moment venu… (Les sourcils de Pounds se dressèrent comme des montagnes russes.) Eh oui ! Je suis au courant pour Lewis et Clarke, reprit Bosch. Et je sais aussi qu'ils vous remettaient un double de leur rapport. Je suppose qu'ils ne vous ont pas parlé de notre petite discussion ? Je les ai surpris en train de fureter autour de chez moi.

A en juger par l'expression de Pounds, il était clair que celui-ci n'était pas au courant. Lewis et Clarke ayant décidé d'étouffer le coup, Bosch n'avait rien à redouter à ce sujet. Il se demanda où étaient les deux agents des AI lorsque Eleanor et lui avaient failli se faire écraser.

Pounds resta un long moment silencieux. On aurait dit un poisson nageant autour de l'appât que lui avait jeté Bosch ; il savait qu'il y avait un hameçon caché à l'intérieur, mais pensait qu'il existait peut-être un moyen d'attraper l'un sans l'autre. Finalement, il demanda à Bosch de lui faire le compte rendu de sa semaine d'enquête. Le poisson était ferré. Bosch lui exposa les faits. Pounds ne dit pas un mot pendant vingt minutes, mais Bosch n'avait qu'à observer ses sourcils pour savoir quand il lui apprenait quelque chose que Rourke avait omis de lui signaler.

Lorsqu'il eut terminé son exposé, Pounds ne parla plus de lui retirer l'enquête. Malgré tout, Bosch éprouvait une immense lassitude. Il avait envie d'aller se coucher, mais Pounds avait encore des questions à lui poser.

– Bon. Le FBI refuse d'envoyer des hommes dans les galeries souterraines, mais… faut-il le faire quand même ?

Bosch comprit qu'il tenait à participer à un éventuel coup de filet. Si le LAPD faisait descendre des hommes dans les tunnels, le FBI ne pourrait pas tirer toute la couverture à lui au moment de l'arrestation. Et Pounds recevrait sûrement une tape dans le dos de la part du grand chef.

Mais Bosch avait fini par se ranger à l'avis de Rourke. Ces hommes couraient le risque de tomber sur les cambrioleurs par hasard et de se faire tuer.

– Non, répondit-il. Essayons d'abord de mettre la main

sur Tran et de savoir où il cache son butin. Si ça se trouve, il n'est même pas dans une banque.

En ayant suffisamment entendu, Pounds se leva. Il annonça à Bosch qu'il était libre de s'en aller. Puis il se dirigea vers la sortie et ajouta :

— Bosch, je ne pense pas que l'incident de ce soir aura des suites fâcheuses pour vous. Apparemment, vous avez fait ce que vous pouviez. L'avocat s'est un peu emporté, mais il finira bien par se calmer. D'une manière ou d'une autre… (Bosch ne répondit pas.) Une dernière chose, dit Pounds. Le fait que cela ait eu lieu devant le domicile de l'agent Wish est un peu gênant ; on pourrait croire à un comportement inconvenant de votre part. A tout le moins, non ? Vous la raccompagniez simplement jusqu'à sa porte, n'est-ce pas ?

— Je me fous de ce qu'on peut penser, lieutenant. Je n'étais plus en service.

Pounds l'observa un instant, secoua la tête comme si Bosch avait ignoré la main qu'on lui tendait et ressortit de la pièce exiguë.

Bosch retrouva Eleanor assise seule dans une salle d'interrogatoire voisine de la sienne. Les yeux fermés, elle avait posé sa tête sur ses mains, les coudes appuyés sur la table en bois rayée. Lorsqu'il entra, elle ouvrit les yeux. Elle lui sourit et Bosch sentit aussitôt sa fatigue, sa frustration et sa colère se dissiper. C'était le sourire qu'échangent deux enfants heureux d'avoir joué un bon tour aux adultes.

— Terminé ? demanda-t-elle.

— Oui ? Et toi ?

— J'ai fini il y a plus d'une heure. C'est toi qu'ils voulaient cuisiner.

— Comme toujours… Rourke est parti ?

— Oui. Il veut que je lui rende des comptes toutes les heures à partir de demain. Après ce qui s'est passé ce soir, il estime qu'il ne nous a pas tenu la bride suffisamment haute.

— A toi surtout.

– Oui, il y a un peu de ça, on dirait. Il voulait savoir ce qu'on faisait chez moi. Je lui ai dit que tu me raccompagnais à ma porte.

Bosch s'assit lourdement à l'autre bout de la table et plongea son index dans son paquet de cigarettes à la recherche de la dernière. Il la coinça entre ses lèvres, mais sans l'allumer.

– A part être titillé ou jaloux à cause de ce qu'on aurait pu faire, quelle est son opinion ? Il pense que c'est un chauffard ivre, comme mes collègues ?

– Il en a effectivement mentionné l'hypothèse. Mais il m'a aussi demandé si j'avais un ex-petit ami jaloux. Apparemment, ils n'ont pas l'air de vouloir faire le rapprochement avec notre enquête.

– Je n'avais pas pensé à l'ex-petit ami jaloux. Que lui as-tu répondu ?

– Tu es aussi sournois que lui, dit-elle en lui lançant un sourire éclatant. Je lui ai répondu que ça ne le regardait pas.

– Bien joué. Et moi, ça me regarde ?

– La réponse est non… Enfin, je veux dire, reprit-elle au bout d'un moment, il n'y a pas d'ex-petit ami jaloux. Et si on s'en allait reprendre les choses là où on les a laissées… il y a quatre heures de ça ? ajouta-t-elle en consultant sa montre.


Bosch se réveilla dans le lit d'Eleanor Wish bien avant que la lueur de l'aube n'ait commencé à filtrer par le rideau qui masquait la baie vitrée. Incapable de lutter contre son insomnie, il se leva et alla prendre une douche dans la salle de bains du bas. Après quoi, il fouilla dans les placards de la cuisine et dans le réfrigérateur pour se préparer un petit déjeuner composé de café, d'œufs et de petits pains aux raisins et à la cannelle. Il n'y avait pas de bacon.

Lorsqu'il entendit le bruit de la douche à l'étage, il décida de monter un verre de jus d'orange à son amie et la trouva devant le miroir de la salle de bains. Totalement nue, elle était occupée à diviser ses cheveux en trois écheveaux épais. Fasciné, il la regarda se faire une tresse avec des gestes experts. Elle accepta son verre de jus d'orange, et un long baiser, puis enfila sa robe de chambre courte. Ils descendirent manger.

Après le petit déjeuner, Harry ouvrit la porte de derrière et sortit fumer une cigarette.

— Tu sais, dit-il, je suis content qu'il ne soit rien arrivé.

— Tu veux parler d'hier soir, dans la rue ?

— Oui. Surtout à toi. Je ne sais pas comment j'aurais réagi. Bon, on se connaît à peine et tout ça, mais… euh, je tiens à toi. Tu le sais ?

— Moi aussi.

Bosch avait pris une douche, mais ses vêtements étaient aussi seyants que le cendrier d'une voiture d'occasion. Il décida de rentrer chez lui se changer. De son côté, Eleanor lui annonça qu'elle retournait au bureau pour prendre connaissance des retombées des événements de la veille et consulter le dossier de Binh. Ils convinrent de se retrouver au commissariat de Hollywood, celui-ci étant plus proche du lieu de travail de Binh. En plus, Bosch devait rendre sa voiture accidentée. Eleanor l'accompagna jusqu'à la porte et l'embrassa comme s'il partait accomplir sa journée de travail dans un bureau de comptables.

De retour chez lui, Bosch ne trouva ni trace d'effraction, ni message sur le répondeur. Après s'être rasé et changé, il redescendit la colline par le Nichols Canyon et gagna Wilcox Boulevard. Installé à son bureau, il mettait à jour divers rapports quand Eleanor fit son entrée à 10 heures. Le bureau des inspecteurs était plein et la plupart des hommes interrompirent leurs activités pour la suivre du regard. Elle avait un petit sourire crispé lorsqu'elle s'assit enfin sur la chaise en fer à côté de la table des homicides.

— Quelque chose qui ne va pas ?

— Je crois que je préférerais encore traverser Biscailuz, lui répondit-elle, faisant allusion à la prison du shérif.

– Ouais. Ces types sont plus pervers que des exhibitionnistes. Tu veux un verre d'eau ?

– Non, ça va. Tu es prêt ?

– Allons-y.

Ils prirent la nouvelle voiture de Bosch. Celle-ci avait au moins trois ans et plus de cent vingt mille kilomètres au compteur. Muté à un emploi de bureau depuis qu'il avait eu quatre doigts arrachés par un pétard ramassé bêtement la nuit de Halloween, le responsable du parc automobile du commissariat lui avait affirmé qu'il ne pouvait pas faire mieux. Les restrictions budgétaires interdisaient de remplacer les voitures, même lorsque les réparations coûtaient plus cher. Du moins, constata Bosch en démarrant, l'air conditionné fonctionnait-il correctement, ou presque. Un faible vent de Santa Ana venait de se lever et la météo prévoyait un week-end inhabituellement chaud pour la saison.

Les recherches d'Eleanor avaient montré que Binh possédait un bureau et un commerce dans Vermont Street, près de Wilshire. Il y avait davantage de boutiques tenues par des Coréens que par des Vietnamiens dans ce quartier, mais tout le monde cohabitait. D'après ce qu'elle avait pu découvrir, Binh contrôlait différentes sociétés qui importaient d'Orient des vêtements et du matériel électronique et vidéo bon marché qu'elles faisaient ensuite transiter par la Californie jusqu'au Mexique. C'est ainsi que la plupart des articles que les touristes américains croyaient acheter à bas prix au Mexique pour les rapporter ensuite chez eux venaient déjà des Etats-Unis. Sur le papier, la combine semblait intéressante, même si cela demeurait à une petite échelle. C'était suffisant malgré tout pour inciter Bosch à se demander si Binh avait besoin de ses diamants pour vivre. S'il en avait même jamais eu…

Binh était propriétaire du bâtiment où se trouvaient son bureau et sa boutique de matériel vidéo à prix discount. Dans les années trente, l'endroit avait abrité un concessionnaire de voitures et été transformé bien avant l'arrivée de Binh. En béton non armé, la bâtisse comportait de grandes baies vitrées et était assurée de s'effondrer à la première secousse sérieuse. Mais, pour quelqu'un qui avait quitté le Vietnam dans les conditions où il l'avait fait, les tremblements de terre ne représentaient sans doute qu'un inconvénient mineur, pas un risque réel.

Après avoir trouvé une place de stationnement libre en face du magasin Ben Electronics, Bosch expliqua à Eleanor qu'il souhaitait la voir poser les questions, du moins au début. Binh, lui dit-il, serait probablement plus enclin à parler à des agents fédéraux qu'à des policiers du coin. Ils convinrent de commencer par des questions banales, avant d'enchaîner sur Tran. Bosch ne lui confia pas qu'il avait une autre idée en tête.

– Ça ne ressemble pas au magasin d'un type qui possède un coffre rempli de diamants, dit-il en descendant de voiture.

– *Possédait*, rectifia Eleanor. Et tu oublies qu'il ne pouvait pas étaler sa fortune ; il devait ressembler à n'importe quel autre immigré… et donner l'impression de vivre au jour le jour. Les diamants, s'ils existaient réellement, représentaient le nantissement de son magasin, mais c'était sa boutique qui devait dire sa réussite sur le sol américain. Et il devait laisser croire qu'il était parti de rien.

– Oh, une seconde ! dit Bosch en arrivant sur le trottoir opposé.

Il lui expliqua qu'il avait oublié de demander à Jerry Edgar de le remplacer au tribunal cet après-midi-là et, lui désignant une cabine téléphonique dans une station-service voisine du magasin de Binh, il s'éloigna au pas de course. Eleanor l'attendit en contemplant la vitrine.

Si Bosch appela effectivement Edgar, ce ne fut pas pour lui parler du tribunal.

– Jed, il faut que tu me rendes un service. Tu n'as même pas besoin de lever ton cul.

Comme il s'y attendait, Edgar hésita.

– De quoi s'agit-il ?

314

– Ce n'est pas la bonne réponse, Jed. Tu es censé me dire : « Pas de problème, Harry. Que veux-tu que je fasse ? »

– Allez, Harry, on sait bien que tu es dans le collimateur. Faut y aller mollo. Dis-moi ce que tu attends de moi, je te dirai si je peux le faire.

– Je te demande juste de me bipper dans dix minutes. J'ai besoin de m'absenter d'une réunion. Tu me bippes et, dès que j'appelle, tu poses le téléphone pendant quelques minutes. Et, si je n'appelle pas, tu me bippes encore une fois cinq minutes après. C'est tout.

– C'est tout ? Tu veux juste que je te bippe ?

– Oui. Dans dix minutes.

– OK, Harry, lui répondit Edgar, visiblement soulagé. Hé ! J'ai appris ce qui t'était arrivé hier soir. C'était moins une. On raconte par ici que c'était pas un chauffard ivre. Fais gaffe à toi.

– Comme toujours. Du nouveau sur Sharkey ?

– Non, rien. J'ai interrogé les gars de sa bande, comme tu me l'avais demandé. Deux d'entre eux m'ont avoué qu'ils étaient avec lui l'autre soir. Je pense qu'ils racolaient des pédés. Ils affirment l'avoir perdu de vue quand il est monté dans une bagnole. Ça s'est passé environ deux heures avant que le gardien du Bowl ne découvre le corps dans le souterrain. Je parie que c'est le type de la bagnole qui l'a buté.

– Signalement ?

– De la voiture ? Pas grand-chose. Couleur sombre, conduite intérieure de marque américaine. Une bagnole neuve. C'est à peu près tout.

– Quel type de phares ?

– Je leur ai montré le bouquin des bagnoles et ils n'étaient pas d'accord sur les feux arrière. Le premier disait ronds, le deuxième disait carrés. Mais, pour ce qui est des phares, tous les deux ont dit…

– Rectangulaires et côte à côte.

– Exact. Hé, Harry, tu crois que c'est la bagnole qui t'a foncé dessus quand t'étais avec la fille du FBI ? Putain ! Faut qu'on travaille ça ensemble…

– Plus tard. Peut-être plus tard. En attendant, bippe-moi dans dix minutes.

– Dix minutes, d'accord.

Bosch raccrocha et rejoignit Eleanor qui regardait les *ghetto blasters*[1] exposés dans la vitrine du magasin. Ils entrèrent, repoussèrent deux vendeurs, contournèrent une pile de camescopes à 500 dollars et expliquèrent à la femme debout derrière la caisse au fond du magasin qu'ils désiraient parler à Binh. L'employée les regarda d'un air vide jusqu'à ce qu'Eleanor lui montre son insigne fédéral.

– Attendez ici, dit la femme avant de disparaître par une porte située derrière la caisse.

La petite glace incrustée dans la porte rappela à Bosch la salle d'interrogatoire du commissariat de Wilcox. Il consulta sa montre. Plus que huit minutes.

L'homme qui apparut derrière la caisse était âgé d'une soixantaine d'années. Il avait les cheveux blancs et, malgré sa petite taille, Bosch devina qu'il avait été très fort. Large d'épaules et trapu, il était aujourd'hui ramolli par une vie plus facile que celle qu'il avait connue dans son pays natal. Il portait des lunettes à monture métallique légèrement rose, une chemise blanche ouverte au col et un pantalon de golf. Sa poche de poitrine pendait sous le poids d'une dizaine de stylos et d'une petite lampe de poche. Ngo Van Binh restait discret jusqu'au bout des ongles.

– Monsieur Binh ?... Eleanor Wish, j'appartiens au FBI. Voici l'inspecteur Bosch, police de Los Angeles. Nous aimerions vous poser quelques questions.

– Oui.

Son expression sévère ne s'était pas modifiée.

– Cela concerne le cambriolage de la banque où vous aviez un coffre.

– Je déclaré aucun vol, mon coffre contenait seulement occupants sentimentals.

---

1. Littéralement : « Sirènes de ghetto ». Surnom donné aux énormes radiocassettes portatives très prisées dans les ghettos US.

C'est vrai que, sur l'échelle des sentiments, les diamants se classaient assez haut, songea Bosch.

– Monsieur Binh, pouvons-nous aller dans votre bureau pour discuter en privé ? insista-t-il.

– Oui, mais je subis aucune perte. Vous regardez. Tout est écrit dans les rapports.

Eleanor fit un mouvement de la main pour l'inciter à leur montrer le chemin. Ils franchirent la porte munie d'un miroir et pénétrèrent dans une sorte de hangar où étaient entreposés des centaines de cartons d'appareils électroniques rangés sur des étagères métalliques qui montaient jusqu'au plafond. Ils traversèrent ensuite une pièce plus petite qui servait d'atelier de réparation ou de montage. Assise devant un établi, une femme buvait un bol de soupe. Elle ne leva pas la tête sur leur passage. Deux portes se découpaient au fond de l'atelier ; la petite procession franchit celle qui donnait dans le bureau de Binh. C'est là qu'il cessait d'être un paysan. Grande et cossue, la pièce était meublée d'un bureau et de deux fauteuils à droite, d'un canapé en cuir noir en forme de L sur la gauche. Devant le canapé, un tapis oriental représentait un dragon à trois têtes en position d'attaque. Le canapé faisait face à deux murs d'étagères remplies de livres et d'équipement stéréo et vidéo de bien meilleure qualité que tout ce que Bosch avait aperçu en vitrine. On aurait dû aller l'interroger chez lui, songea-t-il. Pour voir où il vivait, et non où il travaillait.

En promenant son regard à travers la pièce, Bosch repéra un téléphone blanc sur le bureau. Parfait. C'était un vieux modèle, avec le combiné qui repose au-dessus d'un cadran à trous. Binh se dirigea vers le bureau, mais Bosch l'arrêta.

– Monsieur Binh ? Si nous nous installions plutôt sur le canapé ? Nous ne voulons pas donner un air trop officiel à cette visite. Et, à dire vrai, nous sommes assis toute la journée derrière un bureau.

Binh répondit par un haussement d'épaules, comme si cela ne changeait rien pour lui ; peu importe où ils s'asseyaient, ils l'importunaient. Le geste était typiquement américain et Bosch fut persuadé que son apparente difficulté avec la langue anglaise n'était qu'une ruse destinée à mieux se protéger. Binh s'assit dans un coin du canapé en L, Bosch et Eleanor s'installèrent dans l'autre.

— Joli bureau…, dit Bosch en regardant autour de lui.

Il n'aperçut pas d'autre téléphone.

Binh acquiesça. Il ne leur proposa ni thé ni café. Pas de papotage. Il demanda simplement :

— Qu'est-ce que vous voulez, je vous prie ?

Bosch se tourna vers Eleanor.

— Monsieur Binh, dit-elle, nous reprenons certains points de l'enquête. Vous n'avez déclaré aucune perte financière après le cambriolage de votre coffre. Nous…

— Exact. Aucune perte.

— C'est bien cela. Que gardiez-vous dans ce coffre ?

— Des papiers, choses comme ça, sans valeur. J'ai déja raconté tout.

— Oui, nous le savons. Désolés de revenir vous importuner. Mais l'enquête est rouverte et nous la reprenons au début pour voir si rien ne nous a échappé. Pourriez-vous me dire quels documents exactement vous conserviez dans votre coffre ? Il pourrait nous être utile de retrouver des objets volés et d'arriver à identifier leurs propriétaires.

Eleanor sortit un petit carnet et un stylo de son sac. Binh regarda ses deux visiteurs comme s'il ne comprenait pas en quoi ces renseignements pouvaient les aider.

— Vous seriez surpris de voir combien un petit détail…, commença Bosch.

C'est à ce moment-là que son bipper sonna. Bosch le décrocha de sa ceinture et consulta le numéro affiché. Il se leva et regarda autour de lui comme s'il observait la pièce pour la première fois. Il se demanda même s'il n'en faisait pas un peu trop.

— Puis-je utiliser votre téléphone, monsieur Binh ? Pour un appel local.

Binh hocha la tête. Bosch se dirigea vers le devant du

bureau et se pencha pour décrocher. Il fit mine de regarder encore une fois son bipper avant de composer le numéro d'Edgar. Tournant le dos à Eleanor et à Binh, il leva les yeux sur le mur comme s'il admirait la tapisserie de soie qui y était accrochée. Pendant ce temps, Binh énumérait à Eleanor la liste des documents et papiers des services d'immigration qu'on lui avait dérobés dans son coffre. Bosch glissa son bipper dans sa poche de veste et en sortit son petit canif, ainsi que le micro espion T-9 et la petite batterie récupérés sur son propre téléphone.

– Allô ? Ici Bosch. Qui m'a appelé ?… dit-il dans l'appareil après qu'Edgar eut décroché. (Il attendit que son collègue ait reposé le téléphone.) D'accord, je patiente deux minutes, mais dites-lui que je suis en plein interrogatoire. Qu'y a-t-il de si urgent ?

Tournant toujours le dos au canapé, où Binh continuait de parler, il se déplaça légèrement sur la droite et inclina la tête comme s'il coinçait l'appareil contre son oreille gauche. Binh ne pouvant pas le voir, il abaissa le combiné, se servit du canif pour soulever le couvercle de l'écouteur et, après s'être raclé la gorge, sortit le récepteur. D'une main, il brancha le micro espion sur la batterie ; il s'était entraîné au préalable, pendant qu'il attendait sa nouvelle voiture dans le garage du commissariat de Wilcox. Puis, du bout des doigts, il enfonça le micro et la batterie dans le combiné. Il remit ensuite le récepteur et referma le couvercle en toussant bruyamment pour masquer le bruit.

– OK, dit-il dans l'appareil. Je le rappellerai quand j'aurai terminé ici. Merci.

Il reposa le téléphone sur le bureau et rangea son canif dans sa poche. Il retourna vers le canapé où Eleanor était en train de prendre des notes dans son carnet. Quand elle eut terminé, elle leva les yeux sur lui, Bosch comprenant, sans qu'il soit besoin de lui faire un signe, que l'interrogatoire allait prendre une autre direction.

– Monsieur Binh, demanda-t-elle, êtes-vous certain qu'il n'y avait rien d'autre dans le coffre ?

– Bien sûr. Pourquoi vous demandez ça ?

– Monsieur Binh, nous savons qui vous êtes et dans quelles circonstances vous avez émigré chez nous. Nous savons que vous étiez dans la police.

– Oui ? Et que signifie ?…

– Nous savons d'autres choses…

– Nous savons, coupa Bosch, que vous étiez très bien payé en tant qu'officier de police à Saigon. Nous savons aussi que vous étiez parfois payé en diamants.

– Qu'est-ce que signifie ? Qu'est-ce il dit ? demanda Binh en se tournant vers Eleanor.

Il se réfugiait derrière la barrière de la langue. Son anglais semblait se détériorer à mesure que l'interrogatoire avançait.

– Ça veut dire ce que ça veut dire, lui répondit Eleanor. Nous savons que vous avez quitté le Vietnam en emportant des diamants, capitaine Binh. Nous savons que vous les gardiez dans votre coffre. Nous pensons que ces diamants sont à l'origine du cambriolage de la banque.

Cette affirmation ne sembla pas l'ébranler. Peut-être y avait-il déjà réfléchi. Il ne bougea pas et dit simplement :

– Ce n'est pas la vérité.

– Monsieur Binh, enchaîna Bosch, nous avons votre dossier. Nous savons tout. Nous savons quel poste vous occupiez à Saigon et ce que vous y faisiez. Nous savons ce que vous avez emporté avec vous en partant. J'ignore ce que vous faites maintenant, ça m'a l'air parfaitement légal, mais on s'en fout. Ce qui nous intéresse, c'est de savoir qui a cambriolé la banque. Et on l'a cambriolée à cause de vous. Ils vous ont volé le nantissement de ce magasin et de tout ce que vous possédez. Je ne pense pas vous apprendre grand-chose, vous y avez certainement déjà songé. En fait, vous pensez peut-être que votre ancien collègue Nguyen Tran était dans le coup, il savait ce que vous possédiez, et peut-être même où vous le cachiez. L'hypothèse est intéressante, mais nous n'y croyons pas. A vrai dire, nous pensons même que ça va être bientôt son tour.

Aucune lézarde n'apparut sur le visage de pierre de Binh.

– Monsieur Binh, nous voulons parler à Tran, reprit Bosch. Où est-il ?

Binh observa le dragon à trois têtes sur le tapis devant lui. Il posa les mains sur ses genoux et secoua la tête.

– Qui est ce Tran ?

Eleanor jeta un regard noir à Bosch et tenta de rétablir la confiance qu'elle avait instaurée avec cet homme avant que Bosch n'intervienne.

– Capitaine Binh, nous n'avons pas l'intention de vous faire des histoires. Nous voulons juste empêcher un autre cambriolage. Pouvez-vous nous aider, s'il vous plaît ?

Binh ne répondit pas. Il regardait ses mains.

– Ecoutez, Binh, dit Bosch, j'ignore ce que vous mijotez. Peut-être avez-vous engagé des gens pour retrouver les mêmes personnes que nous, je n'en sais rien. Mais je vous préviens tout de suite : vous n'avez aucune chance. Alors dites-nous où est Tran.

– Je ne connais pas cet homme.

– Nous sommes votre seul espoir. Il faut qu'on trouve Tran. Ceux qui vous ont dépouillé sont redescendus sous terre. En ce moment même. Si nous ne retrouvons pas Tran ce week-end, il ne vous restera plus rien, ni à l'un ni à l'autre.

Binh resta de marbre, comme s'y attendait Bosch. Eleanor se leva.

– Réfléchissez, monsieur Binh, lui dit-elle.

– Nous n'avons plus beaucoup de temps, et votre ancien collègue non plus, ajouta Bosch tandis qu'ils se dirigeaient vers la porte.

En ressortant du magasin, Bosch regarda des deux côtés de la rue avant de traverser Vermont Street au pas de course pour rejoindre sa voiture. Eleanor le suivit à grands pas, la colère lui donnant une démarche raide et saccadée. Une fois dans la voiture, Bosch se pencha pour récupérer le Nagra glissé sous le siège avant. Il le mit en marche et régla la vitesse d'enregistrement à la puissance maximale. Selon toute vraisemblance, l'attente serait brève. Il espérait seulement que tout le matériel électronique du magasin ne gênerait pas la réception. A peine assise sur le siège passager, Eleanor protesta .

– Ah, formidable ! Plus question d'espérer tirer quoi que ce soit de ce type maintenant ! Il va prévenir Tran et… c'est quoi ce truc-là ?

– J'ai piqué ça aux bœuf-carotte. Ils avaient planqué un micro dans mon téléphone. La plus vieille astuce du manuel des Affaires internes…

– Et tu l'as mis dans…

Elle lui désigna le magasin. Bosch acquiesça.

– Harry, tu as conscience de ce qu'on risque, de ce que ça signifie ? Je vais retourner le voir et…

Elle ouvrit la portière, mais Bosch tendit le bras pour la refermer.

– Non, tu vas rester là. C'est notre seul moyen d'arriver jusqu'à Tran. Binh ne nous aurait rien dit, quelle qu'ait pu être notre façon de mener l'interrogatoire, et derrière ces yeux remplis de colère tu le sais aussi bien que moi. Alors, c'est ça ou rien. Si Binh prévient Tran, on peut tirer un trait dessus. Ou alors on se sert de ça pour retrouver sa trace. Peut-être. On ne va pas tarder à avoir la réponse.

Le regard fixé devant elle, Eleanor secoua la tête.

– Harry, on risque notre place. Comment as-tu pu faire une chose pareille sans me consulter ?

– Pour cette raison justement : c'est moi qui risque ma place. Toi, tu n'étais pas au courant.

– Je ne pourrai jamais le prouver. Tout ça ressemble à un coup monté. Je l'ai occupé pendant que tu trafiquais son téléphone.

– Oui, c'était un coup monté, mais tu n'étais pas au courant. De plus, Binh et Tran ne sont pas l'objet de notre enquête. On ne réunit pas des preuves contre eux, on veut juste des renseignements. Ça ne figurera jamais dans aucun rapport. Et, même s'il découvre le micro, comment peut-il prouver que c'est moi qui l'ai placé là ? Il n'y pas de numéro de série, j'ai vérifié. Ils ne sont pas stupides à ce point. On ne craint rien, tu ne crains rien, cesse de t'inquiéter.

– Harry, ce n'est pas rassur…

La lumière rouge du Nagra clignota. Quelqu'un se servait du téléphone de Binh. Bosch s'assura que la bande tournait.

– A toi de décider, Eleanor, dit-il en lui montrant le magnétophone dans le creux de sa main. Tu peux encore l'arrêter si tu veux. Choisis.

Elle regarda l'appareil, puis Bosch. A cet instant, le bruit du cadran s'arrêta et le silence s'installa dans la voiture. Une sonnerie retentit à l'autre bout de la ligne. Eleanor tourna la tête. Quelqu'un décrocha. Quelques mots furent échangés en vietnamien, puis ce fut de nouveau le silence. Une nouvelle voix se fit entendre et la conversation débuta, toujours en vietnamien. Bosch reconnut la voix de Binh ; la seconde semblait appartenir à un homme du même âge. Binh et Tran. Eleanor y alla d'un petit ricanement.

– Félicitations, Harry. Comment va-t-on faire pour traduire leur conversation ? On ne peut mettre personne dans la confidence. C'est trop risqué.

– Pas besoin de traduire, lui répondit-il en arrêtant le magnétophone et en rembobinant la bande. Prends ton carnet et ton stylo.

Bosch régla l'appareil sur la vitesse la plus faible et appuya sur la touche *Play*. Désormais, le bruit du cadran était assez lent pour lui permettre de compter les déclics. Bosch énuméra les chiffres à Eleanor qui les nota sur son carnet.

L'indicatif était le 714 : Orange County. Bosch brancha le récepteur. La conversation entre Binh et son interlocuteur inconnu se poursuivait. Il l'éteignit et décrocha le micro de la radio. Il donna le numéro de téléphone au dispatcher en lui demandant de lui fournir le nom et l'adresse correspondants. C'était l'affaire de quelques

323

minutes, le temps que quelqu'un consulte un annuaire par numéros. Sans attendre, Bosch démarra et se dirigea vers la nationale 10 au sud. Il roulait déjà vers Orange County quand le dispatcher le rappela.

Le numéro était celui d'un commerce baptisé La Pagode Tan Phu à Westminster. Bosch regarda Eleanor. Elle détourna la tête.

— Little Saigon, dit-il.

Bosch et Wish atteignirent La Pagode Tan Phu en une heure. Il s'agissait d'un centre commercial situé dans Bolsa Avenue où aucune enseigne n'était écrite en anglais. Le long bâtiment en stuc blanc cassé abritait une demi-douzaine de magasins alignés devant le parking. Toutes les boutiques vendaient des cochonneries inutiles, du genre gadgets électroniques ou T-shirts. Deux restaurants vietnamiens se faisaient concurrence à chaque bout. Près d'un des restaurants, une porte vitrée s'ouvrait sur un bureau ou un commerce sans vitrine. Ni Bosch ni Wish ne purent déchiffrer les mots inscrits sur la porte, mais ils devinèrent immédiatement qu'il s'agissait de l'entrée du bureau du centre commercial.

— Il faut entrer pour vérifier que c'est bien chez Tran, voir s'il est là et s'il y a d'autres sorties, dit Bosch.

— On ne sait même pas quelle tête il a, lui fit remarquer Eleanor.

Bosch réfléchit. Si Tran se faisait appeler différemment, entrer et demander s'il était là risquait d'éveiller ses soupçons.

— J'ai une idée, dit Eleanor. Trouvons une cabine téléphonique. Ensuite, j'entre dans le bureau. Toi, tu appelles le numéro qu'on a et je verrai bien si ça sonne. Si j'entends un téléphone, on est au bon endroit. J'en profiterai pour essayer de repérer Tran et les autres issues.

— Le téléphone doit sonner toutes les dix secondes dans cette boîte. Si ça se trouve, c'est une arrière-boutique qui sert pour des transactions véreuses ou qui dissimule un atelier clandestin. Comment sauras-tu que c'est moi ?

Eleanor ne répondit pas immédiatement.

– Il est probable qu'ils ne parlent pas anglais, ou très peu. Tu n'as qu'à demander à celui qui décrochera de te passer quelqu'un qui comprenne ce que tu dis. Ensuite, tu dis au type un truc qui provoque une réaction visible.

– A condition que le téléphone sonne dans la pièce où tu es.

Elle haussa les épaules. A son regard, il comprit qu'elle en avait assez de l'entendre critiquer toutes ses suggestions.

– Ecoute, c'est la seule solution. Allez ! Il y a un téléphone là-bas, nous n'avons pas de temps à perdre.

Il ressortit du parking et roula jusqu'à une cabine située devant un magasin de spiritueux. Wish regagna le centre commercial à pied. Bosch la suivant du regard jusqu'à ce qu'elle pousse la porte du bureau. Il descendit de voiture, glissa un *quarter* dans l'appareil et composa le numéro inscrit sur son carnet. La ligne était occupée. Il se retourna vers l'entrée du bureau. Wish avait disparu. Il remit la pièce et refit le numéro. Il commençait à croire qu'il s'était trompé de numéro quand quelqu'un décrocha.

– Tan Phu, dit une voix d'homme.

Un Asiatique. Jeune, une vingtaine d'années sans doute. Ce n'était pas Tran.

– Tan Phu ? demanda Bosch.

– Oui, j'écoute.

Ne sachant que dire, Bosch siffla dans l'appareil. La réaction fut un chapelet d'insultes dont Bosch ne comprit pas un traître mot. Puis son correspondant raccrocha brutalement. Bosch regagna sa voiture et retourna vers la galerie marchande. En traversant lentement le parking exigu, il aperçut Eleanor dans l'encadrement de la porte vitrée : un homme l'accompagnait. Un Asiatique. Comme Binh, il avait des cheveux blancs et il possédait l'aura : la force intérieure, le muscle solide. Il tint la porte à Eleanor en hochant la tête tandis qu'elle le remerciait. Il la regarda s'éloigner, avant de disparaître à l'intérieur.

– Harry, demanda-t-elle en montant en voiture, qu'as-tu dit au type au téléphone ?

– Je n'ai pas dit un mot. Alors, c'est bien son bureau ?

– Oui. Je crois même que c'est notre monsieur Tran qui m'a tenu la porte. Un homme charmant.

– Qu'as-tu fait pour que vous deveniez si bons amis ?

– Je me suis fait passer pour un agent immobilier. J'ai demandé à voir le patron. M. Cheveux-Gris est sorti d'une pièce du fond. Il m'a dit qu'il s'appelait Jimmie Bok. Je lui ai expliqué que je représentais des investisseurs japonais et que je voulais savoir s'il était intéressé par une offre concernant la galerie marchande. Il m'a dit que non et dans un anglais parfait a ajouté : « J'achète, je ne vends pas. » Et il m'a raccompagnée à la porte. Je suis sûre que c'était Tran. Il a quelque chose…

– Oui, je l'ai senti.

Bosch décrocha la radio et demanda au dispatcher d'interroger les ordinateurs du NCIC et du DMV sur le dénommé Jimmie Bok.

Eleanor lui décrivit l'intérieur du bureau. Un hall d'accueil au centre et, derrière, un couloir avec quatre portes, dont une tout au fond qui ressemblait à une sortie à en juger par le double verrou. Aucune femme. Au moins quatre hommes en plus de Bok, deux d'entre eux avec des allures de gorilles. Ils s'étaient levés du canapé installé dans le hall quand Bok était sorti par la porte du milieu.

Bosch ressortit du parking et fit le tour du pâté de maisons. Il pénétra dans la ruelle qui passait derrière le centre commercial et s'arrêta en découvrant une grande Mercedes couleur bronze garée devant une des portes de derrière : celle-ci était munie de deux verrous.

– Ça doit être sa bagnole, dit Eleanor.

Ils décidèrent de la surveiller. Bosch roula jusqu'au bout de la ruelle, passant devant la Mercedes, pour s'arrêter derrière une poubelle. Constatant que celle-ci regorgeait des ordures du restaurant, il recula et ressortit de la ruelle. Il se gara dans la rue perpendiculaire, de façon à pouvoir surveiller l'arrière de la Mercedes par la vitre du passager. Cela lui permettait aussi d'observer Eleanor.

— On n'a plus qu'à attendre, dit-elle.

— Exact. Impossible de prévoir ce qu'il va faire après la mise en garde de Binh. Peut-être a-t-il déjà pris ses précautions l'année dernière quand Binh s'est fait dévaliser ; dans ce cas, on perd notre temps.

Bosch reçut la réponse du dispatcher : Jimmie Bok n'avait commis aucune infraction au code de la route. Il habitait Beverly Hills et son casier judiciaire était vierge. Rien à signaler.

— Je vais téléphoner, déclara Eleanor. (Bosch la regarda.) Il faut que je fasse mon rapport. Je vais dire à Rourke qu'on surveille ce type et voir s'il ne pourrait pas nous donner quelqu'un pour appeler les banques et leur demander si Bok est client chez eux. Je voudrais aussi interroger les registres des biens sur l'ordinateur. « J'achète, je ne vends pas », m'a-t-il dit. Je suis curieuse de savoir ce qu'il achète.

— En cas de danger, tire un coup de feu, plaisanta Bosch. Elle ouvrit la portière en souriant.

— Tu veux manger quelque chose ? J'ai envie d'aller chercher un plat à emporter dans un de ces restaurants.

— Non, juste un café.

Cela faisait vingt ans qu'il n'avait pas mangé de cuisine vietnamienne. Il regarda Eleanor rejoindre l'entrée de la galerie marchande.

Dix minutes après son départ, Bosch, qui surveillait la Mercedes, vit passer une voiture à l'autre bout de la ruelle. Il reconnut aussitôt un véhicule de police. Une Ford LTD blanche avec des pneus nus et des enjoliveurs bon marché qui laissaient voir les roues blanches assorties. Il était trop loin pour distinguer le conducteur. Alternativement, il observa la Mercedes et jeta des coups d'œil dans le rétroviseur pour voir si la Ford faisait le tour du pâté de maisons. Au bout de cinq minutes, elle n'avait toujours pas reparu.

Wish revint dix minutes plus tard. Elle tenait un sac en

papier marron maculé de taches de graisse d'où elle sortit un gobelet de café et deux barquettes. Riz à la vapeur et boulettes de crabe, proposa-t-elle. Il déclina son offre et baissa sa vitre. La première gorgée de café lui arracha une grimace.

– A croire qu'ils le font à Saigon et l'expédient par bateau ! Alors, tu as eu Rourke ?

– Oui. Il va demander à quelqu'un de se renseigner sur Bok et de me contacter s'il trouve quelque chose. Il veut qu'on le prévienne par radio dès que la Mercedes démarre.

Ils passèrent les deux heures suivantes à bavarder de choses et d'autres tout en surveillant la Mercedes. Finalement, Bosch annonça son intention de lever le camp et de faire le tour du pâté de maisons, histoire de bouger. Ce qu'il ne dit pas, c'est qu'il en avait marre : son cul commençait à s'ankyloser et il voulait vérifier si la Ford blanche rôdait encore dans les parages.

– Tu crois qu'on devrait appeler pour voir s'il est toujours là et raccrocher s'il répond ? demanda-t-elle.

– Si Binh l'a prévenu, notre appel risque d'éveiller ses soupçons et de lui faire croire qu'il se prépare quelque chose. Ça le rendrait encore plus méfiant.

Il roula jusqu'au coin de la rue et passa devant la galerie marchande. Aucun détail suspect n'attira son attention. Après avoir fait le tour du pâté de maisons, il revint se garer au même endroit. La Ford blanche était invisible.

A peine avaient-ils repris leur poste d'observation que le bipper de Wish se mit à sonner. Eleanor retourna aussitôt à la cabine téléphonique. Bosch se concentra sur la Mercedes couleur bronze, oubliant pour l'instant la Ford blanche. Mais, alors qu'Eleanor s'était absentée depuis vingt minutes, il commença à perdre son calme. Trois heures de surveillance et Bok/Tran n'avait toujours pas quitté les lieux comme ils s'y attendaient. Il y avait quelque chose qui clochait. Mais quoi ? Bosch regarda la façade de la galerie marchande, en espérant voir Eleanor déboucher au coin du bâtiment en stuc. Soudain, il entendit un bruit, comme un impact étouffé. Puis deux, puis trois. Des coups de feu ? Aussitôt, il songea à Eleanor et ce fut comme si on lui enfonçait le cœur dans la gorge. Etait-ce seulement un bruit de portières qui claquent ? Il n'apercevait que le coffre et les feux arrière de la Mercedes. Personne autour. Retour au coin de la galerie : toujours pas d'Eleanor. Nouveau coup d'œil à la Mercedes : il vit les feux arrière s'allumer. Bok s'en allait. Bosch démarra en trombe, ses pneus arrière faisant gicler des graviers partout. Arrivé au coin, il vit Eleanor qui marchait vers lui sur le trottoir. Il klaxonna et lui fit signe de se dépêcher. Eleanor se précipita vers la voiture ; elle s'engouffrait à l'intérieur lorsque la Mercedes, débouchant de la ruelle, apparut dans le rétroviseur de Bosch.

— Couche-toi ! dit-il en obligeant Eleanor à baisser la tête.

La Mercedes passa devant eux et tourna dans Bolsa Street. Il relâcha sa pression sur la nuque de son amie.

— Hé ! A quoi tu joues ? lui demanda-t-elle en se relevant.

Bosch lui désigna la Mercedes qui s'éloignait.

— Il risquait de te reconnaître en passant. Tu en as mis un temps !

— Il a fallu qu'ils cherchent Rourke, il n'était pas dans son bureau.

Harry redémarra et suivit la Mercedes en conservant un écart d'environ deux rues. Enfin remise de ses émotions, Eleanor lui demanda :

— Il est seul ?

— Je ne sais pas. Je ne l'ai pas vu monter en voiture, je te guettais. Je crois avoir entendu plusieurs portières claquer, j'en suis même sûr.

— Mais tu ne sais pas si Tran fait partie du lot ?

— En effet. Mais, comme il est tard, je suppose que c'est lui.

Bosch comprit alors qu'il venait peut-être de se faire avoir par la plus vieille des ruses. Et si Bok, Tran ou autre, lui avait tout simplement envoyé un de ses sbires dans sa Mercedes à 100 000 dollars pour échapper à sa surveillance ?

– Qu'est-ce qu'on fait ? demanda-t-il. On y retourne ?
Wish attendit qu'il l'ait regardée pour lui répondre.

– Non. On continue. Ne te pose pas de questions. Tu as
raison : il y a un tas de banques qui ferment à 17 heures la
veille d'un week-end prolongé. Binh l'a mis en garde, il
fallait qu'il agisse. Je crois que c'est lui.

Bosch se sentit soulagé. La Mercedes bifurqua vers
l'ouest, puis de nouveau vers le nord, sur le Golden State
Freeway qui menait à Los Angeles. Les véhicules roulaient lentement en direction du centre ; la voiture métallisée emprunta ensuite le Santa Monica Freeway et sortit
à hauteur de Robertson. Il était 16 h 40. Ils se dirigeaient
vers Beverly Hills. Wilshire Boulevard était bordé de
banques, depuis le centre jusqu'à l'océan. Lorsque la
Mercedes tourna vers l'Ouest, Bosch sentit qu'ils tou-
chaient au but. Tran conservait certainement son trésor
dans un établissement proche de son domicile. Ils avaient
vu juste. Rasséréné, il demanda enfin à Eleanor ce que lui
avait dit Rourke.

– Les autorités d'Orange County ont confirmé que Jimmie Bok était bien Nguyen Tran. Elles possédaient une
demande de changement de patronyme. Il a changé de
nom il y a neuf ans. On aurait dû vérifier à Orange County,
je n'ai pas pensé à Little Saigon… Par ailleurs, si Tran
possédait des diamants, il se peut qu'il les ait déjà tous
vendus. D'après les registres des sociétés, il possède
deux autres centres commerciaux comme celui qu'on
vient de voir. A Monterey Park et Diamond Bar.

Bosch songea que c'était encore possible. Les diamants
représentaient peut-être le nantissement de son empire
immobilier. Comme pour Binh. Sans quitter la Mercedes
des yeux, il réduisit l'écart qui les séparait, car c'était
maintenant l'heure de pointe et il ne voulait pas risquer
de la perdre. Il regardait les vitres fumées de la voiture
longer l'artère chic, convaincu qu'elle se dirigeait vers
les diamants.

– J'ai gardé le meilleur pour la fin, reprit Wish. M. Bok,
*alias* M. Tran, gère ses nombreux biens par l'intermé-

diaire d'une société. D'après les registres consultés par l'agent spécial Rourke, cette société se nomme… Diamond Holdings Incorporated.

Une fois passé Rodeo Drive, ils se retrouvèrent au cœur du quartier des affaires. Ici, les immeubles qui bordaient Wilshire Boulevard prenaient un aspect plus imposant, comme s'ils avaient conscience d'abriter plus d'argent, plus de classe. La circulation s'immobilisant presque entièrement par endroits, Bosch ne laissait plus que deux voitures entre lui et la Mercedes, de peur de perdre celle-ci à un feu rouge. Comme ils approchaient de Santa Monica Boulevard, il se demanda s'ils ne se dirigeaient pas vers Century City. Il jeta un coup d'œil à sa montre. 16 heures 50.

– S'il se rend dans une banque de Century City, il n'arrivera jamais à temps.

Au même moment, la Mercedes tourna à droite pour pénétrer dans un parking. Bosch ralentit le long du trottoir et, sans dire un mot, Wish sauta de voiture pour gagner le parking à son tour. Bosch prit la première rue à droite et fit le tour du pâté de maisons. Les voitures qui se déversaient des parkings et des garages des immeubles de bureaux voisins ne cessaient de lui couper la route. Enfin, il aperçut Eleanor sur le trottoir, à l'endroit même où il l'avait déposée. Il s'arrêta à sa hauteur ; elle se pencha par la vitre baissée.

– Gare-toi, dit-elle en lui montrant le trottoir opposé, à une demi-rue de là.

Une construction de forme arrondie s'avançait sur le trottoir depuis le rez-de chaussée d'une tour de bureaux. Les parois du demi-cercle étaient en verre. Et, à l'intérieur de cette immense pièce vitrée, Bosch découvrit la porte en acier brillant d'un coffre-fort. L'enseigne plantée devant le bâtiment indiquait Beverly Hills Safe & Lock[1]. Bosch se retourna vers Eleanor. Elle souriait.

---

1. Les safe and lock sont les établissements qui proposent un service de coffres-forts à leur clientèle.

– Tran était dans la voiture ?

– Evidemment. Tu ne commettrais pas ce genre d'erreurs.

Bosch sourit à son tour. Avisant une place libre devant un parcmètre, il se gara.


– Dès qu'on a envisagé la possibilité d'un second cambriolage, je n'ai plus pensé qu'à des banques, lui confia Eleanor. A la rigueur à une caisse d'épargne. Tu sais quoi, Harry ? Je passe devant cet endroit plusieurs fois par semaine en voiture. Et pas un instant je n'y ai songé.

Ils avaient descendu Wilshire Boulevard et se tenaient en face de la Beverly Hills Safe & Lock. Plus exactement, Eleanor se tenait derrière Bosch et observait discrètement le bâtiment par-dessus son épaule. Tran, ou Bok comme il se faisait appeler, l'avait déjà vue et ils ne pouvaient courir le risque qu'elle se fasse remarquer. Le trottoir était noir d'employés de bureau qui jaillissaient des portes à tambour des immeubles pour foncer vers les parkings : on essayait de gagner cinq minutes sur les embouteillages pour le week-end prolongé.

– C'est logique, dit Bosch. Tran débarque dans ce pays, il ne fait pas confiance aux banques, comme nous l'a expliqué ton pote des Affaires étrangères, et donc il choisit un coffre sans banque. Et voilà. En plus, du moment que tu as de quoi payer, ce n'est pas le genre d'endroit où on te demande des comptes. L'établissement n'étant pas vraiment une banque, la réglementation bancaire fédérale ne joue pas. N'importe qui peut louer un coffre avec pour seule identification un code alphabétique ou chiffré.

La Beverly Hills Safe & Lock avait tout d'une banque sans en être une. Pas de comptes-chèques, pas de comptes d'épargne, pas de service de prêt, pas de guichets. Le seul service offert était présenté en vitrine sous la forme d'un coffre-fort en acier poli. Ici, on protégeait les valeurs, pas l'argent. Dans un quartier comme Beverly Hills, le service était appréciable. Les gens riches et célèbres y déposaient leurs bijoux. Leurs fourrures. Leurs contrats de fiançailles.

Et tout cela s'affichait au grand jour. Derrière des parois de verre. La Beverly Hills Safe & Lock était au rez-de-chaussée du J. C. Stock Building, immeuble de treize étages que rien ne distinguait des autres, exception faite de cette chambre forte vitrée qui s'avançait en demi-cercle sur le trottoir. L'entrée de l'établissement était située sur le côté de l'immeuble, dans Rincon Street où des Mexicains vêtus de livrées jaunes étaient toujours prêts à prendre en charge la voiture du client.

Après que Bosch l'avait déposée à l'entrée du parking, Eleanor avait vu Tran et ses deux gardes du corps descendre de la Mercedes et pénétrer dans la chambre forte. Rien ne laissait deviner qu'ils craignaient d'être suivis. Pas une seule fois ils n'avaient regardé derrière eux. L'un des gardes du corps tenait une mallette en acier.

– Je pense pouvoir affirmer qu'au moins un des deux gardes du corps est armé, dit Eleanor. La veste de l'autre était trop ample. C'est lui ?… Oui, le voici.

Un homme en costume bleu marine de banquier conduisait Tran vers la salle des coffres, un des gardes du corps les suivant avec la mallette en acier. Bosch vit les yeux du colosse scruter les alentours jusqu'à ce que Tran et l'homme au costume bleu marine disparaissent à l'intérieur de la chambre forte. Il les attendit dehors. Bosch et Wish attendirent eux aussi, en guettant. Trois minutes plus tard, Tran ressortait, suivi du type en bleu qui tenait dans ses bras un petit coffre en métal de la taille d'une boîte à chaussures. Le garde du corps fermant la marche, les trois hommes quittèrent la pièce vitrée.

– Service stylé et personnalisé, dit Wish. Très Beverly Hills. Il le conduit sans doute dans un petit salon privé pour effectuer le transfert.

– Tu peux contacter Rourke pour qu'il envoie une équipe suivre Tran s'il s'en va ? demanda Bosch. Sers-toi du téléphone. Mieux vaut éviter d'utiliser la radio au cas où les types en dessous auraient placé quelqu'un à l'écoute de nos fréquences.

– Si je comprends bien, nous, on reste ici, près du coffre ?

Bosch acquiesça. Après un instant de réflexion, elle déclara :

— Bon, je vais l'appeler. Il sera ravi d'apprendre que nous avons enfin localisé l'endroit du casse. On va pouvoir appréhender les perceurs de tunnels.

Regardant autour d'elle, elle avisa une cabine téléphonique à côté d'un arrêt de bus et fit un pas dans cette direction. Bosch la retint par le bras.

— Je vais entrer, histoire de voir ce qui se passe. N'oublie pas qu'ils te connaissent. Ne te fais surtout pas voir jusqu'à ce qu'ils repartent.

— Et s'ils se barrent avant l'arrivée des renforts ?

— Je me fous de Tran, je reste près du coffre. Tu veux les clés de la voiture ? Tu peux les suivre si tu préfères.

— Non, je reste ici. Avec toi.

Elle pivota sur ses talons et se dirigea vers la cabine. De son côté, Bosch traversa Wilshire Boulevard pour entrer dans l'établissement. Un gardien armé s'avança vers la porte, un trousseau de clés à la main.

— Désolé, monsieur, on ferme ! dit le gardien qui avait la démarche assurée et le ton bourru d'un ancien flic.

— J'en ai pour une minute, lui répondit Bosch sans s'arrêter.

Le type au costume bleu marine qui avait accompagné Tran jusque dans la chambre forte était un des trois jeunes hommes aux cheveux blonds installés derrière les bureaux d'époque disposés sur l'épaisse moquette grise du hall d'accueil. Levant les yeux de dessus les documents étalés devant lui, il jaugea Bosch et s'adressa au plus jeune de ses deux collègues :

— Grant ? Voulez-vous vous occuper de ce monsieur…

Bien qu'il eût envie de répondre non, le dénommé Grant se leva, contourna son bureau et s'avança vers Bosch avec le sourire le plus faux-cul de tout son arsenal.

— Oui, monsieur ? Vous souhaitez ouvrir un coffre chez nous ? (Bosch allait lui poser une question quand l'homme lui tendit la main.) James Grant… demandez-moi tout ce que vous voulez. Bien que le temps nous manque un peu, malheureusement. Nous allons fermer pour le week-end dans quelques minutes.

Grant releva sa manche de veste pour consulter sa montre et confirmer l'heure de fermeture.

– Harvey Pounds, dit Bosch en lui serrant la main. Comment savez-vous que je ne possède pas déjà un coffre chez vous ?

– Sécurité, monsieur Pounds. C'est ça que nous vendons. Je connais le visage de tous nos clients. Tout comme M. Avery et M. Bernard.

En disant cela, il se tourna légèrement vers l'homme au costume bleu et son collègue, qui répondirent par un hochement de tête solennel.

– Vous n'êtes pas ouvert le week-end ? demanda Bosch en s'efforçant de prendre un air déçu.

Grant sourit.

– Non, monsieur. Il se trouve que nos clients sont des gens qui ont des emplois du temps et des vies bien réglés. Ils consacrent leurs week-ends aux loisirs, ils ne courent pas dans les magasins ou dans les banques comme tant d'autres. Nos clients sont bien au-dessus de cela, monsieur Pounds. Et nous aussi. Vous le comprenez aisément, j'en suis sûr.

Il y avait une pointe d'ironie dans sa voix, mais Grant avait raison : l'endroit était aussi net qu'un cabinet d'avocats – mêmes horaires et mêmes types prétentieux à l'entrée.

Bosch prit le temps d'observer les lieux. Dans un renfoncement sur la droite, où s'alignaient huit portes, il aperçut les deux gardes du corps de Tran plantés de chaque côté de la troisième. Il hocha la tête et adressa un sourire à Grant.

– Je constate qu'il y a des gardes partout. Voilà le genre de sécurité que je recherche, monsieur Grant.

– Je vous demande pardon, monsieur Pounds, mais ces deux hommes attendent simplement un client qui se trouve dans un de nos salons privés. Mais je vous assure que notre sécurité est à toute épreuve. Etes-vous intéressé par un coffre, monsieur ?

Cet homme avait le charme encore plus insidieux qu'un évangéliste. Bosch détesta le tout.

– La sécurité, monsieur Grant, voilà ce qui m'intéresse. Je souhaite louer un coffre, mais je veux d'abord m'assurer des mesures de sécurité, aussi bien à l'extérieur qu'à l'intérieur, si vous voyez ce que je veux dire.

– Certainement, monsieur Pounds, mais avez-vous une idée du prix de nos services et de la sécurité que nous vous offrons ?

– Je n'en sais rien et je m'en fous, monsieur Grant. L'argent n'est pas le problème. Il s'agit de ma tranquillité d'esprit. Vous êtes d'accord ? La semaine dernière, mon voisin immédiat a été cambriolé, et ce à trois maisons de chez notre ancien président ! En plein Bel Air… Le système d'alarme ne les a pas arrêtés. Ils ont emporté tous les objets de valeur. Je ne veux pas qu'il m'arrive la même chose. On n'est plus en sécurité nulle part, de nos jours.

– C'est un vrai scandale, monsieur Pounds, dit Grant, incapable de masquer une certaine excitation. J'ignorais qu'on en était arrivé là à Bel Air. Je suis entièrement d'accord avec votre décision. Venez vous asseoir à mon bureau, nous pourrons bavarder. Voulez-vous un café… un peu de cognac ? C'est bientôt l'heure de l'apéritif. Cela fait partie des petits services que nous offrons et que ne peut se permettre une banque.

Grant rit de sa plaisanterie, sans bruit, en secouant la tête de haut en bas. Bosch déclina son offre et le jeune vendeur s'assit en tirant son fauteuil derrière lui.

– Bien, pour commencer, laissez-moi vous expliquer notre fonctionnement. Nous ne sommes soumis à aucune réglementation gouvernementale. Votre voisin apprécierait certainement.

Il adressa un clin d'œil à Bosch qui demanda :

– Mon voisin ?

– L'ancien président, évidemment… (Bosch acquiesça.) Nous assurons un grand nombre de services de sécurité, aussi bien ici que chez vous. Même une escorte armée en cas de besoin. Nous sommes les meilleurs conseillers en matière de sécurité. Nous...

– Et la chambre forte ? l'interrompit Bosch.

Il savait que Tran allait ressortir du salon privé d'un moment à l'autre et voulait être dans la salle des coffres à ce moment-là.

– Oui, bien sûr, la chambre forte. Comme vous l'avez constaté, elle est placée au vu et au su de tous. Le « cercle de verre », comme nous l'appelons, est sans doute notre système de sécurité le plus ingénieux. Qui essaierait de s'y introduire ? Elle est exposée aux regards de tous vingt-quatre heures sur vingt-quatre. En plein dans Wilshire Boulevard. Génial, non ?

Grant affichait un sourire triomphant. Il esquissa un hochement de tête dans l'espoir d'arracher l'acquiescement de son auditoire.

– Et par en dessous ? demanda Bosch.

La bouche de l'homme redevint une ligne droite.

– Monsieur Pounds, vous ne pensez tout de même pas que je vais vous révéler nos mesures de sécurité structurelles, mais soyez certain que la salle des coffres est inviolable. De vous à moi, vous ne trouverez aucune chambre forte dans cette ville qui possède autant de béton et d'acier dans le plancher, les murs et le plafond. Et les systèmes de protection électroniques, me direz-vous ? Impossible, si vous me passez l'expression, de lâcher un vent dans le « cercle de verre » sans déclencher les capteurs de bruit, de mouvement et de chaleur.

– Puis-je la visiter ?

– La chambre forte ?

– Evidemment.

– Evidemment.

Grant ajusta sa veste et conduisit Bosch vers la salle des coffres. Une paroi de verre et un sas séparaient la pièce semi-circulaire du reste de l'établissement. Grant lui montra le mur vitré.

– Verre trempé double épaisseur. Bande de détection de vibrations entre les feuilles de verre pour empêcher toute tentative d'effraction. Même chose pour les parois de verre à l'extérieur. Autrement dit, la salle des coffres est scellée entre deux plaques de verre de deux centimètres d'épaisseur.

A la manière d'un animateur désignant les lots dans un jeu télévisé, Grant lui indiqua une sorte de boîte placée à côté de l'entrée du sas. De la taille d'un distributeur d'eau de bureau, elle était recouverte d'un rond en plastique blanc sur le dessus. Sur ce rond figurait le contour d'une main noire, doigts écartés.

– Pour que vous puissiez pénétrer dans la chambre forte, votre main doit se trouver dans notre fichier. Son squelette, s'entend. Laissez-moi vous montrer.

Il plaça sa main droite sur la tache noire. L'appareil se mit à bourdonner, une lumière intérieure éclairant aussitôt le rond de plastique blanc. Une barre lumineuse passa sous le plastique et la main de Grant, à la manière d'une photocopieuse.

– Rayons X, expliqua Grant. C'est plus fiable que les empreintes digitales et l'ordinateur peut traiter l'information en six secondes.

Six secondes plus tard, la machine émit un petit bip et la serrure électronique de la première porte du sas se déverrouilla.

– Vous voyez, chez nous, c'est votre main qui sert de signature, monsieur Pounds. Pas besoin de noms. Vous attribuez un code à votre coffre et vous enregistrez le squelette de votre main dans notre fichier. Nous ne vous demandons que six secondes de votre temps.

Dans son dos, Bosch reconnut la voix du type au costume bleu de banquier, le nommé Avery.

– Ah, avez-vous terminé, monsieur Long ?

Bosch jeta un coup d'œil par-dessus son épaule pour voir Tran ressortir du renfoncement. C'était lui qui portait la mallette. Un des gardes du corps tenait le coffre. L'autre colosse dévisagea Bosch, qui se retourna vers Grant.

– On peut entrer ?

Il suivit Grant dans le sas. La porte se referma derrière eux. Ils se retrouvèrent dans une pièce tout en verre et acier blanc qui avait deux fois la taille d'une cabine téléphonique. Il y avait une deuxième porte au fond, celle-ci était gardée par un employé en uniforme.

— Un petit raffinement que nous avons volé à la prison du comté de LA, dit Grant. Cette porte ne peut s'ouvrir que lorsque celle de derrière est fermée et verrouillée. Maury, notre garde, est armé et effectue un ultime contrôle visuel avant de l'ouvrir. Vous voyez, nous allions le facteur humain à l'électronique, monsieur Pounds.

Il adressa un signe de tête au gardien qui déverrouilla et ouvrit la seconde porte du sas. Bosch et Grant pénétrèrent dans la chambre forte, Bosch s'abstenant de faire remarquer au vendeur qu'il venait de déjouer ses systèmes de sécurité les plus élaborés en misant sur son avidité. Il lui avait suffi de mentionner Bel Air.

— Et maintenant, la salle des coffres, déclara Grant en tendant le bras à la manière d'un hôte accueillant.

La salle était plus grande que Bosch ne l'avait imaginé. Bien que relativement étroite, elle s'enfonçait assez loin dans le J. C. Stock Building. Les coffres étaient encastrés dans les deux murs latéraux et dans une structure en acier qui se dressait au centre de la salle. Les deux hommes descendirent l'allée de gauche, tandis que Grant expliquait que les coffres du milieu étaient destinés à recueillir les objets plus encombrants. En effet, Bosch constata que les portes étaient beaucoup plus larges que celles situées sur les côtés. Certains coffres étaient assez vastes pour qu'on puisse y entrer. Grant sourit en voyant le regard étonné de Bosch.

— Les fourrures, expliqua-t-il. Les visons. On nous confie énormément de fourrures de valeur, des robes, ce genre de choses. Les dames de Beverly Hills les déposent ici hors saison. Imaginez un peu les économies d'assurances, sans parler de la tranquillité d'esprit.

Bosch cessa d'écouter le spot publicitaire pour regarder Tran qui pénétrait à son tour dans la salle des coffres, suivi d'Avery. Tran tenait toujours la mallette et Bosch remarqua un fin bracelet en acier autour de son poignet : il s'était attaché à la mallette. Son taux d'adrénaline monta d'un cran. Avery s'approcha d'un coffre ouvert portant le numéro 327 et glissa la boîte métallique à l'intérieur. Il referma la porte et fit tourner sa clé dans une des deux serrures. Tran s'avança et fit de même avec sa propre clé. Ensuite, il adressa un signe de tête à Avery et les deux hommes ressortirent. Tran n'avait pas jeté un seul regard en direction de Bosch.

Après le départ de Tran, Bosch déclara qu'il en avait suffisamment vu et ressortit à son tour. Il s'approcha de la double paroi vitrée pour regarder dehors, dans Wilshire Boulevard. Flanqué de ses deux colosses, Tran se dirigeait vers le parking où était garée la Mercedes. Personne ne les suivait. Aucune trace d'Eleanor.

— Un problème, monsieur Pounds ? demanda Grant dans son dos.

— Oui.

Sans se retourner, Bosch plongea la main dans sa poche de veste et sortit son insigne. Il le tint levé par-dessus son épaule pour le faire voir à Grant.

— Allez me chercher le directeur de cette boîte. Et cessez de m'appeler monsieur Pounds.

Lewis se trouvait dans une cabine téléphonique située en face d'une cafétéria ouverte toute la nuit et nommée Darling, au coin de la rue, à environ un pâté de maisons du Beverly Hills Safe & Lock. Cela faisait déjà plus d'une minute que l'officier de police Mary Grosso avait décroché pour lui annoncer qu'elle lui passait le chef adjoint Irving. Etant donné que celui-ci lui réclamait un rapport toutes les heures, et par téléphone uniquement, songeait Lewis, il pourrait au moins se dépêcher de répondre. Il fit passer le combiné dans son autre main et fouilla dans sa poche à la recherche d'un accessoire pour se curer les dents. Le frottement de son poignet contre sa poche lui arracha une grimace de douleur. Mais repenser au coup des menottes autour de l'arbre suffisant à raviver sa colère, il essaya de se concentrer sur l'enquête. Tout cela lui échappait, il n'avait aucune idée de ce que manigançaient ce salopard de Bosch et la nana du FBI. Mais Irving était persuadé qu'un casse se préparait, et Clarke aussi. Et dans ce cas, se jura Lewis, il serait le premier à passer les menottes aux poignets de Bosch.

Un vieux clochard aux cheveux blancs et au regard inquiétant s'approcha d'un pas traînant de la cabine voisine de celle de Lewis pour inspecter le téléphone et voir s'il n'y avait pas une pièce dans la fente. Celle-ci était vide. Il tendit la main vers le téléphone de Lewis, mais celui-ci le repoussa.

— Touche pas à ça, Papi.

Pas découragé pour autant, le clochard demanda :

— Z'avez pas un quarter pour manger un morceau ?

— Va te faire foutre.

— Comment ? demanda une voix.

— Quoi ? dit Lewis, avant de comprendre que la voix venait du téléphone. (C'était celle d'Irving.) Oh, non, pas vous, monsieur. Je ne savais pas que… euh, je parlais à un… J'ai un petit problème avec un type et… euh…

— C'est ainsi que vous parlez à un citoyen ?

Lewis sortit un billet d'un dollar de sa poche et le tendit au vieillard en lui faisant signe de décamper.

— Inspecteur Lewis, vous êtes là ?

— Oui, désolé, chef. Ça y est, le problème est réglé. Je voulais vous faire mon rapport. La situation a évolué de manière intéressante.

Il espérait que cela ferait oublier à Irving sa remarque malencontreuse.

— Je vous écoute. Vous n'avez pas perdu Bosch ?

Soulagé, Lewis laissa échapper un soupir.

— Non, monsieur. Clarke continue à le surveiller pendant que je vous fais mon rapport.

— Très bien. Alors commencez. Nous sommes vendredi soir, j'aimerais rentrer chez moi à une heure correcte.

Pendant les quinze minutes suivantes, Lewis lui expliqua comment Bosch avait suivi la Mercedes métallisée depuis Orange County jusqu'à Beverly Hills.

– Que font-ils maintenant, je veux dire Bosch et la fille du FBI ?

– Ils sont toujours là-bas. On dirait qu'ils interrogent le directeur. Il se passe quelque chose. On aurait dit qu'ils savaient pas où ils allaient, mais, une fois sur place, ils ont compris que c'était là.

– Que c'était là quoi ?

– J'en sais rien, moi. Le truc qu'ils cherchent. Je crois que le type qu'ils suivaient a effectué un dépôt. Il y a un coffre, un énorme coffre dans la vitrine.

– Oui, je connais l'endroit.

Irving resta un long moment silencieux. Ayant achevé son rapport, Lewis se garda bien d'intervenir. Il s'imaginait en train d'attacher les mains de Bosch dans son dos et de le pousser devant une armée de caméras de télévision. A l'autre bout du fil, Irving se racla la gorge.

– J'ignore quel est leur plan, dit le chef adjoint, mais je veux que vous leur colliez au train. S'ils ne rentrent pas chez eux ce soir, vous non plus. C'est bien compris ?

– Oui, chef.

– S'ils ont laissé repartir la Mercedes, c'est qu'ils s'intéressaient à la chambre forte. Ils vont la placer sous surveillance. Et vous, vous allez continuer à les surveiller de votre côté.

– Oui, chef, répondit Lewis qui n'y comprenait toujours rien.

Irving passa dix minutes à donner des instructions à son inspecteur et à lui expliquer ce qui, selon lui, se passait au Beverly Hills Safe & Lock. Lewis avait sorti son carnet et un crayon pour griffonner quelques notes. Arrivé à la fin de son monologue, Irving confia à Lewis son numéro de téléphone personnel.

– Vous pouvez m'appeler chez moi à n'importe quel moment, jour et nuit. Compris ?

– Oui, très bien, chef.

Irving raccrocha sans rien ajouter.

Dans le hall d'accueil, Bosch attendit l'arrivée de Wish sans expliquer au dénommé Grant ni aux autres employés ce qui se passait. Ils restèrent assis là, derrière leur joli bureau, bouche bée. Quand Eleanor voulut entrer, la porte était verrouillée. Elle frappa au carreau en montrant son insigne. Le gardien lui ouvrit et elle pénétra dans le hall.

Avery voulut dire quelque chose, mais Bosch l'interrompit :

– Voici l'agent Eleanor Wish, du FBI. Elle travaille avec moi. Nous allons nous entretenir un instant dans un des salons privés. Juste une minute. S'il y a un directeur ici, nous aimerions lui parler en ressortant.

Pas encore remis de ses émotions, Grant lui désigna simplement la deuxième porte dans le renfoncement. Bosch entra dans la troisième pièce, suivi d'Eleanor. Il referma la porte au nez des trois employés et tira le verrou.

– Alors, où en est-on ? Je ne sais pas quoi leur dire, moi, chuchota-t-il tout en cherchant du regard, sur le bureau ou sur les deux chaises, une feuille de papier, n'importe quoi, que Tran aurait pu oublier par inadvertance.

Il ouvrit les tiroirs du bureau en acajou. Ils contenaient des crayons à papier, des stylos, des enveloppes. Rien d'autre. Un télécopieur était posé sur une table contre le mur opposé, mais il n'était pas branché.

– On attend et on observe, lui répondit-elle. Rourke m'a informé qu'il mettait sur pied une équipe pour explorer le sous-sol. Au préalable, ils vont contacter la Compagnie des eaux pour savoir exactement ce qu'il y a en dessous. Comme ça, ils sauront quel est le meilleur endroit pour creuser un tunnel et ils partiront de là. Dis, Harry, tu crois vraiment qu'on y est ?

Il acquiesça. Il voulut lui sourire mais n'y parvint pas. L'excitation d'Eleanor était contagieuse.

– A-t-il réussi à faire suivre Tran ? Au fait, ici on le connaît sous le nom de Long.

On frappa à la porte et une voix dit :

— Excusez-moi, excusez-moi…

Bosch et Wish l'ignorèrent.

— Tran, Bok, et maintenant Long. Pour la filature, je ne sais pas. Rourke a dit qu'il allait essayer. Je lui ai donné le numéro d'immatriculation et indiqué où la Mercedes était garée. On le saura plus tard. Il a également envoyé une équipe pour assurer la surveillance avec nous. Nous avons rendez-vous à 20 heures dans le parking d'en face. Et ici, que disent-ils ?

— Je ne leur ai pas encore expliqué ce qui se passait. (On frappa de nouveau à la porte, plus fort cette fois.) Bien, allons bavarder avec le directeur.

Le propriétaire et le directeur de la Beverly Hills Safe & Lock n'était autre que le père d'Avery, Martin B. Avery III. Il appartenait au même monde que la plupart de ses clients et il tenait à ce que ça se sache. Son bureau était situé au fond du renfoncement. Aux murs était accrochée une série de photos prouvant qu'il n'était pas un vulgaire escroc qui profite des riches : il était l'un d'eux. On y voyait Avery III en compagnie de deux présidents, d'un ou deux magnats du cinéma et d'un membre de la famille royale anglaise. Sur un des clichés, Avery posait à côté du prince de Galles en tenue de polo, mais sa taille trop épaisse et ses joues flasques faisaient douter de ses qualités de cavalier.

Après que Bosch et Wish lui eurent résumé la situation, Avery III se montra fort sceptique : sa chambre forte était inviolable. Ils le prièrent de leur épargner le baratin publicitaire et demandèrent à consulter les plans des installations et du système de surveillance de la chambre forte. A contrecœur, Avery III retourna son sous-main à 60 dollars au dos duquel était scotché le schéma de la chambre forte. De toute évidence, le directeur et ses employés à l'air si distingué trompaient les clients sur la marchandise. En commençant par l'enveloppe extérieure, on trouvait d'abord une première plaque d'acier de deux centimètres d'épaisseur, suivie d'une trentaine de centimètres de béton armé et prolongée par une seconde

344

plaque d'acier. La chambre forte était renforcée au plafond et au sol par une double couche de béton. Comme dans toutes les chambres fortes, le dispositif le plus impressionnant était constitué par l'épaisse porte en acier, mais ce n'était que de la frime. Comme le rayon X et le sas. Du tape-à-l'œil. Si les cambrioleurs se trouvaient vraiment en dessous, Bosch savait qu'ils n'auraient aucun mal à sortir prendre l'air.

Avery III leur expliqua que l'alarme s'était déclenchée les deux nuits précédentes, dont deux fois pendant celle de jeudi à vendredi. Chaque fois, la police de Beverly Hills l'avait appelé à son domicile. Il avait alors envoyé son fils, Avery IV, sur place. Les agents et l'héritier avaient pénétré dans les lieux pour rebrancher le système d'alarme, sans avoir constaté la moindre anomalie.

— Nous étions loin de nous douter qu'il y avait quelqu'un en dessous... dans les égouts, dit-il comme s'il répugnait à employer ce mot. A peine croyable, à peine croyable...

Bosch voulut en savoir plus sur le fonctionnement de la chambre forte et le système de sécurité. Sans comprendre ce que cela impliquait, Avery III lui signala d'un ton distrait que, contrairement aux chambres fortes traditionnelles, il était possible de déconnecter l'horloge de la serrure. Un code introduit dans l'ordinateur effaçait toutes les données de verrouillage. Cela permettait d'ouvrir la porte de la chambre forte à tout moment.

— Nous devons accéder aux désirs de notre clientèle, leur expliqua-t-il. Voyez-vous, si une dame de Beverly Hills veut venir un dimanche, parce qu'elle a absolument besoin de sa tiare pour un bal de charité, il faut que je puisse la lui donner. Cela fait partie des services que nous vendons.

— Tous vos clients connaissent-ils l'existence de ce service de week-end ? lui demanda Wish.

— Non, évidemment, lui répondit Avery III. Seulement quelques privilégiés. Voyez-vous, dans ce cas, les frais sont très élevés. Nous sommes obligés de faire appel à un garde.

– Combien de temps faut-il pour déconnecter l'horloge et ouvrir la porte ? insista Bosch.

– Pas longtemps. Je tape le code sur le clavier à côté de la porte et ça se fait en quelques secondes. Ensuite, on entre le code de déverrouillage de la chambre forte et la porte s'ouvre toute seule. C'est l'affaire de trente secondes, une minute au maximum.

Pas assez rapide, songea Bosch. Le coffre de Tran se trouvait près de l'entrée. C'est là qu'opéreraient les cambrioleurs. Ils entendraient, et verraient sans doute, la porte de la chambre forte s'ouvrir. Aucun élément de surprise.

Une heure plus tard, Bosch et Wish avaient regagné la voiture. Ils montèrent au premier étage du parking situé de l'autre côté de Wilshire Boulevard, à moins d'une rue à l'est de la Beverly Hills Safe & Lock. Ils voyaient parfaitement la chambre forte. Ils observèrent Avery IV et Grant en train de refermer la gigantesque porte en acier. Ceux-ci tournèrent la poignée et tapèrent le code de verrouillage sur le clavier de l'ordinateur. Toutes les lumières s'éteignirent, à l'exception de celles qui éclairaient la salle vitrée : elles restaient allumées en permanence, symboles de la sécurité qu'offrait l'établissement.

– Tu crois qu'ils vont opérer cette nuit ? demanda Wish.

– Difficile à dire. Meadows étant mort, ça leur fait un type de moins. Peut-être ont-ils pris du retard…

Ils avaient demandé à Avery III de rentrer chez lui et de se tenir prêt au cas où. Le directeur avait obéi, bien que toujours sceptique sur le scénario que lui avaient exposé Bosch et Wish.

– Il va falloir les atteindre par en dessous, déclara Bosch en tenant le volant à deux mains comme s'il conduisait. On ne réussira jamais à ouvrir la porte de la chambre forte assez vite.

Il jeta un coup d'œil distrait sur sa gauche, vers le haut de Wilshire. Une rue plus loin, une Ford blanche était garée le long du trottoir, à côté d'une bouche d'incendie. Deux silhouettes étaient assises à l'intérieur. Il avait toujours de la compagnie.

Bosch et Wish se tenaient près de la voiture garée au premier étage du parking, face au garde-fou de l'extrémité sud. Le parking était quasiment désert depuis plus d'une heure, mais l'enceinte en béton gris sentait encore les gaz d'échappement et les plaquettes de frein surchauffées. Bosch était persuadé que cette dernière odeur provenait de sa voiture. Le petit jeu du chat et de la souris auquel ils s'étaient livrés depuis Little Saigon n'avait pas ménagé son véhicule de remplacement. Au loin, dans le bas de Wilshire, le ciel rosissait, le soleil couchant étant encore d'un orange intense. Les lumières de la ville s'allumaient et la circulation devenait plus fluide. La Ford blanche était toujours garée le long du trottoir, un peu plus haut dans Wilshire, l'ombre de ses occupants se découpant derrière le pare-brise teinté.

A 20 heures, une procession de trois véhicules, suivie par une voiture de patrouille de Beverly Hills, déboucha au premier étage du parking et vint se garer le long du mur, non loin d'eux.

– Si nos bonshommes ont planqué un guetteur dans un de ces immeubles et que celui-ci a repéré cette petite parade, tu peux être sûre qu'ils sont déjà en train de décamper, commenta Bosch.

Rourke et quatre autres types descendirent des voitures banalisées. A en juger par leurs costumes, trois d'entre eux appartenaient au FBI. Le costume du quatrième était un peu trop usé et avait les poches aussi déformées que celles de Bosch. L'inconnu tenant à la main un tube en carton, Harry supposa qu'il s'agissait de l'ingénieur de la Compagnie des eaux dont lui avait parlé Wish. Trois hommes de la police de Beverly Hills, dont un avec des galons de capitaine, descendirent de la voiture pie. Le capitaine tenait lui aussi un tube en carton à la main.

Tout ce petit monde convergea vers la voiture de Bosch et se servit du capot en guise de table de conférence. Rourke se chargea rapidement des présentations. Les trois officiers de police de Beverly Hills étaient là parce que l'opération se déroulait sur leur territoire. Courtoisie inter-départementale, lui expliqua Rourke. En plus, le directeur de la Beverly Hills Safe & Lock avait fourni un plan des installations aux officines de la brigade de la sécurité commerciale du département. Ils étaient là en tant que simples observateurs, précisa Rourke ; on ferait appel à eux plus tard, en cas de besoin. Deux agents du FBI, Hanlon et Houck, se chargeraient de la surveillance de nuit, avec Bosch et Wish. Rourke voulait faire surveiller l'établissement d'au moins deux endroits différents. Le troisième agent était le coordinateur de la force d'intervention du SWAT[1] du FBI. Le dernier homme était Ed Gearson, ingénieur responsable des installations souterraines de la Compagnie des eaux.

— Bien, établissons un plan de bataille, lança Rourke, une fois les présentations terminées.

Sans rien demander, il prit le tube en carton des mains de Gearson, en fit sortir le plan des égouts et ajouta :

— Voici le schéma des installations souterraines de la Compagnie des eaux dans ce quartier. On y trouve tous les conduits, les tunnels et les égouts. Il indique exactement ce qu'il y a en dessous.

Il étala sur le capot de la voiture la carte grisâtre striée de traits bleus. La lumière déclinant à l'intérieur du parking, le type du SWAT, un dénommé Heller, braqua un stylo-lampe au faisceau étonnamment large et puissant sur le plan. Rourke sortit de sa poche de chemise un stylo télescopique qu'il transforma en une sorte de règle.

— Bien, nous sommes...

Avant qu'il n'ait localisé leur position, Gearson tendit le bras dans la lumière et posa le doigt sur la carte. Rourke pointa son stylo à l'endroit indiqué.

— Oui, c'est cela. Ici, dit-il en jetant à Gearson un regard qui semblait dire : « Viens pas me faire chier. »

Le gars de la Compagnie des eaux parut se voûter un peu plus dans sa veste élimée.

1. Littéralement : « frapper ». Équivalent de notre GIGN.

348

Toutes les personnes rassemblées autour du capot de la voiture se penchèrent sur la carte.

– La Beverly Hills Safe & Lock est ici, reprit Rourke, et la chambre forte est là. Voulez-vous nous montrer votre plan, capitaine Orozco ?

Larges épaules sur une taille fine, Orozco était bâti comme une pyramide inversée. Il déroula son plan par-dessus celui de la Compagnie des eaux. C'était une copie de celui qu'Avery III avait montré à Bosch et Wish.

– Mille mètres carrés de chambre forte, dit Orozco en délimitant du doigt la zone en question. Des rangées de coffres particuliers sur les côtés et des plus grands alignés au centre. Si nos cambrioleurs sont là-dessous, ils peuvent percer le plancher n'importe où dans ces deux allées. Ça représente une surface d'environ vingt mètres.

Rourke intervint :

– Capitaine, en regardant le plan de la Compagnie des eaux, nous pouvons donc localiser la zone d'effraction à cet endroit, dit-il. (A l'aide d'un marqueur fluorescent, il surligna le sol de la chambre des coffres sur la carte.) A partir de cette indication, nous pouvons repérer les structures souterraines qui permettent la meilleure approche. Qu'en pensez-vous, Gearson ?

Gearson se pencha davantage au-dessus du capot pour étudier le plan. Bosch l'imita et supposa que les traits les plus épais devaient indiquer les principaux conduits d'évacuation, ceux qui intéressaient les perceurs de tunnels. Il constata aussi qu'ils correspondaient aux grandes artères en surface : Wilshire, Olympic, Pico. Gearson désigna le conduit de Wilshire et leur expliqua qu'il se trouvait dix mètres sous terre et était suffisamment large pour laisser passer un camion. Du doigt, l'homme de la Compagnie des eaux en suivit le tracé vers l'est jusqu'à celui de Robertson, important conduit d'évacuation des eaux de pluie orienté nord-sud. A partir de cette intersection, ajouta-t-il, il n'y avait qu'un kilomètre et demi jusqu'à l'égout à ciel ouvert qui longeait le Santa Monica Freeway vers le sud. L'embouchure de l'égout, aussi large qu'une porte de garage, n'était fermée que par une grille munie d'un cadenas.

– A mon avis, ils ont pu choisir d'entrer par là, reprit Gearson. Comme s'ils suivaient les rues en surface. Ils prennent le conduit Robertson jusqu'à Wilshire. Ensuite, ils tournent à gauche et ils sont presque arrivés… là, à hauteur de votre trait jaune. C'est-à-dire à la chambre forte. Mais ça m'étonnerait qu'ils creusent un tunnel à partir du conduit de Wilshire.

– Ah bon ? dit Rourke. Pour quelle raison ?

Gearson sentit les neuf visages se tourner vers lui ; c'était lui qui possédait toutes les réponses.

– C'est trop fréquenté, voilà pourquoi. Nous avons des hommes qui travaillent en permanence dans ces conduits. Ils vérifient les fuites, les obstructions, tous les problèmes. Wilshire est le conduit principal dans le secteur. Comme le boulevard en surface. Si quelqu'un perçait un trou dans la paroi, on s'en apercevrait. Vous comprenez ?

– Et s'ils réussissaient à dissimuler le trou ?

– Vous faites allusion à la technique employée il y a environ un an, lors du cambriolage du centre-ville… Ouais, ça pourrait marcher encore un coup, ailleurs peut-être, mais, dans le conduit de Wilshire, on s'en apercevrait certainement. Nous sommes très attentifs à ce genre de choses désormais. Et, comme je vous l'ai dit, ce conduit est extrêmement fréquenté.

Il y eut un moment de silence pendant lequel tout le monde réfléchit. On n'entendait que le cliquetis des moteurs de voiture qui refroidissaient.

Rourke fut le premier à reprendre la parole :

– Dans ce cas, monsieur Gearson, où creuseraient-ils pour s'introduire dans la chambre forte, à votre avis ?

– Il y a tout un tas de connexions là-dessous. Ne croyez pas qu'on n'y pense jamais quand on travaille dans ces galeries. Le cambriolage parfait et ainsi de suite… J'ai déjà réfléchi au problème pour m'amuser, surtout quand j'ai appris l'histoire du casse dans les journaux. Si c'est cette chambre forte qui les intéresse, comme vous le dites, je continue à penser qu'ils feront comme je vous l'ai expliqué : ils remonteront l'égout de Robertson jusqu'à celui de Wilshire. Ensuite, je pense qu'ils emprunteront plutôt un des tunnels de service, pour éviter de se faire repérer. Ces tunnels mesurent entre un et deux mètres de diamètre. Ils sont ronds et assez larges pour qu'on puisse y travailler et transporter du matériel. Ils suivent les conduits principaux jusqu'aux canalisations d'évacuation d'eau et les relient aux voies de service. (Il fit courir sa main sur la carte pour leur indiquer les conduits secondaires dont il parlait.) S'ils ont opéré comme je le pense, poursuivit-il, ils sont entrés par la grille près de l'autoroute et ont transporté leur matériel en voiture jusqu'à Wilshire et, de là, jusqu'à la zone de leur objectif. Une fois sur place, ils déchargent leur matériel, ils le planquent dans un des « tunnels de service », comme on les appelle, et ils ressortent leur véhicule. Ils reviennent à pied et ils se mettent au boulot. Ils peuvent très bien bosser là-dedans au moins cinq ou six semaines avant qu'on ait l'occasion d'aller faire un tour dans ce coin-là.

Bosch continuait à trouver tout cela un peu trop simple.

— Et les autres conduits principaux ? lui demanda-t-il en lui montrant ceux d'Olympic et de Pico sur la carte.

Les tunnels de service secondaires qui partaient de ces deux conduits vers la chambre forte au nord formaient un vaste quadrillage.

— Et s'ils utilisaient un de ces tunnels pour arriver par-derrière ?

De l'index, Gearson se gratta la lèvre inférieure.

— Oui. Ça aussi, c'est possible. Seulement, ces conduits ne vous mènent pas aussi près du coffre que les ramifications de Wilshire. Vous voyez ce que je veux dire ? Pourquoi iraient-ils creuser un tunnel de cent mètres de long alors qu'un de trente leur suffit ?

Gearson aimait être le pôle d'intérêt et sentir qu'il en savait davantage que tous les bureaucrates et policiers réunis autour de lui. Son exposé achevé, il se balança sur ses talons, avec un sourire satisfait. Bosch savait qu'il avait certainement raison sur toute la ligne.

– Et pour déblayer la terre ? lui demanda Bosch. Ces types creusent un tunnel à travers le sable, la pierre et le béton. Où est-ce qu'ils se débarrassent de la boue ? Et comment ?

– Voyons, Bosch. M. Gearson n'est pas policier, s'écria Rourke. Je doute qu'il connaisse toutes...

– C'est facile, dit Gearson. Tous les conduits principaux, comme Wilshire et Robertson, possèdent une rigole au centre. Il y a toujours de l'eau qui y coule, même pendant les périodes de sécheresse. Il ne pleut peut-être pas dehors, mais, sous terre, l'eau continue de couler. Vous seriez surpris de voir en quelles quantités. Elle vient des réservoirs ou des installations domestiques, ou des deux. Quand on fait appel aux pompiers, où va toute l'eau qu'ils utilisent pour éteindre l'incendie, à votre avis ? Ce que je veux vous expliquer, c'est que s'ils avaient suffisamment d'eau ils ont pu s'en servir pour évacuer tous leurs déchets.

Hanlon prit la parole pour la première fois :

– Ça représente des tonnes.

– Oui, mais pas en même temps. Vous dites qu'il leur a fallu plusieurs jours pour creuser ce tunnel. A condition d'en larguer un peu chaque jour, l'écoulement peut s'en charger. Evidemment, s'ils ont bossé dans un des tunnels de service, ils ont dû trouver un moyen de faire venir de l'eau jusqu'au conduit principal. A votre place, je vérifierais les bouches d'incendie du secteur. Si vous apprenez que quelqu'un en a ouvert une ou si vous trouvez une fuite, c'est vos gars...

Un des policiers en uniforme glissa un mot à l'oreille d'Orozco. Celui-ci se pencha sur la carte, le doigt tendu. Il le posa sur un trait bleu.

– Une bouche d'incendie a été saccagée à cet endroit dans la nuit d'avant-hier.

– Quelqu'un a ouvert la vanne, précisa le policier qui lui avait parlé à l'oreille, et il s'est servi d'un coupeboulons pour sectionner la chaîne qui retient le couvercle. Ils l'ont emporté avec eux et il a fallu une heure aux pompiers pour le remplacer.

Il regarda Bosch avec un sourire. Bosch lui sourit en retour. Il aimait bien le moment où les pièces du puzzle commençaient à s'assembler.

– Avant ça… samedi soir, on a eu un incendie volontaire, ajouta Orozco. Une petite boutique derrière le Stock Building dans Ricon Street.

Gearson regarda l'endroit que le capitaine lui désignait sur le plan. A son tour, il posa son index sur l'emplacement de la bouche d'incendie.

– Toute l'eau de ces deux bouches d'incendie a coulé dans trois collecteurs, ici, ici et ici, dit-il en déplaçant avec agilité sa main sur la carte. Ces deux-là mènent à ce conduit. Le dernier va ici.

Les enquêteurs suivirent des yeux le tracé des deux conduits d'évacuation. Le premier longeait Wilshire Boulevard, derrière le J. C. Stock Building. L'autre coupait Wilshire en ligne droite, juste à côté du bâtiment.

– Dans les deux cas, il s'agit encore d'un tunnel de… combien ? Une trentaine de mètres de long ?

– Au moins, répondit Gearson. A condition d'avancer en ligne droite. Ils sont peut-être tombés sur des canalisations ou de la roche dure qui les ont obligés à faire un détour. Ça m'étonnerait qu'ils aient réussi à creuser un tunnel en ligne droite.

L'homme du SWAT tira discrètement sur la manche de Rourke et les deux hommes s'écartèrent du groupe pour échanger quelques mots à voix basse. Bosch se pencha vers Wish et lui glissa :

– Ils ne voudront pas descendre.

– Pourquoi dis-tu ça ?

– Nous ne sommes pas au Vietnam. Personne n'est obligé de descendre là-dessous. Si Franklin et Delgado, ou d'autres, se trouvent dans un de ces conduits, il sera impossible de les approcher sans se faire repérer. Ils sont en position de force. Ils nous entendraient arriver. (Elle le dévisagea sans rien dire.) Ce serait une erreur tactique, ajouta Bosch. Nous savons qu'ils sont armés et qu'ils ont certainement installé des pièges. Nous savons aussi qu'ils n'hésitent pas à tuer.

Rourke revint vers le petit groupe et demanda à Gearson d'aller l'attendre dans une des voitures du FBI pendant qu'il en terminait avec les enquêteurs. L'employé de la Compagnie des eaux s'éloigna la tête basse, déçu de ne plus faire partie de l'équipe.

– Nous ne descendrons pas les chercher, déclara Rourke après que Gearson eut fermé sa portière. Trop dangereux. Ils ont des armes, des explosifs. Nous ne bénéficions pas de l'élément de surprise. Il en résultera de lourdes pertes... Alors, nous allons les prendre au piège. Nous laissons les choses suivre leur cours et nous attendons bien tranquillement qu'ils ressortent. Comme ça, la surprise sera de notre côté. Ce soir, le SWAT va exécuter une visite de reconnaissance dans le conduit de Wilshire... nous demanderons à Gearson de nous fournir des tenues de la Compagnie des eaux... pour chercher leur point d'entrée. Ensuite, nous nous installerons à l'endroit le plus favorable. C'est-à-dire le moins risqué pour nous.

Il s'ensuivit un bref instant de silence, ponctué par le klaxon d'une voiture dans la rue, avant qu'Orozco ne proteste :

– Hé, une minute ! (Il attendit que tous les visages soient tournés vers lui, sauf celui de Rourke qui refusait de le regarder.) On ne va tout de même pas rester assis à se les rouler en attendant que ces types fassent péter la chambre forte ! Pas question de les laisser forcer deux cents coffres et repartir comme si de rien n'était. Mon devoir est de protéger les biens des habitants de Beverly Hills qui constituent probablement quatre-vingt-dix pour cent de la clientèle de cet établissement. Je ne suis pas d'accord avec ce plan.

Rourke ferma son stylo-règle et le glissa dans sa poche

intérieure de veste. Il s'adressa à Orozco, toujours sans le regarder :

— Orozco, votre objection figurera dans le rapport si vous le souhaitez, mais nous ne vous demandons pas d'approuver notre plan. (Outre le fait qu'il s'était adressé à Orozco sans lui donner son grade, constata Bosch, Rourke avait laissé tomber tout simulacre de politesse.) Il s'agit d'une opération fédérale. Vous êtes ici par pure courtoisie professionnelle. De plus, si mon analyse est correcte, ils ne perceront qu'un seul coffre. Lorsqu'ils s'apercevront qu'il est vide, ils plieront bagage et repartiront.

Orozco ne savait plus que penser ; ça se lisait sur son visage. Apparemment, songea Bosch, on ne lui avait pas fourni beaucoup de détails sur l'enquête. Il en éprouva de la tristesse pour lui : se faire ainsi mettre sur la touche par Rourke !

— Certaines choses doivent demeurer secrètes à ce stade, ajouta l'homme du FBI. Mais nous avons des raisons de croire qu'ils ne s'intéressent qu'à un seul coffre. Et nous pensons que ce coffre est déjà vide. Lorsque les cambrioleurs constateront qu'ils ont fait chou blanc, ils s'empresseront de décamper. A nous d'être prêts à les accueillir.

Bosch s'interrogea sur l'hypothèse de Rourke. Les cambrioleurs allaient-ils repartir ? Ou bien, persuadés de s'être trompés de coffre, continueraient-ils leur travail à la recherche des diamants de Tran ? Perceraient-ils les autres coffres dans l'espoir d'y rafler quelques objets de valeur qui les récompenseraient de leurs efforts ? Il n'en savait rien. En tout cas, il était moins confiant que Rourke, mais l'agent du FBI donnait peut-être le change pour tenir Orozco à l'écart.

— Et s'ils ne repartent pas immédiatement ? demanda Bosch. S'ils continuent à percer les coffres ?

— Dans ce cas, on est tous bons pour un week-end prolongé, répondit Rourke, car on attendra qu'ils ressortent.

— Dans un cas comme dans l'autre, vous allez causer la faillite de cet établissement, déclara Orozco en lui montrant le Stock Building. Quand on saura que quelqu'un a réussi à creuser un trou dans cette chambre forte qu'on voit de partout, les gens n'auront plus confiance. Plus personne ne viendra y déposer ses objets de valeur.

Rourke se contenta de le regarder sans rien dire. De toute évidence, les protestations du capitaine tombaient dans l'oreille d'un sourd.

— Si vous pouvez les arrêter après l'effraction, pourquoi ne pas le faire avant ? reprit Orozco. Pourquoi ne pas investir les lieux, brancher une sirène, faire du bruit, ou même installer une voiture de patrouille juste devant ? N'importe quoi pour leur faire comprendre qu'ils sont découverts. Ça leur foutra la trouille et ils décamperont avant même de pénétrer dans la chambre forte. Comme ça, on les arrête et on sauve la réputation de l'établissement. S'ils nous échappent, on sauve quand même la boîte et on les arrêtera tôt ou tard.

— Capitaine, répondit Rourke qui avait retrouvé sa fausse amabilité, en les avertissant de notre présence, nous nous privons de notre seul atout, l'élément de surprise, et nous risquons de déclencher une fusillade dans les souterrains… peut-être même dans la rue : ils n'hésiteront pas à tirer sur tout ce qui bouge. Ils se foutent pas mal de mourir et de tuer des passants innocents. Comment pourrons-nous expliquer ensuite au public, et même à nous-mêmes, que nous avons agi ainsi dans le but de protéger la réputation d'un commerce ?… (Rourke fit une pause, le temps que ses paroles fassent leur chemin.) Je refuse de jouer avec la sécurité dans cette affaire, capitaine. Je ne peux pas me le permettre. Ces hommes qui sont sous terre n'ont peur de rien. Ce sont des meurtriers. A notre connaissance, ils ont déjà tué deux personnes, dont un témoin. En l'espace d'une semaine. Il est hors de question de les laisser filer. Absolument hors de question.

Orozco se pencha sur le capot pour rouler son plan. En faisant claquer l'élastique, il dit :

— Je vous conseille de ne pas merder, messieurs. Car, dans ce cas, mon département et moi divulguerons le contenu de cette discussion et nous ne ménagerons pas nos critiques. Sur ce, bonne nuit.

Il pivota sur ses talons et regagna la voiture pie. Les deux hommes en uniforme le suivirent sans même en avoir reçu l'ordre. Les autres les regardèrent. La voiture de patrouille s'étant mise à descendre la rampe, Rourke reprit la parole :

– Eh bien, vous avez entendu. Nous n'avons pas le droit de merder. Quelqu'un a une suggestion ?

– Si on installait des hommes dans la chambre forte pour les attendre ? proposa Bosch.

Il n'avait pas véritablement réfléchi à cette idée, il la formula comme elle lui était venue.

– Non, répondit le type du SWAT. Si vous mettez des hommes là-dedans, ils sont coincés. Ils n'ont plus aucune possibilité. Aucune issue. Je n'oserais même pas demander à mes gars de se porter volontaires.

– En outre, ils risquent d'être blessés par l'explosion, ajouta Rourke. Ils n'ont aucun moyen de savoir quand et où les cambrioleurs vont surgir.

Bosch acquiesça. Ils avaient raison.

– Est-il possible d'ouvrir la chambre forte et d'y entrer dès qu'on sait qu'ils sont à l'intérieur ? demanda un des agents du FBI, Bosch ne se souvenant plus s'il s'agissait de Hanlon ou de Houck.

– Oui, il est possible de déconnecter l'horloge de la serrure, répondit Wish. Il faudrait faire revenir Avery, le propriétaire.

– Mais, d'après ce qu'il nous a expliqué, ça risque d'être trop long, précisa Bosch. Avery peut déclencher l'ouverture, mais c'est une porte qui pèse deux tonnes et qui s'ouvre toute seule. Au mieux, ça demande trente secondes. Peut-être moins, mais les types à l'intérieur auront déjà eu le temps de nous repérer. C'est aussi dangereux que de les appréhender dans les tunnels.

– Et si on utilisait une bombe aveuglante ? suggéra l'autre agent. On entrouvre la porte et on balance une grenade. Ensuite, on n'a plus qu'à entrer les cueillir.

Rourke et le gars du SWAT secouèrent la tête en chœur.

– Non, et pour deux raisons, déclara ce dernier. S'ils piègent le tunnel comme nous le supposons, le souffle risque de déclencher les explosifs. On verrait alors Wilshire Boulevard s'enfoncer d'une dizaine de mètres sous terre et ça, vaut mieux l'éviter. Vous imaginez pas toute la paperasserie qu'y faudrait se taper après… (Personne ne sourit.) Deuxièmement, il s'agit d'une pièce vitrée, je vous le rappelle. Nous serions dans une position très vulnérable. Si l'un d'eux monte la garde, on est foutus. Nous supposons qu'ils interrompent tout contact radio dès que les explosifs sont en place, mais si ce n'est pas le cas et si le guetteur parvient à les prévenir, c'est eux qui risquent de nous balancer un truc les premiers.

Rourke y ajouta ses propres réflexions :

– Peu importe le guetteur. Si jamais on introduit une équipe du SWAT dans cette salle vitrée, ils pourront tout suivre à la télé. On verra débarquer toutes les chaînes de LA avec des caméras et la circulation sera bloquée jusqu'à Santa Monica. Un vrai cirque. Laissez tomber cette idée. Le SWAT ira en reconnaissance avec Gearson et couvrira la sortie près de l'autoroute. Nous les attendrons sous terre et nous les arrêterons comme nous l'entendons. Un point c'est tout. (L'homme du SWAT hocha la tête.) Dès ce soir nous surveillons l'extérieur de la chambre forte vingt-quatre heures sur vingt-quatre. Wish et Bosch, vous prenez la façade de l'immeuble. Hanlon et Houck, vous planquerez dans Rincon Street, en face de la porte. Si jamais vous la voyez s'ouvrir, je veux être prévenu immédiatement : j'alerterai le SWAT. Servez-vous du téléphone de préférence. On ignore s'ils sont à l'écoute de nos fréquences radio. Vous devrez communiquer par code entre vous. Tout le monde a bien compris ?

– Et si l'alarme se déclenche ? demanda Bosch. Ça s'est déjà produit trois fois cette semaine…

Rourke réfléchit un instant.

– Faites comme d'habitude. Accueillez le directeur ou je ne sais qui à la porte de l'établissement, rebranchez l'alarme et renvoyez-le chez lui. Je vais rappeler Orozco pour lui demander d'envoyer ses hommes au cas où, mais nous nous occuperons de tout.

— Avery se déplacera en personne, dit Wish. A mon avis, il sait ce qui se prépare. Supposons qu'il veuille ouvrir la chambre forte pour jeter un coup d'œil ?

— C'est simple : interdisez-lui d'entrer. C'est sa chambre forte, mais c'est sa vie qui est en danger.

Rourke observa les visages autour de lui. Il n'y avait plus de questions.

— Bien. Je veux que tout le monde soit en place dans quatre-vingt-dix minutes. Ça donnera le temps aux types de la surveillance de nuit d'aller manger un morceau, de pisser et de boire un café. Wish, faites-moi votre rapport, par téléphone, à minuit et… disons, 6 heures. OK ?

— Entendu.

Rourke et l'homme du SWAT remontèrent dans la voiture où les attendait Gearson, et repartirent. Bosch, Wish, Hanlon et Houck mirent au point un code radio. Ils décidèrent de donner aux rues de la zone de surveillance les noms de celles du centre. Ainsi, si quelqu'un écoutait la fréquence, il croirait entendre de simples rapports de patrouille dans Broadway et la 1re Rue, et non pas dans Wilshire ou Rincon. De même, ils convinrent de remplacer « chambre forte » par « prêteur sur gages ». Leur affaire faite, les deux équipes se séparèrent en décidant de se retrouver au début de la surveillance. Tandis que Hanlon et Houck roulaient vers la sortie, Bosch, qui se retrouvait seul avec Eleanor pour la première fois depuis l'élaboration du plan, lui demanda ce qu'elle en pensait.

— Je ne sais pas. Je n'aime pas trop l'idée de les laisser entrer dans la chambre forte et repartir ensuite. Je me demande si le SWAT peut bloquer toutes les issues.

— Nous verrons bien.

A cet instant, une voiture gravit la rampe et roula vers eux. Aveuglé par les phares, Bosch repensa brièvement au véhicule qui avait tenté de les écraser la nuit précédente. Mais la voiture fit une embardée et s'arrêta.

C'étaient Hanlon et Houck. La vitre du côté passager était baissée et Houck lui tendit une épaisse enveloppe bulle.

– Courrier pour vous, Harry. On a oublié de vous le donner. Quelqu'un de chez vous l'a déposé au bureau aujourd'hui, en disant que vous l'attendiez, mais que vous n'étiez pas passé le chercher au commissariat de Wilcox.

Bosch prit l'enveloppe avec méfiance. Houck remarqua son embarras.

– Le type s'appelle Edgar, c'est un Noir. Il dit que vous avez fait équipe, ajouta Houck. L'enveloppe était dans votre casier depuis deux jours, il a pensé que c'était peut-être important. Comme il allait faire visiter une maison à Westwood, il a eu l'idée de la déposer en passant. Ça vous paraît OK ?

Bosch hocha la tête et les deux agents fédéraux repartirent. La lourde enveloppe cachetée provenait du service des archives de l'armée à Saint Louis. Il l'ouvrit et regarda à l'intérieur. Elle contenait une grosse liasse de documents.

– Qu'est-ce que c'est ? s'enquit Eleanor.

– Le dossier de Meadows. J'avais oublié que je l'avais réclamé. Ça remonte à lundi, avant que j'apprenne que vous étiez sur le coup. De toute façon, j'ai déjà tout lu.

Par la vitre ouverte, il lança l'enveloppe sur le siège arrière de la voiture.

– Tu as faim ? demanda-t-elle.

– J'ai surtout envie d'un café.

– Je connais un endroit.

Bosch buvait à petites gorgées un café noir bien fumant qu'il avait rapporté dans un gobelet en plastique du restaurant italien situé dans Pico Street, derrière Century City. Il avait repris son poste, au premier étage du parking en face de la chambre forte, de l'autre côté de Wilshire Boulevard. Wish le rejoignit après avoir comme prévu contacté Rourke par téléphone à minuit.

– Ils ont retrouvé la Jeep.

– Où ça ?

– Les types du SWAT sont allés inspecter le tunnel d'évacuation de Wilshire sans découvrir aucune trace suspecte ni la moindre entrée de galerie. Apparemment, Gearson avait raison : ils se cachent dans un souterrain secondaire. Enfin bref… les gars du SWAT sont ensuite descendus jusqu'au ruisseau d'évacuation près de l'autoroute pour monter leur embuscade. Ils se déployaient devant trois issues quand ils ont repéré la Jeep. Rourke m'a expliqué qu'il y avait un parking le long de l'autoroute et que là se trouvait une Jeep de couleur beige avec une remorque bâchée. C'est bien la leur. Les trois véhicules tout terrain bleus sont dans la remorque.

– Est-ce qu'il a un mandat ?

– Il a chargé quelqu'un d'essayer de trouver un juge. Il l'aura. Mais, quoi qu'il en soit, ils ne veulent pas y toucher avant la fin de l'opération. Au cas où l'un des cambrioleurs ressortirait pour chercher les véhicules. Ou si jamais un complice resté à l'extérieur décidait de les faire entrer à l'intérieur.

Bosch acquiesça en buvant une gorgée de café. C'était la meilleure chose à faire, en effet. Il se souvint qu'il avait une cigarette qui se consumait dans son cendrier et la lança par la vitre.

Comme si elle devinait ses pensées, Eleanor ajouta :

– D'après ce qu'ils ont pu voir, m'a expliqué Rourke, il n'y avait pas de couverture à l'arrière de la Jeep. Mais, si c'est le véhicule qui a servi à transporter Meadows jusqu'au réservoir, il doit encore y avoir des traces de fibres.

– Et l'insigne que Sharkey a aperçu sur la portière ?

– Toujours d'après Rourke, il n'y avait pas d'insigne. Mais peut-être l'ont-ils simplement enlevé avant de laisser la Jeep à cet endroit.

– Oui, possible.

Après quelques instants de réflexion, Bosch demanda :

– Ça ne te gêne pas, la façon dont toutes les pièces s'emboîtent parfaitement ?

– Ça devrait ?

Bosch haussa les épaules. Il regarda vers le haut de

Wilshire. Le trottoir situé devant la bouche d'incendie était désert. Depuis qu'ils étaient revenus du restaurant, Bosch n'avait pas revu la Ford blanche qui ne pouvait être qu'une voiture des AI. Bosch se demandait si Lewis et Clarke rôdaient encore dans les parages ou s'ils étaient rentrés se coucher.

— Harry, les éléments qui s'emboîtent parfaitement sont la récompense d'un bon travail d'enquête. Enfin quoi ! Nous n'avons pas découvert tout ça par un simple coup de chance ! Nous avons enfin prise sur les événements. Notre situation est bien meilleure qu'il y a trois jours. Alors pourquoi se poser des questions quand les faits commencent enfin à coller ?

— Il y a trois jours, Sharkey était toujours vivant.

— Pendant que tu y es, pourquoi tu ne te sens pas coupable pour tous ceux qui ont fait un choix et se sont fait tuer ? Tu ne peux rien y changer, Harry. Et personne ne te demande de jouer les martyrs.

— Comment ça, « un choix » ? Sharkey n'avait rien choisi du tout.

— Si. Quand il a choisi la rue, il savait qu'il risquait d'y trouver la mort.

— Non, tu ne peux pas dire ça. C'était encore un gamin.

— Ce sont des saloperies qui arrivent. Et je crois que le mieux qu'on puisse faire dans ce métier, c'est d'égaliser le score. Certains gagnent, d'autres perdent. Heureusement, une fois sur deux, ce sont les gentils qui gagnent. C'est-à-dire nous, Harry.

Bosch finit son gobelet d'un trait et ils demeurèrent silencieux. D'où ils se trouvaient, ils avaient une vue plongeante sur le coffre-fort qui se dressait au centre de la pièce de verre, semblable à un trône. Exposé aux regards, lustré et brillant sous les néons puissants du plafond. « Venez me chercher », semblait-il crier à la face du monde. Et quelqu'un allait le faire, songea Bosch. Et on allait le laisser agir.

Wish décrocha le combiné de la radio et pressa deux fois sur le bouton de transmission.

– Broadway Un à 1<sup>re</sup> Rue, vous m'entendez ?

– On vous entend, Broadway. Du nouveau ?

C'était la voix de Houck. Il y avait beaucoup de parasites, à cause des ondes qui ricochaient sur les grandes tours du quartier.

– Simple vérification. Quelle est votre position ?

– Nous sommes exactement au sud de l'entrée de la boutique de prêts sur gages. Rien à signaler pour le moment.

– Nous sommes à l'est. Est-ce que vous apercevez le... (Elle coupa le micro et se tourna vers Bosch.) On a oublié de choisir un code pour parler du coffre. Tu as une idée ?

Bosch secoua la tête, avant de se raviser.

– Si... Saxophone. J'en ai vu plein dans des vitrines de prêteurs sur gages. Des tas d'instruments de musique.

Elle rouvrit le micro.

– Désolée, on a eu quelques petits problèmes techniques. Nous sommes à l'est de la boutique, nous avons une vue directe sur le piano dans la vitrine. Aucune activité à l'intérieur. Gardez l'œil ouvert.

– Bien reçu, Broadway. Terminé.

Bosch esquissa un sourire et secoua la tête.

– Que se passe-t-il ? demanda Eleanor.

– J'ai vu des tas d'instruments de musique chez les prêteurs sur gages, mais jamais de piano. Qui irait mettre un piano au clou ? Il faudrait un camion. Je crois qu'on a grillé notre couverture.

A son tour, il décrocha le micro de la radio, mais sans appuyer sur le bouton.

– Euh, 1<sup>re</sup> Rue ? Rectification. Ce n'est pas un piano, mais un accordéon. Autant pour nous...

Eleanor lui donna un grand coup de poing dans l'épaule et lui dit de laisser tomber. Ils s'installèrent dans un silence confortable. Pour la plupart des inspecteurs, les planques sont une véritable corvée. Mais, en quinze ans de carrière, Bosch ne s'en était jamais plaint une seule fois. A vrai dire, il lui arrivait très souvent d'apprécier, à condition de se trouver en bonne compagnie. Cela ne se jugeait pas à la conversation, mais à son absence. Quand il n'était pas nécessaire de parler pour se sentir à l'aise, la compagnie était bonne.

Pour l'instant, Bosch songeait à l'affaire en regardant les voitures passer devant la chambre forte, récapitulant les événements par ordre chronologique, du début jusqu'à maintenant. Il revisitait les lieux, il réécoutait les conversations. Très souvent, il s'était aperçu que cela l'aidait à prendre une initiative. Comme on titille une dent branlante du bout de la langue, il repensa à la voiture qui leur avait foncé dessus la nuit précédente. Pourquoi ? Que savaient-ils donc qui les rendait si dangereux ? C'était de la folie de vouloir tuer un policier et un agent fédéral. Alors pourquoi ? Ses pensées dérivèrent ensuite vers la nuit qu'ils avaient passée ensemble, après qu'on avait enfin cessé de les bombarder de questions. Eleanor avait peur. Bien plus que lui. En la serrant contre lui dans le lit, il avait eu l'impression de calmer un animal effrayé. Il l'avait tenue dans ses bras, il l'avait caressée, il avait senti son souffle dans son cou. Ils n'avaient pas fait l'amour. Ils étaient restés l'un contre l'autre. D'une certaine façon, cela leur avait paru encore plus intime.

— Tu repenses à hier soir ? lui demanda-t-elle.

— Comment le sais-tu ?

— J'ai deviné. Et alors ?

— C'était bien. Je crois que…

— Non, je te demande si tu sais qui a voulu nous tuer.

— Oh. Non, je n'en ai aucune idée. Je pensais à après.

— Ah… Au fait, je ne t'ai pas remercié d'être resté avec moi comme ça, sans rien attendre en retour.

— C'est à moi de te remercier.

— Tu es gentil.

Chacun replongea dans ses pensées. Adossé à la portière, la tête appuyée contre la vitre, Bosch ne quittait quasiment pas le coffre-fort des yeux. Dans Wilshire, la circulation était fluide, mais régulière. Des gens qui quittaient ou gagnaient les clubs de Santa Monica Boulevard ou de Rodeo Drive. Sans doute y avait-il une inauguration à l'Academy Hall tout proche. C'en était à croire que toutes les limousines de LA s'étaient donné rendez-vous dans Wilshire. De somptueuses voitures de toutes marques et de toutes couleurs passaient les unes après les autres, tellement silencieuses qu'elles donnaient l'impression de flotter. Elles étaient aussi belles et mystérieuses avec leurs vitres fumées que des femmes exotiques derrière leurs lunettes noires. La limousine était vraiment une voiture conçue exprès pour cette ville, songea Bosch.

– Est-ce que Meadows a été enterré ?

La question le surprit. Il se demanda quel enchaînement de pensées y avait conduit.

– Non. C'est pour lundi, au cimetière des anciens combattants.

– Le jour du Memorial Day ? C'est logique. Ainsi, sa carrière de criminel ne l'a pas empêché d'être inhumé dans un lieu aussi sacré ?

– Non. Il a fait son temps au Vietnam. Ils lui ont gardé une place. Il y en a certainement une qui m'attend, moi aussi. Pourquoi tu me demandes ça ?

– Je ne sais pas. Je réfléchissais. Tu vas y assister ?

– Oui, si je ne suis pas ici en train de surveiller ce putain de coffre.

– Ça serait bien. Je sais qu'il a compté pour toi, à un moment de ta vie. (Il ne répondit pas.) Harry, insista Eleanor, parle-moi de l'écho noir. Ce que tu m'as raconté l'autre jour. Qu'est-ce que tu voulais dire ?

Pour la première fois, Bosch détourna les yeux du coffre-fort pour regarder Eleanor. Son visage était plongé dans la pénombre, mais les phares d'une voiture qui passait éclairèrent un bref instant l'intérieur de la voiture et il vit qu'elle l'observait. Il reporta son attention sur le coffre.

– Il n'y a rien à raconter, en fait. Ça faisait partie de ce qu'on appelait les « impondérables ».

– Les « impondérables » ?

– Comme il n'y avait pas de nom pour ça, on en a inventé un. L'écho noir désignait l'obscurité, le vide humide que tu ressentais quand tu te retrouvais seul dans ces tunnels. Comme l'impression d'être mort et enterré dans le noir. Mais tu étais vivant. Et tu avais peur. Ton souffle résonnait suffisamment fort dans l'obscurité pour te trahir. Du moins, tu le croyais. Je ne sais pas. C'est difficile à expliquer. C'est juste… l'écho noir.

Elle laissa passer un moment de silence.

— C'est bien que tu assistes à l'enterrement.

— Quelque chose ne va pas ?

— Pourquoi demandes-tu ça ?

— Ta façon de parler. Tu n'as pas l'air bien depuis hier soir. Comme si quelque chose… Je ne sais pas, laisse tomber.

— Moi non plus, je ne sais pas, Harry. Enfin… quand l'adrénaline est retombée, j'ai commencé à avoir peur. J'ai songé à certaines choses.

Bosch hocha la tête sans rien dire. Son esprit dérivant, il repensa au jour où, dans le Triangle, une compagnie qui venait de subir de lourdes pertes à cause de tireurs embusqués était tombée par hasard sur l'entrée d'un réseau de tunnels. Bosch, Meadows et deux autres rats nommés Jarvis et Hanrahan s'étaient fait larguer dans une LZ[1] toute proche et escorter jusqu'au trou. Pour commencer, ils avaient balancé deux fusées éclairantes dans le tunnel, une rouge et une bleue. Puis ils avaient soufflé la fumée à l'intérieur à l'aide d'un ventilateur géant, afin de découvrir les autres entrées disséminées dans la jungle. Rapidement, des volutes de fumée avaient commencé à sortir de terre, dans une dizaine d'endroits différents et sur un rayon de deux cents mètres. La fumée sortait par les trous dont les tireurs embusqués se servaient comme position de tir ou pour entrer et sortir des galeries. Il y en avait tellement que la jungle était mauve de fumée. Meadows était défoncé. Il avait mis une cassette dans le magnéto qu'il trimbalait toujours avec lui et les accords du *Purple Haze*[2] de Jimi Hendrix résonnaient

1. *Landing zone*, zone d'atterrissage ou de parachutage.
2. Littéralement : « brume violette ».

dans le tunnel. C'était un des souvenirs les plus vivaces que Bosch avait gardés de la guerre, hormis ses cauchemars.

Après cela, il n'avait plus jamais aimé le rock. L'énergie brutale de cette musique lui rappelait trop la mort.

– Tu es déjà allé voir le mémorial ? demanda Eleanor. Elle n'avait pas besoin de préciser lequel. Il n'y en avait qu'un, à Washington. Mais il repensa à la réplique de taille réduite qu'il avait aperçue dans le cimetière, en face du Federal Building.

– Non, dit-il au bout d'un moment. Je ne l'ai jamais vu.

La fumée dispersée et la cassette de Hendrix terminée, les quatre hommes avaient pénétré dans le tunnel, tandis que le reste de la compagnie bouffait et attendait, assis sur des sacs. Une heure plus tard, seuls Bosch et Meadows en étaient ressortis. Meadows tenait à la main trois scalps de soldats vietnamiens. Il les avait montrés aux autres en hurlant : « Vous avez devant vous le frère de sang le plus pourri de l'écho noir. » De là venait le nom. Ensuite, ils avaient récupéré Jarvis et Hanrahan dans les galeries. Pris dans des pièges. Morts.

– Moi, je l'ai visité quand j'habitais Washington, reprit Eleanor. Je n'ai pas eu le courage d'assister à l'inauguration en 82. Mais, des années plus tard, j'ai enfin trouvé la force nécessaire. Je voulais y voir le nom de mon frère. Je pensais que cela m'aiderait peut-être à accepter ce qui lui était arrivé.

– Ça a marché ?

– Non. C'était encore pire. J'ai éprouvé de la colère. Ça m'a laissée avec un grand besoin de justice, si cela a un sens. Je réclamais justice pour mon frère.

Le silence envahit de nouveau la voiture. Bosch versa du café dans son gobelet. Il commençait à ressentir les effets de la caféine, mais il ne pouvait pas s'arrêter. Il était accro. Deux clochards qui descendaient le boulevard en titubant s'arrêtèrent devant le coffre-fort derrière la vitre. L'un d'eux leva les bras comme pour prendre les dimensions de l'énorme porte en acier. Puis ils reprirent leur chemin. Bosch songea à la rage qu'avait dû éprouver Eleanor à cause de son frère. A son sentiment d'impuissance. A sa propre fureur. Il éprouvait des sentiments semblables, peut-être pas au même degré, mais d'un point de vue différent. Tous les individus touchés par la guerre ressentaient plus ou moins la même chose. Il n'avait jamais réussi à oublier totalement, et il n'était pas certain de le vouloir. Bizarrement, la colère et la tristesse lui apportaient quelque chose qui était préférable au vide complet. Etait-ce également ce qu'éprouvait Meadows ? Ce sentiment de vide ? Etait-ce cela qui l'avait ballotté de boulot en boulot, de seringue en seringue, jusqu'à ce qu'il trouve la mort au cours de sa dernière mission ? Bosch décida de se rendre à ses funérailles : il lui devait bien ça.

Eleanor interrompit ses pensées :

— Tu sais, ce que tu m'as raconté l'autre jour au sujet de ce type, le « Dollmaker » ?

— Oui et alors ?

— Les Affaires internes t'ont accusé de l'avoir assassiné.

— Oui, je te l'ai déjà dit. Ils ont essayé. Mais ils n'y sont pas parvenus ; j'ai seulement été suspendu pour non-respect des procédures.

— Je voulais te dire… même s'ils avaient raison, ils avaient tort. Pour moi, ce n'était que justice. Tu sais ce qui se passe avec les types dans son genre ? Regarde le « Rôdeur de la nuit ». Il ne passera jamais à la chambre à gaz. Ou alors dans vingt ans…

Bosch se sentait mal à l'aise. Il n'essayait d'analyser ses motivations et ses actes dans cette affaire que lorsqu'il était seul. Jamais il n'en parlait. Il se demandait où elle voulait en venir.

— Si c'était la vérité, reprit Eleanor, je sais que tu ne pourrais pas le reconnaître, mais je pense que, consciemment ou inconsciemment, tu as pris une décision. Tu réclamais justice pour toutes ces femmes, ses victimes. Peut-être même pour ta mère.

Hébété, Bosch se tourna vers elle. Il allait lui demander comment elle était au courant au sujet de sa mère et comment elle en était venue à faire le rapprochement avec l'affaire Dollmaker, mais il repensa aux dossiers. Cela figurait certainement quelque part. Quand il était entré dans la police, il avait dû préciser sur les formulaires si un de ses proches parents avait été victime d'un crime. Il était devenu orphelin à onze ans, le jour où on avait retrouvé sa mère étranglée dans une ruelle, non loin de Hollywood Boulevard. Inutile de préciser de quelle manière elle gagnait sa vie. L'endroit et la nature du crime le disaient assez clairement.

Ayant retrouvé son calme, il lui demanda où elle voulait en venir.

– Nulle part. Simplement… je respecte ce choix. Si j'avais été à ta place, j'aurais voulu faire la même chose, je crois. J'espère que j'aurais eu assez de courage.

Il la regarda. La pénombre masquait leurs deux visages. Il était déjà tard, aucune voiture ne passa dans la rue pour les éclairer.

– Vas-y, dors la première, dit-il. Moi j'ai bu trop de café.

Elle ne répondit pas. Il proposa d'aller chercher la couverture dans le coffre, mais elle refusa.

– Tu sais ce que disait J. Edgar Hoover sur la justice ? demanda-t-elle.

– Il a certainement dit un tas de choses, mais, dans l'immédiat, ça ne me revient pas.

– Il a dit que la justice est inséparable du respect de la loi et de l'ordre. Je pense qu'il avait raison.

Elle n'ajouta rien et, au bout d'un moment, Bosch entendit sa respiration devenir plus lente, plus profonde. Quand une voiture passait de temps à autre, il observait son visage balayé par la lumière des phares. Elle dormait comme une enfant, la tête posée sur ses mains. Tout en fumant, il se demanda s'il pouvait ou souhaitait vraiment tomber amoureux d'elle, et réciproquement. Cette pensée l'excitait autant qu'elle le troublait.

# Samedi 26 mai

Une aube grise se leva au-dessus de la ville et emplit la voiture d'une lumière blafarde. Le matin apporta également avec lui un petit crachin qui mouilla les rues et fit apparaître des taches de condensation sur la partie inférieure des vitres du Beverly Hills Safe & Lock. Bosch ne se souvenait pas d'avoir vu une goutte de pluie depuis des mois. Wish dormait et lui, il observait la chambre forte : les néons continuaient à se refléter sur l'acier poli. Il était 6 heures passées, mais Bosch avait oublié le coup de téléphone à Rourke et laissé dormir Eleanor. A vrai dire, il ne l'avait même pas réveillée une seule fois durant la nuit pour pouvoir dormir un peu à son tour. Il n'avait ressenti aucune fatigue. Houck les avait appelés par radio à 3 h 30 pour s'assurer que l'un des deux était réveillé. Ensuite, ils n'avaient plus été dérangés, tout était calme dans la chambre forte. Pendant le reste de la nuit, Bosch avait songé alternativement à Eleanor et au coffre qu'il surveillait.

Il prit le gobelet posé sur le tableau de bord, dans l'espoir d'y trouver une goutte de café, même froid, mais il était vide. En le déposant sur le plancher derrière son siège, il aperçut sur la banquette arrière la grosse enveloppe expédiée de Saint Louis. Il s'en empara, la posa sur ses genoux et en extirpa l'épais dossier qu'il feuilleta d'un œil distrait tout en jetant régulièrement un regard en direction de la chambre forte.

La majeure partie du dossier militaire de Meadows lui était connue. Toutefois, il remarqua rapidement plusieurs documents qui ne figuraient pas dans la chemise du FBI que lui avait donnée Eleanor. Ce dossier était plus complet. Il contenait, en outre, une photocopie de son avis d'incorporation et d'un examen de santé. Ainsi que des dossiers médicaux de Saigon. On l'avait soigné deux fois contre la syphilis, et une autre fois pour dépression grave.

Le regard de Bosch s'arrêta sur la photocopie d'une lettre de deux pages émanant d'un membre du Congrès de Louisiane nommé Noone. Intrigué, Bosch commença à la lire. Datée de 1973, elle était adressée à Meadows à l'ambassade à Saigon. La lettre, portant le sceau du Congrès, était un mot de remerciements envoyé à Meadows pour son hospitalité et son aide au cours de la récente visite d'inspection que Noone avait faite au Vietnam. Lequel Noone avait eu l'heureuse surprise de retrouver un compatriote de New Iberia dans ce pays lointain. Bosch se demanda s'il s'agissait véritablement d'une coïncidence. Meadows avait sans doute été chargé d'assurer la sécurité du politicien afin qu'après avoir sympathisé avec lui celui-ci s'en retourne à Washington avec une très bonne opinion des effectifs et de leur moral dans le Sud-Est asiatique. Les coïncidences n'existent pas.

Dans la seconde page de la lettre, Noone félicitait Meadows pour sa brillante carrière et faisait référence aux excellents rapports qu'il avait reçus de son commandant. Bosch continua à lire. Les efforts déployés par Meadows pour empêcher toute intrusion dans l'ambassade au cours du séjour du politicien étaient également mentionnés ; un certain lieutenant Rourke avait décrit la conduite héroïque de Meadows aux collaborateurs du membre du Congrès. Bosch sentit un tremblement sous son cœur, comme si tout son sang s'en échappait. La lettre s'achevait par quelques banalités concernant leur comté de Louisiane. Suivaient la signature enjolivée du membre du Congrès et une note dactylographiée dans le coin inférieur gauche :

POUR COPIE : Service des archives de l'armée américaine, Washington, DC.

Lieutenant John H. Rourke, ambassade américaine, Saigon, NV.
*The Daily Iberian*, à l'attention du rédacteur en chef.

Bosch contempla longuement cette seconde page, sans bouger ni respirer. Sentant monter la nausée, il se passa la main sur le front. Il essayait de se souvenir s'il avait déjà entendu prononcer le second prénom, ou même seulement l'initiale, de Rourke. Mais ça n'avait aucune importance. Le doute n'était pas permis. Les coïncidences n'existent pas.

Soudain, la sonnerie du bipper d'Eleanor les fit sursauter l'un et l'autre. Wish se redressa sur son siège et fouilla avec frénésie pour couper la sonnerie de l'appareil.

– Oh, zut, quelle heure est-il ? demanda-t-elle, encore désorientée.

Il lui répondit qu'il était 6 h 20 et se souvint alors qu'ils auraient dû contacter Rourke par téléphone depuis vingt minutes déjà. Il glissa la lettre au milieu des autres documents et remit le tout dans l'enveloppe qu'il jeta sur la banquette arrière.

– Il faut que je téléphone, dit Eleanor.

– Hé ! Prends au moins le temps de te réveiller. Je vais le faire. De toute façon, faut que je trouve des toilettes. Je rapporterai du café et de l'eau.

Il ouvrit sa portière et descendit de voiture avant que Wish ait eu le temps de protester.

– Harry, pourquoi tu ne m'as pas réveillée ?

– Je ne sais pas. Quel est son numéro ?

– Il vaut mieux que je l'appelle.

– Je m'en occupe. Donne-moi le numéro.

Elle s'exécuta et Bosch se dirigea vers la cafétéria ouverte vingt-quatre heures sur vingt-quatre au coin de la rue. Il avançait dans un état second, sans prêter attention aux mendiants qui étaient apparus avec le soleil, essayant d'imaginer Rourke dans le rôle du traître. A quoi jouait-il ? Une partie de l'énigme lui manquait et il n'arrivait pas à mettre le doigt dessus. Si Rourke était bien l'informateur, pourquoi leur avait-il permis d'installer une surveillance autour du coffre ? Voulait-il que ses complices se fassent prendre ? Bosch avisa une rangée de cabines téléphoniques devant la cafétéria.

Rourke décrocha avant même la fin de la première sonnerie.

— Vous êtes en retard.

— On a oublié.

— Bosch ? Où est l'agent Wish ? C'est elle qui est censée m'appeler.

— Ne vous inquiétez pas, Rourke. Elle surveille le coffre comme on le lui a demandé. Et vous, qu'est-ce que vous faites ?

— J'attendais que vous me contactiez avant d'agir. Vous vous êtes endormis tous les deux ou quoi ? Que se passe-t-il là-bas ?

— Rien. Mais vous le savez déjà, n'est-ce pas ?

Il y eut un moment de silence pendant lequel un vieux clochard s'approcha de la cabine pour réclamer de l'argent à Bosch. Celui-ci lui posa une main sur la poitrine et le repoussa d'un geste brutal.

— Vous êtes toujours là, Rourke ?

— Qu'est-ce que ça signifie ? Comment puis-je savoir ce qui se passe là-bas si vous ne m'appelez pas ? Vous parlez toujours par sous-entendus. Je ne vous comprends pas, Bosch.

— Laissez-moi vous poser une question. Avez-vous réellement placé des hommes aux sorties des tunnels, ou bien le coup du plan avec la règle et le type du SWAT ne servait-il qu'à épater la galerie ?

— Passez-moi Wish. Je ne comprends rien à ce que vous racontez.

— Désolé, elle ne peut pas se déplacer pour l'instant.

— Bosch, je vous relève de votre mission. Il y a quelque chose qui ne va pas. Vous êtes resté en planque toute la nuit, je pense que vous devriez… non, je vais vous envoyer deux remplaçants. Et je vais appeler votre lieutenant pour…

– Vous connaissiez Meadows.

– Quoi ?

– Vous avez très bien entendu. Vous connaissiez Meadows. J'ai consulté son dossier. Son dossier « complet ». Pas la version tronquée que vous m'avez transmise par l'intermédiaire de Wish. Vous étiez son supérieur à l'ambassade de Saigon. Je le sais.

Nouveau silence. Puis :

– J'étais le supérieur d'un tas de gens, Bosch. Je ne les connaissais pas tous.

Bosch secoua la tête.

– C'est faible comme excuse, lieutenant. Très faible. Encore pire que si vous aviez reconnu la vérité. Bon, à plus tard.

Sur ce, il raccrocha et entra dans la cafétéria pour commander deux cafés et deux eaux minérales. Debout devant la caisse, il attendit que la fille le serve en regardant par la fenêtre. Toutes ses pensées étaient concentrées sur Rourke.

La serveuse lui apporta sa commande dans un carton. Il paya, lui laissa un pourboire et retourna à la cabine téléphonique.

Il composa de nouveau le numéro de Rourke, dans le simple but de savoir si celui-ci était au téléphone ou s'il était parti. Au bout de dix sonneries, il raccrocha. Puis il contacta le central de la police de LA et demanda à une opératrice d'appeler le bureau du FBI pour savoir s'ils avaient envoyé une équipe du SWAT dans la zone de Wilshire ou à Beverly Hills, et s'ils avaient besoin de renforts. Pendant qu'il patientait, il essaya de se mettre à la place de Rourke. Il ouvrit un des gobelets de café et but une gorgée.

L'opératrice revint en ligne pour lui confirmer que le FBI avait effectivement installé une surveillance dans la zone de Wilshire. Aucun soutien n'était nécessaire. Bosch la remercia et raccrocha. Il pensait avoir compris la tactique de Rourke. Personne n'allait tenter de s'introduire dans la salle des coffres. Le piège n'était rien d'autre que ça : un piège, justement. Le coffre servait de leurre. Et Bosch songea qu'il avait laissé repartir Tran après l'avoir suivi jusqu'ici. En réalité, il avait tout simplement jeté le deuxième capitaine en pâture à Rourke. Sans le savoir, il avait joué son jeu.

En arrivant à la voiture, Bosch découvrit Eleanor en train de feuilleter le dossier de Meadows. Elle n'en était pas encore à la lettre du membre du Congrès.

– Où étais-tu passé ? lui demanda-t-elle d'un ton bon enfant.

– Rourke avait un tas de questions à poser, dit-il en lui prenant le dossier des mains. J'aimerais te montrer quelque chose. Où as-tu obtenu le dossier sur Meadows que tu m'as montré ?

– Je ne sais pas. Rourke me l'a donné, je crois. Pourquoi ?

Il retrouva la lettre et la lui tendit sans dire un mot.

– Qu'est-ce que c'est ? 1973 ?

– Lis. C'est le dossier de Meadows, celui que je me suis fait photocopier et envoyer de Saint Louis. Cette lettre ne figure pas dans le dossier que Rourke t'a donné à mon intention. Il l'a expurgé. Lis, tu comprendras pourquoi.

Il jeta un coup d'œil en direction du coffre. Toujours rien à signaler, comme il s'y attendait. Il observa Eleanor pendant qu'elle lisait. Elle survola les deux pages, le sourcil dressé, sans remarquer le nom.

– Oui, Meadows était une espèce de héros, mais je ne vois pas... (Arrivée au bas de la seconde page, ses yeux s'écarquillèrent.) « Copie adressée au lieutenant Rourke »...

– Eh oui. Mais tu as loupé la première allusion. (Il lui indiqua la phrase où Rourke était présenté comme le commandant de Meadows.) C'est lui notre informateur. Que fait-on maintenant ?

– Je ne sais pas... Tu en es sûr ? Ça ne prouve rien...

– S'il s'agissait d'une simple coïncidence, il aurait dit qu'il connaissait Meadows, histoire de clarifier les choses. Comme moi. Mais il n'a rien dit, car il ne voulait pas qu'on puisse faire le rapprochement. Je viens de lui poser la question. Il a menti. Il ignorait qu'on avait cette lettre.

– Et maintenant, il sait que tu sais ?

– Oui. Mais j'ignore ce qu'il croit que je sais. Je lui ai raccroché au nez. Toute la question est de savoir ce qu'on fait maintenant. On perd notre temps ici, tout ça n'est qu'une farce. Personne ne va s'introduire dans la chambre forte. Ils ont certainement éliminé Tran après qu'il a eu récupéré ses diamants. On l'a conduit tout droit à l'abattoir.

Soudain, il songea que la Ford blanche appartenait peut-être aux cambrioleurs, et non à Lewis et Clarke. Ils avaient suivi Bosch et Wish jusqu'à Tran.

– Attends une minute, dit Eleanor. Tu oublies les alarmes pendant toute la semaine. La bouche d'incendie saccagée et l'incendie criminel. Non, ça doit se passer comme on l'a prévu.

– Je ne sais pas. Tout ça n'a plus aucun sens. Peut-être que Rourke veut entraîner ses complices dans un piège. Ou à l'abattoir…

Ils regardèrent la chambre forte. Le crachin avait cessé, le soleil embrasait la lourde porte en acier. Eleanor fut la première à reprendre la parole :

– Je pense qu'il faut réclamer de l'aide. Nous avons déjà Hanlon et Houck qui surveillent l'autre côté de la banque, plus les gars du SWAT, à moins que cela fasse également partie de la mise en scène de Rourke.

Bosch lui expliqua qu'il avait vérifié : la surveillance du SWAT était bien en place.

– Dans ce cas, à quoi joue Rourke ? demanda-t-elle.

– Il pousse tous les boutons à la fois.

Après quelques minutes de réflexion, ils décidèrent d'appeler Orozco au commissariat de Beverly Hills. Mais, auparavant, Eleanor contacta Hanlon et Houck. Bosch tenait à ce qu'ils restent en position.

– Vous êtes réveillés, les gars ? leur demanda-t-elle dans le micro.

– J'ai l'impression d'être comme le type qu'est resté coincé dans sa bagnole sur le pont après le tremblement de terre d'Oakland. Qu'est-ce qui se passe ?

– Rien, simple contrôle. Du nouveau de votre côté ?

– Pas une seule visite.

Elle interrompit la communication. S'ensuivit un moment de silence, puis Bosch ouvrit sa portière pour aller appeler Orozco. Avant de descendre de voiture, il se tourna vers Eleanor.

– Tu sais qu'il est mort.

– Qui ça ?

– Le type qui était bloqué sur le pont.

Au même moment, il se produisit un bruit lourd et sourd qui secoua légèrement la voiture. C'était davantage une vibration qu'un son, un peu comme les prémices d'un tremblement de terre. Il n'y eut pas d'autre vibration. Mais, au bout de deux ou trois secondes, une alarme se déclencha. La sonnerie provenait sans aucun doute possible du Beverly Hills Safe & Lock. Bosch se dressa sur son siège, les yeux fixés sur la chambre forte. Aucun signe visible d'effraction. Presque aussitôt, la voix de Hanlon grésilla dans la radio.

– Hé ! Ça sonne là-dedans. Quel est le plan ?

Ni Bosch ni Wish ne répondirent. Hébétés, ils contemplaient la chambre forte derrière les vitres. Rourke avait laissé ses complices se jeter dans la gueule du loup. En apparence du moins.

– Le salopard, grommela Bosch. Ils sont à l'intérieur. Dis à Hanlon et Houck de ne pas bouger avant qu'on ait reçu les ordres.

– Et qui va les donner ? demanda Eleanor.

Bosch ne répondit pas. Il songeait à ce qui se passait dans la chambre forte. Pour quelle raison Rourke entraînerait-il ses complices dans un piège ?

– Il n'a sans doute pas eu le temps de les prévenir, de leur dire que les diamants n'étaient plus là, et que nous les attendions à la sortie, lui répondit-il. C'est vrai qu'il y a vingt-quatre heures de ça nous ne savions rien de cet endroit et de ce qui se préparait. Le temps qu'on découvre le pot aux roses, il était peut-être déjà trop tard. Ils avaient trop avancé.

– Et donc, ils continuent selon leur plan.

– Ils commenceront par le coffre de Tran, s'ils ont bien appris leur leçon et s'ils savent lequel c'est. Quelle sera leur réaction quand ils verront qu'il est vide ? Vont-ils décamper ou forcer d'autres coffres de façon à ne pas avoir fait tout ça pour rien ?

– Je pense qu'ils repartiront. En ouvrant le coffre de Tran et en voyant que les bijoux ont disparu, ils comprendront qu'il se passe quelque chose d'anormal et ils ficheront le camp.

– Dans ce cas, nous n'avons guère de temps. A mon avis, ils vont installer tout leur matériel dans la salle des coffres, mais ils ne se mettront au travail qu'après que nous aurons rebranché l'alarme et quitté les lieux. Nous pouvons essayer de retarder la remise en service, mais pas trop longtemps, car ils risquent d'avoir des soupçons, de lever le camp et de se préparer à affronter nos hommes dans les tunnels. (Bosch sortit de la voiture en se tournant vers Eleanor.) Contacte les deux agents, demande-leur de ne pas intervenir et, ensuite, envoie un message à tes collègues du SWAT. Dis-leur qu'on pense qu'il y a du monde à l'intérieur de la chambre forte.

– Ils voudront savoir pourquoi l'information ne vient pas de Rourke.

– Trouve quelque chose. Réponds-leur que tu ne sais pas où il est.

– Où vas-tu ?

– Accueillir la voiture de patrouille alertée par l'alarme. Je leur demanderai de prévenir Orozco.

Il claqua la portière et se dirigea vers la sortie, pendant qu'Eleanor passait les messages radio.

Arrivé à proximité du Beverly Hills Safe & Lock, Bosch sortit son insigne et l'accrocha à la poche de poitrine de son veston. Après avoir tourné au coin de la chambre forte vitrée, il courut au petit trot vers le perron, juste au moment où la voiture de patrouille de Beverly Hills arrivait, gyrophare allumé, mais sans sirène. Deux policiers en descendirent, prenant leur matraque dans les étuis en PVC fixés aux portières pour les glisser dans les anneaux de leur ceinture. Bosch se présenta, les mit au courant de la situation et leur demanda de transmettre un message au capitaine Orozco le plus vite possible. Un des policiers lui expliqua que le directeur, un certain Avery, allait venir rebrancher l'alarme pendant qu'ils inspectaient les lieux. La routine. Ils commençaient d'ailleurs à bien se connaître, dirent-ils, c'était la troisième fois que l'alarme se déclenchait cette semaine. En outre, ils avaient déjà reçu ordre de prévenir le capitaine Orozco chez lui, quelle que soit l'heure, s'il se passait des choses à cet endroit.

– Vous voulez dire que ce n'étaient pas de fausses alertes ? demanda le policier nommé Onaga.

– Nous n'en sommes pas certains, répondit Bosch. En tout cas, nous devons faire comme s'il s'agissait d'une fausse alerte. Quand le directeur sera là, vous irez rebrancher l'alarme avec lui, et ensuite tout le monde repartira. OK ? Tranquillement, comme si de rien n'était.

– Entendu, dit le second flic.

La plaque accrochée au-dessus de sa poche indiquait qu'il s'appelait Johnstone. Tenant sa matraque plaquée contre sa hanche, il regagna leur véhicule pour appeler Orozco.

– Ah, voici notre cher M. Avery, lança Onaga.

Une Cadillac blanche s'arrêta en douceur le long du trottoir, derrière la voiture de police. Avery III, vêtu d'un polo rose et d'un pantalon à carreaux, en descendit. Reconnaissant Bosch, il le salua par son nom.

– Y a-t-il eu un cambriolage ?

– Monsieur Avery, nous pensons qu'il se prépare peut-être quelque chose, mais nous n'en sommes pas certains. Nous avons besoin de temps pour vérifier. Nous vous demandons d'entrer et de faire un tour d'inspection comme à chaque fois que l'alarme s'est déclenchée cette semaine. Puis de rebrancher le système et de refermer les portes.

– C'est tout ? Et si..

– Monsieur Avery, nous voudrions que vous remontiez en voiture et que vous repartiez normalement, comme si vous rentriez chez vous. Mais vous vous arrêterez au coin de la rue devant la cafétéria. Entrez boire un café. Je viendrai vous dire ce qui se passe, ou j'enverrai quelqu'un vous chercher. Détendez-vous. Nous sommes prêts à faire face à toutes les situations. D'autres personnes sont en train d'inspecter les lieux, mais, pour donner le change, nous devons faire comme si nous croyions à une nouvelle fausse alerte.

– Je vois, dit Avery en sortant une clé de sa poche. (Il s'approcha de la porte et l'ouvrit.) Au fait, ce n'est pas l'alarme du coffre qui sonne, c'est l'alarme extérieure, déclenchée par des vibrations sur les vitres de la chambre forte. La sonnerie est différente.

Les cambrioleurs avaient sans doute déconnecté le système d'alarme de la chambre forte, songea Bosch, sans se douter que l'alarme extérieure était indépendante.

Onega et Avery entrèrent les premiers, suivis de Bosch. Alors que celui-ci s'arrêtait sur le seuil pour essayer de repérer d'éventuelles traces de fumée ou une odeur de cordite, l'agent Johnstone les rejoignit. Bosch porta son doigt à sa bouche pour l'empêcher de hurler afin de couvrir le vacarme de la sirène. Johnstone acquiesça, mit ses mains en coupe et se pencha à l'oreille de Bosch pour lui annoncer qu'Orozco arrivait dans vingt minutes au plus. Il habitait dans la Vallée. Bosch espéra qu'il ne serait pas trop tard.

L'alarme s'arrêta brusquement. Avery et Onega ressortirent du bureau d'Avery, dans le hall où les attendaient Johnstone et Bosch. Onega regarda ce dernier en secouant la tête pour indiquer que tout était normal.

– Est-ce que vous inspectez la chambre forte habituellement ? demanda Bosch.

– On jette juste un œil, répondit Avery.

Il s'avança vers la machine à rayons X et la mit en route en expliquant qu'il lui fallait cinquante secondes pour chauffer. Ils attendirent en silence. Au bout de ce délai, le directeur posa sa paume sur le lecteur. L'appareil identifia le squelette de la main et la serrure de la première porte du sas se déverrouilla automatiquement.

— Etant donné qu'il n'y a pas de garde à l'intérieur de la chambre forte, je vais devoir déconnecter la serrure de la seconde porte. Messieurs, je vous demanderai de tourner la tête quand nous serons à l'intérieur.

Les quatre hommes pénétrèrent dans le minuscule sas et Avery pianota une série de chiffres sur le boîtier de la serrure. La seconde porte s'ouvrit à son tour, leur livrant accès à la chambre forte. Il n'y avait rien à y voir, hormis du verre et de l'acier. Bosch s'approcha de la porte de la salle des coffres en tendant l'oreille. Pas un bruit. Il se dirigea vers le mur vitré pour regarder vers le haut de Wilshire Boulevard. Eleanor était retournée à la voiture, au premier étage du parking. Bosch reporta son attention sur Avery qui l'avait rejoint, comme pour regarder audehors lui aussi. Mais, au lieu de cela, le directeur pencha la tête avec une mine de conspirateur.

— N'oubliez pas que je peux ouvrir la salle des coffres, chuchota-t-il.

Bosch le regarda en secouant la tête.

— Non. Je ne veux pas. C'est trop dangereux. Allonsnous-en.

Sans se soucier de l'air perplexe du directeur, Bosch s'éloigna. Cinq minutes plus tard, tout le monde avait évacué les lieux et les portes étaient refermées. Les deux policiers reprirent leur ronde et Avery s'en alla. Bosch regagna le parking. Les rues commençant à s'animer, le vacarme de la journée s'amplifiait. Le parking s'emplissait de voitures et d'odeurs de gaz d'échappement. Lorsqu'il s'assit derrière le volant, Eleanor lui apprit que Hanlon, Houck et les hommes du SWAT étaient tous en position. De son côté, il lui annonça l'arrivée imminente d'Orozco.

Bosch se demandait combien de temps s'écoulerait avant que les cambrioleurs estiment qu'ils pouvaient commencer à percer sans risque. Orozco ne serait pas ici avant dix minutes. Une éternité.

– Et que fera-t-on quand il sera là ? demanda Eleanor.

– C'est sa ville, à lui de décider. On lui expose la situation et on suit ses ordres. On lui explique qu'on est en pleine opération foireuse et qu'on ne sait plus à qui se fier. Certainement pas au responsable, en tout cas.

Ils restèrent muets pendant une ou deux minutes. Bosch alluma une cigarette, et Eleanor ne protesta pas. Elle semblait perdue dans ses pensées, l'air perplexe. L'un et l'autre jetaient des regards nerveux à leur montre toutes les trente secondes.


Lewis attendit que la Cadillac blanche qu'il suivait ait quitté Wilshire Boulevard en direction du nord. Dès qu'elle fut hors de vue du Beverly Hills Safe & Lock, il ramassa le gyrophare bleu par terre et le posa sur le tableau de bord. Il le mit en route, mais déjà le conducteur de la Cadillac se garait le long du trottoir devant la cafétéria Darling. Lewis descendit de voiture et marcha vers la Caddy blanche. Avery vint à sa rencontre.

– Que se passe-t-il, officier ?

– Inspecteur, rectifia Lewis en lui montrant son insigne. Affaires internes, police de Los Angeles. J'ai quelques questions à vous poser, monsieur. Nous menons actuellement une enquête sur l'inspecteur Harry Bosch avec qui vous venez de discuter dans les locaux de la Beverly Hills Safe & Lock.

– Qui ça, « nous » ?

– J'ai laissé mon collègue dans Wilshire pour qu'il puisse surveiller votre établissement. J'aimerais que vous montiez dans ma voiture, histoire de bavarder quelques minutes. Il se prépare un coup fourré et j'aimerais en savoir plus.

– Cet inspecteur Bosch… Mais d'abord, comment savoir si je peux vous faire confiance ?

– Et à lui ? A vrai dire, nous surveillons l'inspecteur Bosch depuis une semaine, monsieur, et nous savons qu'il est mêlé à des activités qui, si elles ne sont pas illégales, peuvent du moins mettre le département dans l'embarras. Pour le moment, nous n'en savons pas plus. Voilà pourquoi nous avons besoin de votre coopération. Voulez-vous monter dans ma voiture, je vous prie ?

Avery fit deux pas hésitants en direction de la voiture des AI, puis il sembla prendre une décision : après tout ! D'un pas vif, il se dirigea vers la portière du passager et s'installa, aussitôt rejoint par Lewis. Avery déclara être le propriétaire de la Beverly Hills Safe & Lock et rapporta à l'inspecteur les propos échangés au cours de ses deux entretiens avec Bosch et Wish. Lewis l'écouta sans rien dire, puis il ouvrit sa portière.

– Attendez-moi ici, j'en ai pour une minute.

Il regagna Wilshire Boulevard à grands pas et s'arrêta un instant au coin de la rue, comme s'il cherchait quelqu'un, puis il regarda sa montre avec ostentation. Finalement, il revint à la voiture et se glissa derrière le volant. Dans Wilshire, Clarke attendait dans le renfoncement d'une entrée de magasin, les yeux fixés sur la chambre forte. Apercevant le signal de son collègue, il se dirigea vers la voiture d'un pas nonchalant.

Tandis que Clarke s'asseyait à l'arrière, Lewis déclara :

– M. Avery ici présent m'a dit que Bosch lui avait demandé d'attendre à la cafétéria : il paraît qu'il y aurait des types dans la salle des coffres. Venus par le sous-sol.

– Bosch vous a-t-il dit ce qu'il comptait faire ? demanda Clarke.

– Non, rien du tout, répondit Avery.

Les trois hommes restèrent muets, occupés à réfléchir. Lewis n'y comprenait rien. Si Bosch trempait dans la combine, à quoi jouait-il ? En réfléchissant un peu plus, il songea que, si Bosch participait au casse de la banque, il occupait une position privilégiée en tant que coordinateur. Il pouvait faire échouer l'embuscade ou envoyer les forces de police au mauvais endroit pendant que ses complices repartaient tranquillement dans la direction opposée.

– Il tient toutes les ficelles en main, dit Lewis, plus pour lui-même qu'à l'intention des deux autres.

– Qui, Bosch ? demanda Clarke.

– Il dirige le casse. Et nous, on peut rien faire à part regarder. Pas moyen de pénétrer dans la salle des coffres, et on peut pas descendre sous terre sans savoir où on va. Il a déjà immobilisé les types du SWAT près de l'autoroute. Ils attendent des cambrioleurs qui ne viendront jamais, bordel !

– Hé, une minute ! lança Avery. La salle des coffres, vous pouvez y entrer.

Lewis se retourna brusquement sur son siège pour faire face à Avery. Celui-ci lui expliqua que les règlements fédéraux ne s'appliquaient pas à son établissement, qui n'était pas une banque. De plus, il connaissait le code qui permettait d'ouvrir la porte blindée.

– Vous en avez parlé à Bosch ? demanda Lewis.

– Oui, hier, et encore aujourd'hui.

– Est-ce qu'il le savait déjà ?

– Non, il a semblé étonné. Il voulait savoir combien de temps ça prenait pour ouvrir la porte, ce que je devais faire, et ainsi de suite. Tout à l'heure, quand l'alarme s'est déclenchée, je lui ai proposé d'ouvrir la porte. Il a refusé. Il m'a juste demandé de partir.

– Bon Dieu ! s'exclama Lewis. Je ferais mieux de prévenir Irving.

Bondissant hors de la voiture, il courut jusqu'aux cabines téléphoniques devant la cafétéria. Personne ne répondait au domicile d'Irving. Il composa le numéro du commissariat et tomba sur l'officier de garde, auquel il demanda de bipper Irving en lui donnant le numéro de la cabine. Puis il attendit cinq minutes, en faisant les cent pas, en songeant au temps qui s'écoulait. Le téléphone restait muet. Il se servit de l'appareil voisin pour rappeler l'officier de garde et s'assurer qu'Irving avait été prévenu. Il l'avait été. Lewis ne pouvait attendre plus longtemps. Il prendrait lui-même la décision, et c'est lui qui recevrait les honneurs. Tournant le dos à la rangée de cabines, il regagna la voiture.

— Alors, qu'est-ce qu'il a dit ? demanda Clarke.

— On entre, déclara Lewis en démarrant.


La voix de Hanlon grésilla dans la radio de bord.

— Hé, Broadway ? On a des visiteurs ici dans la 1$^{re}$.

Bosch se saisit du micro.

— Que se passe-t-il ? Ici, dans Broadway, nous n'avons rien.

— Trois hommes de race blanche qui entrent de notre côté. Avec une clé. On dirait le type avec qui vous étiez tout à l'heure. Agé. Pantalon à carreaux.

Avery. Bosch tenait le micro devant sa bouche, ne sachant que dire.

— Et maintenant ? demanda-t-il à Eleanor.

Comme lui, elle avait les yeux fixés sur la chambre forte. Mais aucune trace des visiteurs. Elle resta muette.

— Euh…, dit Bosch dans le micro. Avez-vous repéré un véhicule ?

— Aucun, répondit Hanlon. Ils ont débouché de la petite rue de notre côté. C'est là qu'ils ont dû se garer. Vous voulez qu'on aille jeter un œil ?

— Non, restez où vous êtes pour l'instant.

— Ils sont entrés, on ne les voit plus. Alors, dites-nous ce qu'on fait.

Bosch se tourna vers Eleanor, les sourcils dressés. De qui s'agissait-il ?

— Demande le signalement des deux hommes qui accompagnent Avery, dit-elle.

Ce qu'il fit.

— Hommes de race blanche, récita Hanlon. Tous les deux portent un costume, défraîchi et froissé. Chemises blanches. La trentaine l'un et l'autre. Le premier a les cheveux roux, costaud, un mètre quatre-vingts, quatre-vingt-dix kilos. Le deuxième est châtain foncé, plus mince. On dirait des flics.

— Heckle et Jeckle ? dit Eleanor.

— Lewis et Clarke. Ça ne peut être qu'eux.

— Qu'est-ce qu'ils foutent à l'intérieur ?

Bosch n'en avait aucune idée. Eleanor lui prit le micro des mains.

— Allô, 1re Rue ?

La radio émit un déclic.

— Nous avons des raisons de penser que les deux individus appartiennent au LAPD. Ne faites rien.

— Les voici ! dit Bosch en voyant trois silhouettes pénétrer dans la lumière étincelante de la chambre forte.

Dans la boîte à gants, il prit une paire de jumelles.

— Que font-ils ? demanda Eleanor tandis qu'il réglait les jumelles.

— Avery se tient devant le boîtier, à côté du coffre. Je parie qu'il va ouvrir cette saloperie de porte…

A travers les jumelles, Bosch vit Avery s'éloigner du clavier de l'ordinateur pour s'approcher du volant en acier de la porte du coffre. Lewis tourna légèrement la tête pour regarder vers le haut de la rue, dans la direction du parking. Bosch crut discerner un léger sourire sur son visage. Lewis sortit son arme de son étui, imité en cela par son collègue, pendant qu'Avery tournait le volant, tel le capitaine à la barre du *Titanic*.

— Les connards, ils ouvrent la porte !

Jaillissant de la voiture, Bosch se précipita vers la sortie du parking. Sans cesser de courir, il dégaina son arme. Arrivé dans Wilshire, il regarda à droite et à gauche et aperçut une brèche dans la circulation encore fluide. Il traversa à toutes jambes, suivi de près par Eleanor.

Il lui restait encore une vingtaine de mètres à parcourir et il comprit qu'il arriverait trop tard. Avery avait cessé de tourner le volant de la porte blindée et tirait maintenant sur cette dernière de toutes ses forces. La porte s'ouvrit lentement. La voix d'Eleanor retentit dans le dos de Bosch :

— Non ! Avery, non !

Bosch savait que le double vitrage isolait totalement la

chambre forte. Avery ne l'entendait pas et, de toute façon, Lewis et Clarke ne se seraient pas arrêtés.

Bosch eut alors l'impression d'assister à un film. Un vieux film à la télé, sans le son. La porte du coffre qui s'ouvre lentement et la bande d'obscurité qui s'élargit à l'intérieur ; la scène avait un aspect éthéré, presque aquatique. On aurait dit un accident fatal au ralenti. Bosch avait la sensation de progresser sur un tapis roulant qui avance dans le mauvais sens : on court, mais on n'avance pas. Il ne quittait pas la porte du coffre des yeux. L'ouverture sombre s'élargit encore. La silhouette de Lewis pénétra dans son champ de vision pour s'avancer vers la porte. Presque aussitôt, Lewis fit un bond violent en arrière, comme propulsé par une force invisible. Il leva les bras au ciel, son arme heurta le plafond et retomba sur le sol sans bruit. Au même moment, son dos et sa tête explosèrent, le sang et la cervelle éclaboussant le mur de verre derrière lui. Tandis que Lewis était ainsi projeté en arrière, Bosch aperçut l'éclair des rafales dans l'obscurité de la salle des coffres. Soudain, la double épaisseur de vitre se lézarda sous l'impact muet d'une balle. Lewis vint heurter le panneau de verre moins résistant et le traversa, pour atterrir sur le trottoir, un mètre plus bas.

La porte du coffre était à moitié ouverte et le tireur disposait d'un meilleur angle de vision. Le tir de barrage du fusil-mitrailleur se braqua sur Clarke qui, hébété, se tenait à découvert. Bosch commença à entendre les détonations. Il vit Clarke essayer de s'écarter de la ligne de feu. Peine perdue. Lui aussi se retrouva projeté en arrière sous l'impact des balles. Son corps percuta celui d'Avery et les deux hommes s'affalèrent sur le sol en marbre.

A l'intérieur de la salle des coffres, le fusil-mitrailleur se tut.

Bosch se jeta à travers la brèche dans le mur transparent et glissa à plat ventre sur le marbre et les éclats de verre. En même temps, il jeta un coup d'œil à l'intérieur de la salle des coffres et vit une silhouette floue s'enfoncer dans le sol, les mouvements qu'elle avait faits déclenchant un tourbillon dans la poussière de béton et la fumée qui flottaient dans la salle des coffres. Tel un magicien, l'homme disparut dans le brouillard. Soudain, un deuxième homme, jailli de l'obscurité au fond de la salle, apparut dans l'encadrement de la porte. Il s'avança en biais jusqu'au trou et décrivit un arc de cercle avec un fusil d'assaut M 16 pour couvrir sa fuite. Bosch reconnut Art Franklin, un des pensionnaires de la Charlie Company.

Quand le canon du M 16 arriva sur lui, Bosch tenait déjà son arme à deux mains et, les poignets en appui sur le marbre froid, il ouvrit le feu, en même temps que Franklin. Les balles de son adversaire passèrent trop haut et Bosch entendit du verre se briser derrière lui. Il tira encore deux fois à l'intérieur de la salle des coffres. La première balle ricocha contre la porte en acier, la seconde frappa Franklin dans le côté droit de la poitrine et le projeta à terre. Mais, d'un mouvement vif, le blessé roula sur lui-même et plongea dans le trou la tête la première. Bosch garda son arme pointée sur l'encadrement de la porte, s'attendant à voir surgir un troisième homme. On n'entendait plus rien, uniquement les râles et les gémissements de Clarke et Avery, allongés par terre sur sa gauche. L'arme toujours dirigée sur la salle des coffres, Bosch se releva. Eleanor pénétra à son tour dans la chambre forte, son Beretta à la main. En avançant comme des tireurs d'élite, Bosch et Wish s'approchèrent de la porte blindée, chacun d'un côté. Un interrupteur était placé près du clavier de l'ordinateur sur le mur d'acier, à droite de la porte. Bosch l'abaissa et la lumière inonda la salle des coffres. Il adressa un signe de tête à Eleanor ; elle entra la première. Il la suivit. La salle était vide.

Bosch ressortit pour se précipiter vers Clarke et Avery, toujours enchevêtrés sur le sol.

– Oh, mon Dieu, mon Dieu…, ne cessait de répéter Avery.

Les deux mains plaquées sur sa gorge, Clarke avait du mal à respirer. Son visage virait au violet, au point que, l'espace d'un instant, Bosch eut l'étrange impression que Clarke s'étranglait lui-même. Couché en travers du torse du directeur, il l'inondait de son sang.

— Eleanor ! cria Bosch. Appelle des renforts et des ambulances ! Préviens le SWAT de faire fissa. Ils sont au moins deux. Avec des armes automatiques…

Saisissant Clarke par les épaules de sa veste, il le traîna à l'écart de la ligne de tir, libérant ainsi Avery. L'inspecteur des AI avait reçu une rafale à la base du cou. Du sang lui coulait entre les doigts, de petites bulles rouges éclatant sans cesse aux coins de sa bouche : il avait du sang dans les poumons. Secoué de tremblements, il était en état de choc. En train de mourir. Harry se tourna vers Avery. Celui-ci avait la poitrine et le cou maculés de sang et un bout d'éponge brunâtre et humide collé sur la joue : un morceau du cerveau de Lewis.

— Avery, vous êtes blessé ?

— Oui, euh… euh, je crois… je ne sais pas…, dit-il d'une voix étranglée.

Bosch s'agenouilla près de lui pour examiner rapidement son corps et ses vêtements trempés de sang. Constatant qu'il n'avait pas été touché, il s'empressa de le rassurer et se précipita vers la brèche ouverte dans la vitre pour se pencher au-dessus de Lewis, toujours étendu sur le trottoir. Il était mort. La rafale l'avait transpercé de bas en haut ; les traces de balles allaient de sa hanche droite à la gauche de son front en passant par son estomac et sa poitrine. Ses yeux ouverts fixaient le vide.

Wish revint du hall.

— Les renforts arrivent.

Le visage congestionné, elle était presque aussi essoufflée qu'Avery. On aurait dit qu'elle avait du mal à contrôler le mouvement de ses yeux qui ne cessaient de regarder d'un bout à l'autre de la pièce.

— Quand ils seront ici, dis-leur que, s'ils descendent dans les tunnels, il y a un flic en dessous. Préviens également tes collègues du SWAT.

— Que veux-tu dire ?

– Je vais descendre. J'en ai blessé un, j'ignore si c'est sérieux. C'était Franklin. Un autre a foutu le camp avant lui. Delgado, sans doute. Mais je veux que les flics sachent que je suis en dessous, moi aussi. Dis-leur que je porte un costume, les deux types que j'ai vus étaient en combinaison noire.

Il ouvrit le barillet de son arme pour en retirer les trois douilles et les remplacer par des balles neuves qu'il prit dans sa poche. Au loin résonnait une sirène. Des coups frappés à la vitre lui firent tourner la tête : Hanlon s'acharnait sauvagement contre le mur de verre avec la crosse de son arme. D'où il était, l'agent du FBI ne pouvait apercevoir la brèche dans la paroi vitrée de la chambre forte. Bosch lui fit signe de faire le tour.

– Attends une minute ! dit Eleanor. Tu ne peux pas faire ça, Harry, ils ont des armes automatiques. Attends l'arrivée des renforts, nous mettrons au point un plan.

Déjà il se dirigeait vers la porte blindée.

– Ils ont pris de l'avance. Faut que j'y aille. N'oublie pas de leur dire que je suis descendu.

Il passa devant elle pour pénétrer dans la salle des coffres, éteignant la lumière au passage. Il se pencha au-dessus du trou creusé par l'explosion. Environ trois mètres à sauter. Le fond était jonché de débris de béton et de barres d'acier. Il aperçut des traces de sang parmi les décombres, et une lampe-torche.

Il y avait encore trop de lumière. S'ils l'attendaient en bas, il leur offrirait une cible idéale. Ressortant de la salle des coffres, il appuya de tout son poids contre l'énorme porte en acier qui se referma lentement.

Des sirènes approchaient de tous les côtés maintenant. En regardant dehors, Bosch vit une ambulance et deux voitures de police descendre Wilshire Boulevard. Le véhicule banalisé conduit par Houck s'arrêta devant la porte dans un crissement de pneus. Houck en descendit, l'arme au poing. Mue par son propre poids, la lourde porte continuait à se refermer. Bosch se glissa dans la salle des coffres. Il resta un instant au-dessus du trou ouvert dans le plancher, tandis que la porte se refermait peu à peu, plongeant la salle dans la pénombre. Bien souvent il avait hésité à cet instant. C'était toujours au bord du trou, à l'entrée du tunnel, que la tension et la peur atteignaient leur paroxysme. C'était aussi au moment où il descendrait dans le trou qu'il serait le plus vulnérable. Si Franklin ou Delgado l'attendaient en bas, il était foutu.

– Harry… (C'était Eleanor. Il ne comprenait pas comment sa voix parvenait à franchir la minuscule ouverture de la porte.) Sois prudent, Harry. Ils sont peut-être plus nombreux.

Sa voix résonnait contre les murs d'acier. Les yeux fixés sur le trou, il tenta de s'orienter. Quand la porte du coffre se referma dans un déclic, le laissant dans l'obscurité, il sauta.

En retombant parmi les décombres, Bosch s'accroupit et tira avec son Smith & Wesson dans les ténèbres, avant de se jeter à plat ventre sur le sol. Une ruse de guerre. Tirer avant qu'on ne vous tire dessus. Mais personne ne l'attendait. Personne ne riposta. Tout était silencieux, à l'exception de quelques bruits de pas lointains et précipités sur le sol en marbre au-dessus, à l'extérieur de la salle des coffres. Bosch songea qu'il aurait dû prévenir Eleanor qu'il tirerait le premier.

Tenant son briquet loin du corps, il en fit jaillir la flamme. Encore une ruse de guerre. Puis il ramassa la lampe-torche, l'alluma et examina les lieux. Il avait tiré dans un cul-de-sac. Le tunnel creusé par les cambrioleurs partait dans l'autre direction. Vers l'ouest, et non pas vers l'est, comme ils l'avaient supposé en consultant les plans la nuit précédente. Autrement dit, Gearson s'était trompé de conduit d'évacuation. Ils n'étaient pas venus de Wilshire, mais peut-être d'Olympic ou de Pico au sud, ou de Santa Monica au nord. L'ingénieur de la Compagnie des eaux et tous les autres, agents du FBI et policiers, s'étaient fait joliment berner par Rourke. Rien ne se déroulerait selon leurs prévisions. Conclusion, Bosch se retrouvait seul. Il braqua le faisceau de la lampe sur l'entrée du tunnel qui s'enfonçait dans le sol avant de remonter, n'offrant qu'une dizaine de mètres de visibilité. La galerie tournait vers l'ouest. L'équipe du SWAT, elle, attendait au sud et à l'est. Ils attendraient en vain.

La lampe dans la main droite, le plus loin possible du corps, il pénétra dans le souterrain en rampant. La galerie ne dépassait pas un mètre, du sol au plafond, et faisait encore moins en largeur. Bosch progressait lentement, tenant son arme dans la main avec laquelle il s'aidait à ramper. L'air sentait la cordite et une fumée bleutée dansait dans le faisceau de la lampe. *Purple Haze*. Bosch transpirait abondamment, de chaleur et de peur. Tous les trois mètres environ, il s'arrêtait pour éponger son front en sueur avec la manche de sa veste. Il s'interdit pourtant d'ôter cette dernière afin de ne pas différer du signalement donné à ceux qui allaient le suivre à l'intérieur. Il ne voulait pas être tué par une balle amie.

Le tunnel tournant alternativement vers la gauche, puis vers la droite, sur une cinquantaine de mètres, Bosch avait de plus en plus de mal à s'orienter. A un moment, la galerie passa même sous une conduite. Parfois, Bosch percevait le grondement des voitures, et c'était comme si le tunnel respirait. Tous les dix mètres environ, une bougie allumée était coincée dans une entaille creusée dans la paroi. En cherchant à repérer d'éventuels pièges parmi les décombres sablonneux et rocailleux qui jonchaient le sol, il découvrit des taches de sang : première piste.

Après de longues minutes de lente progression, il éteignit la lampe et s'assit sur les talons pour se reposer et tenter de maîtriser le bruit de sa respiration haletante. Mais ses poumons manquaient d'air. Il ferma les yeux quelques instants ; lorsqu'il les rouvrit, il aperçut une faible lueur à la sortie du virage devant lui. La lumière était trop fixe pour provenir d'une bougie. Il avança lentement, sans allumer sa lampe. Après le tournant, le tunnel s'élargissait au point de former une véritable petite pièce. Suffisamment haute pour qu'on puisse s'y tenir debout, et suffisamment spacieuse, songea-t-il, pour qu'on y vive pendant le percement du tunnel.

La lueur provenait d'une lampe à pétrole posée sur une glacière dans un coin de la pièce souterraine, celle-ci contenant également deux sacs de couchage et un poêle à gaz portable Coleman. Ainsi qu'un WC chimique. Bosch y remarqua deux masques à gaz et deux sacs à dos remplis de vivres et de matériel. Et des sacs en plastique remplis d'ordures. C'était le camp de base, semblable à celui qu'ils avaient installé, d'après Eleanor, lors du cambriolage de la WestLand Bank. En découvrant tout ce matériel, Bosch repensa à la mise en garde d'Eleanor qui craignait qu'ils ne soient plus nombreux. Elle s'était trompée. Ils n'étaient que deux.

Le tunnel se poursuivait de l'autre côté du camp de base, où était creusé un deuxième trou d'environ un mètre de circonférence. Après avoir éteint la lampe à pétrole pour ne pas être éclairé par-derrière, Bosch se glissa dans l'étroite galerie. A partir de là, il n'y avait plus de bougies. Il allumait la lampe par intermittence pour se repérer avant de ramper dans le noir pendant quelques mètres. Parfois il s'arrêtait, retenant sa respiration et tendant l'oreille. Le bruit des voitures semblait de plus en plus lointain ; il n'entendait rien d'autre. Une vingtaine de mètres après le camp de base, le tunnel se terminait par un cul-de-sac, mais Bosch remarqua une sorte de cercle sur le sol. Il s'agissait d'une plaque ronde en contreplaqué recouverte de sable. Vingt ans plus tôt, il aurait appelé ça un « trou à rat ». Il recula et s'accroupit au-dessus du cercle pour l'examiner. Apparemment, ce n'était pas un piège. A vrai dire, il ne s'attendait pas à en trouver. Si les cambrioleurs avaient piégé l'entrée du tunnel, c'était pour en interdire l'accès, pas la sortie. Malgré tout, il prit son canif et en promena délicatement la lame autour du cercle de contreplaqué, avant de soulever ce dernier d'un petit centimètre. Il glissa la lampe par l'ouverture et n'aperçut aucun fil ni détonateur fixé sous la planche. Il la retourna. Rien ne se produisit. Rampant jusqu'à l'extrémité du trou, il découvrit un second tunnel. Il plongea son bras dans le trou et alluma sa lampe. Il balaya le tunnel, prêt pour l'inévitable rafale. Cette fois encore, rien ne se produisit. Ce deuxième tunnel était parfaitement rond et recouvert de béton lisse. Algues noires et filet d'eau sur le fond. C'était un conduit d'évacuation des eaux de pluie.

Bosch se laissa tomber à l'intérieur. Il dérapa dans la vase et glissa sur le dos. Se relevant aussitôt, il braqua sa lampe devant lui, à la recherche d'une piste dans la vase noire. Il n'y avait plus de sang, mais, parmi les algues, il remarqua des traces de raclement, peut-être laissées par quelqu'un cherchant des points d'appui du bout de ses chaussures. Le filet d'eau coulait dans la même direction que les empreintes. Bosch le suivit.

Désormais, il avait perdu tout sens de l'orientation, mais il croyait se diriger vers le nord. Eteignant la lampe, il avança lentement sur sept ou huit mètres avant de la rallumer. La piste se confirmait. Une empreinte sanglante de main était imprimée, à environ 3 heures, sur la paroi incurvée de la canalisation. Suivie d'une autre, soixante centimètres plus loin, à 5 heures. Franklin perdait rapidement son sang et ses forces, semblait-il. Il s'était arrêté à ces deux endroits pour inspecter sa blessure. Il ne devait pas être très loin.

Lentement, en essayant d'atténuer le bruit de sa respiration, Bosch continua d'avancer. La canalisation sentait la serviette humide et l'air moite déposait une pellicule sur sa peau. Non loin de là, il percevait le grondement de la circulation. Mais aucun bruit de sirène. Apparemment, la conduite suivait une faible pente qui entraînait le filet d'eau. Bosch continuait à s'enfoncer sous terre ; ses genoux étaient en sang à force de ramper sur le béton.

Au bout d'une trentaine de mètres, il s'arrêta et ralluma la lampe, en la tenant toujours éloignée de son corps, l'arme dans l'autre main. De nouvelles traces de sang maculaient la paroi devant lui. En éteignant sa lampe, il vit que l'obscurité avait pris une teinte grisâtre. La cana-

lisation s'achevait, ou plutôt elle débouchait dans un souterrain où luisait une faible lueur. Soudain, il entendit un
bruit d'eau. Il devait y en avoir beaucoup plus que le mince
filet qui coulait entre ses genoux. Comme s'il y avait une
rivière un peu plus loin.

Lentement et sans bruit, il s'approcha de l'extrémité du
faible halo. Le conduit où il se tenait accroupi était un
tuyau de décharge qui suivait un long tunnel. Il se trouvait dans un conduit annexe. Sur le sol du grand tunnel
coulait une eau noire aux reflets argentés. Un canal souterrain. Impossible de dire si l'eau était profonde de cinq
centimètres ou d'un mètre.

Accroupi au bord, il chercha tout d'abord à repérer des
bruits autres que le clapotis de l'eau. N'entendant rien
de suspect, il pencha la partie supérieure de son corps en
avant pour inspecter le tunnel. L'eau coulait sur sa gauche.
Regardant d'abord dans cette direction, il vit le contour
indistinct du souterrain en béton s'incurver peu à peu
vers la droite. Une lumière floue filtrait de la voûte,
à intervalles réguliers. Sans doute provenait-elle des
bouches d'égout situées dix mètres au-dessus. Il s'agissait d'un conduit principal, comme les appelait Ed Gearson. Lequel ? Bosch n'en avait aucune idée et, désormais,
il s'en foutait. Il n'y avait aucun plan pour le guider, pour
lui dire ce qu'il devait faire.

Il regarda en amont du courant et aussitôt rentra la tête
dans le conduit, à la manière d'une tortue. Une silhouette
sombre était appuyée contre la paroi du souterrain. Deux
yeux orange luisaient dans l'obscurité, braqués sur lui.

Immobile, Bosch resta sans respirer pendant une bonne
minute. La sueur lui brûlait les yeux. Il les ferma, mais
n'entendit que le gargouillis de l'eau noire. Puis, avec
précaution, il se rapprocha du trou jusqu'à ce qu'il aperçoive la silhouette noire. Elle n'avait pas bougé. Deux
yeux, aussi bizarres que ceux d'un homme qui fixe l'éclat
d'un flash, l'observaient sans ciller. Il avança la lampe
dans le souterrain et l'alluma brusquement. Franklin était
affalé contre la paroi, son M 16 autour du cou, ses mains

enfoncées dans l'eau. Tout comme le canon de l'arme. Franklin portait un masque qui n'en était pas réellement un. Bosch mit plusieurs secondes à comprendre qu'il s'agissait de lunettes à infrarouge.

– C'est terminé, Franklin ! lança Bosch. Police. Rendez-vous…

Pas de réponse, mais Bosch n'en attendait pas. Après avoir jeté un rapide coup d'œil à droite et à gauche, il sauta dans le souterrain. L'eau lui arrivait jusqu'aux chevilles. Il garda son arme braquée sur le corps figé, mais sut tout de suite qu'il n'en aurait pas besoin : Franklin était mort. Le sang continuait à couler de sa blessure à la poitrine, sur son T-shirt noir, pour se diluer dans l'eau qui l'emportait. Bosch chercha en vain son pouls en lui palpant le cou. Rengainant son revolver, il fit passer le M 16 par-dessus la tête du mort. Après quoi, il lui ôta ses lunettes à infrarouge et les enfila.

Ainsi équipé, il regarda d'un côté du souterrain, puis de l'autre. C'était comme de regarder une vieille télévision en noir et blanc, à cette différence près que les blancs et les gris étaient légèrement ocre. Il lui faudrait un certain temps pour s'y habituer, mais il verrait mieux son chemin. Il garda les lunettes.

En plongeant les mains dans les grandes poches de pantalon du treillis noir de Franklin, il découvrit un paquet de cigarettes et des allumettes trempées. Ainsi qu'un chargeur de rechange, qu'il glissa dans sa poche de veste, et une feuille de papier mouillée et pliée, maculée de taches et de traînées d'encre bleue. En la dépliant avec soin, il comprit qu'il s'agissait d'un plan tracé à la main. Sans indications de noms. Uniquement des traits bleus à demi effacés. Et, au centre, un rectangle qui devait symboliser la chambre forte, les traits bleus représentant les conduits d'évacuation. Bosch tourna la carte entre ses doigts, sans parvenir à se repérer. Un trait plus épais longeait le rectangle. Probablement Wilshire ou Olympic. Les traits transversaux représentaient les rues perpendiculaires, Robertson, Doheny, Rexford et les autres. Les traits continuaient à s'entrecroiser sur le côté de la feuille. Jusqu'à un cercle entourant une croix. La sortie.

Ignorant où il se trouvait et quelle direction il avait suivie, Bosch ne pouvait se servir du plan. Il le jeta dans l'eau et le regarda disparaître. Au bout d'un instant, il décida de suivre le courant. Le choix en valait un autre.

Bosch pataugeait dans le sens du courant, pensant se diriger vers l'ouest. L'eau noire éclatait en petites vagues orangées contre les parois du tunnel. Elle lui arrivait aux chevilles et, entrant dans ses chaussures, rendait sa progression pénible et maladroite.

Rourke avait bien joué son coup. Peu importe qu'on ait retrouvé la Jeep et les véhicules tout terrain près de l'autoroute. Tout cela n'était qu'un leurre, un piège. Rourke et ses complices les avaient aiguillés sur l'évident et fait le contraire. En mettant au point le plan d'action dans le parking, Rourke avait réussi à convaincre tout le monde. Les gars du SWAT avaient organisé une petite réception à laquelle personne ne viendrait.

Bosch chercha en vain des traces dans le tunnel. L'eau effaçait toutes les pistes. Certes, il y avait des repères tracés à la peinture sur les parois, et même des graffitis, mais peut-être dataient-ils de plusieurs années. Bosch les examina l'un après l'autre, sans reconnaître le moindre signal ni la moindre indication de direction. Cette fois, Hansel et Gretel n'avaient pas balisé le chemin.

Le bruit de la circulation s'intensifiait ; il y avait davantage de lumière. Bosch releva les lunettes à infrarouge sur son front et aperçut des cônes de lumière bleutée qui provenaient des regards d'égout disposés tous les trente mètres environ. Au bout d'un moment, il atteignit un croisement où, dans un grand bouillonnement, l'eau de son conduit venait percuter celle de l'autre canal souterrain. Plaqué contre la paroi, il risqua un œil derrière le coin. Rien. Aucun bruit. Quelle direction suivre ? Delgado avait pu prendre n'importe laquelle des trois. Finalement, Bosch décida de suivre le nouveau conduit sur la droite, car cela l'éloignerait, pensait-il, du piège tendu par le SWAT.

A peine avait-il fait trois pas dans le tunnel qu'il entendit un murmure rauque devant lui.

– Tu t'en sors, Artie ? Allez, viens, grouille-toi !

Bosch se figea. La voix était à une vingtaine de mètres devant. Mais il ne voyait personne. Seules ses lunettes à infrarouge – ses « yeux orange » – lui avaient évité de se jeter dans un piège. Mais, s'il continuait à avancer, Delgado s'apercevrait qu'il n'était pas Franklin.

– Artie ! s'écria la voix. Ramène-toi !

– J'arrive, chuchota Bosch.

Il fit un pas en avant et, instinctivement, sentit que ça n'avait pas marché. Delgado avait compris. Bosch se jeta au sol, en dégageant son M 16.

Il perçut un mouvement devant lui, sur la gauche, puis des éclairs. Les coups de feu étaient assourdissants dans le tunnel. Bosch riposta en laissant son doigt appuyé sur la détente jusqu'à ce que le chargeur soit vide. Ses oreilles bourdonnaient, mais il savait que, Delgado ou autre, l'homme avait lui aussi cessé de tirer. Bosch l'entendit glisser un nouveau chargeur dans son arme, puis ce furent des bruits de pas sur un sol sec. Delgado s'enfuyait dans un autre passage. Se relevant d'un bond, Bosch lui emboîta le pas, éjectant le chargeur vide de son fusil-mitrailleur pour le remplacer par un neuf.

Une vingtaine de mètres plus loin, il atteignit un conduit affluent. Celui-ci mesurait environ un mètre cinquante de diamètre et Bosch dut lever la jambe pour y accéder. Un tapis d'algues en recouvrait le fond, mais il n'y avait pas d'eau. Un chargeur vide de M 16 gisait dans la vase.

Bosch avait choisi le bon tunnel, mais il n'entendait plus les pas de Delgado. Il accéléra l'allure. Le tunnel montait faiblement et, une trentaine de secondes plus tard, Bosch tomba sur une intersection éclairée par une grille d'égout située à une dizaine de mètres au-dessus. Le conduit se poursuivait de l'autre côté. Bosch n'avait pas d'autre choix que de continuer dans cette direction, mais, à partir de là, le tunnel descendait de manière régulière. Il parcourut encore une cinquantaine de mètres avant de découvrir que ce conduit débouchait dans un passage plus large, un collecteur principal. De l'eau coulait un peu plus loin.

Bosch s'aperçut trop tard qu'il allait trop vite pour pouvoir s'arrêter. Il perdit l'équilibre, glissa sur les algues en direction du trou et comprit alors qu'il avait suivi Delgado dans un piège. Il planta ses talons dans la vase noire pour tenter désespérément d'interrompre sa chute. Il tomba les pieds en avant dans la canalisation et battit des bras.

Curieusement, il sentit la balle s'enfoncer dans son épaule droite avant même d'entendre le coup de feu. Il eut l'impression qu'un crochet fixé au bout d'une corde était descendu du plafond pour se planter dans son épaule et l'arracher du sol en le tirant en arrière.

Il lâcha son arme et eut le sentiment de faire une chute d'une trentaine de mètres. Evidemment, il n'en était rien. Avec ses cinq centimètres d'eau, le sol de la canalisation se dressa comme un mur liquide et le frappa à la nuque. Ses lunettes tombèrent. Inerte et indifférent, il regarda les étincelles décrire des arcs au-dessus de sa tête et les balles ricocher contre la paroi.

Il revint à lui et se dit qu'il était resté évanoui pendant plusieurs heures. Aussitôt, il constata qu'il ne s'était écoulé que quelques secondes : le bruit des détonations résonnait encore dans le tunnel. L'odeur de cordite flottait dans l'air. De nouveau, il entendit des pas. Quelqu'un s'enfuyait. Du moins l'espérait-il...

Il roula dans l'obscurité et, tendant les bras sous l'eau, tenta de retrouver le M 16 et les lunettes. Au bout d'un moment, il renonça et voulut dégainer son revolver. Le holster était vide. Il se redressa, s'adossa à la paroi et constata que sa main droite était paralysée. La balle l'avait atteint à l'articulation de l'épaule et une douleur sourde irradiait dans tout son bras, de sa blessure jusqu'à sa main engourdie. Le sang coulait sous sa chemise, sur sa poitrine et le long de son bras, offrant un contraste chaud avec l'eau glacée qui tourbillonnait autour de ses jambes et de ses parties génitales.

Comprenant qu'il manquait d'air, il s'efforça de contrôler sa respiration. Il allait entrer en état de choc et il le savait. Il n'y avait rien à faire.

Le bruit de pas, le bruit de fuite, s'arrêta. Bosch retint son souffle, aux aguets. Pourquoi Delgado s'était-il arrêté au lieu de décamper ? Bosch balaya le sol avec ses jambes, à la recherche d'une de ses armes. Elles n'étaient pas dans les parages, et il faisait trop noir pour voir où elles étaient tombées. La lampe avait disparu elle aussi.

Soudain, il entendit une voix, trop lointaine et étouffée pour comprendre ce qu'elle disait, mais quelqu'un parlait. Une seconde voix lui répondit. Deux hommes. Bosch essaya vainement de saisir ce qu'ils se disaient. Tout à coup, la seconde voix devint plus aiguë, et un coup de feu retentit, puis un autre. Trop de temps s'était écoulé entre les deux détonations, songea Bosch. Ce n'était pas le M 16.

Tandis qu'il essayait d'imaginer ce qui s'était passé, il entendit de nouveau des bruits de pas dans l'eau. Au bout d'un moment, il comprit que les pas se dirigeaient vers lui dans l'obscurité.

Les pas qui s'avançaient vers lui n'étaient pas précipités, mais lents, réguliers, méthodiques, comme ceux d'une mariée qui se dirige vers l'autel. Affalé contre la paroi, Bosch balaya de nouveau le sol visqueux avec ses jambes dans l'espoir de retrouver une de ses armes. En vain. Il se sentait épuisé et faible, impuissant. La douleur sourde de son bras s'était transformée en élancement permanent. Sa main droite était toujours inutilisable, et il gardait sa main gauche plaquée contre son épaule déchirée. Tout son corps était secoué de frissons. Il savait qu'il allait bientôt sombrer dans l'inconscience, pour ne plus jamais se réveiller.

Mais voilà qu'un petit faisceau lumineux s'avançait

vers lui dans le tunnel. Bosch ne le quittait pas des yeux, la bouche grande ouverte. Déjà, certains de ses muscles ne répondaient plus. Soudain, les clapotements s'arrêtèrent devant lui, et la lumière s'immobilisa au-dessus de son visage comme un soleil. Ce n'était qu'un stylo-lampe, mais la lueur en était trop vive et il ne voyait pas au-delà. Peu importe, il savait à qui appartenaient ce visage, cette main qui tenait la lampe, et ce que tenait l'autre.

— Hé ! J'aimerais bien savoir un truc, moi, dit-il dans un murmure rauque qui lui fit comprendre à quel point sa gorge était sèche. La lampe, c'est vendu avec le stylo-règle ?

Rourke abaissa le faisceau lumineux jusqu'au sol. Bosch regarda autour de lui et découvrit le M 16 et son revolver côte à côte dans l'eau, au pied de la paroi opposée. Hors de portée. Vêtu d'une combinaison noire dont les jambes disparaissaient dans des bottes en caoutchouc, Rourke pointait un autre M 16 sur lui.

— Vous avez tué Delgado, dit Bosch.

C'était une affirmation, pas une question.

Rourke ne répondit pas. Il souleva le fusil-mitrailleur.

— Et maintenant, vous allez tuer un flic, c'est ça ?

— C'est la seule façon que j'aie de m'en tirer. Tout le monde croira que Delgado vous a descendu avec ça, dit-il en brandissant le M 16. Après quoi, je l'ai tué… et c'est moi le héros.

Bosch hésitait à lui parler d'Eleanor. Il risquait de la mettre en danger. D'un autre côté, c'était sa dernière chance.

— Laissez tomber, Rourke, dit-il enfin. Wish est au courant. Je lui ai tout raconté. Il y a une lettre dans le dossier de Meadows qui vous compromet. A l'heure qu'il est, Wish a sans doute révélé la vérité à la police. Laissez tomber et allez chercher du secours. Mieux vaut pour vous que vous m'aidiez à sortir d'ici. Je vais perdre connaissance.

Bosch crut discerner un léger changement sur le visage

de Rourke, dans son regard. Ses yeux restaient ouverts, mais c'était comme s'ils ne voyaient plus rien, uniquement ce qui se trouvait à l'intérieur de lui. Puis il se ressaisit et posa sur Bosch un regard dur, rempli de mépris. Les talons plantés dans la vase, Bosch tenta de se redresser en prenant appui contre la paroi. A peine eut-il bougé de quelques centimètres que Rourke se penchait en avant pour l'obliger à se rasseoir.

— Restez là, ne bougez pas. Vous croyez vraiment que je vais vous aider à sortir d'ici ? Alors que vous nous avez fait perdre au moins 5 ou 6 millions avec ce que Tran gardait dans son coffre ? Je ne saurai jamais combien il y avait exactement, mais vous avez fait échouer un cambriolage absolument parfait. Et vous allez crever ici...

Bosch laissa retomber son menton sur sa poitrine. Ses yeux se révulsaient, il luttait contre l'envie de dormir. Il laissa échapper un grognement, mais ne dit rien.

— Vous étiez le seul impondérable dans cette histoire. Et qu'est-ce qui se passe ? Il y avait une chance sur mille pour que ça arrive ! et ça arrive ! Vous êtes la loi de Murphy incarnée, ou quoi ?

Bosch réussit à lever les yeux sur Rourke. La lutte était terrible. Son bras valide lâcha son épaule blessée, il n'avait plus la force de la tenir.

— Quoi ? parvint-il à articuler. Que... qu'est-ce que vous... voulez dire... ?

— C'est de la coïncidence que je vous parle. Que ce soit justement vous qu'on envoie sur place ! Ça ne faisait pas partie du plan, Bosch ! Je n'arrive pas encore à y croire ! Ça ne pouvait pas arriver ! On balance Meadows dans une canalisation où il avait déjà passé plusieurs nuits, en espérant qu'on ne le retrouvera pas avant deux ou trois jours, et qu'il en faudra encore deux de plus, voire trois, pour l'identifier à partir de ses empreintes... On se dit que la police va conclure à une overdose, sans plus : le type est fiché chez les toxicos, tout baigne... et qu'est-ce qui se passe ? Voilà que cet enfoiré de gamin appelle les flics pour signaler le corps… (Image même de l'homme persécuté, il secoua la tête.) Et qui se rend sur place ? Un flic remueur de merde qui connaissait la victime et qui l'identifie en deux secondes. Un pote qu'il a connu pendant cette putain de guerre du Vietnam ! Bon Dieu, j'arrive toujours pas à y croire… Vous avez tout foutu en l'air, Bosch. Y compris votre vie à la con… Hé, vous êtes toujours là ?

Bosch sentit qu'il lui soulevait le menton avec le canon de son arme.

— Vous êtes toujours là ? répéta-t-il en lui enfonçant la gueule du fusil-mitrailleur dans l'épaule droite.

Foudroyante, la douleur se propagea dans son bras et sa poitrine, jusque dans son bas-ventre. Le souffle coupé, Bosch poussa un gémissement et tenta de s'emparer du M 16 avec sa main gauche. Hélas, il ne fut pas assez rapide. Ses doigts se refermèrent sur le vide. Il ravala une montée de bile et sentit la sueur couler dans ses cheveux mouillés.

— Vous n'avez pas l'air en forme, mon vieux, reprit Rourke. Finalement, je me demande si je vais être obligé de vous achever. On dirait que la première balle de Delgado a suffi.

La douleur avait ranimé Bosch. Elle irradiait dans tout son corps et lui apportait une vigueur nouvelle, mais éphémère. Déjà, il se sentait replonger. Rourke était penché au-dessus de lui. Bosch remarqua les rabats qui pendaient à la poitrine et à la taille de sa combinaison d'agent du FBI. Des poches. Il portait sa combinaison à l'envers. Un déclic se produisit dans le cerveau de Bosch. Sharkey avait déclaré avoir vu une ceinture à outils vide autour de la taille de l'homme qui avait traîné le corps dans la canalisation près du réservoir. Rourke. Cette nuit-là aussi, il avait enfilé sa combinaison à l'envers : le mot FBI était inscrit dans son dos et il ne voulait pas qu'on le voie. Cette découverte n'avait plus aucune importance, mais, bizarrement, Bosch fut heureux de pouvoir placer une pièce de plus dans le puzzle.

– Qu'est-ce qui vous fait marrer, espèce de crevard ? lui demanda Rourke.

– Allez vous faire foutre…

Rourke voulut donner un coup de pied dans l'épaule de Bosch, mais celui-ci s'y attendait. Saisissant le talon de la main gauche, il exerça une violente poussée. L'autre pied de Rourke dérapa sur le lit d'algues humides et se déroba sous lui. L'agent du FBI tomba sur le dos avec un grand floc. Malheureusement, il ne lâcha pas son arme comme l'espérait Bosch. Ça y était : sa dernière chance venait de s'envoler. Sans grande conviction, Bosch tenta quand même de s'emparer du fusil-mitrailleur, mais Rourke n'eut aucun mal à arracher ses doigts du canon et à repousser son adversaire contre la paroi. Couché sur le flanc, Bosch vomit dans l'eau. Un nouveau flot de sang coula de son épaule, le long de son bras. C'était son baroud d'honneur. Il n'y avait plus rien à faire.

Rourke se releva. Il s'avança et colla le canon du M 16 sur le front de Bosch.

– Meadows me parlait souvent de cette histoire d'écho noir. Des conneries, tout ça. Eh bien, nous y voilà, Harry…

– Pourquoi est-il mort ? chuchota Bosch. Pourquoi ?

Rourke recula d'un pas et regarda d'un bout à l'autre du tunnel avant de répondre.

– Vous le savez bien. Il a merdé là-bas, il a merdé ici. Voilà pourquoi il est mort. (Rourke sembla se remémorer un souvenir, puis secoua la tête avec dégoût.) Tout était absolument parfait et il a tout fait échouer. Il a fallu qu'il garde ce bracelet avec les dauphins de jade…

Le regard de Rourke se perdit dans l'obscurité du tunnel. Une sorte de tristesse rêveuse se peignit sur son visage.

– Il a suffi d'une erreur, reprit-il. Pour réussir, le plan exigeait une totale adhésion. Mais ce connard de Meadows… il n'a pas joué le jeu.

Toujours furieux après le mort, il secoua la tête et se tut. A ce moment-là, Bosch crut entendre des bruits de pas au loin. Mais peut-être était-ce le fruit de son imagination.

Malgré tout, il déplaça sa jambe gauche dans l'eau, pas suffisamment pour inciter Rourke à presser sur la détente, mais assez fort pour créer un remous et couvrir le bruit des pas qui venaient. A supposer qu'il n'ait pas rêvé.

– Il a gardé le bracelet ? C'est tout ?

– C'est suffisant, répondit Rourke avec colère. Aucun objet ne devait refaire surface. Vous ne comprenez donc pas ? Toute la beauté du coup était là. On devait se débarrasser d'absolument tout, à l'exception des diamants. Eux, on devait les garder jusqu'à ce qu'on ait exécuté les deux autres boulots. Mais cet abruti n'a pas eu la patience d'attendre. Il a piqué ce bracelet minable pour en tirer une misère… Je l'ai tout de suite vu sur les déclarations d'objets gagés. Après le casse de la WestLand Bank, on avait demandé au LAPD de nous envoyer leurs listes tous les mois afin de vérifier nous aussi. La raison pour laquelle j'ai repéré le bracelet et pas vos collègues, c'est que moi, je savais ce que je cherchais… Je savais que quelqu'un l'avait gardé. Des objets volés, on en a déclaré un tas après le premier cambriolage, mais ils ne faisaient pas partie des saloperies qu'on avait emportées. Escroqueries à l'assurance. Le bracelet avec les dauphins, en revanche, je savais que c'était vrai. La petite vieille qui pleurait… son histoire de valeur sentimentale à cause de son mari décédé et ainsi de suite. C'est moi qui l'ai interrogée, personnellement. Et j'ai tout de suite senti qu'elle ne mentait pas. Du coup, ça ne pouvait être qu'un de mes hommes qui avait gardé le bracelet…

Continue à le faire parler, se dit Bosch. S'il continue à parler, tu as une chance de sortir d'ici… Sortir d'ici… Debout sur tes deux jambes… Quelqu'un approche… Je ne sens plus mon bras… Il éclata de rire dans son délire, et cela déclencha de nouveaux vomissements. Rourke poursuivit son explication :

– Dès le début, j'ai soupçonné Meadows. Quand on a touché à la drogue… vous savez ce qu'on dit. Alors, quand le bracelet a refait surface, c'est lui que je suis allé trouver en premier…

Rourke s'égara dans ses pensées ; Bosch en profita pour faire des remous dans l'eau avec ses jambes. L'eau lui paraissait chaude maintenant, c'était le sang qui lui coulait sur le torse qui était froid.

— Finalement, conclut Rourke, je ne sais pas si je dois vous embrasser ou vous tuer, Bosch. Certes, vous nous avez fait perdre des millions sur ce coup-là, mais ma part du premier cambriolage a considérablement augmenté maintenant que trois de mes hommes sont morts. En définitive, ça revient peut-être au même…

Bosch craignait de ne pouvoir rester conscient plus longtemps. L'épuisement, le désespoir et la résignation le submergeaient. Toute son énergie l'avait abandonné. Quand il parvint péniblement à lever la main pour toucher son épaule meurtrie, il ne ressentit plus la moindre douleur. Impossible de la faire renaître. Il s'abîma dans la contemplation de l'eau qui coulait lentement autour de ses jambes. Ce qu'elle pouvait être chaude et comme il avait froid ! Il avait envie de s'allonger et de la tirer sur lui comme une couverture. Et d'y dormir. Mais, quelque part, une voix lui ordonnait de tenir bon. Il revit Clarke se tenant la gorge à deux mains. Tout ce sang ! Le regard fixé sur le faisceau lumineux qui semblait sortir de la main de Rourke, il essaya encore une fois.

— Pourquoi avoir attendu si longtemps ? demanda-t-il d'une voix qui était un murmure. Toutes ces années… Tran et Binh… Pourquoi maintenant ?

— C'est comme ça, Bosch. Parfois, les éléments se combinent. Comme la comète de Halley. Elle revient tous les soixante-douze ans ou je ne sais quoi. Oui, il y a des fois où tous les éléments sont réunis. Je les ai aidés à emporter leurs diamants. J'ai tout organisé. J'ai été grassement payé à l'époque et je n'y pensais plus. Puis, un beau jour, la graine plantée il y a si longtemps est sortie de terre. La plante attendait d'être cueillie, et nous l'avons fait. Je l'ai cueillie ! Voilà l'explication… (Un sourire triomphant éclaira le visage de Rourke. De nouveau, il pointa le canon de son arme sur le front de Bosch qui ne put que regarder sans réagir.) Mon temps est écoulé, Bosch, et le vôtre aussi.

Tenant le fusil-mitrailleur à deux mains, Rourke écarta les jambes à l'alignement de ses épaules. A cet instant ultime, Bosch ferma les yeux. Il chassa toutes ses pensées de son esprit, pour ne plus penser qu'à l'eau. Si chaude, comme une couverture. Deux coups de feu résonnèrent comme le tonnerre dans le tunnel. Ouvrant les yeux au prix d'un terrible effort, il découvrit Rourke affalé contre la paroi opposée, les deux bras levés. D'une main il tenait son M 16, de l'autre son stylo-lampe. L'arme tomba bruyamment dans l'eau, suivie du stylo-lampe qui flotta à la surface, toujours allumé. Emporté par le courant, il disparut en dessinant des arabesques sur la voûte et les parois du tunnel.

Sans dire un mot, Rourke glissa lentement le long de la paroi, tête tournée vers la droite, d'où étaient venus les coups de feu. Une large traînée de sang le suivit dans sa chute. Dans la lumière qui faiblissait, Bosch discerna de l'étonnement sur son visage, puis une manière de détermination absolue. Rourke se retrouva assis contre la paroi, dans la même position que Bosch, les jambes prises dans l'eau tourbillonnante. Ses yeux morts ne regardaient plus rien.

Puis tout devint flou autour de Bosch. Il aurait voulu poser une question, mais les mots restèrent bloqués dans sa gorge. Une autre lumière apparut dans le tunnel et il lui sembla entendre une voix, une voix de femme qui lui disait que tout allait bien. Il crut apercevoir le visage d'Eleanor Wish, tantôt net, tantôt flou. Enfin, celui-ci disparut dans une obscurité d'encre. Il n'y avait plus que les ténèbres.

# Dimanche 27 mai

Bosch rêva de la jungle. Meadows était présent, ainsi que tous les soldats de l'album de photos. Ils s'étaient regroupés autour du trou, au fond d'une tranchée couverte de feuilles. Au-dessus de leurs têtes, une brume grise s'accrochait à la voûte des arbres. L'air était chaud et lourd. Avec son appareil, Bosch photographiait les autres rats. Meadows lui annonçait alors qu'il allait descendre sous terre. Dans les ténèbres. Il regardait Bosch à travers l'objectif de l'appareil photo et disait :

« N'oublie pas ta promesse, Hieronymus.

– Ça rime avec "anonymous". »

Meadows sautait prestement à l'intérieur du trou et disparaissait. Bosch se précipitait au bord pour regarder en bas, mais il ne voyait que les ténèbres insondables. Des visages apparaissaient, avant de se fondre eux aussi dans les ténèbres. Meadows, Rourke, Lewis et Clarke. Dans son dos, il entendait une voix qu'il reconnaissait, sans pouvoir lui associer un visage.

– Hé, Harry, réveille-toi, faut que je te parle.

Bosch ressentit soudain une douleur intense dans l'épaule, elle partait de son coude et lui montait jusqu'au cou. Quelqu'un lui tapotait doucement la main gauche. Il ouvrit les yeux. C'était Jerry Edgar.

– Ah, enfin, dit celui-ci. J'ai pas beaucoup de temps. Le type à la porte m'a dit qu'ils allaient rappliquer d'une minute à l'autre. Et son collègue va bientôt venir le relever. Je voulais te dire deux mots avant l'arrivée des huiles. Je voulais déjà venir hier, mais c'était plein de monde. En plus, j'ai entendu dire que t'étais resté dans les vapes presque toute la journée. Tu délirais. (Bosch le regarda sans rien dire.) Dans ce genre de trucs, poursuivit Edgar, il paraît qu'il vaut mieux dire qu'on se souvient de rien. Laisse-les penser ce qu'ils veulent. C'est vrai quoi ! Quand tu reçois un pruneau, ils peuvent pas dire que tu joues l'amnésie. Quand le corps subit un trauma-tisme, l'esprit se ferme, mec. Je l'ai lu quelque part.

Constatant qu'il se trouvait dans une chambre d'hôpi-tal, Bosch regarda autour de lui. Cinq ou six vases rem-plis de fleurs dégageaient un parfum âcre et légèrement putride. Il s'aperçut que son torse et sa taille étaient main-tenus par des sangles.

– Tu es au MLK, Harry. Euh… les médecins disent que tu t'en sortiras. Mais il y aura du boulot pour ton bras, dit-il en baissant la voix. Je suis rentré en douce. Je crois que les infirmières changent de service ou je ne sais quoi. Le flic à la porte vient du commissariat de Wilshire, il m'a laissé entrer parce qu'il veut vendre et il a dû entendre dire que c'était ma branche. Je lui ai promis de lui arran-ger le coup s'il m'accordait cinq minutes avec toi.

Bosch n'avait toujours rien dit. Il n'était pas certain de pouvoir ; il avait l'impression de flotter sur un coussin d'air. Il avait du mal à se concentrer sur les paroles d'Ed-gar. De quoi parlait-il ? Et pourquoi l'avait-on amené au Centre médical Martin Luther King dans le quartier de Watts ? S'il se rappelait bien, tout s'était passé à Beverly Hills. Dans le tunnel. Il y avait des hôpitaux plus près.

– Bref, reprit Edgar, je veux juste t'expliquer ce qui se passe avant que les huiles débarquent et essayent de t'entuber. Rourke est mort. Lewis aussi. Clarke est dans un sale état ; ils lui ont branché un tas d'appareils, j'ai entendu dire qu'ils le gardaient en vie uniquement pour pouvoir récupérer les pièces détachées. Dès qu'ils auront réuni les gens qui en ont besoin, ils le débrancheront. Ça te dirait, toi, de te retrouver avec le cœur ou l'œil de ce connard ? Mais, comme je te l'ai dit, tu devrais t'en tirer sans dommages. En tout cas, avec ton bras, tu as droit à tes quatre-vingts pour cent sans problème. Blessé en service. Tu es verni.

Edgar sourit à Bosch qui continua à le regarder d'un œil vide. Bosch avait la gorge sèche et sa voix se fissura lorsqu'il voulut enfin parler.

– MLK ?

Edgar prit le pichet posé sur la table de chevet et lui versa un verre d'eau. Bosch défit ses sangles et se redressa pour boire. Aussitôt, une vague de nausée le submergea. Edgar n'avait rien remarqué.

– C'est ici qu'ils amènent les membres des gangs qui se font tirer dessus. Y a pas mieux comme endroit dans tout le pays quand tu reçois un pruneau ; sauf à aller chez les yuppies d'UCLA. Ici, ils forment les médecins militaires. Comme ça, les types sont prêts à soigner les blessés de guerre. Ils t'ont amené en hélico.

– Quelle heure est-il ?

– Un peu plus de 7 heures, dimanche matin. Tu as perdu une journée.

Bosch songea alors à Eleanor. Etait-ce elle qui était apparue dans le tunnel à la fin ? Que s'était-il passé ? Edgar parut lire dans ses pensées. Comme tout le monde, ces derniers temps…

– Ta collègue va bien. Elle et toi, vous êtes sous le feu des projecteurs, mec, des vrais héros.

Des héros…

Au bout d'un moment, Edgar ajouta :

– Bon, faut que je me tire. S'ils savent que je t'ai parlé, je suis bon pour me retrouver à Newton.

Bosch acquiesça. La plupart des flics auraient adoré atterrir à Newton. Action et fusillades garanties. Mais pas Jerry Edgar. Son truc, c'était l'immobilier.

– Qui doit venir ?

– La bande habituelle, j'imagine. Les Affaires internes, la brigade spéciale, plus le FBI. Et les flics de Beverly Hills. A mon avis, ils cherchent encore tous à comprendre ce qui s'est passé là-dessous. Et Wish et toi êtes les seuls à pouvoir le leur expliquer. Ils voudront sans doute véri-

411

fier que vos histoires concordent. Voilà pourquoi je te conseille de dire que tu te souviens de rien. On t'a tiré dessus, mec. Tu es un officier blessé en service. Tu as le droit de pas te rappeler ce qui s'est passé.

– Et toi, que sais-tu de ce qui s'est passé ?

– Le département refuse de parler de cette affaire. Y a pas la moindre info qui circule. Quand j'ai appris que ça avait mal tourné, je me suis rendu sur place et Pounds était déjà là. Il m'a vu et m'a ordonné de foutre le camp. Le salopard ! Il n'a rien voulu me dire. Je sais uniquement ce qu'en dit la presse. Les conneries habituelles. La télé hier soir savait que dalle. Le *Times* de ce matin n'en sait pas beaucoup plus. On dirait que le département et le FBI se sont donné la main pour que tout le monde ait l'air d'un vaillant petit soldat.

– Tout le monde ?

– Ouais. Rourke, Lewis, Clarke… tous morts en service.

– Wish a confirmé cette connerie ?

– Non, elle ne figure pas dans l'histoire. Enfin, je veux dire… on ne parle pas d'elle. J'imagine qu'ils la tiennent à l'écart jusqu'à ce que l'enquête soit terminée.

– Quelle est l'explication officielle ?

– D'après le *Times*, le département affirme que Lewis, Clarke et toi faisiez partie de la surveillance organisée par le FBI autour de la chambre forte. Je sais bien que c'est du bidon : jamais tu n'aurais laissé ces deux clowns participer à une de tes opérations. En plus, ils appartenaient aux AI. Mais je crois que le *Times* sent qu'il y a quelque chose de pas clair là-dedans. Ce journaliste que tu connais, Bremmer, m'a appelé hier pour voir ce que je savais. Mais je lui ai rien dit. Si jamais mon nom apparaît dans les journaux, je me retrouverai dans un endroit encore pire que Newton. Si ça existe…

Soudain très déprimé, Bosch détourna le regard de son ancien collègue. Il lui semblait que son bras l'élançait de plus belle.

– Ecoute, Harry, reprit Edgar au bout d'une trentaine de secondes, faut que je m'en aille. Je sais pas quand ils vont venir, mais ils viendront, mec. Prends soin de toi et fais ce que je t'ai dit. Joue l'amnésie. Tu touches ta pension de quatre-vingts pour cent pour invalidité et tu les emmerdes.

Edgar pointa un doigt sur sa tempe en hochant la tête. Harry acquiesça d'un air absent et son collègue sortit. Bosch aperçut un policier en tenue assis sur une chaise devant la porte.

Au bout d'un moment, Bosch s'empara du téléphone fixé aux barreaux de son lit. N'obtenant pas de tonalité, il appuya sur le bouton au-dessus de sa tête. Quelques minutes plus tard, une infirmière entra pour lui expliquer que le téléphone était coupé, sur ordre du LAPD. Bosch réclama des journaux, l'infirmière fit non de la tête. Même chose.

Sa déprime augmenta. Il savait que le LAPD et le FBI se trouvaient confrontés à d'énormes problèmes de relations publiques après ce qui s'était passé, mais il ne voyait pas comment ils pourraient étouffer l'affaire. Trop d'administrations y étaient mêlées. Trop de gens. Jamais ils ne pourraient maintenir le couvercle fermé. Etaient-ils suffisamment bêtes pour l'espérer ?

Desserrant la sangle autour de sa poitrine, il essaya de se redresser complètement dans son lit. Cela suffit à lui faire tourner la tête, et son bras lui hurla de le laisser en paix. Pris d'une nausée, il s'empara d'un bassin en inox posé sur la table de chevet. L'envie de vomir disparut, mais libéra le souvenir de son affrontement avec Rourke dans le tunnel, la veille. Des bribes de ce que Rourke lui avait dit lui revenant en mémoire, il essaya de les rattacher à ce qu'il savait déjà. Puis il songea aux diamants du casse de la WestLand Bank et se demanda si on les avait retrouvés. Et où ? Malgré l'admiration que lui inspirait la mise au point de ce cambriolage, il ne pouvait se résoudre à admirer son instigateur. L'agent spécial Rourke.

Il sentit la fatigue le submerger comme un nuage qui masque le soleil et se laissa retomber contre son oreiller. La dernière chose à laquelle il pensa avant de sombrer fut ce que Rourke lui avait dit dans le tunnel : sa part de butin avait beaucoup augmenté maintenant que Meadows, Franklin et Delgado étaient morts. Au moment même où, là-bas, dans la jungle, il disparaissait dans le trou noir où Meadows avait déjà sauté avant lui, il comprit enfin ce que cela voulait dire.

L'homme assis sur la chaise destinée aux visiteurs portait un costume à fines rayures à 800 dollars, des boutons de manchettes en or et une bague en onyx. Le déguisement était nul.

– Affaires internes, c'est ça ? dit Bosch en bâillant. Je sortirais d'un rêve pour plonger dans un cauchemar ?

L'homme sursauta : il n'avait pas vu Bosch ouvrir les yeux. Il se leva et quitta la chambre sans dire un mot. Bosch bâilla encore un coup et chercha une pendule du regard. En vain. Après avoir de nouveau desserré la sangle autour de sa poitrine, il essaya de se redresser. Cette fois, il se sentit beaucoup mieux. Ni vertiges ni nausées. Son regard fut attiré par les bouquets de fleurs posés sur le rebord de la fenêtre et sur la table : leur nombre semblait avoir encore augmenté pendant son sommeil. Eleanor ? Etait-elle venue le voir ? On avait dû le lui interdire.

Au bout d'une minute, le type au costume rayé revint avec un magnétophone. Quatre autres bureaucrates l'accompagnaient, dont le lieutenant Bill Haley, chef de la brigade spéciale, et le chef adjoint Irvin Irving, responsable des Affaires internes. Les deux autres appartenaient certainement au FBI.

– Si j'avais su que tant de gens importants voulaient me voir, j'aurais mis le réveil, leur lança Bosch. Malheureusement, ils ne m'en ont pas donné. Ni non plus de téléphone qui marche. Et ne parlons pas de télé ou de journaux.

– Bosch, vous me connaissez, lui dit Irving, avant de désigner les autres. Et vous connaissez Haley. Voici les agents Stone et Folsom, du FBI.

Irving se tourna vers l'homme au costume rayé et lui

désigna la table de chevet d'un mouvement de tête. Celui-ci s'approcha pour y déposer le magnétophone. Le doigt posé sur le bouton *Play*, il se retourna vers Irving. Bosch le regarda et demanda :

— Et vous, vous ne méritez pas d'être présenté ?

Costume-Rayé l'ignora, les autres également.

— Bosch, je veux faire vite, sans subir vos traits d'humour, dit Irving.

Il fit jouer les muscles puissants de sa mâchoire et adressa un signe de tête à Costume-Rayé. Une fois le magnétophone enclenché, Irving annonça la date et l'heure d'un ton sec. Il était 11 h 30. Bosch n'avait dormi que quelques heures, mais il se sentait beaucoup mieux que lors de la visite d'Edgar.

Irving énuméra les noms des personnes présentes dans la chambre et, cette fois, Costume-Rayé eut droit à un nom : Clifford Galvin Jr. Même nom, le Jr. en plus, qu'un autre chef adjoint du département. Junior était couvé et condamné, songea Bosch. Protégé par Irving, il avançait sur la voie rapide.

— Commençons par le début, déclara Irving. Inspecteur Bosch, racontez-nous tout depuis le moment où vous avez pris cette affaire en main.

— Vous avez plusieurs jours devant vous ?

Irving s'approcha du magnétophone et enfonça la touche *Pause*.

— Bosch, nous savons que vous êtes un petit malin, mais épargnez-nous vos plaisanteries. Si je suis obligé d'arrêter encore une fois ce magnétophone, je fais couler votre insigne dans un bloc de verre dès mardi. Et uniquement parce que demain c'est férié. Et vous pourrez tirer un trait sur votre pension d'invalidité. Comptez sur moi pour dire adieu à vos quatre-vingts pour cent.

Irving faisait allusion au règlement du département qui interdisait à un flic à la retraite de conserver son insigne. Le chef de la police et le conseil municipal n'aimaient pas l'idée qu'un ancien flic puisse se balader en ville en exhibant son insigne à tout propos. Extorsions, repas gratuits, passes à l'œil, ils sentaient venir le scandale à des kilomètres. Cela dit, il était possible de conserver son insigne : coulé dans un joli bloc de résine, avec une pendule décorative à côté. Le tout mesurait environ trente centimètres : impossible de le mettre dans sa poche.

Sur un signe de tête d'Irving, Junior remit le magnétophone en marche. Bosch raconta tous les faits par le menu, sans rien omettre, ne s'arrêtant que pour laisser à Junior le temps de changer la bande. Les bureaucrates le laissèrent parler, l'interrompant uniquement à deux ou trois reprises pour lui poser quelques questions. Irving voulut ainsi savoir ce que Bosch avait lancé dans l'eau depuis la jetée de Malibu. Bosch faillit ne pas s'en souvenir. Personne ne prenait de notes, tous se contentant de le regarder pendant qu'il racontait son histoire. Il acheva son récit une heure et demie après l'avoir commencé. Irving se tourna vers Junior et hocha la tête. Junior arrêta le magnétophone.

Lorsqu'ils eurent posé toutes leurs questions, Bosch demanda :

— Qu'avez-vous découvert au domicile de Rourke ?

— Ça ne vous regarde pas, répondit Irving.

— Un peu que ça me regarde ! Cela concerne une enquête pour meurtre. Rourke est le meurtrier. Il me l'a avoué.

— L'enquête a été confiée à quelqu'un d'autre.

Etouffé par la rage, Bosch ne répondit pas. En regardant autour de lui, il constata qu'aucun des autres n'osait lever les yeux sur lui.

Irving reprit la parole :

— A votre place, avant d'aller déblatérer ici et là sur le compte de collègues morts en service, je m'assurerais que je connais tous les faits. Et que je possède des preuves à l'appui. Nous ne voulons pas que des rumeurs salissent nos meilleurs éléments.

Cette fois, Bosch ne put se retenir :

— Vous espérez pouvoir étouffer cette histoire ? Et vos deux crétins ? Comment allez-vous expliquer ça ? D'abord, ils mettent mon téléphone sur écoute, ensuite ils font échouer une opération de surveillance et, pour finir, ils se font descendre. Et vous voulez en faire des héros ? De qui vous vous moquez ?

— Inspecteur Bosch, tout a déjà été réglé. Cela ne vous concerne pas. En outre, votre rôle n'est pas de contredire les déclarations de la police et du FBI dans cette affaire. C'est un ordre, inspecteur. Si vous décidez d'en parler à la presse, ce sera la dernière fois que vous le ferez en tant qu'officier de la police de Los Angeles.

Ce fut à son tour de ne pas pouvoir les regarder en face : les yeux fixés sur les fleurs posées sur la table, il demanda :

— Alors pourquoi ce magnétophone, cette déposition, et tous ces gens qui vous accompagnent ? A quoi bon, puisque vous ne voulez pas connaître la vérité ?

— Nous voulons la vérité, inspecteur. Ne pas confondre avec ce que nous décidons de dire au public. Mais je vous garantis, et le FBI aussi, que nous mènerons votre enquête à son terme, avec discrétion, et que nous prendrons les mesures appropriées.

— C'est pitoyable...

— Vous aussi, inspecteur. Vous aussi, lui renvoya Irving en se penchant si près de lui que Bosch sentit son haleine aigre. C'est une des rares fois où vous tenez votre avenir entre vos mains, inspecteur Bosch. Si vous agissez intelligemment, peut-être que vous vous retrouverez aux Cambriolages et homicides. Vous pouvez également décrocher le téléphone... oui, je vais demander à l'infirmière de le rebrancher... et appeler vos potes qui travaillent pour ce torchon. Mais, si vous faites ça, je vous conseille de leur demander s'ils n'ont pas une petite place pour un ancien flic...

Les cinq hommes sortirent, laissant Bosch seul avec sa colère. Il se redressa dans son lit et s'apprêtait à balayer de son bras valide le vase de marguerites posé sur la table de chevet lorsque la porte se rouvrit pour laisser entrer Irving. Seul, cette fois. Sans magnétophone.

— Ceci n'a rien d'officiel : j'ai dit aux autres que j'avais oublié de vous remettre cette chose.

Il sortit de sa poche une carte de vœux qu'il déposa contre le rebord de la fenêtre. On y voyait une femme policier à la poitrine généreuse et dont l'uniforme était ouvert jusqu'au nombril. Elle agitait sa matraque d'un air impatient, la bulle qui lui sortait de la bouche déclarant : *T'as intérêt à te remettre rapidement, sinon…* Il fallait ouvrir la carte pour lire la chute.

— En fait, je n'ai rien oublié. Je voulais juste vous dire deux mots en privé.

Il resta debout sans parler, jusqu'à ce que Bosch lui fasse signe de continuer.

— Vous faites de l'excellent boulot, Bosch, reprit-il alors. Tout le monde le sait. Mais ça ne veut pas dire que vous soyez un bon flic. Vous refusez de faire partie de la famille. Et ça, ce n'est pas bien. Et moi, vous comprenez, je dois protéger le département avant tout. C'est le boulot le plus important au monde, à mes yeux. Et l'un des meilleurs moyens d'y parvenir, c'est de contrôler l'opinion publique. De faire en sorte que tout le monde soit content. Bref, si pour y arriver il nous faut pondre quelques jolis communiqués de presse et organiser de grandes funérailles devant le maire, les caméras de la télé et toutes les huiles, nous le ferons. La réputation du département est plus importante que l'erreur commise par deux flics stupides… Même chose pour le Bureau fédéral d'investigation. Ils vous lamineront plutôt que de se laisser flageller en public à cause de Rourke. Ce que je veux vous dire par là, c'est que la règle numéro un est bien : marcher au pas pour aller loin.

— Tout ça, c'est des conneries et vous le savez.

— Non, je ne le sais pas. Et, au fond de vous-même, vous pensez comme moi. Laissez-moi vous poser une question, Bosch. Pourquoi, à votre avis, a-t-on retiré l'enquête sur le meurtre du Dollmaker à Lewis et Clarke ? Qui leur a serré la bride ? (Bosch ne répondit pas.) Vous voyez, il fallait prendre une décision. Valait-il mieux voir un de nos collègues traîné dans la boue par la presse et inculpé de crime, ou le rétrograder et le muter discrètement ? (Il laissa ces mots flotter quelques instants.) Encore une chose… Lewis et Clarke sont venus me trouver la semaine dernière pour me raconter ce que vous leur aviez fait : le coup des menottes et de l'arbre. Vous y êtes allé un peu fort. Mais ils étaient aussi heureux que deux majorettes qui viennent de passer la soirée avec leur équipe de foot. Ils vous tenaient par les couilles et ils étaient prêts à…

— Ils me tenaient peut-être, mais moi aussi.

— Non. C'est justement ce que je veux vous dire. Ils m'ont raconté cette histoire de téléphone sur écoute, tout ce que vous leur aviez dit. Le problème, c'est qu'ils n'ont jamais placé ce micro, contrairement à ce que vous pensiez. J'ai vérifié. Voilà ce que je voulais vous dire. Ils vous tenaient.

— Alors, qui a…

Bosch s'interrompit. Il connaissait la réponse.

— Je leur ai demandé de patienter quelques jours. D'attendre, de voir ce qui allait se passer. Il se préparait quelque chose. J'avais toujours beaucoup de mal à les contrôler dès qu'il s'agissait de vous. Ils ont franchi la limite en demandant à ce dénommé Avery de leur ouvrir le coffre. Ils l'ont payé au prix fort…

— Et côté FBI ? Qu'est-ce qu'ils disent du micro ?

— Je ne sais pas, je ne leur ai pas demandé. Si je leur posais la question, ils me diraient : « Le micro ? Quel micro ? » Vous le savez bien.

Bosch acquiesça. Ce type le fatiguait. Une idée prenant naissance dans son esprit, il tenta de la repousser et se tourna vers la fenêtre. Irving lui répéta une dernière fois de songer au département avant de faire quoi que ce soit, puis il ressortit. Lorsqu'il fut certain qu'Irving s'était éloigné, Bosch balança les marguerites à l'autre bout de la chambre. Le vase en plastique ne se brisa pas, seules les fleurs et l'eau se répandirent sur le sol. Le visage de fouine de Galvin Junior apparut un bref instant par l'entrebâillement de la porte. Il ne dit rien, mais Bosch comprit que l'homme des AI montait la garde devant la porte. Etait-ce pour sa protection ? Ou pour celle du département ? Bosch ne savait pas. Il ne savait plus quoi penser.

Tranche de dinde sauce farineuse, maïs, patates douces, petit pain censément frais et gâteau aux fraises accompagné d'une crème fouettée liquide : Bosch repoussa le plateau-repas sans même y toucher.

— Si tu manges ça, tu risques de ne jamais sortir d'ici.

Il leva la tête. C'était Eleanor. Debout sur le pas de la porte, elle lui souriait. Il lui rendit son sourire. C'était plus fort que lui.

— Je m'en doute.

— Comment te sens-tu, Harry ?

— Ça va. Je m'en tirerai. Il se peut que je ne puisse plus jamais faire des pompes, mais je m'y habituerai. Et toi ?

— Ça va, répondit-elle avec un sourire à le faire mourir. Ils t'ont passé à la moulinette, toi aussi ?

— Oui. En tranches et en morceaux. La fine fleur du département, plus deux de tes collègues ; ils m'ont passé sur le gril toute la matinée. Tiens, il y a une chaise de ce côté…

Eleanor fit le tour du lit, mais resta debout près de la chaise. Elle regarda autour d'elle en fronçant légèrement les sourcils, comme si elle connaissait cette chambre et que quelque chose n'était pas à sa place.

— J'y ai eu droit, moi aussi. Hier soir. Ils m'ont interdit de venir te voir avant d'en avoir terminé avec toi. Les ordres. Ils ne voulaient pas qu'on se concerte. Mais je suppose qu'on les a convaincus. En tout cas, ils m'ont foutu la paix après t'avoir interrogé. Ils m'ont dit que c'était terminé.

— Ils ont retrouvé les diamants ?

— Pas à ma connaissance, mais ils ne me disent pas grand-chose. Ils ont mis deux équipes sur le coup, mais je n'en fais pas partie. Je suis assignée à mon bureau en attendant que la tension retombe et que les enquêteurs aient terminé leur boulot. A mon avis, ils sont encore en train de fouiller l'appartement de Rourke.

— Et Tran et Binh, est-ce qu'ils coopèrent ?

— Non, pas moyen de leur arracher un mot. Je le sais grâce à un ami qui a assisté aux interrogatoires. Ils n'ont jamais entendu parler d'aucun diamant. Sans doute ont-ils envoyé leurs propres hommes à la chasse au trésor, eux aussi.

— Alors, où il est ce trésor, à ton avis ?

— Aucune idée. Toute cette histoire me dépasse, Harry. Je ne sais plus que penser.

Y compris de tes sentiments à mon égard, songea Bosch. Il ne dit rien. Au bout d'un moment, un silence pesant s'installa entre eux.

— Que s'est-il passé, Eleanor ? Irving m'a dit que Lewis et Clarke avaient intercepté Avery, mais c'est tout ce que je sais. Je ne comprends pas.

— Ils nous ont observés toute la nuit pendant qu'on surveillait la chambre forte. Ils ont dû s'imaginer qu'on préparait un braquage. Si, comme eux et dès le départ, tu es persuadé d'avoir affaire à un flic pourri, arriver à cette conclusion n'est pas difficile. Toujours est-il que, quand ils t'ont vu renvoyer Avery et les deux policiers chez eux, ils ont cru voir clair dans ton jeu. Ils ont appréhendé Avery à la cafétéria et, lui, il leur a parlé de ta visite de la veille, de toutes les alarmes qui s'étaient déclenchées au cours de la semaine et, bien sûr, il leur a expliqué que tu ne voulais pas qu'il ouvre le coffre… Alors eux, ils lui ont dit : « Ça signifie que vous pouvez l'ouvrir ? » et, quelques instants plus tard, ils sont entrés dans l'établissement…

— Ouais, ils se voyaient déjà en héros. On capture les flics pourris et les cambrioleurs en même temps. Malheureusement, ça s'est terminé autrement.

— Les pauvres crétins.

— Ça, tu l'as dit.

Le silence revint, mais, cette fois, Eleanor ne le laissa pas s'installer.

– Bon, je voulais juste savoir comment tu allais. (Il acquiesça.) Et aussi te dire que…

Voilà, on y était, songea-t-il. Le baiser d'adieu.

– … j'ai décidé de démissionner. Je quitte le FBI.

– Et qu'est-ce que je… qu'est-ce que tu vas faire ?

– Je ne sais pas. Mais je veux m'en aller d'ici, Harry. J'ai un peu d'argent de côté, je vais voyager quelque temps, et ensuite je verrai.

– Pourquoi, Eleanor ?

– Je ne… c'est difficile à expliquer. Mais avec tout ce qui s'est passé… plus rien n'est pareil désormais. Je n'aurai jamais la force de retourner travailler dans ce bureau après toute cette histoire.

– Tu reviendras à LA ?

Elle regarda ses mains, puis autour d'elle encore une fois.

– Je ne sais pas, Harry. Je suis désolée. Je croyais que… Je ne sais plus. Les choses m'échappent.

– Quelles choses ?

– Je ne sais pas. Nous. Ce qui s'est passé. Tout.

Le silence envahit de nouveau la chambre, si pesant que Bosch espéra voir une infirmière, ou même Galvin Junior, glisser la tête par l'entrebâillement de la porte pour lui demander si tout allait bien. Il mourait d'envie de fumer une cigarette. C'était la première fois qu'il repensait à fumer. Eleanor s'était mise à regarder ses pieds. Il contempla son plateau-repas intact. Il prit le petit pain et s'amusa à le faire sauter dans sa main comme une balle de base-ball. Au bout d'un moment, les yeux d'Eleanor effectuèrent leur troisième voyage autour de la chambre sans apercevoir ce qu'elle cherchait. Bosch en fut intrigué.

– Tu n'as pas reçu les fleurs que je t'ai envoyées ?

– Les fleurs ?

– Je t'avais envoyé des marguerites. Comme celles qui poussent sur la colline sous ta maison. Je ne les vois pas.

Les marguerites, songea-t-il. Le vase qu'il avait projeté contre le mur. Bon Dieu, où sont mes putains de cigarettes ? eut-il envie de hurler.

– Elles arriveront sans doute demain, il n'y a qu'une

seule livraison par jour... (Elle fronça les sourcils.) Si Rourke savait qu'on avait découvert le deuxième coffre et qu'on le surveillait, et s'il savait qu'on avait vu Tran entrer dans la salle des coffres et vider le sien, pourquoi est-ce qu'il n'a pas prévenu ses complices ? Il y a quelque chose qui me turlupine là-dedans. Pourquoi n'a-t-il pas interrompu l'opération ?

Eleanor secoua lentement la tête.

– Je l'ignore. Peut-être... je me suis dit qu'il souhaitait peut-être qu'ils se fassent tuer. Connaissant ces hommes, il savait que cela finirait forcément ainsi et qu'il pourrait garder tous les diamants volés dans le premier coffre.

– Oui, mais moi, j'ai réfléchi toute la journée à ce qu'il m'a dit dans le tunnel. Parce que ça m'est revenu. Et je me suis souvenu qu'il n'avait pas dit qu'il garderait tous les diamants. Il a simplement dit que sa part serait plus importante maintenant que Meadows et les deux autres étaient morts. Il a utilisé le mot « part », comme s'il devait encore partager avec quelqu'un d'autre.

Elle haussa les sourcils.

– C'est peut-être une façon de parler, Harry.

– Peut-être.

– Il faut que j'y aille. Sais-tu combien de temps ils vont te garder ?

– Ils ne m'ont rien dit, mais j'espère bien sortir demain. Je pense assister à l'enterrement de Meadows, au cimetière des anciens combattants.

– Enterré le jour du Memorial Day... Ça me paraît approprié.

– Tu veux m'accompagner ?

– Hmm, non... Je n'ai plus envie d'entendre parler de M. Meadows... Mais je serai au bureau demain. Pour ranger mes affaires et rédiger des notes sur les enquêtes que je vais refiler à mes collègues. Tu peux passer me voir si tu veux. Je te ferai du café frais, comme la première fois. Mais tu sais, ça m'étonnerait qu'ils te laissent sortir si vite, Harry. Pas avec une blessure par balle. Tu as besoin de repos. Il faut que tu te rétablisses.

– Oui, bien sûr.

Il comprit qu'elle lui disait adieu.

– Bon, à plus tard peut-être.

Elle se pencha pour lui dire au revoir, et il sut qu'elle disait adieu à leur histoire. Elle était presque sortie de la pièce lorsqu'il rouvrit les yeux.

– Une dernière chose, dit-il alors, la faisant se retourner vers lui. Comment m'as-tu retrouvé ? Je veux dire… dans les tunnels avec Rourke.

Elle eut un moment d'hésitation.

– Eh bien, je suis descendue avec Hanlon. Mais, quand nous avons atteint l'extrémité du tunnel creusé par les cambrioleurs, nous nous sommes séparés. Il est parti d'un côté et moi de l'autre. J'avais fait le bon choix. J'ai découvert les traces de sang. Ensuite, j'ai trouvé Franklin. Mort. Après, la chance m'a aidée. J'ai entendu les coups de feu et les voix. Surtout celle de Rourke. Je l'ai suivie. Pourquoi penses-tu à ça maintenant ?

– Je ne sais pas, ça m'est venu comme ça. Tu m'as sauvé la vie.

Ils se regardèrent. Eleanor avait la main sur la poignée de la porte entrouverte. Bosch aperçut Galvin Junior assis sur une chaise dans le couloir.

– Merci… c'est tout ce que je peux dire.

Elle fit un petit bruit avec la bouche pour rejeter sa gratitude.

– Tu n'as rien à me dire.

– Ne démissionne pas.

L'entrebâillement de la porte se referma, et Junior disparut. Eleanor resta là sans rien dire.

– Ne pars pas.

– Il le faut. A plus tard, Harry.

Elle rouvrit la porte, en grand cette fois.

– Au revoir, dit-elle.

Elle disparut.


Pendant presque une heure, Bosch resta immobile sur son lit d'hôpital. Il pensait à deux personnes : Eleanor

Wish et John Rourke. Les yeux fermés, il s'attarda longuement sur l'expression qu'avait eue Rourke en glissant le long de la paroi pour tomber dans l'eau noire. J'aurais été surpris, moi aussi, se disait-il, mais il y avait autre chose sur son visage, quelque chose qu'il ne parvenait pas à identifier. Comme si, plus encore que celui de sa mort, il venait d'élucider enfin un autre mystère.

Au bout d'un moment, il se leva et fit quelques pas hésitants autour du lit. Il était encore faible, mais tout ce sommeil accumulé au cours des dernières trente-six heures lui donnait des fourmis dans les jambes. Après avoir retrouvé son équilibre et senti que son épaule s'adaptait douloureusement à la force de gravité, il se mit à marcher de long en large. On lui avait donné un pyjama vert pâle de l'hôpital, au lieu d'une blouse qui, ouverte dans le dos, lui aurait semblé humiliante. Pieds nus, il fit le tour de la chambre à petits pas, s'arrêtant pour lire les cartes qui accompagnaient les fleurs. La Ligue de défense de la police avait envoyé un bouquet. Les autres provenaient de quelques collègues qu'il connaissait, mais sans plus : la veuve d'un ancien équipier, l'avocat de son syndicat et un autre ex-équipier qui vivait maintenant à Ensenada.

Il gagna la porte, l'entrouvrit sans bruit et découvrit Galvin Junior assis à sa place, en train de lire un catalogue d'équipements de police. Il ouvrit la porte en grand. Galvin tourna brusquement la tête, referma le magazine et le glissa dans la mallette posée à ses pieds. Sans rien dire.

– Alors, Clifford… je peux vous appeler par votre prénom, n'est-ce pas ?… qu'est-ce que vous faites ici ? Est-ce que ma vie est en danger ?

Le jeune flic ne répondit pas. Jetant un rapide coup d'œil d'un bout à l'autre du couloir, Bosch constata que celui-ci était désert jusqu'au bureau des infirmières, une vingtaine de mètres plus loin. Sa chambre portait le numéro 313.

– Je vous en prie, inspecteur, retournez dans votre chambre, dit enfin Galvin. Je suis ici uniquement pour tenir les journalistes à l'écart. Le chef adjoint Irving pense qu'ils vont certainement essayer d'obtenir une interview de vous, et ma tâche consiste à les en empêcher… à empêcher qu'ils vous dérangent.

– Et s'ils utilisent la méthode sournoise… (il fit mine d'observer les deux côtés du couloir pour s'assurer que personne ne pouvait les entendre)… du téléphone ?

Galvin poussa un profond soupir, n'osant toujours pas regarder Bosch en face.

– Les infirmières filtrent les appels. Uniquement la famille, et j'ai entendu dire que vous n'aviez pas de famille, alors pas d'appel.

– Comment se fait-il que cette femme du FBI ait pu entrer ?

– Elle avait l'autorisation d'Irving. Retournez dans votre chambre, s'il vous plaît.

– D'accord.

Assis sur son lit, Bosch essaya de passer en revue toute l'affaire une fois encore. Mais plus il en analysait les éléments, plus il avait la pénible impression de perdre son temps dans cette chambre d'hôpital. Il sentait qu'il tenait quelque chose, la logique profonde de cette affaire. Le boulot d'un inspecteur ne consistait-il pas à suivre les indices, à examiner chaque élément et à tout ramasser ? Cela dit, un fois qu'on était au bout de la piste, la résolution de l'énigme dépendait beaucoup de la cueillette. Dans cette affaire, Bosch avait certes bien rempli son panier, mais il commençait à croire qu'il lui manquait des pièces importantes. Lesquelles lui avaient échappé ? Que lui avait dit Rourke avant de mourir ? Pas tant les paroles en elles-mêmes que leur signification cachée. Et son expression. Cet étonnement. Devant quoi ? Etait-ce le choc causé par la balle ? Avait-il été surpris par sa provenance et l'identité du tireur ? Les deux peut-être, mais, dans les deux cas, qu'est-ce que ça signifiait ?

L'allusion de Rourke à sa part du butin qui aurait augmenté après les morts de Meadows, Franklin et Delgado continuait à le tracasser. Il essaya de se mettre dans la peau de l'homme du FBI. Si tous ses complices étaient morts et qu'il s'était retrouvé seul bénéficiaire du premier casse, aurait-il dit : « Ma part a augmenté » ou simplement : « Tout est à moi » ? En son for intérieur, Bosch était convaincu qu'il aurait employé la seconde formule... à moins qu'il ne soit resté quelqu'un avec qui partager le butin.

Il décida d'agir. Pour cela, il fallait sortir de cette chambre. Il n'était pas en résidence surveillée, mais, s'il s'en allait, Galvin était là pour le suivre et prévenir Irving. Il décrocha le téléphone pour vérifier qu'on l'avait effectivement rebranché comme le lui avait promis Irving. Aucun appel de l'extérieur, mais il pouvait passer des coups de fil.

Il se leva et alla ouvrir la penderie. Ses vêtements étaient là, du moins ce qu'il en restait. Chaussures, chaussettes et pantalon, c'était tout. Le pantalon était élimé aux genoux, mais on l'avait nettoyé et repassé. Son veston et sa chemise avaient sans doute été découpés aux ciseaux dans la salle d'opération et jetés à la poubelle ou mis dans un sac à indices. Il s'habilla sans bruit, glissant son haut de pyjama dans son pantalon. Un peu ridicule, mais ça ferait l'affaire jusqu'à ce qu'il puisse s'acheter des vêtements dehors.

Sa douleur à l'épaule diminuant quand il mettait son bras devant sa poitrine, il se passa la ceinture autour du cou en guise d'écharpe. Puis, comprenant que cela risquait de le faire repérer pour quitter l'hôpital, il remit sa ceinture dans les passants de son pantalon. Dans le tiroir de la table de chevet, il trouva son portefeuille et son insigne, mais pas son arme.

Une fois prêt, il décrocha le téléphone, composa le numéro du standard et demanda le bureau des infirmières du deuxième étage. Une femme décrocha, et Bosch se fit passer pour le chef adjoint Irvin Irving.

— Pouvez-vous demander à l'inspecteur Galvin, l'homme qui monte la garde sur une chaise dans le couloir, de venir au téléphone ? J'ai besoin de lui parler.

Bosch reposa le téléphone sur son lit et s'approcha sans bruit de la porte. Il l'entrouvrit juste assez pour apercevoir Galvin qui s'était replongé dans la lecture de son catalogue. Bosch entendit l'infirmière l'appeler du bout du couloir et vit Galvin se lever. Il attendit une dizaine de secondes avant de risquer un œil à l'extérieur. Galvin se dirigeait vers le bureau des infirmières. A pas feutrés, Bosch se faufila hors de la chambre et s'éloigna dans la direction opposée.

Arrivé au croisement de deux couloirs, il tourna à gauche. Il arriva devant un ascenseur surmonté d'un panneau RÉSERVÉ AU PERSONNEL et appuya sur le bouton. En acier et faux bois et dotée d'une autre porte coulissante au fond, la cabine était assez large pour accueillir deux lits. Il appuya sur le bouton du rez-de-chaussée et les portes se refermèrent. Les soins étaient terminés.

L'ascenseur le déposa dans le hall d'accueil des urgences. Bosch le traversa et sortit dans la nuit. Il trouva un taxi et, sur le chemin du commissariat de Hollywood, demanda au chauffeur de taxi de s'arrêter à sa banque, où il retira de l'argent au guichet automatique, puis dans un drugstore, où il acheta une chemise sport bon marché, une cartouche de cigarettes, un briquet (il ne pouvait plus se servir d'allumettes), du coton, des compresses et une écharpe pour son épaule. L'écharpe était bleu marine. Parfait pour un enterrement.

Après avoir réglé sa course, Bosch pénétra dans le commissariat de Wilcox par l'entrée principale, où il savait qu'il avait moins de risques d'être reconnu et abordé. A l'accueil se trouvaient un bleu qu'il n'avait jamais vu et le planton au visage constellé de taches de rousseur qui avait apporté la pizza à Sharkey. Brandissant son insigne, Bosch passa devant lui sans dire un mot. Le bureau des inspecteurs était désert et plongé dans l'obscurité, comme la plupart des dimanches soir, même à Hollywood. Plutôt que de se servir des plafonniers, il alluma la lampe de bureau fixée au bord de la table des homicides : mieux valait ne pas faire de curieux parmi les officiers de patrouille rassemblés dans la salle de garde au fond du couloir. Harry ne se sentait pas d'humeur à répondre aux questions, même bien intentionnées, de ses collègues en uniforme.

Avant toute chose, il se dirigea vers le fond de la pièce pour se faire un café. Puis il pénétra dans une des salles d'interrogatoire pour y enfiler sa chemise neuve. Sa blessure à l'épaule l'élança dans la poitrine et au bras lorsqu'il ôta le haut de pyjama de l'hôpital. Assis sur une chaise, il examina son bandage pour y déceler d'éventuelles traces de sang. Rien. Lentement, et beaucoup moins douloureusement, il mit sa chemise · c'était une taille extra-large. Sur la poitrine, du côté gauche, étaient dessinés une montagne, le soleil et un paysage de bord de mer accompagnés des mots *Cité des Anges*. Bosch couvrit le dessin avec l'écharpe et ajusta celle-ci de façon à avoir le bras plaqué au torse.

Le temps qu'il ait fini de se changer, le café était prêt. Il emporta une tasse fumante jusqu'à la table des homicides, alluma une cigarette, puis sortit le rapport d'enquête et les autres dossiers relatifs à l'affaire Meadows. Il contempla la pile de documents sans savoir par où commencer, ni même ce qu'il cherchait. Il entreprit de tout relire, dans l'espoir qu'un détail frapperait son attention. Il cherchait tout et rien, un nouveau nom, une invraisemblance dans une déclaration, quelque chose qu'il aurait considéré comme négligeable avant, mais qui maintenant prendrait une importance nouvelle.

Il parcourut rapidement ses propres rapports, car il avait encore en mémoire la plupart des renseignements qui s'y trouvaient. Après quoi, il relut le dossier militaire de Meadows. C'était la version expurgée, celle du FBI. Il ignorait ce qu'était devenu le dossier complet qu'il avait reçu de Saint Louis et laissé dans sa voiture pour se précipiter vers la chambre forte le matin précédent. Il comprit alors qu'il ne savait même pas où était passée sa voiture.

Il fit chou blanc avec le dossier militaire. Tandis qu'il feuilletait les divers documents réunis à la fin de la chemise, les lumières du bureau s'allumèrent et un vieux flic nommé Pederson entra. Un procès-verbal d'arrestation à la main, celui-ci se dirigea vers une machine à écrire. Alerté par l'odeur du café et de la cigarette, il regarda autour de lui et découvrit l'inspecteur au bras en écharpe.

— Hé, comment va, Harry ? Ils t'ont laissé sortir vite fait ! On disait pourtant que tu avais sérieusement dérouillé.

— Simple égratignure, Peds. C'est moins grave que les coups d'ongles des travelos que tu embarques tous les samedis soir. Au moins, avec une balle, tu risques pas de choper cette saloperie de sida.

— A qui le dis-tu !

Instinctivement, Pederson se massa le cou où étaient encore visibles les griffures que lui avait infligées un prostitué séropositif. Le vieux flic avait dû subir des tests tous les trois mois pendant deux ans ; heureusement, il n'avait pas attrapé le virus. Cette histoire était devenue une telle légende de cauchemar dans tout le commissariat qu'on avait enregistré une baisse de cinquante pour cent dans l'occupation des cellules réservées aux travelos et prostitués. Plus personne ne voulait les arrêter, sauf en cas de meurtre.

— Dis donc, reprit Pederson, je suis désolé que ça ait merdé là-bas. J'ai entendu dire que le deuxième flic venait de passer code sept. Deux flics et un fédéral descendus en une seule fusillade ! Sans parler de ton bras... Un record ! Je peux m'en servir une tasse ?

Bosch lui indiqua la cafetière. Il ignorait que Clarke était mort. Code sept : définitivement hors d'activité. Il ne parvenait pas à éprouver de la peine pour les deux flics des AI et cela le mettait mal à l'aise. Comme si son cœur était devenu totalement insensible. Il n'éprouvait plus la moindre compassion pour personne, pas même pour deux pauvres crétins qui avaient payé leur incompétence de leur vie.

— Ils nous disent que dalle ici, se lamenta Pederson

en se versant une tasse de café. Mais, en lisant ces noms dans le journal, je me suis dit : Bon sang, mais je les connais, ces deux types. Lewis et Clarke. Ils appartenaient aux AI, pas à la brigade des cambriolages de banques. On les surnommait les « grands explorateurs ». Toujours en train de fouiller la merde pour essayer d'entuber quelqu'un. Tout le monde les connaissait, à part la télé et le *Times*, on dirait. En tout cas, on peut se demander ce qu'ils foutaient là-bas…

Bosch refusa de mordre à l'hameçon. Pederson et ses collègues devraient apprendre par une autre source ce qui s'était réellement passé à la Beverly Hills Safe & Lock. A vrai dire, il en vint à se demander si Pederson était vraiment venu pour taper un rapport. N'était-ce pas le bleu à l'accueil qui avait prévenu tout le monde de son retour ? Et si on avait envoyé le vieux flic lui tirer les vers du nez ?

Avec ses cheveux plus blancs que craie, Pederson passait pour un vieux flic ; en réalité, il n'avait que quelques années de plus que Bosch. Pendant vingt ans il avait patrouillé de nuit sur le Boulevard, et cela suffisait amplement à vous blanchir les cheveux prématurément. Bosch aimait bien Pederson, qui était une mine d'informations sur le monde de la rue. Un meurtre était rarement commis sur le Boulevard sans que Bosch ne vienne lui demander ce qu'en disaient ses informateurs. Et il ne le regrettait presque jamais.

– Oui, c'est curieux, répondit simplement Bosch.

– Tu remplis des paperasses pour ta blessure ? insista Pederson en allant se rasseoir devant sa machine. (Bosch ne répondit pas.) Il te reste une cigarette ?

Bosch se leva pour en déposer un paquet entier sur sa machine à écrire et lui dit qu'il pouvait le garder. Le vieux flic reçut le message. Rien de personnel là-dedans, mais Bosch ne voulait pas lui parler de la fusillade, et encore moins du rôle joué par deux flics des Affaires internes.

Pederson s'étant mis au travail, Bosch regagna sa place

et acheva sa lecture sans que la moindre lumière, aussi faible soit-elle, ne s'allume dans son cerveau. Avec le crépitement de la machine à écrire en fond sonore, il resta assis là à fumer, en réfléchissant à ce qu'il pouvait faire. Rien. Il était devant un mur.

Finalement, il décida de passer un coup de fil chez lui pour interroger son répondeur. Il décrocha son téléphone, puis se ravisa. Au cas où sa ligne de bureau serait elle aussi sur écoute, il fit le tour de la table pour utiliser l'appareil de Jerry Edgar. Une fois connecté sur son répondeur, il composa son code sur le clavier et écouta les douze messages. Les neuf premiers émanaient de collègues et de vieux amis qui lui souhaitaient un prompt rétablissement. Les trois derniers, les plus récents, provenaient respectivement du médecin qui l'avait soigné à l'hôpital, d'Irving et de Pounds.

« Monsieur Bosch, ici le docteur McKenna. Votre décision de quitter l'hôpital est un acte irréfléchi. Vous risquez de sérieuses complications. Si vous écoutez ce message, je vous en prie, revenez. Votre lit vous attend. Si vous refusez de regagner l'hôpital, je devrai renoncer à vous soigner. S'il vous plaît. Merci. »

Irving et Pounds, eux, se souciaient beaucoup moins de sa santé.

Le message d'Irving était le suivant : « Je ne sais pas où vous êtes, ni ce que vous faites, mais j'espère que vous avez foutu le camp uniquement parce que vous n'aimiez pas la nourriture de l'hôpital. Réfléchissez à ce que je vous ai dit, Bosch. Ne commettez pas une erreur que nous regretterions tous les deux. »

Irving n'avait pas pris la peine de donner son nom, mais c'était inutile. Même chose pour Pounds. Son message était le dernier.

« Bosch, appelez-moi à la maison dès que vous entendrez ce message. J'ai appris que vous aviez quitté l'hôpital, il faut qu'on parle. Je vous interdis, vous entendez, interdis de poursuivre toute enquête relative à la fusillade de samedi. Appelez-moi. »

Bosch raccrocha. Il n'avait pas l'intention de les appeler, ni l'un ni l'autre. Pas tout de suite. Assis à la place d'Edgar, il remarqua sur la table un calepin où figurait le nom de Veronica Niese. La mère de Sharkey. Accompagné d'un numéro de téléphone. Edgar l'avait sans doute appelée pour lui apprendre le décès de son fils. Bosch l'imagina répondant à l'appel, croyant avoir affaire à un de ses clients, et entendant Edgar lui annoncer que son fils était mort.

L'évocation de Sharkey lui rappela l'interrogatoire. Il n'avait pas encore fait transcrire l'enregistrement. Décidant de le réécouter, il regagna sa place pour prendre son magnétophone dans son tiroir. La cassette avait disparu. Il se souvint de l'avoir confiée à Eleanor. A tout hasard, il ouvrit le placard des fournitures, essayant de calculer si l'enregistrement avait une chance de figurer encore sur la bande de secours. Une fois arrivée au bout, la cassette se rembobinait automatiquement pour permettre un nouvel enregistrement. En fonction du nombre d'enregistrements effectués dans la salle d'interrogatoire depuis la séance de mardi avec Sharkey, la déposition de l'adolescent se trouvait peut-être encore sur la seconde bande.

Bosch éjecta la cassette de l'appareil et la rapporta à son bureau. Il la glissa dans son magnéto, coiffa une paire d'écouteurs et rembobina la bande jusqu'au début. Il l'écouta pendant quelques secondes pour essayer de repérer sa voix et celles de Sharkey et d'Eleanor, puis il fit défiler la bande pendant dix secondes. Il renouvela l'opération plusieurs fois, avant de tomber sur l'interrogatoire de Sharkey enregistré sur la dernière partie de la bande.

L'ayant enfin localisé, il revint légèrement en arrière afin de l'écouter depuis le début. Il était allé trop loin et il entendit les trente dernières secondes de l'interrogatoire précédent. Puis soudain, ce fut la voix de Sharkey :

« Qu'est-ce que vous regardez comme ça ?

– Je ne sais pas. (C'était Eleanor.) Je me demandais si tu me connaissais. Ton visage me dit quelque chose. Excuse-moi, je te dévisageais sans m'en rendre compte.

– Hein ? Pourquoi je vous connaîtrais, d'abord ? J'ai jamais eu affaire aux fédéraux, moi. Je sais pas…

– N'en parlons plus. Ton visage me disait quelque chose, c'est tout. Je voulais savoir si tu me reconnaissais. Attendons l'arrivée de l'inspecteur Bosch.

– Ouais, OK. C'est cool. »

Puis c'était le silence. Perplexe, Bosch comprit alors que cet échange avait été enregistré avant qu'il n'entre dans la salle.

Que voulait Eleanor ? Mais déjà sa propre voix brisait le silence.

« Sharkey, nous allons enregistrer cette conversation, ça pourra peut-être nous aider à récapituler par la suite. Comme je te l'ai dit, tu n'es pas suspect, donc tu… »

Bosch arrêta l'enregistrement et revint en arrière jusqu'à la conversation entre l'adolescent et Eleanor. Il l'écouta, encore et encore. Chaque fois, il avait l'impression de recevoir un coup de poing en plein cœur. Ses mains étaient moites et ses doigts glissaient sur les touches du magnétophone. Finalement, il ôta les écouteurs de ses oreilles et les lança sur le bureau.

– Bordel de merde !

Pederson cessa de taper et leva les yeux de sa machine.

# Lundi 28 mai
## *(Memorial Day)*

Lorsque Bosch arriva au cimetière des anciens combattants de Westwood, il était un peu plus de minuit.

Ayant emprunté une nouvelle voiture au garage du commissariat de Wilcox, il avait roulé jusque chez Eleanor Wish. Aucune lumière n'étant allumée chez elle, il se fit l'impression d'un adolescent qui surveille la petite amie qui l'a plaqué. Bien que seul dans la voiture, il en éprouva de la gêne. Il ne savait pas ce qu'il aurait fait s'il y avait eu de la lumière. Il repartit vers l'est en direction du cimetière, songeant à Eleanor et à la façon dont elle l'avait doublement trahi, à la fois sur le plan professionnel et amoureux.

Pour commencer, il supposa qu'Eleanor avait demandé à Sharkey s'il la reconnaissait parce que c'était elle qui se trouvait à bord de la Jeep qui avait servi à transporter le cadavre jusqu'au réservoir. Elle devait chercher un signe indiquant que le gosse l'avait reconnue. Mais il n'en était rien. Après que Bosch les avait rejoints dans la salle d'interrogatoire, Sharkey avait déclaré avoir aperçu deux hommes. Le plus petit était resté dans la Jeep et n'avait pas aidé le second à traîner le corps. L'erreur de Sharkey aurait dû lui sauver la vie, songea Bosch. Mais Bosch savait aussi que c'était lui qui avait condamné l'adolescent en proposant de l'hypnotiser. Eleanor en avait référé à Rourke qui ne pouvait prendre un tel risque.

Restait la question du pourquoi. Evidemment, l'argent était la réponse ultime, mais Bosch ne parvenait pas à imputer pareil mobile à Eleanor. Il y avait certainement autre chose. Meadows, Franklin, Delgado et Rourke, tous les individus impliqués dans cette affaire, partageaient en commun l'expérience du Vietnam et connaissaient directement leurs deux victimes, Binh et Tran. Comment Eleanor entrait-elle dans le tableau ? Bosch songea à son frère, tué au Vietnam. Etait-ce lui le lien ? Elle lui avait dit qu'il s'appelait Michael, sans mentionner la manière dont il était mort, ni quand. Bosch l'en avait empêchée. Maintenant, il regrettait de l'avoir interrompue alors que visiblement elle souhaitait en parler. Elle avait fait référence au mémorial de Washington qui avait bouleversé son existence. Qu'y avait-elle vu pour avoir eu une telle réaction ? Que lui avait donc dit ce mur qu'elle ne sût déjà ?

Bosch franchit l'entrée du cimetière dans Sepulveda Boulevard et roula jusqu'aux grandes grilles noires qui barraient l'accès du chemin couvert de gravier. Il descendit de voiture et s'en approcha ; elles étaient fermées à l'aide d'une chaîne et d'un cadenas. Entre les barreaux, il distingua une petite maison de briques à une trentaine de mètres de là, sur le chemin. Les reflets bleutés d'un téléviseur éclairaient une fenêtre munie de rideaux. Regagnant sa voiture, Bosch brancha la sirène et attendit qu'une lumière s'allume derrière le rideau. Quelques instants plus tard, le gardien du cimetière sortait de chez lui et gagnait la grille, une lampe-torche à la main. Bosch brandit son insigne à travers les barreaux. L'homme portait un pantalon sombre et un T-shirt bleu ciel orné d'un petit badge en métal.

– Vous êtes de la police ?

Bosch eut envie de répondre non. Au lieu de cela, il dit :

– LAPD. Vous pourriez m'ouvrir ?

Le gardien braqua sa lampe sur sa plaque de police. Dans la lumière, Bosch aperçut les moustaches blanches de l'homme et sentit une légère odeur de bourbon et de transpiration.

– Un problème, monsieur l'agent ?

– Inspecteur. J'enquête sur un meurtre, monsieur…

– Kester. Un meurtre ? Hé ! On a un tas de morts ici, mais les affaires sont toutes classées… si je puis dire.

– Monsieur Kester, je n'ai pas le temps d'entrer dans les détails, mais il faut que je jette un œil sur le mémorial de la guerre du Vietnam… vous savez ? la réplique installée ici pour le week-end…

– Qu'est-ce que vous avez au bras ? Où est votre équipier ? Je croyais que vous vous déplaciez toujours par deux.

– J'ai été blessé, monsieur Kester. Mon équipier s'occupe d'un autre point de l'enquête. Vous regardez trop la télé dans votre petite maison. C'est des trucs de feuilleton, ça.

Bosch avait dit ces mots en souriant, mais le vieux gardien commençait à lui taper sur les nerfs. Kester se retourna vers son logement, puis revint à Bosch.

– Ah, vous avez vu la lumière de la télé, pas vrai ? J'ai pigé. Vous voyez, ici, c'est une propriété fédérale et je ne sais pas si je peux ouvrir sans…

– Ecoutez, Kester, je sais que vous êtes fonctionnaire et qu'ils n'ont sans doute viré personne depuis l'époque du président Truman. Mais, si vous me faites des ennuis, je vais vous en faire, moi aussi. Je vous colle un rapport pour ivresse pendant le service. Dès mardi, à la première heure. Alors, ouvrez-moi et j'écrase le coup. Je veux juste jeter un coup d'œil au mémorial.

Bosch ayant secoué la lourde chaîne, le dénommé Kester contempla le cadenas d'un œil morne, puis décrocha de sa ceinture un trousseau de clés pour ouvrir la grille.

– Désolé, dit Bosch.

– Je continue à croire que c'est illégal, lui répondit Kester avec colère. Qu'est-ce que ce mur de pierre noir a à voir avec votre meurtre ?

– Tout, peut-être.

Bosch s'apprêtait à rejoindre sa voiture lorsqu'il se souvint d'une chose qu'il avait lue au sujet du mémorial.

– Il y a un livre qui indique où se trouvent les noms gravés sur le mur. On pourrait y chercher celui qui nous intéresse. Il est là-haut, près du monument ?

Malgré l'obscurité, Bosch remarqua l'air ahuri de Kester.

— Jamais entendu parler de ce bouquin. Tout ce que je sais, c'est que les types du Service national des parcs ont apporté ce truc ici et qu'ils l'ont installé. Il a même fallu un bulldozer pour dégager la colline. Dans la journée, y a un type qui est là pendant les heures de visite. Pour le bouquin, faudra le lui demander. Me demandez pas où il est, je savais même pas qu'il existait. Vous en avez pour un moment ou je laisse ouvert ?

— Mieux vaut refermer. Je viendrai vous prévenir quand je m'en irai.

Après que le vieil homme lui eut ouvert la grille, Bosch entra avec sa voiture et roula jusqu'à une manière de parking creusé au pied de la colline. Au sommet de cette dernière, on distinguait l'éclat noir du monument qui se dressait dans la plaie creusée dans la terre. Tout était éteint et l'endroit était désert. S'emparant de la lampe-torche posée sur le siège avant, Bosch gravit la colline.

Il promena le faisceau lumineux pour se faire une idée de la taille du mur. Long d'une vingtaine de mètres, celui-ci se rétrécissait à chaque extrémité. En s'en approchant pour y lire les noms, Bosch éprouva un sentiment inattendu. Une sorte de frayeur. Il ne voulait pas voir ces noms. Il en reconnaîtrait beaucoup trop. Pire encore, il risquait de tomber sur certains qu'il ne s'attendait pas à trouver là. En éclairant les environs avec sa lampe, il avisa un lutrin en bois qui ressemblait à un porte-bible dans une église. Mais, en s'en approchant, il constata que celui-ci était vide. Les gars du Service des parcs avaient dû emporter le registre pour éviter qu'on ne le vole. Bosch se retourna vers le mur dont le bout effilé disparaissait dans l'obscurité. Il examina son paquet de cigarettes et constata que celui-ci était presque plein. Intérieurement, il s'avoua qu'il s'était douté de ce qui l'attendait : il lui faudrait lire tous les noms un par un. Il le savait avant même de venir. Après avoir allumé une cigarette, il braqua la lampe sur le premier panneau du mur.

Quatre heures s'écoulèrent avant qu'il ne découvre un

nom familier. Ce n'était pas Michael Scarletti, mais Darius Coleman, un type qu'il avait rencontré au 1er d'infanterie. Coleman avait été le premier gars qu'il connaissait vraiment à se faire descendre. Tout le monde l'appelait Cake. Ce mot était tatoué au couteau sur son avant-bras. Il avait été tué par des balles américaines quand un lieutenant de vingt-deux ans avait transmis de mauvaises coordonnées pour un bombardement aérien dans le Triangle.

Bosch promena ses doigts sur les lettres qui composaient le nom du soldat mort. Il avait vu des gens faire la même chose au cinéma et à la télé. Il revit Cake avec un joint coincé derrière l'oreille, assis sur son sac, en train de manger du gâteau au chocolat dans une boîte. Il était toujours en quête de gâteaux : la marijuana lui donnait de grandes fringales de chocolat.

Harry poursuivit sa lecture, ne s'arrêtant que pour allumer cigarette sur cigarette, jusqu'à ce que son paquet soit vide. Au bout de quatre nouvelles heures, il était tombé sur trois douzaines d'autres noms de soldats qu'il avait connus. Aucun de ces noms ne l'avait surpris ; et, en ce sens, ses craintes n'étaient pas fondées. Le désespoir vint d'ailleurs. Quelqu'un avait coincé la petite photo d'un soldat en uniforme entre deux panneaux de marbre du mémorial. L'homme souriait au monde d'un air ravi et fier. Maintenant, il n'était plus qu'un nom sur le mur. Bosch retourna la photo. Au dos, on avait écrit : *George, ton sourire nous manque. Nous t'aimons, Maman et Teri.*

Bosch remit soigneusement la photo dans la fente en se faisant l'impression d'être un voyeur. Songeant à ce George qu'il ne connaissait pas, il éprouva une tristesse dont il ignorait la cause. Au bout d'un moment, il reprit son travail.

Il arriva au bout du monument, qui comportait (on le lui avait dit ou il l'avait lu quelque part) 58 132 noms, et constata qu'il y en avait toujours un qu'il n'avait pas trouvé : Michael Scarletti. Il s'y était attendu. Il leva les yeux vers le ciel qui devenait orange à son orient : une légère brise se levait au nord-ouest. Au sud, le Federal

Building se dressait au-dessus de la rangée d'arbres comme une gigantesque pierre tombale. Bosch était perdu. Il ne savait pas ce qu'il faisait là et se demandait si sa découverte avait une importance quelconque. Michael Scarletti était-il toujours en vie ? Avait-il jamais existé ? Ce que lui avait raconté Eleanor sur sa visite au mémorial lui avait pourtant semblé vrai et sincère. Tout cela avait-il un sens ? Le faisceau de la lampe commençait à faiblir. Il l'éteignit.

Il dormit deux petites heures dans sa voiture. Quand il se réveilla, le soleil était déjà haut dans le ciel et il s'aperçut alors que les pelouses du cimetière étaient couvertes de drapeaux, chaque tombe étant surmontée d'une petite bannière étoilée en plastique piquée au bout d'une baguette en bois. Il démarra et suivit au ralenti les allées du cimetière, cherchant l'endroit où Meadows devait être enterré.

Il n'eut pas de mal à trouver. Le long d'une allée qui conduisait à la section nord-ouest étaient garés quatre minibus avec des antennes sur le toit. D'autres véhicules étaient regroupés au même endroit : les médias. Bosch ne s'attendait pas à voir autant de journalistes et de caméras. Mais, en découvrant cette foule, il se souvint que les longs week-ends étaient peu fertiles en événements. Et l'histoire du casse souterrain était encore brûlante : les vampires de la vidéo avaient besoin de pellicule fraîche pour les infos du soir.

Bosch décida de rester dans la voiture, pendant que la brève cérémonie autour du cercueil gris de Meadows était filmée par quatre caméras. Le prêtre hirsute qui officia venait certainement d'une des missions du centre. Personne ne portait vraiment le deuil, à l'exception de quelques professionnels du VFW[1]. Trois soldats au garde-à-vous formaient une haie d'honneur.

Une fois la cérémonie terminée, le prêtre appuya sur la

1. *Veterans of Foreign* : ancien combattants.

pédale avec son pied et le cercueil descendit lentement dans la tombe. Les caméras firent un zoom avant. Ensuite, les équipes de télévision partirent dans différentes directions pour recueillir les commentaires qu'on faisait autour de la tombe. Elles s'étaient placées en demi-cercle, chaque journaliste donnant ainsi l'impression d'être le seul à avoir pu assister aux funérailles. Bosch en reconnut certains qui lui avaient déjà collé un micro sous le nez. Soudain, il s'aperçut qu'un des types qu'il avait pris pour un ancien combattant n'était autre que Bremmer. Le journaliste du *Times* s'éloignait déjà de la tombe pour se diriger vers la rangée de voitures. Bosch attendit qu'il soit presque arrivé à sa hauteur pour baisser sa vitre et l'appeler.

— Harry ! Je croyais que tu étais à l'hosto ou je ne sais quoi…

— J'ai eu envie de venir. Je ne savais pas que ce serait un tel cirque. Vous n'avez rien de mieux à faire, les gars ?

— Hé, je ne suis pas avec eux. Mais toi, qu'est-ce que tu fous ici ? Je pensais pas qu'ils te laisseraient sortir si vite.

— J'ai foutu le camp. Viens, monte, on va faire un tour, dit-il en lui montrant les journalistes de la télé. S'ils m'aperçoivent, ils vont nous foncer dessus et nous piétiner.

Bremmer contourna la voiture et monta, Bosch prenant l'allée qui menait à la section ouest du cimetière. Il s'arrêta à l'ombre d'un grand chêne, d'où on apercevait le mémorial du Vietnam. Plusieurs personnes tournaient autour, surtout des hommes, seuls pour la plupart. Ils contemplaient le mur de pierre noir en silence. Deux ou trois portaient de vieilles vestes de treillis, coupées aux manches.

— Tu as lu les journaux ou regardé la télé ? demanda Bremmer.

— Non. Mais je sais ce qu'ils disent de l'affaire.

— Et alors ?

— Rien que des conneries. Ou presque

— Tu peux m'en parler ?

— Faut pas qu'on sache que ça vient de moi.

Bremmer acquiesça. Ils se connaissaient depuis longtemps. Bosch n'avait pas besoin de promesses, ni Bremmer qu'on lui explique la différence entre des déclarations confidentielles, officielles ou anonymes. Leur confiance était réciproque et reposait sur des compétences reconnues.

– A ta place, je vérifierais trois choses, déclara Bosch. Personne ne s'est intéressé à Lewis et Clarke. Ils ne faisaient pas partie de l'opération de surveillance. Ils travaillaient pour Irving aux AI. Une fois que tu en auras la preuve, mets la pression pour qu'on t'explique ce qu'ils faisaient là.

– Savoir ?

– Pour ça, il faudra que tu t'adresses ailleurs. Je sais que tu as d'autres sources au département.

Bremmer prenait des notes dans un long et fin carnet à spirale, du genre de ceux qui trahissent les journalistes. Il hochait la tête en écrivant.

– Deuxième chose : renseigne-toi sur les obsèques de Rourke. Elles devraient avoir lieu quelque part en dehors de l'Etat. Dans un coin suffisamment éloigné pour que les médias ne prennent pas la peine d'y expédier quelqu'un. Envoie quand même un type. Avec un appareil photo. Il sera certainement le seul. Ça devrait t'apprendre des choses.

Bremmer leva les yeux de son carnet.

– Pas de funérailles grandioses ? Tu veux dire que Rourke a trempé dans l'affaire ou qu'il a simplement merdé ? Bon Dieu ! Le FBI, et nous aussi, les journalistes, avons tous fait de ce type un nouveau John Wayne.

– Ça, pour le glorifier, vous… mais ça peut se corriger.

Bosch dévisagea le journaliste et se demanda jusqu'où il pouvait aller sans courir de risques. L'espace d'un instant, son indignation fut telle qu'il eut envie de tout lui raconter. Peu importait ce qui arriverait, peu importait les menaces d'Irving. Mais il ne dit rien et retrouva son calme.

– Et la troisième chose ? demanda Bremmer.

– Consulte les dossiers militaires de Meadows, Rourke, Franklin et Delgado. Tu comprendras tout. Ils étaient au Vietnam en même temps, dans la même unité. C'est là que tout commence. Quand tu en seras arrivé là, appelle-moi, j'essaierai de combler les vides.

Tout à coup, Bosch en eut assez de cette comédie orchestrée par son département et le FBI. La vision de Sharkey ne cessait de le hanter. Couché sur le dos, sa tête formant un angle bizarre et écœurant. Le sang. Ils allaient tout éponger comme si ça ne comptait pas.

– Il y a une quatrième chose, dit-il. Un gamin…

Ayant terminé l'histoire de Sharkey, Bosch remit le contact et reconduisit Bremmer à sa voiture en bas de l'allée. Les journalistes de la télé avaient quitté le cimetière ; un homme penché sur un petit bulldozer poussait de la terre dans la tombe de Meadows. Son collègue le regardait faire, appuyé sur sa pelle.

– Quand ton article sortira, j'aurai certainement besoin d'un boulot, reprit Bosch sans quitter des yeux les deux fossoyeurs.

– Je ne citerai pas ton nom. Une fois que j'aurai mis la main sur les dossiers militaires, ceux-ci parleront d'eux-mêmes. Je pourrai obliger les types des relations publiques à confirmer le reste, en donnant l'impression que ça vient d'eux. Et, à la fin de l'article, j'écrirai : *L'inspecteur Harry Bosch s'est refusé à toute déclaration*. Qu'est-ce que tu en dis ?

– Que j'aurai sans doute besoin d'un boulot.

Bremmer l'observa longuement.

– Tu vas sur la tombe ?

– Peut-être. Quand tu seras parti.

– Je m'en vais.

Bremmer ouvrit la portière, descendit de voiture, pencha la tête à l'intérieur et ajouta :

– Merci, Harry. Ce sera un article du tonnerre. Les têtes vont rouler.

Bosch se tourna vers le journaliste en secouant tristement la sienne.

– Mais non.

Bremmer le regarda d'un air gêné. Bosch le congédia d'un signe de la main. Le journaliste referma la portière et regagna sa voiture. Bosch ne se faisait aucune illusion sur lui : Bremmer n'était pas guidé par un véritable sentiment d'indignation, ni par son rôle de défenseur du public. Tout ce qui l'intéressait, c'était un scoop. Il ne pensait qu'à ça et peut-être au livre qu'il en tirerait et à la série télé, à l'argent, à la gloire. Voilà ce qui le motivait, et on était loin de la colère qui avait poussé Bosch à tout lui raconter. Celui-ci en était conscient et l'acceptait. C'était comme ça.

– Les têtes ne roulent jamais, dit-il.

Lorsque les fossoyeurs eurent achevé leur tâche, il descendit de voiture et s'approcha de la tombe. Il n'y avait qu'un petit bouquet de fleurs posé à côté du drapeau planté dans la terre orange et molle  Il venait du VFW. Bosch contempla la scène sans pouvoir dire ce qu'il ressentait. Peut-être une sorte d'affection, ou du remords. Cette fois, Meadows était sous terre pour de bon. Au bout d'un moment, Bosch tourna la tête vers le Federal Building et se mit à marcher dans cette direction. Comme un fantôme qui sort de sa tombe pour réclamer justice. Ou peut-être simplement se venger.

Si elle fut surprise de découvrir Bosch devant sa porte, du moins Eleanor n'en laissa-t-elle rien paraître. Après avoir montré son insigne au gardien à l'entrée de l'immeuble, Harry s'était dirigé vers l'ascenseur. Le réceptionniste ne travaillant pas le week-end, il avait appuyé sur la sonnette de nuit, Eleanor lui ouvrant aussitôt la porte. Elle portait un jean délavé et un chemisier blanc. Aucune arme à la ceinture.

– Je me doutais que tu viendrais, Harry. Tu es allé à l'enterrement ?

Il acquiesça, mais ne fit aucun pas en direction de la porte qu'elle tenait ouverte. Elle l'observa un long moment, les sourcils dressés, avec un air adorablement interrogatif.

– Alors, tu entres ou tu as l'intention de rester dans le couloir toute la journée ?

– Je préfère qu'on aille faire un tour. Pour discuter.

– Faut que je prenne ma carte magnétique pour pouvoir rentrer, dit-elle. (Elle recula dans l'appartement, puis s'arrêta.) Au fait… tu ne le sais sans doute pas encore, car ils ne l'ont pas annoncé, mais… on a retrouvé les diamants.

– Hein ?

– Oui. Ils ont remonté la piste de Rourke jusqu'à une consigne de Huntington Beach, grâce à des reçus découverts quelque part. Ils ont obtenu l'autorisation du tribunal ce matin et ils viennent juste d'ouvrir les casiers. J'ai écouté les messages radio. Il y aurait des centaines de diamants. Ils vont faire appel à un expert. On avait raison, Harry. Des diamants. Tu avais raison. Ils ont également retrouvé tous les autres objets volés, dans un second casier. Rourke ne s'en était pas débarrassé. Les possesseurs de coffres vont pouvoir récupérer leur bien. Une conférence de presse va être organisée, mais je doute qu'ils disent à qui appartenaient les casiers.

Bosch lui ayant répondu par un simple hochement de tête, Eleanor disparut dans l'appartement. D'un pas lent, Bosch se dirigea vers les ascenseurs et appuya sur le bouton en l'attendant. Quand elle ressortit, elle avait son sac à main. Il se souvint brusquement qu'il n'avait pas d'arme et eut honte de l'inquiétude passagère que cette constatation lui inspirait. Ils n'échangèrent pas une seule parole avant de se retrouver sur le trottoir, qu'ils prirent en direction de Wilshire. Bosch réfléchissait, se demandant si la découverte des diamants avait une signification quelconque. Wish semblait attendre qu'il dise quelque chose. Mais ce silence la mettait mal à l'aise.

– J'aime bien ton écharpe bleue, dit-elle enfin. Au fait, comment te sens-tu ? Je m'étonne qu'ils t'aient laissé sortir si vite.

– Je suis parti. Ça peut aller.

Il s'arrêta pour prendre une cigarette. Il en avait acheté

un paquet au distributeur, dans le hall de l'immeuble. Il l'alluma avec son briquet.

– Ce serait bien d'en profiter pour arrêter, dit-elle. Prendre un nouveau départ.

Ignorant la suggestion, il inspira la fumée plus profondément.

– Parle-moi de ton frère, Eleanor.

– Mon frère ? Je t'ai déjà raconté...

– Je sais. Mais je veux que tu m'en parles encore. Que tu me dises ce qui lui est arrivé et ce qui s'est passé quand tu as visité le mémorial de Washington. Tu as dit que cela avait changé beaucoup de choses. Pour quelle raison ?

Ils avaient atteint Wilshire. Bosch lui montra le trottoir opposé et ils traversèrent en direction du cimetière.

– J'ai laissé ma voiture là-bas. Je te ramènerai.

– Je n'aime pas les cimetières, je te l'ai déjà dit.

– Tu n'es pas la seule.

Ils franchirent l'entrée découpée dans la haie et aussitôt le bruit de la circulation s'atténua. Devant eux s'étendaient les immenses pelouses vertes, les tombes blanches et les drapeaux étoilés.

– Mon histoire ressemble à des milliers d'autres, dit-elle. Mon frère est parti là-bas et il n'est jamais revenu. C'est tout. Et, en allant visiter le mémorial, j'ai ressenti un tas de sentiments différents.

– De la colère ?

– Oui, en partie.

– De l'indignation ?

– Oui, sans doute. Je ne sais pas. C'était très intime. Que se passe-t-il, Harry ? Quel rapport avec... avec je ne sais quoi ?

Ils avançaient sur le chemin de gravier qui longeait les rangées de pierres tombales blanches. Bosch la conduisait vers la réplique du mémorial.

– Tu m'as dit que ton père était militaire de carrière. As-tu su exactement ce qui était arrivé à ton frère ?

– Mon père l'a su, mais ma mère et lui ne m'en ont

jamais parlé. En détail, s'entend. Ils me disaient simplement qu'il rentrerait bientôt, et comme j'avais reçu une lettre de lui me disant qu'il allait revenir... Et puis, une semaine après environ, ils m'ont annoncé qu'il avait été tué. Bref, il n'est jamais revenu à la maison. Harry, tu m'obliges à... Où veux-tu en venir ? Je n'y comprends rien.

— Oh, tu comprends parfaitement, Eleanor.

Elle s'immobilisa et regarda par terre. Bosch vit son visage blêmir légèrement. Elle prit un air résigné. C'était à peine perceptible – comme les visages des mères et des épouses auxquelles il venait annoncer la mauvaise nouvelle. Pas besoin de leur dire que quelqu'un était mort. En ouvrant la porte, elles comprenaient immédiatement. En cet instant, le visage d'Eleanor indiquait qu'elle savait que Bosch connaissait son secret. Elle leva la tête et détourna le regard. Ses yeux se posèrent sur le mémorial noir qui brillait dans le soleil au sommet de la colline.

— Alors, c'est ça, hein ? Tu m'as amenée jusqu'ici pour voir ça.

— Je pourrais te demander de me montrer où est le nom de ton frère. Mais nous savons tous les deux qu'il n'y est pas.

— Non... il n'y est pas.

Elle était comme hypnotisée par la vue du mémorial. Son armure protectrice l'avait abandonnée. Il fallait que le secret sorte.

— Raconte-moi tout, dit-il.

— J'avais un frère et il est mort. Je ne t'ai jamais menti là-dessus, Harry. Je ne t'ai jamais dit qu'il avait été tué là-bas. Je t'ai dit qu'il n'était jamais revenu à la maison, et c'est la vérité. Il est mort à LA. En rentrant chez nous. En 1973. (Elle sembla se laisser emporter par ses souvenirs. Puis revint au présent.) C'est fou, non ? Réchapper à la guerre et mourir en revenant chez soi. Ça n'a aucun sens. Il avait une escale de deux jours à LA avant d'arriver à Washington où on l'accueillerait en héros. Grâce à ses relations au Pentagone, mon père lui avait trouvé un bon boulot bien tranquille. Malheureusement, on l'a découvert dans un bordel de Hollywood. L'aiguille était encore dans son bras. Héroïne… (Elle leva les yeux sur Bosch, puis détourna le regard.) C'est ce que laissaient croire les apparences, mais c'était faux. On a conclu à une overdose, mais en réalité on l'avait assassiné. Exactement comme Meadows, bien des années plus tard. La mort de mon frère a été classée, comme aurait dû l'être celle de ton ami.

Il crut qu'elle allait se mettre à pleurer. Il fallait qu'il la pousse à poursuivre.

– Que se passe-t-il, Eleanor ? Quel rapport avec Meadows ?

– Aucun, répondit-elle en se retournant en arrière pour regarder le chemin qu'ils avaient parcouru.

Maintenant, elle mentait. Il savait qu'elle lui cachait quelque chose. Instinctivement, il eut l'effroyable sentiment que toute cette affaire tournait autour d'elle. Il repensa aux marguerites qu'elle lui avait envoyées à l'hôpital. Au disque qu'ils avaient écouté chez elle. A la façon dont elle avait retrouvé sa trace dans le tunnel. Trop de coïncidences.

– Tout ça faisait partie de ton plan, dit-il.

– Non, Harry.

– Comment savais-tu qu'il y a des marguerites sur la colline en dessous de chez moi ?

– Je les ai vues quand…

– Il faisait nuit. Tu te souviens ? Tu ne pouvais rien voir sous le balcon.

Il laissa ces paroles faire leur chemin, puis ajouta :

– Tu étais déjà venue chez moi, Eleanor. Pendant que je m'occupais de Sharkey. Et ta visite plus tard dans la soirée n'en était pas une. C'était un test. Comme le coup de téléphone anonyme. C'était toi. Car c'est toi qui as placé un micro dans mon téléphone. Tout ça était… Pourquoi tu ne me dis pas toute la vérité ?

Elle hocha la tête sans oser le regarder. Il ne pouvait détacher son regard d'elle. Après s'être ressaisie, elle lui dit :

– As-tu déjà eu en toi quelque chose qui était tout, le germe même de ton existence ? Tout le monde possède au plus profond de soi une vérité inaltérable. Moi, c'était mon frère. Mon frère et son sacrifice. C'est comme ça que j'arrivais à accepter sa mort. En le glorifiant. En faisant de lui un héros. C'était le germe que je protégeais et nourrissais. Je l'ai enveloppé d'une épaisse coquille et je l'arrosais avec tant d'adoration qu'il prenait de plus en plus de place en moi. Jusqu'à devenir l'arbre qui abritait ma vie. Et puis brusquement, du jour au lendemain, tout a disparu. La vérité n'était qu'un mensonge. On avait abattu l'arbre. Il n'y avait plus d'ombre, Harry. Uniquement le soleil aveuglant.

Elle s'interrompit. Bosch l'observa. Elle paraissait si fragile tout à coup qu'il eut envie de la faire asseoir par terre avant qu'elle ne s'effondre. Elle prit son coude dans une main et porta son autre main à ses lèvres. Il comprit alors ce qu'elle voulait dire.

– Tu ne savais pas… c'est ça ? demanda-t-il. Tes parents… personne ne t'avait dit la vérité.

Elle hocha la tête.

– J'ai grandi en croyant que mon frère était le héros que me décrivaient mon père et ma mère. Ils me protégeaient. Ils me mentaient. Mais comment pouvaient-ils savoir qu'un jour on érigerait un monument et qu'on inscrirait dessus tous les noms… sauf celui de mon frère. (Elle s'interrompit de nouveau, mais, cette fois, il attendit.) Un jour, il y a quelques années de ça, je suis allée au mémorial. Et j'ai cru qu'il s'agissait d'une erreur. Il y avait un livre, un index de tous les noms ; je l'ai compulsé, mon frère n'y figurait pas. Pas de Michael Scarletti. Je m'en suis prise aux gens du parc. « Comment avez-vous pu oublier son nom ? » leur hurlais-je. J'ai passé le reste de la journée à lire les noms sur le monument. Tous. J'allais leur montrer leur erreur. Mais… il n'y figurait pas non plus. Je n'arrivais pas à… Tu sais l'effet que ça fait de passer quinze ans de sa vie à croire en quelque chose, à bâtir toutes ses croyances autour d'un seul fait glorieux, pour finalement découvrir que… pendant tout ce temps, c'était comme un cancer qui se développait à l'intérieur de toi ?

Bosch essuya les larmes qui coulaient sur les joues d'Eleanor. Il approcha son visage du sien.

— Qu'as-tu fait alors ?

Elle mordit son poing, ses jointures déjà aussi exsangues que celles d'un cadavre. Avisant un banc un peu plus loin sur le chemin, Bosch la prit par les épaules et l'y conduisit.

— Je ne comprends rien à cette histoire, Eleanor, dit-il lorsqu'ils furent assis. Toute cette histoire. Tu étais là… Tu voulais te venger de…

— Je réclamais justice. Pas vengeance.

— Y a-t-il une différence ? (Elle ne répondit pas.) Explique-moi ce que tu as fait.

— J'ai tout dit à mes parents. Finalement, ils m'ont parlé de Los Angeles. J'ai fouillé dans tout ce qui me restait de mon frère et j'ai retrouvé une lettre, sa dernière lettre. Elle était encore parmi mes affaires chez mes parents, mais je l'avais oubliée. Tiens, la voici.

Elle ouvrit son sac pour en sortir son portefeuille. Bosch aperçut la crosse de son arme. De son portefeuille elle tira une feuille pliée en quatre. Elle la déplia avec précaution et la lui montra pour qu'il la lise. Il n'y toucha pas.

*Ellie,*
*Je suis si près du retour que j'ai presque le goût des crabes à carapace molle dans la bouche. Je devrais rentrer dans une quinzaine de jours. Je dois d'abord faire un petit arrêt à LA pour gagner un peu de fric. Ha ha ! J'ai un plan (mais n'en parle pas au pater). Je suis censé délivrer un paquet « diplomatique » à LA. Mais il y a peut-être moyen d'en tirer meilleur parti. On pourra peut-être retourner dans le Poconos[1] avant que je recommence à travailler pour la « machine de guerre ». Je*

1. Petites montagnes au nord de la Pennsylvanie.

*connais ton opinion là-dessus, mais je ne peux pas dire non au paternel. On verra bien ce que ça donne. Ce qui est sûr, c'est que je suis bien content de foutre le camp d'ici. Six semaines de jungle avant d'avoir une perm à Saigon. Comme je n'ai pas envie d'y retourner, je me fais soigner pour dysenterie (demande au pater ce que c'est ! Ha ha !). Il m'a suffi de bouffer dans un restaurant de la ville pour choper les symptômes. Bon, c'est tout pour l'instant. Je vais bien et je serai bientôt à la maison. Commence déjà à sortir les pièges à crabes.*

*Affectueusement,*

*Michael*

Elle replia soigneusement la lettre et la rangea.

Elle avait repris contenance. Sur son visage avait reparu l'air dur que Bosch y avait découvert lors de leur première rencontre. Elle fit glisser son regard de son visage à sa poitrine, puis s'attarda sur son bras retenu par l'écharpe bleue.

– Je n'ai pas de micro caché, Eleanor. Je suis venu de moi-même. Pour comprendre.

– Ce n'est pas ce que je cherchais. Je sais que tu n'as pas de micro. Non, je pensais à ton bras, Harry. Si tu me crois encore, si tu le peux, crois-moi quand je te dis que personne ne devait être blessé ou tué. . Personne. Tout le monde devait être perdant. Mais c est tout. Après ce jour… au mémorial, j'ai cherché et j'ai découvert ce qui était arrivé à mon frère. Je me suis servie d'Ernst aux Affaires étrangères et je me suis servie du Pentagone. Je me suis servie de tout ce dont je disposais pour connaître la vérité sur mon frère.

Eleanor chercha à croiser son regard, mais Bosch fit tout ce qu'il pouvait pour dissimuler ce qui se cachait derrière.

– Et alors ?

– Et alors, c'est comme Ernst nous l'a raconté. Vers la fin de la guerre, les trois capitaines, la « triade », prenaient une part active dans le trafic de l'héroïne vers les Etats-

Unis. L'une des filières passait par Rourke et son équipe à l'ambassade, savoir la police militaire. Parmi eux se trouvaient Meadows, Delgado et Franklin. Dans les bars, ils dénichaient des soldats sur le point de rentrer au pays et leur faisaient une proposition : quelques milliers de dollars pour franchir la douane avec un bagage diplomatique. Aucun danger. Ils pouvaient leur fournir un statut temporaire de messager et les mettre dans un avion, quelqu'un devant récupérer le paquet à LA. Mon frère faisait partie de ceux qui avaient accepté… mais il avait un plan. Il n'y avait pas besoin d'être un génie pour deviner ce qui se trouvait dans les paquets. Il a dû penser qu'il pourrait garder la marchandise et faire une meilleure affaire avec quelqu'un d'autre. J'ignore s'il a eu le temps de mettre son plan à exécution. Mais peu importe. Ils l'ont retrouvé et ils l'ont tué.

— Ils ?

— Je ne sais pas qui. Des types à leur solde. Ou à celle de Rourke. Le crime parfait. Il est mort de telle façon que tout le monde, l'armée, sa famille même, a cherché à étouffer l'affaire. L'enquête a été rapidement bouclée, affaire classée.

Bosch s'était assis à côté d'elle sur le banc. Il ne l'interrompit pas avant qu'elle ait terminé, avant que tout soit sorti d'elle comme un mauvais démon.

Le premier qu'elle avait retrouvé ? Rourke. A sa grande stupéfaction, elle avait découvert qu'il travaillait pour le FBI et avait réussi à se faire transférer dans son service. Son nom de famille étant différent de celui de son frère, Rourke n'avait jamais su qui elle était. Après quoi, elle n'avait pas eu grand mal à retrouver la trace de Meadows, Franklin et Delgado en prison. Eux ne risquaient pas de bouger

— Rourke étant la clé de voûte de l'édifice, c'est à lui que je me suis intéressée, reprit-elle. Disons que j'ai réussi à le séduire avec mon plan. (Bosch sentit quelque chose se briser en lui, comme un ultime sentiment d'affection à son égard.) Je lui ai clairement fait comprendre que je voulais tenter un gros coup. Je savais qu'il marcherait, car il était corrompu depuis des années. Et il aimait l'argent. Un jour, il m'a parlé des diamants, m'expliquant comment il avait aidé ces deux types à quitter Saigon avec des boîtes remplies de pierres précieuses. Il s'agissait de Tran et de Binh. A partir de là, c'était facile de tout mettre sur pied. Rourke a recruté les trois autres et, en tirant quelques ficelles en coulisse, a réussi à les envoyer à Charlie Company. C'était un plan parfait, et Rourke croyait fermement en être l'auteur. C'est d'ailleurs ce qui le rendait si parfait. A la fin, je devais disparaître avec le trésor. Binh et Tran perdaient la fortune qu'ils avaient passé leur vie à amasser, les quatre autres apercevant alors le plus gros pactole de leur carrière juste avant qu'il ne leur file sous le nez. Le pire des supplices. Mais personne en dehors de ce cercle de coupables ne devait en subir les conséquences… Hélas, ça s'est passé différemment.

— Meadows a conservé le bracelet, dit Bosch.

— Oui. Meadows a conservé le bracelet. Je l'ai découvert en consultant la liste des objets gagés que nous fournit le LAPD. C'était la routine, mais j'ai paniqué. Ces listes sont envoyées dans tous les commissariats du comté ; je craignais que quelqu'un d'autre ne s'en aperçoive. Meadows allait être arrêté et il cracherait le morceau. J'en ai parlé à Rourke, qui a paniqué à son tour. Il a attendu qu'ils soient bien avancés dans le percement du second tunnel, puis, avec les deux autres, il est allé trouver Meadows. Je n'y étais pas… (Son regard était fixé sur un point lointain et sa voix dénuée de toute émotion. Un timbre sans relief. Bosch n'eut pas besoin de l'encourager à parler, le reste vint tout seul.) Je n'y étais pas, répéta-t-elle. Rourke m'a appelée pour me dire que Meadows était mort sans leur avoir donné le reçu du prêteur sur gages et qu'ils avaient fait croire à une overdose. Ce salopard m'a même précisé qu'il connaissait des gars qui avaient utilisé cette astuce il y a longtemps, et que ça avait marché. Tu comprends ? Il parlait de mon frère ! En entendant cela, j'ai su que j'avais raison de faire ce que je faisais... Quoi qu'il en soit, il avait besoin de mon aide. Ils avaient fouillé l'appartement de Meadows pour retrouver le reçu, mais en vain. Conclusion : Delgado et Franklin allaient devoir s'introduire dans la boutique pour récupérer le bracelet. Rourke voulait que je l'aide à se débarrasser du corps. Il ne savait pas quoi en faire.

Grâce au dossier qu'ils avaient sur lui, lui expliqua-t-elle encore, elle savait que Meadows avait été arrêté pour vagabondage à proximité du réservoir. Elle n'avait eu aucun mal à convaincre Rourke que c'était l'endroit idéal pour abandonner le corps.

— Mais je savais aussi que le réservoir est situé dans le secteur de Hollywood et que, même si on ne t'envoyait pas sur place, tu entendrais certainement parler de l'affaire et que tu t'y intéresserais forcément après qu'on aurait identifié Meadows : j'étais au courant pour toi et Meadows. En plus, je savais que Rourke était devenu incontrôlable. Tu étais ma soupape de sécurité, au cas où j'aurais dû tout dévoiler. Je ne pouvais pas laisser Rourke s'en tirer une fois de plus. (Elle regarda les pierres tombales, leva une main d'un air absent et la laissa retomber sur son genou dans un petit geste de résignation.) On a déposé le corps dans la Jeep, sous une couverture, Rourke retournant à l'appartement pour effacer toutes les traces. Je l'attendais dehors. Il y avait un démonte-pneu à l'arrière ; je m'en suis servie pour lui briser les doigts... je parle de Meadows. Il fallait absolument qu'on comprenne qu'il s'agissait d'un meurtre. Je me souviens encore du bruit. Le bruit des os. J'ai même eu peur que Rourke l'entende

— Et Sharkey ? demanda Bosch.

— Sharkey, répéta-t-elle d'un air songeur, comme si elle prononçait ce nom pour la première fois... Après l'interrogatoire, j'ai dit à Rourke que le gamin n'avait pas vu nos visages au barrage. Même qu'il m'avait prise pour un homme ! Mais j'ai commis une erreur : j'ai mentionné ton idée d'hypnose à Rourke. J'avais réussi à t'en dissuader et je savais que tu ne ferais rien sans moi, mais Rourke n'avait pas confiance en toi. Alors, il s'est chargé de Sharkey. Quand nous sommes arrivés sur place et que j'ai vu le corps, j'ai...

Elle n'acheva pas sa phrase, mais Bosch voulait tout savoir.

– Tu quoi ?

– Plus tard, je suis allée trouver Rourke pour lui annoncer que je laissais tout tomber. Il était devenu fou, il se mettait à assassiner des innocents... Il m'a répondu qu'il était trop tard pour reculer. Impossible de contacter Franklin et Delgado dans le tunnel. Ils avaient installé les explosifs et déconnecté leurs radios. Trop risqué. Pas moyen de les arrêter sans provoquer une nouvelle tuerie. Et, le lendemain soir, on a failli se faire écraser, toi et moi. C'était Rourke, j'en suis certaine...

A partir de ce jour-là, reprit-elle, Rourke et elle avaient entretenu des rapports de méfiance et de soupçons mutuels. Le cambriolage de la Beverly Hills Safe & Lock s'était poursuivi selon le plan prévu, Rourke ayant convaincu Bosch et tous les autres de ne pas descendre sous terre pour l'empêcher. Il devait laisser Franklin et Delgado poursuivre l'opération jusqu'au bout, même s'il n'y avait plus de diamants dans le coffre de Tran. Rourke ne pouvait pas lui non plus prendre le risque de descendre les prévenir.

Eleanor avait sifflé la fin du match en suivant Bosch dans le tunnel et en y tuant Rourke, qu'elle n'avait pas quitté des yeux pendant qu'il s'effondrait dans l'eau noire.

– Et voilà toute l'histoire.

– Ma voiture est par là, dit Bosch en se levant du banc. Je te raccompagne.

Ils regagnèrent la voiture garée dans l'allée. Bosch vit Eleanor regarder longuement la terre fraîchement retournée de la tombe de Meadows avant de monter en voiture. Il ne savait pas si elle avait assisté à la mise en terre du cercueil depuis le Federal Building. Tandis qu'il roulait vers la sortie, il lui demanda :

– Pourquoi n'as-tu pas laissé tomber ? La mort de ton frère appartient à une autre époque, à d'autres lieux. Pourquoi tu n'as pas tiré un trait sur tout ça ?

– Tu ne peux pas savoir combien de fois je me suis posé cette question, sans jamais trouver la réponse. Aujourd'hui encore…

Ils étaient arrêtés au feu rouge de Wilshire, et Bosch ne savait pas ce qu'il devait faire. Une fois de plus, elle lut dans ses pensées et perçut son indécision.

– Tu vas me dénoncer, Harry ? Tu risques d'avoir du mal à prouver ton histoire. Tout le monde est mort. On pourrait penser que tu étais dans le coup toi aussi. Tu es prêt à prendre ce risque ?

Il ne répondit pas. Le feu passant au vert, il roula jusqu'au Federal Building et se gara le long du trottoir, près du jardin de drapeaux.

– Si ça t'intéresse de le savoir, tout ce qui s'est passé entre nous ne faisait pas partie de mon plan. Je sais que tu n'es pas obligé de me croire, mais je voulais te dire que…

– Non. Ne parle pas de ça.

Quelques secondes pénibles s'écoulèrent.

– Tu me déposes ici ?

– Je crois qu'il vaudrait mieux pour toi que tu te livres à la police. Prends-toi un avocat et vas-y. Tu leur expliques que tu n'as rien à voir avec tous ces meurtres et tu leur racontes l'histoire de ton frère. Ce sont des gens raisonnables, ils ne voudront pas ébruiter l'affaire pour éviter un scandale. Le procureur ne retiendra pas l'accusation de meurtre. Et le FBI sera d'accord.

– Et si je ne me dénonce pas ? Tu iras tout leur raconter ?

– Non. Comme tu l'as dit, je suis trop impliqué dans cette histoire. Ils ne goberont jamais mes explications.

Il réfléchit un long moment. Il n'avait pas envie de dire ce qu'il allait lui dire avant d'être vraiment convaincu de le vouloir et même d'en être capable.

– Non, je ne leur dirai rien… Mais, si je n'apprends pas

d'ici quelques jours que tu t'es dénoncée, je vais voir
Binh. Et Tran. Eux n'exigeront pas de preuves. Je leur en
dirai assez pour qu'ils comprennent que je ne mens pas.
Et tu sais ce qu'ils feront ? Ils feront comme s'ils ne comprenaient pas ce que je raconte et me prieront de partir.
Et après, ils s'occuperont de toi, Eleanor, pour se venger
comme tu as voulu venger ton frère.

— Tu ferais ça, Harry ?

— J'ai dit que je le ferais. Je te donne deux jours pour te
dénoncer. Après, je vais tout leur raconter.

Elle le regarda, l'expression douloureuse de son visage
lui demandant pourquoi.

— Quelqu'un doit payer pour Sharkey, dit-il.

Elle tourna la tête et, la main sur la poignée de la portière, regarda les drapeaux qui claquaient au vent de Santa
Ana. Puis, sans se retourner, elle lui dit ·

— Faut croire que je me suis trompée à ton sujet.

— Si tu veux parler de l'affaire Dollmaker, la réponse
est oui : tu t'es trompée.

Ouvrant la portière, elle le regarda avec un petit sourire
triste. Rapidement, elle se pencha pour déposer un baiser
sur sa joue.

— Adieu, Harry Bosch.

Elle resta plantée là, dans le vent, à le regarder. Harry
referma la portière. En s'éloignant, il jeta un coup d'œil
dans le rétroviseur et la vit sur le trottoir. Immobile, la tête
baissée, comme quelqu'un qui a laissé tomber quelque
chose dans le caniveau. Il continua à rouler, sans plus la
regarder.

# Epilogue

Le lendemain matin, Harry Bosch retourna à l'hôpital Martin Luther King, où il se fit sévèrement réprimander par son médecin, qui parut prendre un malin plaisir à lui arracher son pansement de fortune, avant de désinfecter sa plaie avec une solution saline. Après deux jours de repos, on le conduisit en salle d'opération afin de lui ressouder les muscles que la balle avait détachés de l'os.

Le surlendemain de l'opération, une aide-soignante lui apporta le *Los Angeles Times*, histoire de tuer le temps. L'article de Bremmer faisait la une et était accompagné d'une photo : celle d'un prêtre debout devant un cercueil solitaire, quelque part dans un cimetière de Syracuse, Etat de New York. Le cercueil de l'agent spécial John Rourke, FBI. A en juger par la photo, il y avait plus de monde – encore qu'il s'agisse de journalistes – qu'à l'enterrement de Meadows. Bosch lut les premiers paragraphes du papier, constatant qu'il n'y était pas question d'Eleanor, et passa aux pages des sports.

Le lendemain, il eut une visite. Le lieutenant Harvey Pounds lui annonça qu'une fois remis il pourrait rejoindre la brigade criminelle de Hollywood. Il lui précisa même qu'ils n'avaient pas le choix, ni l'un ni l'autre : l'ordre émanait du cinquième étage de Parker Center. Le lieutenant n'avait pas grand-chose d'autre à dire et il ne fit aucune allusion à l'article du journal. Harry accueillit la nouvelle avec un sourire et un hochement de tête, refusant de laisser paraître le moindre sentiment.

– Evidemment, tout cela est subordonné aux résultats

du contrôle d'aptitude que nous vous ferons subir lorsque les médecins d'ici vous auront laissé sortir.

— Evidemment, dit Bosch.

— Vous savez, Bosch, certains officiers choisiraient la pension d'invalidité à quatre-vingts pour cent du salaire. Vous pourriez trouver un job dans le privé et gagner joliment votre vie. Vous le méritez…

Enfin il lui donnait la vraie raison de sa visite.

— C'est le souhait du département, lieutenant ? Vous servez de messager ?

— Bien sûr que non. Le département vous laisse libre de choisir, Harry. J'essaye simplement d'analyser la situation. Simple réflexion. A mon avis, les enquêtes privées sont un marché en pleine expansion. La confiance n'existe plus. De nos jours, les gens exigent même un dossier complet – médical, financier, sentimental – sur ceux ou celles qu'ils vont épouser.

— Ce n'est pas un boulot pour moi.

— Dois-je comprendre que vous retournerez à la criminelle ?

— Dès que j'aurai passé le test d'aptitude.

Le lendemain, Bosch reçut une deuxième visite, plus attendue, celle-là. Il s'agissait d'une avocate détachée auprès du bureau du procureur. Elle se nommait Chavez et voulait savoir ce qui s'était passé la nuit où Sharkey avait été tué. Eleanor Wish s'était dénoncée.

Bosch expliqua à l'avocate qu'il se trouvait en compagnie d'Eleanor, confirmant ainsi son alibi. Chavez lui annonça son intention de vérifier, avant de proposer un arrangement. Après lui avoir posé d'autres questions relatives à l'affaire, elle se leva pour prendre congé.

— Que va-t-il lui arriver ? demanda Bosch.

— Je ne suis pas habilitée à vous le dire, inspecteur.

— De vous à moi ?

— De vous à moi, elle sera sans doute obligée de s'absenter, mais pas longtemps. Le climat est favorable à un règlement en douceur. Elle s'est dénoncée spontanément, elle a fourni des renseignements importants, et il semble qu'elle ne soit pas directement responsable de la série de meurtres. Si vous voulez mon avis, elle devrait s'en tirer sans trop de dommages, trente mois au maximum à Tehachapi.

Bosch acquiesça. Chavez s'en alla.

Il sortit le lendemain. Il avait droit à six semaines de convalescence avant de retrouver son poste au commissariat de Wilcox. En rentrant chez lui, sur la colline, il découvrit un avis jaune dans sa boîte aux lettres. Il se rendit au bureau de poste où, en échange, on lui remit un paquet plat enveloppé de papier kraft. Bien qu'il n'y eût aucune indication, le paquet venait d'Eleanor Wish, il le savait. Après avoir arraché le papier et l'emballage à bulles, il découvrit une reproduction encadrée des *Oiseaux de nuit* d'Edward Hopper. Le tableau qu'il avait vu au-dessus de son canapé, le soir où il était allé chez elle pour la première fois.

Bosch accrocha le tableau dans son couloir, près de la porte d'entrée. Et parfois, en rentrant, il s'arrêtait pour l'étudier, surtout après une journée ou une nuit de travail harassante. L'œuvre ne manquait jamais de le fasciner, ni de lui évoquer le souvenir d'Eleanor. Il y avait l'obscurité, la terrible solitude, l'homme assis seul, le visage tourné vers l'ombre. Cet homme, c'est moi, se disait-il à chaque fois.

Table

RÉALISATION : PAO ÉDITIONS DU SEUIL
IMPRESSION : BUSSIÈRE CAMEDAN IMPRIMERIES À SAINT-AMAND (3-99)
DÉPÔT LÉGAL : FÉVRIER 1995. N° 23525-4 (991280/1)

# Collection Points